ULLSTEIN

Das Buch

Für die Geheimdienst-Veteranen des einst so berühmten Office of Strategic Services, aus dem später die CIA hervorging, hat der Zweite Weltkrieg nie geendet. Denn seit vierzig Jahren wissen sie, daß sich in ihrem wie Pech und Schwefel zusammenhaltenden Clan ein russischer Doppelagent befindet – Codename: Talbot. Und jetzt deutet alles darauf hin, daß die Sowjetunion über eine neue Geheimwaffe verfügt, mit der sie bald zum vernichtenden Schlag gegen die USA ausholen wird. Sie kennen Talbots Plan, nicht aber den Code. Sie wissen das Ziel, jedoch nicht das Datum. Stück für Stück tragen sie das Puzzle zusammen, das zur großen Katastrophe führen muß. Aber ein Teil fehlt, und die Suche danach wird zum gnadenlosen Wettlauf mit der Zeit. Hat die Vergangenheit die Gegenwart eingeholt? Hält tatsächlich ein Verräter dieses Schlüsselstück in den Händen? Und: Wer ist Talbot ...?

Der Autor

Nelson DeMille, Jahrgang 1943, wurde in New York geboren. Er ist berühmt für seine atemberaubend spannenden Thriller, die lebensechte Figuren mit viel Humor durch die Abgründe der Zeitgeschichte führen.

Von Nelson DeMille sind in unserem Hause bereits erschienen:
Die Kathedrale
Das Spiel des Löwen

Nelson DeMille

Wolfsbrut

Roman

Aus dem Amerikanischen von Thomas Schlück

Ullstein

Ullstein Taschenbuchverlag
Der Ullstein Taschenbuchverlag ist ein Unternehmen der Econ Ullstein List Verlag GmbH & Co. KG, München
1. Auflage 2002

Titel der amerikanischen Originalausgabe: The Talbot Odyssey (Delacorte Press, New York)
Übersetzung: Thomas Schlück
Umschlagkonzept: Lohmüller Werbeagentur GmbH & Co. KG, Berlin
Umschlaggestaltung: Thomas Jarzina Kommunikationsdesign, Köln
Titelabbildung: Mauritius, Mittenwald
Druck und Bindearbeiten: Elsnerdruck, Berlin
Printed in Germany
ISBN 3-548-25381-4

Prolog

»So wird die Welt enden«, sagte Viktor Androw. »Nicht mit einem großen Knall, nicht in langem Siechtum, sondern mit einem *Piep, piep, piep...*« Grinsend deutete er auf die elektronischen Konsolen, die den langen, schwach erleuchteten Dachboden säumten.

»Nicht enden, Androw, sondern sich verändern«, widersprach der großgewachsene Amerikaner neben ihm. »Und das endlich einmal ohne Blutvergießen.«

Androw drehte sich um und musterte den Amerikaner im Zwielicht. Für sein Alter sah er noch recht gut aus: klare blaue Augen, ein dichter weißer Haarschopf. Sein Auftreten aber war für Androws Geschmack ein wenig zu aristokratisch. »Kommen Sie«, sagte er. »Ich habe eine Überraschung für Sie. Ein alter Freund von Ihnen, den Sie seit vierzig Jahren nicht mehr gesehen haben.«

»Wer?«

»Der Lieferant. Haben Sie sich nie gefragt, was aus ihm geworden ist? Er ist jetzt Kapitalist.« Mit einer Kopfbewegung deutete er zur Treppe.

Der untersetzte, nicht mehr ganz junge Russe ging vor dem Amerikaner die schmale Treppe hinab und betrat einen kleinen, holzvertäfelten Raum. »Leider können Sie an unserer Feier zum 1. Mai nicht teilnehmen«, sagte er. »Wir haben nämlich wie jedes Jahr eine Reihe uns freundlich gesonnener Amerikaner eingeladen. Wer weiß – einer von denen könnte Sie auch nach all den Jahren erkennen.«

»Ich mache es mir in meinem Zimmer bequem.«

»Schön. Wir schicken Ihnen Wein hinauf. Und zu essen. Wir haben hier eine gute Küche.«

»Das sieht man.«

Androw klopfte sich gutgelaunt auf den Bauch. »Nun ja«, sagte er, »zum *nächsten* 1. Mai wird Moskau in großem Stil amerikanische Lebensmittel importieren, unter sehr günstigen

Bedingungen.« Lächelnd öffnete er eine Geheimtür. Die beiden Männer betraten eine große Kapelle in elisabethanischem Stil. »Hier entlang.«

Der Amerikaner durchquerte den Kapellenraum, der zu einem Büro umgebaut worden war, und setzte sich in einen Sessel. »Ihr Büro?« fragte er und sah sich um.

»Ja.«

Der Amerikaner nickte. Da er sich hier im Haus kein größeres oder eleganteres Büro vorstellen konnte, ging er davon aus, daß Viktor Androw, Erster KGB-Resident in New York, hier der große Mann war, und nicht der sowjetische Botschafter bei den Vereinten Nationen.

»Ihr alter Freund wird bald hier sein«, fuhr Androw fort. »Er wohnt ganz in der Nähe. Aber wir haben noch Zeit, uns vorher einen kleinen Drink zu gönnen.«

Der Amerikaner blickte zum andern Ende der Kapelle. Über dem ehemaligen Altar hingen Porträts von Marx, Engels und Lenin, der Roten Dreifaltigkeit. Dann wandte er sich wieder Androw zu. »Wissen Sie, wann der Schlag stattfindet?«

Androw schenkte Sherry aus und reichte dem Amerikaner ein Glas. »Ja – das Ende tritt ein an dem Tag, an dem es begann ...« Er hob das Glas. »Am 4. Juli. *Nasdrowje.*«

»Nasdrowje«, antwortete der Amerikaner.

I

Patrick O'Brien stand auf der Aussichtsterrasse des RCA-Gebäudes im Rockefeller Center und blickte nach Süden. Wie eine Bergkette senkten sich die Wolkenkratzer zu niedrigeren Gebäuden ab, um dann wieder zu den gewaltigen Klippen der Wall Street emporzusteigen. O'Brien wandte den Kopf nicht um. »Als ich noch klein war«, sagte er zu dem Mann neben sich, »warfen die Anarchisten und Kommunisten in der Wall Street Bomben. Es gab ein paar Tote, vorwiegend Arbeiter, Büroangestellte, Boten – im Grunde nur Leute aus ihrer eigenen Schicht. Ich glaube nicht, daß auf diese Weise jemals ein Kapitalist im Zylinder erwischt oder der Börsenhandel auch nur für fünf Minuten unterbrochen wurde.«

Tony Abrams, dessen verstorbene Eltern Kommunisten gewesen waren, setzte ein schiefes Lächeln auf. »Es war eine symbolische Geste.«

»So nennt man das wohl heute.« O'Brien betrachtete das Empire State Buildung. »Es ist sehr still hier oben.« Er wandte sich Abrams zu. »Ich komme abends nach der Arbeit gern hier herauf. Waren Sie schon mal hier?«

»Nein.« Abrams arbeitete erst seit gut einem Jahr für O'Briens im 44. Stock gelegene Anwaltskanzlei, O'Brien, Kimberly & Rose, und fragte sich, warum der Seniorchef ihn wohl zu dem abendlichen Ausflug auf die hufeisenförmige Terrasse gebeten hatte. Als Prozeßzusteller, der abends außerdem Jura studierte, hatte er das Büro des alten Herrn noch nie von innen gesehen, geschweige denn mehr als ein Dutzend Worte hintereinander mit ihm gesprochen. »Nein«, wiederholte Abrams. »Ich muß sogar zugeben, daß ich auch noch nie auf der Freiheitsstatue war oder auf dem Empire State Building.«

O'Brien lächelte. »Ah, ein echter New Yorker.« In den Ausblick versunken, fummelte er in seiner Tasche herum. »Hätten Sie mal einen Vierteldollar für mich?«

Abrams gab ihm die Münze.

O'Brien ging zu einem elektrischen Fernrohr und warf das Geldstück ein. Die Maschine begann zu surren. O'Brien schaute durch das Fernrohr und drehte daran. »Da ist sie. Schön angestrahlt. Mich überläuft's immer wieder, wenn ich die Dame im Hafen sehe.« Er richtete sich auf und schaute Abrams an. »Sind Sie Patriot?«

Abrams empfand die Frage als zu persönlich. »Ich hatte eigentlich noch keine Gelegenheit, das herauszufinden.«

O'Brien ließ sich keine Reaktion anmerken. »Hier, wollen Sie mal schauen?«

Das Fernrohr knirschte und hörte auf zu summen. »Ich fürchte, die Zeit ist abgelaufen.«

O'Brien warf der Maschine einen mißbilligenden Blick zu. »Das waren keine vollen drei Minuten. Schreiben Sie einen Leserbrief an die *Times*, Abrams.«

»Jawohl, Sir.«

O'Brien steckte die Hände in die Taschen. »Wird kalt.«

»Dann sollten wir vielleicht hineingehen.«

O'Brien überhörte den Vorschlag. »Sprechen Sie Russisch?« fragte er statt dessen.

Das war nicht die Sorte Fragen, die man stellte, ohne die Antwort schon im voraus zu kennen. »Ja. Meine Eltern ...«

»Ah ja.« O'Brien nickte. »Irgend jemand hat mir davon erzählt. Wir haben Russen als Mandanten. Jüdische Emigranten unten in Brooklyn. Ganz in Ihrer Nähe, könnte ich mir vorstellen.«

Abrams nickte. »Übung habe ich zwar nicht, aber ich bin sicher, ich könnte mich verständigen.«

»Schön. Wäre es vermessen, Sie zu bitten, Ihr Russisch aufzufrischen? Ich kann Ihnen Sprachbänder aus dem Außenministerium besorgen.«

Abrams blickte ihn von der Seite an. »Kein Problem.«

»Wie kommen Sie mit Miß Kimberly aus?«

Katherine Kimberly war die Tochter eines der Firmengründer, Henry Kimberly, und seine unmittelbare Vorgesetzte. »Ich komme gut mit ihr aus.«

»Sie ist ein bißchen zurückhaltend, nicht wahr? Aber man kommt durchaus an sie heran. Es ist wie im Krieg: Man muß nur den richtigen Angriffspunkt finden.«

Abrams fielen mehrere Antworten ein, aber O'Briens Äußerung war dermaßen direkt gewesen, daß er schließlich nur sagte: »Ich werde daran denken.«

O'Brien blickte nach Westen. »Als Polizeibeamter mußten Sie manchmal die russische Mission zur UNO begleiten.«

»Beim Ausscheiden aus dem Polizeidienst habe ich mich unter anderem dazu verpflichtet, niemals über meine früheren Aufgaben zu sprechen.«

»Ach? Nun ja, Sie waren in der Spionageabteilung der Polizei, nicht wahr? In der Roten Truppe.«

»Das ist nicht die offizielle Bezeichnung ...«

»Genaugenommen haben Sie die russische Mission nicht beschützt, sondern bespitzelt. Waren Sie schon mal in Glen Cove?«

Abrams starrte in die Sonne, die über New Jersey unterging. »Ich war ein gewöhnlicher Stadtbulle und kein James Bond, Mr. O'Brien«, antwortete er schließlich. »Meine Vollmachten endeten an der Stadtgrenze. Glen Cove gehört zum Kreis Nassau.«

»Aber Sie waren doch bestimmt schon mal draußen.«

»Möglich.«

»Haben Sie sich über die Leute private Notizen gemacht?«

»Meine Aufgabe beschränkte sich darauf, die Kontakte der Russen mit Gruppen und Individuen zu überwachen, die für die Stadt New York und ihre Bürger gefährlich werden konnten.« Abrams' Stimme klang gereizt.

»Und das wären?«

»Die üblichen – puertoricanische Freiheitskämpfer, Schwarze Panther, solche Typen. Mehr hat mich nicht interessiert. Es wäre mir ganz egal, wenn die Sowjets einem New Yorker Labor irgendwelche chemischen Formeln stehlen wollten.«

»Als Bürger dieses Landes würde es Ihnen aber doch etwas ausmachen, und Sie würden dem FBI Meldung machen, wie Sie es ab und zu schon getan haben.«

Abrams musterte sein Gegenüber im schwachen Licht. Der Mann wußte entschieden zuviel. Vielleicht stellte er auch nur Mutmaßungen an. O'Brien war ein hervorragender Anwalt, der vor Gericht ähnlich taktierte. Abrams antwortete nicht.

»Sind Sie auf die Anwaltsprüfung im Juli vorbereitet?« fragte O'Brien plötzlich.

»Waren Sie's?«

O'Brien lächelte. »Das ist so lange her, daß ich das vage Gefühl habe, die Prüfung hätte in einer Blockhütte stattgefunden.«

Abrams hatte von Patrick O'Briens Angewohnheit gehört, abrupt das Thema zu wechseln, und kehrte zum Ausgangspunkt des Gesprächs zurück. »Wollten Sie mir nicht etwas über Bomben in der Wall Street erzählen?«

O'Brien blickte ihn an. »O nein, eigentlich nicht. Wir haben nur heute den 1. Mai. Maifeiertag. Deshalb mußte ich an die Kundgebungen denken, die immer am Union Square stattfanden.«

»Und immer noch stattfinden.«

»Ja, aber es nehmen nicht mehr so viele Leute teil. Haben Sie da schon mal mitgemacht?«

»Oft sogar, zusammen mit meinen Eltern. Auch als Polizist war ich dabei. Einige Male in Uniform, zuletzt dann in Zivil.«

»Schauen Sie sich um«, meinte O'Brien nach kurzem Schweigen. »Das Finanzzentrum Amerikas. Im Grunde sogar der Welt. Was würde geschehen, wenn an der Wall Street ein kleiner atomarer Sprengsatz gezündet würde?«

»Na, vielleicht würde der Börsenhandel für fünf Minuten unterbrochen.«

»Ich hätte gern eine ernsthafte Antwort.«

»Viele hunderttausend Tote.«

O'Brien nickte. »Die besten Finanzfachleute des Landes würden sich in Dunst auflösen. Die Folge: wirtschaftlicher Ruin für Millionen, landesweites Chaos, Panik auf allen Ebenen.«

»Möglich.«

»Das bedeutet die Auflösung aller Ordnungsstrukturen, Gewalt in den Straßen und politische Instabilität.«

»Warum sprechen wir hier über kleine atomare Sprengsätze in der Wall Street, Mr. O'Brien?«

»Ist nur so ein Gedanke zum 1. Mai. Eine Extrapolation der Vorstellung, daß ein dunkelhäutiger, schwarzgekleideter kleiner Anarchist oder Kommunist eine typische Bowlingkugel-Bombe wirft, mit angezündeter Lunte. Kennen Sie diese Karikaturen noch?«

»Ja, aus Geschichtsbüchern.«

»Ich habe sie noch in den Zeitungen gesehen.« O'Brien zog eine Zinnflasche aus der Tasche, goß etwas in den Drehverschluß und trank. »Ich bin erkältet.«

»Sieht man Ihnen aber nicht an.«

Der ältere Mann lachte. »Eigentlich müßte ich jetzt draußen bei George Van Dorn auf Long Island sein. Wenn man Sie jemals darauf anspricht: Ich bin erkältet.«

Abrams nickte. In kleine Täuschungsmanöver hineingezogen zu werden, war in der Regel der Ausgangspunkt für größere Verstellungen.

O'Brien schenkte nach. »Cognac. Ganz anständige Marke. Informationen«, fuhr er nachdenklich fort, »wir leben in einer Zivilisation, die sich beinahe ausschließlich auf Informationen gründet – auf die Herstellung, Speicherung, Ansteuerung und Verteilung von Informationen. Wir sind in unserer Entwicklung an einem Punkt angelangt, da unsere Gesellschaft ohne jene Milliarden an Informations-Bits nicht mehr funktionieren würde. Denken Sie an all die Aktien- und Schuldschein-Transaktionen, an die Waren- und Metallbörsen, die Salden der Scheck- und Sparkonten, den internationalen Geldverkehr, die Firmenunterlagen ... Vieles von dem wird dort unten abgewickelt.«

»Sprechen wir schon wieder über kleine Atomsprengsätze in der Wall Street?« Abrams wußte, daß O'Brien im Zweiten Weltkrieg Geheimdienstoffizier gewesen war; seine Fragen, seine Themenwahl zeugten von einem mehr als akademischen Interesse.

O'Brien ging zur Südseite der Dachterrasse und blickte auf den Komplex des Rockefeller Center hinunter. »Eine unglaubliche Anlage. Wußten Sie, daß es auf diesen Bauten mal gut vier Morgen Dachgärten gegeben hat?«

Abrams stellte sich neben O'Brien. »Das ist mir neu.«

»Nun ja, es stimmt. Und kostet Sie noch einen Vierteldollar.« O'Brien nahm die Münze entgegen und steckte sie in ein anderes elektrisches Fernglas. Er beugte sich vor, blickte hindurch, drehte das Gerät und stellte die Schärfe nach. »Ein klarer Abend.«

Abrams blickte über den Fluß nach Südosten. Ein bleicher Halbmond war aufgestiegen und warf einen weißlichen Schimmer auf Long Island.

»Glen Cove liegt etwa dreißig Kilometer von hier, eine andere Welt. Mal sehen, ob ich Van Dorns Feuerwerk ausmachen kann.«

»Feuerwerk?«

»Das ist eine lange Geschichte, Abrams. Kurz gesagt, es wird behauptet, Van Dorn belästige seine Nachbarn, die Russen. Sie haben vielleicht schon davon gelesen.«

»Vielleicht.«

O'Brien verstellte das Fernrohr. »Die Russen wollen ihn vor dem Kreisgericht Nassau verklagen. Dazu mußten sie sich natürlich einen ansässigen Anwalt nehmen. Schauen Sie mal.«

Abrams beugte sich zum Fernrohr hinab. Die Hempstead Plains stiegen zur hügeligen Nordküste der Insel empor, wirklich eine Welt für sich. Hier herrschten Reichtum, Privilegien und Zurückgezogenheit. »Ich sehe kein Feuerwerk«, bemerkte er.

»Genausowenig können Sie sehen, daß unsere Flagge noch dort weht – über Van Dorns Fort. Aber ich versichere Ihnen, daß sie vorhanden ist.«

Abrams richtete sich auf und blickte auf die Uhr.

»Nun ja«, fuhr O'Brien fort. »Selbst Dracula brauchte einen guten Anwalt. Der arme Jonathan Harker. Er mußte erfahren, daß es manchmal gar nicht so leicht ist, aus einem finsteren Schloß wieder hinauszukommen, wenn man erst einmal drin ist.«

Jeder Anwalt aus der Kanzlei wäre begeistert gewesen, mit dem Chef hier oben stehen zu dürfen. Abrams aber gingen O'Briens Plaudereien allmählich auf die Nerven. »Ich weiß nicht recht, ob ich Ihnen da folgen kann«, sagte er.

O'Brien lächelte. »Es gibt in der Firma sicher nur wenige, die mir das eingestehen würden. Die meisten lächeln und nicken, bis ich zur Sache komme.«

O'Brien schaute wieder durch das Fernrohr, das aber gleich darauf schwarz wurde. »Verdammt! Haben Sie noch eine Münze, Abrams?«

»Nein.«

O'Brien wandte sich langsam zum Ausgang, und Abrams ging neben ihm. »Nun ja, es geht darum, daß ich Sie auf Ende des Monats möglicherweise entlasse. Sie werden ein Stellenangebot der Anwaltsfirma Edwards & Styler, die im Kreis Nassau zugelassen ist, erhalten. In Garden City. Sie vertritt die Russen in der Sache Van Dorn.«

»Das scheint mir ethisch kaum vertretbar zu sein; immerhin arbeite ich im Augenblick für Sie und Mr. Van Dorn.«

»Der Moment wird kommen, da die Russen auf die Bitte von Edwards & Styler eingehen, das Anwesen an einem Tag besuchen zu dürfen, an dem Van Dorns Belästigungen stattfinden. Heute wollten sie Huntington Styler nicht auf das Grundstück lassen, wahrscheinlich klappt's das nächstemal, wenn Van Dorn eine Party plant. Wahrscheinlich am Memorial Day. Sie werden die Anwälte von Edwards & Styler begleiten und mich dann über die wesentlichen Punkte der Gespräche informieren.«

»Hören Sie, wenn George Van Dorn die Russen wirklich belästigt, hat er verdient, vor Gericht gebracht zu werden und zu unterliegen. Bis dahin sollten sich die Russen eine einstweilige Verfügung gegen ihn beschaffen.«

»Daran arbeiten sie ja durch Edwards & Styler. Richter Barshian, der übrigens ein Freund von mir ist, kann sich allerdings nicht entscheiden. Es gibt da feine Unterschiede zwischen Belästigung und Mr. Van Dorns verfassungsmäßigem und gottgegebenem Recht, ab und zu eine Party zu veranstalten.«

»Tut mir leid, aber soweit ich die Sache in den Zeitungen verfolgt habe, scheint mir Mr. Van Dorn kein sonderlich guter Nachbar zu sein. Er reagiert irgendwie überempfindlich, trotzig, aus einem fehlgeleiteten Patriotismus heraus.«

O'Brien lächelte fein. »Nun ja, so soll es jedenfalls aussehen, Abrams. Aber hier geht es um mehr als eine Zivilklage.«

Abrams blieb abrupt stehen. Natürlich stand mehr dahinter als ein Zivilfall. Die Fragen nach seinen Russischkenntnissen, seiner patriotischen Einstellung, seinem Dienst bei der Polizei waren kein Zufall. So spielte O'Brien seine Karten aus. »Also, was soll ich tun, wenn ich im Haus der Russen bin?«

»So ziemlich dasselbe, was auch Jonathan Harker in Draculas Schloß getan hat: Neugier zeigen.«

»Jonathan Harker verlor dabei das Leben.«

»Schlimmer. Auch seine unsterbliche Seele. Da Sie aber Anwalt werden wollen, wie Mr. Harker, könnte das für Ihre Karriere von klarem Vorteil sein.«

Gegen seinen Willen mußte Abrams lächeln. »Was können Sie mir sonst noch über die Sache erzählen?«

»Im Augenblick nichts. Durchaus möglich, daß einige Zeit vergeht, ehe ich Sie wieder darauf anspreche. *Sie* werden unterdessen mit niemandem darüber sprechen. Wenn wir weitermachen, bin ich Ihre einzige Kontaktperson, mag zu Ihnen kommen, wer will, mit der Behauptung, er habe eine Vollmacht von mir. Verstanden?«

»Verstanden.«

»Schön. Zunächst besorge ich Ihnen die Sprachkurse. Sollte sich nichts weiter tun, haben Sie wenigstens Ihr Russisch aufgefrischt.«

»Für Ihre Mandanten unter den jüdischen Emigranten?«

»Ich habe keine solchen Mandanten.«

Abrams nickte. »Ich muß mich auf die Anwaltsprüfung vorbereiten.«

»Mr. Abrams«, sagte O'Brien mit überraschender Schärfe, »es ist durchaus denkbar, daß es im Juli gar keine Anwaltsprüfung mehr gibt.«

Abrams musterte O'Brien im gedämpften Licht. Der Mann schien im Ernst zu sprechen, aber Abrams wußte, daß es keinen Sinn hatte, um eine Erläuterung der verblüffenden Äußerung zu bitten. »Dann sollte ich mir mit meinem Russisch tatsächlich Mühe geben«, sagte er. »Vielleicht kann ich es brauchen.«

O'Brien lächelte grimmig. »Das wäre durchaus denkbar, so etwa ab August. Gute Nacht, Mr. Abrams.« Er machte kehrt und ging zu den Fahrstühlen.

2

Peter Thorpe genoß den Ausblick aus dem gemieteten Hubschrauber. Unter ihm erstreckte sich das dreihundert Jahre alte Dorf Glen Cove am Long Island Sound. Das Wochenendhaus der sowjetischen UNO-Mission kam in Sicht, ein elisabethanisches Landhaus mit Granitmauern, Schieferdächern, unterteilten Fenstern, Dachgiebeln und hohen Schornsteinen. Mit zwei großen Flügeln war es in der Form eines T angelegt und hatte einen dritten und kleineren Flügel am Ende des südlichen T-Querstrichs. Unter dem Namen Killenworth war das Anwesen von dem Erzkapitalisten Charles Pratt, dem Gründer der Firma Standard Oil, für einen seiner Söhne errichtet worden. Das Haus umfaßte mehr als fünfzig Zimmer und befand sich auf einem kleinen Hügel, umgeben von siebenunddreißig Morgen Wald. Zwischen den sich ausbreitenden Vorstädten gab es noch mehrere ähnliche Besitzungen an der Goldküste von Long Island; dazu gehörten fünf oder sechs weitere Pratt-Bauten, von denen einer als Altersheim benutzt wurde. Peter Thorpe war schon mehrere Male im Heim gewesen; seine Besuche hatten aber nicht den alten Leuten gegolten.

Dort unten im ehemaligen Gatsby-Land war außerdem eine Horde Demonstranten zu sehen, die sich vor den Toren des sowjetischen Landhauses versammelt hatte.

Thorpe schaute zu den Wolkenkratzern Manhattans zurück und ließ den Blick einen Augenblick auf dem UNO-Gebäude ruhen. »Haben Sie schon mal Russen geflogen?« fragte er schließlich.

Der Pilot nickte. »Einmal. Letzten Sommer. Ein unglaublicher Laden. Mann! Wo ist übrigens *Ihr* Prunkschloß?«

»Unmittelbar nördlich von den Russen.«

»Ah, schon ausgemacht...« Abrupt explodierte ein Fächer von Leuchtkugeln auf der Backbordseite des Hubschraubers, der von dem Piloten im Reflex herumgerissen wurde. »Zum Teufel, was...?«

Thorpe lachte. »Ein Feuerwerk. Mein Gastgeber scheint mit seiner alljährlichen Gegen-Maifeier zu beginnen. Fliegen Sie einen Bogen, Annäherung von Norden.«

Während die Maschine einen neuen Kurs einschlug, besah sich Thorpe den Betrieb auf der Dosoris Lane und den übrigen Straßen des Dorfes. Der Bürgermeister von Glen Cove war ausgesprochen antisowjetisch eingestellt und führte den Kampf seiner Bürger gegen die unerwünschten Russen an.

Die Auseinandersetzung ging bis in die Zeit unmittelbar nach dem Zweiten Weltkrieg zurück, als die Russen den Besitz kauften. In den fünfziger Jahren wurde beinahe jeder angehalten, der das Grundstück befuhr oder verließ, und beim geringsten Verstoß mit Strafzetteln beglückt, die aber nie bezahlt wurden. Später hatte es eine ruhigere Periode gegeben, die sich ungefähr mit der Zeit der sowjetisch-amerikanischen Entspannung deckte; jetzt aber war das antisowjetische Klima offensichtlich zurückgekehrt, nicht nur in Glen Cove, sondern überall im Land.

Weil Bürgermeister Parioli sämtliche Sowjets von den Freizeiteinrichtungen des Ortes ausgeschlossen hatte, durften seit neuestem amerikanische Diplomaten in Moskau nicht mehr in der Moskwa oder sonstwo öffentlich baden – eine lächerliche Rache, deren Begründung sich nicht vernünftiger angehört hatte als zuvor Bürgermeister Pariolis Anwürfe. Thorpe hatte die Übersetzung des Berichtes im CIA-Hauptquartier in Langley gelesen.

Lächelnd dachte Thorpe daran, daß sich das Außenministerium gleichwohl hatte einschalten müssen. Im letzten Sommer hatte Glen Cove dann die Zusage auf einen Ausgleich der etwa hunderttausend Dollar erhalten, die der Gemeinde jährlich an Grundsteuern entgingen, weil die Sowjets natürlich davon befreit waren. Daraufhin hatte sich Bürgermeister Parioli verpflichtet, Ruhe zu geben. Aber von hier oben, vierhundert Meter über dem Ort, sah es nicht so aus, als halte Glen Cove seinen Teil der Abmachung ein.

»Was geht da unten eigentlich vor?« fragte der Pilot.

»Die Bevölkerung nutzt ihr Recht auf freie Rede und Versammlung.«

»Macht sich von hier oben wie eine Riesenparty.«

Seit der Vereinbarung zwischen Glen Cove und Washington hatten sich die Verhältnisse allerdings verändert; das mußte man zugunsten des Dorfes anführen. Immer wieder wurde in der Presse von raffinierten elektronischen Überwachungsanlagen auf dem Besitz der Russen berichtet. Anwohner beschwerten sich über Störungen beim Fernsehempfang, was für sie mindestens ebenso alarmierend war wie die Spionagetätigkeit, die man vermuten durfte.

Die Sowjets scherten sich wenig um flimmernde Fernsehschirme; das Ziel ihrer elektronischen Geräte war die Rüstungsindustrie auf Long Island: Sperry-Rand, Grumman Aircraft, Republic Aviation und die vielen Dutzend hochspezialisierten elektronischen und Mikrochip-produzierenden Firmen. Nicht zu vergessen die Akademie der Handelsmarine in King's Point und das Pratt-Institut für Marine-Architektur, das in einem weiteren Pratt-Bau untergebracht war. Thorpe wußte, daß die Russen außerdem zahlreiche in Manhattan und auf Long Island lebende Diplomaten abhörten.

Immer wieder kam die Frage auf, woher die Russen ihre supermodernen Spionagegeräte hatten. Die Antwort des Außenministeriums war stets die gleiche: durch die Diplomatentaschen, die nicht immer ›Taschen‹ waren, sondern oft große Kisten: Sendungen, die durch diplomatisches Protokoll vor Durchsuchung und Beschlagnahme geschützt waren. Thorpe aber wußte, daß das nicht stimmte. Beinahe alle Geräte, mit denen die hiesige Rüstungsindustrie bespitzelt wurde, kamen von eben diesen Firmen. Sie waren über eine ganze Kette falscher Firmen gekauft und mit dem Hubschrauber direkt in den Hinterhof der Russen geliefert worden. Die sehr geheimen Geräte, die man nicht kaufen konnte, waren gestohlen und auf verschlungenen Pfaden mit Lastwagen, Booten und schließlich Hubschraubern ans Ziel gelangt. »Als Sie die Russen hier herausflogen«, fragte Thorpe den Piloten, »hatten sie da Kisten dabei?«

Der Pilot zuckte die Schultern. »Ja, und genug Gepäck für eine Zweijahrestour. Dazu Kisten mit Lebensmitteln. Ich wußte aber nicht, daß es Russen waren, mein Tourenleiter auch nicht. Ich sollte Passagiere am Heliport an der East Side auflesen und nach Long Island hinausbringen. Und da stand dann so ein Lieferwagen – irgendein Partyservice –, und überall stapelten sich Kisten und Kleiderkoffer. Schon schmeißt man mir das Zeug an Bord und sagt, ich soll nach King's Port fliegen, was ich auch tue. Doch vor der Landung heißt es plötzlich: weiter nach Glen Cove, und da muß ich unten bei dem Haus landen. Mehrere Männer laden aus und geben mir winkend den Start frei. Himmel, daß es Russen waren, erfuhr ich erst einen Monat später, als ich ein Luftbild des Hauses in der *Times* sah. Da gab's irgendwelchen

Streit wegen Steuern und Eintrittskarten für den Strand oder so.«

»Was stand auf dem Wagen vom Partyservice?«

Der Pilot warf Thorpe einen Seitenblick zu. »Keine Ahnung. Weiß ich nicht mehr.«

»Haben Sie den Vorfall dem FBI gemeldet? Oder der sich bei Ihnen?«

»He, das reicht mir jetzt mit der Ausfragerei«, sagte der Pilot barsch.

Thorpe zog seine Brieftasche. »CIA.«

Der Pilot sah sich den Ausweis an. »Na und? Burschen Ihres Schlages hab' ich in Vietnam oft geflogen. Die waren nicht so neugierig.«

Thorpe lächelte. »Was hat man Ihnen gesagt? Beim FBI meine ich.«

»Man sagte mir, ich solle euch nichts verraten. Also, ich will mich da raushalten, okay? Ich hab' schon zuviel gesagt.«

»Ich mache keine große Sache draus.«

»Na schön ... Wenden Sie sich an den FBI, wenn Sie sonst noch Fragen haben. Man weiß wirklich nicht mehr, wen man an Bord bekommt – Russen, FBI, CIA. Was noch?«

»Beruhigen Sie sich – fliegen Sie!«

Thorpe lehnte sich zurück, während der Hubschrauber langsam an Höhe verlor. Der Mini-Krieg zwischen dem Dorf und dem sowjetischen Anwesen hatte beinahe etwas Operettenhaftes. Noch mehr galt das womöglich für die Feindseligkeiten eines anderen hiesigen Großgrundbesitzers, der heute Thorpes Gastgeber war: George Van Dorn. Peter Thorpe blickte auf die beiden benachbarten Anwesen hinab, zwei kleine Fürstentümer mit einer gemeinsamen, halb befestigten Grenze, in der politischen Ausrichtung Welten auseinander und in einen bizarren, mittelalterlich anmutenden Belagerungskrieg verstrickt. Amüsant, überlegte er, aber nur bis zu einem gewissen Grad.

Thorpe vermochte Van Dorns Haus deutlich auszumachen, ein langes, weißes Schindelhaus im Kolonialstil, sehr vornehm aussehend, aber nicht ganz so prächtig wie das Schloß des Feindes. Thorpe spürte die wärmere Luft über dem Boden ins Cockpit steigen und nahmen den Duft früh blühender Blumen wahr. Aus dem leeren, erleuchteten Schwimmbecken schossen zwei Männer Feuerwerksraketen ab; sie glichen einer Artilleriemannschaft, die sich zum Schutz vor feindlichem Beschuß eingegraben hat. »Wenn die Russen eine Feuerwerkserlaubnis bekämen«, sagte er zum Piloten, »würden sie vielleicht zurückschießen.«

»Ja«, brummte der andere mürrisch, »und ich würde am liebsten beide abknallen.«

»Amen.«

Der Hubschrauber ging auf dem Landeplatz nieder.

3

Stanley Kuchik spürte, wie ihm unter dem Hemd der Schweiß ausbrach. Er fragte sich, was die Russen mit ihm anstellen würden, wenn sie ihn auf ihrem Besitz erwischten. Wahrscheinlich würden sie ihn umlegen, den Hunden zum Fraß vorwerfen, seine Knochen zermahlen und als Dünger verwenden.

Seit Jahrzehnten kamen die Schüler der Glen Cove High School, weiter unten an der Dosoris Lane gelegen, auf dem Weg von und zur Schule an den abweisenden Mauern und Toren vorbei. Immer mal wieder hatte es Gerüchte gegeben, Schüler seien in jenes fremde Land eingedrungen, doch es handelte sich stets um Gestalten aus ferner Vergangenheit. Dieses Manko sollte nun endlich ausgeräumt werden – durch Stanley Kuchik. Heute abend wollte er beweisen, daß er der Mutigste war, wenn er auch nicht zu den Größten in der Klasse zählte. Zehn Freunde hatten zugesehen, wie er den Zaun zwischen dem CVJM-Gelände und dem russischen Besitz überstieg und zwischen den Bäumen verschwand. Der Auftrag war klar: einen unwiderlegbaren Beweis dafür zu beschaffen, daß er tief ins feindliche Gebiet vorgestoßen war, mit anschließendem Treff bis zehn Uhr in Sal's Pizzalokal. Wenn die Sache mißlang, konnte er gleich seine Papiere abholen, denn dann hatte er in der Glen Cove High School keine Zukunft mehr.

Stanley hob das Fernglas und richtete es auf das etwa zweihundert Meter entfernte große Haus. Purpurne Schatten lagen über der breiten Nordterrasse, doch gab es um das Gebäude Bewegung. Einige Männer und Frauen räkelten sich in Liegestühlen, und jemand servierte Drinks. Warum gingen die Leute nicht ins Haus?

Stanley vergewisserte sich, daß sein Marinemesser nicht aus der Scheide gerutscht war, und fuhr mit den Fingern über die Tarnfärbung seines Gesichts – in Wahrheit handelte es sich um den grünen Lidschatten seiner Mutter. Das Zeug hatte sich bisher bei ziemlich jedem Wetter als haltbar erwiesen, selbst bei großer Hitze, wenn er schwitzte. Er trug den Tarnoverall, den sein Onkel Steve aus Vietnam mitgebracht hatte, und schwarze Turnschuhe.

Er stärkte sich mit einem Milky Way und steckte das Papier in die Tasche. Im nächsten Moment erstarrte er, denn zwei Männer kamen auf einem zehn Meter entfernten Kiesweg näher. Er horchte nach Hundebellen, konnte aber aufatmen. Selbst wenn die Männer ihn entdeckten, war er bestimmt schneller als sie. Mehr als einmal hatte er hundert Meter in 11,5 Sekunden geschafft – ein Ergebnis, das sich bestimmt noch verbessern ließ, wenn ihm einige Russen auf den Fersen waren.

Stanley rührte sich nicht, als die beiden Gestalten zwischen den Büschen sichtbar wurden. Den kleinen dicken Mann mit den vorspringenden Augen erkannte er sofort: Frosch. Er hatte den Typ einige Male in der Stadt gesehen und auch am Strand. Frosch hatte sogar vor Jahren in Stanleys Klasse einen Vortrag gehalten. Er war irgendwie zuständig für kulturelle Angelegenheiten und sprach recht gutes Englisch. Stanley versuchte sich an seinen Namen zu erinnern. Ansoff oder so. Ja. Androw. Viktor Androw.

Der andere Mann wirkte dagegen aalglatt; zurückgekämmtes schwarzes Haar, ein Anzug, der wie Stanleys erster Kommunionanzug aussah, und eine dunkle Sonnenbrille. Ein ziemlich harter Typ. Wahrscheinlich ein Killer, überlegte Stanley.

Die beiden redeten in Russisch aufeinander ein, und Stanley hörte immer wieder das Wort *Amerikanski*. Er verlagerte vorsichtig das Gewicht, öffnete den Feldbeutel und zog eine kleine

Kassettenkamera heraus. Er richtete sie auf die beiden Fremden und machte hastig drei Aufnahmen. Dann verstaute er das Gerät wieder und wartete eine volle Minute, ehe er sich für einen Sprintstart fertigmachte. Er lauschte. Alles ruhig.

Schließlich lief Stanley, so schnell er konnte, durch eine ungeschützte Zone und legte dabei fünfzig Meter in weniger als sechs Sekunden zurück. Er warf sich in eine unkrautüberwucherte kleine Senke und rührte sich nicht mehr. Das Versteck gefiel ihm ganz und gar nicht, doch es gab keine andere Deckung. Er hielt nach Wanzen Ausschau, entdeckte aber nichts, obwohl dies eine logische Stelle für ein Abhörgerät gewesen wäre. In dem Maße, wie sein Respekt vor den Sicherheitsmaßnahmen der Russen nachließ, steigerte sich sein Mut. Na, vielleicht waren die Sicherheitsvorkehrungen ja wirklich gut, vielleicht hatte man nur nicht mit Stanley Kuchik gerechnet.

Mit großer Begeisterung hatte Stanley jeweils den Berichten seines Onkels über den Flucht- und Tarn-Kursus in Panama gelauscht und die alten Kampfhandbücher über Infiltration, Aufklärungspatrouillen und Überlebensmethoden im Freien förmlich verschlungen. Für Stanley war es die natürlichste Sache der Welt gewesen, diese Dinge in den nahe gelegenen Wäldern praktisch zu üben, so als hätten die Bilder der durch den Busch kriechenden Männer eine Art Jagdinstinkt in ihm geweckt.

Vorsichtig blickte er über den Rand der Senke. Die Russen schienen noch nicht ins Haus gehen zu wollen. Damit konnte er auch nicht rechnen, denn es war sehr angenehm im Freien. Also mußte er seinen Coup unter ihren Augen starten.

Heute war nicht nur Freitag, sondern auch ein russischer Feiertag, das wußte Stanley; bald würden die Russen von der UNO eintreffen und überall im Gelände herumschwärmen. Stanley kroch auf das offene Ende eines Abflußrohrs zu, das unterhalb eines steilen Rasenhangs ins Freie ragte. Die Erde ringsum roch unangenehm und war mit Sumpfgras und Binsenkraut bedeckt. So tief war er noch nie in russisches Gebiet vorgedrungen.

Nach kurzem Zögern stemmte sich Stanley zum offenen Rohr empor. Mit dem Kopf voran preßte er sich in die glitschige

Tonbahn und begann schräg aufwärts zu kriechen. Von seinen Mitschülern in der Juniorklasse hätte kein anderer in das Rohr gepaßt – es hatte durchaus Vorteile, klein zu sein.

Näher beim Haus hatten sich hier und dort Weidenwurzeln zwischen die Rohrstücke geschoben. Zuerst benutzte er sie, um sich weiterzuziehen, doch an einer Stelle waren die Wurzeln so dick, daß er sie mit dem Messer durchschneiden mußte. Weiter vorn hörte er ein Keckern und begegnete dem Blick kleiner roter Augen. Mit dem Messergriff schlug er gegen das Rohr und knurrte: »Verschwinde!« Sein Herz klopfte heftig, und er hatte einen klebrigen Geschmack im Mund.

Stanley verharrte einige Zeit reglos und orientierte sich. Zu beiden Seiten der Schultern blieben ihm weniger als zehn Zentimeter, und obwohl er nicht zur Klaustrophobie neigte, wurde er langsam nervös. Wenn er nun steckenblieb? Die stinkende Luft schlug ihm auf den Magen, und die absolute Schwärze war ihm unheimlich. Er fühlte sich auf das unangenehmste eingeengt und verspürte den plötzlichen Drang, aufzustehen, sich loszureißen, durch die freie Abendluft zu rennen. Schweiß bedeckte seinen Körper, und er begann zu zittern. Er dachte ans Umkehren, fürchtete aber, daß er mit den Füßen voran nicht an den Wurzeln vorbeikam. Vollidiot, hierbleiben kannst du nicht.

Er kroch weiter, bis er eine Kreuzung mehrerer Rohrleitungen erreichte. Die Luft wurde hier besser, und er atmete tief durch. Er blickte einen senkrechten Schacht empor, der nach etwa sechs Metern an der Oberfläche endete. Die Öffnung war durch ein Ablaufgitter verschlossen, und am Himmel darüber leuchteten die ersten Abendsterne. Kleinigkeit!

Er stemmte sich auf ein Knie, hakte die Taschenlampe vom Stoffgürtel los, schaltete sie ein und richtete sie in den Schacht über sich. Sofort entdeckte er die erste Eisensprosse. Er verstaute die Lampe wieder und begann mit dem Aufstieg. Als er das Gitter erreichte, drückte er dagegen, und das Metall scharrte laut über den Betonrand. Er lauschte einige Sekunden lang, steckte schließlich den Kopf ins Freie und sah sich um. Keine drei Meter entfernt ragte ein weißer Flaggenmast empor. Und daran flatterte, was er begehrte: die dunkelrote Flagge der UdSSR.

Der Flaggenmast war von einer gut ein Meter hohen runden Hecke umgeben, die ihm Deckung bot, wenn nicht gerade jemand aus dem Obergeschoß herabblickte. Er suchte die Fenster des ersten Stockwerks und des Dachgeschosses ab, konnte aber nichts entdecken. Er stemmte sich aus dem Loch und kroch geduckt zum Flaggenmast, an dessen Fuß er sich auf den Rücken drehte. Er zog sein Messer und lauschte.

Musik tönte aus den halb geöffneten Terrassentüren; keine besonders schöne Musik, fand er. Ansonsten war es ziemlich still, und er fragte sich, ob man das Fallen der Flagge hören würde, wenn das Seil durch die Rolle sirrte.

Plötzlich zerriß ein Geräusch wie ein Gewehrschuß die Luft, und Stanley verlor beinahe die Beherrschung über seine Blase. Über ihm ertönte ein zweiter lauter Knall, dann regnete es rote, weiße und blaue Funken vom Himmel. Immer mehr Raketen explodierten, und Stanley lachte leise vor sich hin. Der verrückte alte Van Dorn wollte es den Russen wieder mal zeigen. Und jetzt war klar, wohin alle Russen blickten. Er schnitt zu, und das Gewicht der Flagge zog das Seil durch die Rolle.

Die Flagge schwebte herab, wurde schnell größer und bedeckte ihn schließlich ganz. Sie bestand aus sehr leichtem Material, das seltsam roch. Aber er hatte seine Beute.

Stanley verlor keine Zeit. Er schnitt die Flagge los, wickelte sie zu einer Wurst zusammen und band sie sich um den Leib. Er schob sich durch eine Lücke in der Hecke, auf der dem Haus abgewandten Seite, und machte sich zum Losspringen bereit. In diesem Augenblick ging das Flutlicht an. Himmel Herrgott!

Obwohl man bei Patrouillen niemals den Weg benutzen darf, auf dem man gekommen ist, machte Stanley kehrt und kroch langsam zum offenen Sturzwasserabfluß zurück. Hastig senkte er sich hinein und zog den Metallrost wieder über die Öffnung. Glück gehabt ...

Als er den senkrechten Schacht zur Hälfte hinabgestiegen war, brüllte eine Stimme über ihm: »Halt! Stop! Wir schießen!« Ein starker Lichtstrahl leuchtete in den Schacht. Stanley ließ sich die letzten drei Meter hinabfallen und landete auf dem schlammigen Boden des Abflusses. Mit dem Kopf voran tauchte er in die erstbeste Rohröffnung, während oben der Rost geöffnet wurde. Heilige Maria! Er erkannte, daß er sich in der Leitung befand, die zum Haus führte. Ihm blieb nichts anderes übrig, als weiterzukriechen.

4

Auf der Dosoris Lane kam der Verkehr nicht voran, und dafür hatte Karl Roth sogar Verständnis. Es bahnte sich ein internationaler Zwischenfall an, den alle sehen oder an dem sie teilnehmen wollten. Er steuerte seinen alten Lieferwagen einige Meter weiter und bemerkte mit einer Stimme, in der noch ein europäischer Akzent mitschwang: »Wir werden zu spät kommen.«

Seine Frau Maggie blickte hinten in den Wagen. »Ich hoffe, die Speisen verderben nicht.«

»Für den 1. Mai ist es sehr heiß.« Die Motortemperatur begann zu steigen. »Verdammt! Wo kommen nur die vielen Wagen her?«

»Das sind die Wagen der ausgebeuteten Arbeiterklasse, Karl. Auf dem Rückweg vom Tennisplatz, Golfverein und Jachtclub.« Sie lachte. »Außerdem haben wir Berufsverkehr, und das am Freitag, wo die Leute noch fürs Wochenende einkaufen. Und Van Dorn hält eine seiner Trotz-Partys ab.«

»Androw hat ausrichten lassen, daß er eine Überraschung für uns habe«, sagte Karl Roth stirnrunzelnd.

Wieder lachte sie, aber diesmal lustlos. »'ne schöne Überraschung wäre, wenn er mal unsere Rechnungen pünktlich bezahlte.«

Roth lächelte nervös. »Bitte behandele ihn höflich. Er hat uns zu einem Drink eingeladen. Für die Russen ist das ein großer Feiertag.«

»Er hätte uns richtig zur Party bitten können«, sagte sie murrend. »Statt dessen marschieren wir wie Bettler durch den Dienstboteneingang und helfen in der Küche aus. Klassenlose Gesellschaft – pah!«

Roth stieß gereizt den Atem durch die Zähne. »Dem FBI würde es auffallen, wenn wir zu lange blieben.«

»*Dein* Kommen und Gehen ist ja längst aufgefallen. Die Kerle führen bestimmt was im Schilde. Denk an meine Worte.«

»Sag das nicht! Daß du mir Androw nichts verrätst!«

»Mach dir deswegen keine Sorgen. Meinst du, ich möchte enden wie Carpins?«

»Sei still!«

Der Lieferwagen rückte wieder ein Stück vor. Plötzlich raste eine Rakete in den purpurnen Abendhimmel empor und flammte bunt auf. Die Menschen links und rechts der Straße jubelten, Hupen gellten auf.

»Neue Provokationen«, sagte Roth spöttisch. »Van Dorn legt mal wieder los – dieses reaktionäre Schwein!«

»*Der* bezahlt immerhin seine Rechnungen«, bemerkte Maggie Roth. »Und warum bist du nicht mit der Ausrichtung seiner Party beauftragt worden? Das hätten wir beides geschafft. Van Dorn mag dich. Dabei kriechst du förmlich vor ihm. ›Ja, Mr. Von Dorn, nein, Mr. Von Dorn.‹ Immerhin heißt er *Van* Dorn, Karl. Vielleicht hat er rausbekommen, daß du jede Gelegenheit nutzt, um bei ihm herumzuschnüffeln. Oder vielleicht glaubt er, du bumst eines seiner Hausmädchen.« Sie lachte. »Wenn er wüßte, was du wirklich bist...«

Wieder seufzte Karl Roth ergeben. Maggie würde sich in acht nehmen müssen, überlegte er. Weiter unten an der Straße hörte man zornige Stimmen. Streifenwagen parkten am rechten Straßenrand, und links sah er die riesigen schmiedeeisernen Tore des russischen Sitzes. Demonstranten mit Plakaten versperrten den Eingang, während die Polizei Ordnung in das Chaos zu bringen versuchte.

Von seinem erhöhten Fahrersitz aus konnte Karl Roth mehrere Limousinen erkennen, die durch das Tor fahren wollten. Die Polizeibeamten hielten jedes Fahrzeug an und überprüften Papiere und Zulassung. »Immer neue Schikanen«, stellte Roth fest.

»Wo sind unsere Wagenpapiere? Ich will mir kein Strafmandat einfangen. *Wir* müssen ohne diplomatische Immunität auskommen.«

»Im Handschuhfach. Mein Gott, was für ein Durcheinander!«

Wieder explodierte eine Rakete am Himmel. Maggie Roth schnalzte mit der Zunge. »Mr. Van Dorn läßt die Dinger genau über den Russen hochgehen.«

»Wieso findest du das amüsant?«

»Aber das ist es doch. Findest du nicht?«

»Nein.«

Sie schwieg eine Weile. »Ist dir klar«, sagte sie schließlich, »daß wir hier in den letzten sechs Monaten Lebensmittel für eine längere Belagerung angeliefert haben?«

Er antwortete nicht.

»All das Dosenzeug und die Trockennahrung. Die Kerle wollen doch sonst nur die beste und frischeste Ware – und jetzt bestellen sie auf einmal jede Menge Konserven und Trockennahrung. Also, Karl, was soll das?«

Wieder kam keine Antwort.

»Die Idioten planen den Dritten Weltkrieg, *das* ist los«, fuhr sie in scharfem Ton fort. »Aber Glen Cove braucht sicher nichts zu fürchten, was meinst du, Karl? Die würden doch ihre eigenen Leute nicht ausradieren, oder?«

»Halt's Maul!«

Sie ließ ein mürrisches Schweigen eintreten. »Ich hoffe nur«, brummte sie schließlich, »daß die verdammte Majonäse verdorben ist und sich alle eine Lebensmittelvergiftung holen!«

5

Stanley Kuchik lag in der nach oben geneigten Röhre auf dem Rücken und stemmte Arme und Kopf gegen einen festsitzenden Metallrost. Tränen traten ihm in die Augen. »Verdammter ... Idiot ... Stanley, du Arschloch ...«

Er blickte zu dem Gitter empor, das ihm den Zutritt zum Keller des großen Hauses verwehrte. Er spielte mit dem Gedanken, zurückzukriechen, doch wenn er irgendwo steckenblieb, würde er dort sterben und verfaulen, und der schreckliche Leichengestank würde dazu führen, daß man einen Klempner herbeiholte, der dann mit einer Reinigungsfräse ... brr!

Sicher würden ihm die Russen am Ende der Leitung auflauern und nach einer gewissen Zeit erkennen, daß er die andere Richtung genommen hatte. Und dann konnte es nicht mehr lange dauern, bis sie ihn hier herauszerrten und erschossen. Jesus, Maria und Josef... Frustriert ballte er die Fäuste und schlug damit gegen den Rost. Seine Wangen waren feucht von Tränen.

Plötzlich vernahm er eine Art Klicken und hielt inne. Versuchsweise stemmte er sich gegen das Metall und hob es an. Er rammte die Hände gegen das Hindernis und schleuderte den schweren Rost mit ungeahnter Kraft in die Luft. Polternd fiel er zu Boden.

Ehe die Wirkung des Adrenalins nachließ, packte Stanley den Rand der Öffnung, zog und strampelte gleichzeitig, schob sich so hinaus und rutschte zu Boden.

Mehrere Sekunden lang lag er keuchend auf dem kalten Betonboden und spürte seine Muskeln von der Anstrengung zittern. Nach einem tiefen Atemzug stand er unsicher auf. Na, so übel war das nicht.

Stanley klopfte seine Sachen ab, zupfte sich den Anzug zurecht und überprüfte seine Ausrüstung. Alles an Ort und Stelle. Das galt auch für die eingewickelte Flagge.

Hastig sah er sich um. Er befand sich im Heizkeller. Ihm gegenüber standen drei riesige Heizkessel und drei Heißwasser- und Öltanks.

Stanley öffnete eine primitiv gebaute Holztür und trat in einen unbeleuchteten Raum. Seine Hand berührte eine Zugkette, mit der er eine Glühbirne einschaltete. In der Weite des Raumes erstreckten sich endlose Reihen von Schachteln mit Konserven.

Er schaltete seine Taschenlampe ein und ging durch einen Gang zwischen lauter vertrauten Marken. Schließlich erreichte er eine Tür. Er lauschte; alles blieb ruhig. Dann öffnete er die Tür und betrat einen Raum, der von oben bis unten mit metallenen Aktenschränken gefüllt war. Willkürlich zog er eine Schublade auf und richtete seine Taschenlampe auf mit kyrillischen

Lettern beschriftete Dokumente. Er griff einen Stapel Papiere heraus und starrte auf das oberste Blatt. »Gottverdammte Sprache...« Er steckte die Papiere in seinen Feldbeutel und marschierte weiter.

Die Kellerfenster führten in Schächte, die im Freien endeten, aber alle vergittert waren. Er mußte eine Kellertür finden, die nach draußen führte. Aus der Ferne hörte er leise Musik, Stimmengewirr und Gelächter. Er setzte seinen Erkundungsgang fort.

Das Licht seiner Lampe fiel auf einen Kasten an der Wand, und er ging darauf zu. Drei elektrische Verteilerkästen hingen vor ihm. Er öffnete einen und entdeckte zwei Reihen moderner Leitungsschalter. Die Schilder darüber waren in russischer Schrift abgefaßt, was Stanley auf die Vermutung brachte, daß das neue System nicht von amerikanischen Elektrikern installiert worden war. Er zog seine Kleinkamera und schob die Nah-Linse auf. Dann stellte er sich vor die Schalttafel und drückte ab. Die Kamera blitzte. Bei den anderen Schalttafeln wiederholte er die Übung. Dies war sein Beweis, daß er im Haus gewesen war.

Rechts von den Schalttafeln bemerkte Stanley einen schweren Generator amerikanischer Herkunft, der über einem Bodenrost mit dem Betonboden verschraubt war. In der Ecke stand ein riesiger Tank, der vermutlich Dieseltreibstoff enthielt. Die Anlage ruhte; vermutlich sprang sie automatisch an, wenn die Stromzufuhr von außen unterbrochen wurde.

Stanley ließ das Licht herumwandern. Weiter hinten im Raum stand eine elektrische Brunnenpumpe, die mit dem Rohrsystem an der Decke verbunden war. Die Pumpe lief ebenfalls nicht; bestimmt wurde sie aktiviert, wenn der Generator ansprang oder wenn vom Dorf kein Wasser mehr kam.

Stanley kratzte sich nachdenklich am Kopf. »Vorräte ... Treibstoff ... Strom ... Wasser ... die verdammten Kerle sind auf alles vorbereitet.«

Er schritt durch eine Öffnung in einer Holzwand und erreichte einen Raum voller Terrassenstühle und Gartengeräte. Mit der Lampe suchte er die Wände ab und entdeckte schließlich eine kleine Steintreppe, die zu einer Deckentür emporführte. Nun,

Stanley, Zeit zum Rückzug.

Er entriegelte die Tür und hob den linken Flügel an, der sich quietschend öffnete. Stanley stieg in die kühle Abendluft hinaus und verhielt hinter einer Schierlingstanne.

Genußvoll verzehrte er seinen letzten Schokoladenriegel, der mit Mandeln durchsetzt war, und betrachtete dabei den etwa dreißig Meter breiten, hell erleuchteten Rasen. Dahinter erstreckte sich eine dichte Baumreihe. Er schluckte die Schokolade hinunter, wischte Mund und Finger sauber und duckte sich zu einem Sprintstart. Aus den Augenwinkeln spähte er in die Runde, wartete einen Moment und preschte dann los. Er war nur noch fünf Meter von den Bäumen entfernt, als hinter ihm ein Hund bellte.

»Halt! Stehenbleiben!«

Er krachte in das Unterholz zwischen den Bäumen, erreichte eine beinahe senkrechte Verwerfung des Bodens und bewältigte sie mit drei riesigen Schritten.

Im Laufen klatschten ihm die niedrigen Äste der Ahornbäume ins Gesicht und gegen die Arme, und er spürte einen stechenden Schmerz über dem rechten Auge. Ein Kiefernzweig fuhr ihm über den Mund, und er unterdrückte einen Aufschrei. Ach, Scheiße! Himmel Herrgott ... nie wieder ... nie ...

Der Hund bellte lauter, und Stanley schätzte den Abstand zu den Russen auf etwa zwölf Meter. Plötzlich tauchte eine Lichtung vor ihm auf, ein sanft gewelltes Feld, auf dem das Gras ziemlich hoch stand. Er rannte zwischen den Bäumen hervor und hastete in Richtung Nordwesten weiter, wobei das brusthohe Gras verschwommen an ihm vorbeizog.

In diesem Augenblick explodierte eine Van Dornsche Rakete; Stanley konnte sich nach der Abschußstelle orientieren und änderte leicht den Kurs.

Es gab günstigere Fluchtwege, doch Van Dorns Grundstück lag nun mal am nächsten, auch wenn es von hohen Mauern umgeben war. Dort lag seine beste Chance. Im Grunde seine einzige.

Der Baumbestand wechselte allmählich von Ahorn und Eichen

zu Lorbeersträuchern und Rhododendron, ein sicheres Zeichen, daß er sich der Grenze des sowjetischen Besitzes näherte. Er prallte gegen eine Schlinge Stacheldraht und riß sich die Hand auf. »Jesus Christus!« stöhnte er. Mit der Drahtschere schnitt er eine Öffnung und glitt vorsichtig hindurch. In der Ferne glaubte er auf Van Dorns Grundstück Lichter wahrzunehmen und rannte darauf zu.

Er hörte die Rufe der Russen hinter sich. Und das Hundegebell. Plötzlich wuchs eine niedrige Steinmauer aus dem Boden empor, und er sprang im Laufen darüber. Dann verlangsamte er das Tempo, um wieder zu Atem zu kommen. Genaugenommen befand er sich jetzt auf neutralem Gebiet, auf einem unbenutzten Feldweg, der die beiden Grundstücke trennte. Niemandsland. Plötzlich fühlte sich Stanley sehr schwach. Seine Beine zitterten, kalter Schweiß brach ihm aus, und er mußte sich übergeben. Nach mehreren tiefen Atemzügen setzte er seine Flucht fort, halb laufend, halb gehend.

Hinter ihm erklang eine Art Schuß, und er zog den Kopf ein. Im nächsten Moment erstrahlte der Himmel im Schein einer Fallschirmfackel. Die Russen hatten versehentlich oder absichtlich eine ihrer Sicherheitseinrichtungen ausgelöst, doch er war aus dem Leuchtbereich heraus und marschierte weiter.

So erreichte er einen hölzernen Palisadenzaun, der gut drei Meter hoch und oben angespitzt war. Van Dorns Grenze. Stanley hieb gegen den Zaun. Ein paar wenige Zentimeter Zedernholz trennten ihn von der Freiheit.

Er begann in östlicher Richtung an der Mauer entlangzutrotten. In der Nähe des Zauns wölbte sich das Terrain empor. Zwischen der Anhöhe und dem oberen Rand des Zauns lagen keine unmöglichen drei Meter mehr, sondern nur noch gut zwei Meter. Er schlug einen Bogen, um Platz zum Anlaufen zu gewinnen, und wandte sich wieder dem kleinen Erdhügel zu. Über den fernen Bäumen war der Halbmond aufgestiegen und beleuchtete den schmalen Feldweg. Links machte Stanley sechs Russen und zwei Hunde aus, die im Laufschritt näher kamen. Wenn überhaupt, mußte es beim erstenmal klappen.

»Halt!« brüllte einer der Russen. »Ergeben Sie sich!«

»Du kannst mich mal!« brüllte Stanley zurück.

Die Russen ließen die Hunde von der Leine, und Stanley sprintete los. Beide Hunde sprangen ihn an, doch zu schwungvoll, so daß sie kehrtmachen mußten. Im Laufen stieß sich Stanley von der Erhebung ab und segelte durch die Luft. Der Schwung trug ihn nach oben und nach vorn. So knallte er gegen den Zaun, vermochte aber den Arm um die Spitzen der Stämme zu legen. Die Hunde sprangen an ihm empor, und einer bekam einen Turnschuh zu fassen. Stanley kickte sich frei. »Halt!« brüllte ein Russe. »Wir schießen!«

Stanley wälzte sich hastig über die Spitzen, hing einen Moment in der Schwebe und ließ sich dann drüben auf den Felsboden fallen. Amerikanischer Boden! Ende.

Stanley rappelte sich auf und trottete vom Zaun fort, zuerst lachend, dann weinend, bis er schließlich laut zu brüllen begann: »Geschafft! Ich hab's geschafft!« Er sprang in die Luft und klatschte in die Hände. »Stanley, du bist der größte!«

Er zog die Flagge straffer und trabte los; da hatte er plötzlich das Gefühl, sich umdrehen zu müssen. Die Spitzen des Zauns bildeten eine schwarze Silhouette vor dem abendlichen Himmel, ergänzt durch den Umriß eines großen Mannes, der eben darüber kletterte. Stanley machte kehrt und lief so schnell, wie seine schweren Füße tragen wollten.

Das Terrain war ziemlich offen; nur hier und dort standen ein paar Birken und Buchsbäume. Langgezogene Mondschatten lagen über den Wildblumenflächen, und Stanley versuchte sich darin zu halten. Der Boden stieg allmählich an, zuerst nur unwesentlich, dann immer steiler, bis vor ihm so etwas wie eine Klippe aufragte. Er rutschte in einer feuchten Masse aus. Lehm. Weißer Lehm. Long Island war vorwiegend flach, doch gab es an der Nordküste Stellen, die von der Endmoräne eines Eiszeitgletschers gebildet worden und etwa fünfzehntausend Jahre alt waren – ausgerechnet hier mußte er darauf stoßen. Lockeres Gestein, Kies und der seltsam glitschige weiße Lehm, der Stanley wie Hundekot vorkam, machten ihm zu schaffen. Er erkannte rasch, daß er sich den falschen Weg auf Van Dorns weitläufigem Besitz ausgesucht hatte.

Nun hörte er seine Verfolger wieder, allerdings ohne Hunde. Vermutlich hatten sie sich gegenseitig über den Zaun geholfen und waren noch ihrer fünf, während der schwerfälligste bei den Hunden bleiben mußte. Stanley fragte sich, weshalb die so scharf auf ihn waren. Sie riefen nicht mehr hinter ihm her, doch er hörte ihre Schritte; sie schienen ihm nicht zu folgen, sondern etwa vierzig Meter von ihm entfernt in westlicher Richtung zu gehen. Schweinehunde!

Mit letzter Kraft begann Stanley Trittlöcher in den weichen Ton zu drücken und mit den Fingern darin Halt zu suchen. Verklagen werd' ich sie. Van Dorn wird alles erfahren. Einfach auf amerikanischen Boden vorzudringen – so eine Frechheit!

Links hörte er eilige Schritte irgendwo am Hang. Die Männer hatten einen Weg gefunden und kamen rasch näher. Direkt hinter sich hörte er etwas und schaute zurück. Im Mondschein entdeckte er einen Russen, der fünf Meter weiter unten an der Klippe postiert worden war, um ihm den Rückweg abzuschneiden. Der Mann hielt etwas in der Hand, das wie eine Waffe aussah, und er lächelte zu Stanley empor; ein äußerst unangenehmes Lächeln war das.

Stanley klebte an der steilen Erhebung und spürte Tränen aufsteigen, denn er wußte, daß er trotz aller Mühen sein Ziel nicht erreichen würde.

6

Einige Wagen hinter Karl Roths Lieferwagen steckte eine graue Limousine mit Chauffeur ebenfalls im dichten Verkehr fest.

Katherine Kimberly musterte den jungen Engländer, der das andere Ende des breiten Fonds einnahm. Marc Pembroke sah unzweifelhaft gut aus, wenn er auch gleichzeitig etwas Finsteres an sich hatte. Er besaß den ganzen Charme und die erlesenen Manieren seiner Klasse, doch ebenso den entsprechenden Zynismus und die betonte Gleichgültigkeit. »Es müßte besser werden, sobald wir an den Russen vorbei sind«, sagte sie.

»Nur gut, daß Mr. O'Brien uns nicht begleitet hat«, sagte Pembroke höflich. »In seinem Alter kann eine Grippe problematisch werden.«

Katherine glaubte einen tadelnden Unterton herauszuhören und musterte Pembroke. Er trug einen weißen Nadelstreifenanzug aus Flanell, ein weißes Seidenhemd, eine rote Seidenkrawatte mit passendem Brusttuch und einen Strohhut. Schwarzweiße Halbschuhe rundeten das Bild ab. In den zwanziger Jahren hätte er gut in diese Gegend gepaßt, heute wirkte er herausgeputzt. George Van Dorn hatte bestimmt nicht viel übrig für ihn. Trotzdem strahlte Pembroke eine starke Männlichkeit aus.

»Um Mr. O'Briens Gesundheit mache ich mir keine Sorgen«, meinte sie. »Letztes Jahr am 1. Mai sprang er aus einem Hubschrauber mit dem Fallschirm ab und landete auf Van Dorns Tennisplatz.« Sie lächelte.

Pembrokes Blick ruhte auf der attraktiven blonden Frau. Sie trug ein gutsitzendes malvenfarbenes Kleid, das ausgezeichnet zu ihrem hellen Teint paßte. Die Schuhe hatte sie abgestreift, und ihm fiel auf, daß ihre Füße schwielig waren. Er mußte daran denken, daß sie in ihrer Freizeit Marathonläufe absolvierte. Sie war offensichtlich eine Persönlichkeit, die sich durchsetzen konnte. Pembroke hatte läuten hören, daß sie vor Gericht sehr gut sei, und konnte sich das durchaus vorstellen.

Sie hob den Kopf, und ihre Blicke begegneten sich. Katherine schlug nicht zurückhaltend die Augen nieder, sondern schaute ihn offen an. Schließlich fragte er: »Darf ich Ihnen einen Drink einschenken?«

»Ja, bitte.«

Auf den Klappsitzen gegenüber saß ein attraktives junges Paar. Joan Grenville trug weiße Hosen und einen marineblauen Rollkragenpullover. Ihr Ehemann Tom präsentierte sich in einem blauen Anzug, wie er bei den Angestellten der Anwaltsfirma O'Brien, Kimberly & Rose gern gesehen wurde. Pembroke, der nicht zur Firma gehörte, fragte sich, ob Tom Grenville diesen deprimierenden Aufzug etwa das ganze Wochenende beibehalten wollte, um bei Van Dorn anzukommen, der Seniorpartner der Firma war.

Grenville machte sich an der kleinen Bar zu schaffen. »Ich erledige das«, sagte er. »Alle mit Scotch, einverstanden?«

»Wir hätten mit Peter im Hubschrauber mitfliegen sollen«, sagte Joan Grenville mißgelaunt.

»Ich bin sicher, Peter wird trotzdem zu spät kommen«, bemerkte Katherine.

Pembroke lächelte sie an. »So redet man aber nicht von seinem Verlobten.«

Katherine erkannte, daß Pembroke sie ein wenig sticheln wollte. »In Wirklichkeit ist es so, daß ich normalerweise zu früh komme und ihn dann beschuldigen kann, zu spät zu erscheinen.«

»Die Relativität der Zeit«, meinte Pemproke, »wurde durch die Beobachtung von Männern und Frauen entdeckt, die aufeinander warteten.«

Katherine wollte sich von dem charmant-scharfsinnigen jungen Mann nicht aufs Glatteis führen lassen. »Temperaturen sind auch relativ. Männern ist es gewöhnlich zu warm, wenn Frauen sich wohl fühlen. Warum ziehen Sie das Jackett nicht aus?«

»Ich behalte es lieber an.«

Und mit gutem Grund, dachte sie. Sie hatte die Pistole längst bemerkt.

Die Limousine rollte einige Meter weiter. Grenville reichte Gläser herum.

»Himmel, was wird das für ein schreckliches Wochenende!« ächzte Joan. »Warum muß sich Van Dorn nur immer so anstellen mit seinen Nachbarn?«

Pembroke lächelte. »Soweit ich weiß, läßt sich Mr. Van Dorn keine Gelegenheit entgehen, den Russen das Leben schwerzumachen.«

»Dann wird er wieder die elenden Lautsprecher über die Mauer dröhnen lassen! Himmel, was ich davon Kopfschmerzen kriege!«

Tom Grenville lachte. »Dann stell dir mal die Kopfschmerzen

der Russen vor!«

»Ich finde das alles ziemlich kleinkariert«, stellte Katherine fest. »Durchaus unter Georges Niveau.«

Joan nickte. »Dennoch wird es bestimmt nicht das letzte Mal sein. Die nächste Gelegenheit wäre Memorial Day. Und dann der 4. Juli. Ach, Tom, laß uns verreisen. Ich hab' die Nase voll von Flaggeschwenken, kriegerischer Musik und Feuerwerk. Macht ehrlich keinen Spaß.« Sie wandte sich an Marc Pembroke. »Die Engländer würden sich nicht so benehmen, oder? Ich meine, *die* sind doch zivilisiert.«

Pembroke schlug die Beine übereinander und schaute Joan Grenville intensiv an. Sie erwiderte den Blick und zeigte das erste Lächeln dieses Abends. Der Blickkontakt dauerte etliche Sekunden, ehe Joan nachhakte: »Also, sind Sie zivilisiert oder nicht?«

Pembroke rieb sich die Unterlippe. »Erst seit kurzem, würde ich sagen. Bleiben Sie das ganze Wochenende?«

Der plötzliche Themenwechsel überraschte sie. »Nein ... ich meine: Ja. Vielleicht. Und Sie?«

Er nickte nur.

Tom Grenville schien von der Spannung, die sich zwischen seiner Frau und dem Engländer aufbaute, nichts zu merken. Er war mit seinem nächsten Drink beschäftigt.

Ein Stück vor dem Haupteingang der russischen Residenz kam der Wagen am CVJM vorbei, dessen Gebäude und Tennisplätze früher einmal zu Killenworth gehört hatten. »Hier ist der FBI untergebracht«, bemerkte Grenville. »Die CIA benutzt das Altersheim weiter oben an der Straße.«

»Wen kümmert das?« fragte Joan.

»Woher wissen Sie das?« wollte Marc Pembroke wissen.

Grenville zuckte die Schultern. »Ist hier im Ort allgemein bekannt.«

Vor dem Hauptportal der Russen fand eine Demonstration statt; nach Katherines Schätzung hatten sich etwa hundert Personen vor der Einfahrt versammelt, angeführt von Dominic Parioli, dem streitbaren Bürgermeister von Glen Cove, der einen großen

Zylinder trug und mit einem Megaphon ausgerüstet war.

Tom Grenville deutete mit einer Kopfbewegung aus dem Fenster. »Etwa ein Viertel davon sind vom FBI, dazwischen ein paar CIA-Agenten, dazu Geheimpolizisten von Kreis und Staat New York. Gar nicht zu reden von dem einen oder anderen KGB-Spion. Ohne all die Doppelagenten bekäme Parioli keine zehn Leute zusammen.« Er lachte vor sich hin.

»Das erinnert mich an die idiotische Behauptung, die Kommunistische Partei Amerikas setze sich zum größten Teil aus Agenten von FBI und CIA zusammen«, wandte Katherine ein.

»Stimmt aber«, sagte Grenville lächelnd. »Einige Zellen sind komplett mit FBI- oder CIA-Agenten bestückt, und die Kommunisten erkennen die falschen Fünfziger daran, daß sie als einzige pünktlich ihre Monatsbeiträge bezahlen. Und Parioli erkennt sie, weil sie als einzige auch bei Regen zum Demonstrieren kommen.«

»Absurd!« sagte Katherine. »Warum müssen wir uns immer selbst klein machen?«

»Sie reden wie Van Dorn«, meinte Joan Grenville. »Oder sagen Sie das, weil Peter Thorpe für die CIA arbeitet?«

Katherine reagierte nicht auf diese unangebrachte Bemerkung, und alle schwiegen.

Der Wagen befand sich jetzt auf der Höhe der russischen Einfahrt. Katherine bemerkte einen grünen Partyservice-Wagen vor dem Tor. Etliche Demonstranten brüllten den Fahrer an, den sie zu kennen schienen. Ein Ei zerplatzte auf der Windschutzscheibe, und augenblicklich, als sei der Fahrer so etwas gewöhnt, setzte er die Scheibenwischer in Bewegung, die die Masse über das Glas verschmierten.

»Ich wünschte, die Leute würden sich beruhigen«, sagte Joan Grenville schließlich. »Ich bin schon ganz nervös.«

»Gleich sind wir vorbei«, erwiderte ihr Mann.

»Ich glaube, Joan meinte mehr als nur diese Szene hier«, sagte Katherine. »Auch mich macht das alles nervös.«

Pembroke nickte und stellte seinen Drink auf die Bar. »Mir scheint, ich höre das Schlagen von Kriegstrommeln.«

7

Stanley Kuchik klammerte sich am Klippenhang fest. Er war so erschöpft, daß er bald keinen Zentimeter mehr klettern konnte, doch wollte er sich auch nicht in die Arme des unter ihm lauernden Russen gleiten lassen. Von oben waren Geräusche zu hören; dort wurde er also ebenfalls bereits erwartet. Er atmete tief durch und setzte den Aufstieg an der glatten Schräge fort; er wußte kaum noch, was er tat.

Plötzlich erreichte er den schmalen Weg. Es dauerte mehrere Sekunden, bis er erkannte, wo er sich befand. Zuerst sah er nur Füße und Beine. Beine, die ihm bergauf entgegenkamen, und noch mehr Beine, die auf der anderen Seite den Weg herabstapften. Er saß in der Falle und fragte sich, was aus ihm werden sollte.

»Zum Teufel, was machen Sie denn hier?« fragte eine Stimme. »Dies ist Privatbesitz.«

Stanley setzte zu einer Antwort an, als ihm bewußt wurde, daß der Mann ganz normales amerikanisches Englisch gesprochen hatte. Von weiter unten antwortete atemlos ein Mann: »Wir verfolgen diesen Dieb. Er hat uns bestohlen.«

»Was hat er denn gestohlen?« fragte der Amerikaner.

Stanley richtete sich in eine sitzende Stellung auf. Zwei Männer, Amerikaner, standen etwa anderthalb Meter links von ihm auf dem schmalen Weg. Etwa drei Meter entfernt verharrten auf der anderen Seite vier Russen, die nur hintereinander Platz hatten. Der erste war ein junger, energisch wirkender Mann in brauner Uniform. »Er stiehlt Flagge«, sagte er aufgebracht. »Er bespitzelt diplomatische Residenz.«

»Ach, Unsinn. Ihr denkt doch an nichts anderes als an Spione!«

»Er hat Flagge! Sie sehen?«

Automatisch berührte Stanley die um seine Hüfte verknotete Fahne. Die andere Hand näherte sich dem Messer.

»Ich sehe keine Flagge«, antwortete der Wortführer der Amerikaner barsch.

Stanley sah sich seinen Landsmann genauer an. Er trug einen

Anzug und war schon ziemlich alt: Vermutlich handelte es sich um Van Dorn persönlich. Einige Sekunden lang rührte sich niemand.

Der zweite Amerikaner, ein junger blonder Mann in einem weißen Anzug, drängte sich an dem älteren vorbei und kniete neben Stanley nieder. »Hallo, ich heiße Marc«, sagte er. »Wie heißen Sie?«

Stanley starrte ihn an. Es war kein Amerikaner, wohl eher ein Engländer. »Stanley.«

»Stanley, Sie scheinen ja ziemlich gut ausgerüstet zu sein.«

»Alles zur Tarnung.«

»Also, Sie brauchen keine Angst mehr zu haben. Sie sind in Sicherheit.«

Stanley blickte auf die größere Streitmacht der Russen und nickte zweifelnd. Leise sagte er: »Die haben Kanonen.«

Nickend flüsterte Marc Pembroke: »Davon bin ich überzeugt. Sie können also die Hand vom Messer nehmen. Das nützt gar nichts. Wir müssen uns hier irgendwie herauswinden.«

Stanley gehorchte.

»Ist das da eine sowjetische Flagge?« fragte Pembroke mit normaler Stimme.

Stanley nickte.

»Woher haben Sie die?«

»Drüben vom Flaggenmast.«

Pembrokes Lächeln wurde breiter. »Ach?«

Der ältere Mann kam näher. »Darauf gebe ich Ihnen einen aus – Sie sind doch alt genug, um Alkohol zu trinken?«

»Nein, Sir. Vielen Dank.«

Ungeduldig meldete sich der Sprecher der Russen wieder zu Wort. »Wir nehmen Flagge. Rufen FBI an. FBI zuständig für dieses Verbrechen.«

»Er kann das Ding wirklich nicht behalten«, sagte Pembroke leise zu Van Dorn.

»Warum nicht?« bellte dieser. »Er hat sie gestohlen. Sie gehört ihm. Darum geht's doch im Kapitalismus.« Er lachte über die Verrücktheit seiner Worte.

Ein komischer Kauz, dieser Van Dorn. Stanley schaute zu den Russen hinunter, die ein wenig näher gerückt waren und zornig aussahen, als wären sie fähig, etwas Unüberlegtes zu tun. Stanley wünschte, Van Dorn würde dem Engländer das Verhandeln überlassen.

Pembroke löste den Knoten und zog Stanley die Flagge vom Körper. »Tut mir leid, Kleiner, das Ding gehört wirklich nach drüben.«

Der Russe riß ihm die Fahne aus der Hand. Pembroke zerrte den Jungen zurück.

»Ende gut, alles gut«, sagte er. »Der Vorfall ist beendet. Es war ein Dummejungenstreich. Wir übernehmen es, ihn zu bestrafen.«

Der große Russe schien mutiger zu werden. »Wir warten hier, Junge bleibt hier. Wir rufen FBI.«

Pembroke schüttelte den Kopf. »Nein, Leute, wir gehen. Mit dem Jungen. Ich entschuldige mich im Namen der Bürger von Glen Cove, des amerikanischen Volkes und der Regierung Ihrer Majestät.«

»Runter von meinem Land!« knurrte Van Dorn, der bisher erstaunlich wenig gesagt hatte. Er hob den Arm und richtete einen schweren, langläufigen Revolver auf den großen Russen und spannte den Hahn. »Sie haben zehn Sekunden Zeit, kehrtzumachen. Neun, acht ...«

Niemand rührte sich. »Kapitalistisches Schwein!« fauchte der Russe.

»Sieben, sechs ...« Van Dorn schoß. Bis auf ihn gingen alle zu Boden. Die Detonation verhallte, die Nacht war wieder still.

Pembroke stützte sich auf ein Knie; in einer Hand hielt er eine Pistole, mit der anderen drückte er Stanley zu Boden.

»Nur eine Warnung«, sagte Van Dorn. »Verschwinden Sie!«

Die vier Russen machten hastig kehrt und entfernten sich auf dem schmalen dunklen Pfad.

Als sie verschwunden waren, senkte Van Dorn den Revolver und ließ ihn unter seinem Jackett verschwinden. »Man darf sich von diesen Marionetten nicht herumkommandieren lassen.«

Pembroke steckte seine Waffe ebenfalls fort und half Stanley hoch. Aufgebracht schaute er den Jungen an. »Und was soll das Ganze? Wollten Sie Sonderkommando spielen?«

Mürrisch brummte Stanley etwas vor sich hin. Die Wirkung des Schocks ließ nach, und er begann sich betrogen zu fühlen.

Van Dorn rieb sich das faltige Gesicht. »He«, sagte er munter, »ich habe eine russische Flagge. Wollen Sie die haben?«

Stanley riß die Augen auf. »Klar. Woher haben Sie sie?«

Van Dorn lachte. »Aus Deutschland, von der Elbe, 1945. Ein Geschenk. Ich mußte nichts Verrücktes dafür tun. Ich finde, Sie haben sie sich verdient.«

Auf dem Weg zum Haus fragte Van Dorn: »Sie wohnen hier in der Gegend?«

»Jawohl, Sir.«

»Und Sie kennen sich drüben aus?«

»Klar.« Stanley fühlte sich plötzlich viel besser. Er mußte an die Fotos denken und die sowjetischen Papiere in seinem Beutel. Und wenn er wirklich die Flagge bekam ... Aber vielleicht machte sich die Wahrheit ja noch eindrucksvoller.

»Machen Sie das oft?« fragte Pembroke. »Ich meine, da drüben eindringen?«

»Ich bin schon ein paarmal über den Zaun«, antwortete Stanley vorsichtig, »war aber noch nie so dicht am Haus dran.«

Sie erreichten das Ende des Aufstiegs und überquerten eine offene Rasenfläche, die von einer Art Tribüne gesäumt war. »Ein Polofeld«, sagte Van Dorn. »Aber das wissen Sie sicher. Sie sind nicht zufällig der Kerl, der immer die Tomaten klaut?«

»Nein, Sir.« Stanley schaute über das Spielfeld. Zu beiden Seiten der Tribüne standen hohe Masten, darauf große Lautsprecher, die im Augenblick schwiegen. Stanley fragte sich, ob Richtmikrofone darin verborgen waren. Vielleicht hatte man auf diese Weise die Ereignisse mitbekommen. Auf der anderen Seite des Rasens erhob sich das erleuchtete große Haus.

»Wie sind Sie drüben so dicht ans Haus rangekommen?« fragte Van Dorn und legte dem jungen Mann ungeschickt einen Arm um die Schulter.

»Durch ein Abflußrohr.«

Van Dorn nickte nachdenklich. »Aber im Haus drinnen waren Sie nicht, oder?« fragte er lächelnd.

Stanley antwortete nicht sofort. »Ich glaub', ich könnte es schaffen.«

Van Dorn hob die Augenbrauen.

»Was haben Sie da in dem Beutel?« wollte Pembroke wissen.

»Sachen. Für die Patrouille.«

»Was für Sachen, Junge?«

»Na, Sie wissen schon. Tarnfarbe, Taschenlampe, Kamera, Schokoladenriegel, Landkarten. Solche Sachen eben.«

Van Dorn blieb stehen. Er schaute Marc Pembroke an, der seinen Blick erwiderte. Van Dorn nickte kaum merklich.

Pembroke schüttelte den Kopf.

Van Dorn nickte noch einmal, diesmal energischer.

Stanley beobachtete die beiden und hatte das seltsame Gefühl, daß er den russischen Landsitz nicht zum letztenmal aus der Nähe gesehen hatte.

8

Katherine Kimberly las:

Liebe Miß Kimberly,

es ist ein seltsames und vielleicht schicksalhaftes Ereignis eingetreten, das mich veranlaßt, Ihnen zu schreiben. Wie Sie vielleicht wissen, war Ihr verstorbener Vater Henry während des Krieges in Brompton Hall stationiert. Nach seinem Tod sprach ein US-Offizier bei mir vor, der seine persönliche Habe abholen wollte. Dieser Offizier bestand nachdrücklich darauf, alles an sich zu nehmen, was Ihrem Vater gehört hatte. Ich nahm an, dies geschehe weniger aus sentimentaler Rücksicht auf Major Kimberlys Familie denn aus Sicherheitsgründen, da Ihr Vater, wie Sie sicher wissen, mit wichtigen Geheimdienstaufgaben betraut war.

Colonel Randolph Carbury fuhr sich nachdenklich über den weißen Schnurrbart, während er die attraktive Frau musterte, die hinter ihrem Schreibtisch saß. Ein bemerkenswertes amerikanisches Geschöpf, überlegte er: beinahe vierzig, doch eher wie dreißig aussehend. Das lange Haar wies eine schwachbronzene Färbung auf, die helle Haut zeigte erste Sommersprossen und eine leichte Frühlingstönung. Ihr wohlgeformter Körper und die hübschen Beine bestätigten, daß sie Langstreckenläuferin war.

Sie schaute von dem Brief auf und begegnete dem Blick des Engländers. Das Papier in ihrer Hand wies eine goldene Prägung auf: Lady Eleanor Wingate, Brompton Hall, Tongate, Kent. Der Brief war mit schwarzer Tinte in einer Handschrift abgefaßt, die auf Katherine vollkommen wirkte. Sie forderte Carbury auf, sich einen Drink zu machen, und las weiter.

Wir halfen, so gut wir es unter den gegebenen Umständen vermochten, doch ist Brompton Hall ein ziemlich großes Haus, und das Personal reichte vorn und hinten nicht, um all jene Stellen abzusuchen, die ein Mann aus der Branche Ihres Vaters als Versteck für Geheimmaterial auswählen mochte.

Vielleicht ahnen Sie schon, worauf ich hinauswill. Vor einigen Tagen räumten wir in Brompton Hall gründlich auf, da es einem neuen Eigentümer übergeben werden soll. In einem der Schränke unseres Familienarchivs fand sich ein in Öltuch gewickeltes Paket, das eine US-Army-Depeschenmappe enthielt. Mein Neffe Charles, der die Arbeiten beaufsichtigte, brachte mir den Fund sofort.

In der Mappe befanden sich gut erhaltene Papiere, zumeist verschlüsselte Nachrichten und dergleichen, die heute nicht mehr von Bedeutung sind, würde ich meinen. Außerdem zusammengebundene Briefe, ein ganzes Bündel. Es scheint sich um rührende Schreiben Ihrer Schwester Ann zu handeln, die damals etwa fünf Jahre alt war. Doch fand sich auch ein Gegenstand, der unmittelbar interessieren mußte: ein verschlossenes Tagebuch.

Nach einigem Zögern entschied ich, das Schloß zu öffnen,

um mich zu überzeugen, ob es sich um das Tagebuch Ihres Vaters handelte, und, falls ja, um zu entscheiden, ob der Inhalt womöglich Dinge enthalte, die Ihnen Kummer bereiten könnten. Es enthält verschiedene Eintragungen über mich und Ihren Vater. Ich habe dennoch nichts ausgestrichen. Sie sind alt genug, um zu verstehen, was Liebe, Einsamkeit und Krieg bedeuten.

Der größte Teil des Tagebuchs jedoch ist nicht persönlicher Natur. Es gibt seitenweise Notizen, von denen ich meine, daß Sie und Ihre Regierung davon erfahren sollten.

Katherine unterbrach die Lektüre. Zuviel stürmte auf sie ein. Gänzlich unerwartet kam der Brief allerdings nicht. An den Namen Eleanor Wingate erinnerte sie sich vage aus ihrer Kindheit, auch wenn sie den Zusammenhang nicht mehr kannte. Und Randolph Carburys Besuch war ebenfalls keine Überraschung, obwohl er ihr vor einer Viertelstunde noch gänzlich unbekannt gewesen war. Es war unvermeidlich gewesen, daß Carbury oder sonst ein Mann seines Schlages irgendwann aus heiterem Himmel zu ihr kommen und das Gespenst ihres Vaters auferstehen lassen würde. Sie las weiter:

Die Umstände des Todes Ihres Vaters in Berlin sind meiner Meinung nach ziemlich geheimnisvoll; immerhin kam er etliche Tage nach Kriegsende ums Leben. Die amtliche Version der Ereignisse hat mich nie befriedigen können. Außerdem sagte Ihr Vater einmal zu mir: »Eleanor, falls ich sterbe, und nicht mindestens ein Dutzend verläßliche Zeugen aussagen, daß es ein natürlicher Tod gewesen ist, weißt du, daß die Russen mich endlich erwischt haben.«

Ich antwortete: »Henry, du meinst doch bestimmt die Deutschen.« Und er antwortete: »Nein, ich meine unsere halsabschneiderischen Verbündeten.«

Und da war noch etwas. Der amerikanische Offizier, der Henrys Habseligkeiten abholen sollte – mir gefiel weder sein Benehmen noch sein Aussehen. Warum kam er allein, um das große Haus zu durchsuchen, wozu er dann noch mein unzulängliches Hauspersonal einsetzen mußte? Warum kam am nächsten Tag ein zweiter Offizier mit demselben Auftrag? Dieser Offizier reagierte ungläubig auf die Auskunft, jemand sei schon vor ihm hier gewesen. Er sagte, die Armee habe erst vor Stunden von Henrys Tod erfahren.

Damals war ich viel zu gelähmt vor Trauer, um das alles zu registrieren, doch einige Wochen später versuchte ich Auskünfte einzuholen. Doch noch immer galten die Geheimhaltungsvorschriften aus dem Krieg, und da war meine Position hoffnungslos.

Nun ja, das Tagebuch Ihres Vaters hellt einiges entschieden auf.

Katherine blickte zu Carbury auf. »Talbot?« fragte sie leise.

Carburys Augen weiteten sich ein wenig. »Ja: Talbot und Wolfsbrut. Ich hatte keine Ahnung, daß Sie Bescheid wissen. Wieviel ist Ihnen bekannt?«

»Nicht genug.« Katherine blätterte um und wandte sich wieder dem Brief zu.

Henrys Sachen in der Mappe haben viele Erinnerungen zurückgebracht und ein altes Schuldgefühl in mir geweckt – nicht wegen unserer Beziehung, der keine Schuld anhaftete (mein Mann war zu Anfang des Krieges in Malta gefallen, und Ihre Mutter ließ sich gerade wegen eines Washingtoner Bürokraten scheiden), sondern weil ich mich nie mit Ihnen in Verbindung gesetzt und Ihnen einige der guten Dinge über Ihren Vater erzählt habe, der ein bemerkenswerter Mann war.

Nun ja, viel gibt es nicht mehr zu sagen. Ich werde nach London ziehen, um dort bei meinem Neffen Charles Brook zu leben.

Die letzten Wochen waren irgendwie seltsam und haben mich auch traurig gestimmt – das Verlassen von Brompton Hall, die Papiere Ihres Vaters, die wiedererwachten Erinnerungen.

Ziel dieses Briefes ist es jedoch, Ihnen die Depeschentasche anzukündigen, genauer gesagt, das Tagebuch, in dem Leute erwähnt werden, die vielleicht noch heute in der Regierung tätig sind oder in der amerikanischen Gesellschaft hohe Positionen innehaben – erwähnt auf eine Weise, die leider wohl schlimmste Konsequenzen für Ihr Land und uns alle verheißt. Zumindest einer der Genannten ist ein bestens bekannter Mann, der Ihrem Präsidenten nahesteht.

Dieser Brief wird von einem guten alten Freund überbracht werden: Randolph Carbury. Er wird, so hoffe ich, Sie in der Anwaltspraxis ausfindig machen, die er mir als Ihre Arbeitsstätte geschildert hat. Colonel Carbury ist ein ehemaliger Angehöriger des Militärgeheimdienstes und vermag hervorragend über Situationen und Menschen zu urteilen. Wenn Sie sich in seinen Augen für die Entgegennahme des Tagebuches eignen, wird er die Übergabe mit Ihnen ausmachen.

Mein erster Impuls war, die Papiere unserer oder Ihrer Regierung zugänglich zu machen oder beiden gleichzeitig, in Fotokopie. Randolph aber meint – und dieser Ansicht bin ich auch –, daß das Material dann in die Hände eben jener fallen könnte, die es bloßstellt.

O'Brien, Kimberly & Rose war natürlich die Firma Ihres Vaters, und zahlreiche OSS-Geheimdienstoffiziere, die in Brompton Hall wohnten, hatten ebenfalls mit der Firma zu tun. Sie werden mir den Hinweis verzeihen: Colonel Carbury deutete an, daß die Firma noch immer Verbindungen zu den Geheimdiensten hier und in Amerika unterhält. Außerdem sprach er davon, Ihre Schwester Ann habe irgendwie mit dem amerikanischen Geheimdienst zu tun. Vielleicht sollten Sie ihr das Tagebuch zeigen – oder vertrauenswürdigen Personen in Ihrer Firma – mit dem Ziel einer kritischen Begutachtung. Ich hoffe, die Dinge stehen nicht so schlimm, wie es den Anschein hat – auch wenn ich im Grunde vom Gegenteil überzeugt bin.

Mit besten Grüßen
Eleanor Wingate

Katherine schwieg eine Weile und fragte dann: »Warum sind Sie nicht direkt zu meiner Schwester gegangen?«

»Sie ist nicht so einfach aufzuspüren, nicht wahr?«

»Nein.«

»Außerdem – wenn ich schon die Wahl habe, spreche ich lieber mit Ihnen.«

»Warum das?«

»Weil – wie Lady Wingate angedeutet hat und wir beide nur zu gut wissen – Ihre Firma ein mehr als nostalgisches Interesse an Dingen dieser Art hat. Die Sache liegt jetzt in Ihren Händen. Geben Sie die Informationen nach Ihrem Gutdünken weiter. Aber seien Sie bitte vorsichtig.«

»Sollte ich nicht Mr. O'Brien zu unserem Gespräch hinzubitten?«

»Davon würde ich Ihnen abraten.«

»Warum?«

»Von uns allen, die wir damals in jener Sparte tätig waren, sind doch die meisten verdächtig. Ich natürlich eingeschlossen.«

Katherine stand auf und blickte aus dem Fenster ihres im 44. Stockwerk gelegenen Büros. Es war ein ungewöhnlich düsterer, bedeckter Mainachmittag, ein Tag voll grauem Dunst und langen grauen Schatten.

Colonel Carbury erhob sich ebenfalls und folgte ihrem Blick. »Seit hier die britische Geheimdienstkoordination untergebracht war, hat sich der Ausblick erheblich verändert. Zuletzt habe ich 1945 an diesem Fenster gestanden. Die wesentlichen Bauwerke stehen aber noch immer – das Waldorf, Saks, St. Patrick's, das Hotel St. Regis –, und ich könnte mir vorstellen, daß wir wieder 1945 haben und ich als junger Mann dort unten über die Fünfte Avenue eile ...«

Er wandte sich vom Fenster ab. »Und ich sehe mich wieder hier in diesem Büro mit meinen amerikanischen Kollegen – General Donovan, die Brüder Dulles, Clare Booth Luce und Ihr Arbeitgeber Patrick O'Brien, der zu jeder Sitzung Flaschen ›befreiten‹ Alkohols mitbrachte. Bei einer Sonntagskonferenz brachte er mal ein kleines Mädchen mit – aber das muß Ihre

Schwester Ann gewesen sein. Sie waren da bestimmt noch ein Baby.«

»Ja, meine Schwester«, sagte Katherine.

Carbury nickte. Sein Blick richtete sich auf eine Wand, an der zahlreiche alte Fotografien hingen. »Wie kühn und ahnungslos wir doch waren! Was für ein Krieg!« Er schaute sie an. »Es war wohl, Miß Kimberly, die einzige Zeit, da die besten und klügsten Köpfe in der Regierung saßen, alle nur ein Ziel vor Augen, ohne Unterschiede von Herkunft oder politischer Ausrichtung ... glaubten wir jedenfalls.«

Katherine schwieg, wußte sie doch, daß Carbury bestimmt nicht vom Thema abkommen würde.

Carbury blickte sie offen an. »Die Vergangenheit beginnt uns nun heimzusuchen, weil es eine unvollkommene Vergangenheit war, ein unsicheres Fundament, auf dem heute eine zu große Last ruht.«

Katherine wandte sich vom Fenster ab. »Sie haben das Tagebuch meines Vaters?«

»Nicht bei mir. Heute bin ich nur mit dem Brief gekommen. Wie Sie wissen«, fuhr er leise fort, »ist es kein reiner Zufall, daß die Anwaltsfirma O'Brien, Kimberly & Rose in denselben Räumen sitzt wie meine Abteilung während des Krieges. Soweit ich weiß, traf Patrick O'Brien die Entscheidung, seine Firma hier anzusiedeln. Nostalgie, Kontinuitätsstreben ... Karma, wenn Sie so wollen.« Er lächelte. »Ich war einige Zeit in Indien.«

Carbury setzte sich wieder in den Besuchersessel. »Es fällt schwer, einem jungen Menschen wie Ihnen klarzumachen, was für Wunderwerke diese Gebäude 1940 waren. Das futuristische Design, Klimaanlagen, Schnellfahrstühle, ordentliche Restaurants. Wir Engländer ließen es uns gutgehen. Ungetrübt war unsere Freude allerdings nicht, denn uns war allzu schmerzhaft bewußt, was unsere Heimatinsel durchmachte.«

»Das kann ich verstehen.«

Carbury nickte geistesabwesend. »Doch wir wußten auch, daß unser Auftrag in Amerika der wichtigste Kriegsbeitrag überhaupt war. Mit über tausend Mann kamen wir nach New York, um einen Kampf anderer Art auszufechten. Es ging darum, Amerika in den Krieg zu holen, Geld und Waffen zu beschaffen, Geheimdienste aufzubauen, als Lobby zu wirken, zu flehen, zu betteln – es ging uns ziemlich mies. Whisky-Kämpfer, so nannte man uns. Und tatsächlich haben wir wohl ein bißchen viel getrunken …« Er zuckte die Schultern.

»Die Geschichte aber weiß Ihre Leistung zu würdigen«, sagte Katherine.

»Ja, aber erst seit kurzem. Die meisten meiner Kollegen haben das leider nicht mehr erlebt. So ist das Geheimdienstleben nun mal – ein einsamer, frustrierender Dienst am Vaterland. Finden Sie nicht auch?«

»Ich bin Rechtsanwältin. Diese Frage müssen Sie meiner Schwester Ann stellen.«

»Natürlich.«

»Wann kann ich den Inhalt der Depeschenmappe sehen?«

»Heute abend.«

»Da habe ich aber etwas vor.«

»Ich weiß. In der Armory des 7. Regiments. Tisch vierzehn. Ich sitze mit einigen Landsleuten an Tisch einunddreißig.«

Sie nickte.

»Wir regeln dann die Einzelheiten der Übergabe.«

»Wo wohnen Sie, Colonel?«

»In meinem alten Hotel – dem Ritz-Carlton.«

»Das ist längst abgerissen worden.«

»Ach?« Carbury stand auf. »Dann muß ich mir ein anderes suchen.«

Er gab Katherine die Hand. »Natürlich habe ich das Tagebuch gelesen«, fuhr er fort. »Die Sache ist wirklich ernst. Wir besprechen alles weitere heute abend.«

»Vielen Dank für Ihren Besuch.«

»War mir ein Vergnügen. Sie sind so schön wie Ihre Mutter – und sicher so intelligent wie Ihr Vater. Vielen Dank, daß Sie mich ohne Terminabsprache empfangen haben – ich bin direkt vom Flughafen gekommen.«

Katherine fragte sich, wo er sein Gepäck gelassen hatte. »Wie kann ich Sie zwischen jetzt und heute abend erreichen?« fragte sie an der Tür.

»Leider gar nicht. Klingt ein bißchen paranoid, aber ich bin lieber vorsichtig. Vieles ist nun mal nicht so, wie es erscheint. Dabei gibt es für alles eine Erklärung – die nicht immer beruhigend, aber stets logisch ist. Das sollten wir in den nächsten Tagen nicht vergessen.«

Katherine öffnete ihrem Gast die Tür, und Carbury machte auf der Schwelle kehrt. »Bitte, betrachten Sie sich jetzt als im Einsatz. Umsicht, Diskretion und äußerste persönliche Vorsicht sind unumgänglich.«

»Wenn Sie der sind, als der Sie sich ausgeben«, sagte Katherine, »und wenn der Brief echt ist, danke ich Ihnen, Colonel. Wenn Sie allerdings nicht der sind, als der Sie hier auftreten, dann sollten Sie selbst äußerste Vorsicht walten lassen.«

Carbury lächelte. »Guten Tag.«

Katherine ging zu ihrem Schreibtisch zurück und drückte auf das Sprechgerät. »Würden Sie zu mir kommen, Mr. Abrams? Bitte sofort.«

Sie faltete den Wingate-Brief zusammen und steckte ihn in die Innentasche ihres Wollblazers.

Tony Abrams öffnete die Verbindungstür zur Bibliothek – ein großgewachsener Mann mit dunkler Haut, schwarzem Haar und tiefliegenden dunklen Augen. Er trug nicht den üblichen dreiteiligen Anwaltsanzug; allerdings waren auch seine Anzüge stets dunkel und sahen einander seltsam ähnlich. Dazu wählte er aber sehr bunte Krawatten, als wollte er auf keinen Fall für einen Bestattungsunternehmer gehalten werden. Er bewegte sich langsam und geschmeidig und war ziemlich schweigsam. Obwohl sie mit einem Minimum an Worten auskamen, arbeiteten Katherine und er gut zusammen.

Mit einer Kopfbewegung deutete sie zur Tür. »Ein Engländer namens Carbury.« Sie reichte Abrams die Visitenkarte. »Eben gegangen. Groß, hager, weißer Schnurrbart, etwa siebzig Jahre alt. Müßte jetzt draußen am Empfang sein, wo man ihm den Mantel gibt. Folgen Sie ihm bitte. Ich möchte erfahren, wo er wohnt. Rufen Sie mich an.«

Abrams gab die Karte zurück und verließ wortlos das Büro.

Langsam ging Katherine zu einem Wandtisch und betrachtete ein silbern gerahmtes Bild: Major Henry Kimberly in der Khaki-Uniform eines Offiziers, ohne Mütze, so daß ihm das dünne Haar jungenhaft ins Gesicht fiel. Im Hintergrund der verschwommene Eindruck einer Steinmauer; als Kind hatte sie sich immer vorgestellt, er stehe vor einem Fort. Jetzt fragte sie sich, ob die Mauer wohl zu Brompton Hall gehörte.

Sie nahm das Bild zur Hand und betrachtete es genauer. Die Augen ihres Vaters waren wie ihre eigenen – groß und leuchtend. »Er hatte Augen, die quer durch ein Zimmer funkeln konnten.« Das war die einzige Bemerkung, die Katherines Mutter jemals über ihren Mann gemacht hatte.

Sie betrachtete die Widmung. ›Meiner kleinen Kate. Ich liebe dich, Paps.‹ Katherine stellte die Aufnahme zurück und griff nach der Karaffe mit Scotch. Beim Einschenken klapperte der Hals der Karaffe gegen den Glasrand, so sehr zitterten ihr die Hände.

9

Als Tony Abrams den Empfangsraum erreichte, sah er Randolph Carbury auf die Fahrstühle zugehen und sich einen braunen Mantel überstreifen.

Abrams holte seinen Mantel aus dem Schrank, eilte die Wendeltreppe neben der Empfangstheke hinab und wartete ein Stockwerk tiefer vor den Fahrstuhltüren. Er drückte den Knopf. Die Türen glitten auf und gaben den Blick auf Carbury frei. Abrams trat ein. Die beiden Männer fuhren ins Erdgeschoß hinab.

Abrams folgte Carbury durch den langen, ladengesäumten Bodentrakt und trat hinter ihm durch den Ostausgang des RCA-Gebäudes in die feuchte, kalte Luft hinaus. In einem Abstand von zehn Metern folgte er seinem Mann um das Café herum, durch die Promenade und zur Fünften Avenue, wo Carbury sich nach Norden wandte.

Mit neununddreißig Jahren tat Abrams hier genau das, was vor zehn Jahren als New Yorker Geheimpolizist auch schon zu seinen Pflichten gehört hatte. Damals aber hatte er wenigstens die Hintergründe seiner Aufträge gekannt. Hier folgte er einem Mann, über den er nichts wußte, aus einem Grund, den er sich nicht vorstellen konnte. Überhaupt war er sehr schlecht über die Aufgaben informiert, die er für die Firma O'Brien, Kimberly & Rose erledigte. Beispielsweise über das Vorhaben, am Memorial Day das Anwesen der Russen in Glen Cove zu besuchen. Allerdings hatte Patrick O'Brien ihm eine rechtzeitige und vollständige Unterweisung zugesagt.

Ab und zu verweilte Carbury einen Augenblick und tat, als schaue er sich die Stadt an. Abrams aber wußte instinktiv, daß der Mann ein Profi war – eine Tatsache, die Katherine Kimberly ihm vorenthalten hatte.

Während Carbury auf das Umspringen einer Ampel wartete, schaute sich Abrams die Auslagen einer Buchhandlung an. Immer wenn er jemanden beschattete, fühlte er sich an den weisen Rat seiner Mutter erinnert: »Besorg dir einen Schreibtischjob.« Im Bensonhurst-Viertel von Brooklyn, wo er aufgewachsen war, hatte es zwei Kategorien von Berufen gegeben: die Freiluftjobs und die Schreibtischjobs. Freiluftjobs bedeuteten Lungenentzündung, Hitzschlag und häßliche Unfälle. Schreibtischjobs, bei denen man Krawatte und Jackett trug, waren dagegen sicher. Trotz der mütterlichen Ermahnung war Abrams Polizist geworden: teils Schreibtisch, teils draußen, ab und zu Krawatte. Abrams' Mutter war nicht ganz zufrieden gewesen.

Er hatte das Polizei-College als Bester seines Jahrgangs verlassen und war in die juristische Fakultät der Fordham-Universität eingetreten. Und dort hatte er Gelegenheit bekommen, die Firma O'Brien in Aktion zu erleben. Für eine praktische Arbeit hatte er einen Prozeß verfolgt, bei dem es um Aktienbetrug ging; dabei gewann er den Eindruck, daß der Angeklagte mehr Anwälte hatte als der Staatsanwalt Seiten in seiner Anklageschrift. Der Anklagevertreter war geblendet, ja sogar eingeschüchtert gewesen. Auch Abrams war beeindruckt, als Polizeibeamter wie als

Jurastudent, und hatte sich einige Wochen später erfolgreich um eine Teilzeitstelle als Prozeßzusteller bei O'Brien beworben. Vor einem Jahr hatte ihm O'Brien dann eine Ganztagsposition angeboten. Damals hatte er den Eindruck, man wünsche sich einen Hausdetektiv, einen Mann mit speziellen Polizeikenntnissen und ohne die Fesseln, die ein Amtseid ihm auferlegte. Seit seinem Gespräch mit O'Brien vom 1. Mai wußte er nicht mehr recht, was man wirklich von ihm erwartete.

Wieder blieb Randolph Carbury stehen und beobachtete die Kartentricks eines Mannes, der eine ganze Horde Mitspieler um sich versammelt hatte. Vermutlich wollte der Brite feststellen, ob er beschattet wurde. Danach würde er versuchen, den unerwünschten Verfolger abzuschütteln. Und da Abrams allein war, konnte das nicht allzu schwierig sein. Es war eine unangenehme Vorstellung, mit leeren Händen vor Katherine Kimberly hinzutreten.

Aber andererseits war er auch nicht gerade glücklich, wie wenig man ihn über die Hintergründe seiner Aufträge aufklärte. Nein, die angesehene Firma O'Brien, Kimberly & Rose hatte entschieden eine dubiose Seite. Ähnlich wie die Sozietät des verstorbenen Generals William Donovan, die einige Stockwerke tiefer operierte, hatte O'Briens Firma Kontakte zum nationalen Geheimdienst, die bis in den Zweiten Weltkrieg zurückreichten. Nicht nur O'Brien selbst hatte im Geheimdienst gearbeitet: Das gleiche galt für den verstorbenen Henry Kimberly. Der ebenfalls verstorbene Jonathan Rose hatte während des Krieges mit Allen Dulles in Bern gearbeitet und während Eisenhowers Amtszeit als Berater von John Foster Dulles im Außenministerium. Darüber hinaus waren etliche Persönlichkeiten aus Geheimdienstkreisen, die irgendwie mit dem Gesetz in Konflikt geraten waren, von der Sozietät betreut worden. Wenn an dieser Anwaltsfirma etwas nicht stimmte, dann diese Verbindungen und Kontakte. Heute abend beim Bankett erfuhr er vielleicht mehr.

Carbury setzte seinen Weg in nördlicher Richtung fort. Abrams folgte ihm. Dabei kehrten seine Gedanken zu Katherine Kimberly zurück. Sie war für ihn der personifizierte kalte Fisch.

Er konnte sich vorstellen, daß sie im Winter kalt duschte und sich zum Trocknen vor das offene Fenster stellte. Eiskönigin, so nannte er sie bei sich.

Als sie ihn vorhin zu sich gerufen hatte, war er allerdings ziemlich erschrocken. Ihr Gesicht war gespenstisch bleich gewesen, und sie hatte ihre Erregung nicht verhehlt. Noch immer gab es eine Eisbarriere zwischen ihnen, die aber sichtlich angeknackst war; noch nie war sie ihm so menschlich und verwundbar vorgekommen wie in diesen Sekunden.

Offensichtlich hatte das Gespräch mit Carbury sie aufgewühlt. Carbury war Brite, Colonel im Ruhestand, wie seine Karte auswies. Möglicherweise Ex-Geheimdienst oder Militärpolizei.

Carbury ging am Hotel Plaza vorbei und bog auf der Central Park South nach Westen ab. Schließlich betrat er das Hotel St. Moritz. Abrams wartete eine ganze Minute lang und betrat das Foyer.

Carbury stand am Zeitschriftenstand und kaufte eine *Times*. Er ging zum Empfang, sprach kurz mit dem Portier und verschwand in einem offenen Fahrstuhl.

Die *Times* trug die Überschrift: ›Präsident spricht heute abend in der Stadt.‹ Und der Untertitel lautete: ›Vor Geheimdienstveteranen aus dem Zweiten Weltkrieg.‹ Was Abrams daran erinnerte, daß er seinen Smoking noch nicht abgeholt hatte. Verdammt!

Er ging zum Empfang. »Ist bei Ihnen Colonel Randolph Carbury abgestiegen?«

»Jawohl, Sir. Zimmer 1415.«

Abrams wandte sich zum Gehen. Das war einfacher gewesen als befürchtet. Zu einfach? Er schritt zu den Haustelefonen. »Colonel Randolph Carbury, bitte. Zimmer 1415.«

Nach kurzem Schweigen sagte die Telefondame: »Tut mir leid, Sir. Zimmer 1415 ist unbesetzt.«

»Haben Sie Randolph Carbury als Gast registriert?«

»Moment ... nein, Sir, so eine Eintragung gibt es hier nicht.«

Am liebsten hätte sich Abrams den Portier vorgeknöpft, aber vielleicht war es besser, wenn Carbury annahm, er sei mit seinem Trick durchgekommen.

Abrams verließ das Hotel und bezog auf dem Bürgersteig Posten. Es wurde spät. Das Herumlaufen war im Grunde sinnlos; der Auftrag ließ sich leichter am Telefon erledigen. Wenn Carbury irgendwo in der Stadt unter seinem richtigen Namen eingeschrieben war, konnte er das innerhalb weniger Stunden feststellen.

Er überquerte die Central Park South und betrat eine Telefonzelle, von der aus er das St. Moritz im Auge behalten konnte. Es begann zu nieseln.

Er rief einen Freund im 19. Polizeirevier an und übermittelte ihm die Information; dann ließ er sich mit Katherine Kimberly verbinden. »Ich stehe vor dem St. Moritz ...«

»Wohnt er dort?«

»Das will er mich glauben machen ...«

»Soll das heißen, er vermutet, daß er verfolgt wird?«

»Er versucht jedenfalls, mich abzuschütteln.«

»Ich dachte, Sie verstünden sich aufs Beschatten.«

Abrams antwortete nicht sofort; er mußte erst seine Stimme in die Gewalt bekommen. »Sie hätten mir sagen müssen, daß der Mann ein Profi ist.«

»Ach ... tut mir leid.« Sie schwieg. »Glaubt er, er sei Sie los?«

»Möglich. Hören Sie, ich kann ihm nicht endlos auf den Fersen bleiben. Ich habe jemand auf die Hotelanmeldungen angesetzt und verschwinde jetzt.«

»Nein. Bleiben Sie an ihm dran. Sie müssen dafür sorgen, daß er sicher in sein Hotel kommt, oder wo er auch wohnt ...«

»Sicher? Heißt das, er schwebt in Gefahr? Was Einsatzbesprechungen angeht, haben Sie noch viel zu lernen ...«

»Tut mir leid. Dazu war keine Zeit. Er hinterließ bei mir den Eindruck, jemand könnte es auf ihn abgesehen haben.«

Abrams schaute über die Straße und dann auf den Park hinter sich. Er zog den 38er Police Special aus dem Schulterhalfter und versenkte ihn in der äußeren Manteltasche.

»Wahrscheinlich glaubt er, *ich* hätte es auf ihn abgesehen. Vielleicht hat er schon die Bullen gerufen. Das würde mir gerade noch fehlen, wegen Belästigung eines unbescholtenen Touristen in den Kahn zu kommen.«

»Wir werden Sie vertreten. Kostenlos.«

Abrams wollte etwas antworten, mußte aber plötzlich lachen.

Überraschenderweise fiel sie ein; durch das Telefon drang ein leichtes, beinahe mädchenhaftes Lachen, das ihn sehr verblüffte. »Seien Sie vorsichtig«, sagte sie. »Und bleiben Sie dran. Alles klar, Mr. Abrams?«

»Alles klar, Miß Kimberly. Aber hören Sie, die Sache heute abend muß ich dafür sausen lassen.«

»Kommt nicht in Frage«, antwortete sie barsch und fügte leiser hinzu: »Ihr Auftritt dort ist leider Pflicht.«

Abrams starrte durch den Regen zum Hotel hinüber. »Mein Smoking ist noch bei der Reinigung. Solange ich hier eingespannt bin, kann ich ihn nicht abholen.«

»Ich lasse das Ding holen und Ihnen liefern.«

»Gut. Ich zieh' mich dann in einer Telefonzelle um.«

»Hören Sie. Colonel Carbury wird ebenfalls an der Feier heute abend teilnehmen – er muß sich also auch umziehen. Irgendwann muß er dazu in sein Hotel ...«

»Das hätten Sie mir gleich sagen können.«

»Jetzt wissen Sie es ja. Bleiben Sie solange bei ihm.«

»Wissen Sie, daß ich in Brooklyn wohne?«

»Ja, mein Beileid. Sie begeben sich also in das Stadthaus der Firma, 36. Straße Ost Nr. 184, wohin ich Ihren Smoking bringen lasse. Welche Reinigung wäre das?«

Nach kurzem Zögern nannte er ihr einen Verleih für Abendkleidung und verwünschte sie insgeheim, weil sie ihm das Eingeständnis abzwang, daß seine Garderobe keinen Smoking enthielt.

Sie ließ ihn den Namen wiederholen, und er fragte sich, ob ihr die Situation Spaß machte. »Ich habe die Agentur Burke angerufen, die zwei Detektive mit Funkwagen zu Ihrer Unterstützung schickt. Können sie jetzt mit Ihnen zusammentreffen?«

»Wäre möglich gewesen, wenn Sie es früher erwähnt hätten. Leider hat Carbury eben das Hotel verlassen. Ich rufe später bei Burke an.«

»Bei mir auch. Ich bin bis 17.15 Uhr hier. Dann im Hotel

Lombardy. Lassen Sie sich mit der Thorpe-Suite verbinden.«

Abrams legte auf und überquerte die Straße. Carbury ging auf der Sechsten Avenue nach Süden. Es war nach 17 Uhr, und der Berufsverkehr wurde dichter. Die Schaufenster malten langgezogene Lichtrechtecke auf das feuchte Pflaster. Carbury war an der 58. Straße kaum noch zu sehen.

Abrams versuchte aufzuholen. Das Telefongespräch hatte seine Stimmung etwas gebessert. Der Fall interessierte ihn wieder. Das Hotel Lombardy. Nur war es kein Hotel. Mit Ausnahme des Foyers war jede einzelne Wohnung in Privatbesitz – und hatte sicher mehr gekostet als ein ganzer Häuserblock in seiner Geburtsgegend in Brooklyn. Sie bewegen sich in den richtigen Kreisen, Eiskönigin. Die Thorpe-Suite. Peter Thorpe – Abrams war ihm im Büro einmal vorgestellt worden. Darum wollte er sich kümmern, auch wenn es ihn nichts anging.

Carbury bog abrupt in die 54. Straße ein. Abrams folgte. Mit schnellen Schritten marschierte Carbury den Zaun des Museums für Moderne Kunst entlang. Auf der anderen Straßenseite blieb Abrams ein gutes Stück zurück. An der Kreuzung zur Fünften Avenue wechselte Carbury auf Abrams' Straßenseite hinüber. Nach eingehendem Blick nach links und rechts stieg er die Vortreppe eines ehrwürdigen Granithauses mit einem langen blauen Baldachin hinauf. Der University Club.

Abrams wartete eine Viertelstunde, ging bis zur Kreuzung und rief aus einer Telefonzelle seinen Verbindungsmann im 19. Revier an. »Phil, was haben Sie für mich?«

»Ihr Mann ist vor zwei Tagen durch den Zoll«, antwortete der Beamte. »Gab das St. Moritz als Adresse an, ist dort aber nicht registriert. Wird ganz schön Telefongeld kosten, bis wir alle Hotels durchhaben. Vielleicht benutzt er ja auch einen falschen Namen oder übernachtet in einer Privatwohnung, einem Privatklub oder sonst an einem Ort, wo keine Gästelisten geführt werden. Wenn es dringend ist ...«

»Nein, nein, sparen Sie sich die Anrufe, ich glaube, ich habe den Burschen schon. Ich schulde Ihnen einen Drink.«

»Aber nicht heute abend. Der Präsident wird in der Armory

des 7. Regiments erwartet. Geheimdienst und FBI allerorten. Ich muß auf irgendeinem Scheißdach Wache stehen. Himmel, die Zeit wird knapp.«

Abrams hängte ein und rief Katherine Kimberly an. Er erreichte allerdings nur die Sekretärin, die ihm mitteilte, daß Miß Kimberly später seinen Anruf im Lombardy erwarte. Daraufhin setzte er sich mit der Detektei Burke in Verbindung und bestellte den Wagen zur Südostecke der Kreuzung 54. Straße und Fünfte Avenue. Abrams stellte sich an der entsprechenden Ecke auf, die ihm einen guten Ausblick auf das Gebäude des Klubs bot. Er schlug den Kragen hoch, lehnte sich an einen Laternenmast und beglückwünschte sich zu seiner guten Leistung. Plötzlich fiel ihm ein, daß Katherine Kimberly, sollte sie heute abend zu Fuß gehen, auf ihrem Weg zum Lombardy hier vorbei mußte. Wie kam er nur auf diesen Gedanken?

Ringsum brandete der Berufsverkehr. Jemand könnte ihm etwas antun wollen. Das war starker Tobak. Carbury glaubte offensichtlich ebenfalls an diese Möglichkeit. Und doch hatte anscheinend noch niemand die Polizei alarmiert, was alle möglichen Interpretationen zuließ.

Patrick O'Brien, Katherine Kimberly, Smokings und Stadthäuser, Abschreibungsobjekte und Steuervergütungen für Investitionen. Geld, Macht und Ansehen. Er hatte feststellen müssen, daß Anwälte das Gesetz selten wirklich ernst nahmen. Es gab kaum ein Gesetz, nicht einmal bei Mord, das nicht interpretiert werden konnte. Die Juristen verstanden die komplizierte Gesellschaft, in der sie lebten, und manipulierten sie von jeder Machtposition im Land. Der Rest der Nation mußte eben sehen, wie er durchkam. Ein Polizei-Captain hatte es einmal sehr treffend ausgedrückt: »Ein einzelner Anwalt ist ein Drahtzieher, zwei sind eine Kanzlei, drei oder mehr eine gesetzgebende Körperschaft.«

Abrams' Vater, ein großer Verfechter der Gleichheit aller Menschen – genaugenommen war er Kommunist gewesen –, hatte immer wieder gesagt: »Wir sind alle Pilger auf derselben Reise.« Stimmt genau, überlegte Abrams jetzt, aber manche Pilger hatten bessere Straßenkarten.

10

Katherine Kimberly ging durch einen verlassenen Korridor im 44. Stockwerk, ein gutes Stück von ihrem Büro entfernt. Der Gang endete an einer Stahltür mit der Aufschrift *Erledigte Akten*.

Sie drückte auf einen Summer. Ein Spion wurde geöffnet, dann ging langsam und quietschend die Tür auf. Sie betrat einen schlecht beleuchteten, überheizten, muffig riechenden Raum.

Überall standen hölzerne Aktenschränke, die längst aus der Mode waren. Am Ende eines Ganges aus Schränken befand sich ein einsames Fenster, das völlig verschmutzt war, wie es vergitterte Fenster an sich haben. Regentropfen prasselten gegen die Scheiben. Sie hörte die Tür hinter sich zugehen und drehte sich um.

»Hallo, Miß.«

»Guten Abend, Arnold.« Sie betrachtete den älteren Engländer. Ihre Augen gewöhnten sich nur langsam an das Zwielicht.

»Wollte eben Tee machen, Miß.«

»Schön.« Eine Tasse Tee abzulehnen, wäre bei Arnold nicht gut angekommen, wie sie schon hatte feststellen müssen.

Arnold machte sich an dem Teeservice zu schaffen, das auf einem feldgrünen Klapptisch stand.

»Kennen Sie einen gewissen Colonel Randolph Carbury?«

Arnold nickte. Er schaltete eine elektrische Heizplatte ein, auf der ein Kupferkessel stand. Dann deutete er auf ein Regal mit zahlreichen Teedosen. »Was hätten Sie denn gern? Ich hab' noch ein bißchen Earl Grey.«

»Ist mir recht. Gibt's eine Akte über ihn?«

»Über den Earl?« Er lachte über seinen Witz. »Ach, Carbury. O ja.« Er zog einen Stuhl heran, und sie nahm Platz.

Katherine schaute zu, wie er den Tee in die Porzellankanne löffelte. Nein, überlegte sie, es war wirklich kein Zufall, daß die Firma O'Brien, Kimberly & Rose nach dem Krieg von der Wall Street in dieses Gebäude umgezogen war. Die amerikanische Geheimdienstorganisation, der Patrick O'Brien angehört hatte, das Office of Strategic Services, hatte hier ihre Büros gehabt, ebenso die Britische Geheimdienst-Koordination, wie Carbury vorhin angemerkt hatte – sie hatte sich genau dort befunden, wo jetzt die Kanzlei O'Briens arbeitete.

Nostalgie, Karma – vielleicht auch etwas mehr.

Als die Briten aus dem 44. Stockwerk auszogen, behielten sie nur einen Raum zurück. Außerdem hinterließen sie eine große Anzahl Akten und eine Schrumpfmannschaft, zu der auch der Archivar gehörte, Sergeant Arnold Brin, der inzwischen als einziger übriggeblieben war. Dieses Zimmer wie auch Arnold selbst gehörten zu den treibgutartigen Überresten eines einst weitgespannten Reiches.

Einmal hatte Katherine zu O'Brien eine Bemerkung über die Kosten für eine Geheimdiensteinrichtung gemacht, die anscheinend seit vierzig Jahren außer Betrieb war. Er hatte geantwortet: »Das war ein Geschenk der Briten an uns.«

»Aber wer bezahlt dafür?«

»Die britische Monarchin erhält durch das Parlament jährlich einen Fonds für verschiedene Repräsentationsaufgaben. Ein Teil dieses Geldes findet seinen Weg in andere Kanäle.«

»Geheimdienstkanäle?«

»Ja.« O'Brien hatte gelächelt. »Auch im US-Kongreß wurden während des Zweiten Weltkrieges zig Millionen Dollar zur freien Verwendung durch General Donovan abgezweigt. Irgendwann werde ich Ihnen mal mehr davon erzählen.«

Der Wasserkessel pfiff, und Arnold goß das kochende Wasser in die Kanne. »Stark mögen Sie's, nicht wahr? Da brauchen wir noch gut fünf Minuten.«

Katherine blickte durch den Mittelgang zwischen den Aktenschränken. Nach O'Briens Angaben ließen sich hier noch gelegentlich britische Geheimdienstbeamte blicken. General Donovans Office of Strategic Services, mit dem das Archiv geteilt werden sollte, war nach dem Krieg überraschenderweise aufgelöst worden. Einige Jahre später kam es zur Wiedergeburt des OSS als Central Intelligence Agency; wegen der fehlenden Kontinuität hatte die CIA diese Einrichtung offenbar übersehen.

Patrick O'Brien und seine Mit-Veteranen aber vergaßen den britischen Nachlaß nicht und erbten ihn mangels anderer Dispositionen – oder weil sie darauf scharf waren. Katherine kannte den Grund nicht genau.

Allerdings wußte sie, daß viele OSS-eigene Akten nicht an die CIA übergegangen waren, sondern sich noch in diesem Gebäude befanden – einige Stockwerke tiefer.

Arnold stellte eine große Teetasse auf den Klapptisch und legte Serviette und Löffel dazu. »Kein Zucker, keine Sahne.« Er goß den Tee durch ein Sieb.

»Vielen Dank.«

Arnold verschwand in der Düsternis zwischen den Aktenstapeln und kehrte nach kurzer Zeit mit einer braunen Mappe zurück. »Carbury, Randolph, Major. Derselbe Mann, neuer Rang, würde ich meinen.« Er schaltete eine verstaubte Leselampe mit grünem Schirm ein und zog ein kleines Paßfoto aus der Akte. »Ist das der Mann?«

Katherine betrachtete die alte Aufnahme. »Ich kann ihn leider nicht identifizieren.« Warum vermutete er, sie sei dazu in der Lage? Ging er davon aus, daß sie Carbury begegnet war? Sie blickte Arnold von der Seite an; er schien irgendwie verlegen zu sein.

»Ich meine, haben Sie schon mal ein Bild von ihm gesehen?«

»Nein.« Sie begann sich zu fragen, ob Carbury vor seinem Gespräch mit ihr in diesem Raum gewesen war. Aber selbst wenn, lag darin nichts unbedingt Verdächtiges. Vielleicht hatte er Zugang zu den Akten. Dafür gab es nach O'Briens Angaben genaue Richtlinien, die mit der Abtretung des Archivs festgelegt worden waren.

Katherine sah die losen Blätter der dünnen Akte durch – im wesentlichen eine Personalakte, formlos angelegt, ganz anders als die dicken braunen Dossiers über faschistische Agenten in den USA. Einzelheiten über bestimmte Einsätze waren nicht festgehalten, allerdings kodierte Hinweise auf die Unternehmungen, an denen Carbury mitgewirkt hatte. Demnach war Randolph Carbury kein Whisky-Kämpfer gewesen, sondern hatte hohes Ansehen genossen.

Katherines Blick fiel auf ein verschlüsseltes Telegramm, unter dem der entzifferte Text stand. Sie las den Text, der das Datum des 12. Februar 1945 trug.

An Major R. Carbury: Erneut muß ich auf weitere Einzelheiten über das Licht drängen, das der Jägermond werfen wird. In diesem Jahr soll er am 16. Oktober aufsteigen, zu welcher Zeit Mars untergegangen ist, wodurch sich die jetzt noch günstigen Voraussetzungen für die Jagd verschlechtern. Es besteht dringender Bedarf an einem Martini, Churchill.

Katherine las das Telegramm noch einmal, das auch im Klartext unverständlich wirkte. ›Jägermond‹, so vermutete sie, war der Name eines Einsatzes. ›Licht werfen‹ – das hieß sicherlich: ein Zwischenbericht ist erforderlich. ›Mars ist untergegangen‹ – der Krieg wird zu Ende sein. ›Verschlechterung der günstigen Voraussetzungen‹ – damit sind auch die Regeln des Krieges beendet, wodurch die Jagd erschwert wird. Oder etwas Ähnliches. So weit, so gut.

»Es besteht dringender Bedarf an einem Martini.« Katherine fuhr sich mit der Hand durch das lange Haar und überlegte. Das Leitmotiv war die Jagd. Die Jagd und der Mond, ein mythologischer Bezug auf den Mars. Typisch Churchill.

Sie dachte an den Wingate-Brief, an Colonel Carburys Bestätigung, daß der Brief mit Wolfsbrut zu tun habe – jener US-Geheimdienstoperation aus dem Zweiten Weltkrieg, durch die ein im OSS hochstehender sowjetischer Doppelagent entlarvt werden sollte. Durchaus möglich, daß Jägermond der britische Kodename für das amerikanische Unternehmen Wolfsbrut war.

Wenn das stimmte, klang die letzte Zeile logischer. Daß dringender Bedarf an einem Martini bestehe, war kein frustrierender Aufschrei, den Mr. Churchill ohnehin auf Brandy bezogen hätte. Churchill hatte lediglich auf der Grundlage des Wortes Wolfsbrut die Metapher gewechselt: Nach amerikanischem Slang war ein

Martini ein *silver bullet*, ein Silbergeschoß. Wer aber sollte das dringend benötigte Silbergeschoß empfangen? Der Werwolf aus der Mythologie.

Katherine vollzog den nächsten logischen Schritt: Der berüchtigtetste Werwolf, von Lon Chaney im klassischen gleichnamigen Film dargestellt, hieß Lawrence Talbot. Und Talbot war die Kodebezeichnung für den unbekannten sowjetischen Doppelagenten, der das Ziel der Operation Wolfsbrut – oder Jägermond – war. Sie nickte.

Einmal angenommen, der letzte Satz wäre wörtlich zu nehmen, dann gab Churchill den Befehl, Talbot zu töten – wenn man ihn finden konnte. Er sollte nicht verhaftet oder umgedreht werden, er sollte auch nicht vor Gericht kommen, sondern auf der Stelle erschossen werden wie ein wildes Tier. Katherine glaubte den Grund zu kennen. Hier waren keine kleinlichen Rachegefühle im Spiel. Vielmehr stand Talbot angeblich so weit oben in der Hierarchie, daß seine Entlarvung die öffentliche Moral und das allgemeine Vertrauen in die Regierung von Grund auf erschüttert hätte. Außerdem waren Spionageprozesse gegen Sowjetagenten in jener Zeit der Kriegsallianz mit der Sowjetunion politisch oder diplomatisch nicht angebracht.

Katherine lehnte sich zurück und schlürfte ihren Tee. Talbot hatte jenes Silbergeschoß nie empfangen. Noch Jahre nach dem Krieg hatte er die Erinnerung amerikanischer und britischer Geheimdienstangehöriger heimgesucht; gelegentlich waren die Spuren seines blutigen Tuns gefunden worden: ein frisches Opfer irgendwo auf dem Grund einer Schlucht. Dann Stille. Es liefen Theorien um, er sei eines natürlichen Todes gestorben, man habe ihn endlich erwischt, vielleicht habe er sich auch einfach zur Ruhe gesetzt. Oder eine sehr beunruhigende Theorie: Er habe auf die normalen Risiken des Doppelagenten verzichtet und sei zum Schläfer geworden, damit er in den USA ungehindert Karriere machen konnte. »Ein bestens bekannter Mann, der Ihrem Präsidenten nahesteht.« Ein Mann, der seinen Appetit auf Verrat zügelte, bis er eine Position erreicht hatte, in der er diesen Appetit auf das äußerste stillen konnte.

Katherine blätterte den Rest der Akte durch und schaute auf die Uhr. Hier gab es noch viel zu finden, sehr viel; sie mußte mehrere Tage darauf verwenden. Sie trank den Tee aus und blickte Arnold an, der in eine alte Ausgabe des *London Daily Mirror* vertieft war. Sie schloß die Akte. »Kannten Sie Randolph Carbury persönlich?«

Arnold legte die Zeitung fort. »Kannte sie alle. Carbury war auffällig, weil er sich mehr für die Roten als für die Nazis interessierte. Hatte andere Aufgaben, wenn Sie verstehen, was ich meine.«

Katherine musterte Arnold im ungewissen Licht. Der Mann war mehr als ein Überbleibsel, mehr als ein Anachronismus; er war ein Lebewesen, das für immer im braunen Licht dieses Archivraums gefangen saß. Obwohl er schon vierzig Jahre in Amerika lebte, hatte er sich den Akzent und das Verhalten bewahrt, das sie mit dem eines britischen Unteroffiziers der Kriegszeit verband. Bei früheren Gelegenheiten hatte er eine Frau und ein erwachsenes Kind erwähnt, die in New York lebten, doch seit einiger Zeit war er nicht mehr auf seine Familie zu sprechen gekommen.

Auf den ersten Blick wirkte der Mann einigermaßen geradlinig und aufgeschlossen, doch hatte er etwas Undefinierbares an sich, das auf verborgene Tiefen schließen ließ. Und es gab Augenblicke, da offenbarte er eine Geistesgegenwart, eine Haltung, eine Sprachgewandtheit, die eher auf einen Offizier hindeuteten. Sie mußte an eine Dialogzeile aus einem alten britischen Spionagefilm denken: »Mein Name ist Sergeant Williams. Sergeant ist nicht mein Rang, Williams ist nicht mein Name.«

»Liegt irgend etwas gegen Carbury vor?« fragte sie.

»Nicht daß ich wüßte.« Brians Stimme klang plötzlich schärfer. »Andererseits haben wir uns durch so manchen verdammten Verräter täuschen lassen, nicht wahr?« Er zog die Akte zu sich heran und sprach ins Leere: »Wir werden diese Akten nicht auf Mikrofilm speichern – und auch nicht auf den Computer nehmen. Jedenfalls nicht, solange ich noch lebe. Wissen Sie auch, warum? Nun ja, Miß, alte Dossiers dieser Art vermitteln einem ein ganz besonderes Gefühl: die alten Fetzen Papier, die hier und dort hineingekritzelten Notizen, Unterstreichungen, Eselsohren, sogar Kaffeeflecken. Dabei gewinnt die Akte einen eigenen Charakter. Verrät einem Sachen, die gar nicht dort geschrieben stehen. Sie verstehen?«

Katherine nickte. »Zum Beispiel der schattenhafte Umriß eines kleineren Blatts Papier, das da jahrelang auf einem anderen Bogen gelegen hat, jetzt aber fehlt...«

Arnold nickte begeistert. »Richtig! Sie wissen, was ich meine!«

Es trat ein Schweigen ein, und Katherine erkannte, daß das Gespräch beendet war.

»Wär's das?« fragte Arnold und griff nach der Akte.

»Nein. Wingate. Eleanor Wingate.«

Arnold konzentrierte sich auf den Namen.

»Brompton Hall«, faßte Katherine nach.

»Ach ja! Ja... Lady Eleanor Wingate... Frau... Witwe eines gewissen Major Lesley Wingate. Brompton Hall... Station für eine amerikanische Geheimdiensteinheit...« Er stand auf, verschwand mit der Akte über Carbury in der Dunkelheit zwischen den Schränken, kehrte mit einer anderen Mappe zurück und legte sie auf den Tisch.

»Wie könnte man etwas aus einer Akte herausbekommen?« fragte Katherine.

»Das müßte jemand genehmigen.«

»Und wer?«

Arnold nahm Platz und goß sich Tee nach. »Wissen Sie, das ist sehr kompliziert, Miß, sehr kompliziert. Es handelt sich ja nicht um aktive Unterlagen, wie Sie wissen. Es ist ein historisches Archiv, das zum Zwecke gelehrter Studien unterhalten wird – so wie Sie sie betreiben. Von Zeit zu Zeit wird diese oder jene Information plötzlich wieder interessant und schleunigst nach London übermittelt. Es steht mir nicht zu, nach den Gründen zu fragen...«

»Ich verstehe. Und sind Sie sicher, daß niemand etwas aus diesen Akten stehlen könnte?«

»Wollte ich das behaupten, müßte ich lügen. Diese Gefahr läßt sich hier nicht ausschließen. Ich bin immerhin ganz allein, und meine Sinne sind auch nicht mehr die schärfsten.«

Katherine öffnete die Akte mit der Aufschrift ›Brompton Hall‹. Darin befand sich eine kurze Beschreibung von Gebäude und Grundstück, einschließlich der Wiedergabe eines alten Druckes. Jemand hatte den folgenden Satz angestrichen: ›Der Südturm enthält ein sehr interessantes Urkundenarchiv.‹

Es folgte eine kurze Biographie der Wingates und der telegraphische Bericht einer Sicherheitsüberprüfung, der vorwiegend aus lobenden Äußerungen aus den gehobenen Gesellschaftskreisen zu bestehen schien. Katherine vermutete, daß man ähnliche Empfehlungen brauchte, um in einen vornehmen Vorort-Country-Club aufgenommen zu werden.

Sie blätterte um und stieß auf eine getippte Liste der amerikanischen Geheimdienstoffiziere, die in Brompton Hall stationiert gewesen waren. Einige Namen kamen ihr bekannt vor; auch der ihres Vaters stand auf der Liste. Eine handschriftliche Anmerkung lautete: ›KIA-5/?/45. REF: Alsos-Mission; REF: Jägermond‹.

Sie hatte von der Alsos-Mission gehört, die von Amerikanern und Briten gemeinsam gestartet worden war, um sich deutscher Atomwissenschaftler zu versichern. Jägermond, davon war sie nun überzeugt, war mit Wolfsbrut identisch. Sie schloß die Akte und blickte Arnold an. »Haben Sie irgend etwas über Alsos oder Jägermond?«

»Nicht mehr, Miß. Das ist lange her.«

»Wo könnte ich Informationen zu diesen Themen finden?«

Arnold sah sich um, als versuche er sich zu erinnern, ob er noch eine entsprechende Akte habe. »Keine Ahnung. In Moskau, würde ich meinen.«

Katherine blickte Arnold aufmerksam an, vermochte aber nicht zu bestimmen, ob er ihr auszuweichen versuchte. »Könnten Sie auch morgen und Sonntag hier sein?« fragte sie und stand auf.

Arnold stand ebenfalls auf. »Wenn Sie es wünschen.«

»Schön.«

»Was benötigen Sie, Miß?«

»Das weiß ich noch nicht. Eins scheint zum anderen zu führen, nicht wahr?«

»So ist das in Archiven immer, Miß. Man kann eine Akte ein dutzendmal lesen, ohne daß sich ein Sinn ergibt. Jede dieser Unterlagen ist hundertmal studiert worden. Aber dann liest man einen Monat später eine andere Akte, oder jemand sagt etwas ganz Unschuldiges – und schon paßt alles zusammen.«

Sie starrte ihn an, ohne etwas zu sagen.

Arnold sprach wie zu sich selbst weiter: »Meistens ist es die Abfolge der Ereignisse. Besonders Daten. Schauen Sie sich immer die Daten an. Niemand kann gleichzeitig an zwei verschiedenen Orten sein, oder? Und der Hintergrund. Achten Sie besonders auf die Herkunft eines Mannes. Damit meine ich seine Jugend. Schon früh enthüllt sich eine Person. Es mag so aussehen, als ob jemand einen Gesinnungswandel durchmache, aber das ist alles Unsinn, denn der Junge ist stets der Vater des Mannes, der er einmal sein wird.«

Katherine ging zur Tür. »Sie wissen in groben Zügen, was ich suche«, sagte sie. »Sehen Sie zu, was Sie zusammenstellen können.«

Arnold folgte ihr mit einem großen schwarzen Buch. »Miß?«

Katherine blickte auf das geöffnete Buch, ein Register, in dem die letzten Namen durch Papierstreifen verdeckt waren. Arnold hielt es so, daß ein versehentliches Aufdecken der Unterschriften verhindert wurde. Katherine stellte fest, daß zwei Schleifen der letzten Unterschrift in ihre Zeile ragten: vielleicht handelte es sich um Randolph Carburys Unterschrift. Sie unterzeichnete auf der freien Linie, ohne denselben Fehler zu machen, und fügte Datum und Zeit hinzu.

Arnold schloß das Buch. »Einen schönen Abend noch, Miß. Bringen Sie mir doch bitte die Gästeliste mit. Es macht mir immer Spaß, die alten Namen zu sehen.«

Er entriegelte die Tür und öffnete sie. »Die Liste wird von Jahr zu Jahr kürzer. Irgendwie traurig ist das. Helden sollten keines natürlichen Todes sterben, meinen Sie nicht auch? Nicht im Krankenhaus und all das, umgeben von Krankenschwestern und Ärzten, von denen keiner weiß, daß sie dem Tod eines Helden beiwohnen.«

Er blinzelte in das helle Licht des Flurs, und Katherine fiel zum ersten Mal auf, wie unwahrscheinlich alt er eigentlich war. Gedankenverloren fügte er leise hinzu: »Aber es waren auch nicht alles Helden, ja? Es gab etliche Verräter, die einen natürlichen Tod fanden, einen gediegenen Nachruf in der *Times* bekamen und militärische Ehren und so weiter. Solche Männer und Frauen hätten vor vierzig Jahren am Galgen enden müssen.« Er fuhr sich durch das dünne Haar. »Verrat verjährt nicht, oder?«

Die Frage war rhetorisch gemeint, und Katherine verabschiedete sich. »Bis morgen dann.« Sie entfernte sich durch den Korridor. Mit seinen rätselhaften Anmerkungen und Vergleichen und seinen philosophischen Andeutungen ging ihr Arnold manchmal ein wenig auf die Nerven. Doch gehörten sie wohl zu seinem Typ. Außerdem hatte er nicht völlig unrecht.

Sie schritt durch den langen, leeren Korridor. Ein aktueller Verratsfall hätte sie viel mehr aufgeregt als etwas, das vor vierzig Jahren geschehen war. Andererseits hatte ihr O'Brien klargemacht, daß Talbot während des Krieges wohl Dutzende von Agenten in den Tod geschickt hatte. Einer dieser Agenten mochte ihr Vater gewesen sein.

Sie erreichte eine nicht gekennzeichnete Tür, den Hintereingang von Patrick O'Briens Suite. Schon wollte sie anklopfen, als ihr Carburys Ermahnungen durch den Kopf gingen: »Umsicht, Diskretion und äußerste persönliche Vorsicht ... Aus jener Zeit ist jeder verdächtig ... Geben Sie die Informationen weiter, wie Sie es für richtig halten. Aber seien Sie vorsichtig.« Sie machte kehrt und ging weiter.

Der Same des Mißtrauens, der schon vor ihrer Geburt gesät worden war, wuchs und brachte die vergiftete Frucht des Mißtrauens hervor, und die Frucht fiel verdorben zur Erde und streute ihrerseits immer neue Samen aus.

Abrupt blieb sie stehen. »Nein, verdammt!« Sie kehrte um, klopfte an O'Briens Tür und trat ein.

11

Tony Abrams stand im Eingang des Gucci-Ladens an der Ecke der 54. Straße und sah zu, wie Katherine Kimberly auf dem bevölkerten Bürgersteig der Fünften Avenue näher kam, in einer Hand Handtasche und Aktentasche, in der anderen einen Regenschirm. Sie hatte das Kinn angehoben und schritt entschlossen aus, eine Haltung, die königlich und auch leicht arrogant wirkte. Sie sah ihn nicht; vermutlich sah sie keinen ihrer Mitmenschen. Als sie auf gleicher Höhe angelangt war, trat er aus seiner Dekkung. »Miß Kimberly.«

Sie drehte sich um und brauchte einen Augenblick, um ihn zu erkennen. »Oh, Mr. Abrams.« Ein leichtes Stirnrunzeln. »Wo ist Carbury?«

Mit einer Kopfbewegung deutete Abrams auf das gegenüberliegende Gebäude.

»Ach, der University Club.«

»Ich glaube, man kann dort übernachten.«

»Ja.« Sie richtete den Blick auf Abrams. Der Regen funkelte in seinem schwarzen Haar. Sie trat einen Schritt vor und hob den Regenschirm über ihn. »Sind die Privatdetektive zur Stelle?«

»Sie überwachen die beiden einzigen Eingänge«, antwortete er. »Carbury ist also sicher untergebracht. Sie werden ihm zur Armory folgen.«

»Was machen Sie dann noch hier?«

»Wo sollte ich denn sein?«

»In der 36. Straße, um sich zum Bankett umzuziehen. Nun ja, es ist noch früh, und wenn Sie schon hier sind ... warum schauen Sie sich den Klub nicht mal von innen an? Vielleicht finden Sie etwas heraus.«

Abrams versuchte, verärgert auszusehen.

»Sie müssen aber nicht ... Wahrscheinlich sind Sie naß und müde.«

»Wie kommen Sie darauf?«

»Na, tun Sie, was Sie für das Beste halten.«

Katherines Stimme kam ihm etwa so abweisend vor wie das Wetter. Am Telefon gab sie sich stets eine Nuance freundlicher. »Ich kann mir nur nicht vorstellen, wie ich als Universitätsabgänger mit Geld und Verbindungen gelten sollte.«

»Bluffen Sie.«

Er antwortete nicht.

»Oder versuchen Sie die direkte Tour mit Ihrem Abzeichen.«

»Mit dem Ding gehe ich lieber vorsichtig um.«

»Das verstehe ich. Aber wenn etwas schiefgeht, kümmern wir uns um Sie.«

»Ich werde dran denken.«

»Schön.« Sie wandte sich ab. »Ach, Mr. Abrams. Carbury muß heute abend etwas Wichtiges abliefern. Vielleicht sind andere Leute auch scharf darauf.«

»Das ist ja großartig.«

»Wenn sich noch etwas ergibt, rufen Sie mich vor 19.30 Uhr an. Dann bis acht Uhr, Mr. Abrams.«

Abrams blickte ihr kurz nach. Dann überquerte er die Straße und betrat das von Marmorsäulen gesäumte Foyer des University Club. Er blickte in einen riesigen Aufenthaltsraum mit hoher Decke; hier saßen Männer in Ledersesseln und versteckten das Gesicht hinter dem *Wall Street Journal*. Ganz hinten am Kamin saß Colonel Carbury und las die *London Times*.

Abrams durchquerte den Raum und betrat einen Gang, der zu den Fahrstühlen führte. In einer Nische stand ein Fernschreiber, der die Börsenkurse ausdruckte; lange Blätter mit Kurslisten waren darüber an einer Pinnwand befestigt. Mehrere Männer verfolgten stumm die Kursentwicklung.

Abrams erkundete die nähere Umgebung; er registrierte eine Treppe und Chlorgeruch aus einem Keller-Schwimmbad. Stufen führten zu einer Bar mit angeschlossenem Speisesaal. Ein Wegweiser hatte ihn darüber informiert, daß es außer dem Erdgeschoß sechs Etagen gab, von denen jede eine bestimmte Funktion hatte, zum Beispiel Bibliothek, Squash-Platz oder Billardsaal. Die meisten Stockwerke enthielten außerdem Gästezimmer, die ausschließlich über Treppen und Fahrstühle erreichbar waren.

Ein Klubangestellter näherte sich. »Entschuldigen Sie, Sir. Kann ich Ihnen helfen?«

»Nein.« Abrams kehrte in das Foyer zurück. Es war ratsam zu gehen, ehe er hinausgeworfen wurde, doch verspürte er den Wunsch, irgend etwas mitzunehmen, eine konkrete Information, die er Katherine Kimberly später übermitteln konnte, wie ein guter Vorstehhund, der seiner Herrin eine dicke Wachtel hinlegt.

»Sir, wenn Sie nicht auf ein Mitglied warten, müssen Sie gehen.« Die Stimme klang schon drängender.

Abrams zeigte sein Abzeichen. »Ich brauche Informationen.«

Der Mann schüttelte den Kopf. »Dazu müssen Sie mit dem Geschäftsführer sprechen. Tut mir leid, Officer. So sind nun mal die Vorschriften bei uns.«

Abrams ließ einen zusammengefalteten 20-Dollar-Schein zwischen den Fingern sehen. »Na schön, dann führen Sie mich nur mal zum Personaleingang.«

Der Mann zögerte, schnappte sich dann energisch das Geld und bedeutete Abrams, ihm zu folgen. Abrams' Blick fiel auf das Namensschild. »Gehen Sie voraus, Frank.«

Sie kamen durch den Korridor bei den Fahrstühlen und gingen eine halbe Treppe hinab zum Seiteneingang.

»Ich war früher auch mal in einem Klub«, sagte Abrams unterwegs. »Bei den Roten Teufeln. Unser Klubraum lag unter einer Schweinefleischerei. Im Schaufenster war ein riesiges Schwein, das eine Goldkrone trug.«

Der Mann deutete auf den Ausgang. »Guten Abend, Officer.«

»Sie sind Italiener, Frank? Ich bin Jude. Sie können sich also vorstellen, was los war, als meine Mutter mich in die Fleischerei gehen sah. Sie stand vor dem dicken Schwein im Fenster und weinte.«

Der Mann mußte beinahe lächeln und sagte: »Hören Sie, Officer, ich muß zurück. Was soll das alles?«

»Es war in Wirklichkeit ein sehr exklusiver Klub – wie dieser. Keine Frauen, keine Farbigen, nix. Dort wurden Juden ungefähr so toleriert, wie wir eine Handvoll Marsmenschen in der Nachbarschaft dulden würden. Im Keller unter der Fleischerei hab' ich viel gelernt, Frank. Zum Beispiel den Unterschied zwischen Bluff und Durchsetzungsvermögen.«

Der Mann spürte Gefahr und blickte hastig den verlassenen Korridor entlang. »He ... sind Sie wirklich Bulle?«

Abrams zog seine .38er und richtete sie auf den Mann. »Nein.«

Frank wurde bleich und schluckte. »He, was wollen Sie?« Er starrte in die Mündung der Waffe.

»Ich habe damals folgendes gelernt: Wenn man ein vernünftiges Anliegen an jemanden hat, etwas, das keine Mühe macht, und wenn sich dieser Jemand störrisch anstellt wie ein dummer Idiot, dann muß man direkt vorgehen. Schauen Sie mich an, Frank, nicht die Kanone. So ist's recht. Nun erzählen Sie mir alles über Colonel Randolph Carbury.«

Frank nickte. »Aber ja, selbstverständlich ... Er ist unter Edwards eingetragen ... Zimmer vierhundertdrei ... Vor zwei Tagen aus London gekommen, fliegt Montag wieder ab. Mehr weiß ich nicht. Okay?«

»Besucher? Frauen?«

Der Mann nickte unentwegt weiter, sagte aber: »Glaube ich nicht.«

»Irgend etwas im Safe?«

»Safe? Ach, ich glaube ja ... Ja, ich habe einen Aktenkoffer gesehen mit seinem Namen drauf.«

»Telefonate?«

»Keine Ahnung ... ein Ferngespräch ... aus London.«

»Bleibt er viel hier im Haus? Oder ist er ständig unterwegs?«

»Ist meistens unterwegs, glaube ich ...« Der Mann wußte, daß er mit einem Profi sprach, auch wenn der vielleicht kein Polizeibeamter war. »Okay?«

»Was sagt das Personal über ihn?«

»Oh ... netter Kerl. Ruhig. Höflich. Macht keinen Ärger. Neigt aber zum Alkohol. Reicht das?«

»Ja. Gehen wir in sein Zimmer.«

»Sie können doch nicht einfach ...«

»Ich überprüfe seine Kreditwürdigkeit. Los.«

Frank wandte sich zum Fahrstuhl. »Ich habe keinen Schlüssel.

Ehrlich.«

»Und ob Sie einen haben!« Abrams steckte den Revolver in die Tasche. »Keine Tricks, Frank, dann kommt alles in Ordnung.« Sie betraten den Lift und fuhren in das Stockwerk mit der Bibliothek. Von dort aus gelangten sie in einen kleinen Korridor mit fünf numerierten Türen.

Frank zog seinen Hauptschlüssel und näherte sich Nummer 403. Abrams hielt ihn zurück. Das Bitte-nicht-stören-Schild hing an der Tür, und aus dem Inneren war ein Radio zu hören. Abrams ergriff den Schlüssel, öffnete die Tür und schob sie einige Zentimeter auf. Das Zimmer war erleuchtet und die Sicherheitskette vorgelegt.

»Er ist da«, flüsterte Frank nachdrücklich.

Abrams griff durch den Spalt und riß die Kette herab, die mit einem Klebeband am Verschluß festgehalten wurde. »Ein alter Trick, Frank. Beruhigen Sie sich.« Er drängte den Mann hinein und schloß die Tür.

Das Zimmer war mit massiven Mahagonimöbeln ausgestattet, die allerdings schon ziemlich alt und zerkratzt waren. »Bleiben Sie, wo Sie sind«, sagte Abrams und sah sich schnell, aber gründlich überall um. Die Tatsache, daß Carbury vorschützte, es sei jemand im Zimmer, bedeutete noch nicht, daß er auch wirklich etwas versteckte. Er wollte damit lediglich verhindern, daß sich jemand im Zimmer auf die Lauer legte. Eine ganz normale Vorsichtsmaßnahme, die aber bewies, daß sich der Mann in der Tat vorsehen mußte. Abrams wandte sich an Frank. »Hat er den Aktenkoffer schon mal aus dem Safe geholt?«

»Nicht daß ich wüßte.«

Abrams blickte in den offenen Schrank. Der Smoking ließ erkennen, daß Carbury am Bankett in der Armory teilnehmen wollte.

Nach kurzem Blick auf die Uhr wandte sich Abrams zur Tür. Er brachte die Kette wieder an, Frank verschloß die Tür, und dann fuhren die beiden Männer mit dem Fahrstuhl ins Erdgeschoß.

Am Personaleingang blieb Abrams stehen. »Vielen Dank,

Frank. Was meinen Sie, ob dieser Vorfall sich negativ auf meinen Mitgliedsantrag auswirkt?«

Frank lächelte erleichtert. »Nein, Sir.«

»Gut. Gut. Verraten Sie nichts über den Keller unter der Fleischerei. Oder das illegale Eindringen in das Zimmer oder meine Waffe! Kapiert?« Er legte dem anderen die Finger über die Lippen. *»Omerta.«*

Frank nickte begeistert und lief förmlich davon.

Abrams machte die Hintertür hinter sich zu und befand sich in einer Art Gasse voller Mülleimer. Er ging zur Vorderseite des Gebäudes und erreichte gleich darauf die 54. Straße. Er überquerte die Fahrbahn und näherte sich einem unauffälligen Lieferwagen. Hinter dem Steuer saß ein Privatdetektiv. »Gibt's was Neues?« fragte Abrams.

Der Detektiv, Ex-Polizist wie er, kniff die Augen zusammen. »Nein. Will eigentlich jemand diesen Carbury umlegen?«

Abrams zündete sich eine Zigarette an. »Er wird einen Aktenkoffer bei sich haben. Behalten Sie den im Auge.«

»Was soll das alles, Abrams?«

»Keine Ahnung. Aber richten Sie sich darauf ein, alles Notwendige zu tun, um ihn und seine Habe zu schützen. Die Firma steht entschlossen hinter Ihnen.«

»Hurra!«

Abrams ließ sich von den Fußgängern mitziehen. Er überlegte, ob er bei seinem Auftritt zu forsch vorgegangen war. Katherine Kimberly jedenfalls schien sich große Sorgen zu machen, und er hatte nur entsprechend darauf reagiert. Er erkannte, daß auch er besorgt war, nicht wegen Carbury, sondern wegen Katherines Ansichten über seine Arbeit.

Aber was wußte sie schon davon? Sie saß im 44. Stockwerk ihres Elfenbeinturms und gab ihm Aufträge mit der gleichen Selbstsicherheit wie früher sein alter Captain ... Ihr kam es gar nicht in den Sinn, sich ihm vielleicht anzuvertrauen. Doch anstatt sich ausgeschlossen zu fühlen, machte er ihr Spiel mit und hielt sogar manchmal den Kopf für sie hin. Das war eine Loyalität, die er bisher nur den besten Offizieren gezeigt hatte, deren

Kommando er unterstellt war.

Vielleicht interessierte er sich für Katherine – andererseits wußte er, daß ihm so etwas nur Kummer bringen konnte. Und kein vernünftiger Mann sehnte sich nach Kummer. Also war er nur neugierig, aber nicht interessiert.

Nach einer Weile sah er auf und stellte überrascht fest, daß er beinahe zwanzig Häuserblocks hinter sich gebracht hatte und gleich die Straße erreichen würde, in dem das Stadthaus der Firma lag. Er ging zu einer Telefonzelle und wählte das Lombardy. Dabei mußte er daran denken, daß er noch nie in einem Stadthaus eingeladen gewesen war, geschweige denn, daß er einen Smoking dort hatte abgeben lassen. Ihm fiel ein Spruch Thoreaus ein: »Hüte dich vor allen Unternehmungen, die neue Kleider erfordern.«

12

Katherine Kimberly betrat das Foyer des Hotels Lombardy. Hausverwalter Maurice eilte mit lautem Gruß auf sie zu und fügte hinzu: »Monsieur Thorpe ist oben, Madame.« Maurice nahm ihr den Regenschirm ab, führte sie in einen Winkel des Foyers, öffnete mit einem Schlüssel den Fahrstuhl und führte sie hinein.

Während der Fahrt nach oben sagte sie nicht zum erstenmal, daß *sie* keinen Schlüssel zum Lift oder zur Wohnung hatte. Peter hatte eine einfache und ziemlich direkte Erklärung dafür parat gehabt, die zugleich ein wenig verschroben war, wie es seiner Art entsprach: »Mein Herz gehört dir, meine Habe gehört dir, die Wohnung aber gehört meinem Vater und ist für einen Dollar im Jahr an die Regierung vermietet, wie auch mein Vater selbst. Nur Firmenangehörige dürfen einen Schlüssel haben.«

Der Fahrstuhl hielt im 22. Stockwerk, der untersten Etage des Penthouse-Aufbaus. Sie betrat einen kleinen, minzgrün ausgekleideten Flur.

»Stellen Sie sich vor die Fernsehkamera und legen Sie die Hände auf den Kopf!« dröhnte plötzlich eine Stimme aus dem

Lautsprecher.

Auf Katherines Gesicht malte sich eine Mischung aus Ungeduld und Belustigung. »Mach die verdammte Tür auf!«

Die Tür summte, und Katherine trat ein. Durch einen großen Vorraum erreichte sie einen langen, zwei Stockwerke hohen Wohnraum. Auf gegenüberliegenden Seiten befanden sich Galerien, die als Zugänge zu den oberen Zimmern dienten. Die Galerien waren miteinander durch einen Laufgang verbunden, der die gesamte Länge des Riesenraums überbrückte. Katherine ließ Tasche und Aktenkoffer auf das Sofa fallen und zog den Mantel aus. Aus verborgenen Lautsprechern tönte ein Potpourri von James-Bond-Melodien.

Sie ging zur Bar, wo ein vorbereiteter Krug wartete, und schenkte sich einen Martini ein. In diesem Augenblick öffnete sich die breite Tür zur Terrasse, und ein Schwall kühler Luft wehte herein. Durch die wogenden Vorhänge schritt Peter Thorpe, der bis auf zerschlissene Jeans unbekleidet war.

Stumm starrte sie auf seinen muskulösen Körper, der sich vor den erleuchteten Gebäuden der anderen Straßenseite abzeichnete. »Bist du verrückt geworden? Was stehst du da draußen halbnackt im Regen?«

»Ich wollte meinen Anzug nicht naß werden lassen.« Er lächelte und umarmte sie.

»Du bist irgendwie komisch, Peter. Muß am roten Haar liegen.« Sie fuhr ihm durch das lange feuchte Haar.

Thorpes Hand strich über ihren Rücken. »Hattest du einen schönen Tag?«

»Einen interessanten Tag.«

Sie küßten sich, und Thorpe barg das Gesicht an ihrem Hals. »Haben wir Zeit für einen schnellen Tanz?«

Sie lächelte. »Nein. Aber wir nehmen uns Zeit für einen langsamen.«

»Gut.« Er küßte ihr den Hals und nahm das Martinitablett von der Anrichte.

Sie ergriff ihre Tasche und folgte ihm die Wendeltreppe hinauf.

»Wieso war der Tag interessant?« fragte er über die Schulter.

Sie wollte schon antworten, überlegte es sich dann aber anders. Peter interessierte sich viel zu sehr für alles, was mit O'Brien, Kimberly & Rose zusammenhing. »Es war 'ne Menge los wegen des Banketts heute abend.«

»Es gibt nichts Unerträglicheres als Ex-Spione«, bemerkte Thorpe.

»Ich finde sie anregend. Der Abend wird dir Spaß machen.«

»Möglich. Im Grunde habe ich es aber satt zu hören, wie großartig das OSS war und wie verkorkst die CIA aussieht.«

»Das hat noch niemand behauptet.«

»Schon beginnt deine Nase länger zu werden, Kate.« Er lächelte. »Vielleicht bin ich nur empfindlich. Mein Vater konnte mich ewig langweilen mit seinen Geschichten, wie das OSS den Krieg gewonnen hat.«

Sie hakte sich bei ihm unter.

»Mein Chef ist ein Ex-OSS-Mann und hat Dutzende ehemaliger Kollegen in seine Dienste genommen.« Vor der Schlafzimmertür blieb er stehen. »Hoffnungslos überaltert.«

»Erfahrene Männer und Frauen können ungemein nützlich sein«, sagte sie, öffnete die Tür und ließ ihn eintreten.

»Mir geht es nicht um die praktischen Erfahrungen dieser Leute ... Nur kommen mir einige dieser OSS-Typen sehr verschroben vor. Absonderliche Lebensgeschichten ...«

»Und was soll das heißen?«

Er zögerte. »Na, ich sehe da Sicherheitsrisiken. Es gab früher eine radikale Randgruppe im OSS ... die würden heute keiner Sicherheitsüberprüfung standhalten. Trotzdem werden sie auf spezieller Basis wieder beschäftigt ... das macht mir zu schaffen.«

»Schluß mit der Fachsimpelei.«

»In Ordnung.« Thorpe stellte das Glas ab, stieg aus seiner Jeans und warf sie auf einen Stuhl. Dann schlug er das Doppelbett auf und sah zu, wie sich Katherine auszog. »Wir sollten heiraten.«

Sie drehte sich um und lächelte. »Da hast du recht. Aber wer würde uns nehmen?«

Er erwiderte das Lächeln und legte sich hin. »Komm, ich zeige dir meine neue Dechiffriermaschine.«

»Ah, da ist sie. Funktioniert sie gut?« Sie näherte sich dem Bett.

»Man muß sie einschalten.«

»Sieht aus, als hätte sie sich eben selbst eingeschaltet.« Lachend glitt sie neben ihm ins Bett.

Irgendwo klingelte nachdrücklich ein Telefon, doch Katherine war das gleichgültig. Nach längerer Pause meldete sich der Apparat wieder. Thorpe richtete sich im Bett auf, und langsam kam sie zu sich. Am Telefon blinkte das gelbe Licht und zeigte an, daß es sich nicht um seine Privatnummer handelte. »Ein Anruf durch die Zentrale ... zum Teufel damit!« knurrte er.

»Ist vielleicht für mich.«

»Dann geh du ran.«

Katherine stützte sich auf den Ellenbogen und griff nach dem Hörer. Die Telefonistin sagte: »Mr. Abrams für Miß Kimberly.«

»Schön.« Es klickte, dann meldete sie sich: »Katherine Kimberly ...« Sie war heiser und mußte sich räuspern. »Ja?«

Sie blickte sich im geräumigen Schlafzimmer um. Die Uhr über dem Kamin zeigte an, daß sie beinahe eine Stunde lang geschlafen hatten.

»Ich habe Ihren Rat befolgt«, sagte Abrams nach kurzem Zögern. »Ich bin im Klub gewesen.«

»Ist er dort eingeschrieben?«

»Ja, aber nicht offiziell. Er ist seit Mittwoch dort ... und reist Montag wieder ab.«

Katherine sah zu, wie Thorpe das Bett verließ und Kniebeugen zu machen begann, wobei er sich scheinbar nicht für das Gespräch interessierte. Sie kannte ihn aber gut genug, um zu wissen, daß er zuhörte. Leiser fuhr sie fort: »Na schön, weisen Sie die Detektive an, dicht an ihm dranzubleiben, bis er die Armory erreicht.«

»Keine Frage: längst geschehen.«

Sie mußte ihren Ärger hinunterschlucken, ehe sie fortfahren konnte: »Keine Frage. Dann bis später.«

»Gut.« Er legte auf.

Katherine lehnte sich im Bett zurück.

»Wer war das?« Thorpe beendete seine Leibesübungen.

»Tony Abrams.«

»Ach, der Superdetektiv.« Er ließ sich nach vorn fallen, um Liegestütze zu machen. »Ich bin ihm mal begegnet, weißt du noch?«

»Du warst unhöflich zu ihm.«

»Ach ja?« Er begann mit den Liegestützen. »Wenn ich ihn das nächstemal sehe, werde ich mich entschuldigen.«

»Gut. Das wird heute abend sein.«

Thorpe hielt mitten in der Bewegung inne. »Himmel, Kate, du hast ihn doch nicht etwa eingeladen?«

»Warum denn nicht?«

»Weil er nicht dazu paßt. Es wird ihm unbehaglich zumute sein.«

Sie antwortete nicht, und Thorpe legte sich auf den Rücken und machte Beinübungen.

Sie schaute zu. Er hatte eine exhibitionistische Ader und vermutlich auch die Veranlagung zum Voyeur. In ihren Augen war Peter der Inbegriff animalischer Energie: Zuweilen hatte er die Ausstrahlung eines zahmen Jungtigers, der an einem Knochen herumkaut, drohend und potentiell gefährlich. Dann wieder konnte er sanft und liebevoll sein. Er war ein komplexer, ein faszinierender Mann. Doch waren Spione wie Schauspieler in der Lage, ihre Persönlichkeit zu wandeln. Es gab Peter Thorpes, die sie mochte, und Peter Thorpes, die sie ablehnte. Auf keinen Fall aber war er – oder seine verschiedenen Ichs – langweilig.

Sie zog die Bettdecke hoch. »Bist du noch Mitglied im University Club?«

Thorpe saß in der Hocke und kratzte sich am Kopf, als müsse er nachdenken. »Ich war's ... bis vor etwa vier Tagen ...«

»Wegen Trunkenheit oder Pöbelei?«

»Keine Ahnung. Ich weiß noch, wie ich mir etwas aus dem Gesicht zu wischen versuchte, aber es war der Fußboden.«

Sie mußte lächeln.

»Ich erwachte in einem der Zimmer.«

»Allein?«

»Der Klub ist sehr respektabel. Nur Ehefrauen dürfen auf die Zimmer.«

»Na, wessen Ehefrau hattest du denn auf dem Zimmer?«

»Ich meine, eine Frau, deren Mann Klubmitglied ist . . .«

»Wessen Frau, deren Ehemann Klubmitglied ist, hattest du mit auf dem Zimmer?«

»Nein, nein. Es darf doch nur die *eigene* Frau sein . . . He, hör auf damit!«

Ihr Lachen quittierte er mit einem gereizten Blick.

Katherine schaute auf die Kaminuhr. »Wir müssen uns beeilen.« Sie richtete sich auf.

Thorpe kam zum Bett, legte ihr die Hände auf die Schultern und beugte sich vor. »Was ist los, Kate?«

Sie duckte sich unter seinem Arm hindurch und stieg aus dem Bett. »Geht dich nichts an.«

»Kann ich dir irgendwie helfen?«

Sie kniete vor dem Kamin nieder und entzündete das Gasfeuer. Blaue Flammen krümmten sich um einen Brocken Vulkangestein.

Thorpe ging zur Tür und löschte das Licht. Es wurde dunkel im Zimmer bis auf das Leuchten im Kamin. Er legte eine Willie-Nelson-Kassette ein und hockte sich neben sie vor das Feuer. Die Flammen verbreiteten eine angenehme Wärme und ließen Katherines Brüste und Wangenknochen hervortreten. Nach längerem Schweigen fragte sie: »Kennst du einen gewissen Colonel Carbury?«

»Carbury?« Thorpe wandte sich zu ihr um.

»Du kennst ihn?«

»Nun ja . . . vage. War ein Freund meines Vaters. Engländer, stimmt's? Was geht bei euch vor, Kate?«

Sie leerte ihr Glas, stand auf und ging zum Ankleideschrank. Aus der Tasche nahm sie Eleanor Wingates Brief und hielt ihn Thorpe hin. »Ich lasse dich das lesen unter der Voraussetzung, daß du mit niemandem darüber sprichst. Weder mit deinen Leuten noch mit deinem Vater. Du wirst den Grund gleich einsehen.«

Er streckte die Hand aus, und sie reichte ihm den Brief.

Thorpe las die Seiten im Schein des Feuers. Er trank seinen Martini, doch seine Augen ließen nicht von dem Text ab.

Schließlich hob er den Kopf und gab ihr die Blätter zurück. »Wo ist das Tagebuch?«

»Wird noch übergeben«, antwortete sie leise. »Was meinst du, Peter?«

Achselzuckend stand Thorpe auf. Er griff nach seinen Zigaretten auf dem Kaminsims und zündete eine an, wobei er ihr den Rücken zuwandte. »Es lohnt, sich damit zu beschäftigen.«

Sie trat neben ihn und blickte in sein hübsches Gesicht. Er schien aufgeregter zu sein, als seine Worte erkennen ließen.

»Arme Kate«, sagte er. »Nach all diesen Jahren muß dich das sehr bekümmern.«

»Ja ... auf der persönlichen Ebene – aber noch mehr machen mir die anderen Möglichkeiten zu schaffen.«

»Ach? Vermutlich eine normale Reaktion. Du kanntest deinen Vater nicht.«

Sie legte ihm die Hand an die Wange und drehte sein Gesicht zu sich herum. »Weißt du etwas über die Sache?«

»Nein. Aber habe ich aus deinem Gespräch mit Abrams richtig geschlossen, daß Carbury heute abend in der Armory sein wird? Soll er dir dann das Tagebuch übergeben?«

»Ja. Er kam heute nachmittag ohne Termin in mein Büro. Behauptete, er käme direkt vom Flughafen. Ich vermute eher, daß er schon seit Mittwoch hier ist. Jedenfalls haben wir uns unterhalten, und er gab mir den Brief. Er erklärte, er würde das Tagebuch heute abend mitbringen.«

Thorpe nickte langsam. »Seltsam ... ich meine, daß Carbury nach New York kommt, um dabei zu sein, wie mein Vater einen Orden bekommt, während dieser meines Wissens keine Ahnung hat, daß er in der Stadt ist.«

»Vielleicht weiß er es doch. Ihr beide zieht euch ja nicht sonderlich ins Vertrauen.«

Thorpe setzte sich nachdenklich auf das Sofa. Seine Stimmung veränderte sich spürbar. Katherine hätte gern angenommen, daß er aus Sorge um sie so reagierte, aber das wäre für Peter Thorpe nicht typisch gewesen.

»Gut, daß du ihn hast beschatten lassen. Das war instinktiv richtig gehandelt.«

Katherine nahm das seltene Kompliment kommentarlos auf. »Du findest also, die Sache ist ernst – wie es in dem Brief stand: ›schicksalhaft‹.«

»Durchaus möglich«, sagte Thorpe. »Ich hätte das Tagebuch gern gesehen.«

Katherine raffte ihre Kleider zusammen und ging zur Tür. »Sind meine Sachen gekommen?«

Thorpe nickte geistesabwesend. »Im beigen Zimmer. Übrigens: Das blaue Kleid gefällt mir nicht. Zu kalt-abweisend.«

»Wer hat dich nach deiner Meinung gefragt?« Katherine trat auf die Galerie hinaus und ging über den Steg, der über das riesige Wohnzimmer führte. In der Mitte blieb sie stehen und blickte durch ein riesiges Panoramafenster, das erst kürzlich in die Nordwand des Hauses eingebaut worden war. Stumm beobachtete sie den Regen. Thorpe blieb neben ihr stehen. »Ein toller Ausblick, nicht?« fragte er. »Gefällt er dir?«

»Ich bin fasziniert«, antwortete sie. »Nicht wegen des Ausblicks, sondern wegen der Tatsache, daß du deinen Vater dazu überreden konntest, dieses Fenster hier im 23. Stock einzubauen, gegen die Bauvorschriften und die Einwände der Hausverwaltung. Das fasziniert mich – daß du immer bekommst, was du haben willst, egal, welcher Laune deine Wünsche entspringen, ungeachtet der Mühen und Kosten für andere Leute.«

»Mir gefällt das Panorama. Mach nicht mehr daraus als ist. Ich kann von hier aus Harlem sehen. Was wohl die armen Leute heute abend tun? Vermutlich dasselbe, was wir gemacht haben.«

»Das ist gefühllos, eingebildet und primitiv.«

»Ja, du hast recht ...«

»Manchmal hast du ... kein Herz, Peter, kein soziales Gewissen, keinen Sinn für das Angemessene, keine ...«

»Halt! Halt! Ich lasse mir hier keine Belehrungen erteilen. Ich bin egoistisch und ein Snob, das ist mir bekannt. So gefalle ich mir nun mal.«

Achselzuckend wandte sie sich ab.

»Hör mal!« rief Thorpe ihr nach. »Ich ziehe mich schnell an und fahre schon voraus. Ich muß noch jemanden treffen. Wir sehen uns dann in der Armory.«

Mit einer Stimme, in der Enttäuschung, wenn nicht gar Zorn schwang, antwortete sie: »Verspäte dich nicht.«

»Dauert nicht lange. Du kennst dich hier ja aus und findest selbst hinaus.«

Sie betrat das Gästezimmer und schloß die Tür hinter sich. Sie hatte eigentlich keine persönlichen Dinge hier in der Wohnung – es war ja auch keine Wohnung im eigentlichen Sinn, sondern ein Schutzhaus der CIA, eine offizielle Station, und was hier vorging, ließ sich nur unter diesem Vorzeichen sehen.

Manchmal übernachteten durchreisende Agenten in der Wohnung oder auch andere Männer und Frauen, deren Status ihr nicht klar war. Einmal war ein Überläufer hier verhört worden, und gut einen Monat lang hatte sie nicht herkommen dürfen.

Obgleich die Ausstattung altmodisch war, gab es doch technische Geräte modernsten Zuschnitts, zum Beispiel ein umfassendes Tonaufzeichnungssystem. Vielleicht waren auch Kameras installiert. Oben, im zweiten Geschoß des Apartments, gab es jede Menge elektronische Geräte. Sie hatte diese Etage nie betreten, doch zuweilen hörte sie die Geräte summen und spürte deutlich ihre Vibrationen.

Es gefiel ihr nicht in dieser Wohnung. Aber hier wohnte Peter nun mal, wenn er in New York war, was in letzter Zeit häufig geschah. Und im Augenblick wollte sie in seiner Nähe sein.

13

Tony Abrams erreichte ein altes Backsteinhaus, das sich an der 36. Straße in eine Front vornehmer Sandsteinhäuser einreihte. Für New Yorker, die eine Vorstellung von Hausbesitz in Manhattan hatten, war dieser Häuserblock gleichbedeutend mit Geld. Im Gegensatz zu den Sandsteingebäuden, deren Haustüren sich am Ende von Vortreppen befanden und das Erdgeschoß ein wenig abschirmten, befand sich der Eingang zu diesem Haus auf der Höhe des Bürgersteiges. Zu beiden Seiten der Tür flackerten Gaslampen, und links erstreckte sich ein großes, vielfach unterteiltes Fenster mit kunstvoll gewundenen schmiedeeisernen Gitterstäben.

Abrams schaute durch eine freie Stelle im beschlagenen Fenster und erblickte ein kleines Wohnzimmer. Im Kamin brannten Holzscheite, und zwei Männer und zwei Frauen genossen ihre Drinks. Die Männer trugen Abendanzüge, und er erkannte George Van Dorn, einen Seniorpartner von O'Brien, Kimberly & Rose, und Tom Grenville, der bald in den Kreis der Partner aufgenommen werden sollte. Die Frauen, vermutlich die Ehefrauen, trugen Abendkleider.

Abrams hob den Messingklopfer und ließ ihn dreimal herabfallen.

Eine etwa fünfundzwanzigjährige attraktive Frau, die schwarze Hosen und einen weißen Rollkragenpullover trug, öffnete ihm die Tür. »Mr. Abrams?«

»Jawohl.«

Sie lächelte. »Bitte treten Sie ein. Sie sehen naß aus. Ich heiße Claudia.«

Er trat in das Foyer. Die junge Frau hatte mit Akzent gesprochen. Möglicherweise europäisch. Er überließ ihr den Mantel.

»Ihre Sachen sind oben«, sagte sie. »Waren Sie schon mal hier?«

»In meinem letzten Leben.«

Sie lachte. »Zweite Tür links ... kommen Sie, ich bringe Sie hinauf.«

Er folgte ihr am Wohnzimmer vorbei durch den langen, niedrigen Flur. Die Treppe – und überhaupt das ganze Haus – wirkte irgendwie schief, aber in einer Nation voller aufrechter, neuer Häuser übten die verkanteten Wände einen ganz besonderen Reiz aus.

In dem engen oberen Flur öffnete sie eine Tür und führte ihn in ein winziges Zimmer, das möglicherweise mit echten Chippendale-Möbeln eingerichtet war. Sein Smoking lag in einer Schachtel auf einem hohen Bett mit vier Eckpfosten. Auf der Schachtel stand: *Murrays Abendkleidung, Verkauf und Verleih.*

»Auf dem Bett liegt auch ein Morgenmantel«, bemerkte die junge Frau. »Das Badezimmer befindet sich auf der anderen Seite des Flurs, und die Kommode enthält alles, was Sie zum Rasieren und Baden brauchen. Wenn Sie sich umgezogen haben, möchten Sie vielleicht auf einen Cocktail zu den Van Dorns und den Grenvilles kommen. Was kann ich sonst noch für Sie tun?«

Abrams spürte sofort, daß sie die Sprache gut genug beherrschte, um den Doppelsinn dieser Frage zu verstehen. Während sie sich das lange, glatte braune Haar über die Schultern streifte, musterte er sie eingehend.

»Habe ich Sie nicht schon mal im Büro gesehen?«

»Möglich. Ich bin Mandantin.«

»Woher kommen Sie?«

»Woher? Ach, aus Rumänien. Ich wohne jetzt hier. In diesem Haus.«

»Als Gast?«

»Ich bin die Geliebte von niemandem, wenn Sie das meinen. Ich bin politischer Flüchtling.«

»Ich auch. Aus Brooklyn.«

Einige Sekunden herrschte Schweigen, während sie sich ansahen. Es war, konstatierte Abrams für sich, Lust auf den ersten Blick. Er legte Jacke und Krawatte ab und verstaute sie im Schrank. Bei den Hemdknöpfen zögerte er und schaute zu Claudia hinüber, die ihn unbekümmert anschaute. Er zog das Hemd aus und warf es auf das Bett. Seine Hand näherte sich der Gürtelschnalle. »Wollen Sie bleiben?«

Sie lächelte und verließ das Zimmer. Abrams kleidete sich aus und zog den Morgenmantel an. Nachdem er geduscht und sich rasiert hatte, öffnete er die Kleiderschachtel und begann sich auszuziehen. Die Ausstattung war komplett bis auf die Schuhe: Er würde mit seinen Straßenschuhen auskommen müssen. Während er noch mit der Fliege kämpfte, betrachtete er sich im mannshohen Spiegel an der Tür. »Ich hoffe, alle sehen so aus.«

Kurze Zeit später ging er nach unten. Tom Grenville, etwa

fünf Jahre jünger und tausendmal reicher als er, sagte zu seiner Frau: »Joan, Tony arbeitet auf die Anwaltsprüfung hin.«

George Van Dorn beantwortete die Frage, die den Frauen im Kopf herumging. »Mr. Abrams war lange Polizist.«

Kitty Van Dorn beugte sich vor. »Das klingt interessant. Wie sind Sie ausgerechnet auf diese Laufbahn gekommen?«

Abrams musterte sie. Sie war entweder viel jünger als ihr Mann oder hielt sich mit Vitaminen, Leibesübungen und Schönheitsoperationen fit. Nicht mehr ganz junge Frauen, die sich noch Kitty nennen ließen, waren ihm ohnehin suspekt. »Ich wollte immer schon Polizist sein.«

»Wo wohnen Sie?« fragte Joan Grenville, eine attraktive sommersprossige Blondine.

Abrams ging zur Anrichte und schenkte sich einen Scotch ein. »Brooklyn«, antwortete er. Sie hatte irgendwie atemlos gesprochen.

»Oh ... dann ist dies ja sehr günstig für Sie. Für uns auch. Wir wohnen in Scarsdale. Das ist noch weiter als Brooklyn.«

»Von wo?«

Sie lächelte. »Von hier. Vom Mittelpunkt aller Dinge. Ich möchte ja gern wieder in die Stadt ziehen, aber Tom ist dagegen.« Sie drehte sich um, aber ihr Mann wich dem Blick aus.

Abrams musterte sie forschend. Sie war in ein schlichtes weißes Seidenkleid gehüllt und hatte die Schuhe abgestreift; die Fußnägel waren nicht lackiert. Überhaupt trug sie wenig Make-up. Reich und gesund, sagte sich Abrams. Schlank und fit, hübsch und munter, vielleicht sogar intelligent. Ein Musterexemplar der höchsten Evolutionsstufe des Menschen.

»Wir leben draußen auf der Insel«, fügte Kitty Van Dorn hinzu. »In Glen Cove. George benutzt das Haus hier oft. Nicht wahr, George?«

George brummte etwas und ging zur Anrichte. Abrams erkannte, daß er schon ziemlich viel getrunken hatte. »Kimberly – Henry Kimberly senior – kaufte das Haus um die Jahrhundertwende. Bezahlte dreitausend Dollar dafür. Erstand es von einem Hamilton oder Stuyvesant ... weiß nicht mehr genau. Jedenfalls wohnte Henry junior hier einige Jahre nach seiner Heirat. Als der Krieg begann, verlegte er seine Familie nach Washington. Dann ging er nach Übersee und ließ sich umbringen. Verdammt schade.« Er hob den frisch gemixten Drink. »Auf Henry.«

Abrams stand am Kamin und sah zu, wie Van Dorn den Bourbon kippte. »Henry Kimberly war OSS-Offizier, nicht wahr?« fragte er.

»Stimmt«, antwortete Van Dorn und unterdrückte ein Aufstoßen. »Ich auch. Welches Zimmer haben Sie, Abrams?«

»Zimmer? Ach, im ersten Stock, zweites links.«

»Das war Kates Zimmer. Henry und ich gingen immer hoch, um mit ihr zu spielen. Henry liebte das Kind. Ihre Schwester Ann auch.« Sein gerötetes Gesicht nahm einen melancholischen Ausdruck an. »Der Krieg ist Scheiße.«

Abrams nickte. Das Gespräch belebte sich.

»Mein Vater gehörte ebenfalls dem OSS an«, sagte Grenville. »Bill Donovan warb damals eine ganze Gruppe von Leuten aus der Firma an. Donovans Gegner kolportierten die Abkürzung OSS als ›Oh, So Sozial‹!«

»Wer waren denn Donovans Gegner?« hakte Abrams nach.

»Na, in erster Linie die Idioten, die sich an Roosevelts Rockzipfel gehängt hatten.«

Ein längeres Schweigen trat ein. Es wurde schließlich durch Van Dorn gebrochen, der seinen nächsten Drink vorbereitete. »Der Abend könnte interessant für Sie werden«, sagte er zu Abrams.

Kitty Van Dorn schnaubte zweifelnd durch die Nase.

Tom Grenville rührte mit dem Finger in seinem Getränk. »Sie sind ein Freund von Kate, nicht wahr? Sie rief vorhin an und sagte, Sie würden kommen.«

»Ja.« Abrams zündete sich eine Zigarette an. Das Gespräch kam ihm irgendwie absurd vor. Im Büro hatten ihm diese Männer allenfalls zugenickt; hier und jetzt waren sie zwar ein wenig herablassend, doch irgendwie auch zögernd-entgegenkommend.

Joan Grenville stand auf und kniete sich dicht neben ihn vor den Kamin. Sie griff nach einem Schürhaken, stocherte im Feuer herum und blickte zu ihm auf. »Bleiben Sie über Nacht, Mr. Abrams?«

»Tony.« Er hatte das Gefühl, einen Schritt zurücktreten zu müssen, um Distanz zwischen seine Hüfte und ihr Gesicht zu bringen. Er senkte den Blick und sah die glatte weiße Kurve ihrer Brüste, die in rosa Warzen endeten. Ich weiß nicht, Mrs. Grenville. Bleiben Sie?«

Sie nickte. »Ja. Bitte nennen Sie mich Joan.«

Abrams wich Grenvilles Blick aus, wandte sich ab und ging zur Anrichte, obwohl er nichts mehr trinken wollte. »Möchte noch jemand einen Drink?«

Keine Antwort. »Sie können natürlich gern bleiben«, sagte George Van Dorn.

»Niemand sollte so spät mit der U-Bahn nach Brooklyn fahren müssen«, meinte Kitty Van Dorn.

»Eigentlich hatte ich eher an ein Taxi gedacht«, erwiderte Abrams.

Wieder trat ein Schweigen ein. Abrams wußte nicht, ob er die Szene amüsant oder peinlich finden sollte. Man gab sich Mühe; trotzdem bekam er Kopfschmerzen.

George Van Dorn nahm seinen Zigarrenstummel aus dem Aschenbecher und zündete ihn neu an. »Hat Claudia Ihnen alles gebracht, was Sie brauchen, Abrams?«

»Ja, vielen Dank.«

»Gut.« Van Dorn atmete eine Rauchwolke aus. »Sie ist Mandantin unserer Firma. Keine Hausangestellte oder so.«

»Das sagte sie mir bereits.«

»Ach? Ihr Großvater war Graf Lepescu, ein führender Kopf des rumänischen Widerstands während der deutschen Besetzung. Sie bleibt ein Weilchen bei uns.«

Abrams betrachtete Joan Grenville, die auf attraktive Weise die Beine übereinandergeschlagen hatte und ins Feuer starrte.

»Die Roten schnappten ihn«, sagte Van Dorn.

Abrams hob den Kopf. »Wen?«

»Graf Lepescu, Claudias Großvater. Der Titel gefiel ihnen nicht. Die Familie geriet in eine Art Arbeitslager. Hübscher Lohn für den Kampf gegen die Nazis. Nach Stalins Tod wurden die Überlebenden freigelassen, und Claudias Vater heiratete ein Arbeitermädchen, das dann Claudia zur Welt brachte. Der Vater wurde später wieder verhaftet und verschwand. Die Mutter starb vor einigen Jahren. Seit längerer Zeit versuchen wir Claudia herauszuholen.«

»Wer ist ›wir‹?«

»Wir. Letzten Herbst gelang es schließlich. Im Moment versuchen wir die Frage der Einbürgerung zu klären.«

»Warum?«

Van Dorn hob die Augenbrauen. »Warum? Wir standen in der Schuld. Wir bezahlten diese Schuld.«

»Wer stand in der Schuld?«

»O'Brien, Kimberly & Rose.«

»Ich dachte schon, Sie meinten Ihren alten Geheimdienst.«

Niemand sagte etwas. Tom Grenville ging zum Fenster. »Der Wagen ist da. Vielleicht sollten wir losfahren.«

Van Dorn blickte auf die Uhr. »Wo bleibt denn Claudia?«

»Sie kommt mit?« Abrams stellte seinen Drink auf dem Kaminsims ab.

»Ja«, antwortete Grenville. »An welchem Tisch sitzen Sie?«

»Ich glaube, Tisch vierzehn.«

»Das wäre bei O'Brien und Katherine.«

»Ach?«

»Ist auch mein Tisch«, stellte Van Dorn fest. »Die Firma hat dieses Jahr elf Tische gebucht. Früher waren es zwanzig oder dreißig.« Er drückte seine Zigarre aus. »Eine von euch Damen sollte der Hoheit mal etwas Dampf machen.«

»Ihre Hoheit ist bereits fertig«, sagte Claudia von der Tür her. »Die Zofen Ihrer Hoheit streiken leider. Ihre Hoheit entschuldigt sich.«

Claudia trug ein schwarzes Samtabendkleid mit silbernen Schuhen und dazu passender Tasche. Abrams fand sie atemberaubend.

»Fahren Sie mit uns«, sagte Van Dorn zu ihm. »Wir haben genug Platz.«

Sie zogen die Mäntel an und traten in den kühlen, feuchten Abend hinaus. Ein langer Cadillac wartete am Straßenrand, und ein grau livrierter Chauffeur hielt die Tür auf. Abrams stieg als letzter ein und nahm einen Klappsitz mit Blick nach hinten.

George Van Dorn wandte sich unverzüglich der Bar zu und begann Drinks zu machen.

»Es wird ein langer Abend, George«, sagte Kitty Van Dorn besorgt.

»Nicht, wenn er so weitertrinkt«, bemerkte Joan Grenville, und Abrams sah, wie Tom Grenville ihr gegen den Fuß trat.

Als der Wagen abfuhr, wandte sich Van Dorn an Abrams: »Wie sind Sie heute nachmittag zurechtgekommen?«

»Gut.«

»Haben Sie die Vorladung zugestellt?«

»Ja.«

»Mr. Abrams ist nämlich unser Prozeßzusteller«, erklärte Van Dorn den Damen. »Ex-Polizisten sind dafür bestens geeignet. Manchmal eine sehr schwierige und unangenehme Sache.« Er reichte Abrams ein Glas. »Scotch, nicht wahr? Und war der Nachmittag schwierig oder unangenehm?«

»Nein, es ging alles glatt.«

»Um welchen Fall ging es denn?« wollte Grenville wissen.

»Ich erinnere mich nicht.«

»Sie wissen doch bestimmt noch den Namen?« hakte Grenville ein wenig schärfer nach.

»Nicht im Augenblick.« Abrams überlegte ein wenig und fuhr fort: »Es ging um einen Mann, der im University Club wohnt.«

Grenvilles Blick richtete sich auf Van Dorn und wanderte wieder zurück. »Das muß eine schwierige Zustellung gewesen sein.«

»Eigentlich nicht. Ich hab' dem zweiten Geschäftsführer meine Kanone gezeigt.«

Alle lachten. Van Dorn reichte Drinks herum und hob das Glas. »Auf Graf Ilij Lepescu, Major Henry Kimberly, Captain John Grenville und all die anderen, die heute abend nicht bei uns sind.«

Sie prosteten einander zu, dann trat Schweigen ein. Claudia beugte sich vor, um ihr Glas wieder auf die Bar zu stellen, und legte dabei die Hand auf Abrams' Bein.

Es sah aus, als wollte George Van Dorn einen zweiten Trinkspruch ausbringen; statt dessen reichte er Abrams sein Glas. »Trinken Sie das für mich aus«, sagte er.

Seine Frau tätschelte ihm die Hand, als hätte er etwas Großartiges getan. Van Dorn schien mit sich selbst zufrieden zu sein, weil er der Versuchung widerstanden hatte, zu berauscht an seinem Ziel einzutreffen.

Für Abrams hatte Van Dorn etwas an sich, das im Gegensatz zu der zur Schau gestellten Selbstzufriedenheit und oberflächlichen Jovialität stand. Er sah es in seinen Augen, in seinem Verhalten, wenn Van Dorn und O'Brien zusammentrafen. Patrick O'Brien litt keine Dummköpfe in seiner Nähe – folglich war Van Dorn kein Dummkopf. Er gehörte zu jenem inneren Kreis, den Abrams die Schattenfirma nannte – jene andere Sozietät O'Brien, Kimberly & Rose, jene Anwaltsfirma, die Geheimagenten vertrat und verschlüsselte Fernschreiben aussandte. George Van Dorn gehörte zu den wenigen Personen, die den Raum mit der Aufschrift *Erledigte Akten* betreten durften.

Abrams verstand sich auf Geheimnisse, das hatte zeitlebens zu seinem Job gehört. Solcher Geheimnisse wurde er auch nie überdrüssig – das galt nur für die Lösungen, die beinahe in jedem Fall abgeschmackt, enttäuschend, alltäglich waren.

Wenn er als Detektiv überhaupt einen Fehler hatte, dann war das seine Hoffnung, am Ende einer Spur einmal etwas Interessantes und Komplexes vorzufinden. Die Wirklichkeit sah aber meistens anders aus. Die menschlichen Dramen waren in der Mehrzahl der Fälle unbeabsichtigte Komödien, die Motive für das menschliche Handeln deprimierend trivial.

Doch war er immer wieder den Hinweisen gefolgt und hatte die Füchse in ihrem Bau aufgestöbert und sich dafür lobend tätscheln lassen, während er sich gleichzeitig wünschte, der Fuchs wäre ein größeres Untier gewesen und hätte sich zu einem letzten Kampf gestellt und mit derselben Schlauheit gewehrt, mit der er vor ihm geflohen war. Immer wieder hatte er sich einen gefährlichen Gegner gewünscht.

Er leerte sein Glas und stellte es auf die Bar. Wenn man die Sache analysierte – was er seit dem 1. Mai fast ununterbrochen tat –, gab es logische Erklärungen für jeden Verdacht, den er dieser Firma entgegenbrachte. Und doch gab es da eine solche Masse von Indizienbeweisen, die sich, kumulativ gesehen, einfach nicht aus der Welt erklären ließen. Noch war er zu sehr Polizist, um zu ignorieren, was er sah, was er fühlte und was O'Brien auf der Aussichtsterrasse zu ihm gesagt hatte.

Der Wagen näherte sich der Armory und verlangsamte die Fahrt im dichten Verkehr.

Abrams versprach sich vom heutigen Abend einige Klärungen. Und wenn er am kommenden Montag, dem Memorial Day, den russischen Besitz in Glen Cove besichtigte, hatte er vielleicht schon einige Antworten.

Der Fahrer stieg aus und öffnete die Tür zum Bürgersteig. »Endstation«, verkündete George Van Dorn.

Abrams stieg als erster aus. Er hatte das Gefühl, daß die Angelegenheit Carbury nicht einfach einer von vielen seltsamen Fällen O'Briens war, sondern zu einem größeren Puzzle gehörte. Carbury, O'Brien und Kollegen, diese Leute aus der 36. Straße, das OSS, Katherine Kimberly, Glen Cove, O'Briens Äußerung, die Wall Street könnte ausgelöscht werden ... Was für ein Durcheinander von Puzzlestücken und Hinweisen! Aber wenn man sie ein wenig drehte und wendete, fanden sie irgendwann sicher ihren Platz.

14

Katherine verstaute ihre Straßenkleidung sorgfältig im Koffer. Der in Beige gehaltene Gästeraum wirkte abweisend, und trotz des allgegenwärtigen Luxus merkte man der ganzen Wohnung irgendwie an, daß sie der Regierung gehörte. Katherine hatte noch einige Minuten Zeit, ehe sie sich umziehen mußte, und streckte sich nackt auf dem Bett aus.

Peter Thorpes Adoptivvater James Allerton war der eigentliche Besitzer der Wohnung samt Einrichtung. Peters verstorbene Adoptivmutter hatte die Ausstattung der Zimmer bestimmt, die damals ihr Zuhause waren. Manche Stücke waren antik und in der Zwischenzeit sehr wertvoll geworden. An den Wänden hingen Originale von Turner, erstanden in den dreißiger Jahren, als Turner außer Mode war und die Welt kein Geld hatte. Zu bewundern waren außerdem eine Skulptur von Rodin und ein alter Wandteppich. Die Kunstsammlung allein war vermutlich mehr als eine Million Dollar wert. Und doch war ihres Wissens, trotz der großen Schar der Besucher, bisher noch nicht einmal ein Handtuch gestohlen worden. Hier war eine Firma im Spiel, die man nicht bestahl.

Katherine dachte an Eva, die derzeitige Haushälterin, eine Polin Mitte fünfzig. Die Haushälterinnen wechselten, je nachdem, wie sich die politische oder militärische Lage veränderte. In den letzten Jahren hatten Polinnen im Haus gearbeitet. Davor waren es Frauen aus Südostasien gewesen und noch vorher vermutlich aus Ungarn, Kuba und der Tschechoslowakei. Es mußte sich wohl um Frauen handeln, die die politische und moralische Entscheidung getroffen hatten, ihr Leben für ein Ideal aufs Spiel zu setzen. Sie hatten ihr Land verraten und trafen bei allen Geheimdiensten traditionsgemäß auf zwiespältige Gefühle und Mißtrauen. Gleichwohl schuldete die Firma Eva und ihresgleichen einiges – und die Firma zahlte.

Und was den Frauen im Haushalt an Talent fehlte, machten sie durch anderweitige Einsatzbereitschaft wett; ein Zimmermädchen besorgte ohnehin die eigentliche Arbeit, und die Haushälterinnen schrieben ihre Berichte oder Memoiren und behielten die Gäste im Auge.

Katherine ging zum Ankleidetisch und blickte nachdenklich in den hohen Spiegel. Ihr Haar war zerzaust, und am Hals hatte sie einen leichten Kratzer, eine Folge des Liebesspiels.

Gefühlsmäßig war ihr die Wohnung zuwider, doch auf intellektueller und beruflicher Ebene akzeptierte sie ihre Existenz. Was hier geschah, wenn sie nicht anwesend war, fiel in die Grauzone praktischer Moral, sanktioniert durch nationale Interessen, und ging sie nichts an. Vielleicht aber doch. Ihre Gedanken richteten sich auf das zweite Obergeschoß der Wohnung.

Als sie eine Flurtür zugehen hörte, kehrte Katherine mit schnellen Schritten in das Schlafzimmer zurück. Sie schaute durch den Türspion und sah Peter Thorpe in Abendkleidung die Treppe hinabgehen. Sie öffnete die Tür und trat hinaus, um ihm etwas nachzurufen, hielt sich dann aber zurück.

Als sie schon ins Zimmer zurückkehren wollte, blieb sie stehen. Einige Türen entfernt führte eine schmale Treppe in das zweite Obergeschoß der Triplex-Wohnung. Sie holte einen Morgenmantel aus dem Schrank und wandte sich der Treppe zu.

Als sie oben ankam, sah sie sich einer Tür aus synthetischem Material gegenüber. Zwei Zylinderschlösser befanden sich unter dem Knauf, und vermutlich gab es auch eine Alarmanlage. Nach kurzem Zögern drehte sie den Knauf. Die schwere Tür schwang nach innen, und sie trat über die Schwelle.

Der lange, dachbodenähnliche Raum war kaum beleuchtet; dafür lag ein blauweiß fluoreszierendes Licht über dem Dutzend Geräten, die im Raum verteilt waren. Katherine erkannte einen Fernschreiber, ein Kurzwellenfunkgerät, einen Börsenticker, mehrere Videobildschirme, ein Computerterminal und einen Apparat, der wie ein Polygraph aussah. In einer Ecke stand ein Tisch auf Rädern, eine Krankenhausliege, an der zu beiden Seiten Gurte herabhingen. Kein schöner Anblick.

Die anderen Maschinen, groß oder klein, wußte sie nicht einzuordnen. Sie ging einige Schritte vor und ließ die Tür hinter sich zufallen.

Als sich ihre Augen an das unbestimmte Licht gewöhnt hatten, bemerkte sie unmittelbar vor sich eine große elektronische Kontrollkonsole, an der jemand saß. Die Gestalt stand auf und drehte sich um.

Katherine hielt den Atem an und trat einen Schritt zurück. Es war Eva. Die große, massige Frau kam auf sie zu.

»Ich glaube, Sie haben hier nichts verloren.« Eva blieb dicht vor Katherine stehen, die sich ertappt und wehrlos vorkam.

»*Sie* vielleicht?« fragte sie.

»Ich arbeite hier. Für Mr. Thorpe. Nicht so wie Sie ...«

»Was bilden Sie sich eigentlich ein?«

»Verzeihung ... mein Englisch ... das klang vielleicht ...«

»Guten Abend.« Katherine nahm sich zusammen und kehrte der Frau den Rücken. Sie griff nach dem Türknauf, öffnete und verließ den Raum.

Eva folgte ihr. Sie zog einen Schlüssel aus der Kitteltasche und sicherte mit schnellen Bewegungen beide Schlösser. Dann holte sie Katherine auf der Treppe ein. »Es war nicht klug von Ihnen, in den Raum zu kommen. Ich werde Meldung machen müssen. Dieser Raum ist geheim, Regierungsgeheimnis. Mr. Thorpe hat Ihnen nichts gesagt?«

Katherine antwortete nicht. Sie drängte sich an der überheblich lächelnden Frau vorbei und machte die Schlafzimmertür hinter sich zu.

Sie war aufgewühlt und wütend, so sehr fühlte sie sich erniedrigt. Nie wieder würde sie sich in dieser Wohnung mit Peter lieben. Überhaupt würde sie nie wieder hierherkommen. Katherines Blick fiel auf eine Flasche Sherry auf dem Nachttisch, und sie füllte sich ein langstieliges Glas.

Sie setzte sich aufs Bett und schloß die Augen. Nein, überlegte sie, es wäre nicht richtig, nicht wiederzukommen. Soviel Vertrauen war sie Peter noch schuldig. Außerdem war sie neugierig. Mehr als einmal hatte Patrick O'Brien indirekt angedeutet, daß er Peter und seine Unternehmungen ein wenig absonderlich finde.

Sie begann zu dösen, und ihre Gedanken verwirrten sich. Irgendwo gab es einen Schlüssel; dieses Gefühl hatte sie immer gehabt. Einen Schlüssel, wie ihn Eva besaß und Arnold, einen Hauptschlüssel für viele Schlösser, viele Türen und Wandschränke und Truhen. Und drinnen warteten Geheimnisse und verschlüsselte Botschaften, Skelette und Skandale. Alle schienen Bescheid zu wissen – O'Brien, Peter, James Allerton, ihre Schwester Ann, deren Verlobter Nicholas West ... auch ihr Vater war informiert gewesen, genau wie Colonel Carbury. Es war wie ein großes Familiengeheimnis, das die Kinder erahnten, ohne es zu kennen, und mit dem die Erwachsenen lebten, ohne je davon zu sprechen.

Heute abend, so überlegte sie, fand ein Familienrat statt. Heute abend würde die kleine Kate alles erfahren.

15

Peter Thorpe betrat den Cocktail-Salon im Obergeschoß des University Clubs und näherte sich der Bar. »Guten Abend, Donald.«

Der Barmann lächelte. »Guten Abend, Mr. Thorpe.«

»Tut mir leid wegen neulich abend.«

»Ach, kein Problem. Was darf es sein?«

»Ein wenig Soda, weiter nichts.«

Der Mann lachte und öffnete eine Flasche Perrier.

Thorpe nahm sich ein Exemplar der *Times* und blätterte es durch. »Unglaublich, wie viele Morde in dieser Stadt passieren. Verrückt.«

»Ja, und bei den meisten Fällen geht es um Leute, die sich kannten.«

Thorpe hob sein Glas. »Ach, übrigens, haben Sie Barquittungen für einen gewissen Carbury? Soll hier wohnen.«

Donald blätterte einen Stapel Karten durch. »Nichts.«

»Engländer. Schon älter, groß, dünn, vielleicht Schnurrbart.«

»Ach, Edwards. Der kommt oft her.«

»Er wohnt hier etwa seit Mittwoch?«

»Stimmt. Edwards.« Der Barmann blätterte erneut seine Abrechnungen durch. »Zimmer 403. War vor etwa zehn, fünfzehn Minuten hier. Trank ein Glas und ging wieder.«

»Trug er vielleicht einen Bratenrock?«

Donald kratzte sich am Kopf. »Nein ... nein, irgend etwas in Tweed.« Zum ersten Mal schien ihm Thorpes Abendanzug aufzufallen. »He, Sie haben heute aber etwas Vornehmes vor, Mr.

Thorpe.«

Thorpe faltete die Zeitung zusammen. »Haben Sie schon mal vom OSS gehört?«

»O ja«, sagte der junge Barmann. »Das war doch im Zweiten Weltkrieg die Truppe, die den Soldaten Theater vorspielte.«

Thorpe lachte. »Nein, Donald. Das war die USO. Und was meinen Sie zu SS?«

»Klar doch, Nazis.«

Thorpe lächelte. »Da kommt man doch glatt ins Grübeln, wie?«

»Worüber?«

»Na, über das Leben. Über Helden und Bösewichte, über Gut und Böse, über verblassende Ruhmestaten, über Opfer, Pflicht, Ehre, Vaterland ... über Erinnerungen. Eine gute Erinnerung ist nicht unbedingt etwas Gutes, Donald.«

Donald behagte die Wende, die das Gespräch genommen hatte, gar nicht. »Nun, ja ...«

»Das Bankett der OSS-Veteranen. Das Office of Strategic Services, Vorgänger der CIA.« Thorpe deutete auf das Titelblatt der *Times*. »Dorthin gehe ich. Diese Leute kommen zusammen, um sich zu erinnern. Sie erinnern sich an einiges zuviel. Das ist gefährlich.«

»He, dann werden Sie den Präsidenten sprechen hören?«

»Genau.« Thorpe schob einen verschlossenen Umschlag über die Bar. »Tun Sie mir einen Gefallen, Donald. Schauen Sie sich im Klub um – Billardraum, Bibliothek und so ... Versuchen Sie Edwards ausfindig zu machen und stellen Sie ihm dies zu.«

Donald legte den Umschlag hinter die Bar. »Selbstverständlich. Soll ich ihn ausrufen lassen oder den Umschlag in sein Fach legen?«

»Nein, Sie sollen ihm den Brief persönlich übergeben, ehe er den Klub verläßt. Dazu können Sie auch in seinem Zimmer anrufen. Wahrscheinlich zieht er sich für das Bankett um. Aber halten Sie meinen Namen heraus. Okay?« Thorpe kniff verschwörerisch ein Auge zu.

Im Reflex erwiderte Donald die Geste, als wisse er Bescheid;

dabei schien er ziemlich verwirrt zu sein.

Thorpe reichte einen 10-Dollar-Schein über die Bar, den Donald in seiner Tasche verschwinden ließ. »Schon mal was von T. S. Eliot gehört, Donald? Der schrieb einmal: ›Die Zeit der Gegenwart und die Zeit der Vergangenheit sind vielleicht beide in der Zeit der Zukunft gegenwärtig, und die Zeit der Zukunft in der Zeit der Vergangenheit.‹ Nun, Donald, diese Zukunft wird bald eintreten. Die Flutwelle der Zukunft, die vor vierzig Jahren als kleiner Kräusel begann, wird uns alle überschwemmen. Ich kann Ihnen sogar die genaue Zeit nennen: das Wochenende des 4. Juli. Sie werden sehen. Denken Sie an meine Worte.«

»Natürlich, Mr. Thorpe. Einen schönen Abend noch.«

»Ich habe leider andere Pläne gemacht.«

Thorpe blickte aus dem Fenster des Taxis. Auf der Park Avenue bewegte sich der Verkehr nur noch im Kriechtempo voran, und weiter vorn waren zwei Fahrbahnen durch Barrieren abgesperrt. Im Nieselregen patrouillierten berittene Polizeibeamte. Auf der linken Seite der Park Avenue, gegenüber der Armory des 7. Regiments zwischen der 66. und 67. Straße, drängten sich einige hundert Demonstranten hinter Polizeiabsperrungen. »Zum Teufel, was ist denn hier los?« fluchte der Taxifahrer.

»Der Präsident hält eine Rede in der Armory.«

»Himmel! Das hätten Sie mir sagen müssen. Vor wem denn?«

»Vor mir. Und ich komme zu spät. Ich gehe den Rest zu Fuß.« Thorpe bezahlte den Fahrer und schlängelte sich durch den stockenden Verkehr. Rings um den Eingang der Armory parkten große Limousinen in doppelter und dreifacher Reihe. Auf der anderen Straßenseite wurden Anti-Atom-Plakate geschwenkt.

Thorpe passierte einen Kordon uniformierter Beamter und näherte sich dem hundert Jahre alten Gebäude aus Ziegelsteinen und Granit. Die OSS-Bankette hatten früher immer im Waldorf oder Pierre stattgefunden, waren nun aber in diesen pseudo-kriegerischen Bau verlegt worden. Abweisende Türme ragten in die Nacht empor, gekrönt von finster wirkenden Schießscharten, doch entsprach der Gesamteindruck in etwa dem einer Ausgehuniform: weniger für den Kampf als zum Vorzeigen geeignet.

Thorpe erstieg eine baldachingeschützte Vortreppe, die von der taktischen Einsatzreserve der Polizei flankiert wurde, und betrat durch eine schwere Eichentür die Armory.

Das Foyer war mit dunklem Holz ausgekleidet und von eindrucksvoll-martialischen Gemälden gesäumt. Von der zwei Stockwerke hohen Decke hingen ausgefranste und verblaßte Schlachtenbanner und Regimentsfahnen. Die riesigen Kronleuchter waren frühes Tiffany, die gesamte Atmosphäre schien in die Oberschicht des neunzehnten Jahrhunderts zu passen, wie bei einem ehrwürdigen Park-Avenue-Herrenklub, der mit den Jahren ein wenig an Glanz eingebüßt hatte.

Spät eintreffende Gäste eilten an Thorpe vorbei, und Dutzende von Agenten des Secret Service standen in Straßenanzügen oder schlechtsitzender Abendkleidung herum. Einige versuchten auch als Kellner oder Pagen durchzugehen. Unter den besonders unmodisch-langen Jacketts verbargen sich bestimmt Ouzi-MGs und abgesägte Schrotflinten.

Ein Polizeibeamter wies Thorpe nach rechts, wo er sich vor dem Metalldetektor anstellen mußte. Beäugt von den Geheimagenten, schritt er hindurch.

Drinnen tauschte er seinen regenfeuchten Mantel gegen einen Garderobenschein ein und betrat einen luxuriös eingerichteten Empfangsraum, in dem Cocktails serviert wurden. Thorpe ergatterte sich einen unberührten Martini.

»Keine gute Schau, beim Präsidenten zu spät zu kommen, Peter.«

Thorpe drehte sich um und erblickte Nicholas West. »Noch schlimmer wär's, käme ich zu früh und nüchtern.«

Die beiden Männer gaben sich die Hand. »Na, und weshalb kommen Sie zu spät, Nicko?«

»Der Anflug auf La Guardia verzögerte sich.«

Thorpe musterte den anderen. Trotz des eleganten Smokings sah er aus, als trage er einen zerdrückten Tweedanzug. West war einundvierzig Jahre alt, sah aber kaum älter aus als dreißig. An der Universität Washington war er Assistent für Geschichte gewesen, bis er 1967, zusammen mit anderen jungen Historikern, von CIA-Direktor Richard Helms angeworben wurde, eine enzyklopädische Geschichte des OSS und der CIA zu schreiben. Dieses umfangreiche und geheime Unternehmen entwickelte sich zu einem endlos scheinenden Projekt, zu dessen Leiter West aufgestiegen war. »Wie geht es mit dem Buch voran, Nick?« fragte Thorpe.

West zuckte die Schultern. »Es tauchen immer wieder neue Informationen auf, die ein Umschreiben erforderlich machen.«

»Ja, neu auftauchende Informationen können zur Plage werden. Haben Sie schon einen Verleger gefunden?«

West lächelte. »Ach, der KGB würde eine Milliarde Dollar für das Buch bezahlen. Aber wenn Sie es genau wissen wollen, wir haben schon zwei Bände in Druck.«

»Und die Verkäufe?«

»Bereits vergriffen. Zehn Exemplare jedes Bandes wurden gedruckt, die Druckvorlagen anschließend vernichtet.«

»Wer hat die Bücher?«

»Nun ja, natürlich hat der Direktor eine vollständige Ausgabe. Ebenso meine Abteilung ...« Er blickte Thorpe an. »Die genaue Verteilung ist geheim.«

»Schicken Sie mir doch ein Exemplar.«

»Besorgen Sie sich eine Vollmacht vom Direktor.«

»Gewiß. Welche beiden Bände sind denn aufgelegt worden?«

»Die OSS-Jahre 1942 bis 1945 und die beiden Jahre, die der Gründung der CIA 1947 vorausgingen.« West sah sich um. Außer den Kellnern war niemand mehr im Empfangssalon. »Wir sollten hineingehen.«

»Das hat keine Eile. Ich würde gern Teile des Materials sehen. Mein Computer kann auf Ihren zugreifen, und schon sind wir im Geschäft.«

»Wenn Sie den Informationsbedarf und eine einwandfreie Vollmacht nachweisen können, zeige ich Ihnen, was Sie brauchen.«

Thorpe schüttelte den Kopf. »So etwas macht man besser unter alten Kollegen aus.«

»Ich denke drüber nach.«

West war besorgt, zu spät zum Bankett zu kommen; das erleichterte den Umgang mit ihm. An einen langen Tisch gelehnt, musterte Thorpe den farblos wirkenden Mann.

Infolge seiner Aufgabenstellung und weil sein Informationsbedürfnis keine Grenzen kannte, war Nicholas West beinahe zufällig zur wichtigsten und kenntnisreichsten Person der CIA geworden. Thorpe mußte an eine Bemerkung denken, die einmal gefallen war: »Könnte sich der KGB aussuchen, welchen Mann er am liebsten zum Verhör hätte – den Präsidenten, den Direktor der CIA oder Nicholas West –, man würde West nehmen.« West schnippte seine Zigarette in den Kamin. »Sind Sie bei Ihrer Arbeit je auf meinen Namen gestoßen?«

West wich Thorpes Blick aus und ging zu der Tür, die in den Ballsaal führte. »Es wird Zeit, Peter.«

Thorpe folgte. »Macht es Sie nicht nervös, all die wichtigen Sachen im Kopf mit sich herumzutragen?«

West nickte. »Ich habe seit fünfzehn Jahren nicht mehr ruhig schlafen können.« Er öffnete eine der Schiebetüren und betrat eine durch Vorhänge abgeteilte Sektion des Bankettsaals. Ein Agent des Secret Service ließ sich die Einladung zeigen, schaute auf der Gästeliste nach und winkte ihn durch. Thorpe mußte sich derselben Prozedur unterziehen.

Am Vorhang blieb Thorpe stehen. »Sieht aus, als wäre das Establishment aus dem Osten auch vertreten. Letzte Gelegenheit, sich zu verdrücken, Nicko.«

West schüttelte den Kopf und trat auf den Vorhang zu, aber Thorpe legte ihm die Hand auf die Schulter. »Halt, Kumpel. Die Feierlichkeiten beginnen.«

West blieb stehen. Er spürte, wie Thorpes Hand seine Schulter immer fester umfaßte, und wand sich los. In Peter Thorpes Gegenwart fühlte er sich unbehaglich. Der Mann war ein Sammelsurium von Exzessen: Er hatte zuviel Körperkraft, eine aufdringliche Persönlichkeit, sah gut aus und hatte zuviel Geld. Seltsamerweise fühlte sich West dennoch zu ihm hingezogen.

Thorpe zog ebenfalls Bilanz. Der College-Professor in West wollte die erlangten Informationen weitergeben; die CIA-Persönlichkeit aber, die er sich zugelegt hatte, versiegelte seine Lippen. Irgendwann, davon war Thorpe überzeugt, würde der Professor die Oberhand gewinnen. »Haben Sie heute abend ein Kindermädchen?« fragte er.

West zuckte die Schultern. »Ich nehme es an.«

»Können Sie den denn nicht aufspüren?«

»Manchmal schon.«

»Ich stelle fest, wer es ist. Dann schütteln wir ihn ab.«

»Genausogut könnten *Sie* heute mein Kindermädchen sein.«

»O nein, Nicko.« Thorpe lachte, dann veränderte sich sein Gesichtsausdruck. Er legte West den Arm um die Schultern und drückte ihn an sich mit einer Geste, die unangenehm vertraulich war. Leise flüsterte er West ins Ohr: »Man wird Sie schnappen, Nick. Man will Sie haben in Moskau und wird Sie erwischen.«

West verdrehte den Kopf und blickte zu Thorpe auf. »Nein. Die Firma beschützt mich.«

Thorpe sah, wie das Blut aus Wests Gesicht wich. Er lächelte traurig und schüttelte den Kopf. »Ewig kann man Sie nicht beschützen, und das weiß man auch. Vielleicht *will* man es ja auch gar nicht, weil Sie viel zuviel wissen, mein Freund. Wenn Ihr Auftrag beendet ist, dann nicht nach dem Neue-Identität-Programm, dem NIP, sondern nach dem RIF – Ruhe in Frieden. Gott steh' Ihnen bei, Nick, aber Ihr Schicksal dürfte sich letztlich zwischen Moskau und dem Arlington-Friedhof entscheiden.«

West wurde der Mund trocken. Unbewußt beugte er sich näher zu Thorpe.

Thorpe tätschelte ihm den Rücken. »Ich kann Ihnen helfen. Noch haben wir Zeit.«

16

Peter Thorpe und Nicholas West betraten den Ballsaal, der eigentlich der Exerziersaal des Regiments war, eine vier Stockwerke umfassende Räumlichkeit, die etwas größer war als ein Fußballplatz. Die Weite wurde durch elliptisch geformte schmiedeeiserne

Dachstreben überspannt, in die Seitenwände waren zwei Reihen Fenster mit Rundbogen eingelassen. Riesige Kronleuchter verbreiteten ein helles Licht. An beiden Enden des Saals befanden sich Emporen, auf denen gut tausend Leute Platz hatten. Thorpe starrte in die Dunkelheit der hinteren Ränge der Empore über der Plattform. Dort oben gab es keine Gäste, dafür waren in Abständen von etwa zehn Metern Agenten des Secret Service mit Ferngläsern postiert worden. Die Präzisionsgewehre, das wußte Thorpe, lagen griffbereit auf den Bänken.

Thorpe ließ den Blick schweifen. Rote, weiße und blaue Girlanden schmückten den Saal, und drei riesige Flaggen – die amerikanische, britische und französische – waren über der Plattform drapiert, neben einem großen, braungetönten Bild des OSS-Gründers General William Donovan, auch ›Wild Bill‹ genannt.

Den Saal füllten etwa zweihundert Tische mit blauen Tischtüchern, auf denen vornehme Gedecke bereitlagen. »Wo sitzen wir?« fragte Thorpe.

»Tisch 14. Ganz vorn.«

Thorpe wandte sich der Plattform zu, die an der Nordwand entlangführte. Er erkannte Ray Cline, einen Ex-OSS-Offizier und ehemaligen Stellvertretenden CIA-Direktor für Geheimdienstfragen.

Die Ehrengarde der Marine führte die Fahnenparade durch, die Army-Kapelle begann zu spielen, und die etwa zweitausend Männer und Frauen standen auf und sangen die Nationalhymne.

Thorpe schaute wieder zur Plattform hinüber. Links von Cline stand Michael Burke, Ex-OSS-Offizier und Ex-Präsident der Yankee-Fußballmannschaft. Daneben Charles Collingwood, der im Krieg Berichterstatter und Chronist der OSS-Aktivitäten gewesen war; neben ihm Clare Booth Luce. Links von ihr stand Richard Helms, Ex-OSS-Offizier und Ex-CIA-Direktor, der Mann, der West angeworben hatte. Thorpe wandte sich zu West um. »Da ist Ihr alter Chef, Nick. Daß Sie ihm bloß für Ihre heutige Stellung danken!«

West hörte auf zu singen und brummte etwas, das sich nach

einer Verwünschung anhörte.

Thorpe lächelte. »Der ist raus aus dem Schneider; Sie stecken noch in der Klemme.«

Die Hymne ging zu Ende, und die Kapelle spielte ›God Save the Queen‹. Thorpe faßte sich an den Kopf. »Da fällt mir etwas ein – Colonel Randolph Carbury, kennen Sie den?«

West hatte die Hände auf dem Rücken verschränkt. »Ich habe von ihm gehört. Warum?«

»Er wird heute abend hier sein. Mehr erzähle ich später.«

West nickte.

Nach der britischen Nationalhymne stimmte die Kapelle die Marseillaise an. Thorpe interessierte sich wieder für die Plattform. Der Präsident der USA wurde flankiert von Geoffrey Smythe, dem Präsidenten der OSS-Veteranen, und Thorpes Adoptivvater James Allerton, dem Ehrengast des Abends. Links neben Allerton stand Bill Casey, Ex-OSS-Offizier und derzeitiger CIA-Direktor, und neben diesem William Colby, ebenfalls Ex-OSS-Offizier und früherer CIA-Direktor. »Alles, was Rang und Namen hat, ist zur Stelle«, bemerkte Thorpe.

Nach der französischen Nationalhymne stimmte Kardinal Cooke, Erzbischof von New York, das Gebet an. Anschließend nahm die Gesellschaft Platz, und Geoffrey Smythe begann seine Begrüßungsansprache. »Ich wollte Sie vorhin nicht nervös machen«, sagte Thorpe zu West.

West lachte beinahe. »Sie haben mir einen Todesschrecken eingejagt. Stecke ich irgendwie in Schwierigkeiten?«

»Ganz und gar nicht. Sie sind lediglich in großer Gefahr.«

»Nun reicht es aber langsam!«

»Tut mir leid, Kumpel. Hören Sie, was den KGB betrifft, da müssen Sie eben weiter auf der Hut sein. Und in bezug auf die Firma müssen Sie sich absichern. Sie verstehen?«

West nickte. »Etwa so: ›Im Falle meines unzeitgemäßen Todes oder Verschwindens werden der *New York Times* und der *Washington Post* die folgenden Dokumente zugehen ...«

»Genau.«

Wieder nickte West.

»Ich helfe Ihnen bei den Einzelheiten«, erbot sich Thorpe.

»Um dafür was zu erhalten?«

»Reine Freundschaft.« Thorpe lächelte und faßte West am Arm. »Kommen Sie, wir müssen uns dem Zorn einer Dame stellen, die wir warten ließen.«

Verärgert blickte Katherine Kimberly den beiden Männern entgegen.

»Nick mußte über La Guardia noch Warteschleifen fliegen«, sagte Thorpe und küßte sie auf die Wange.

»Tut mir leid, mein Fehler«, fügte West hinzu. »Wir sind draußen ins Plaudern gekommen. Wie geht es dir, Kate?« Er beugte sich vor und küßte sie.

Sie gab ihm lächelnd die Hand. Dann veränderte sich ihr Gesichtsausdruck. »Du siehst ein bißchen ... bleich aus, Nick.«

»Er hat eben eine schlechte Nachricht erhalten«, bemerkte Thorpe.

West rang sich ein Lächeln ab. »Nein, es war der bewegte Flug.«

Sie nickte zweifelnd. »Hast du von Ann gehört?«

»Gestern abend. Es geht ihr gut. Sie läßt dich grüßen.«

West blickte sich am Tisch um. »Mr. O'Brien, wie schön, Sie wiederzusehen.« Die beiden Männer gaben sich die Hand.

O'Brien war ein Mann über sechzig, mit dichtem weißblondem Haar, gerötetem Gesicht und vorstehenden dunkelblauen Augen. West wußte, daß er sich körperlich fit hielt und auch heute noch, wenn ihn die Laune überkam, gewagte Fallschirmsprünge über dem Gebiet der Jersey Pine Barrens durchführte, allein und bei Nacht – wie damals über dem besetzten Europa.

O'Brien deutete mit einem Kopfnicken auf das andere Paar am Tisch. »Sie beide kennen natürlich Kitty und George Van Dorn.« Nach der Begrüßung setzten sich Thorpe und West.

Katherine hob den Arm. »Und dies ist mein Freund Tony Abrams, der bei uns in der Firma arbeitet.«

Abrams reichte West über den Tisch hinweg die Hand. Er beugte sich auch zu Thorpe hinüber; dieser aber schenkte sich gerade einen Drink ein, blickte nur kurz auf und sagte: »Ja, wir sind uns schon begegnet.« Er hob ein Glas, das bis zum Rand mit einer klaren Flüssigkeit gefüllt war. »Jemand war so freundlich, an meine Vorliebe für russischen Wodka zu denken. *Nasdrowje.*« Er leerte das Glas zur Hälfte und seufzte. Dann sagte er in die Runde: »Sie finden es vielleicht komisch, daß ich als Patriot und kalter Krieger russischen Wodka trinke.« Er blickte Abrams offen an. »Ich trinke russischen Wodka etwa so, wie prähistorische Krieger das Blut ihrer Feinde schlürften.«

»Als Zeichen der Verachtung?« fragte Abrams. »Oder um den eigenen Mut zu beflügeln?«

»Weder noch, Mr. Abrams. Ich mag den Geschmack.« Er leckte sich die Lippen und lachte.

»Wo wir gerade von Blut sprechen«, bemerkte Abrams, »Sie haben da etwas an der rechten Manschette, Mr. Thorpe.«

Peter Thorpe setzte das Glas ab und betrachtete seinen Hemdsärmel. Auf dem schimmernden Baumwollmaterial, dicht neben dem schwarzen Onyx-Manschettenknopf, befand sich ein rotbrauner Fleck. Er rieb das Gewebe zwischen den Fingern. »Sieht tatsächlich aus wie Blut, ja?«

»In der Tat«, bemerkte Abrams.

Katherine tauchte den Zipfel einer Serviette in ein Glas Wasser. »Anfeuchten, ehe es trocknet.«

Lächelnd nahm Thorpe die Serviette und rieb den Fleck heraus. »Eindeutig Blut.«

Katherine fragte mit spürbarer Zurückhaltung: »Hast du dich geschnitten?«

»Ich mich? Nein.«

»Ach«, sagte George Van Dorn von der anderen Seite des Tisches, »dann könnte man angesichts Ihrer beruflichen Tätigkeit annehmen, daß Sie jemand anderen geschnitten haben.« Er lächelte.

Thorpe erwiderte das Lächeln.

»Wahrscheinlich Ketchup oder etwas Ähnliches«, warf Kitty Van Dorn ein.

In spöttischer Herablassung schlug Thorpe den Blick zur

Decke. »Ketchup! Madame, seit meiner Schulzeit habe ich keine Flasche Ketchup mehr angerührt. Katherine denkt an Lippenstift, aber ich muß mich reinwaschen und auf Blut beharren. Ich weiß doch, wie Blut aussieht.« Er wandte sich Abrams zu. »Sie haben einen scharfen Blick, Mr. Abrams. Sie sollten Polizist werden.«

»War ich bereits.«

Der Chor der West-Point-Kadetten hatte sich vor der Plattform versammelt und stimmte ein Potpourri von Liedern an.

Thorpe erhob die Stimme über den Gesang. »Waren Ihre Eltern nicht bolschewistische Agitatoren? Leon und Ruth Abrams? Soweit ich weiß, wurden sie verhaftet, weil sie einen gewalttätigen Streik in der Bekleidungsindustrie anzettelten.«

Abrams antwortete nicht sofort. Seine Eltern hatten zu ihrer Zeit eine gewisse Berühmtheit erlangt und wurden in einigen Büchern über die amerikanische Arbeiterbewegung erwähnt; andererseits waren sie nicht so gut bekannt, daß Thorpe sich an sie erinnern konnte oder nur wegen des gemeinsamen Nachnamens auf sie kommen mußte. »Ja, Leon und Ruth waren meine Eltern. Sind Sie ein Student der Arbeiterbewegung?«

»Nein, Sir, ein Student der Roten.«

Unter dem Tisch gab Katherine Thorpe einen Tritt.

»Interessante Sache«, bemerkte Thorpe zu ihr. »Sehr reizvoll. Tony ist der Sohn amerikanischer Volkshelden.« Er wandte sich Abrams zu. »Warum *Tony*?«

Abrams lächelte schwach. »In Wirklichkeit heiße ich Tobias, was sich zu Toby verkürzte. In meiner Gegend aber hatten alle Jungen Namen wie Dino oder Vito. Und da wurde aus Toby eben Tony.«

»Amerika, der große Schmelztiegel. Und Sie mitten drin. Sind Ihre Eltern immer noch Kommunisten?«

»Sie sind tot.«

»Tut mir leid. Aber ihren Überzeugungen sind sie treu geblieben?«

»Die Eltern meiner Mutter kehrten während der Depression nach Rußland zurück. Während der Stalin-Verfolgungen wurden sie verhaftet. Vermutlich starben sie in den Lagern.«

Thorpe nickte. »Das muß den Glauben Ihrer Eltern an die Gerechtigkeit der Revolution erschüttert haben.«

»Anzunehmen. Die Familie meines Vaters, die Rußland gar nicht verlassen hatte, fiel 1944 den Deutschen zum Opfer – etwa zur gleichen Zeit, als Ihre natürlichen Eltern von den Deutschen getötet wurden. Die Welt ist klein.«

Thorpe betrachtete Abrams aufmerksam. »Wieso wissen Sie über meine Eltern Bescheid?«

»Hab' davon gelesen. Ich bin ein Student des OSS.«

Thorpe schenkte sich einen zweiten Wodka ein. »Wissen Sie, vielleicht sind Sie genau der Richtige für die Firma.«

»Man hat mich nicht zum Eintritt aufgefordert.«

»Oh, das wird noch geschehen. Weshalb, glauben Sie, sind Sie wohl hier?«

»Peter«, unterbrach Katherine, »hast du auf dem Weg in den Saal Colonel Carbury gesehen?«

Thorpe trank einen großen Schluck. »Wen? O ja, den hab' ich gesehen.«

»Wo? Er sitzt nicht an seinem Tisch.«

»Ich dachte, ich hätte ihn gesehen. Erkennen würde ich ihn wohl kaum. Alle Engländer sehen gleich aus.« Der Cocktail-Löffel in seinen Fingern zerbrach. »Vielleicht wurde er irgendwo aufgehalten.« Thorpe lehnte sich zurück.

Die Kadetten beendeten ihren Gesang, und der Fischgang wurde aufgetragen.

»Sie arbeiten mit Kate zusammen?« erkundigte sich West bei Abrams.

»Ich bin Mädchen für alles und Prozeßzusteller. Daneben bereite ich mich auf die Anwaltsprüfung im Juli vor.«

»Viel Glück«, sagte West. »Meine Verlobte – Kates Schwester Ann – ist ebenfalls Anwältin. Sie arbeitet für eine amerikanische Firma in München.«

Thorpe riß sich aus seinen Gedanken. »Sie arbeitet für die National Security Agency, Abrams. Die ganze verdammte Familie steckt voller Schnüffler.«

»Du bist ungewöhnlich schlecht gelaunt, Peter«, sagte Katherine scharf und stand auf. »Entschuldigen Sie, Mr. Abrams, würden Sie mich in den Salon begleiten?«

Abrams kam der Aufforderung nach.

Thorpe schien nicht darauf zu achten. »Der ganze Saal ist voller Schnüffler«, knurrte er.

»Sie sind hier, um der Ehrung Ihres Vaters beizuwohnen«, sagte George Van Dorn streng. »Daran sollten Sie sich halten.« Er und Kitty standen auf, um ein wenig herumzugehen.

An Thorpe schien die Ermahnung abzulaufen. »Reichen Sie mir doch mal den Wodka, bitte«, sagte er zu Patrick O'Brien.

Dieser musterte ihn abweisend. »Das reicht jetzt, Peter. Wir haben später über wichtige Dinge zu reden.

Thorpe begegnete O'Briens Blick und wandte sich ab. »Ich sollte wohl etwas essen ...«

O'Brien, West und Thorpe widmeten sich stumm ihrer Mahlzeit; West beobachtete Thorpe aus den Augenwinkeln. Er war nicht unzufrieden darüber, daß sie bald verschwägert sein würden. Allerdings war Thorpe ein seltsamer Mann. Mit vollem Namen hieß er Peter Jean Broulé Thorpe, nach seinen natürlichen Eltern, einem Amerikaner und einer Französin, die beide OSS-Agenten gewesen waren. Aus Wests Sicht war es durchaus verständlich, daß Katherine sich wegen der Ähnlichkeit der Familiengeschichte zu ihm hingezogen fühlte, auch wenn sie von der Persönlichkeit her sehr verschieden waren.

»Fühl mich schon besser«, meldete Thorpe.

O'Brien beugte sich zu West hinüber. »Hat Peter Sie schon über die Angelegenheit Carbury informiert?«

»Nur, daß Colonel Carbury in New York ist ...«

»Ich bin auch nicht völlig eingeweiht«, warf Thorpe ein.

O'Brien umriß in kurzen Worten die Ereignisse des Tages und fügte hinzu: »Katherine und ich sind überzeugt, daß es um Talbot geht.«

West nickte. »Peter deutete es an.«

O'Briens Blick ruhte auf Thorpe. »Hat Katherine Ihnen das gesagt?«

Thorpe schüttelte den Kopf. »Ja ... nein ... ich zog aus der

Lektüre des Wingate-Briefes eigene Schlußfolgerungen.«

»Ich verstehe.«

Hastig fügte Thorpe hinzu: »Der springende Punkt ist, daß Carbury jetzt hier in diesem Saal sein sollte, um uns weitere Aufklärung zu bringen. Ich glaube aber, Abrams hat die Sache in den Sand gesetzt.«

»Katherine und Abrams haben vernünftige Vorsichtsmaßnahmen ergriffen«, sagte O'Brien knapp und schob seinen Teller zur Seite. »Vielleicht hat es Carbury vorgezogen, an einem vorher angekündigten Ort lieber nicht zu erscheinen. Vielleicht hat er sich auch an unseren Leuten vorbeigeschlichen und läßt später ausrichten, wir sollen ihn an einem sicheren Ort aufsuchen ...«

»Dies ist heute abend der sicherste Ort in den USA«, unterbrach Thorpe. »Außerdem hätte er persönliche Gründe, hier zu erscheinen.«

O'Brien nickte langsam. »Ja ... Vielleicht ist er noch irgendwo im Klub, obwohl wir ihn unter dem Namen Edwards haben ausrufen lassen.«

Thorpe lächelte. »Darauf würde ich doch im Einsatz niemals eingehen.«

»Nehmen wir also einfach an, er hat die üblichen Vorsichtsmaßnahmen ergriffen und wird erscheinen, wenn es ihm paßt; sonst müßten wir befürchten ...«

»Sonst müßten wir das Schlimmste befürchten«, meinte Thorpe. »Nach meiner Erfahrung sind Leute, die zu spät kommen, meistens tot. Eine Entführung will ich immerhin für möglich halten.«

Katherine kehrte mit Abrams zurück, und die drei Männer standen auf. »Ich habe mit der Agentur Burke gesprochen«, meldete sie. »Die Detektive sind Carbury hierher gefolgt ... jedenfalls nahmen sie das an. Einer der Burschen war so ehrlich zuzugeben, daß der Mann, dem sie gefolgt sind – groß, hager, nicht mehr jung, mit Schnurrbart und Smoking und einer Aktentasche in der Hand –, vielleicht doch nicht der Mann war, der ihnen von einem Klubangestellten gezeigt wurde. Als sie ihn hier im Foyer näher in Augenschein nahmen, ahnten sie, daß sie dem

Falschen nachgelaufen waren. Der Mann zeigte am Eingang aber eine Einladung und durchschritt die Metalldetektoren. Die Detektive konnten ihm nicht folgen und machten ihre Meldung.«

»Ich hab' doch gleich gesagt, daß alle Engländer gleich aussehen«, warf Thorpe ein.

Alle setzten sich. »Carbury muß einen Doppelgänger geschickt haben«, meinte O'Brien, »um etwaige Beobachter in die Irre zu führen. Leider verwirrte er damit die Leute, die ihn schützen sollten.«

»Es gibt noch eine Möglichkeit.« Abrams räusperte sich. »Der Doppelgänger arbeitete nicht für Carbury, sondern für jemand anderen.«

Katherine ergänzte: »Der falsche Mann zog die Detektive vom echten Carbury ab und machte ihn angreifbar. Vielleicht hat man sich seiner angenommen, als er den Klub verließ.«

»Oder schon *im* Klub«, meinte Thorpe. »Wahrscheinlich müssen wir uns dort mal umsehen. Kleiner Einbruch gefällig«, fügte er hinzu und blickte Abrams an.

Offensichtlich handelte es sich hier um einen wichtigen Fall, überlegte Abrams, der nicht von außen an die Firma herangetragen worden war, sondern von innen heraus, aus persönlichen Gründen betrieben wurde. Und die Sache mit dem Doppelgänger deutete auf umsichtige Planung und eine weitgespannte Organisation hin, die sehr professionell arbeitete. Andererseits schienen O'Brien, Katherine, Thorpe oder West darüber nicht im geringsten erstaunt zu sein. Und daß man sich Carburys vielleicht ›angenommen‹ hatte, klang zumindest einigermaßen dubios. Nein, hier ging es nicht um einen Aktienbetrug.

»Die Detektive sollen nicht darin verwickelt werden ... keiner von uns«, sagte O'Brien und wandte sich an Abrams. »Ob Sie wohl in sein Zimmer hineinkämen?«

Abrams zuckte die Schultern. »Möglich.«

O'Brien blickte Thorpe an.

»Na schön«, sagte dieser. »Was für ein Team! Pete und Tony auf Einbruchstour. Himmel, wie tief sind wir doch gesunken!«

»Die Detektive sind zum Klub zurückgekehrt«, sagte Katherine. »Lassen wir noch etwas Zeit verstreichen.«

Zum erlesenen Hauptgang kehrten Kitty und George Van Dorn an den Tisch zurück, und das Gespräch wandte sich den anwesenden Persönlichkeiten zu. Kitty Van Dorn deutete zur Plattform hinüber. »Der Präsident sieht gut aus heute abend.«

»Ja, sehr lebensecht«, stellte Thorpe fest. »Das liegt an der neuen Einbalsamierung.«

»Wenn du dich nicht benimmst«, flüsterte ihm Katherine ins Ohr, »lasse ich dich rauswerfen.«

Thorpe drückte ihr die Hand. Er schaute auf die Plattform und begegnete dem Blick Bill Caseys, der ihm nicht sonderlich freundlich zunickte.

Thorpe grinste seinen Vorgesetzten an und sagte leise zu Katherine: »Wenn es je einen Mann gab, der sich in einen Werwolf verwandeln könnte, dann Bill Casey.«

Katherine unterdrückte ein Lächeln.

Thorpe rückte noch näher und sagte ernst: »Er paßt ins allgemeine Profil. Ebenso wie Cline, Colby und Helms ... und einige Dutzend andere Leute hier im Saal, einschließlich deines Chefs und meines Vaters. Himmel, läßt dir das nicht das Hemd flattern? Ich bin jedenfalls ziemlich nervös.«

Katherine blickte auf Patrick O'Brien, dann auf James Allerton, der mit dem neben ihm sitzenden Präsidenten sprach.

Thorpe folgte ihrem Blick und sagte: »Ja. Jemand, der ›Ihrem Präsidenten nahesteht‹.«

»Nein«, sagte Katherine.

»Wäre das wirklich und wahrhaftig nicht vorstellbar?«

Katherine wandte den Kopf ab und schenkte sich einen Drink ein.

17

Abrams stand neben Katherine an der langen Bar in einer Ecke des Ballsaals. Er bestellte einen Drink und schaute sich um. Einige Männer und Frauen trugen Ausgehuniformen, auch ausländische Uniformen waren zu sehen. Sonst herrschte bei den Männern der Smoking vor. Abrams bürstete ein imaginäres Staubkorn von seinem Hemd und blickte an sich hinunter. Auf undefinierbare Weise wirkte sein Anzug geliehen – bis auf die verdammten Schuhe.

»Woher war Ihr Smoking doch gleich?« fragte Katherine.

Abrams hob ruckartig den Kopf. »Was? Oh, von Murray, Lexington Avenue. Warum fragen Sie?«

»Ich habe nur gerade überlegt, ob er den seinen aus England mitgebracht hat.«

»Ach ... Carbury. Nein, seiner kam von Lawson, unten aus der Wall-Street-Gegend. Der Abschnitt ließ erkennen, daß er das Ding vorgestern anprobiert hat.«

Sie entfernte sich einige Schritte von der Bar. »Was hatte er dort unten zu suchen?«

»Na, zumindest hat er sich dort einen Smoking geliehen.«

Sie blickte ihn kurz an und sagte: »Ich weiß das Risiko zu schätzen, das Sie eingegangen sind. Um so mehr, als Sie gar nicht wissen, worum es eigentlich geht. Ich habe noch niemandem gesagt, daß Sie sich Carburys Zimmer angeschaut haben.« Sie lächelte. »Ich hab' Ihnen ja versprochen, Sie zu schützen.«

»Ich bin von Natur aus nicht sonderlich vorsichtig, doch würde ich diesen Sommer gern ohne Eintragung im Strafregister zur Anwaltsprüfung gehen.«

»Ich verstehe Ihre Lage sehr gut.« Sie zögerte und fügte hinzu: »Allerdings hatte ich Sie nicht beauftragt, dort einzubrechen ... und frage mich jetzt, warum Sie es getan haben.«

Er wich der Frage aus, indem er auf eine früher gestellte zurückkam. »Sie überlegen auch, ob ich etwas gefunden habe, das ich Ihnen verschweige.«

»Sie haben ja auch wirklich vergessen, mir zu sagen, woher der Smoking kommt.«

Er blickte sie an und lächelte. »Ja, in der Tat.« Und er dachte: Und du hast vergessen, O'Brien zu sagen, daß ich in Carburys Zimmer eingebrochen bin, und O'Brien hat vielleicht vergessen, dir zu erzählen, daß ich Montag für ihn nach Glen Cove fahren soll, und bis die ganze Sache ausgestanden ist, gibt's sicher noch etliche weitere Erinnerungslücken dieser Art ...

Nachdenklich sagte sie: »Vermutlich hat Ihnen Peter die Laune verdorben. Entschuldigen tue ich mich nicht für ihn, aber es tut mir trotzdem leid.«

»Peter Thorpe hat keinen Einfluß auf meine Stimmung.«

Sie antwortete nicht, und Abrams erkannte, daß sie sich in Gedanken bereits mit einem anderen Thema beschäftigte. Überraschend reichte sie ihm das Programmheft, das sie in der Hand hielt.

Abrams griff danach, blickte sie an und schlug es auf. Drinnen lag die Fotokopie eines drei Seiten langen, handgeschriebenen Briefes. Er überflog die erste Seite und erkannte, daß es sich um einen Privatbrief handelte.

»Los, lesen Sie schon.«

Er kam der Aufforderung nach und machte sich klar, daß sie in bezug auf ihn eine wichtige Entscheidung gefällt hatte. Er las den Brief zu Ende und reichte ihn ihr in dem Programmheft zurück. »Kein Kommentar.«

»Warum nicht?«

»Das ist mir etliche Nummern zu groß.«

»Stellen Sie sich das Ganze als Verbrechen vor ... als Problem für eine Kriminalabteilung.«

»Schon geschehen. Trotzdem zu groß für mich.«

»Na, denken Sie wenigstens ein bißchen drüber nach.«

»Schön.« Er stellte das Glas auf die Bar. Wenn der Brief echt war, warf er mehr neue Fragen auf, als er alte beantwortete, obwohl er teilweise die Vermutungen bestätigte, die Abrams über seine Firma hegte. »Eine Frage«, sagte er leise. »O'Brien, Kimberly & Rose ist doch eine Scheinfirma für die CIA, nicht wahr? Wie nennt man das? Eine Tochterfirma?«

Sie schüttelte den Kopf.

Abrams war erstaunt, was sich auch deutlich auf seinem Gesicht abzeichnete. »Was seid ihr dann, zum Teufel?«

Wieder schüttelte sie den Kopf.

»Das ist nun wirklich bizarr«, stellte er fest und rieb sich das

Kinn.

»Mag sein.« Sie griff nach der Gästeliste, die auf der Bar lag. »Erstens, in alphabetischer Reihenfolge: James Jesus Angleton, Ex-OSS-Offizier, ehemaliger Leiter der CIA-Gegenspionageabteilung. Gilt als Vater der US-Gegenspionage. Als Folge seiner engen Verbindung zu dem britischen Doppelagenten Philby und der Tatsache, daß er diesen nicht entlarvte – und auch wegen anderer Vorkommnisse –, ging das Gerücht, Jim sei auch Sowjetagent. Wenn das stimmt ... nun, der Gedanke ist zu schrecklich. Jedenfalls wurde Jim von Bill Colby aus unbekannten Gründen entlassen. Der nächste mögliche Verdächtige ...«

»Moment!« Abrams musterte sie scharf. Er hatte das Gefühl, daß sich die Dinge plötzlich sehr beschleunigten. »Mich interessieren keine Verdächtigen.«

Sie schien verstimmt zu sein. »Tut mir leid ... wahrscheinlich war ich in letzter Zeit zu wenig mit ... normalen Leuten zusammen. Vielleicht habe ich mich in Ihnen getäuscht ... und vielleicht schon zuviel gesagt. Entschuldigen Sie.« Sie reichte ihm die Gästeliste und ging.

Abrams blätterte die Liste durch. Es gab etliche Leute mit französisch und mitteleuropäisch klingenden Namen, vermutlich frühere Widerstandskämpfer. Zu den Gästen zählten britische Lords und ihre Ehefrauen, ein Ehepaar Romanow und andere Gäste mit Adelstiteln, wie seine neue Freundin Gräfin Claudia. Er blickte über die Schulter zum Grenville-Tisch hinüber, aber Claudia saß mit dem Rücken zu ihm. Er spielte mit dem Gedanken, sie zum Tanzen aufzufordern, aber in diesem Moment kam ihm Tom Grenville zuvor.

Abrams bestellte sich einen weiteren Drink und richtete die Aufmerksamkeit auf die umliegenden Tische. Wenn im Saal überhaupt eine Stimmung festzustellen war, dann ließ sie sich mit einem Wort umschreiben: Stolz. Bis zu einem gewissen Grad wurden auch Arroganz und Sentimentalität zur Schau getragen, doch im allgemeinen herrschte das selbstgefällige ›Gut gemacht!‹ vor.

Katherine klopfte mit den Fingern unvermittelt gegen die

Gästeliste und riß ihn aus seinen Gedanken. »Suchen Sie jemand bestimmten?«

»Nein.«

»Ich bin vorhin etwas plötzlich verschwunden, nicht wahr?«

»Sie schienen verärgert zu sein.«

Sie rang sich ein Lächeln ab. »Unsere Gespräche enden oft so, nicht wahr?«

Er schien zu zögern, und sie spürte, daß er unentschlossen war, ob er sich empfehlen oder sie zum Tanzen auffordern sollte. Schnell sagte sie: »Reden wir auf dem Tanzparkett weiter.«

Sie glitt leichtfüßig in seine Arme, und er spürte ihren Körper an seinem, roch ihr Haar, ihre Seife, ihr Parfüm. Zuerst bewegten sie sich ungeschickt, dann aber entspannten sie sich, und mit der Zeit empfanden sie die gegenseitige Nähe nicht mehr als ungewohnt.

»Sie haben bisher nicht geheiratet?« fragte sie.

»Nein ... ich war allerdings mal verlobt.«

»Darf ich fragen, was daraus geworden ist?«

»Nun ja, es war eine politische Meinungsverschiedenheit.«

»Klingt seltsam.«

»Sie war eine Radikale der sechziger Jahre, gegen den Krieg, für die Bürgerrechte. Sie trat für dieses und jenes ein, was auch gerade im Gange war: Marcy demonstrierte immer mit. Ihr Leben lief parallel zu den Abendnachrichten. Wie Künstler, die blaue Perioden haben, hatte sie Perioden, da sie für Wale eintrat, oder für die Indianer ... Sie verstehen?«

»Ja. Sie haben etwas gegen Aktivismus und Idealismus?«

»Gegen jede Art von ›ismus‹.«

Stumm tanzten sie eine Weile, dann sagte sie: »Ich habe Sie noch nie soviel reden hören.«

»Sie haben ja auch mein kleines Lieblingsthema gefunden.«

»Und Sie verließen sie? Weil sie sich engagierte ...«

»Sie verließ mich, weil ich ihr gestand, ich sei eingeschworener Republikaner.« Er lächelte. »Genaugenommen bin ich weder Republikaner noch Demokrat, noch sonst etwas ...«

»Und so brachten Sie sie dazu, Sie zu verlassen ...«

»Nein. Sie übersehen den Kernpunkt, Miß Kimberly. Sie *mußte* nicht gehen. Sie wollte, weil der Gedanke, mit einem Republikaner zu schlafen, ekelerregend für sie sei, wie sie sich ausdrückte.« Er lachte kurz auf.

Nach einer Weile sagte Katherine: »Ich bin irgendwie ähnlich ... meine Einstellung mag anders sein, aber ...« Ihre Stimme erstarb. »Und trotz allem haben Sie sie geliebt.«

Abrams hätte sich nie gedacht, daß sich Katherine Kimberly je für das Thema Liebe oder die Beziehungen anderer Menschen interessieren könnte. »Es war keinen Moment langweilig. Können Sie sich vorstellen, wie ich in Polizeiuniform von der Arbeit nach Haus kam und ein ganzes Wohnzimmer voller schwarzer Revolutionäre vorfand?«

»Nein, eigentlich nicht.«

»Manchmal ging es wirklich hoch her.«

Sie lächelte. »Es freut mich, daß Sie es heute amüsant finden.«

Sie tanzten, bis die Musik endete. Abrams führte sie zur Bar zurück und öffnete dort die Gästeliste. »Wie ich sehe, erwarten wir heute Ihre Schwester als achte Person am Tisch.«

»Sie hat es leider nicht geschafft. Ich wollte Ihnen eigentlich sagen, Sie könnten einen Gast mitbringen, aber dann hab' ich nicht daran gedacht.«

»Warum sind nur all die Leute hier?« fragte er und deutete in die Runde.

Sie lächelte. »Es ist ein jährlich stattfindendes Bankett. Heute abend ehren wir James Allerton, Peters Vater, der die General-Donovan-Medaille erhalten soll. Und natürlich gedenken wir der Toten und General Donovans, der im Gespräch stets nur der General genannt wird. Finden Sie das interessant?«

Abrams musterte sie, wie sie da vor ihm stand, ein Glas in einer Hand, eine Zigarette in der anderen – kein Vergleich zu der Erscheinung, die er aus dem Büro kannte. »Mir kommt das irgendwie wie eine alte Kumpanei vor.«

»Das Wort ist vielleicht nicht richtig gewählt – allerdings gibt es so etwas wie ein Kontaktnetz, das aber nicht sehr eng geknüpft ist. Immerhin ist das hier, wie Sie selbst sehen, eine ziemlich gemischte Gesellschaft. Der gemeinsame Nenner ist eine von allen erlebte Periode der Kameradschaft vor etwa vierzig Jahren. Im OSS fand sich alles – von Prostituierten bis zu Prinzen, von Kriminellen bis zu Kardinälen.«

Abrams sagte sich, daß die Unterschiede gar nicht so groß waren, wie sie wohl annahm. »Ein amüsanter Gedanke«, bemerkte er, »sich vorzustellen, daß irgend jemand hier – vielleicht auch mehr als eine Person – für die Sowjets arbeitet.«

»So direkt hat das Eleanor Wingate nicht formuliert ...«

»Wenn ich das richtig verstehe, daß der oder die Verdächtigen ein bestimmtes Profil haben, warum haben Sie dann Mr. O'Brien eingeweiht?«

»Weil ich ihm vertraue.«

Abrams schüttelte den Kopf. »Und vermutlich haben Sie auch Thorpe den Brief gezeigt.«

»Ja. Er kommt natürlich als Verdächtiger nicht in Frage. Ebensowenig wie Sie.«

»Ich bin froh, daß Mr. Thorpe und ich wenigstens soviel gemeinsam haben. Haben Sie sonst noch jemandem Bescheid gesagt – oder die Absicht, es zu tun?«

»In ... unserem Freundeskreis gibt es noch weitere Leute, die heute abend informiert werden.«

»Darf ich Ihnen eine direkte Frage stellen, Miß Kimberly? Warum geben Sie die Sache nicht an Profis weiter?«

»Das ist sehr kompliziert. Warum fragen Sie nicht später Mr. O'Brien? Sie können mich übrigens Katherine nennen.« Sie schenkte ihm die Andeutung eines Lächelns.

»Und wie soll ich Sie Dienstag im Büro anreden?«

»Wenn wir tanzen, mit Katherine. Ansonsten bin ich Miß Kimberly.«

Abrams war sich nicht sicher, ob ihm ihr Humor gefiel.

18

Abrams sah Thorpe allein am Tisch sitzen und setzte sich zu ihm.

Thorpe fragte gereizt: »Was hat Kate Ihnen erzählt? Und fragen Sie bloß nicht: ›Worüber?‹«

»Worüber?«

»Hören Sie mal gut zu, Abrams, und dann vergessen Sie meine Worte schnell wieder. Katherine und O'Brien und einige andere sind Amateurdetektive – Dilettanten. Sie kennen den Typ sicher aus dem Polizeidienst. Solche Leute finden Intrigen aufregend. Sie sollten sie nicht noch ermutigen.«

Abrams lehnte sich zurück.

»Wenn da überhaupt etwas dran ist«, fuhr Thorpe fort, »dann sollten sich Profis wie ich darum kümmern ... und nicht ...«

Abrams stand auf. »Entschuldigen Sie mich. Ich brauche frische Luft.«

Thorpe trommelte mit den Fingern auf der Tischplatte herum. »Schweinehund!«

Einige Minuten später kehrte Nicholas West an den Tisch zurück. »Ich bin immer noch an den Büchern interessiert, Nick«, begrüßte ihn Thorpe.

West legte eine ungewöhnliche Gereiztheit an den Tag. »Heute abend nichts Geschäftliches.«

Thorpe begann ihm einen langen Vortrag zu halten, aber West hörte kaum zu. Vielmehr beschäftigte er sich in Gedanken mit Thorpe. Als Leiter des Inland-Kontaktdienstes leitete Thorpe eine Gruppe, die man den größten Amateurspionagering der Welt nennen mußte. Das Unternehmen war inzwischen so groß geworden, daß Thorpe angeblich einen Computer bei sich in der Wohnung hatte, in dem die Namen vieler tausend Zivilisten, ihre Auslandsreisen, ihre beruflichen Hintergründe, Fähigkeiten, Zuverlässigkeitsbeurteilungen und Fachgebiete gespeichert waren. Und die Abteilung kostete relativ wenig, was bei dieser Regierung wirklich ein entscheidender Pluspunkt war. Wer immer sich freiwillig meldete, ›etwas für sein Land zu tun‹, erledigte dies kostenlos und gab sich als Lohn mit der Aufregung des Einsatzes zufrieden und vielleicht noch mit einem anerkennenden Schulterklopfen durch Thorpe oder einen seiner Auswertungsoffiziere.

Thorpe bemerkte, daß West nicht bei der Sache war, und knuffte ihn am Arm. »Na schön, nichts Geschäftliches heute abend«, sagte er. »Wann fliegen Sie nach München, um Ihre Verlobte zu sehen?«

»Für München bekomme ich keine Freigabe. Ann kommt Ende Juni oder Anfang Juli auf Heimaturlaub.«

»Oh, wann ist denn der große Tag?«

»Noch nicht festgelegt.«

»Muß irgendwie frustrierend sein, in verschiedenen Ländern zu leben. Na, jedenfalls freue ich mich darauf, Ihr Schwager zu werden. Dann werden Sie mir endlich trauen.«

»Wann heiraten *Sie* denn?«

»Wie wär's mit einer Doppelhochzeit am 4. Juli? Das würde die vielen Patrioten und Schnüffler hier sehr freuen. Vielleicht nehmen wir dazu das Haus in Glen Cove. Ja, das wäre schön.«

West lächelte. »Sie meinen doch Van Dorns Haus und nicht etwa den Besitz der Russen?«

Thorpe erwiderte das Lächeln, sagte aber nichts.

Kellner servierten die Nachspeise, und West beschäftigte sich mit einem Schokoladensoufflé. Er dachte an Thorpes schnellen Aufstieg in der CIA. Viele Leute waren der Ansicht, daß der Mann eine große Zukunft vor sich hatte und es ihm auf keinen Fall schadete, James Allerton zum Vater zu haben. Ganz zu schweigen vom Vermögen der Familie Allerton, das allerdings im Beruf nicht so ausschlaggebend sein konnte. Doch waren die Leute, die ihren Job nicht nötig hatten, stets ein besonderer Schlag. Zumindest bestand nicht die Gefahr, daß Thorpe aus finanziellen Gründen zum Sicherheitsrisiko wurde.

West hob den Blick von seinem Teller. »Die Talbot-Sache stimmt mich irgendwie unbehaglich. Ich hoffe nicht, daß wir wieder mal am Anfang einer Hexenjagd in der Firma stehen.«

Thorpe zuckte die Schultern. »Was würden diese Leute ohne ihren Buhmann anfangen? Talbot. Unsinn. Wenn es je einen

Talbot gegeben hat, wäre er jetzt etwa hundertfünf Jahre alt.« Er beugte sich zu West hinüber. »Wissen Sie, wer Talbot ist? Ich sag's Ihnen. Talbot ist der Teufel in unseren Köpfen. Er ist das scheußliche Ungeheuer, das Monstrum, der Alptraum...« Thorpe senkte die Stimme. »Er existiert nicht, Nick, es hat ihn nie gegeben. Er ist der Schemen, dem die alten Knaben all ihre Fehler anlasten.«

»Da könnten Sie recht haben«, sagte West nickend. »Andererseits haben meine Forschungen gezeigt, daß es unerklärliche Phänomene gibt. Vergleichbar mit einem Laborversuch, bei dem ein unbekanntes Element Dinge fehllaufen läßt. Man sieht die Ergebnisse, kann aber den auslösenden Faktor nicht identifizieren oder isolieren.«

Thorpe setzte zu einer Antwort an, doch in diesem Augenblick kehrte Katherine an den Tisch zurück und nahm Platz. Besorgt sagte sie: »Wir haben überall herumtelefoniert, aber von Colonel Carbury fehlt jede Spur.«

Thorpe schien nicht beunruhigt. »Ich verständige meine Leute«, sagte er, »die sollen dann dem FBI Bescheid geben.«

»Außerdem möchte ich, daß Tony seine Kontakte bei der Polizei nutzt«, erwiderte Katherine. »Wo ist er?«

»Wir haben Freitagabend, ja? Wahrscheinlich hält er Sabbat.«

»Du bist heute zu jedermann gemein«, sagte Katherine aufgebracht. »Was ist nur mit dir?«

Thorpe setzte ein zerknirschtes Gesicht auf. »Hatte wohl einen schlechten Tag. Werde mich bei allen entschuldigen.«

»Das renkt die Sache nicht ein.«

Thorpe lächelte und hob das Glas. »Alle für einen und einer für alle.«

West musterte Katherine und dann Thorpe. Er wußte mehr über Peter Thorpe, als dessen Geliebte ahnte: West hatte Thorpes Personalakte und Sicherheitsbeurteilungen studiert. Der äußere Vorwand waren seine wissenschaftlichen Nachforschungen gewesen, doch in Wahrheit empfand er eine persönliche Sorge um Katherine Kimberly.

Ein Gutachter, daran erinnerte er sich genau, hatte Thorpe als

›begeisterten Heterosexuellen‹ bezeichnet. Dazu hatte jemand an den Rand gekritzelt: ›Mit anderen Worten: Er ist wie der Teufel hinter den Frauen her.‹ West konnte sich denken, daß Katherine dies wußte und akzeptierte.

West konzentrierte sich auf Thorpes Augen, während dieser mit Katherine sprach. Dort blitzte der Wahn in kurzen Offenbarungen auf, wie die Türen eines Hochofens, die aufklappten, um sich gleich darauf wieder zu schließen, und die zwar den Eindruck eines flammenden Durcheinanders, aber keinen konkreten Beweis hinterließen. Ein CIA-Psychologe hatte in Thorpes Akte in ungewöhnlich klarer Sprache formuliert: ›Zuweilen vermutet man nach seinem Gebaren und Auftreten, er sei noch an der Universität. Geheimaufträge machen ihm Spaß, aber selbst die gefährlichsten Einsätze geht er an, als handele es sich um einen Studentenulk.‹ Daraus hatte der Psychiater eine Schlußfolgerung gezogen, die West beunruhigte: ›Thorpe leidet stark unter Langeweile; um sich richtig lebendig zu fühlen, muß er am Rande des Abgrunds balancieren. Er hält sich dem Rest der Menschheit für überlegen, weil er wichtige Geheimnise kennt und einer geheimen, elitären Organisation angehört. Darin kommt eine unausgereifte Persönlichkeit zum Ausdruck. Außerdem sind seine Beziehungen zu Gleichgestellten zwar positiv, aber nur oberflächlich, und er vermag keine starken Bindungen zu Männern zu knüpfen. Seine Haltung gegenüber Frauen läßt sich am besten als äußerlich charmant, aber innerlich herablassend bezeichnen.‹

Wenn er so über den Tisch blickte, war für West klar, daß Peter Thorpe einen ungeheuren inneren Kampf auszustehen hatte, daß er wegen eines ernsten Problems unter großem seelischem Druck stand.

West hatte darüber beiläufig eine Bemerkung gegenüber Katherine gemacht, ohne eine direkte Antwort zu erhalten. Ann dagegen hatte eine feinere Antenne und verfügte außerdem über andere Informationsquellen – Bemerkungen von Agenten, Gerüchte und dergleichen. Obwohl sie sich nicht im Detail äußerte, spürte West, daß auch sie sich Sorgen machte.

Sein nächster Schritt war klar: Er mußte sich sämtliche Einsatzberichte kommen lassen, die Thorpe verfaßt hatte, dazu Berichte und Analysen über alle Unternehmungen, mit denen er zu tun gehabt hatte. West hatte diesen Schritt immer wieder hinausgeschoben, jetzt aber war die Zeit gekommen, Thorpe einer gründlichen Beurteilung zu unterziehen.

Abrupt wandte sich Thorpe zu West um. »Sie sehen nachdenklich aus, Nick. Haben Sie Sorgen?«

West fühlte, wie er errötete, und vermochte sich von Thorpes eindringlichem Blick nicht zu lösen. Er hatte den unangenehmen Eindruck, Peter Thorpe wisse genau, was er soeben gedacht hatte. West räusperte sich und sagte: »Ich habe mich gerade gefragt – sollte Carbury tot sein, würden Sie dann an Talbots Existenz glauben?«

Thorpe kniff die Augen zusammen, beugte sich dicht zu West hinüber und sagte leise: »Nick, wenn Sie im Wald ein Schaf finden, dem die Kehle durchgebissen wurde, denken Sie dann an Wölfe oder an Werwölfe?« Auf Thorpes Gesicht breitete sich ein langsames Lächeln aus, das West geradezu wölfisch vorkam. »In New York«, fuhr Thorpe fort, »geschieht es leider nicht selten, daß ein Mann einen Dolch zwischen die Rippen bekommt.«

West versuchte es zu verhindern – doch magnetisch wurde sein Blick von dem Fleck an Thorpes Manschette angezogen.

Thorpe lächelte noch breiter und entblößte die großen weißen Zähne. West stand auf und entschuldigte sich.

Thorpe wandte sich wieder Katherine zu, die sich gerade einen Kaffee einschenkte. »Der Mann ist irgendwie nervös«, sagte er. »Er macht mich unruhig.«

»Ich habe dich noch nie unruhig erlebt.«

»Nicholas West macht viele Leute in der Firma nervös.«

»Du redest, als hättest du ein schlechtes Gewissen.«

»Ich habe gar kein Gewissen, kein schlechtes, kein gutes.«

»Dann mußt du etwas verbergen.« Sie lächelte.

Thorpe erwiderte das Lächeln nicht. »Und wenn das so wäre, würde es diesem unauffälligen kleinen Mann nicht lange verborgen bleiben – oder?«

Katherine sah ihn offen an. »Nein.«

Thorpe nickte vor sich hin, als habe er eine Entscheidung getroffen. »In Wahrheit«, sagte er, »mache ich mir Sorgen um ihn. Es gibt zu viele Leute, die ihn gern aus dem Weg hätten. Um es mal ein bißchen anschaulich zu formulieren: Nicholas West ist wie ein Leitbulle, der schon zu lange auf der Weide der Geheimdienstarchive gegrast hat und nun sehr fett geworden ist. Der Bauer, dem er gehört, möchte ihn schlachten; die Wölfe in den Wäldern möchten ihn verschlingen.« Sein Blick streifte Katherine. »Armer Nick.«

19

Patrick O'Briens Tisch war wieder belebt. West unterhielt sich mit Katherine, O'Brien hatte sich Kitty und George Van Dorn zugewandt, und Claudia war herübergekommen und sprach mit Abrams. Thorpe blickte stumm vor sich hin. Nur wenige Paare tanzten zur Musik im Stil der dreißiger Jahre.

Abrams beobachtete Thorpe. Der Mann hatte den ganzen Abend über ziemlich viel getrunken, war aber offensichtlich nüchtern. Abrams konzentrierte sich wieder auf Claudia und beantwortete ihre letzte Frage: »Nein, meine Eltern haben mir kein Russisch beigebracht.«

»Wirklich schade. Ich kann Russisch. Wir hätten uns unterhalten können, ohne daß jemand etwas versteht.«

»Worüber denn?«

»Egal. Ich bringe Ihnen ein paar Worte bei, da fällt Ihnen bestimmt manches wieder ein.«

Als Abrams nicht antwortete, wechselte sie das Thema. Lebhaft erzählte sie von ihrem Leben in Amerika und berührte dabei Abrams ab und zu am Arm. Einmal fragte sie: »Fasse ich Sie zuviel an?« Und er antwortete: »Nicht zuviel, aber nicht an den richtigen Stellen.«

Sie lachte. Abrams dachte an den Rundgang zurück, den er mit O'Brien durch den großen Saal gemacht hatte. Die meisten Freunde und Klienten, denen er vorgestellt wurde, waren reich, berühmt, mächtig oder alles auf einmal. Abrams ahnte, warum ihm diese seltene Ehre zuteil geworden war, denn in den meisten Geheimorganisationen, mit denen er bisher zu tun gehabt hatte, von der Mafia bis zum Jugend-Untergrund, lief die Anwerbung neuer Mitglieder nach einem ähnlichen Schema ab; zuerst erledigte man Botengänge, dann wurde man befördert, indem man riskantere Aufträge erledigen durfte. Anschließend kam man in den inneren Zirkel, man wurde wichtigen Persönlichkeiten vorgestellt, die vielleicht dazugehörten oder auch nicht. War der Kandidat schließlich psychologisch bereit, wurde er auf eine große Mission geschickt, um sich zu bewähren. In seinem Fall war das wohl der Glen-Cove-Auftrag, der zeigen sollte, ob er aus dem richtigen Holz geschnitzt war.

Es wurde still im Saal, als der Präsident der OSS-Veteranen, Geoffrey Jones, zum Podium ging. Er begrüßte die Versammlung und stellte die Persönlichkeiten auf der Plattform vor.

»Und es ist mir eine besondere Ehre«, sagte er schließlich, »Ihnen unseren Gastredner vorzustellen, wahrscheinlich der einzige Mann in Amerika, der keiner weiteren Vorstellung bedarf. Meine Damen und Herren, der Präsident der Vereinigten Staaten, Oberbefehlshaber der bewaffneten Streitkräfte.«

Die militärisch vorgebildete Versammlung stand auf, hob die Gläser und brachte den traditionellen Toast aus: »Auf den Befehlshaber!« Anhaltender Beifall setzte ein, als der Präsident zum Podium ging.

Seine Ansprache wurde oft durch donnernden Applaus unterbrochen. »In diesen Tagen erst«, kam er zum Schluß, »habe ich allen leitenden Damen und Herren in der CIA eine Präsidialbotschaft zukommen lassen, in der ich meinen Wunsch zum Ausdruck bringe, den *esprit de corps*, die Entschlossenheit und den Mut des alten OSS, wiederaufleben zu sehen. Vielen Dank.«

Abrams sah sich im Saal um. Bill Casey, der in der Nähe des Präsidenten saß, hatte zu lächeln begonnen. Offenkundig waren die guten alten Zeiten zurückgekehrt.

Nun meldete sich William Colby zu Wort, der Vorsitzende des Komitees für die Preisverleihung. »Der Zweck dieser Zusammenkunft ist das ehrende Gedenken an den Gründer des Office of Strategic Services und die Verleihung der General-Donovan-Medaille, eine Ehre, die heute abend mir zufällt.«

Colby blickte in sein Manuskript. »Die Veteranen des OSS überreichen die Medaille einer Persönlichkeit, die sich im Dienst an den Vereinigten Staaten, der freien Welt und der Sache der Freiheit ausgezeichnet hat. Es erfüllt uns mit besonderem Stolz, die Donovan-Medaille in diesem Jahr einem Mann zu verleihen, der schon bei der Geburt des OSS dabei war, einem Mann, dessen Karriere in mancher Hinsicht parallel verlief zur Laufbahn General Donovans.«

Colby blickte nach links und fuhr fort: »James Allerton ist Gründer der Wall-Street-Anwaltskanzlei Allerton, Stockton & Evans. Er war Freund und Berater der Brüder Dulles, General Donovans, General Eisenhowers und aller Präsidenten seit Roosevelt. Im Zweiten Weltkrieg diente er als Colonel in General Donovans Stab. Nach dem Krieg war er unter Präsident Truman am Entwurf des Nationalen Sicherheitsgesetzes beteiligt, das die CIA hervorbrachte. Präsident Eisenhower machte ihn zum Botschafter in Ungarn. 1961 wurde er von Präsident Kennedy in die Börsenzulassungsbehörde berufen. James Allerton aber war im Grunde seines Herzens ein Geheimdienstoffizier und wußte diesem Weg zu folgen. Als Berater des Präsidenten wirkte er insbesondere während der Kubakrise und später in den Jahren des Vietnamkrieges. Er hatte stets Zugang zum Weißen Haus, und sein Rat war gesucht, wenn es um schwierige Probleme bei den Geheimdiensten und in Fragen der nationalen Sicherheit ging.«

Colby holte tief Luft. »Heute dient James Allerton im Kreis der Nationalen Geheimdienst-Offiziere, einer kleinen Gruppe erfahrener Analytiker, die in Washington inoffiziell als die Weisen bezeichnet werden; so berät er den Präsidenten in Fragen von äußerster Wichtigkeit für unser Land und die ganze Welt.

James Allertons lange Karriere weist in hervorragendem Maße die Qualitäten des öffentlichen Dienstes und privaten Unternehmertums aus, die von den Veteranen des OSS besonders hochgehalten werden. Meine Damen und Herren, ich präsentiere Ihnen einen engen persönlichen Freund: James Prescott Allerton.«

Alle Versammelten erhoben sich, und langanhaltender Applaus brandete durch den weiten Saal. Allerton stand auf und schritt zum Rednerpult. Die große, hagere Gestalt wirkte schon gekrümmt, doch bewegte sich Allerton sehr würdevoll. Die gut achtzig Jahre merkte man seinem rötlichen Gesicht unter dem dichten weißen Haar nicht an; eher schon deuteten die vorsichtigen Bewegungen auf sein hohes Alter hin.

Colby schob ein blaues Band über Allertons Kopf und rückte den goldenen Orden zurecht, der nun auf seiner Brust ruhte. Die beiden Männer gaben sich die Hand, und Allerton blieb hinter dem Rednerpult allein. Tränen rannen ihm aus den hellblauen Augen, und er wischte sie mit einem Taschentuch fort.

Abrams beobachtete Thorpe, während dessen Vater zu sprechen begann. Der Sohn eines berühmten Vaters zu sein, war nicht einfach. In Thorpes Alter, überlegte Abrams, mußte Allerton bereits als Colonel in Donovans Stab gearbeitet haben, eingesetzt in einem umfassenden Krieg, gewillt, die Welt zu verändern, und Herr über sein Schicksal und das vieler anderer. Damals aber waren die Zeiten anders gewesen. Heutzutage waren selbst Männer und Frauen, die in sich den Keim zur Größe trugen, zu einem unbedeutenden, frustrierenden Leben verurteilt, da Größe nicht gefragt war. Abrams glaubte eine gewisse Einsicht in Peter Thorpes Charakter zu haben – oder den Mangel daran.

Mit beredten Worten schilderte Allerton seine Jahre beim OSS. Die Zuschauer waren sichtlich bewegt, als er zum Schluß den Blick langsam über die Veteranen und Gäste wandern ließ und sprach: »In jenen schrecklichen sechs Kriegsjahren verlor die Welt Millionen guter Männer und Frauen, die für uns einen herben Verlust bedeuten. Aber wir erinnern uns an sie ... an jeden einzelnen, auf diese oder jene Weise, jeden Tag. So auch heute abend.« James Allerton atmete tief ein, nickte, berührte seinen Orden und sagte: »Vielen Dank.« Abrupt wandte er sich ab und kehrte zu seinem Platz zurück.

Einen Augenblick herrschte Stille, dann sprangen alle auf und klatschten begeistert Beifall.

Abrams setzte sich vor den anderen und trank sein Glas aus. Zugegeben, er fühlte sich als Außenseiter, aber war er ein Außenseiter, der hinein wollte, oder ein Außenseiter, der lieber draußen blieb? Er blickte in die Gesichter ringsum und konzentrierte sich schließlich auf Patrick O'Brien. Im Lauf des Abends hatte O'Brien die Tür einen Spaltbreit geöffnet und ihm einen Blick in eine andere Welt erlaubt, eine Welt der Verschwörungen und Geheimnisse.

Offenbar war es sein Schicksal, von einer Unterwelt in die nächste zu geraten. Zuerst war es die Rote Truppe gewesen, dann seine Geheimaufträge bei der Polizei. Es erstaunte ihn immer wieder, daß so unterschiedliche Gruppen und Individuen ihn sympathisch fanden, begierig, sich ihm anzuvertrauen.

Die meisten hatten ihre Plätze verlassen und gingen von Tisch zu Tisch. Eine Gruppe Geheimagenten geleitete den Präsidenten durch einen Seitenausgang.

Peter Thorpe gab Abrams ein Zeichen und deutete zur Tür. Zeit für die geplante Gesetzesübertretung.

Abrams stand auf. »Es war ein interessanter Abend«, sagte er zu Katherine.

»Das Beste kommt ja noch.«

»Ich ahnte gleich, daß Sie das sagen würden.«

20

Peter Thorpe stand vor Randolph Carburys Tür. »Sind Sie bewaffnet?« fragte er leise.

»Heute abend nicht«, antwortete Abrams.

»Nein, nicht mal ich hätte ein Schießeisen in den Saal schmuggeln können.« In der Hand hielt Thorpe den Schlüssel, den der Zimmermanager ihm ausgehändigt hatte; der Mann hielt sich im Hintergrund. »Ich höre ein Radio«, fuhr Thorpe fort. »Auf dem Schild steht: ›Bitte nicht stören‹.«

»Stören Sie trotzdem mal.«

Thorpe schloß die Tür auf und öffnete sie ein Stück.

Abrams erblickte die Kette, die er wieder an Ort und Stelle geklebt hatte. »Sieht aus, als wäre er zu Hause«, sagte er.

»Colonel Carbury?« rief Thorpe.

»Aufbrechen«, forderte Abrams.

Achselzuckend trat Thorpe zurück und ließ sich mit der Schulter gegen die Tür fallen. Die angeklebte Kette wirbelte zur Seite, und Thorpe stolperte über die Schwelle, verlor das Gleichgewicht und stürzte.

Lächelnd trat Abrams ein. Er betastete die Kette. »Mit Klebeband befestigt. Alter Trick. Alles in Ordnung?«

Thorpe erhob sich mit rotem Gesicht.

Abrams zog den Schlüssel ab und warf ihn dem Zimmermanager zu. »Gehen Sie mal ein bißchen spazieren.«

Thorpe musterte Abrams, als habe er das Gefühl, hereingelegt worden zu sein.

Abrams erwiderte den Blick und fragte sich, ob Thorpe von dem Klebeband gewußt hatte und hier nur eine Rolle spielte.

Beide blickten sich im stillen Zimmer um. »Also, nach Gewaltanwendung sieht es hier nicht aus.« Thorpe ging ins Badezimmer und rief: »Und auch keine Leiche.«

Abrams' Blick fiel auf die leere Smokingtüte auf dem Bett. »Zum Bankett hat sich Carbury jedenfalls umgezogen.«

Thorpe kehrte ins Zimmer zurück und kniete neben dem Bett nieder. »Das wäre etwa der einzige Ort hier, wo man eine Leiche verstecken könnte.« Er linste unter das Bett. »Carbury? Sind Sie da?« Er stand auf. »Nun ja, er scheint ausgegangen zu sein.«

»Passen Sie nur auf, daß Sie nicht überall Fingerabdrücke, Schuppen und Haare hinterlassen«, sagte Abrams. »Ich nehme mal eine Durchsuchung vor.«

Thorpe lächelte. »Ah, Tony in Aktion. Brauchen Sie dazu nicht noch eine Lupe und einen Sherlock-Holmes-Hut?«

Zum zweiten Mal an diesem Abend durchsuchte Abrams das Zimmer. Thorpe machte einige Bemerkungen, aber Abrams antwortete nicht. Er beendete die Suche und sagte plötzlich: »Waren Sie heute abend schon mal hier?«

»Und Sie?« gab Thorpe zurück.

»Ich war unten im Klub. Ich konnte aber nicht hier hoch. Antworten Sie auf meine Frage.«

Thorpe ging zum Fenster und schaute auf die Treppe hinab. »Wenn Sie es genau wissen wollen, ich habe mir in der Bibliothek ein Buch entliehen und an der Bar etwas getrunken. Fragen Sie nach.«

»Zufall?«

»Wir glauben beide nicht an Zufälle. Nicht in unserem Beruf. Ich war hier aus demselben Grund wie Sie.«

Abrams schien seinen Gedanken nachzuhängen.

»Was überlegen Sie, Supermann?« erkundigte sich Thorpe.

»Sie wissen schon – das Blut an Ihrem Ärmel, Peter.«

»Ich weiß. Ich weiß.« Thorpe schüttelte den Kopf, als beschäftige er sich mit einem abstrakten Problem, das nichts mit ihm zu tun hatte. »Was leiten wir daraus ab?«

»Wir halten es für nachlässig und amateurhaft.« Abrams rückte näher an Thorpe heran.

»Bleiben Sie mir vom Leib!«

Abrams blieb stehen und lächelte. »Es hört sich dumm an, aber ich möchte Ihre Manschette haben. Reißen Sie sie ab.«

Thorpe erwiderte das Lächeln. »Kommen Sie, bedienen Sie sich doch.« Er warf den Regenmantel ab.

Abrams zuckte die Schultern. »Dachte ich's mir doch, daß Sie so etwas sagen würden.« Er zog ebenfalls den Mantel aus und kam dabei Thorpe noch näher. Ihm wurde klar, daß er von dem Mann nicht nur die Manschette wollte, sondern auch eine Art Tribut.

Thorpe hob die Fäuste. »Ich war in der Yale-Boxmannschaft, Abrams. Ich hoffe, Sie haben Ahnung.«

Mit der linken Schulter voran, die Fäuste schützend vor das Gesicht gehoben, rückte Abrams vor. Thorpe machte es ihm nach. Doch Abrams rechnete nicht ernsthaft damit, daß Thorpe sich an die Boxregeln halten würde; als dann Thorpes linker Fuß emporzuckte und zwischen Abrams' Beine fahren wollte, vermochte dieser rechtzeitig zu reagieren. Er konnte den Fuß mit den Händen abblocken. Der Tritt aber fiel so kraftvoll aus, daß Abrams vom Boden gehebelt wurde, wobei er sich noch an Thorpes Schuhe und Fußgelenk festklammerte. Abrams ging zu Boden, und Thorpe zog den Fuß aus dem Schuh, machte gleich darauf auch den anderen Fuß frei.

Hastig rappelte Abrams sich wieder auf und wich zurück. Thorpe lächelte bedächtig. »Klug von Ihnen. Hätte ich Sie erwischt, würden Sie einen Monat lang Falsett singen. Also, wollen Sie die Manschette immer noch?«

Abrams nickte.

Thorpe spielte den Enttäuschten. »Wie soll ich Katherine nur erklären, was Sie im Krankenhaus zu suchen haben.« Lebhaft fuchtelnd rückte er wieder gegen Abrams vor. Dieser wich zur Tür zurück.

Thorpe war nun beinahe in Trittweite.

Abrams hatte die Hand hinter dem Rücken und fummelte am Türknauf herum. Thorpe lächelte und machte einen schnellen Schritt vorwärts, um seinen Tritt anzubringen. Plötzlich griff auch Abrams' andere Hand nach dem Griff, und Thorpe erkannte zu spät, was sich anbahnte. Abrams' Füße verließen den Boden, sein Körper, vom Türknauf hochgehebelt, sprang empor. Mit den Hacken traf er Thorpe in den Magen, der rückwärts auf das Bett fiel und von dort seitlich zu Boden ging.

Der Tritt war nicht sonderlich heftig ausgefallen, und Abrams setzte schleunigst nach, blieb aber abrupt stehen.

Vor ihm erhob sich Thorpe mit einem langen, dünnen schwarzen Messer in der Hand. »Ebenholz ...« sagte er atemlos. »Läßt sich durch die Metalldetektoren und Röntgengeräte schmuggeln ... Kann Ihnen damit den Garaus machen. Wollen Sie's erleben?«

Abrams' Blick zuckte hin und her und fiel schließlich auf eine schwere Tischlampe.

Thorpe schüttelte den Kopf. »Lieber nicht. Schauen Sie mal.« Er streckte die Hand mit dem Messer vor und zog den Jackenärmel hoch. »Der Fleck ist fort. Der Mann in der Herrentoilette hatte ein Fleckenmittel, Gott segne seine spanische Seele. In solchen Militäreinrichtungen wird großer Wert auf das Äußere gelegt.«

Abrams ließ das Messer nicht aus den Augen.

Thorpe senkte es und ließ es in den Saum am Hosenbein verschwinden. »Waffenstillstand?«

Abrams nickte.

Thorpe tätschelte die Stelle, unter der das Messer ruhte. »Kommen Sie. Ich spendiere Ihnen einen Drink. Wir können beide einen gebrauchen.« Thorpe zog die Schuhe an, beide Männer nahmen ihre Regenmäntel und gingen.

Stumm warteten sie auf den Fahrstuhl, und schließlich wollte Thorpe seinem Begleiter den Vortritt lassen. Doch Abrams schüttelte den Kopf. Thorpe zuckte die Schultern und betrat den Lift allein. Die Türen gingen zu. Abrams nahm den nächsten Lift.

Während der Fahrt nach unten hing er seinen Gedanken nach. Wenn Thorpe den Colonel umgebracht hatte – warum? Soweit Abrams beurteilen konnte, ließ es Thorpes Persönlichkeit zu, als Teil der alltäglichen Arbeit einen Mord zu begehen, aus Gründen, die er nicht ganz verstand und die ihn auch nicht interessierten. Thorpe war vermutlich ebenso fähig, jeden zu beseitigen, der eine irgendwie geartete Gefahr für sein persönliches Wohlbefinden darstellte. Ging es hier um eine offizielle Mission oder einen Privateinsatz?

Im ersten Stock des Klubs trafen die beiden Männer wieder zusammen; Thorpe führte Abrams in den eichengetäfelten Salon. »Haben Sie schon mal von der Mord-Spezialabteilung gehört?«

Abrams stellte sich an die Bar, antwortete aber nicht.

»Eine Handvoll New Yorker Bullen, die immer dann zusammenkommen, wenn es so aussieht, als ginge das Schicksal einer Leiche auf amtliche Duldung zurück. Übrigens haben diese Beamten auf einer Farm in Virginia ausnahmslos ein Spezialtraining absolviert. Verstehen Sie, was ich sagen will? Sie sollten lieber nicht losziehen und in irgendwelchen Revieren mit dieser Sache aufkreuzen. Vielleicht klopfen Sie dabei an die falsche Tür.«

Der Barmann näherte sich. »Hallo, Mr. Thorpe. Das große Ereignis ist schon vorbei?«

»Ja, Donald.«

»Wie hat der Präsident ausgesehen?«

»Großartig. Schauen Sie sich's in den Nachrichten an. Donald, wir brauchen Alkohol. Einen Wodka für mich, mein Freund nimmt einen Scotch. Und schenken Sie sich auch einen ein.«

Nach längerem Schweigen fragte Thorpe: »Na, was halten Sie von den alten Knaben?«

»Harmlose Rentner«, antwortete Abrams zurückhaltend. »Reden gern über Macht und Politik, aber sind weg vom Fenster.«

»Das dachte ich ursprünglich auch. In Wahrheit stimmt das nicht. Ich mache sie mir in meinem Gewerbe zunutze.«

Abrams konnte sich vorstellen, daß O'Brien das genau anders herum sah. »Was haben Sie denn für ein Gewerbe?«

»Ich leite eine Abteilung, die sich Inland-Kontaktdienst nennt ... Für welche Stufe sind Sie zugelassen?«

»Für das Siegerpodest.«

Thorpe lachte. »Ich meine Geheimhaltungsstufe! Sie gefallen mir. Die Sache vorhin tut mir leid.«

»Vielen Dank.« Abrams musterte seinen Begleiter eindringlich. Solange Thorpe ihn spöttisch behandelt hatte, war er nicht direkt gefährdet gewesen. Jetzt aber wußte er, daß er in großer Gefahr war.

Die Getränke wurden serviert. Thorpe hob sein Glas. »Tod den Feinden meines Landes.«

»Shalom.«

Beide Männer schwiegen. Der Barmann beugte sich zu Thorpe vor. »Der Mann hat Ihre Nachricht erhalten«, sagte er leise.

Thorpe nickte und kniff ein Auge zu.

»He«, fuhr Donald mit normaler Stimme fort, »ich hab' mir überlegt, was Sie da über den 4. Juli gesagt haben ...«

»Stimmt genau. Wir brauchen einen guten Barmann. Die Sache findet auf Long Island statt. Können Sie's einrichten?«

Donald reagierte verwirrt. »Ja ... natürlich ...«

Thorpe wandte sich an Abrams. »Können Sie ein Geheimnis für sich behalten? Ich werde Kate einen Heiratsantrag machen. Die Hochzeit soll am 4. Juli stattfinden.«

»Meinen Glückwunsch.«

»Danke.« Geistesabwesend fuhr Thorpe mit dem Cocktailstab durch eine Pfütze auf der Bar. Abrams sah sich um. Klubgemütlichkeit. Pferdedrucke an den Wänden. Grüne Lampenschirme.

Thorpe störte seinen Gedankengang. »Was wissen Sie über diese Leute?«

»Nicht viel.«

»Sie und Kate sind gut befreundet.«

»Ganz und gar nicht.«

Thorpe musterte Abrams im Spiegel über der Bar. »Sie liegen nicht auf der richtigen Wellenlänge, Tony. Sie verpassen alle Signale.«

Abrams richtete sich auf und knöpfte seinen Mantel zu. »Gehen wir.«

Thorpe hielt ihn am Arm fest. »Haben Sie mit jemandem außerhalb der Firma über die Sache gesprochen?«

Das war sicher die vorgeschriebene Frage, ehe der Kopfschuß kam, sagte sich Abrams. Er streifte Thorpes Hand ab und ging zur Tür. Thorpe folgte ihm, und gemeinsam gingen sie die Treppe hinab. Unten verschwand Abrams in einer Telefonzelle und kehrte einige Minuten später zurück.

»Haben Sie die Polizei verständigt?« wollte Thorpe wissen.

Abrams nickte. »Könnte man im Grunde tun. Dann wäre O'Brien immerhin beruhigt.« Draußen regnete es noch immer.

»Bleiben Sie über Nacht in der Stadt?« fragte Thorpe schließlich.

»Vielleicht.«

»Wollen Sie zurück zur Armory?«

»Wenn Sie dorthin fahren.«

Der Türsteher winkte ein vorbeifahrendes Taxi heran, und die beiden Männer stiegen ein.

»Sie haben ja gar nicht vorgeschlagen, im Klubsafe nachzuschauen«, sagte Abrams.

»Was? Oh ... wegen des Tagebuchs! Himmel Herrgott!« Thorpe beugte sich zum Fahrer vor.

Abrams hob den Arm und zog ihn zurück. »Verschwenden Sie

nicht meine Zeit.«

Thorpe lächelte. »Sie sollten das Spielchen richtig mitspielen. Wir müssen O'Brien sagen können, daß wir im Safe nachgeschaut haben.«

»Sie sind nachlässig, Thorpe. Sie achten nicht auf Kleinigkeiten. Wenn Sie das Spiel über die Bühne bringen wollen, sollten Sie mindestens Ihre Rolle auswendig können.«

Thorpe nickte. »Ich bin Ihrer Intelligenz zu nahe getreten. Entschuldigung!«

»War es das Tagebuch wert?« fragte Abrams.

»Was wert?« Thorpe überlegte kurz. »Sie müssen mir glauben, diese Sache berührt empfindliche nationale Sicherheitsinteressen. Carbury wollte wertvolle und riskante Beweise aus der Hand geben, und zwar an eine Horde von Amateuren, die zum Teil selbst als Sicherheitsrisiko eingestuft sind. Wir konnten ihm das nur nicht begreiflich machen.«

»Ist er tot?«

»Nein. Natürlich nicht.«

Abrams nickte vor sich hin. Tot.

»Na, brummt Ihnen der Kopf, Kumpel? Wären Sie nicht doch lieber zu Haus' geblieben?«

»Nein, es war ein netter Abend.«

Thorpe lächelte. »Der Abend ist jung und verheißt noch so manches Abenteuer.«

Abrams zündete sich eine Zigarette an. »Ach?«

»Verlassen Sie sich darauf.«

Abrams lehnte sich zurück. Einen Mann kann man nach der Gesellschaft beurteilen, in der er sich bewegt, überlegte er, eine Frau aber nicht immer nach den Liebhabern, die sie sich nimmt.

21

Besorgt blickte Katherine Kimberly zu den Türen des Empfangssalons im Erdgeschoß der Armory.

Nicholas West kam auf sie zu, in jeder Hand ein Brandyglas.

»Hier. Entspann dich ein bißchen.«

Sie kostete den Brandy. In diesem Augenblick fiel ihr Blick auf Marc Pembroke, der sich aus einer Gruppe anderer Männer löste. Sie hatte ihn seit der Van-Dorn-Maifeier nicht mehr gesehen. Den Gerüchten zufolge hatte es wegen Pembroke und Tom Grenvilles Frau Ärger gegeben. Aber daran war vermutlich eher Joan als Pembroke schuld.

Pembroke begrüßte Katherine und West. »Gibt's was Neues über Carbury?«

Katherine schüttelte den Kopf. Sie hatte sich über Pembroke noch kein Urteil gebildet, doch hatte O'Brien einmal angedeutet, daß man ihn in begrenztem Maße ins Vertrauen ziehen konnte. Er hatte Zugang zu den *Erledigten Akten* und verstand sich recht gut mit Arnold.

»Das ist aber sehr beunruhigend«, meinte Pembroke.

Pembroke wohnte und arbeitete schon seit langer Zeit in New York. Er unterhielt ein Büro im British-Empire-Gebäude des Rockefeller Center, in unmittelbarer Nachbarschaft zu Katherines Büro. Das Schild an seiner Tür verkündete *British Technologies*, aber niemand schien genau zu wissen, für wen er arbeitete. Sie mußte an den Schulterhalfter denken, den sie auf der Fahrt zu Van Dorn bemerkt hatte.

»Wo ist Peter?« fragte Pembroke weiter.

»Mal eben weg«, erwiderte Katherine. »Er muß gleich wieder da sein.«

»Ich möchte noch mit ihm sprechen.«

»Ich sag's ihm.« Marc Pembroke und Peter hatten geschäftlich miteinander zu tun. In mancher Hinsicht erinnerte Pembroke sie an Peter, was ihr aber kein Vertrauen, keine persönliche Wärme vermittelte.

Marc Pembroke gehörte zu der Sorte Männer, die von Frauen beachtet, von Männern aber gemieden werden. Er wirkte unglaublich hart.

Katherine entschuldigte sich und ging zu Patrick O'Brien, der an einem regenverschmierten Fenster stand und auf die Park Avenue hinabschaute. »Ach, wegen Tony Abrams«, sagte

O'Brien. »Ich glaube, er könnte uns nützen. Haben Sie mit ihm gesprochen?«

»Ja. Er ist zurückhaltend. Er weiß nicht recht, wer wir sind.«

O'Brien nickte. »Wir brauchen jemanden wie ihn. Jemanden, der zu keinem von uns persönliche Bindungen unterhält, der die Beweise nüchtern auswerten kann.«

»Jemand«, fügte sie hinzu, »der unmöglich von der anderen Seite sein könnte.« Sie lächelte. »Ich glaube, es würde ihm sogar Spaß machen, einen von uns als Verräter zu entlarven.«

O'Brien warf ihr einen Seitenblick zu, sagte aber nichts.

Am Tag ihres Abgangs von der juristischen Fakultät in Harvard war O'Brien überraschend aufgetaucht und hatte ihr einen Posten in der Firma ihres Vaters angeboten. Sie hatte eingewilligt und war nach New York gezogen.

Später hatte sie einen Mandanten geheiratet, Paul Howell. Patrick O'Brien hatte den Mann höflich behandelt, aber nicht gemocht. Mit der Zeit mußte Katherine feststellen, daß sie ihn auch nicht mochte. Einer Scheidung widersetzte sich Howell jedoch. Patrick O'Brien sprach mit ihm, doch Paul Howell trat immer störrischer auf. In der Folgezeit fiel er einer räselhaften Pechsträhne zum Opfer. Die Zulassungsbehörde der Börse strengte ein Untersuchungsverfahren wegen Aktienbetrugs gegen ihn an, dann gab es in seiner Maklerfirma ein Computerproblem, das die Daten eines ganzen Börsentages löschte. Kurze Zeit später kündigten einige seiner besten Makler und nahmen die guten Kunden mit. Eines Tages rief Paul im Büro bei Katherine an und brüllte: »Man will den Mietvertrag der Wohnung nicht verlängern! Sag ihm, er soll endlich aufhören.«

»Wer?« Sie dachte, er habe den Verstand verloren.

»Na, O'Brien. Wer denn sonst?«

Sie war zu verblüfft, um ihm zu antworten.

»Du kannst deine verdammte Scheidung haben!« brüllte Howell weiter.

Und wenige Monate später waren sie geschieden. Paul Howell zog nach Toronto, und sie hatte nie wieder von ihm gehört.

Katherine musterte O'Brien, der einen Kaffee trank. »Sollte

Tony Abrams nicht mit uns zusammenarbeiten wollen, dürfen wir ihm das nicht nachtragen.«

O'Brien lächelte auf seine väterliche Art und tätschelte ihr den Arm. »Solange Sie ihm nicht schon zuviel von den Geschäften der Firma verraten haben.«

»O nein.« Sie mußte an den Tag vor beinahe fünf Jahren zurückdenken, als sie ohne Voranmeldung in O'Briens Büro gestürmt war, mit klopfendem Herzen und trockenem Mund, und die Worte gesprochen hatte, die sie letztlich hierhergeführt hatten: »Kann ich auch dazugehören, oder muß man dazu OSS-Veteran sein?«

»Sie können dazugehören, wir brauchen junge Leute«, hatte O'Brien ohne Zögern erwidert.

»Führen Sie das Kommando?« hatte sie gefragt.

Seine Miene war undurchdringlich und hatte nichts mehr gemein mit dem sonst so ausdrucksvollen Gesicht. »Wir sind Gleiche unter Gleichen.«

»Was werden für Ziele verfolgt?«

»Es geht darum, die Schäfchen in den Stall zurückzuholen. Den Dolchstoß in den Rücken zu vergelten. Die Toten zu rächen, einschließlich Ihres Vaters. Die Verräter zu finden, die sich auch in unserer Mitte noch befinden. Den schlimmsten Verräter von allen aufzuspüren und zu töten – einen Mann mit dem Kodenamen Talbot. Und letztlich den umfassenden Auftrag zu erfüllen, der uns 1942 anvertraut wurde – jeder Macht ein Ende zu setzen, die unsere Vernichtung betreibt.«

»Dieser Auftrag wurde 1945 zurückgenommen.« Sie deutete auf ein gerahmtes Dokument an der Wand, das die Unterschrift Harry S. Trumans trug.

»Diesen Abschlußbefehl erkennen wir nicht an. Wir wurden aus der Not geboren, wir leben von der Not, wir sind unsterblich. Natürlich nicht im physischen Sinne, doch im Rahmen einer unsterblichen Vereinigung. Durchaus möglich, daß wir uns von Zeit zu Zeit neu organisieren und neue Partner aufnehmen und alte aussondern müssen, aber wir setzen uns nicht zur Ruhe. Nicht, solange wir das ursprüngliche Ziel nicht erreicht haben.«

Im Laufe des Gesprächs waren beunruhigende Einzelheiten zur Sprache gekommen. »Meinen Sie, wir haben nicht selbst geahnt, was nach dem Krieg mit uns geschehen sollte? Typisch für Regierungen, die Menschen ausnutzen: Man wollte uns zum alten Eisen werfen. Aber da hatte man sich verrechnet. Man begriff nicht, was für Talente da versammelt worden waren. Der Krieg wirkte sich als Katalysator aus und brachte uns in einer Organisation zusammen.«

O'Brien war ans Fenster getreten und hatte hinausgeschaut, wie er es jetzt auch tat. »Wir ergriffen rechtzeitig unsere Vorsichtsmaßnahmen. Wir begannen in den Untergrund zu gehen. Die Akten lagerten wir an verschiedenen Orten. Einige befinden sich hier in der Kanzlei. Wir gingen enge Kontakte mit den britischen Geheimdiensten ein, die auch nach dem Krieg Bestand haben würden. Und wir stahlen Geld. Ja, wir stahlen. Es gab bei uns eine Abteilung mit dem Namen ›Sondermittel‹. Unser weltweites Bankensystem erfaßte achtzig Währungen. Insgesamt hatten diese Mittel ein Volumen von gut fünfundsiebzig Millionen Dollar, damals ein gewaltiges Vermögen. Der Kongreß und der Präsident stellten uns dieses Geld nur widerstrebend zur Verfügung, da wir die alleinige Kontrolle darüber hatten. Anders ging es damals nicht. Man kann keine Organisation aufbauen, die sich mit Tötungen, Entführungen, Sprengstoffanschlägen, Wirtschaftssabotage und anderen unschönen Dingen beschäftigen soll, ohne ihr einen frei zugänglichen Geldfonds zu überlassen. Außerdem machten einige unserer Unternehmungen tatsächlich Gewinn. Immerhin waren wir in der Mehrzahl Geschäftsleute und Anwälte.«

O'Brien hatte sich umgedreht und leise weitergesprochen. »In den letzten fünfunddreißig Jahren haben wir viel von dem erreicht, was wir uns vorgenommen hatten, auch wenn ich Ihnen keine Einzelheiten nennen darf. Ich kann Ihnen aber sagen, daß wir eine Reihe von Amerikanern und Briten entlarvt und ausgeschaltet haben, die seinerzeit für die andere Seite arbeiteten. Na, wollen Sie immer noch mitmachen?«

»Wissen Sie, wer meinen Vater umgebracht hat? Ich meine ...

es war doch kein Unfall, oder?«

»Nein, das war es nicht. Die Personen, die für seinen Tod verantwortlich sind, haben auch zahlreiche andere gute Männer und Frauen auf dem Gewissen, wohl einschließlich der Eltern Ihres neuen Freundes Peter Thorpe. Mich erwischten sie auch fast. Und die gesamte freie Welt nach dem Krieg beinahe damit. Der Augenblick wird kommen, da wir alles über diese Leute wissen ...«

»Ich habe meinen Vater nicht gekannt«, hatte Katherine stokkend gesagt. »Irgendwie bin ich mir immer betrogen vorgekommen, aber ich gab mich mit der Tatsache zufrieden, daß er im Krieg gestorben ist wie viele andere. Jetzt aber sieht das anders aus. Ich bin von Natur aus nicht rachsüchtig, aber ich würde zu gern ...«

O'Brien hatte genickt. »Es gibt eben nicht nur politische Rechnungen zu begleichen, sondern auch persönliche. Das persönliche Motiv ist genauso anzuerkennen. Machen Sie mit?«

»Ja.«

Am gleichen Abend hatte Katherine ihre Schwester Ann angerufen, die damals in Bern arbeitete, und von ihr erfahren, daß sie längst zur Gruppe gehörte.

Katherine Kimberly betrachtete Patrick O'Brien, der vor ihr am Fenster der Armory stand. Diese Männer und Frauen schienen sich etwas Besonderes bewahrt zu haben, das sie geistig rege und körperlich fit hielt. Zugleich wußten sie aber, daß sie nicht unsterblich waren, und kümmerten sich um den Nachwuchs in den eigenen Reihen. Zu diesem Kreis gehörte auch Nicholas West. Irgendwie fand es Katherine beruhigend, daß er dazugehörte. Nick war ein nüchterner, vorsichtiger Mensch, der sich nicht leichtfertig in Gefahren oder unangenehme Situationen begab.

Katherines Gedanken wanderten zu Peter. Thorpe gehörte allenfalls am Rande dazu, was sie instinktiv guthieß; O'Brien hatte ein sicheres Gespür für Menschen.

Auch Tony Abrams ging ihr durch den Sinn. Abrams wollte eigentlich nicht dazustoßen – und das gefiel ihr an ihm. O'Brien arbeitete ohnehin lieber mit jüngeren Leuten, die nicht gleich mit der Tür ins Haus fielen.

Sie dachte an George Van Dorn, der sicher auch dazugehörte, der ihr aber irgendwie nicht geheuer war, an Tom Grenville, James Allerton und all die anderen, mit denen sie im Laufe der Jahre in Berührung gekommen war. In der alltäglichen Welt wurden die Menschen nach gewissen anerkannten Kriterien beurteilt. In der Schattenwelt aber war niemand das, was er zu sein schien.

Eins hatte ihr Patrick O'Brien von Anfang an eingeschärft: »Wir hätten unseren Feinden nicht so viele Schlappen beibringen können, ohne eigene Verluste zu erleiden. Sie müssen sich darüber im klaren sein, Katherine, daß Sie bei uns womöglich in persönliche Gefahr geraten. Sie waren ja schon mit dabei, als wir Freunde beerdigten, die keines natürlichen Todes gestorben waren.«

Katherine kehrte mit ihren Gedanken in die Gegenwart zurück. »Sie glauben, daß Carbury tot ist«, sagte sie leise.

»Natürlich.«

»Ist hier etwas in Bewegung geraten?«

»Ja, davon bin ich überzeugt. Etwas Schreckliches bahnt sich an. Wir ahnen es seit einiger Zeit. Gewissen konkreten Informationen zufolge rechnen die Russen nicht damit, daß es uns in diesem Herbst noch gibt.«

Sie blickte ihn an. »Daß es ... *wen* im Herbst nicht mehr gibt?«

»Na uns. Die Vereinigten Staaten. Man scheint einen Weg gefunden zu haben, dieses Ziel zu erreichen – mit geringem oder gar keinem Schaden für die eigene Seite. Offensichtlich eine Art technologischer Durchbruch. Etwas dermaßen Raffiniertes, daß wir uns dagegen nicht wehren können. Es war unvermeidlich, daß früher oder später eine der beiden Seiten einige technologische Generationen überspringen würde. Bisher sind wir Seite an Seite vorgerückt: Wie bei einem Pferderennen lag mal die eine, dann wieder die andere Partei eine Länge vorn. Jetzt aber haben wir Grund zu der Annahme, daß die Russen innerhalb weniger Monate den Sprung ins nächste Jahrhundert geschafft haben. So etwas passiert nun mal. Die Geschichte bietet dafür zahlreiche Beispiele – denken Sie an unsere Atombomben, die innerhalb weniger Stunden zwei große Städte vernichteten ...«

Katherine hatte mehrere Fragen auf der Zunge, brachte aber keine heraus.

»Uns ist bekannt«, fuhr O'Brien fort, »daß der Gegner bei seinen Plänen auf eine oder mehrere Personen angewiesen ist, die bei Nacht das Stadttor aufschließt, eine Art Torwächter. Jemand mit einem Schlüssel.«

»Jemand wie Talbot«, sagte sie.

O'Brien nickte.

»Wir waren so dicht vor dem Ziel ...« sagte Katherine leise. »Das Tagebuch ... die Dokumente ...«

O'Brien machte eine wegwerfende Handbewegung. »Das ist nicht wichtig.«

»Was soll das heißen?«

»*Ich* habe das Tagebuch geschrieben ... es schreiben lassen. Es stammt nicht von Ihrem Vater. Tut mir leid. Das Tagebuch war frisches, noch blutiges Fleisch, ein Köder, und wenn es ein wildes Tier in der Nähe gab, dann sollte es die Witterung aufnehmen und sich offenbaren. Das hat es getan. Leider wurde dabei Randolph Carbury, der den Köder auslegte, mitgefressen. Jetzt aber haben wir eine frische Spur, die Fährte des Wolfes in feuchter Erde.«

Katherine stellte ihr Brandyglas auf der Fensterbank ab. »Was stand im Tagebuch?«

»Ich habe einen unserer bewährten Fälscher ans Werk geschickt – mit unterschiedlichen Tinten aus der damaligen Zeit. Das leere Buch wurde in einem Londoner Antiquitätenladen erstanden. Die Kuriertasche gehörte mir. Der Arbeiter, der sie in Eleanors Archiv fand, gehörte zu meinen Leuten. Sie hielt den Fund für echt. Beinahe jeder, der mit dem Tagebuch in Berührung kam, hielt es für echt.«

»Aber ... wen haben Sie beschuldigt? Haben Sie Talbot einen Namen gegeben?«

O'Brien rieb sich das Kinn. »Wie hätte ich das tun können?

Wenn ich den Namen wüßte, würde ich den Mann auf der Stelle umbringen. Das Tagebuch enthält vorwiegend Mutmaßungen. Aber wenn Talbot jetzt gerade den Text liest, dürfte ihm ausgesprochen unbehaglich zumute sein. Er weiß, daß es Fotokopien geben muß, und bei seiner Suche nach ihnen wird er sich noch weiter aus der Deckung wagen müssen.«

»Eleanor Wingate ist in Gefahr!« sagte Katherine übergangslos.

Ein seltsamer Ausdruck erschien auf O'Briens Gesicht, dann sagte er: »Sie ist tot. Brompton Hall ist niedergebrannt.«

Katherine starrte ihn entsetzt an. »Sie wußten, daß das geschehen würde!«

»Ich schickte einen Freund, der sich um sie kümmern sollte, doch wie es aussieht, ist er zusammen mit ihr und ihrem Neffen umgebracht worden. Was Carbury angeht, so wußte er, daß das Material gefälscht war, und machte ›zufällig‹ an dem Tag einen Besuch in Brompton Hall, als die Unterlagen gefunden wurden. Er regte Eleanors Brief an Sie an. Er wußte, wie gefährlich es war, das Material zu befördern, vermochte sich aber offensichtlich trotzdem nicht ausreichend zu schützen.«

»Ich versuchte ihn zu schützen.«

»Ja. Aber Sie oder Eleanor Wingate haben anderen Leuten von der Sache erzählt, und deshalb ist er jetzt tot.«

»Ich habe Peter eingeweiht.«

»Ich weiß.«

Sie schwieg längere Zeit. »Peter«, sagte sie schließlich, »hat die Sache vielleicht auf dem Dienstweg weitergegeben.«

»Möglich. Sogar anzunehmen. Aber wenigstens haben wir jemand aus seiner Ruhe aufgestört.«

»Es hat Tote gegeben.«

»Das macht die Sache um so echter.« O'Brien wandte sich zu ihr um. »Ich habe Ihnen von Anfang an gesagt, daß unsere Aktionen gefährlich sind. Die Lage wird bald noch gefährlicher und blutiger werden. Ich würde Ihnen raten, nur noch bewaffnet auf die Straße zu gehen.«

Katherine nickte. Vermutlich hatte sie schon immer geahnt,

daß hinter der Fassade dieser Organisation die Gewalt lauerte. Die Gewalt war ein Teil des ursprünglichen Auftrags gewesen: Die inzwischen verstrichenen vierzig Jahre waren kein Grund, sie als legitimes Aktionsmittel auszuschließen. »Ich mache mir Sorgen um Ann«, sagte sie zu O'Brien.

»Die sollten Sie sich lieber um sich selbst machen. Ann versteht mehr als Sie von den bestehenden Gefahren.«

»Und Nick.« Sie dachte an den sanftmütigen Mann wie an ein kleines Kind, das mitten im Verkehrsgewühl spielt.

»Der ist aus mehreren Richtungen in Gefahr. Ich habe Privatwächter für ihn engagiert.«

Katherine musterte den älteren Mann. Sie hatte das trostreiche kindliche Gefühl, daß Patrick O'Brien jeden in seiner Straße besiegen konnte. Daraus ergab sich aber auch, daß der gefährlichste Talbot, den sie sich vorstellen konnte, eben dieser Patrick O'Brien war.

22

Abrams und Thorpe betraten den Empfangssalon der Armory. Thorpe bewies ein untpyisches Entgegenkommen, indem er zur Anrichte ging und Abrams einen Brandy mitbrachte. Lächelnd hob er das Glas. »Auf die Wahrheit.«

Abrams trank nicht.

Patrick O'Brien und Katherine Kimberly gesellten sich zu den beiden. »Konnten Sie im Klub etwas feststellen?« fragte O'Brien.

»Carbury hat sich zum Bankett umgezogen«, meldete Thorpe. »Wir erkundigten uns, aber niemand scheint gesehen zu haben, wie er den Klub verließ. Ich bat den Geschäftsführer, im Safe nachzuschauen. Nichts zu finden. Auch in seinem Zimmer keine Spur.«

O'Brien wandte sich an Abrams. »Haben Sie Ihre Kontaktleute bei der Polizei verständigt?«

»Ja. Ich gab an, es könnten Belange der nationalen Sicherheit berührt sein. Man wird sich mit dem FBI in Verbindung setzen.

Vielleicht brauchen die Beamten noch mehr Informationen.«

O'Brien nickte. »Geben Sie ihnen, was sie brauchen, aber mit Maß. Und halten Sie die Firma aus der Sache heraus.«

Nicholas West trat zu der Gruppe, die nach einigen Minuten noch durch James Allerton verstärkt wurde, der sich von einer Gruppe Gratulanten löste. Er gab Katherine einen Kuß. »Bezaubernd wie immer.« Dann wandte er sich an West. »Freut mich, daß Sie kommen konnten. Haben Sie Ann mitgebracht? Oder ist sie noch immer in Bern?«

»Nein, Sir ... in München ...«

Allertons Blick richtete sich auf O'Brien. »Ach je, Patrick, es kommt einem vor, als hätte man alles schon erlebt, wie? Die alte Armory, die alten Gesichter, sogar die alten Lieder. Bern kann man sich ohne Allen Dulles gar nicht vorstellen, nicht wahr?«

West räusperte sich. »Sie ist versetzt worden, nach München ...«

Allerton lächelte freundlich. »Wichtiger Posten, Bern. Schöne Stadt. Das Zentrum der Dinge, noch heute. Damals war Bern das Fenster nach Europa.«

»James«, unterbrach O'Brien, »wir würden gern eine Sitzung abhalten ...«

»Heute abend nichts Geschäftliches. Das ist Tradition. Hat doch sicher Zeit bis morgen.« Er lächelte Katherine an. »Also, junge Dame, wann werden Sie mich zum Opa machen?«

Katherine rang sich ein Lächeln ab. »Mr. Allerton, ich möchte Sie gern bekannt machen mit ...«

Allerton redete weiter: »Ich meine, wann wird mein dummer Sohn Sie endlich heiraten?« Sein Blick fiel auf West. »Und *Sie*. Worauf warten Sie? Fliegen Sie morgen gleich nach Bern und heiraten Sie die Schwester dieses Mädchens.«

»Ich möchte Ihnen gern Tony Abrams vorstellen«, beharrte Katherine. »Er arbeitet in unserer Firma.«

Zum ersten Mal schien Allerton von Abrams Notiz zu nehmen. Er streckte die Hand aus. »Gefällt es Ihnen?« fragte er.

Abrams fühlte die trockene, knochige Hand in der seinen. »Jawohl, Sir. Meinen Glückwunsch zu der Auszeichnung. Ihre

Rede war interessant.«

Allerton lächelte höflich und wandte sich ab. Endlich fiel ihm der besorgte Ausdruck in den Gesichtern ringsum auf. »Ist es ernst?«

O'Brien nickte.

»Na, dann los. Außerhalb der Halle gibt's einen leeren Raum. Entschuldigen Sie uns, Mr. Abrams. Genehmigen Sie sich einen Drink.«

»Vielen Dank.«

Im Vorbeigehen berührte Katherine Abrams' Arm. »Gehen Sie nicht zu weit weg.«

Abrams blickte Allerton, O'Brien, Thorpe, West und Katherine nach und machte dann einen Rundgang durch den Saal. Dabei bemerkte er zahlreiche Gesichter, die er aus Zeitungen und Fernsehen kannte, einige sogar aus Geschichtsbüchern; manche hatte er schon in der Firma gesehen. Clare Booth Luce hielt hof. Der Schauspieler Sterling Hayden, der nach O'Briens Aussage in Van Dorns Einheit OSS-Offizier gewesen war, sprach mit seinem ehemaligen Kommandeur.

Abrams verließ den Empfangsraum und ging zu einem Münzfernsprecher im Foyer. Er rief im 19. Revier an und ließ sich mit Captain Spinelli verbinden. »Gibt's was Neues seit unserem letzten Gespräch?«

»Wir haben eine umfassende Fahndung eingeleitet«, antwortete Spinelli. »Der FBI arbeitet mit. Was ist eigentlich mit diesem Carbury los, Abrams?«

»Na, er wird vermißt. Mehr brauchen Sie nicht zu wissen.«

»Und ob! Wo stecken Sie?«

»Ganz in Ihrer Nähe. Auf einer Cocktailparty mit Arthur Goldberg, Bill Casey und Clare Booth Luce.«

»Sie reden besoffen ... ach, Sie sind in der Armory. Gibt's da eine Verbindung? Ist der Präsident noch dort?«

»Nein, der ist weg. Es gibt keine andere Verbindung, außer daß Carbury auf dem Weg hierher war.«

»Inwieweit könnte die nationale Sicherheit betroffen sein?«

Abrams bemerkte einen Mann hinter sich, der ebenfalls telefonieren wollte. Ganz in der Nähe standen weitere. Übergangslos wechselte er ins Italienische und gab Spinelli einige Informationen.

»Ihr Italienisch ist grauenvoll, Abrams. Kommen Sie aufs Revier und unterzeichnen Sie die Vermißtenanzeige.«

»Halten Sie mich da raus«, sagte Abrams auf italienisch.

Spinelli ging nicht darauf ein. »Haben Sie in dem Zimmer irgend etwas berührt – oder der andere, der mit Ihnen war, dieser Thorpe?«

»Nein, wir sind in der Luft herumgeschwebt. Hören Sie, Thorpe gehört zur Firma.«

»Firma? Ach, *die* Firma. Ganz bestimmt?«

»Ganz bestimmt.«

»Was läuft denn da?«

»Irgend etwas Schlimmes. Seien Sie vorsichtig, wenn es um Thorpe geht. Setzen Sie lieber Ihren Verbindungsoffizier auf ihn an und halten Sie sich den Rücken frei, Kumpel.«

»Na schön ... vielen Dank ...«

»Danken Sie mir, indem Sie mich auf dem laufenden halten.« Abrams legte auf und kehrte in den Empfangsraum zurück.

O'Brien suchte ihn bereits. Er winkte ihn zu einer Sesselgruppe und setzte sich neben ihn. »Kate informiert Mr. Allerton, Peter und Nick«, sagte O'Brien. »Wir wollen uns einen Moment unterhalten. Was meinen Sie zu unseren Freunden?«

»Es war ein netter Abend. Bitte richten Sie Miß Kimberly meinen Dank für die Einladung aus. Es ist nach Mitternacht, ich sollte jetzt gehen.«

O'Brien überhörte die Worte. »Sie hat eine hohe Meinung von Ihnen«, sagte er.

»Von mir persönlich oder von meiner Arbeit?«

O'Brien lächelte. »Ihre Arbeit als Prozeßzusteller ist nicht gerade geeignet, Bewunderung zu erwecken.« Er sah sich um. »Hatten Sie schon Gelegenheit, mit anderen zu sprechen?«

»Nein, aber es sieht so aus, als hätte sich General Donovan eine tolle Truppe zusammengesucht. Ich wünschte, die CIA könnte ebenso fähige Leute an sich binden.«

O'Brien nickte. »Im Krieg kann man alle einziehen: Millionäre, Draufgänger jeder Art, Genies der Künste und Wissenschaften ... aber wer interessiert sich im Frieden für eine bescheiden bezahlte Karriere im Geheimdienst? Um so besser zahlt der KGB und bringt außerdem Privilegien und Prestige, die die Agenten und ihre Familien über den sowjetischen Durchschnittsbürger erheben. So kann die Gegenseite unter den Besten wählen.« O'Brien schüttelte den Kopf. »Würde man in den beiden Organisationen Bildung und IQ vergleichen, würde die CIA auf dem zweiten Platz landen. Mit dieser fatalen Tatsache müssen wir leben.«

»Wie unsere Sportamateure, die gegen die ›Amateure‹ der Sowjets antreten.«

»Ein passender Vergleich.« O'Brien zündete sich eine Zigarette an. »Und was Sie heute abend so erfahren haben – das hat Ihre Ansicht über Ihren bevorstehenden Besuch in Glen Cove nicht geändert?«

»Ich habe gesagt, ich gehe.«

»Schön. Sie werden die Anwälte von Edwards & Styler in deren Büro aufsuchen, Montag, 16 Uhr, Memorial Day. Ein Freund von mir wird Sie einweisen. Mit den Anwälten treffen Sie dann gegen 19 Uhr bei den Russen ein. George Van Dorns Party ist dann bereits in vollem Gange.«

»Und wenn ich drin bin – was soll ich tun?«

»Das werden Sie am Montag erfahren.«

Abrams kniff die Augen zusammen.

»Selbst wenn man Sie beim Schnüffeln erwischt«, beantwortete O'Brien die unausgesprochene Frage, »brauchen Sie nicht um Ihr Leben zu fürchten. Der Besitz ist zwar sowjetisches Territorium, aber eben doch nicht Rußland. Dennoch lassen Sie sich besser nicht ertappen.«

»Noch eine Frage. Irgend etwas paßt hier nicht zusammen. Wenn die Russen etwas Großes vorbereiten, wie Sie indirekt angedeutet haben – etwas, das die Anwaltsprüfungen im Juli zunichte macht und uns folglich alle ausschaltet –, warum beschäftigen Sie sich dann noch mit einem so dummen Prozeß?«

»Sie waren mal Geheimpolizist«, bemerkte O'Brien, »beantworten Sie sich die Frage selbst.«

Abrams nickte. »Es muß so aussehen, als ginge alles seinen normalen Gang.«

»Genau. Sich gegen Van Dorns oder Bürgermeister Pariolis Belästigungen nicht zur Wehr zu setzen, wäre höchst verdächtig. Und so erhalten wir die Gelegenheit, teils unbeabsichtigt, teils geplant, einen Blick in die gegnerische Kommandozentrale zu werfen.«

»Ich verstehe. Und meine Tarnstory ist in Ordnung?«

»Ich habe noch nie einen Mann oder eine Frau ohne perfekte Absicherung in den Einsatz geschickt.«

Abrams wußte genausogut wie O'Brien, daß so etwas nicht viel besagte.

Abrupt wechselte O'Brien das Thema, wie es seine Art war. »Ich hätte gern, daß Sie heute im Stadthaus übernachten. Katherine holt Sie morgen früh ab, dann fahren Sie ins Büro. Es gibt dort ein Archiv; Sie können ihr dabei helfen, einige Dinge herauszufinden. Kommen Sie bewaffnet.«

Abrams warf ihm einen fragenden Blick zu.

»Vielleicht ist sie in Gefahr. Sie passen doch auf sie auf, ja?«

Dieser abrupte Wechsel vom Alltäglichen zum Speziellen überraschte Abrams. »Ja, ich passe auf sie auf.«

O'Brien schien das Thema zu vergessen; sein Blick wanderte durch den Raum. »Sehen Sie die Frau dort? Gertrude Legendre heißt sie. Sie war die erste Amerikanerin, die von den Deutschen gefangengenommen wurde und ihnen entkommen konnte. Ich führte nach ihrer Rückkehr das Auswertungsgespräch mit ihr, in England. Eine tolle Geschichte.«

»Zweifellos.«

»Das Interessante daran ist – die Gestapo sagte ihr, sie sei schon verraten gewesen, ehe Sie überhaupt deutschen Boden berührte. Ähnliches hörten wir von anderen Flüchtlingen.«

»Das scheint mir im Krieg nichts Ungewöhnliches zu sein.«

»Wäre es auch nicht, wenn unsere Agenten von Nazi-Sympathisanten verraten worden wären. Sie wurden aber von unseren

Verbündeten verraten, den Russen. Das OSS stellte folgendes fest: Die Sowjets erkannten, daß der Krieg beinahe gewonnen war und sie keine Hilfe aus dem Westen mehr brauchten; daraufhin machten sie sich zielstrebig daran, den Deutschen die antikommunistischen Elemente der alliierten Widerstandsbewegung zu verraten. Die Gestapo sollte dazu benutzt werden, konservative und demokratische Elemente im besetzten Europa umzubringen und den Weg für eine kommunistische Machtübernahme zu bereiten. Ein solcher Zynismus ist schwer zu übertreffen.«

Abrams nickte. »Das ist aber längst Geschichte.«

»Nicht für mich. Der Hauptanstoß für diesen Verrat kam von der OSS in London. Von einer unbekannten, hohen Persönlichkeit, die zu solchen Informationen Zugang hatte.«

»Konnten Sie selber an diese Informationen heran?« fragte Abrams.

O'Brien nickte.

»Dann möchten Sie sich gleich mit reinwaschen?«

O'Brien antwortete nicht direkt. »Hunderte, vielleicht Tausende von Männern und Frauen sind wegen eines Verräters gestorben.«

Abrams sagte nichts.

O'Brien nahm einem Kellner zwei Gläser vom Tablett. »Wir möchten Sie einladen, der Firma beizutreten«, sagte er.

Abrams starrte ihn an. »Ich fühle mich geschmeichelt.«

»Wie Ihnen inzwischen sicher klargeworden ist«, sagte O'Brien, »hat sich das OSS im Grunde nie richtig aufgelöst. Ich versichere Ihnen, wir sind keine zu Verschwörungen neigende Paranoiker. Wir betreiben die Geheimniskrämerei nicht um ihrer selbst willen, wie es bei vielen Geheimgesellschaften der Fall ist. Bei uns gibt es keine geheimen Handzeichen, Eide, Mitgliedskarten, Symbole, Ränge oder Uniformen. Die Gemeinsamkeit liegt mehr in einem übereinstimmenden Empfinden auf der Basis von Herz und Verstand und weniger in der Organisation.«

Abrams erkannte, daß er hier Dinge erfuhr, die ihn allein schon deswegen verpflichteten, weil sie ihm zu Ohren kamen. Er spielte mit dem Gedanken zu gehen, rührte sich aber nicht.

In den nächsten zehn Minuten beschrieb O'Brien das Wesen und die Zusammensetzung seiner Gruppe. Als er fertig war, begegneten sich die Blicke der beiden Männer.

»Warum ich?« fragte Abrams.

»Sie kennen sich mit Verbrechen aus«, antwortete O'Brien. »Treiben Sie den Mörder oder Entführer Randolph Carburys auf, dann werden die Dinge, die uns interessieren, im richtigen Licht erscheinen.« Er blickte auf die Uhr und stand auf. »Sie müssen mit großer persönlicher Gefahr rechnen. Wenn Sie weiter darüber sprechen wollen, können wir uns zu den anderen setzen, die hinten in einem Privatzimmer tagen. Dieses Zimmer ist übrigens sehr interessant. Darf ich es Ihnen zeigen?«

Abrams schwieg längere Zeit. »Kann ich eine Bedenkzeit haben?« fragte er schließlich.

»Sie können nach Hause gehen und alles überschlafen. Aber ich glaube kaum, daß Sie gut schlafen werden.«

Abrams trank einen großen Schluck aus seinem Glas. »Na, schauen wir uns das Zimmer an.«

23

Abrams folgte O'Brien in einen großen, säulengesäumten Raum, der vage an einen ägyptischen Thronsaal erinnerte. Im oberen Bereich der Wände erstreckte sich ein langer Fries, der Krieger aus den verschiedensten Geschichtsperioden zeigte. Die schwarze Decke wurde durch ein Geflecht von Balken, die mit silbernen Ornamenten eingelegt waren, abgestützt. Hier und dort erhoben sich klassische Statuen in dem nur schwach erleuchteten Raum.

Abrams' Augen gewöhnten sich an das Zwielicht und erblickten einen großen Kamin aus kobaltblauen glasierten Kacheln. In der Mitte des Raums lag ein dicker Perserteppich, auf dem ein großer, kunstvoll verzierter Tisch stand, der entfernt an einen Opferaltar erinnerte. Buntglasfenster ließen von der Straße ein diffuses Licht herein.

James Allerton, Katherine, Thorpe und West saßen im Halbkreis vor dem Kamin. Eben stellten zwei rot livrierte Bedienstete weitere Sessel bereit, und ein Kellner schob einen Wagen mit Kaffeeutensilien herein. Dann zogen sich die drei Männer wortlos zurück.

Zu Abrams' Überraschung ergriff West als erster das Wort und begrüßte ihn. »Es freut mich, daß Sie sich dazu durchgerungen haben, sich uns zum Kaffee anzuschließen.«

»Kaffee lehne ich nie ab«, erwiderte Abrams. Die Kunst, etwas zu sagen und dabei etwas ganz anderes zu meinen, schien bei diesen Leuten hochentwickelt zu sein.

»Ich weiß, daß Sie Vorbehalte hatten«, fuhr West fort. »Ähnlich war es damals bei mir. Ich habe meine Entscheidung allerdings nie bereut. Wir alle sind irgendwie Amateurdetektive, die vom Lehnsessel aus arbeiten.« Er tätschelte vielsagend die Seitenlehnen seines Sessels.

Entweder neigte West zur Untertreibung, oder er kannte die wahren Dimensionen der Gruppe selbst nicht. Abrams wurde abrupt klar, daß er, selbst wenn er für den Rest seines Lebens bei diesen Leuten blieb, doch nie mehr als nur einen winzigen Abschnitt des Ganzen erfassen würde.

Abrams' Blick fiel auf James Allerton, der einen bedrückten Eindruck machte. Katherine lächelte ihm kurz zu, während Thorpe ihn offen anstarrte, als überlege er sich eine Methode, seine Leiche aus der Welt zu schaffen.

»Fangen wir an«, sagte Patrick O'Brien. »Wir brauchen ein bißchen Hintergrund. Nick?«

Nick zeigte auf den Wingate-Brief, den er im Schoß hatte. »Dieses Schreiben scheint zu den uns bekannten Tatsachen zu passen. Zum einen gab es in den Akten drei Berichte über Henry Kimberlys Tod, die sich widersprechen.«

West schaute Katherine an. »Ich habe dir darüber noch nicht alles erzählt. Ann aber weiß Bescheid ... Jedenfalls besagt die letzte und amtliche Version, Major Kimberly habe in Berlin eine Vorausgruppe von OSS-Offizieren angeführt, einen Tag nachdem die Stadt an die Russen gefallen war. Das wäre der 3. Mai 1945 gewesen. Major Kimberly reiste in der Rolle eines Quartiermeisters, der Unterkünfte für den anrückenden Stab der amerikanischen Besatzung suchen sollte. In Wahrheit sollte er etwa ein Dutzend Agenten herausholen, die er mit dem Fallschirm in der Region Berlin abgesetzt hatte. Er machte sich Sorgen um sie – insbesondere wegen der Russen.«

Patrick O'Brien nickte. »Eine gefährliche Mission. Berlin war gefallen, aber die Kapitulation Deutschlands war noch nicht unterschrieben, und auf den Landstraßen und zwischen den Ruinen trieb noch so manche fanatische SS-Horde ihr mörderisches Unwesen. Außerdem merkten wir sehr bald, daß auch unsere Verbündeten von der Roten Armee mit Vorsicht zu genießen waren.« O'Brien starrte ins Feuer und fuhr leise fort: »Ich sagte Henry, er solle sich vorsehen. Wir wußten immerhin, daß der Krieg keine Woche mehr dauern konnte. Niemand war scharf auf die zweifelhafte Auszeichnung, das letzte Opfer zu sein.«

»Henry war allerdings nicht so naiv wie viele von uns in dieser Zeit«, schaltete sich James Allerton ein und blickte Katherine an. »Aber er fühlte sich seinen Agenten verpflichtet, deshalb unternahm er die schicksalhafte Reise nach Berlin.«

»Dem Missionsbericht zufolge«, fuhr Nicholas West fort, »gab es insbesondere einen Agenten, den Major Kimberly unbedingt herausholen wollte – Karl Roth, einen deutschen Juden und Kommunisten, der für das OSS arbeitete. Ein anderer Agent hatte über Funk gemeldet, Roth sei von den Russen verhaftet und wieder freigelassen worden. Als Roth über Funk befragt wurde, erklärte er seine Freilassung damit, er habe die Russen überzeugt, Kommunist zu sein, indem er längere Passagen von Marx und Engels zitierte. Anscheinend hatte Roth seine Funkeinrichtung noch unter eigener Kontrolle. Er meldete weiter, die Russen hätten ihn aufgefordert, innerhalb des OSS als Doppelagent für sie zu arbeiten. Damit habe er sich einverstanden erklärt, um aus der Haft zu kommen.«

»Damals hatte sich Karl Roth politisch eigentlich gewendet«, warf O'Brien ein. »Er hatte in London eine Engländerin geheiratet und mit ihr einen Gemüsehandel aufgezogen. Jedenfalls waren

Roths Aussagen nicht der erste Hinweis darauf, daß die Russen unsere Agenten, die einen kommunistischen Hintergrund hatten, umzudrehen versuchten. Henry hielt das für unangenehm in bezug auf eine mögliche geheimdienstliche Tätigkeit nach dem Krieg.«

West trank seinen Kaffee aus. »In der Akte befindet sich ein letzter Funkspruch von Karl Roth. Darin meldet er, er sei krank und hungrig. ›Wann kommen Sie?‹ fragte er und gab seine Position an – einen Eisenbahnschuppen bei Hennigsdorf. Roth war der Alsos-Mission zugeteilt gewesen. Er hatte gemeldet, er habe zwei deutsche Wissenschaftler aufgespürt, brauche aber Hilfe, um sie herauszuholen. Damals sprachen zwei Dinge gegen seine Glaubwürdigkeit: seine anfänglichen kommunistischen Überzeugungen und die Tatsache, daß er den Kontakt mit den Russen nicht selbst gemeldet hatte, sondern danach gefragt werden mußte. Andererseits hatte er dann angegeben, daß die Russen ihn umdrehen wollten – aber natürlich mußte er davon ausgehen, daß das OSS so etwas vermuten würde.«

Wieder schaltete sich O'Brien ein. »Im OSS-Büro London fand sich niemand, der über Roths Schicksal entscheiden wollte: Sollte man ihm helfen oder ihn fallenlassen? Wir funkten Henry die Einzelheiten durch und forderten ihn auf, die Entscheidung zu treffen, sich dabei aber von größter Vorsicht leiten zu lassen.«

»Danach«, setzte West seine Erläuterungen fort, »hörte man von Karl Roth erst wieder 1948. Er tauchte bei der amerikanischen Besatzungsmacht in Berlin auf und behauptete, die Russen hätten ihn erneut verhaftet und drei Jahre lang gefangengehalten. Er erhob Anspruch auf das aufgelaufene Gehalt und seine Weiterbeschäftigung, aber der ursprüngliche Anstellungsvertrag mit dem OSS war verschollen, und niemand wußte so recht, was man mit Roth anfangen sollte. Einige Ex-OSS-Leute äußerten sich zu seinen Gunsten, worauf er ein wenig Geld erhielt. Es gab aber kein vernünftiges Abschlußverhör, und sein dreijähriges Verschwinden ist bis heute nicht zufriedenstellend geklärt.

Roth bewarb sich bei den amerikanischen und britischen Besatzungsbehörden um Geheimdienstaufgaben, wurde aber abgewiesen. Dann zog er nach England, fand seine Frau wieder und durfte schließlich in die USA emigrieren, was ihm nach seinen Angaben vom OSS versprochen worden war.«

Thorpe lächelte spöttisch. »Und heute ist Karl Roth Berater des Präsidenten in Fragen der Nuklearstrategie?«

West blickte sich in dem dunklen Raum um und schaute dann O'Brien und Allerton an. »Ich war und bin der Meinung, daß Roth ausgiebig verhört werden muß, und habe ihn deshalb aufgespürt. Dabei hat sich erwiesen« – sein Blick wanderte zu Thorpe –, »daß Roth und seine Frau auf Long Island einen Delikatessenladen mit Partyservice betreiben.«

»Nun ja«, sagte Thorpe und lächelte wieder. »Ich hatte mir eigentlich nicht vorgestellt, daß Ihr Bericht einer solchen Pointe entgegenging, Nick. Vielleicht würde sich Roth für meine Abteilung interessieren. Sein Werdegang ist allerdings ein bißchen wacklig und undurchsichtig ...«

»Der Mann muß gründlich analysiert werden«, meinte Katherine.

O'Brien schenkte sich Kaffee nach. »Ich kümmere mich darum.«

Geistesabwesend zupfte er an seinem schwarzen Binder. »Die Alsos-Mission konnte zwar einige Erfolge verzeichnen«, sagte er, »aber das russische Gegenstück dazu arbeitete wesentlich besser. Die Gegenseite schien uns stets einen Schritt voraus zu sein, wenn es darum ging, deutsche Atomforscher aufzuspüren und aus dem Land zu holen. Wenn man bedenkt, daß die meisten dieser Wissenschaftler *uns* zu erreichen versuchten und nicht sie, dann ist es wirklich seltsam, daß die Russen so gut abschnitten. Und da Alsos von höchster Priorität und Geheimhaltungsstufe war, folgerten Henry und ich und einige andere, daß jemand – vielleicht mehr als eine Person – an sehr hoher Stelle, entweder in Eisenhowers Hauptquartier, in Alsos oder im OSS, die Russen über das Was, Wo, Wann, Wie und Wer informierte.« O'Brien beugte sich vor. »Zuletzt waren wir ziemlich sicher, daß die undichte Stelle beim OSS lag. Es war einer von uns. Jemand, den wir jeden Tag sahen, mit dem wir aßen und tranken ...«

Allerton schien aus einem tiefen Traum zu erwachen. »Und damals dachten wir uns den phantasievollen Kodenamen für diesen Doppelagenten aus: Talbot. Lawrence Talbot – Sie wissen schon, der Kerl, der sich beim Schein des Vollmonds in einen Werwolf verwandelte ... Der Film war damals ein großer Erfolg.« Allerton lächelte. »Für die Intellektuellen in unserem Kreis: Talbot ist außerdem das alte angelsächsische Wort für einen wilden Wolf. Damit begann unser Unternehmen, den Mann zu enttarnen ... und auszuschalten. Wir nannten es die Aktion Silberkugel ...«

O'Brien räusperte sich. »Genaugenommen hieß sie Wolfsbrut. Silberkugel war die britisch-amerikanische Bezeichnung für den Abschluß des Unternehmens.« Er zog etwas aus der Tasche. »Einer unserer Offiziere ließ dies von einem Londoner Juwelier anfertigen.« Er zeigte ein silbrig funkelndes Geschoß vom Kaliber .45 vor. »Dies sollte Talbot ins Gehirn geschossen werden.«

Nach längerem Schweigen fuhr O'Brien fort: »Talbot war ein Verräter schlimmster Sorte. Er beschränkte sich nicht darauf, Geheimnisse zu stehlen und zu verraten, sondern war aktiv bemüht, Männer und Frauen in den Tod zu schicken. Manchmal stelle ich ihn mir in der Morgendämmerung auf einem englischen Flugfeld vor, wie er seinen Agenten auf den Rücken klopft, Frauen umarmt, Fallschirmgurte zurechtrückt und den Leuten Glück wünscht – während er die ganze Zeit weiß ...« O'Briens Blick richtete sich auf Allerton.

»Man sollte meinen«, sagte dieser, »daß ein solcher Mann, ein Mann, der seine Seele verloren hat, eigentlich leicht aufzuspüren ist ... Seine Augen müßten doch die Korruption seines Herzens offenbaren.«

Abrams hörte zu. Man beachtete ihn so wenig wie einen zuverlässigen Dienstboten; es war bekannt, daß er zuhörte, doch rechnete man nicht damit, daß er etwas sagte, solange er nicht direkt angesprochen wurde. Das Gespräch glich in gewisser Hinsicht den Ideendiskussionen, die er bei der Polizei erlebt hatte. Er fragte sich, ob es Katherine naheging, wenn von ihrem Vater die Rede war.

West griff den roten Faden wieder auf. »Henry Kimberly meldete sich eine Woche lang zweimal täglich über Funk. Seine vorletzte Meldung befindet sich noch in der Akte. Sie lautet –« West zitierte, ohne zu zögern –, »›Sehr wichtig! Betrifft Alsos: Habe Kontakt mit Lieferant‹ – das war Karl Roth. ›Lieferant meldet Position von zwei Elfen.‹ Damit waren Atomwissenschaftler gemeint. ›Werde dieselben an Land ziehen.‹« West zögerte und fuhr fort: »Einen Tag später kam Henry Kimberlys letzte Meldung, wonach er sich mit den russischen Behörden in Verbindung gesetzt hatte, mit dem Ziel, Gestapoakten einzusehen und gefangene Gestapobeamte zu verhören, die vielleicht Angaben über vermißte OSS-Agenten machen konnten. Die letzten Worte seiner Meldung lauteten: ›Rote Armee hilfsbereit. Gestapo hat Verhaftung und Hinrichtung des größten Teils unseres Rings bestätigt. Teil aber lebt, bisher ohne Totenliste. Setze Sicherungsaktion fort.‹« West wandte sich zu Allerton: »Erinnern Sie sich daran, Sir?«

Allerton nickte. »Ja. Das war das letzte Lebenszeichen von Henry. Natürlich bestand ein gewisser Verdacht, daß nicht die Gestapo unsere Agenten erwischt hatte, sondern die Russen. Wir befürchteten für Henry das gleiche Schicksal.«

»Henry unterschrieb diese Funkmeldung mit seinem Kodenamen Diamant«, sagte O'Brien. »Wenn wir annehmen, er habe unter russischer Kontrolle gemeldet, dann hätte er die Unterschrift ›Schultafel‹ nehmen müssen, ein Notsignal mit der Bedeutung: ›Ich bin gefangen.‹«

»Warum sollten Sie annehmen, daß er unter russischer Kontrolle gesendet hat?«

»Darauf kommen wir noch«, antwortete O'Brien. »Wenn Henry aber tatsächlich gefangen war und trotzdem den Namen Diamant benutzte, sagt uns das, daß die Russen den Kodenamen Diamant kannten und er deshalb den Notnamen nicht nehmen konnte. Der OSS-Funker, der den Spruch empfing, erkannte Henrys Funkstil. Wir können also davon ausgehen, daß er selbst gesendet hat, allerdings mit einer Waffe am Kopf.«

»Eine schreckliche Vorstellung«, warf Allerton ein, »daß die

Russen Henrys Kodenamen kannten, der erst zehn Minuten vor Überquerung der russischen Linien festgelegt worden war. Und daß ihnen auch Bezeichnungen wie Lieferant und Elfe bekannt waren.«

O'Brien nickte. »Wir dachten, wir könnten die Russen dazu bewegen, ihn freizulassen«, sagte er. »Im Berliner Hauptquartier der Roten Armee wurde eine dringende Note persönlich abgegeben. Die Antwort lautete: ›Major Kimberly hier unbekannt.‹« O'Brien richtete seine Worte nun direkt an Katherine. »Ich kam mit einem der ersten amerikanischen Flüge nach Berlin. Als ich eintraf, lag aus dem Hauptquartier der Roten Armee eine neue Meldung vor. Major Kimberly und die drei Offiziere in seiner Begleitung seien ums Leben gekommen, als sie mit dem Jeep eine unentdeckte deutsche Mine überfuhren – ein alltägliches Vorkommnis; auf diese Weise beseitigten auch wir und die Briten unerwünschte Leute. Jedenfalls holte ich die Leichen ab ... die Asche, sollte ich besser sagen. Aus Gründen der Eile und Hygiene haben die Russen alle Toten verbrannt ...« Er blickte Katherine offen an. »Bisher habe ich Ihnen diese Einzelheiten verschwiegen ...«

Katherine hatte nicht gewußt, daß das Grab in Arlington nur eine Urne mit Asche enthielt. »Woher wissen Sie denn, daß es mein Vater war?«

O'Brien schüttelte den Kopf. »Wir hoffen, daß er es war und daß er nicht im Gulag gestorben ist.«

Sie nickte. »Bitte, fahren Sie fort«, sagte sie mit mühsam beherrschter Stimme.

West ergriff wieder das Wort. »Zweifellos hatte Major Kimberly seine Rolle als Quartiermeister abgelegt, als er sich nach seinen Agenten erkundigte. Doch unter keinen Umständen hätte er den Russen die Alsos-Mission oder Karl Roths Verbindung dazu verraten. Aus diesem Grund hatten seine beiden letzten Funksprüche, die er unter Zwang schickte und in denen er diese Tatsachen erwähnte, den Zweck, uns mitzuteilen, daß die Russen über Alsos und Roth Bescheid wußten, so wie sie auch unsere Kodebezeichnungen kannten.«

»Ich finde«, unterbrach Thorpe, »Sie berauschen sich ein wenig zu sehr an Ihrer Theorie von dem Maulwurf an höchster Stelle. Mir stehen nicht die Informationen zu Gebote, die Sie besitzen, aber ich habe den Eindruck, die Mission wurde von den Einsatzagenten in den Sand gesetzt. Ich finde es ziemlich offensichtlich, daß beispielsweise Karl Roth geplappert hat. Dort saßen die undichten Stellen. Nicht in London oder Washington.«

»Eine gute Analyse«, bemerkte West. »Damals war das auch die amtliche Mutmaßung. Doch wenn man davon ausgeht, daß Major Kimberlys Nachricht unter Anleitung der hilfsbereiten Roten Armee ausgesandt wurde, sollte man sich den Text genauer ansehen. Schließlich war er ein erfahrener Geheimdienstoffizier und ein mutiger, findiger Mann. Und da sollte man den Kode im Kode zu entziffern versuchen, nach Unstimmigkeiten suchen, nach einer ungeschickten Ausdrucksweise und dergleichen.« West hielt inne und sagte: »›Teil aber lebt, bisher ohne Totenliste.‹ Das ist nicht mal gutes Funkenglisch ...«

Thorpe richtete sich auf. »Talbot.«

West nickte. »In meinen Unterlagen gibt es das Wort Talbot nirgendwo; es wurde lediglich in den privaten Gesprächen zwischen Henry Kimberly, Mr. O'Brien, Mr. Allerton und einigen anderen verwendet. Bei dem Verhör durch die Russen erfuhr Major Kimberly oder schloß aus der Gründlichkeit der Befragung, daß es einen hochgestellten Verräter im OSS gab. Jeder gute Agent konnte das folgern. Die Funkmeldung war seine letzte Chance, die Freunde zu erreichen und zu warnen.«

Allerton rieb sich das Gesicht. »Ich habe den Funkspruch gesehen, und ich wußte von Talbot ... aber, bei Gott, auf diesen Schlüssel bin ich nie gekommen! Ich war ein mieser Spion.«

Abrams war sich dessen nicht so sicher. Seine Erfahrung mit Kodierungen war gleich Null, doch war ihm diese Zeile gleich beim ersten Anhören aufgefallen. Verschlüsselungen, die sich nach den ersten Buchstaben richteten, waren simpel und paßten besser zu Kindern oder Liebenden. Kaum vorstellbar, daß weder Allerton noch O'Brien vor vierzig Jahren darauf gekommen waren. Abrams folgerte, daß sie wohl den Schlüssel erkannt hatten, vor dem anderen aber darüber geschwiegen hatten. Interessant.

West zog eine Bruyère-Pfeife und einen Tabaksbeutel aus der Tasche. »Das alles scheint mir nicht von unmittelbarer Bedeutung zu sein, außer ...« Er zündete seine Pfeife an und zitierte aus Eleanor Wingates Brief: »›... im Tagebuch werden Leute erwähnt, die vielleicht noch heute in der Regierung tätig sind ... einer der Genannten ist ein bestens bekannter Mann, der Ihrem Präsidenten nahesteht.‹«

O'Brien wandte sich an Abrams. »Was halten Sie bis jetzt von allem?«

Abrams hielt die Hinweise für überholt, die Spur für kalt, die Beweise für schwach und die Theorien für weit hergeholt; als Polizeifall war die Sache hoffnungslos. Der Schuldige hatte sich seinerzeit der Entlarvung entzogen, und selbst wenn er heute noch gestellt werden konnte, kam er doch nie vor Gericht. Als persönliche Vendetta aber hatte die Angelegenheit gewisse Perspektiven, auch wenn diese Leute nicht das Wort Vendetta benutzen würden; O'Brien und Allerton hatten sicher einen netteren Ausdruck dafür. Im Ergebnis aber würde es auf dasselbe hinauslaufen. Die Silberkugel ging ihm nicht aus dem Kopf.

»Mr. Abrams?«

»Ich glaube, diesmal werden Sie den Gesuchten finden.«

O'Brien beugte sich vor. »Warum?«

»Weil er weiß, daß Sie die Fährte wieder aufgenommen haben. Er ist auf der Flucht. Er hat Carbury umgebracht. Wenn wir bei dem beliebten Vergleich bleiben: Der Wald ist kleiner und dünner, als er vor vierzig Jahren war. Die Zahl der Tiere, die darin leben, hat abgenommen. Der Wolf – der Werwolf – hinterläßt heute eine deutliche Spur. Und ich nehme an, daß er wieder töten wird.«

O'Brien starrte in die Dunkelheit des großen Raums. Das Feuer ließ hier und dort Schatten an den Wänden emporsteigen. Die Flammen beleuchteten den Fries, so daß es aussah, als bewegten sich die Krieger. »Ja«, sagte O'Brien. »Er wird wieder töten. Er muß.«

24

Vor der dunkel gewordenen Armory setzte sich die lange Limousine in Bewegung, wendete und fuhr auf der Park Avenue nach Süden. Peter Thorpe, der auf einem Klappsitz saß, zündete sich eine Zigarette an. »Ich habe den Eindruck«, sagte er zu West, »als beschäftigten Sie sich schon längere Zeit mit dem Problem. Schon vor dem Erscheinen – und Verschwinden – von Colonel Carbury. Ich kann mich aber nicht erinnern, daß Sie in der Gruppe schon einmal das Gespräch darauf gebracht hätten.«

West, der neben ihm den zweiten Klappsitz eingenommen hatte, fummelte an seiner Pfeife herum. »Die Art des Problems ... die Besonderheiten des Talbot-Profils ... deuten darauf hin, daß jeder der alten OSS-Mitarbeiter, innerhalb oder außerhalb der CIA oder der Regierung, genau der ... Falsche sein könnte, das Thema anzuschneiden ...«

Thorpe lächelte O'Brien und Allerton an, die im weiten Fond des Wagens ihm gegenüber saßen. Zu West sagte er: »Anwesende natürlich ausgeschlossen.«

West schlug die Augen nieder. »Eingeschlossen.« Mit einer Kopfbewegung deutete er auf Abrams und Katherine. »Nur Sie, Kate und Mr. Abrams, können wir von der Liste nehmen.«

Thorpe lächelte. »Warum unterschätzen wir Sie eigentlich immer, Nick?«

»Nur mit Ann habe ich über die Sache gesprochen«, fuhr West leise fort. »Überhaupt ... haben wir uns so kennengelernt.«

Tony Abrams musterte West. Ja, man konnte sich leicht in ihm täuschen. Seine Größe, sein Wesen, sein Auftreten – dies alles signalisierte Gefahrlosigkeit. Legte man aber den Maßstab des denkenden Menschen aus der zweiten Hälfte des zwanzigsten Jahrhunderts an, dann stellte Wests Verstand eine Gefahr dar; eine Gefahr für Verräter und Nichtsnutze und für Leute mit Nerven und Risikobereitschaft, doch mit durchschnittlicher Intelligenz, wie Peter Thorpe. Abrams ahnte, daß Thorpe vor West

Angst hatte.

»Na, so gedankenvoll?« wandte sich O'Brien an ihn.

Abrams lehnte sich zurück. »Ob er nun lebt oder tot ist – auf jeden Fall hat sich bestimmt auch Talbot junge Talente herangezogen ... wie Sie das ja auch tun. Es gibt in diesem Wagen also nicht nur zwei mögliche Verdächtige, Mr. O'Brien – Sie und Mr. Allerton –, sondern vielleicht vier, nämlich zusätzlich Mr. West und Mr. Thorpe, oder sogar fünf, wenn wir Miß Kimberly dazuzählen. Vielleicht sind Sie alle Spione.« Niemand antwortete. »Ich selber stehe ja wohl nicht unter Verdacht«, fügte Abrams hinzu.

Stille trat ein, während der Wagen langsam durch den nächtlichen Verkehr glitt. »Es ist absolut unmöglich«, sagte O'Brien schließlich, »daß die amerikanische Regierung, der Geheimdienst und das Militär – das sind in dieser Reihenfolge die drei wichtigsten Ziele des KGB – *nicht* auf irgendeine Weise unterwandert worden sind. Verdammt, Eleanor Wingates Beschreibung hätte heute abend auf gut die Hälfte der Leute in der Armory passen können, einschließlich zweier früherer CIA-Direktoren und des derzeitigen Leiters!« O'Brien schaute in die Runde. »Klingt das paranoid?«

»Wichtig ist«, meinte West, »bis in welche Positionen diese Unterwanderung fortgeschritten ist und was das Ziel dieser Aktionen wäre ... wenn es sie gibt.«

»Ich kann dazu nur sagen, daß etwas Unangenehmes in der Luft liegt«, gab O'Brien zurück. »Ich glaube, die Russen haben einen Weg gefunden, ihr höchstes Ziel zu erreichen.«

»Den Atomschlag?« fragte Thorpe.

»Nein.« O'Brien hob abwehrend die Hand. »Das war und ist für die Russen keine bessere Möglichkeit als für uns.«

»Dann was?« wollte Katherine wissen. »Ein biologischer, ein chemischer Angriff?«

O'Brien antwortete nicht.

»Und wie passen Colonel Carbury und der Wingate-Brief in dieses Bild?«

»Wenn sie hineinpassen, dann deswegen, weil die Person oder

Personen, die im Tagebuch als mögliche Maulwürfe entlarvt werden, für den Sowjetplan irgendwie wichtig sind.« O'Brien zuckte die Schultern. »Wir brauchen mehr Tatsachen. Brechen wir die Diskussion zunächst ab.«

Unwillkürlich zog Abrams Vergleiche zwischen O'Briens düsteren Prophezeiungen und dem Katz-und-Maus-Spiel, das zuweilen von der Polizei mit einem Verdächtigen getrieben wird: Man sagt dem Mann, man wisse alles über ihn, und läßt ihn frei, um zu sehen, wohin er geht. O'Brien mußte also vermuten, jemand in diesem Wagen sei in der Lage, Informationen nach Moskau weiterzuleiten. Andererseits fand Abrams den alten Herrn unglaubwürdig. Er war zu glatt in seinen Äußerungen, hatte zu viele Antworten auf ungestellte Fragen. Zeigte sich zu gelassen bei der Unterstellung, er könnte Talbot sein.

Allerton erkundigte sich, wer von Carburys Mission gewußt habe; Abrams hielt das für eine vernünftige Frage.

»Ich informierte Mr. O'Brien«, antwortete Katherine. »Dann auch Peter.« Sie blickte sich im Wagen um.

Allerton fragte freundlich, aber betont: »Niemanden sonst?«

Sie zögerte. »Nein ... nun ja, Arnold im Archiv ... ich meine, ich habe ihn nach Colonel Carburys Akte gefragt. Dabei hatte ich den Eindruck, er wisse, daß Carbury in New York ist.«

Thorpe musterte Abrams. »Wieviel wußten Sie?«

»Ich wußte, daß ich einem Mann namens Carbury folgen sollte.«

Thorpe rieb sich das Kinn. »Alles in allem, Kate, hättest du vorsichtiger sein sollen.«

Ihr Gesicht rötete sich vor Zorn. »Ich hab' mir verdammt überlegt, was ich tue!«

»Aber du hättest im Grunde niemanden einzuweihen brauchen, mich eingeschlossen, ehe du das Tagebuch in Besitz hattest. Nun hast du uns alle in ein schiefes Licht gerückt.«

Sie starrte ihn herausfordernd an. »Vielleicht hätte ich es dir oder Mr. O'Brien tatsächlich verschweigen oder nicht ins Archiv gehen sollen. Mr. Abrams aber, da sind wir uns doch einig, steht über jedem Verdacht. Wem hast *du* es weitererzählt?«

Thorpe musterte sie abweisend. »Das ist meine Sache. Ich arbeite für eine Regierungsbehörde des Landes.«

Abrams hatte das unbestimmte Gefühl, daß solche Auseinandersetzungen zwischen den beiden öfter vorkamen. Außerdem gewann er den Eindruck, daß Thorpe auf allen Ebenen dieser Beziehung weniger gab, als er selbst erhielt.

»Außerdem«, setzte Thorpe hinzu, »sehe ich bei genauer Überlegung nicht ein, warum Abrams über jeden Verdacht erhaben sein soll, solange ich nicht weiß, wie er überhaupt in deine Firma geraten ist, die ja, wie wir alle wissen, mehr als nur juristische Interessen vertritt. Wer hat wen angesprochen?«

»Meine Sicherheitsprüfungen sind einwandfrei«, sagte O'Brien ärgerlich.

Thorpe schluckte den Rüffel und blickte Abrams entschuldigend an. »Schon gut.«

Katherine kehrte zum Thema zurück. »Nehmen wir einmal an, nicht nur die genannten Personen wußten von Carburys Reise. Vielleicht liegt die undichte Stelle bei Carbury selbst oder gar bei Lady Wingate. Information breitet sich nach geometrischen Gesetzen aus, und wir haben keine Möglichkeit, festzustellen, wer davon erfuhr, weder hier noch in England.«

Die Limousine hielt vor dem Hotel Lombardy. Thorpe stieg aus. »Übernachtest du hier?« fragte er Allerton.

Dieser schüttelte den Kopf. »Du weißt, ich mag die Wohnung nicht. Ich habe mir ein Zimmer im United Nations Plaza genommen.«

Abrams beobachtete Katherine, die aber keine Anstalten machte, hinter Thorpe auszusteigen. Ohne ein Abschiedswort wandte sich Thorpe ab und betrat das Lombardy.

Der Wagen fuhr weiter und stoppte einige Minuten später vor dem UN Plaza. Allerton griff in die Tasche und zog den Orden heraus, der ihm verliehen worden war. Er starrte einen Augenblick darauf und wandte sich dann O'Brien zu. »Eigentlich gehört die Medaille Ihnen.«

O'Brien legte dem alten Mann die Hand auf den Arm. »Nein, James, Sie haben die Auszeichnung verdient.«

Katherine beugte sich zur Seite und gab Allerton einen Kuß auf die Wange. »Wir sehen uns noch, ehe Sie nach Washington zurückfliegen.«

Ein Pförtner half Allerton beim Aussteigen, und West gab dem Fahrer Anweisung, zum Princeton Club zu fahren. Dort angekommen, wandte er sich an O'Brien: »Vielen Dank für die Einladung. Ich hoffe, ich konnte Ihnen nützlich sein.«

»Wie immer, Nick. Seien Sie vorsichtig ...«

»Ich habe Schutz.«

»Das hatte auch Randolph Carbury. Gute Nacht.«

Der Wagen fuhr nun wieder nach Osten und hielt vor einem Apartment-Haus am Sutton Place, wo O'Brien ausstieg. Anschließend ging es nach Süden.

Nach langem Schweigen sagte Katherine zu Abrams: »Ich möchte gern, daß Sie im Stadthaus an der 36. Straße übernachten.«

»Wo schlafen Sie?« fragte Abrams.

»In meiner Wohnung im West Village.«

Abrams zögerte und nickte dann. »Schön.«

»Ich hole Sie morgen früh ab. Wir gehen dann ins Büro, um die erledigten Akten durchzusehen.«

»In Ordnung.«

Als der Wagen in die 36. Straße einbog, sagte Katherine: »Ich bin froh, daß Sie nun dazugehören. Manchmal habe ich das Gefühl, der Mensch wird mit einem Racheinstinkt geboren, der beinahe so stark ausgeprägt ist wie der Überlebens- oder der Geschlechtstrieb. Einige Leute, die Sie heute abend kennengelernt haben, werden erst Frieden finden, wenn die alten Rechnungen beglichen sind.«

Die Limousine hielt vor dem Stadthaus.

»Sehen Sie sich vor heute abend«, sagte sie.

Abrams zögerte. Normalerweise hätte es ›Gute Nacht‹ geheißen; diese Leute aber machten es nicht unter: ›Sehen Sie sich vor.‹ Er sagte: »Wenn hier wirklich ein Killer umgeht, wäre es auch für Sie gut, hierzubleiben ... oder im Lombardy.«

»Ich schlafe gern in meinem eigenen Bett. Bis später. Ich

komme früh.«

Auf Abrams' Klopfen ging sofort die Tür auf. »Sie haben mich warten lassen«, sagte Claudia. »Die anderen sind schon da.«

»Wer wäre das?«

»Die Grenvilles und Van Dorns. War es ein schöner Abend?«

»Nein.«

»Ich habe Sie draußen gesehen. Sie hat Sie nicht aufgefordert, mit nach Haus zu kommen?«

»Sie bat mich auf Knien darum.«

»Warum bleibt sie nicht bei diesem verrückten Thorpe in seinem schrecklichen Apartment im Lombardy?«

»Vielleicht tut sie das ja. Was ist denn so schrecklich an dem Apartment?«

»Alles ... wenn man dort mal ins Badezimmer geht, analysiert die Toilette sofort den Urin und schickt das Ergebnis an die CIA. Als ich aus Rumänien eintraf, mußte ich eine Woche dort wohnen. Ich hatte Angst, mich bei eingeschaltetem Licht auszuziehen. Und sogar im Dunkeln. Es gibt Geräte, mit denen kann man auch bei Dunkelheit sehen.«

Abrams hängte seinen Regenmantel an einen Haken im Flur. »Ein CIA-Schutzhaus?«

Sie antwortete nicht.

»Dasselbe Zimmer?«

»Ich führe Sie rauf.«

Abrams kam am Wohnzimmer vorbei und sah Joan Grenville auf der Couch liegen. Sie lächelte ihn an.

Abrams folgte Claudia durch den Flur. Es war beinahe drei Uhr früh, er mußte dringend ins Bett. Er betrachtete Claudias Hinterteil, das beim Treppensteigen hübsch hin und her schwang. Vor die Wahl zwischen Schlaf und Sex gestellt, erlaubten es ihm sein Alter und sein Gesundheitszustand durchaus, noch ein bißchen wach zu bleiben.

Im schmalen Flur stand ein kleiner alter Telefontisch, wie er ihn noch bei seinen Eltern erlebt hatte. Als der Apparat zu klingeln begann, war Abrams vor Claudia zur Stelle. Es war O'Brien, der sich mit ruhiger, emotionsloser Stimme meldete.

»Fernschreiben aus England. Brompton Hall wurde durch einen Brand vernichtet.«

»Ja.» Abrams hatte den Eindruck, O'Brien habe schon längere Zeit Bescheid gewußt. »Hat es Tote gegeben?«

»Drei. Müssen noch identifiziert werden.«

»Wann ist es passiert?«

»Etwa um Mitternacht dortiger Zeit. Zwanzig Uhr bei uns. Etwa um die Zeit, als uns aufging, daß Carbury zu spät dran war.«

»Läßt sich daraus etwas ableiten?«

»Ja. Nachdem mich Katherine über Carbury informiert hatte, rief ich einen Freund in Kent an und bat ihn, in Brompton Hall nach dem Rechten zu schauen. Das war etwa 17 Uhr New Yorker Zeit. Mein Freund rief ungefähr um 19 Uhr aus Brompton Hall zurück und meldete, es sei alles in Ordnung. Um 20 Uhr stimmte das nicht mehr.«

»Vielleicht«, meinte Abrams, »war Ihr Freund der Grund, daß dann nichts mehr stimmte.«

»Möglich – aber eher ist anzunehmen, daß er zu den Toten gehört. Die beiden anderen sind bestimmt Lady Wingate und ihr Neffe.«

»Wir scheinen mit dem Schutz unserer Zeugen kein großes Glück zu haben.«

»Nein. Hören Sie, Abrams, daß Sie mir heute nicht zu tief schlafen!«

»Verstanden.«

»Ich muß jetzt noch die anderen anrufen.« Er legte auf.

»Schlechte Nachrichten?« fragte Claudia. »Wer war das?«

»Für mich.«

Er wandte sich zur Treppe.

Abrams versuchte die neuen Informationen zu verarbeiten, doch streikte sein Gehirn. Zumindest ließ das alles auf Skrupellosigkeit, auf die Bereitschaft zum Töten und auf einen Apparat schließen, der komplexe und wagemutige internationale Aktionen zuließ. Fernschriftliche Todesurteile und Leute, die bereitstanden, die Anweisungen auszuführen. KGB. CIA. O'Briens

Kontakte. Alles war möglich. Außerdem spürte Abrams eine gewisse Torschlußpanik der Killer – und das war der einzige Lichtschimmer am Horizont.

25

Abrams folgte Claudia auf der schiefen Treppe. Am Treppenabsatz blieb sie stehen. »Vielen Dank für Ihre Gesellschaft. Gute Nacht.« Und sie wandte sich den Stufen zu, die ins nächste Stockwerk führten.

Abrams war verärgert. »Ich gehe nach unten und trinke noch einen«, sagte er.

Sie lächelte nur.

Nach kurzem Zögern näherte sich Abrams der Tür seines Zimmers. Er lauschte, öffnete und trat zur Seite. Dann langte er um den Türholm und schaltete das Licht ein. Niemand konnte sich hier verborgen halten außer unter dem Bett, und das behielt er im Auge, während er über die Schwelle trat und aus der obersten Kommodenschublade seinen Revolver nahm. Er öffnete den Zylinder, überprüfte die sechs Patronen, schaute durch den Lauf und betastete Hammer und Zündnadel, um sich zu vergewissern, daß niemand daran herumgefeilt hatte. Zufrieden schob Abrams die Waffe in seine Jackentasche.

Dann ging er nach unten und gesellte sich im Wohnzimmer zu den Grenvilles. Das Kaminfeuer war erloschen, das Licht ausgemacht, dafür erhellten mehrere Kerzen den Raum. Joan Grenville lag zurückgeneigt auf der Couch, einen Drink in der Hand. Tom Grenville saß schlafend in einem Sessel mit hoher Lehne.

»Ich liebe Kerzenschein«, sagte Joan Grenville. »Besonders in einem Haus, das vor der Erfindung der Elektrizität gebaut wurde.«

Abrams schenkte sich lauwarmes Mineralwasser ein und nahm auf dem Sofa Platz, so daß Joan die Füße zur Seite rücken mußte. »Gehören Sie zur Gruppe?« fragte er mit einem Seitenblick auf

Tom Grenville.

Sie antwortete zuerst nicht. »Nein«, sagte sie schließlich und fügte hinzu: »Ich mache Aerobic.«

Abrams lächelte.

»Und spiele Tennis. Dinge, die einem das Leben verlängern. Und Sie?«

»Ich rauche, trage eine Waffe und lasse mich auf gefährliche Situationen ein.«

»Das paßt auch zu Ihnen. Ich könnte Sie ja warnen, aber das hätte keinen Sinn.«

»Gehört Ihr Mann dazu?«

»Ich darf leider nicht darüber sprechen.«

»Haben Sie Angst?«

»Und ob!« Sie streckte die Beine aus, wobei sich ein Fuß auf seinen Oberschenkel legte.

Mit einem Kopfnicken deutete Abrams auf Tom Grenville. »Wenn Sie wollen, schaffe ich ihn nach oben.«

Anstelle einer Antwort legte sie ihm beide Füße in den Schoß. Abrams ergriff einen und begann ihn zu massieren.

»Das tut gut. Ich hasse hohe Absätze.«

Abrams nahm sich auch den anderen Fuß vor.

»Ich hab's schon mal getrieben, während Tom im gleichen Zimmer schlief«, sagte sie. »Es war unheimlich aufregend. Seither gab's so eine Gelegenheit nicht wieder.«

Abrams betrachtete Grenville und fuhr ihr dabei über die Waden. »Ein anderes Zimmer wäre mir lieber. Oben bei mir.«

»Gut. Aber ich möchte mich hier schon ausziehen.« Ehe Abrams antworten konnte, war Joan Grenville aufgestanden und streifte Abendkleid und Strumpfhose ab. Wie er schon bemerkt hatte, trug sie keinen Büstenhalter und brauchte auch keinen.

Bei einem Blick auf Tom Grenville glaubte er ein Auge blitzen zu sehen. Wenn schon Joan Grenville so verdreht war, dann stand es sicher mit Tom auch nicht viel besser.

Sie kam auf ihn zu, wobei sie sich langsam zu drehen begann, als hätte er sie aufgefordert, sich zu präsentieren. Abrams betrachtete die nackte Gestalt. Die Figur war besser ausgebildet, als er angenommen hatte; überrascht registrierte er die straffen Muskeln von Beinen, Bauch und Gesäß. »Einverstanden?« fragte sie.

Abrams nickte. Sie schien ihm hier eine Rolle vorzuspielen, die sie sicher auch dem Gärtner, Milchmann und Automechaniker vorführte, nie aber ihrem Arzt, Anwalt oder Steuerberater. Er erkannte, daß er sich nicht geschmeichelt fühlen durfte.

Sie ging zur Anrichte, mixte einen Drink und brachte ihn auf einem kleinen Tablett zu Abrams.

»Kann ich dir sonst noch etwas bringen?«

»Im Augenblick nicht.«

Abrams erkannte, daß er sich kaum von ihr angezogen fühlte, und die geringe Begierde, die er empfand, hatte komplexere Gründe als Instinkt. Im nächsten Moment ließ ihn ein Geräusch erstarren.

Joan Grenville hatte es ebenfalls gehört und blickte zur Decke empor. In Abrams' Zimmer, das genau darüber lag, bewegte sich jemand.

Drei Stufen auf einmal nehmend, hastete Abrams die Treppe hinauf. Vor seiner Tür verharrte er und lauschte. Jemand war drinnen. Er zog den Revolver, trat zur Seite und stieß die Tür auf. Vorsichtig linste er um die Ecke.

Claudia saß mit hochgezogenen Beinen auf dem Bett und blätterte eine Zeitschrift durch. Sie trug einen seidenen Morgenmantel. »Jesus ... dieser Wahnsinn nimmt kein Ende!« knurrte Abrams vor sich hin.

Claudia blickte zu ihm auf. »Sie haben doch nicht etwa gedacht, ich würde Sie dieser Verrückten überlassen? Kommen Sie rein, und machen Sie die Tür zu.«

Abrams schloß die Tür hinter sich und steckte den kurzläufigen .38er in die Tasche. »Wie kommen Sie nur darauf, daß ich mit Ihnen ins Bett will?« fragte er gepreßt.

Sie warf die Zeitschrift fort und richtete sich auf. Dabei öffnete sich der Morgenmantel und enthüllte ihre Brüste, die olivfarben und rund waren, so ganz anders als die weißen Porzellantassen Joan Grenvilles.

»Ich bin keine Hure«, sagte sie ernst. »Ich gehe nicht mit vielen Männern. Ich habe keine Krankheiten. Ich mag Sie.«

Abrams machte kehrt und verließ das Zimmer, wobei er mit Joan Grenville zusammenstieß, die offenbar gelauscht hatte. »Tut mir leid, Mrs. Grenville«, sagte Abrams. »Ich scheine da ein Terminproblem zu haben . . .«

Zu seiner Überraschung lächelte sie. »Wenn Sie es einrichten können, kommen Sie doch später. Zweite Etage. Zweite Tür rechts. Ich schließe nicht ab. Wecken Sie mich. Egal, wie spät.«

»Schön.«

»Schlafen Sie nicht ein. Versprechen Sie mir das?«

»Ist versprochen.« Er blickte ihr nach, wie sie die Treppe hochging, und kehrte in sein Zimmer zurück. Er öffnete eine Schublade der Kommode: Sein Notizbuch war nicht angerührt worden, auch die anderen Dinge wirkten unverändert.

Claudia beugte sich vor. »Meinen Sie etwa, ich wollte Sie bestehlen?«

Achselzuckend kam Abrams zum Bett, legte den Revolver auf den Nachttisch, öffnete seine Schleife und legte die Smokingjacke fort. Gereizt plagte er sich mit Hemd- und Manschettenknöpfen. »Verdammter Aufzug!« knurrte er. Als er fertig war, kniete er sich neben sie auf das Bett und streifte ihren Mantel auf. Sie hatte einen wohlgerundeten Körper und breite Hüften. Er liebkoste ihre Beine und Arme und ließ die Hände über ihr Gesäß gleiten. Sie schien gut durchtrainiert zu sein. Er fragte sich, welcher Tätigkeit sie in Rumänien nachgegangen war. »Machst du Aerobic?« fragte er.

»Was ist denn das? Hat es mit Fliegen zu tun? Warum verstehe ich dich nicht?«

»Keine Ahnung.« Er beugte sich vor und küßte sie, dann ließ er seine Lippen über ihren Körper wandern.

Plötzlich löste sich Claudia von ihm und zog den Morgenmantel zu. »Komm mit.« Sie ließ sich aus dem Bett rollen. Vom Fußende nahm sie eine Decke und wickelte sie sich um die Schultern. Vor dem Fenster drehte sie sich um. »Komm. Hier gibt es eine Feuerleiter. Der Regen hat aufgehört, es ist eine herrliche Nacht. Hast du schon mal auf einem Dach geliebt?«

Abrams zuckte die Schultern und sah sich nach einem Kleidungsstück um. »Bring die Kissen mit, weiter nichts. Komm.« Sie stieg durch das Fenster auf den Absatz der Feuerleiter. Abrams nahm zwei Kissen und ließ seinen Revolver in einen Bezug gleiten. Dann folgte er der Frau.

Es blies ein warmer Südwind. Der Himmel klarte auf, und im Westen stand ein halber Mond. Abrams betrachtete die umliegenden Gebäude, die das dreistöckige Gebäude überragten. Hier und dort waren noch einige Fenster erleuchtet.

»Herrlich!« rief Claudia. »Ich mache gern Liebe im Freien!«

Abrams erstieg die feuchte Leiter. »Glatt ist es«, sagte er über die Schulter. »Sei vorsichtig.«

Sie folgte ihm bis zur zweiten Etage. »Ich habe Brandy auf dem Zimmer«, sagte sie. »Geh nur schon hoch. Ich komme gleich nach.«

Abrams stieg an einem dunklen Fenster im dritten Stockwerk vorbei und blickte über den Rand. Das flache Dach war mit Kies bedeckt, hier und dort erstreckten sich Pfützen. Es gab keinen Treppenhausaufsatz, keine Dachluken oder sonstigen Aufbauten, und er hatte freien Ausblick bis auf einen breiten Backsteinschornstein in der Mitte.

Abrams kletterte über die niedrige Außenmauer, ging vorsichtig über den stechenden Kies auf den Schornstein zu und umrundete ihn. Schließlich fand er eine ziemlich trockene Stelle und ließ die beiden Kissen fallen. Er schaute in die Hinterhöfe tief unter sich, und der angenehme Wind streichelte seinen Körper. Ja, dachte er, mal etwas anderes. Sehr nett.

Links von ihm knirschte Kies und spritzte Wasser. Abrams fuhr herum. Zwei Seile pendelten vom Dach des höheren Nachbarhauses herab. In der Dunkelheit sah er zwei schwarzgekleidete Männer mit Skimasken auf sich zukommen. Einer hielt eine lange Brechstange, der andere einen schwarzen Beutel, in dem Abrams weitere Einbruchswerkzeuge vermutete. Im nächsten Augenblick aber erkannte er, daß die beiden alles andere als Einbrecher waren: Er hatte es mit Berufskillern zu tun.

Abrams war etwa drei Meter von der Feuerleiter entfernt und ebenso weit von dem Kissen mit seinem Revolver. Die beiden Männer brauchten keine fünf Meter mehr zurückzulegen. Mit drei gewaltigen Sprüngen hechtete Abrams auf das Kissen zu. Der Kies schürfte seine nackte Haut auf, als seine Hand in den rechten Kissenbezug fuhr. Er bekam den Revolver am Lauf zu packen. Ihm blieb keine Zeit, die Waffe herauszuholen; deshalb drehte er sich um, ergriff den Kolben, und sein Finger glitt an den Abzug. Schon wollte er durch das Kissen hindurch einen Schuß abgeben, da setzte der vordere der Angreifer zu einem kräftigen Tritt an, der Abrams an der Schläfe traf. Der andere Mann kam mit schnellen Schritten näher und ließ das lange Brecheisen auf seinen Ellenbogen sausen, so daß Abrams den rechten Arm nicht mehr bewegen konnte. Stechender Schmerz zuckte bis in die Schulter hoch, und er hätte beinahe das Bewußtsein verloren. Profis! dachte er noch einmal.

Die beiden hielten ihm die Arme an den Seiten fest und rollten ihn auf den Rücken. Eine geschützte Hand legte sich über seinen Mund; der andere Mann hielt etwas hoch, das Abrams für einen Knüppel hielt. Der erste Mann kniete sich Abrams auf die Brust, drückte ihm die Nase zu und den Mund auf.

Jetzt erkannte Abrams den Knüppel als Flasche und spürte eine kalte Flüssigkeit auf den Lippen und im Gesicht. Er versuchte sich mit Husten zu wehren, doch schon glitt ihm das Zeug in den Hals. Er brauchte einige Sekunden, um den brennenden Geschmack und den schwachen Geruch zu identifizieren. Es war kein Gift, auch keine Säure, sondern Scotch. Vermutlich sogar seine Marke. Es sollte also nicht nach Mord aussehen, sondern nach einem Absturz im Suff. Er begann sich zu wehren, spürte aber sofort eine brutale Hand an seinen Geschlechtsteilen und rührte sich nicht mehr.

Auf diese Weise preßte man ihn sehr lange gegen den Boden; in Wahrheit waren es vermutlich nur wenige Minuten. Er begann die Wirkung des Alkohols im Kopf zu spüren und versuchte sich dagegen zu wehren. Abrupt drehten ihn die beiden Männer auf den Bauch, packten ihn an Armen und Beinen und liefen mit ihm auf den Dachrand zu.

Abrams sah die niedrige Außenmauer schnell näherkommen – und dahinter den Abgrund von drei Stockwerken.

Er wartete, bis seine Peiniger kurz vor dem Dachrand langsamer wurden. Er spürte die unmerkliche Lockerung ihres Griffes vor dem Moment, da sie die Last ins Leere hinausschleudern wollten. In diesem letzten Moment krümmte sich Abrams heftig zusammen und brach den Griff an seinem rechten Arm. Seine Schulter zuckte abwärts und kollidierte mit der Umrandungsmauer, woraufhin die beiden Fremden ihn loslassen mußten.

Abrams fiel auf das Dach und ging geduckt in Abwehrstellung, wobei er mit dem Rücken zur Backsteinmauer stand. Die beiden Männer zögerten einen Sekundenbruchteil. Abrams sprang vor, raffte zwei Handvoll Kies hoch und schleuderte sie den Männern ins Gesicht. Sein linker Fuß zuckte vor und erwischte den vorderen Mann zwischen den Beinen. Der andere griff an, während er noch aus dem Gleichgewicht war, und landete mit der geballten Faust einen Wangenhieb. Abrams verlor das Gleichgewicht.

Betäubt lag er am Boden. Der Mann stürzte sich mit ausgestreckten Händen auf ihn; er wollte sein Opfer an der Kehle packen. Abrams stemmte dem Mann die nackten Füße in den Bauch, hebelte ihn hoch in die Luft und katapultierte ihn über den Dachrand. Ein schriller Schrei zerriß die Stille der Nacht.

Abrams sprang auf. Der zweite Mann lief bereits auf die baumelnden Kletterseile zu. Abrams wollte ihm folgen, aber der Alkohol machte ihn benommen, und er spürte einen unangenehmen Schmerz in der Schulter, die gegen die Mauer geprallt war. Sein rechter Arm war immer noch gefühllos von dem Schlag gegen den Ellenbogen, und der spitze Kies stach ihn in die Füße.

Der Mann war schon halb oben, als Abrams das Seil erreichte. Er zerrte heftig daran, aber der andere, der mit Kreppsohlen und Lederhandschuhen ausgerüstet war, konnte sich festhalten und schließlich auf dem höheren Dach verschwinden.

Abrams machte kehrt und ging unsicher zu den beiden Kissen. Er nahm seinen Revolver an sich und stieg die Feuerleiter hinab.

Auf dem obersten Absatz traf er Claudia. Sie betrachtete ihn im schwachen Licht. »Was ist mit dir? Du riechst nach Whisky ...«

Er starrte sie an. »Ich bin ausgerutscht.« Er faßte sie am Ellenbogen und führte sie die Leiter hinab ins Schlafzimmer. »Du hast den Brandy vergessen«, stellte er fest.

»Ich konnte ihn nicht finden.«

Abrams zog die Hose seines Anzugs an. »Wo ist die Decke?«

»Wohin willst du?« fragte Claudia anstelle einer Antwort.

»Zurück nach Brooklyn, wo es sicher ist.«

»Aber ... wir haben gar nicht ...«

»Ich glaube, die Lust dazu ist mir abhanden gekommen. Gute Nacht.«

»Was?« Sie berührte seinen zerkratzten Ellenbogen. »Du bist ja überall abgeschürft.«

»Gute Nacht.« Er konnte kaum noch deutlich sprechen.

Sie zögerte, dann machte sie hastig kehrt und ging.

Abrams wartete, nahm seinen Revolver und trat auf den Flur hinaus. Er ging die Treppe hoch in Joan Grenvilles Zimmer. Ohne anzuklopfen, öffnete er die Tür und fand sie schlafend im Bett, in sitzender Position. Ihre nackten Brüste schauten über den Rand der Decke. Die Nachttischlampe brannte, und auf dem Bett lag ein Buch. Zu seiner Überraschung schnarchte sie.

Abrams bemerkte den Riegel an der Tür und legte ihn vor, dann überprüfte er den Fensterverschluß. Schließlich setzte er sich in einen Sessel, nahm den Revolver auf den Schoß und schloß die Augen.

Die Gedanken wollten ihm nicht so recht gehorchen, doch trotz des Alkohols war er zu einer Schlußfolgerung fähig. Wenn er noch irgendwelche Zweifel an der Realität des bisher Erfahrenen gehabt hatte, so waren sie nun restlos zerstreut. Wie ein Soldat, der neu an die Front kam, oder ein ahnungsloser Polizist auf gefährlicher Streife hatte er seinen ersten Tag mit Glück überlebt. Bei seinem künftigen Überleben würden Glück oder Zufall keine Rolle mehr spielen. Ab sofort würde es nicht mehr so leicht sein, ihn umzubringen; trotzdem würde man es weiter versuchen.

Inzwischen hatte er gegenüber allen einen klaren Vorteil. Er kannte den Namen eines Feindes: Gräfin Claudia Lepescu. Aber wohin mit dieser interessanten Information? Anders als bei der Polizei hatte er hier keine Brüder, keine Partner. Er war allein und hatte einen ersten Vorgeschmack davon, wie schrecklich und einsam die Geheimdienstarbeit sein konnte.

Er betrachtete Joan. Wie paßte sie in das Bild? Sein Instinkt sagte ihm, daß sie ihm nichts vormachte. Sie könnte ihm sogar von Nutzen sein, wenn sie nur nicht so nutzlos wäre.

Die natürlichste Reaktion wäre gewesen, sich schleunigst und endgültig von diesen Leuten abzusetzen. Aber irgend etwas in ihm – vielleicht etwas so Schlichtes wie Patriotismus – verlangte, daß er die Sache zu Ende brachte. Er fragte sich, wer Talbots nächstes Opfer sein würde. Tony Abrams sollte es auf keinen Fall sein.

26

Um 8.30 Uhr früh verschaffte sich Katherine Kimberly mit eigenem Schlüssel Zugang zum Stadthaus an der 36. Straße. Im Wohnzimmer entdeckte sie Tom Grenville schlafend auf der Couch; das Smokingjackett und die Schuhe lagen neben ihm auf dem Boden.

Sie ging in die kleine rückwärtige Küche und setzte Kaffee auf.

Tony Abrams, der seinen dunklen Büroanzug trug, kam durch die Tür, die in den Hof führte. Sie wandte ihm den Rücken zu, und er beobachtete sie, wie sie Sahne in einen kleinen Krug goß. Sie trug eine weiße Bluse, Khakihosen und Joggingschuhe und sah gar nicht wie sonst aus. Aber das war wohl meistens so bei Kollegen, die man zum ersten Mal am Wochenende sieht. »Guten Morgen«, sagte Abrams.

Sie drehte sich um und lächelte ihn an. »Sie sind ja wirklich wach. Schrecklich sehen Sie aus. Eine anstrengende Nacht?«

Er forschte in ihren Augen nach einem Anzeichen der Überraschung oder Enttäuschung, weil er noch lebte. »Ich habe schon schlimmere erlebt.« Er fand die Kaffeetassen in einem Wandschrank. »Ich habe mir eher Sorgen um Sie gemacht.«

Wortlos öffnete sie die Handttasche und zog eine Automatik heraus.

Abrams betrachtete den Browning .45. Er hatte mit einer kleineren Waffe gerechnet, sah aber sofort, daß Katherine sich damit auskannte. »Sie wissen inzwischen von Brompton Hall?«

»Ja.« Sie steckte die Automatik fort. »Die Toten sind identifiziert. Lady Eleanor Wingate, ihr Neffe Charles Brook und Ronald Hollings, Mr. O'Briens Freund. Obduktionen sind angeordnet.«

Abrams schenkte zweimal Kaffee ein. »Waren Sie gestern nacht allein?« fragte er.

»Ich bin in meine Wohnung gefahren«, antwortete sie abweisend. »Ich war allein. Sie waren doch im Wagen, als ich ...«

»Vielleicht wollten sie nur besonders diskret sein. Warum sind Sie nicht ins Lombardy zurückgefahren?«

»Mir war nicht danach«, sagte sie verärgert.

»Hat Thorpe vorgeschlagen, Sie sollten zu Haus schlafen?«

Sie nickte.

Abrams nippte an seinem Kaffee. »Haben Sie im Lombardy Ihr eigenes Zimmer?«

»Ja.«

»Und Ihre Bürokleider und Ihre anderen Sachen waren dort. Kommt es Ihnen nicht seltsam vor, daß er Sie nach Haus geschickt hat, ganz bis in die Carmine Street? Wußte er nicht, daß Sie heute früh in der Stadt mit mir verabredet waren?«

»Sie sind ja wirklich ein Bulle.« Sie trank einen Schluck. »Nein, mir kam das nicht seltsam vor. Seltsam ist die Wohnung im Lombardy, wenn Sie es genau wissen wollen. Sie ist eine Unterkunft oder Station der CIA. Da gibt's in der Frage der Übernachtung kein Wenn und Aber.«

Abrams nickte und stellte seine Tasse ab. »Wie gut fühlen Sie sich heute früh im Magen?«

»Im Magen? Gut.«

Abrams ging zur Tür und winkte sie hinter sich her.

Katherine folgte ihm in den Hof. Unter dem Fenster des rückwärtigen Eßzimmers befand sich eine weiße schmiedeeiserne Bank, von der zwei Beine abgebrochen waren. Auf der Bank lag mit dem Gesicht nach oben eine schwarzgekleidete Gestalt. Sie war dermaßen verkrümmt über die Sitzfläche gebogen, daß das Rückgrat gebrochen sein mußte; der Kopf berührte das Pflaster.

Katherine starrte auf den Toten.

»Angezogen ist er wie ein Einbrecher«, sagte Abrams.

Stumm blickte Katherine an dem dreistöckigen Haus empor.

Abrams beugte sich über den Toten und zog ihm die Skimaske ab. Das Gesicht des noch nicht vierzigjährigen Mannes wies unbestimmte slawische Züge auf. Abrams entfernte die Maske ganz und legte dichtes, zurückgekämmtes schwarzes Haar frei. »Ich würde den Mann für einen Ausländer halten. Sie erkennen ihn nicht, oder?«

Katherine trat einen Schritt vor und blickte dem Toten ins Gesicht. »Nein ...« Hastig wandte sie sich ab und ging in die Küche zurück.

Abrams folgte ihr. Beide griffen nach ihren Kaffeetassen und tranken stumm. »Was hatten Sie auf dem Dach zu suchen?« fragte Katherine schließlich.

»Ich habe nicht behauptet, daß ich auf dem Dach war.« Er griff nach dem Telefon und wählte Captain Spinellis Privatnummer. »Hier Abrams.«

Spinelli schien schlecht geschlafen zu haben. »Nichts Neues über Carbury zu berichten.«

»Kommen Sie in die 36. Straße Ost, Nummer 184. Eine Leiche im Hinterhof.«

»Verdammte Scheiße, Abrams, was ist bei Ihnen los? Hat das irgendwie mit Carbury zu tun?«

»Nun ja, dieses Haus gehört O'Brien und Kollegen – oder wird zumindest von ihnen benutzt. Heute nacht haben einige dieser Leute hier übernachtet. Was meinen Sie, Sherlock?«

»Ich glaube, am liebsten würde ich Sie den Höllenhunden zum Fraß vorwerfen. Bleiben Sie, wo Sie sind.«

»Bis später.« Abrams legte auf.

Abrams und Katherine verließen das Stadthaus. Es war ein klarer, milder Tag, schwer vom Geruch des nächtlichen Regens. Abrams musterte seine Begleiterin im vollen Sonnenlicht. Vermutlich hatte sie weniger als fünf Stunden geschlafen, aber das merkte man ihr nicht an.

Katherine spürte, daß er sie kritisch betrachtete. »Warum gehen wir nicht den ganzen Weg zu Fuß?«

Der Verkehr war nicht besonders dicht, die ganze Stadt wirkte etwas verschlafen, als liege die Mehrzahl der Einwohner noch mit einem gewaltigen Kater im Bett. »Arnold wird Ihnen gefallen«, sagte Katherine übergangslos. »Er ist exzentrisch und schlau.«

»Was erwarten Sie bei ihm zu finden?«

»Ins Archiv geht man nie mit festen Erwartungen. Und doch ist alles dort. Was nämlich fehlt, ist ebenso wichtig wie die eigentlichen Eintragungen in den Akten. Entscheidend sind Deduktion, Intuition und Glück.«

»Ich traue Peter Thorpe nicht über den Weg«, sagte Abrams unvermittelt.

Katherine antwortete nicht sofort. »Natürlich nicht«, sagte sie schließlich, doch in ihrer Stimme lag kein Tadel. »Wer traut ihm schon? Er ist beim Geheimdienst. Er lügt, betrügt und stiehlt. In unserem Geschäft wird aber nicht von Vertrauen gesprochen, sondern von Loyalität. Und loyal ist Peter.«

»Wem gegenüber?«

»Seinem Land.«

Sie erreichten die Fünfte Avenue und gingen zur Bibliothek hinüber. Auf dem Bürgersteig befanden sich schwarze Zeichen: Ein Pfeil zeigte nach Süden auf die aufgemalte Silhouette des Empire State Building, und daneben standen die Worte: ›650 m bis zum Explosionsherd.‹

»Was für ein Quatsch!« bemerkte Katherine, als sie seinen Blick bemerkte.

Abrams hatte solche Pfeile schon überall in der Stadt gesehen; sie wiesen stets in Richtung Empire State Buildung und gaben die Entfernung an. »Die Menschen haben Angst«, sagte er.

»Dazu besteht kein Grund«, äußerte Katherine. »Angst muß man nur vor der Angst haben.«

»Oh, sollte in der 34. Straße eine Zehn-Megatonnen-Bombe explodieren, würde auch ich das Flattern kriegen.«

»Diese Atomhysterie entfacht sich doch immer wieder an sich selbst.«

»Mr. O'Brien macht sich über irgend etwas große Sorgen«, stellte Abrams fest.

»Nicht über Atombomben.«

»Worüber dann? Über Fluoride im Wasser?«

»Irgend etwas ... nichts, was mit der biologischen oder chemischen Kriegsführung zu tun hätte ... etwas Tödlicheres ... ich kann mir nicht vorstellen, was.«

»Ich auch nicht.«

Langsam gingen sie auf der Fünften Avenue in Richtung Rokkefeller Center. »Was wird aus Talbot, wenn Sie ihn finden?« fragte Abrams.

»Was meinen Sie?«

»Wenn sich nun beispielsweise herausstellen würde, daß Patrick O'Brien Talbot ist?«

Ihre Antwort kam ohne Zögern: »Und wenn er mein bester Freund wäre, es würde keinen Unterschied machen. Er stirbt. Sie stirbt. Sie sterben.«

»Irgendwann in den dreißiger Jahren«, bemerkte Abrams, »hat E. M. Forster geschrieben: ›Müßte ich wählen, mein Land oder meinen Freund zu verraten, so hoffe ich den Mut zu haben, mein Land zu verraten.‹«

»Unsinnig.«

»Aber interessant.«

Am Eingang zur Rockefeller-Promenade blieb Katherine stehen. »Na schön. Was wollen Sie damit sagen? Daß wir juristisch kein Recht haben, Talbot zu beseitigen?«

»Das ist Ihr Poblem. Ein moralisches Problem.« Er setzte sich wieder in Bewegung und bog in die Promenade ein. Sie ging an seiner Seite. »Ihnen traue ich übrigens auch nicht.«

Sie rang sich ein Lächeln ab. »Meinen Sie das beruflich oder persönlich?«

»Beides.«

»Und was halten Sie von Nick?«

»Akademiker. In Sachen Geheimhaltung ein unsicherer Faktor. Keinem Intellektuellen kann man trauen. Außerdem ist er schon zu lange mit einer Aufgabe beschäftigt, die er anscheinend nicht liebt. Sehr verdächtig.«

»Die Grenvilles? Claudia?«

»Joan Grenville ist damit beschäftigt, Tom Grenville zu betrügen. Tom Grenville verbreitet den Eindruck, als könnte er in die verschiedensten Rollen schlüpfen. Und was Claudia betrifft – traue nie einer Ausländerin.«

Vor dem Eingang zum RCA-Gebäude blieb Katherine stehen. »Glauben Sie, daß ich mit dem Mann auf dem Dach etwas zu tun habe?«

»Der Gedanke ist mir gekommen.«

»Aber ich habe Sie doch gedrängt, bei uns mitzumachen.«

»Stimmt. Aber wenn ich unter Verdacht stünde, würde ich ebenfalls einen Außenstehenden in die Sache verwickeln wollen. Das lenkt ab. Und wenn er mir zu clever erschiene, würde ich dafür sorgen, daß er abkratzt.«

Abrams hielt Katherine die Tür auf, und gemeinsam betraten sie die große Eingangshalle des RCA-Gebäudes.

27

Die Haupthalle des RCA-Gebäudes war reine Art deco, wirkte aber trotz ihrer fünfzig Jahre ausgesprochen modern.

Katherine ging zum Empfang und schrieb sich ins Wochenendbuch ein.

Abrams schaute sich um. Stets waren hier mehr uniformierte Wächter zu sehen, als dies für ein reines Geschäftshaus erforderlich schien. Seltsam war außerdem die Tatsache, daß es kein Mieterverzeichnis gab; aber selbst wenn es eins gegeben hätte, wäre es sicher sehr unvollständig gewesen, überlegte er. So wurden die Dinge in diesem Haus eben gehandhabt. Wenn man wußte, mit wem man sprechen wollte, erkundigte man sich am Informationstisch nach dem Stockwerk. Ließ man Unsicherheit erkennen, wurde einem nicht geholfen.

Beim Fahrstuhl blieb Katherine erneut vor einem kleinen Tisch stehen und schrieb Namen und Bestimmungsort in ein Buch. Dann traten sie ein und fuhren in das 44. Stockwerk hinauf, das ganz von O'Briens Kanzlei eingenommen wurde. Ein Privatwächter nickte Katherine zu und deutete auf ein weiteres Besucherbuch auf einem kleinen Pult.

Katherine schaute sich das Buch an. Etliche Anwälte waren anwesend. Außerdem hatte sich Arnold schon um acht Uhr eingetragen.

Gefolgt von Abrams, ging sie den langen, gewundenen Korridor entlang und blieb schließlich vor der Stahltür mit der Aufschrift *Erledigte Akten* stehen. Sie klopfte an.

Hinter der Tür war das Schrillen des Teekessels zu hören, eines brodelnden Kessels, der sofort von der Heizplatte genommen werden mußte.

Abrams griff nach dem Türknauf und drehte daran. Die Tür öffnete sich mit dem gewohnten Quietschen. Abrams schaute durch den Spalt.

Energisch schob sich Katherine an ihm vorbei und betrat den Raum. Abrams zerrte sie zurück und nahm die Waffe zur Hand. Kein Wort wurde gesprochen.

Der Kupferkessel stand auf einer rotglühenden elektrischen Platte, und Dampf fauchte hervor.

Katherines Augen gewöhnten sich an die schwache Beleuchtung, und sie bemerkte einen Körper, der neben dem Klapptisch in einem Lichtkegel lag. Abrams' Blick glitt über die dunklen Reihen der Aktenschränke hin. Beide lauschten, doch außer dem Pfeifen des Kessels war nichts zu hören.

Die Waffe in der Hand, näherte sich Abrams dem Körper.

Arnold Brin, der das Jackett seines grauen Anzugs abgelegt hatte, lag auf dem Bauch, den Kopf zur Seite gedreht. Seine Wange ruhte auf einer zerdrückten Krawatte, deren blauer Ton sehr gut zu seiner Gesichtsfarbe paßte. Das Auge, das Abrams zu sehen vermochte, stand offen. Abrams kniete neben dem Mann nieder und berührte die Wange. »Noch warm. Höchstens eine Stunde.«

Katherines Knie begannen zu zittern, und sie ließ sich auf einen Stuhl sinken. Als sie erkannte, daß es sich um Arnolds Platz handelte, sprang sie wieder auf und lehnte sich an einen Aktenschrank. »Oh, mein Gott!«

Abrams betrachtete den Klapptisch. Darauf waren Teeutensilien verstreut, auf dem Boden neben dem Tisch lag eine Tüte mit Keksen. Abrams neigte den Kopf dicht vor das Gesicht des Toten.

Er griff hinter sich, nahm die Tischlampe herunter und stellte sie auf den Boden. In ihrem Schein untersuchte er das offene Auge und drückte dann Arnolds steif werdenden Unterkiefer herab, blickte in den Mund, roch und stand wieder auf.

Katherine lehnte mit geschlossenen Augen am Aktenschrank, und Abrams bemerkte Tränen auf ihren Wangen. Noch einmal untersuchte er den Tisch, den Teekessel, die Porzellankanne und den losen Tee. Er roch an einem der Kekse. »Wahrscheinlich ist er erstickt, aber ich glaube nicht, daß Gift im Spiel war.«

Katherine öffnete die Augen. »Was?«

»Offenbar hat er den Tee nicht mehr aufgießen können ...« Abrams schaltete die Elektroplatte ab. »Das hätte ihn nämlich retten können.«

»Was meinen Sie damit?«

»Er begann einen der großen trockenen Kekse zu essen, ohne Butter oder Marmelade ... Mund und Kehle waren trocken – bei älteren Leuten läßt die Speichelbildung nach. Vielleicht hatten seine Halsmuskeln seit gestern abend nicht mehr richtig schlukken müssen ... bei Menschen seines Alters ist das kein ungewöhnlicher Unfall.«

»Unfall?«

»Ja. Er ist an einem Keks erstickt. Ich habe den Brocken gesehen, der ihm in der Kehle steckt.«

Sie starrte Abrams an, dann schaute sie auf Arnold. »Glauben

Sie das wirklich?« fragte sie schließlich.

»Natürlich nicht. Er wurde ermordet. So ziemlich die beste Arbeit, die ich je gesehen habe. Mindestens zwei Männer haben ihn gehalten. Sie müssen weiche Handschuhe getragen haben, weil sie auf seiner Haut keine Fingerabdrücke oder Druckstellen hinterlassen haben. Vielleicht wurde ihm Alaun in den Mund gestopft, um die Austrocknung herbeizuführen, dann vielleicht ein flüssiges Betäubungsmittel, das seine Kehle lähmen sollte. Vielleicht hat man ihm auch einfach nur den Kehlkopf festgehalten, damit er nicht schlucken konnte, und ihm den Keks in den Hals gerammt und gewartet, bis er erstickte. Nette Leute.«

Katherine atmete tief ein.

»Der Leichenbeschauer wird es sehr schwer haben. Aber wenn er weiß, daß es um Mord geht, findet er vielleicht etwas.« Abrams überlegte einen Augenblick. »Ich wüßte gern, warum sich diese Leute die Mühen machen, einen Unfall vorzutäuschen. Wahrscheinlich wollten sie Zeit gewinnen. Damit nicht gleich sämtliche Alarmglocken läuten.«

Sie nickte. »Zum Teil stimmt das sicher. Außerdem gehört es irgendwie zur Methode, so etwas wie einen Unfall aussehen zu lassen. Man entwickelt da einen gewissen Stolz ... wenn man sich wieder mal etwas Raffiniertes ausgedacht hat ... Gehört irgendwie dazu.«

»Ach? Und die Belohnungen? Nun ja, hier hätten wir den vierten Fall ohne klare Mordbeweise. Carbury ist spurlos verschwunden, Brompton Hall liegt in Schutt und Asche, Arnold erstickte an einem Keks. Himmel, sogar ein Bulle sieht, was hier gespielt wird.«

Katherine wandte sich zu Abrams um. »Und der vierte?«

»Ach ... der Einbrecher vom Dach.«

»Dann waren Sie also doch auf dem Dach. Der Mann wollte Sie umbringen ...«

Abrams nickte.

»Was ... wie sind Sie denn überhaupt aufs Dach gekommen?«

»Über die Feuerleiter.«

»Sie wissen, was ich meine.«

»Interessanter wäre vielleicht die Frage, warum ich überhaupt im Stadthaus gelandet bin.«

Katherine zögerte. »Der Vorschlag kam von Claudia. Sie gefallen ihr.«

Abrams schwieg.

»Ich will ganz ehrlich sein«, fuhr Katherine fort. »O'Brien und Peter sprachen ebenfalls davon, unabhängig voneinander und von Claudia, würde ich meinen.«

Wortlos griff Abrams nach Arnolds Telefon und wählte die Nummer des Stadthauses.

»Ja?« fragte eine Männerstimme, typisch für einen Kriminalbeamten, der am Tatort ans Telefon geht.

»Captain Spinelli«, sagte Abrams.

»Wer spricht?«

»Abrams.«

»Moment.«

Nach kurzer Pause meldete sich Spinelli. »Wie ist das hier passiert?«

»Keine Ahnung. Hören Sie, es tut mir wirklich leid, Ihnen den Sonnabend zu verderben, aber ich habe schon wieder einen Toten.«

»Machen Sie keine Witze!«

»Im RCA-Gebäude. Anwaltsfirma O'Brien & Co. In einem Raum mit der Kennzeichnung *Erledigte Akten.* Der Wächter wird Sie hinführen. Sie müssen sich ins Buch eintragen.«

Es trat ein längeres Schweigen ein. »Bleiben Sie, wo Sie sind!« würgte Spinelli schließlich hervor.

»Tut mir leid, ich muß weiter. Hören Sie, die Sache sieht nach einem Unfall aus – Tod durch Ersticken. Das stimmt aber nicht. Geben Sie dem Leichenbeschauer Bescheid, ja?« Er legte auf und wandte sich an Katherine. »Lohnt es noch, nach Akten zu suchen, oder müssen wir davon ausgehen, daß sie verschwunden sind?«

Sie untersuchte bereits das Entleih-Register. »Arnold hat vierzehn Akten herausgenommen ...« Sie schaute sich in der Umgebung seines Schreibtisches um. »Aber die sind nicht hier.«

Abrams nickte.

Katherine überlegte. »Arnold muß mindestens eine der Personen gekannt haben, sonst hätte er nie die Tür entriegelt.«

»Stimmt.«

»Jemand, der Zugang zu diesem Raum hatte.«

»Und wie viele Leute wären das?«

»Dutzende. Engländer, Amerikaner, einige Franzosen und sogar Deutsche. Dazu ein Team israelischer Nazijäger.«

»Haben Sie die Liste?«

»Arnold hatte sie im Kopf. Jede Gruppe verfügte nur über die sie betreffende Teilliste.«

»Er wußte nicht, daß er in unmittelbarer Gefahr war«, bemerkte Abrams. »Mit der oder den Personen, die er hereinließ, hat er sich unterhalten ... Sicher kam es zu Bemerkungen über den Stapel Akten, den er zusammenstellte. Vielleicht ließ man ihn die Aufgabe vollenden. Man wußte, was er tat, warum er an einem Sonnabend hier war. Man wußte, daß Sie bald kommen würden.«

Hastig blickte sie in die dunklen Tiefen zwischen den Aktenschränken. »Ob sie noch hier sind?« fragte sie leise.

»Ich glaube nicht«, entgegnete Abrams kopfschüttelnd. »Womöglich hat Arnold im letzten Moment doch gemerkt, daß er gefährdet war und konnte vielleicht noch ...« Abrams starrte auf den Tisch und räumte vorsichtig Papiere und Teeuntensilien fort. »Nichts hier ... seine Besucher wären bestimmt aufmerksam geworden, wenn er versucht hätte, eine Nachricht zu hinterlassen ...« Abrams drehte die Leiche herum und suchte fachmännisch Taschen, Schuhe, Socken und Kleidung ab. »Nichts zu finden ...«

Katherine trat dicht neben ihn. »Vielleicht sollten wir uns hier doch ... mal umsehen.«

»Nein, verschwinden wir lieber, ehe unser Freund und Helfer eintrifft.«

Sie verließen den Raum und gingen mit schnellen Schritten durch den hell erleuchteten Korridor zu den Fahrstühlen. Dort wandte sich Katherine an den Wächter. »Ist außer Arnold Brin noch jemand durch diesen Korridor gegangen?«

Der Mann schüttelte den Kopf. »Aber es gibt da hinten eine Feuertreppe.«

Katherine öffnete das Register. Über ihrem und Abrams' Namen standen vier Eintragungen: Arnold Brin und die drei Anwälte. »Sind diese Männer noch im Büro?«

»Ich nehme es an. Ich habe sie jedenfalls nicht gehen sehen.«

»Vielen Dank.« Sie drehte sich zu Abrams herum, der bereits den Fahrstuhlknopf gedrückt hatte. »Von den dreien hätte Arnold keinen eingelassen.«

Abrams nickte. »Es scheint nicht besonders schwierig zu sein, sich an dem Mann vorbeizuschleichen. Kennen Sie ihn?«

»Ja. Er arbeitet schon seit Jahren hier ... was nicht viel besagt.«

»Nein«, stimmte ihr Abrams zu und überlegte. »Die Polizei stellt nun mal solche Fragen – neue Angestellte, neues Hauspersonal, das sind immer Hauptverdächtige. In Ihrer Branche tarnen sich Leute zwei Jahrzehnte lang in unverfänglichen Positionen, nur um dann im entscheidenden Moment eine Tür aufzuschließen oder einen Lichtschalter zu bedienen.«

»Das ist einigermaßen übertrieben, aber ...«

»Nun ja, Spinelli wird den Wärter und die drei Anwälte überprüfen.«

Der Fahrstuhl kam. »Die Sache mit Arnold geht mir an die Nieren«, sagte Katherine. »Er wäre heute nicht gekommen, wenn ich ihn nicht gebeten hätte ...«

»Stimmt.«

»Sie könnten ruhig ein bißchen mitfühlender sein.«

Stumm fuhren sie ins Mezzanin-Geschoß. »Ich möchte unten in der Halle nicht Spinelli in die Arme laufen«, erklärte Abrams und führte sie ans Westende des Gebäudes, wo sie über Rolltreppen zum Ausgang Sechste Avenue hinabfuhren. Zu Fuß schlugen sie die südliche Richtung ein.

Die Sonne war noch wärmer geworden, und die breite Straße belebte sich. Kamerabehängte Touristen flanierten, und Jogger spurteten zwischen den Fußgängern hindurch. Abrams blickte auf Katherines Joggingschuhe, die schon ziemlich abgetragen waren.

»Laufen Sie oft?«

»Ja.«

»Auch schon mal in Brooklyn?«

»Ja, durch den Prospect Park. Manchmal auch über die Brooklyn-Brücke zur Heights-Promenade.«

»Den Prospect Park schaffe ich – das sind etwa zwanzig Kilometer. Wollen wir das mal zusammen machen?«

»Wie wär's mit Montag früh?«

»Bekomme ich denn am Memorial Day frei?«

»Klar doch.« Sie lächelte.

Einige Querstraßen weiter hielt Katherine das Schweigen nicht mehr aus. »Na, was wird jetzt?« fragte sie.

Er nahm sich Zeit mit der Antwort. »Ich muß zurück ins Stadthaus und meinen Smoking abholen, um ihn Murray zurückzubringen. Dann nach Brooklyn, nach der Post schauen und ein paar Sachen packen, wenn ich weiter in der 36. Straße wohnen soll ...«

»Das ist alles so ... banal ... so weltlich ...«

»So ist das Leben nun mal – meistens.«

»Es hat Tote gegeben. Unser Land ist in Gefahr ...«

»Als Napoleon in Österreich einen Feldzug führte, schrieb er seinem Schneider in Paris einen langen Brief, in dem er sich über schlechtsitzende Unterwäsche beschwerte. Das Leben geht weiter.«

»Da haben Sie wohl recht. Hören Sie, ich treffe mich zum Mittagessen mit Nick. Kommen Sie doch mit.«

»Geht nicht.«

»Ich möchte gern die neuesten Ereignisse durchsprechen: Brompton Hall, Arnolds Tod, den Mordversuch an Ihnen.«

»Wir haben schon viel zuviel darüber geredet. Warten wir auf Spinellis Bericht und die Erkenntnisse aus England. Zur Abwechslung möchte ich es mal mit Tatsachen zu tun haben.«

An der 42. Straße blieb er stehen. »Ich fahre ins Stadthaus zurück. Wohin wollen Sie jetzt?«

»Warum bleiben Sie im Stadthaus, obwohl jemand Sie dort umbringen wollte?«

»Wär's bei mir zu Haus sicherer?«

»Nein.«

»Na also. Nun beruhigen Sie sich mal. Rufen Sie mich morgen wegen unseres Laufs an.«

»Moment noch.« Sie zog ein Stück Papier aus der Handtasche und reichte es ihm.

In ihrer Handschrift stand darauf: JFE 78–2763.

»Das hat Arnold ins Aktenregister geschrieben«, sagte sie. »Aber es ist keine Akten-Nummer. Sagt Ihnen das etwas?«

Abrams starrte auf das Papier. »Kommt mir irgendwie ... bekannt vor, aber ich weiß nicht, woher ...«

»Die Mörder haben leichtsinnigerweise nicht im Aktenregister nachgeschaut«, sagte Katherine. »Sie hatten recht – Arnold erkannte, daß etwas nicht stimmte, und versuchte eine Nachricht zu hinterlassen. Warum sollte er sonst diese Buchstaben und Ziffern auf jene Seite schreiben, auf der ich die Akten hätte quittieren müssen?«

»Klingt logisch.«

»Machen Sie mir nichts vor, Abrams. Sie wissen, was die Buchstaben und Ziffern bedeuten.«

Lächelnd gab er ihr den Fetzen Papier zurück. »Nennen Sie mich Tony.«

»Ich nenne Sie noch was ganz anderes, wenn Sie mich an der Nase herumführen wollen. Ich bin ganz offen zu Ihnen. Behandeln Sie mich bitte genauso!«

Er hob die Hand. »Schon gut, beruhigen Sie sich! Es ist eine Bibliotheksnummer.«

»Schön. Also gehen wir in die Bibliothek. Mal sehen, welches Buch dabei herauskommt.«

»Aber welche Bibliothek?«

»Nehmen wir die am nächsten gelegene. Links um und Marsch.«

Sie bogen nach Osten in die 42. Straße ein und gingen zur Fünften Avenue hinüber, wo die öffentliche Bibliothek lag. Sie schritten zwischen den beiden Löwen hindurch, betraten das imposante Bauwerk und suchten im zweiten Stockwerk den öffentlichen Lesesaal auf. Abrams nannte einer Bibliothekarin die Buchnummer.

»Erzählen Sie mir von Ihrer Schwester Ann«, bat Abrams, während sie auf das Buch warteten.

»Ach«, antwortete Katherine nach kurzem Nachdenken, »sie ist älter als ich, ein bißchen ernsthafter und gelehrter, unverheiratet...«

»Ich will mich nicht mit ihr verabreden«, sagte er barsch. »Was arbeitet sie?«

Katherine musterte ihn aus dem Augenwinkel. Die Umkehr der Hackordnung störte sie. »Ann arbeitet für die National Security Agency. Kodes, verschlüsselte Nachrichten, Kryptogramme... solche Sachen. Elektronische Spionage. Keine Mord- und Totschlaggeschichten – nur Funkgeräte und Satelliten.«

In diesem Augenblick flammte die Nummer an der großen Anzeigetafel auf. Katherine ging an den Tresen und nahm einen mächtigen grünen Lederband in Empfang.

»Na, das ist ja eine klare Sache«, sagte Katherine. »*He Odysseiatou.* Man braucht nicht Griechisch zu können, um den Titel zu erkennen. Homers *Odyssee.*« Sie öffnete das Buch und blätterte es durch. Der Text war in klassischem Griechisch, und an den Rändern standen zahlreiche Anmerkungen; hier und dort lagen Papierfetzen zwischen den Seiten, die sie nicht anrührte.

»Konnte Arnold Griechisch?« fragte Abrams.

»Ich habe mal ein griechisches Buch auf seinem Tisch gesehen. Das ist einer der Gründe, warum ich ihn nicht für einen einfachen Schreibstuben-Sergeant hielt. Ich hatte immer das Gefühl, daß er ein hochrangiger Geheimdienstoffizier war, was darauf hindeuten könnte, daß die Akten wichtiger sind, als einige von uns vermutet haben.«

Abrams sah zu, wie sie das Buch untersuchte. »Der Hinweis ist nicht dieses spezielle Buch. Wenn es ihn gibt, liegt er in dem Titel: *Odyssee.* Oder im Autor Homer.« Er überlegte kurz. »Bedeuten Ihnen diese Namen etwas? Waren sie vielleicht die Kodebezeichnung für irgend jemanden oder irgend etwas?«

»Nein ...«

»Und wie steht es mit dem Haupthelden Odysseus, der bei den Lateinern Ulysses heißt?«

Sie schüttelte den Kopf.

»Dann vielleicht die Handlung«, fuhr Abrams fort. »Nach dem Sturz Trojas macht sich Odysseus auf den Weg nach Haus. Ihm geschieht allerlei Ungemach ... Medusa, die Sirenen und so weiter. Er wird für tot gehalten, aber zehn Jahre später kehrt er zurück. Ist das ungefähr richtig so?«

»Im wesentlichen schon ... dann das Ende der Geschichte. Nach zehn Jahren Krieg und weiteren zehn Jahren Wanderschaft erkennt seine Frau Penelope ihn nicht wieder. Aber er hat seinen Bogen zu Haus zurückgelassen, und nur er hatte die Kraft, ihn zu benutzen. Um ihr zu beweisen, daß er es ist, schießt er einen Pfeil durch zwölf Äxte.« Sie überlegte und schüttelte den Kopf. »Aber ich weiß nicht, was uns Arnold damit sagen wollte.«

»Nun ja. Sie kennen jedenfalls die Protagonisten. Denken Sie darüber nach. Dazu ein Rat: Denken Sie allein darüber nach.«

Sie nickte und blickte finster auf die Uhr. »Bis zum Mittagessen habe ich noch etwa drei Stunden Zeit. Ich begleite Sie bei Ihren Besorgungen.«

Abrams brachte das Buch zurück und wandte sich zum Ausgang. Katherine schloß sich ihm an. »Ich vermute, Sie haben Ihre Sachen noch im Lombardy«, sagte er. »Warum gehen wir nicht dorthin und holen sie?«

»Na schön«, sagte sie nach kurzem Zögern. »Aber ... Sie können nicht mit hochkommen.«

»Können Sie das nicht einrichten?«

»Nein.«

»Vielleicht wenn niemand da ist. Haben Sie einen Schlüssel?«

»Nein.«

»Können Sie versuchen, mich reinzuschmuggeln?«

Es trat eine Pause ein, die lange genug war, um ihm klarzumachen, daß ihre Loyalität gegenüber Peter Thorpe nicht mehr hundertprozentig war. »Ich denke darüber nach«, sagte sie schließlich.

Sie betraten die sonnenhelle Vortreppe der Bibliothek, auf der zahlreiche Leute saßen und lasen oder Radio hörten.

»Wie wichtig waren die fehlenden Akten?« erkundigte sich Abrams.

»Offenbar doch sehr wichtig; sonst hätte man Arnold Brin nicht ermordet.«

Abrams zündete sich eine Zigarette an und starrte die Fünfte Avenue entlang. »Ein logischer Schluß. Trotzdem frage ich mich ...«

»Was?«

»Na, vielleicht wissen die anderen weniger als wir. Sie haben ein Geheimnis – Talbots Identität. Wir versuchen dieses Geheimnis aufzudecken. Sie können jedoch nicht genau wissen, wie nahe wir ihrem Geheimnis schon gekommen sind. Aus diesem Grund müssen sie sich in jede denkbare Richtung absichern.«

»Ja ... und Sie sagten vorhin, Talbot oder seine Freunde müßten neue Morde begehen.«

»Ja, immer wieder. Die Hälfte aller Bandenmorde in New York wird begangen, um jemandem das Maul zu stopfen, der gar nichts wußte. Für manche Organisationen ist es einfacher, mögliche Gefahrenquellen sofort auszuschalten, als das Problem rational anzugehen. Ich weiß beispielsweise sehr wenig; trotzdem versuchte mich jemand aus der Gleichung zu streichen. Wichtig ist das Motiv. Mit dem Motiv finden wir auch einen Verdächtigen.«

»Und wie sieht das Motiv aus? Sind Sie für die Gegenseite eine mögliche Gefahrenquelle?«

»Ich werde das Gefühl nicht los, daß es eher etwas Persönliches als etwas Politisches war.«

»Etwas Persönliches?«

Abrams nickte. »Mein Kontakt mit Ihren Freunden beschränkt sich praktisch ausschließlich auf gestern abend. Vielleicht bin ich beim Tanz jemandem auf die Zehen getreten.«

»Das ist sehr unwahrscheinlich.«

»Nur in der Theorie. In der Praxis haben Leute, die andere

umbringen, die unwahrscheinlichsten und nichtigsten Gründe dafür. Gerät man einem Killer in den Weg und tut oder sagt etwas Falsches, ist man so gut wie tot. Man atmet und bewegt sich nur noch, weil er ein bißchen Zeit braucht, um den Tod vorzubereiten. In dem Bewußtsein, Herr über Leben und Tod zu sein, fühlt er sich ungemein lebendig.«

»Waren wir gestern abend bei derselben Veranstaltung?«

»Wie Sie selbst wissen, sind manche Killer nach außen hin sehr charmant, tragen Smokings und machen Witze. Doch im Innern sind sie ganz anders: düster brütend, sehr empfindlich gegenüber eingebildeten Beleidigungen oder angeblichen Gefahren für ihre Existenz. Dann nehmen sie psychotische Züge an, werden rachsüchtig und mordlustig. Dies zeigt sich oft an vorgeschützter Liebenswürdigkeit gegenüber dem anvisierten Opfer. Habe ich gestern abend einen solchen Typ kennengelernt?«

Katherine antwortete nicht.

»Wissen Sie, wenn mir eine solche Person in den Sinn käme – auch ohne daß ich absolute Gewißheit hätte –, könnte ich mich dazu entschließen, auf die gegnerischen Regeln einzugehen und mich auf direkteste Weise zu schützen, indem ich nämlich diese Gefahr aus der Welt schaffe. Warum ein Risiko eingehen?«

»Ich glaube, Sie sollten Ihre Besorgungen lieber allein machen.«

»Schön – aber seien Sie vorsichtig.«

Sie ging die Treppe hinab, blieb stehen und drehte sich um. Sie war bleich geworden. »Hören Sie«, sagte sie stockend. »Was es in unserer Firma nicht gibt ... sind einsame Entschlüsse. Ehe Sie ... irgendwelche direkten Maßnahmen ergreifen ... stimmen Sie sich bitte mit mir ab.«

Er nickte.

Katherine machte kehrt und entfernte sich.

Abrams setzte sich neben einem alten Trunkenbold auf die Stufen. Der Mann hatte eine Flasche Wein im Arm. »Haben Sie ein paar Zehner für mich?«

Abrams gab ihm zwei Vierteldollar-Münzen.

»Danke, Jungchen.« In der zwanglosen Art der Tippelbrüder

fügte er hinzu: »John heiße ich. Und Sie?«

»Odysseus oder auch Ulysses.«

»Toller Name. Haben Sie 'n Zigarettchen?«

Abrams gab ihm eine Zigarette. »Wissen Sie, John, der menschliche Geist kann unglaubliche Leistungen vollbringen. Auch der Ihre, John. Sonst hätten Sie nicht so lange überlebt.«

Der Trunkenbold nickte. »Wie wär's mit einem Dollar?«

»Arnold Brin, so sagte man mir, hatte einen scharfen Verstand. Vermutlich kam er oft her. Wie Sie. Er aber war kein Überlebenskünstler wie Sie. Er sah den Tod herannahen, aber er überwand den tief verwurzelten Überlebensinstinkt, und anstatt den Versuch zu machen, loszukommen, hatte er die Geistesgegenwart, eine Nachricht zu hinterlassen, mit deren Hilfe vielleicht andere überleben können.«

Der Betrunkene erhob sich schwankend und nahm wieder Platz. Etliche Radios plärrten unterschiedliche Programme hinaus. Unter dem südlichen Löwen saß eine Gruppe Studenten und las. Abrams beugte sich zu dem Betrunkenen hinüber. »Die Odyssee, John. Die Geschichte des Odysseus, kurz gesagt, ist die Geschichte eines Kriegers, der nach gewonnenem Krieg und vielen Jahren Wanderschaft von den Toten nach Haus zurückkehrt. Also, was wollte uns Arnold damit sagen?«

Wieder stand der Betrunkene auf und machte vorsichtig einen Schritt. »Keine Ahnung.«

»Sie geben sich keine Mühe, John.«

»Keine Ahnung.« John torkelte zum Bürgersteig hinab.

Abrams stand auf und wandte der Bibliothek den Rücken. Arnolds Hinweis war für die Eingeweihten bestimmt. Er benutzte eine Kurzschrift gegenüber Leuten, die gemeinsame Erfahrungen und Gedankengänge teilten. Oder die gelernt hatten, all die Geistessprünge und Andeutungen nachzuvollziehen, die für eine logische Schlußfolgerung erforderlich waren. Auch Abrams war zu einem Schluß gekommen, hatte aus der Nachricht eine mögliche und logische Aussage herausgelesen. Aber so logisch sie auch erschien, war sie doch zugleich so unwahrscheinlich, daß er selbst kaum daran glauben konnte.

28

Die alte zweimotorige Beechcraft erreichte die vorgesehene Höhe von 4500 Metern. Pilot Sonny Bellman überprüfte die Geschwindigkeitsanzeige: 160 Knoten. Er sprach ins Bordmikrofon: »Die Pine Barrens geradeaus voraus. Etwa noch zehn Minuten bis zum Absprung.«

Patrick O'Brien nickte vor sich hin. Sie befanden sich etwa dreißig Minuten westlich des Tom's River in New Jersey. In weiteren zehn Minuten hatten sie den unwirtlichsten Bereich des Ödlandes erreicht.

O'Brien blickte durch das Fenster unter dem Flügel. Es war eine klare, aber nicht mondlose Nacht. Der halbe Mond schien sogar sehr hell, erleuchtete den Sternenhimmel und warf einen bläulichen Schimmer auf die Ebene. Keine Nacht für taktische Absprünge, aber eine gute Nacht für den Sport. Er saß im Schneidersitz am Boden und lehnte sich an die Außenwandung der Maschine.

Die sonntäglichen Fallschirmabsprünge waren für ihn eine Art religiöses Erlebnis, eine Erinnerung an die Toten, ein Läuterungsritual. Er landete in den urzeitlichen Pine Barrens, entzündete ein kleines Feuer und verbrachte die Nacht mit Nachdenken, Zwiesprache mit sich selbst, mit seinen Erinnerungen und den Dingen, die er vergessen wollte.

Vor Einsetzen der Morgendämmerung funkte er einem alten Freund, der als Farmer im Ruhestand lebte, seine Position durch, und der Mann holte ihn mit einem Wohnmobil von der nächstgelegenen Straße ab.

Wenn dieser eintraf, hatte O'Brien bereits im Wald gefrühstückt und sich rasiert; im Wohnwagen duschte er und zog sich für das Büro an. Normalerweise setzte er sich noch auf eine Tasse Kaffee zu dem alten Mann. Wenn sie den Holland-Tunnel erreicht hatten, war O'Brien bereit, in die Schlacht der Woche einzutreten – eine ironische Umkehr der Ereignisse im Krieg.

In den Knochen, im Verstand und auch im Herzen spürte

O'Brien, daß es nach diesem Sommer keine Absprünge mehr geben würde – und so genoß er diese letzten Sonntagabende in vollen Zügen, so wie ein alter Mann jene Dinge am meisten schätzt, die für ihn zu Ende gehen.

O'Brien erwachte aus seinen Träumen, als er hörte und spürte, wie die Motoren gedrosselt wurden. Er wußte, daß die Sprunggeschwindigkeit von 120 Knoten bald erreicht war. Sein Blick wanderte durch die dunkle, leere Kabine, in der lediglich das rote Licht der Sprunganzeige leuchtete. Er blickte auf die Uhr, bald würde das grüne Zeichen kommen.

O'Brien stand auf, näherte sich der Tür und überprüfte dabei seinen Fallschirm. Die Beechcraft war für das Fallschirmspringen umgebaut worden; so verfügte die Tür über eine Schiebeeinrichtung. Außerdem waren die acht Sitze ausgebaut worden, so daß insgesamt Platz für ungefähr zwölf Leute vorhanden war. Im übrigen verfügte die Maschine über einen Autopiloten, so daß der Pilot nach einem Sprung nach hinten kommen und die Tür schließen konnte.

O'Brien stand bei der Tür und blickte durch das ovale Fenster. Seine Uhr zeigte 22.17 Uhr. Er fragte sich, warum Bellman ihm kein grünes Signal gab. Wieder überprüfte er seine Ausrüstung: Messer, Rucksack und Trinkgefäße.

Wieder geriet er ins Sinnieren. Wie viele Sprünge kann ein Mensch absolvieren, ehe ihn das Glück im Stich läßt? Alle Sprünge, so hieß es, bis auf den letzten.

Sonny Bellman wandte sich zu dem rechts neben ihm sitzenden Mann.

»Gleich sind wir am Absprung.«

Der Mann nickte, stand auf und beugte sich hinter seinen Sitz, um den Fallschirm aufzunehmen.

»Hoffentlich ist er nicht wütend auf mich ...« fuhr Bellman fort.

»Mr. O'Brien liebt Überraschungen«, sagte der Mann.

»Er liebt es, allein abzuspringen. Aber sicher ist alles in Ordnung.«

»Niemand wird Ihnen Scherereien machen. Das verspreche ich Ihnen.« Peter Thorpe hob einen schweren Gummiknüppel und traf den Piloten damit hinter das rechte Ohr. Bellman stieß einen Laut der Überraschung aus und sank über dem Steuerknüppel zusammen. Thorpe zerrte ihn zurück, griff nach vorn und schaltete den Autopiloten ein. Das Flugzeug setzte seinen geraden Kurs fort, bei gleicher Höhe und Geschwindigkeit.

Thorpe blickte auf die Uhr und gähnte. »Himmel, was für ein Wochenende!«

Er schnallte seinen Fallschirm an, öffnete die Tür und betrat die Kabine.

O'Brien bemerkte das Licht aus der offenen Cockpit-Tür und drehte sich um, die Augen zusammenkneifend. Die Tür ging gleich wieder zu, und es herrschte erneut beinahe absolute Dunkelheit.

»Bellman?« fragte O'Brien. »Was ist los?«

Wieder gähnte Thorpe. »Himmel, Pat, was bringt Sie nur dazu, an einem Sonntagabend über dieser Einöde abzuspringen?« Anderthalb Meter vor O'Brien blieb er stehen. »Die meisten Leute Ihres Alters spielen lieber Dame.«

O'Brien legte die Hand auf das Messer. »Was machen Sie hier?«

»Jeder hat so seinen Spleen, und da wollte ich Ihren mal kennenlernen.« Er lachte leise. »Etwas dagegen?«

»Ich habe etwas dagegen, daß Sie nicht vorher gefragt haben.«

»Tut mir leid, Pat.« Thorpe blickte aus dem Fenster. »Zunehmender Mond. Müßte in wenigen Wochen voll sein. Da, eine Sternschnuppe. Wünschen Sie sich etwas.«

O'Brien blickte auf die Schiebetür in seiner Nähe.

Hastig wandte sich Thorpe in seine Richtung. »Hören Sie, Pat, diese Sache mit Talbot macht mir Sorgen.«

O'Brien antwortete nicht, und das Dröhnen der Motoren schien die ganze Kabine auszufüllen. Der Mond leuchtete herein, und Thorpe warf einen langgezogenen Schatten auf die gegenüberliegende Wand.

»Genaugenommen, Pat«, fuhr Thorpe fort, »machen *Sie* mir Sorgen.«

»Und das aus gutem Grund. Wir waren dicht am Ziel.«

»Ach, waren Sie das? Ich weiß nicht recht.«

»Was haben Sie nur für Motive?« fragte O'Brien mit beherrschter Stimme.

»Genau weiß ich das auch nicht«, antwortete Thorpe achselzuckend. »Jedenfalls keine politischen. Ich meine, welcher vernünftige Mensch würde sich mit diesen Idioten zusammentun. Ehrlich, haben Sie jemals Leute angetroffen, die öder, langweiliger, dümmer sind? Ich bin zweimal in Moskau gewesen. Himmel, was für ein trauriges Nest!«

»Warum dann?« O'Brien löste den Haltegurt seines Messers.

Im Schein der roten Lampe bemerkte Thorpe die Bewegung. »Lassen Sie das lieber, Pat.«

»Sagen Sie mir nur den Grund«, forderte O'Brien.

Thorpe kratzte sich den Kopf. »Nun ja«, sagte er. »Das ist alles sehr kompliziert. Es hat mit der Gefahr zu tun ... Es gibt Leute, die springen aus Flugzeugen ... andere fahren Autorennen ... ich übe Verrat. Wenn man so ein Kapitalverbrechen begeht, ist jeder Tag ein Abenteuer. Man ist sich immer bewußt, daß jeder Tag der letzte sein kann. Erinnern Sie sich noch?«

»Sie sind krank, Peter«, sagte O'Brien.

»Möglich. Na und? Der Wahnsinn verlangt Nahrung – wie die Rauschgiftsucht. Die Firma besorgt mir Nahrung, ein wahrhaftiges Schlemmermahl für die meisten, nicht aber für mich. Ich brauche die auserlesenste Nahrung. Ich brauche das Blut einer ganzen Nation.«

»Peter, hören Sie, wenn Sie die Geschichte ändern wollen – was ich als Ihr entscheidendes Motiv vermute –, schaffen Sie das auch, indem Sie uns helfen, den Plan der anderen Seite zu vereiteln. Sie könnten Dreifachagent werden. Das wäre die wahre Krönung für ...«

»Ach, halten Sie den Mund! Sie sind mir zu glattzüngig, Sie verdammter Anwalt! Sagen Sie, wie oft hat man Gelegenheit, ein ganzes Land sterben zu sehen? Wie viele Menschen in der Geschichte hatten wohl schon die Möglichkeit, einen solch plötzlichen und katastrophalen Umschwung in der geschichtlichen Entwicklung dieses Planeten zu *verursachen*?«

»Na gut, Peter. Aber was für eine Welt wird das dann noch sein? Könnten *Sie* in einer solchen Welt leben?«

Thorpe schwenkte abwägend die Hand. »Ich passe mich leicht an.« Er lachte.

»Und was könnten Sie dann noch erhoffen? Es bliebe Ihnen nichts mehr zu tun. Sie hätten niemanden mehr zum Verraten ...«

»Das reicht jetzt!«

O'Brien hätte am liebsten gefragt, wie alles geschehen sollte, doch als ausgebildeter Geheimdienstoffizier, der dem Tod ins Auge blickte, gab es keinen Grund, der Befriedigung seiner Neugier nachzugehen. Er würde die erhaltenen Informationen sowieso nicht melden oder etwas dagegen unternehmen können, und je mehr er Thorpe fragte, desto klarer konnte Thorpe abgrenzen, was er wußte und was nicht.

Thorpe schien seine Gedanken zu erahnen. »Wie tief schauen Sie schon durch, Patrick?«

»Ich hab's Ihnen schon gesagt. Wir sind dicht am Ziel. Sie schaffen es nicht.«

»Unsinn!« Thorpe rieb sich das Kinn. »Katherine hat mir mal erzählt – auch von anderer Seite war es zu hören –, Sie seien zum Geheimdienst geboren, einer der besten überhaupt. Mutig, findig, schlau, phantasiebegabt und so weiter ... Ich weiß also, daß Sie gut sind ... Aber wie gut sind Sie wirklich? Ich meine, wenn Sie mich verdächtigt haben, wieso haben Sie nicht gehandelt, ehe ich mich an Sie heranmachen konnte? Man hätte mich schon vor mindestens einem Jahr kassieren, betäuben, foltern und verhören müssen. Werden Ihre Reflexe langsamer, alter Knabe? Haben Sie sich von Katherines Gefühlen für mich beeinflussen lassen? Vielleicht hatten Sie mich aber auch gar nicht im Verdacht. Ja, das muß es sein. Sie wissen im Grunde gar nichts.«

»Ich bin Ihnen seit Jahren auf der Spur, Peter.«

»Ich glaube nicht ...«

Die Beechcraft hüpfte durch ein Luftloch. Thorpe verlor das Gleichgewicht und stürzte auf ein Knie. O'Brien, der auf einen solchen Vorfall gehofft hatte, stürzte zur Tür.

Thorpe zog unter seinem Anorak eine Waffe hervor, zielte und schoß. Ein ohrenbetäubender Knall füllte die Kabine.

O'Brien, die Hand am Griff, torkelte vorwärts, prallte gegen die Tür und wurde zurückgeworfen, wobei er zu Boden ging. Wieder zielte Thorpe und schoß. Ein leises, pfropfenartiges Geräusch hallte durch die Kabine.

O'Brien lag ausgestreckt zu Thorpes Füßen und hielt sich die Brust. Thorpe kniete nieder und leuchtete mit der Taschenlampe die Brustwunde ab. »Entspannen Sie sich, Pat«, sagte er leise, beinahe tröstend. »Der erste Schuß war eine Gummikugel zur Betäubung. Hat Ihnen vermutlich nur eine Rippe angeknackst. Der zweite eine Kapsel mit Sodium Pentathol.« Thorpe betrachtete die Stelle, an der die Gelatinekapsel gegen den dicken Nylongurt des Fallschirms geprallt war. Er tastete mit der Hand unter O'Briens Hemd und spürte die Feuchtigkeit über der aufgerissenen Haut. »Ich glaube, Sie haben genug abbekommen.«

Thorpe setzte sich auf die Hacken zurück. »Wir müssen uns mal gründlich unterhalten, mein Freund. Dazu haben wir noch etwa zwei Stunden Treibstoff – und noch etwa sechs weitere Drogen für den Notfall.«

O'Brien spürte, wie das Mittel in seinem Gehirn zu wirken begann. Heftig schüttelte er den Kopf, griff nach seinem Messer, ließ es von unten heraufschnellen und zerschnitt Thorpe den linken Nasenflügel.

Thorpe stürzte rücklings zu Boden, die Hände vor das Gesicht gepreßt, Blut zwischen den Fingern. »Schweinehund ... du tükkischer alter ...«

O'Brien begann sich aufzurichten, fiel aber zurück. Er lehnte mit dem Rücken an der Außenwand und hielt das Messer vor sich.

Wieder hob Thorpe die Waffe. »Möchten Sie wissen, was das dritte Geschoß bringt? Nicht Blei, aber Sie würden sich wünschen, es wäre so.«

O'Briens Arm fiel herab, und das Messer lag in seinem Schoß.

Thorpe drückte sich ein Taschentuch an die Nase und wartete

eine ganze Minute ab. »Fühlen Sie sich besser, Patrick?« fragte er dann. »Na schön, mein Fehler, daß ich Sie unterschätzt habe. Ich trage Ihnen das nicht nach. Fangen wir an. Wie heißen Sie?«

»Patrick O'Brien.«

»Und Ihr Beruf?«

»Rechtsanwalt.«

»Das stimmt zwar nicht ganz, ist aber dicht dran.« Thorpe stellte weitere Vorbereitungsfragen. Dann: »Kennen Sie einen Mann namens Talbot?«

»Ja.«

»Welche anderen Namen benutzt er noch?«

O'Brien schwieg eine Zeitlang und sagte dann: »Das weiß ich nicht.«

Thorpe brummte gereizt. »Sind Sie mir auf die Spur gekommen?« fragte er dann.

»Ja.«

»Ach wirklich?« Er überlegte einen Augenblick und zog dann eine Injektionsspritze aus der Tasche. »Ich glaube, Sie haben noch nicht genug Sodium Pentathol abbekommen. Versuchen wir mal etwas anderes.« Vorsichtig näherte er sich O'Brien, streckte die freie Hand aus und nahm das Messer an sich. Mit der anderen Hand spritzte er O'Brien 5 cm^3 Surital in die Schulter.

Einen Meter vor O'Brien kniete Thorpe nieder. »Schön, warten wir ein Minütchen oder so.« Er griff nach seinen Zigaretten und steckte eine in den Mund. Die Waffe auf O'Brien gerichtet, zog er ein Feuerzeug hervor und betätigte es.

O'Brien sah, wie sich Thorpes Augen beim Glanz der Flamme reflexartig schlossen, und trat in Aktion. Er stemmte sich hoch, streckte den Arm aus und zog an der Türklinke. Die Sperre löste sich, und die Tür begann aufzugleiten; ein kräftiger kalter Luftstrom wehte herein, das Dröhnen der beiden Maschinen verstärkte sich.

Thorpe stürzte sich auf O'Brien und erwischte ihn an einem Fußgelenk, als dieser sich rücklings in die Öffnung rollte. Thorpe zerrte an dem Bein, verdrehte es und begann O'Brien hereinzuziehen.

O'Brien stöhnte vor Schmerzen, neigte sich aber weiter nach hinten und geriet mit Oberkörper und Armen immer mehr in den kräftigen Propellerstrahl.

Thorpe stützte die Beine zu beiden Seiten der offenen Tür ab und zerrte mit voller Kraft, wobei er lauthals in den Lärm hineinfluchte: »Du alter Schweinehund! Du raffinierter Hurenbock!« Er spürte, wie er den Kampf gegen den Luftstrom verlor, denn O'Briens Körper wurde zusehends weiter ins Nichts hinausgezerrt, und er half noch nach, indem er mit dem freien Bein nach Thorpe trat.

»Na schön, du Scheißkerl!« kreischte Thorpe schließlich. »Dann stirb!« Er nahm die Füße vom Türrahmen und wurde kopfüber in den brausenden Wind hinausgerissen, wobei er O'Briens Knöchel nicht losließ.

Instinktiv blickte Thorpe nach oben und sah die Navigationslichter der Beechcraft in der mondhellen Nacht verschwinden.

Die beiden Männer stürzten im freien Fall in die Tiefe, mit einer Geschwindigkeit von 175 Kilometern in der Stunde oder 48 Metern in der Sekunde – also blieben ihnen weniger als achtzig Sekunden, um die Reißleine zu ziehen.

An O'Briens Bein geklammert, neigte Thorpe den Kopf nach hinten und sah, wie sich O'Briens Hand der Reißleine näherte. Thorpe schlang beide Arme um dessen Bein und gab ihm eine energische Drehung, so daß beide Männer ins Kreiseln gerieten.

O'Briens Arme waren nun ausgestreckt, und er versuchte sie an den Körper zurückzuholen. Seine Finger wollten an die Reißleine heran. Thorpe griff nach oben, packte den Quergurt, der um O'Briens Unterleib lief, und zerrte sich hoch, bis die beiden Männer auf gleicher Höhe waren und sich ins Gesicht starrten. Thorpe legte O'Brien die Arme um die Schultern und drückte ihn in einer Art Umarmung an sich. Auge in Auge mit ihm, brüllte er: »Wissen Sie, wer Talbot ist?«

O'Brien konnte kaum noch den Kopf hochhalten. Er murmelte etwas, das Thorpe für ein ›Ja‹ hielt.

»Wie heißt Talbot?« brüllte Thorpe und sah, wie sich O'Briens

Gesicht zu einer Maske des Schmerzes verzog und die Zähne sich tief in die Unterlippe gruben und einen Blutstrom über das Gesicht zucken ließen. Herzanfall.

Thorpe blickte nach unten. Sie waren bisher etwa dreitausend Meter gefallen, bis zum Boden blieben also noch etwa tausendfünfhundert. Thorpe warf einen letzten Blick in O'Briens schneeweißes Gesicht und war überzeugt, daß dieser Mann die Reißleine nicht mehr ziehen würde.

»Gute Landung!« brüllte er, stieß sich von dem anderen los und zog seine Reißleine.

Innerhalb von Sekunden, je nachdem, wie schnell der Schirm reagierte und sich öffnete, konnte es schon zu spät sein. Wenn der Schirm versagte, bekam er den Notschirm nicht mehr rechtzeitig heraus.

Wie eine Rauchfahne schoß der schwarze Nylonschirm empor, wie es sich gehörte – dann begann sich der Stoff mit Luft zu füllen und breitete sich aus. Thorpe zwang sich zu einem Blick nach unten. Noch etwa hundert Meter. Zwei Sekunden bis zum Aufprall. Als der Schirmstoff sich knallend voll entfaltete, spürte er einen energischen Ruck. Er blickte nach unten, um O'Briens Absturz zu beobachten, verlor ihn aber in dem dunklen Gewirr der Bäume aus den Augen. Er glaubte das Brechen von Ästen und einen dumpfen Aufprall zu hören. Thorpes Sturz war ordnungsgemäß abgebremst; er schwebte etwa dreißig Meter über dem Boden. Inmitten der mondhellen Buschkiefern machte er eine kleine sandige Lichtung aus und zerrte energisch an den Leinen, um der offenen Stelle näher zu kommen.

Thorpe zog die Beine an und berührte den Boden. Er rollte über die Schulter ab, sprang auf die Füße und zog den Trennhaken. Von der sanften Brise wurde der Fallschirm noch ein Stück weitergetrieben. Thorpe klopfte sich den Sand von Händen und Gesicht und ließ sich von dem unvorstellbaren Hochgefühl überfluten, das jede erfolgreiche Landung mit sich bringt. »Nicht schlecht!«, brummte er vor sich hin.

Während er den Fallschirm zusammenraffte, widmete er auch O'Brien einen kurzen Gedanken. Ein ernst zu nehmender Gegner. Angesichts seines hohen Alters hatte Thorpe nicht so viel Widerstand erwartet; eher hätte der Pilot Probleme machen können. Aber die alten Füchse waren zäh; nur deshalb waren sie schließlich so alt geworden. Er stellte sich vor, vor welchen Rätseln die Behörden stehen würden: ein Flugzeug, das in den Vorbergen der Alleghenies von Pennsylvania abstürzte, ohne Notruf, weit vom Kurs abgekommen, und der Passagier irgendwo in New Jersey abgestürzt. Sein Lachen gellte durch die Stille der Frühlingsnacht.

Thorpe stopfte den Fallschirm in die Umhüllung und zog die Antenne eines Ortungssenders aus. Dann setzte er sich auf einen Sandhaufen, betupfte seine blutige Nase, nahm sich einen Riegel Schokolade und wartete auf den Hubschrauber.

In dieser Nacht sollte es noch zwei weiteren Opfern an den Kragen gehen, und wie ein Schlachter mußte er sich beeilen, damit die Schafe nicht in Panik gerieten und ausbrachen.

29

Der kleine LOH-Hubschrauber landete auf dem Heliport am Hudson River in der 30. Straße West. Thorpe, der sich unterwegs umgezogen hatte und jetzt eine graue Hose mit Sportjacke trug, verließ die Maschine.

Der Pilot, Angestellter der Air Lotus, einer CIA-Firma, kannte weder Namen noch Pläne seines Passagiers. Er hatte unterwegs kein einziges Wort gesprochen und Thorpe nicht einmal angeschaut. Sollte in einer Woche oder in einem Jahr in den Nachrichten gemeldet werden, daß man in den Pine Barrens von New Jersey einen Toten mit ungeöffnetem Fallschirm gefunden hatte, würde der Pilot wohl zwei und zwei zusammenzählen können.

Der LOH verschwand über dem nächtlichen Fluß. Thorpe blickte der Maschine nach, nahm das Paket, das den zusammengefalteten Fallschirm, seine Kleidung und einige Ballaststeine enthielt, und warf es ins Wasser.

Er wanderte durch die dunklen, öden Straßen am Fluß und

betrat eine Telefonzelle. Er wählte die Nummer des Princeton Club und ließ sich mit Nicholas West verbinden. »Nick, wie geht es Ihnen.«

»Sehr gut.«

»Hören Sie, was machen Sie gerade?«

»Ich wollte mich schlafen legen. Ich muß morgen mit einem Frühflug zurück nach Washington.«

»Ich spendiere Ihnen einen Drink.«

»Ich weiß nicht recht ...«

»Dauert nicht lange. Ich habe Lust auf einen Negroni und trinke nicht gern allein.«

Ein kurzes Schweigen trat ein. »Na schön«, sagte West zögernd. »Wo ... wann?«

»In meinem Klub. Bin in zehn Minuten da.« Thorpe hängte ein.

Peter Thorpe betrat den Yale Club und setzte sich neben West auf ein kleines Sofa. Auf dem Tischchen vor West stand ein Martini. Thorpe bestellte einen Negroni und musterte West aus den Augenwinkeln. »Ich hatte schon Angst, Sie hätten das Kodewort vergessen«, sagte er.

West hob den Kopf, blickte Thorpe an und bemerkte das kleine Pflaster auf der linken Nasenseite; er machte aber keine Bemerkung darüber.

»Hören Sie, Nick«, sagte Thorpe leise, »diese Talbot-Sache war wirklich wie ein Stich ins Hornissennest. Sie sollten eine Weile untertauchen.«

West nickte und fand erst nach einer Weile die Stimme wieder. »Wer ... sie oder wir?«

»Unsere Leute. Langley ist schon das ganze Wochenende in höchster Alarmbereitschaft. Sie wissen ja, wie das so ist. Links und rechts fallen die Entscheidungen, man bringt sich so richtig in Fahrt. Dabei ist auch eine Entscheidung über Sie herausgekommen.«

»Was?«

»Nun ja, man will Sie nicht direkt ausschalten, aber ein bißchen in die Berge kommen Sie schon ... auf längere Zeit.«

West schien zu erwachen. »Dann sollte ich mich vielleicht einfach melden und ...«

»Nein. Lassen Sie das lieber.«

»Aber ich habe gar nichts dagegen, auf Eis gelegt zu werden.«

»Wenn Sie wüßten, was sie in den Bergen mit den Leuten anstellen, würden Sie wohl anders darüber denken.«

West betrachtete Thorpe mit einer Mischung aus Neugier und Furcht.

»Trinken Sie aus.« Der Negroni wurde serviert, und Thorpe kostete. »Nicht schlecht. Mein allererster. Hören Sie, Nick, um des lieben Anscheins willen – können Sie nicht ein bißchen lächeln und munterer auftreten?«

West hob seinen Martini an die Lippen.

»Sind Sie bewaffnet?« fragte Thorpe.

»Nein.«

»Kugelsichere Weste?«

»Nein ... so etwas trage ich nicht.«

»Positionssender?«

West berührte seine Gürtelschnalle. »Mikrominiaturisiert. Man kann mich von überall orten – Flugzeug, Auto oder Bodenstation.«

»Ist das Ding in Betrieb?«

»Nein. Warum denn auch?«

»Wie schaltet man es ein?«

West fuhr sich mit der Zunge über die Lippen. »Man greift danach und drückt oben und unten dagegen. Federstangen, wie bei einer Armbanduhr.«

»Haben Sie eine Wanze bei sich?«

»Nein.«

Thorpe wußte, daß diese Antwort stimmte, denn er trug einen Wanzendetektor am Leib, der nichts gemeldet hatte.

Er starrte West intensiv an. »Und die Todespille?«

»Immer«, sagte West nickend.

»Wo? In welcher Form?«

Nach kurzem Zögern klopfte West auf seinen Universitätsring.

»Ein Pillenfach?«

»Nein ... der Stein ... Zyanid in Kandiszucker, so eingefärbt, daß es wie Onyx aussieht. Eine dünne Plastikschicht, damit es glänzt und nicht schmilzt. Man beiße hinein ...«

»Und sofort kommt der Tod, wie es so schön heißt.« Thorpe lächelte. »Was sich diese Witzbolde wohl als nächstes einfallen lassen! Und anderes Gift haben Sie nicht bei sich?«

West nickte. »Eine ganz normale Kapsel – ich hab' sie oben im Zimmer gelassen ...«

Thorpe lächelte. »Sie würden noch Ihren Hintern vergessen, wenn er nicht angeschraubt wäre.«

»Erzählen Sie mir mehr über die Berge«, bat West.

Im Sprechen blickte Thorpe starr geradeaus. »Sie fahren als Nicholas West ins Gebirge und kommen als ein anderer zurück.«

»Das ist das Neue-Identität-Programm.«

»Nicht ganz, mein Freund. Hier beschränkt man sich nicht auf Gesichtschirurgie und einen neuen Führerschein. Behandlung mit Elektroschocks, Drogen und Hypnose. Wenn man mit Ihrem Gehirn fertig ist, sind Sie praktisch neutralisiert.«

West starrte ihn mit großen Augen an.

»Die neue Bedeutung für das Wort ›Neutralisierung‹. Nur ein wenig Gedächtnisumpolung, und schon sind Sie keine wandelnde Enzyklopädie mehr.«

West ließ sich zurücksinken. »Himmel Herrgott ... das können sie doch nicht tun ...«

»Genau. So etwas ist illegal. Aber einmal angenommen, sie tun es doch, dann bleibt Ihnen nichts anderes übrig, als ein Weilchen unterzutauchen. Ihr Gehirn aus den Fängen der Firma herauszuhalten.«

West leerte sein Glas. »Wann ... wann muß ich ...«

»Wann? Heute abend! Es gibt kein Morgen.«

»Und meine Sachen?«

»Sachen? Was für Sachen?«

»Sie wissen schon ... Kleidung, Bücher ...«

Thorpe lachte. »Wenn Sie zulassen, daß man Sie in die Berge bringt, erinnern Sie sich hinterher nicht mal mehr an Ihren

Namen, geschweige denn an Ihre Sachen. Kümmern Sie sich nicht um idiotische Einzelheiten. Andererseits brauchen Sie eine Absicherung. Wenn Sie abgesichert wären, in guter Deckung, bereit, unter bestimmten Umständen an die Öffentlichkeit zu treten – dann könnten Sie fordern, was Sie wollen.«

West rieb sich das Gesicht. »Hier und jetzt kann ich mir keine Absicherung verschaffen?«

Thorpe überlegte. »Vielleicht könnten Sie morgen ganz früh ins Büro gehen, sich natürlich geben, einige Dokumente zusammenstellen – vielleicht Computerbögen – und dann verschwinden.«

West schwieg längere Zeit und hob dann den Kopf. »Vielleicht. Aber wenn ich von hier aus an den Computer meiner Abteilung käme ... vielleicht durch Ihren Computer im Lombardy ...«

Thorpe nickte langsam, sagte aber nichts.

West warf ihm einen Blick zu. »So müßte man's wohl machen.«

»Sieht so aus.«

»Aber ... wie könnten wir ... ich ... das tun? Die Abfrage würde eine Spur hinterlassen, die direkt zu Ihnen führt.«

»Ach wirklich?« fragte Thorpe geistesabwesend.

»Ja. Das System ist sehr sicher. Es zeichnet Ihre Abfrage auf, außerdem die Information, zu der Zugang erlangt wurde, und identifiziert Ihren Computer. Langley erfährt dann sofort davon.«

»Wissen Sie, sobald ich in Ihrem Computer drin bin«, sagte Thorpe beiläufig, »kann ich tun, was ich will. Wenn ich reinkomme, kann ich beim Ausstieg alle meine Spuren verwischen.«

West musterte ihn eindringlich. »Das läßt der Computer nicht zu. Er wird melden ...«

Thorpe lächelte. »Ich bin schnell gut Freund mit einem Computer. Wissen Sie, es ist wie beim Unterschied zwischen Vergewaltigung und Verführung. Bei beiden findet ein Eindringen statt; die eine Methode aber ist gewalttätig und ungeschickt, die andere hingegen zärtlich. Wenn *ich* Ihren Computer gebumst habe, wird er nicht nach den Bullen schreien. Verstanden? Die Sorgen wegen meiner Methoden können Sie getrost mir überlassen.«

West nickte.

»Hören Sie, Nick, das einzige echte Problem, das sich uns stellen könnte, wäre die Weitsicht Ihrer Vorgesetzten, Ihren Abfragekode zu ändern – was in unserer Zeit etwa dem Entzug des Schlüssels für die Direktionstoilette gleichkäme.«

West rang sich ein Lächeln ab.

»Aber«, fuhr Thorpe fort, »wenn wir schnell handeln – heute abend noch –, dann können wir davon ausgehen, daß noch niemand dem Computer Ihre neue Einstufung als Persona non grata offenbart hat. Gleich morgen früh wird man daran denken. Der erste Schritt, Sie zur Unperson zu stempeln.«

West nickte und hob mit zitternder Hand das Glas an die Lippen. »Sagen Sie mir nur eins«, bat er leise, »warum gehen Sie dieses Risiko für mich ein?«

Thorpe beugte sich über das Tischchen. »Ich bin kein netter Kerl, Nick. Aber einige Leute, für die wir arbeiten, sind es auch nicht.« Er atmete tief durch. »Wenn ich zulasse, daß man Ihnen das Gehirn auskratzt und Sie auf eine Farm zum Fensterputzen schickt, dann könnte ich mir im Spiegel nicht mehr in die Augen sehen ... ich könnte Katherine oder Ann nicht mehr gegenübertreten ...«

Bei der Erwähnung von Ann verdüsterte sich Wests Gesicht. Er bestellte einen zweiten Martini.

»Außerdem«, fuhr Thorpe fort, »will ich ehrlich zugeben, daß ich an Ihren Computer will. So wie die Dinge liegen, stimmen heute abend meine Wünsche zufällig mit Ihren Bedürfnissen überein.«

»Warum wollen Sie an meinen Computer?«

»Wie ich Ihnen schon mehrfach gesagt habe, brauche ich Informationen über die alten Knaben, um sie für meinen Inland-Kontaktdienst anzuwerben.«

West nickte. Er war seit jeher der Meinung gewesen, daß die im Computer erfaßten Dossiers über Amateurspione Thorpe zu Unrecht vorenthalten wurden. »Ich möchte aber dabei sein, wenn Sie in den Computer einsteigen«, sagte er.

»Selbstverständlich«, sagte Thorpe nachdrücklich. »Ich weiß, daß Sie loyal sind. Sie haben aber schon genügend Personalakten gelesen, um zu wissen, daß nicht einmal Loyalität genügt, wenn sich irgendein hirnverbrannter Paranoiker in hoher Position etwas in den Kopf setzt. Ihre Loyalität sollte nicht weiter gehen als die der Firma.«

West fuhr sich mit den Händen über das Gesicht. »Was habe ich denn getan?« fragte er gequält.

»Himmel, Nick, das haben wir doch schon ein dutzendmal durchgekaut. Sie haben nichts *getan.* Sie *wissen* zuviel. Das gleiche trifft noch auf viele andere Leute zu, aber in Ihrem Fall wird man nun mal nervös. Sie gehören nicht wirklich zur Firma. Sie wurden angeworben, weil ein früherer Direktor einer Laune nachgab; dann vergaß man Sie und Ihre Abteilung, bis man eines Tages darauf kam, daß Sie über manche hohe Herren zuviel in der Hand hatten. Darauf läuft doch alles hinaus. Die ›Moskau-will-Nick-‹Masche ist im Grunde nur ein Vorwand, Sie loszuwerden.«

Nervös blickte sich West in der Bar um. »Bitte, Peter! Sprechen Sie leise ...«

»Ach, nun mal langsam. Wir sind hier im Yale Club! Die Hälfte aller illegalen Geschäfte des Landes wird in diesem Raum durchgeführt.« Thorpe stand auf. »Nun ja, denken Sie mal darüber nach. Ich will Sie nicht drängen. Für mich ist das nicht so wichtig.«

West hielt Thorpe am Arm fest. »Na schön, na schön. Sagen Sie mir, was ich tun soll. Wohin soll ich heute nacht?«

Thorpe zog einen Schlüssel aus der Tasche und sah sich um. »Zimmer 1114. Dort wartet ein Mann auf Sie. Schauspieler. Er hat keine Ahnung. Sein wesentlicher Vorteil besteht darin, daß er Ihnen ähnlich sieht – Gott stehe ihm und seiner Karriere bei. Wechseln Sie mit ihm die Sachen. Er wird den Klub verlassen, Pfeife im Mund, und wenn wir Glück haben, wird er Ihre Wachhunde ablenken. Zu denen gehören vermutlich ein Dutzend CIA-, KGB- und O'Brien-Schergen. Wenn alles klappt, gelangt er ungehindert bis in Ihr Zimmer in Ihrem Klub; dann merken die anderen nicht vor morgen früh, daß wir einen Wechsel vorgenommen haben. So wäre viel Zeit zu gewinnen.«

West stand auf und sagte abrupt: »So ist aber Carbury verschwunden.«

»Na und? Legen Sie Wert auf Originalität? Die Methode klappt wenigstens. Bin selbst mal darauf reingefallen. Sie bleiben dann auf Zimmer 1114 sitzen, bis jemand Sie abholen kommt. Es gibt kein Telefon, so daß Sie nicht in Versuchung kommen, Anrufe zu machen. Ich hab' Ihnen einen Spionageroman als Lektüre hingelegt.« Thorpe lächelte.

West nickte, und Thorpe ließ den Schlüssel in dessen Jackentasche fallen. »Beruhigen Sie sich, Nick. Irgendwann vor morgen früh sehen wir uns dann im Lombardy. Richten Sie sich nach meinen Anweisungen.«

Thorpe blickte West nach, der ein wenig unsicher zu den Fahrstühlen ging. Eine Lifttür öffnete sich, und West trat anscheinend unbemerkt ein.

Thorpe wandte sich zur Treppe und blieb auf dem ersten Absatz stehen. Unten im Foyer saßen ein Mann und eine Frau und lasen. Sie konnten für alle möglichen Leute arbeiten. Thorpe lächelte vor sich hin. Spione, die sich gegenseitig belauerten. Vermutlich waren auch der FBI und die New Yorker Polizei beteiligt, was er Tony Abrams zu verdanken hätte. Denen ging es aber bestimmt um ihn, nicht um West. Kein schöner Gedanke, von Stadtpolizisten beschattet zu werden. Thorpe runzelte die Stirn. Abrams. Wer hätte sich den Mann als unverhofften Joker im Spiel vorstellen können? Noch Freitag abend war Abrams von untergeordneter Bedeutung gewesen. Jetzt aber mischte er entscheidend mit. Doch auch er war verwundbar. Verwundbar durch Katherine.

Thorpe wartete auf dem Treppenabsatz oberhalb des Foyers und schaute sich die Anwesenden an. Inzwischen wußten sie alle, daß er und West bei einem Drink zusammengesessen hatten, an dem Abend, der später der Ausgangspunkt für Wests Verschwinden sein würde. Aber das ließ sich nicht ändern.

An Nicholas kam man nicht so leicht heran. Thorpe gehörte zu den wenigen Leuten, die Zugang zu ihm hatten und in gewissem Maß auch auf sein Vertrauen zählen durften. Jemanden zu entführen, der bewacht wurde, war immer schwierig – und deshalb war es manchmal besser, einen Mann sich selbst entführen zu lassen.

Der Mann, der wie West aussah, kam die Treppe herab; er trug Wests Anzug und rauchte eine Pfeife. Wortlos blieb er neben Thorpe stehen. Mit schnellen Schritten gingen die beiden Männer in die Halle, wobei Thorpe zuerst ein Stück vor dem falschen West ging, der mit ihm gleichzog, als sie zum Ausgang kamen – auf diese Weise befand sich der Ersatzmann stets in der Deckung seines Begleiters. Von den Wartenden hob niemand den Kopf, doch innerhalb von Sekunden standen der Mann und die Frau auf.

Draußen entdeckte Thorpe sofort zwei weitere Agenten; bei der Straßenbeleuchtung konnte es aber für sie keinen Zweifel geben, daß sie Thorpe und West folgten. Die beiden machten sich auf den Weg zum Princeton Club. Thorpe ahnte eine Art Parade von Verfolgern hinter sich. Hoffentlich stolperte man sich nicht gegenseitig in den Weg. Er lachte. Himmel, was für ein Zirkus! Er wandte sich an den Mann neben sich: »Ich schaffe Sie in das Zimmer im Princeton Club, aber Sie müssen sich umziehen und vor dem Morgengrauen verschwinden. Hat Ihnen der Idiot den Schlüssel gegeben?«

Der Mann nickte. »Wer war der andere Kerl im Zimmer? Hat kein Wort gesagt. Ein unangenehmer Bursche.«

»Ein zweiter Schauspieler. Ohne Schauspieler läuft heute nichts mehr.«

Thorpe blickte die Straße entlang. New York gab sich geschäftig wie immer, während er hier eine Komödie aufführte, die bald zur Tragödie werden sollte. Thorpe fragte sich, wie die Stadt nach dem Wochenende des 4. Juli aussehen würde. Er bedauerte, daß er nicht hier sein würde, um die Veränderung mitzuerleben.

Peter Thorpe betrat den Salon des University Club. Die einzigen Gäste waren zwei Männer, die an einem kleinen Tisch saßen; Thorpe erkannte sie als Mitglieder. Er setzte sich auf einen

Barhocker. »Donald, sind Sie noch da?«

Der Barmann drehte sich um und lächelte. Er blickte auf die Uhr. »Noch fünf Minuten. Wir schließen heute um Mitternacht. Was darf es sein, Mr. Thorpe?«

»Ach, nur ein Soda.«

Donald nickte. »Ein guter Drink für einen Sonntagabend. Wie war Ihr Wochenende?«

»Es hatte seine Höhen und Tiefen.«

Donald stellte eine kleine Flasche Sodawasser auf die Bar und öffnete sie. »Ich glaube, ich habe Sie in den Nachrichten gesehen. Die Kamera zeigte die Gäste in der Armory. Tolle Party!«

»Genau.« Thorpe goß das Wasser in ein eisgefülltes Glas. »Hören Sie, ich bin hier im Klub mit meinen Zahlungen im Rückstand; schreiben Sie keine Belastung aus.« Er schob einen Dollar über die Bar, und Donald steckte den Schein ein.

»Hat Sie irgend jemand auf diesen Edwards angesprochen?« fragte Thorpe.

Donald nickte mürrisch. »Ein Bulle namens Spinelli. Von dem Umschlag hab' ich ihm nichts gesagt.«

»Ach, das hätten Sie ruhig tun können«, bemerkte Thorpe. »Ich muß sowieso mit Spinelli reden, da geb' ich ihm gleich Bescheid.«

Donald schenkte sich eine Cola ein. »Nun ja ... ich dachte mir, ich frage Sie lieber erst. Ich kann ja immer noch sagen, ich hätt's vergessen, klar?«

»Klar. Vielen Dank.« Thorpe leerte sein Glas in einem Zug.

Donald sah sich um. »Was ist denn mit diesem Edwards?« fragte er leise. »In Wirklichkeit heißt er doch Carbury, oder? Sie wußten das doch.«

Thorpe zuckte die Schultern. »Ich weiß eigentlich nicht viel – ich glaube, er wurde überfallen.«

»Himmel, das sieht nicht gut aus. Ich meine, ein vornehmer Engländer wie der! Da kommt die Stadt in einen schlechten Ruf.« Donald schüttelte traurig den Kopf. »In den Zeitungen hat aber nichts gestanden.«

»Wirklich? Ach, und wann hat Spinelli eigentlich mit Ihnen

gesprochen?«

»Oh … Freitag abend. Als die Bullen herkamen, um sich Edwards' Zimmer anzusehen. Stellte mir nur wenige Fragen. Aber Sonnabend nachmittag kam er wieder, gegen vier, als ich hier anfing. Und da war er schon aufdringlicher. Jede Menge Fragen, dabei hatte ich den Eindruck, daß er mit Ihnen schon gesprochen hatte. Vielleicht aber auch mit dem Kerl, den Sie am Freitagabend bei sich hatten. Wissen Sie noch?«

Thorpe nickte. »Aber Sie haben nichts davon gesagt, daß ich diesen Edwards gesucht habe?«

»Nein. Ehrlich nicht. Wissen Sie, das geht diese Leute nichts an, wie? So etwas ist Sache unserer Mitglieder. Wenn Sie wollen, hätten Sie's ihm selbst gesagt, stimmt's?«

»Stimmt. Wann müssen Sie denn aufs Revier?«

Donald zog ein überraschtes Gesicht. »Morgen. An meinem freien Tag. Eine hübsche Plage!« Er wechselte das Thema. »Ja, die Sache mit dem 4. Juli …«

Thorpe schaute auf die Uhr. »Also für heute habe ich genug.« Er schob Donald einen Zwanzig-Dollar-Schein zu. »Vielen Dank.«

»*Ihnen* vielen Dank!«

Thorpe ließ sich von seinem Barhocker gleiten. »Wohin geht's bei Ihnen?«

Der Barmann zuckte die Schultern. »Wohl nach Haus. Sonntag abend ist nicht viel los.«

»Nein. U-Bahn, Taxi oder Bus?«

»U-Bahn. In die Nord-Bronx.«

»Seien Sie vorsichtig.«

»Sie sagen es.«

30

Katherine Kimberly fuhr im Bett hoch. Das Herz schlug ihr bis zum Hals, als sie auf dem Nachttisch nach dem Browning Automatik tastete. Dann erstarrte sie und versuchte sich zu orientieren. Das Telefon! Sie atmete tief ein und nahm den Hörer auf. Die Uhr zeigte kurz vor sechs.

»Guten Morgen«, meldete sich Thorpes Stimme. »Habe ich dich geweckt?«

Sie räusperte sich. »Nein. Ich muß ohnehin aufstehen, um ans Telefon zu gehen.«

»Mieser Witz«, sagte Thorpe lachend. »Läufst du heute wieder eine Runde?«

»Ja. Wo warst du gestern abend? Bis Mitternacht habe ich versucht, dich zu erreichen.«

»Diese Frage läßt sich über eine unverschlüsselte Leitung nicht beantworten, mein Schatz. Wann wirst du dich endlich an die Gepflogenheiten der Branche gewöhnen?«

»Halt mir kein Vorträge.«

»Entschuldigung. Hör mal, gehst du zu Van Dorns Party?«

Katherine lehnte sich mit dem Rücken an das Kopfende des Bettes, nahm ein Glas Wasser vom Nachttisch und trank es aus. »Du rufst um sechs Uhr früh an, um mich das zu fragen?«

»Ich wollte dich nicht verpassen. Ich wußte doch, daß du vorhattest, zu laufen. Die Sache geht gegen vier Uhr los. Feuerwerk und Musik ab Sonnenuntergang.«

»O Gott ...«

»Ich habe Spaß an dieser Schau. Du, ich habe mein Boot am Anleger an der South Street liegen. Treffen wir uns dort ... sagen wir, um vier?«

»Fahren willst du wohl nicht?«

»Nein, ich möchte mit dem Boot hinschweben. Ohne in den Feiertagsverkehr zu geraten. Bis Glen Cove schaffen wir es wahrscheinlich in einer halben Stunde.«

»Weißt du, ob Pat O'Brien auch kommt? Ich habe nichts mehr von ihm gehört.«

»Also wirklich«, antwortete Thorpe, »wenn er nicht schon ein älterer Herr und dein Chef wäre, könnte ich glatt eifersüchtig werden.«

»Ich mag ihn.«

»Jeder mag ihn. Er ist ein Gentleman. Ich versuche ihm nachzueifern. Jedenfalls habe ich gestern mit ihm gesprochen. Er kann es nicht einrichten.«

»Ach ... und was ist mit Nick? Wie viele Leute passen ins Boot?«

»Maximal fünf. Aber trotz des Feiertags muß Nick zu einer frühen Konferenz in Washington. Er dürfte schon auf dem Weg zum Flughafen sein. Willst du nicht allein mit mir fahren?«

»Ich finde, wir sollten jemanden mitnehmen. Vielleicht die Grenvilles.«

»Die sind sofort wieder in ihren Vorort geflohen, als die Polizei Samstag früh mit ihnen fertig war.«

»Was sagst du zu allem?«

Thorpe antwortete nicht sofort. »Verdächtig«, sagte er schließlich. »Wir reden später darüber. Ach, ich werde Claudia anbieten, im Boot mitzufahren.«

Katherine blickte zum Fenster hinüber. Ein erster vager Schimmer erhellte die schmale Gasse neben dem Gebäude. »Die Sache mit Arnold weißt du sicher schon.«

»Natürlich. Die Polizei möchte mit dir sprechen.«

»Ich stehe Dienstag früh im Büro zur Verfügung.«

»Anwältin durch und durch. Wo läufst du heute?«

»In Brooklyn.«

»Allein?«

»Warum fragst du?«

»Na, nimm dich vor Räubern in acht.«

»Mir ist noch kein Straßenräuber begegnet, der mit mir Schritt halten konnte.« Sie zögerte und fügte hinzu: »Tony Abrams begleitet mich.«

»Ah, das ist interessant«, sagte Thorpe nach kurzem Schweigen.

»Wieso?«

»Ich wußte gar nicht, daß er auch auf Joggen steht. Warum er? Er ist garantiert nicht so schnell wie du.«

»Ich laufe ja direkt bei ihm vorbei.« Sie schwieg eine Weile und fuhr fort: »Du kannst gern mitkommen. Täte dir bestimmt gut.«

»Du bist herzlich eingeladen, Gewichtheben oder Karate mit mir zu trainieren oder auf der Farm den Hinderniskurs zu laufen.«

»Dazu bin ich nicht in Stimmung. Außerdem fand ich dein Verhalten am Freitagabend ungehobelt und unangebracht. Was war nur in dich gefahren?«

»Ich stehe unter einem gewissen Druck...«

»Dann hast du dich Sonnabend abend und den ganzen Sonntag nicht blicken lassen. Und jetzt rufst du mich um sechs Uhr früh an... Wo steckst du überhaupt?«

»Im Lombardy. Hier oben auf dem Dachboden beim Computer. Ich habe die ganze Nacht, das ganze Wochenende gearbeitet. Erklärungen später.«

Sie atmete tief ein. »Na schön... wir sehen uns um vier Uhr.«

»Moment. Vielleicht kann ich doch mitlaufen. Wann und wo legst du los?«

»Gegen sieben an der City Hall. Dann über die Brooklyn-Brücke.«

»Zu früh. Wie geht's weiter?«

»Gegen acht müßte ich bei Tony Abrams sein. Henry Street 75. Wenn du dich anschließen willst, dann dort – oder später.« Sie beschrieb ihm den Weg, den sie laufen wollte.

»Ich dachte, Abrams wohnt in der 36. Straße«, sagte Thorpe.

»Ich glaube, er bleibt in Bewegung«, sagte sie nach kurzem Zögern.

»Warum? Hat er Angst?«

»Vorsichtig ist er. Solltest du auch sein.«

»Du ebenso. Ab morgen könntest du hier im Lombardy schlafen.«

»Ich denke darüber nach.«

»Also gut. Vielleicht laufen wir uns in Brooklyn über den Weg. Wenn nicht, um vier Uhr am Bootshafen.«

Katherine legte auf und stieg aus dem Bett. Nachdem sie einen kurzen Kimono angezogen hatte, ging sie in das kleine Wohnzimmer und beugte sich über die Couch. »Tony.« Sie schüttelte ihn.

Abrams öffnete die Augen, und sie spürte sofort, daß er nicht geschlafen hatte. »Ich dusche zuerst«, sagte sie.

»Okay.« Er richtete sich auf und gähnte.

»Es tut mir leid wegen der Couch.«

Er reckte sich. »Was hätte es denn sonst noch für Möglichkeiten gegeben?«

»Nun ja ... *ich* hätte auf der Couch schlafen können ...«

»Die bot ja kaum genug Platz für mich. Und warum hätte das schöne Bett leerstehen sollen?«

»Sie wissen schon, was ich meine!«

Abrams zog die Decke um sich und stellte die Beine auf den Boden, dann rieb er sich die Augen und gähnte noch einmal. »Hat während der Nacht jemand versucht, Sie umzubringen?«

Sie lächelte. »Nein.«

»Mich auch nicht. Die kleine Abwechslung wäre mir ganz willkommen gewesen.«

»Ich bin gleich fertig.« Sie machte kehrt und verschwand im Schlafzimmer.

In Shorts richtete sich Abrams auf und beugte sich einige Male mit durchgedrückten Knien vor. Er holte Schulterhalfter und Waffe unter dem Kissen hervor und legte sie auf den Tisch. In der kleinen Küchennische nahm er einen Krug Orangensaft aus dem Eisschrank und goß sich ein Glas ein. Dann ließ er den Blick durch das Zimmer wandern.

Klein, aber geschmackvoll-modern eingerichtet. In einer Nische stand ein mit Papieren überladener Tisch aus durchsichtigem Acryl-Plastik, der ein Vermögen gekostet haben mußte. Das Haus, von dem er wußte, daß es Katherine gehörte, war mindestens hundert Jahre alt. Abrams ging zum Fenster, dessen Glasscheiben von kleinen Wirbeln und Blasen durchzogen waren. Wie im Haus an der 36. Straße kam ihm der Fußboden leicht geneigt vor.

Abrams blickte hinaus. Die schmale Straße in West Greenwich Village war pittoresk. Die Laternen brannten noch, obwohl sich das schwache erste Sonnenlicht bereits durchzusetzen begann. Die Straße wirkte verlassen, und niemand schien sich draußen herumzutreiben.

Er fragte sich, was ihm dieses Haus über Katherine Kimberly verriet. Bisher hatte er sie für eine kühle Karrierefrau gehalten, deren einzige Freiluftbeschäftigung darin bestand, Schaufensterauslagen zu betrachten. Inzwischen aber hatte er herausgefunden, daß sie joggte, sich gut mit O'Brien verstand, den er selber sehr schätzte, und alle möglichen anderen positiven Eigenschaften besaß. »Da sieht man mal wieder, wie man sich täuschen kann«, brummte er vor sich hin. Allerdings durfte er Thorpe nicht vergessen.

Abrams hörte hinter sich ein Geräusch und fuhr herum.

Katherine stand in der Schlafzimmertür. »Ich wollte Sie nur bitten, sich in der Küche keinen Zwang anzutun – zu spät, wie ich sehe. Machen Sie doch Kaffee. Und ... ja, im Eisschrank müßte auch sonst noch etwas sein.«

»Ja, eine Glühbirne, und die ist kaputt.«

Sie lachte. »Ich koche selten. Eier sind bestimmt da.«

Abrams kam diese Art Gespräch bekannt vor; aber bisher hatte er es stets nach einer Liebesnacht erlebt, was hier nicht der Fall war. Um so verlegener fühlte er sich. »Ich esse zu Haus«, sagte er.

»Vielleicht schließt sich uns Peter unterwegs an«, bemerkte sie nach kurzem Zögern. »Ich hoffe, es ist Ihnen recht.«

»Er ist Ihr Verlobter, nicht meiner.«

Abrams trank aus. »Ich nehme ein Taxi nach Haus, wir treffen uns dann um acht Uhr.«

»In Ordnung.«

Sie wollte sich abwenden, hielt aber plötzlich inne. »Hätten Sie Lust, heute an George Van Dorns Memorial-Day-Party teilzunehmen?«

Abrams schüttelte den Kopf. »Eine O'Brien-Veranstaltung am Wochenende reicht mir.«

»Also, überlegen Sie sich's, ja? Sie können mit Peter und mir fahren – mit dem Schnellboot.« Sie schüttelte den Kopf. »Ach, das hört sich an, als versuchte ich ein Kind zu etwas zu überreden. Ich wollte nur sagen, mit dem Boot dauert es keine halbe Stunde. Wenn Sie sich langweilen, können Sie ja mit dem Zug nach Haus fahren. Es kommen bestimmt Leute, die Sie kennen ...«

Abrams ging quer durch das Wohnzimmer und stellte das Glas in die Spüle. Katherine schien ein wenig durcheinander zu sein. »Ich habe leider schon etwas anderes vor«, sagte er.

»Oh ... ich glaube, ich muß mich jetzt beeilen.« Sie ging ins Schlafzimmer, schloß die Tür hinter sich und machte sie gleich wieder auf. »Wo habe ich nur heute früh meine Gedanken? Müssen Sie ins Badezimmer?«

»Nein«, antwortete er. »Machen Sie nur. Eine Viertelstunde halte ich es noch aus. Ich kann mich warm machen für den Lauf. Bergauf, bergab.«

Sie betrachtete den schiefen Boden, warf Abrams einen gespielt ärgerlichen Blick zu und verschwand.

Er hörte die Dusche angehen und griff nach dem Telefon. »Spinelli. Hier Abrams.«

Captain Spinelli meldete sich mit erschöpfter, heiserer Stimme. »Aha, der Wanderbursche. Zum Teufel, wo stecken Sie, Abrams? Warum waren Sie nicht bei sich zu Haus?«

»Ich hab' in der 36. Straße geschlafen.«

»Und ob! Wo stecken Sie?«

»Unten im West Village.«

»Wo da?«

»In Wohnung 4 B. Sagen Sie mal, was hat der Leichenbeschauer bei Arnold Brin als Todesursache festgestellt?«

»Erstickungsunfall.« Spinelli räusperte sich. »Keinerlei Hinweise auf Fremdverschulden.«

»Es haben Akten gefehlt.«

»Das läßt sich nicht beweisen oder mit dem Fall in Verbindung bringen. Was macht das schon! Wir beide wissen, daß es ein Mord war. Wie kommt's, daß *Sie* noch nicht ermordet worden sind?«

»Das Wochenende ist noch nicht vorbei. Irgendwelche Erkenntnisse über den Dachspringer von der 36. Straße?«

»Ja. Auf dem Dach hat's eine Rauferei gegeben. Drei Männer. Aber das wissen Sie wohl. Oben an der Feuerleiter haben wir Ihre Fingerabdrücke gefunden, Jungchen!«

»Na, ich war wenigstens so umsichtig, hinabzusteigen. Und der Tote?«

»Ausländer. Wahrscheinlich Osteuropäer, auch wenn die Kleidung aus Amerika stammte. Was war da oben los? Wer könnte *Sie* umbringen wollen? Außer mir?«

»Erzähl' ich Ihnen später mal. Unterdessen sollten Sie Claudia Lepescu im Auge behalten.«

»Wir behalten alle im Auge – alle, die wir finden können. Ich versuche an diese Miß Kimberly ranzukommen. Stellen Sie sich vor, wir finden nicht mal eine Anschrift von ihr. Bei der Telefongesellschaft nichts bekannt. Dabei hat doch jeder Mensch ein Telefon, ja? Sie muß also unter falschem Namen laufen. Können Sie sich das bei einer Anwältin vorstellen? Auch einige andere Teilnehmer an unserem Drama versuchten wir ausfindig zu machen, aber keine Spuren. Was sind das für Leute, für die Sie da arbeiten, Abrams? Wo wohnen sie?«

»O'Brien am Sutton Place, die genaue Anschrift kenne ich nicht. Van Dorn hat seinen Sitz in Glen Cove. Die Glenvilles sprachen von Scarsdale. Thorpe hockt im Lombardy. Kimberly in der Carmine Street 39. Fragen Sie bei der Anwaltskammer nach.«

»Die haben übers Wochenende zu. Aber ganz früh am Dienstag erscheine ich in O'Briens Büro und möchte dann alle dort sehen. Sie eingeschlossen, Kumpel!«

»Sagen Sie mal, haben Sie wegen Thorpe bei der CIA angerufen?«

»Ja. Die mauern aber, die blöden Arschlöcher. Na, irgendwann erbitten auch die mal wieder einen Gefallen. Der FBI zieht mit, kommt mir aber irgendwie nervös vor. Jedenfalls habe ich Thorpe auf den üblichen Wegen schon überprüft, auf die geringe Chance hin, daß er vielleicht schon in unseren Akten steht ...«

Abrams hörte, wie sich Spinelli am anderen Ende der Leitung eine schwarze Panatella anzündete und dann drauflosshustete. »Lungenzug«, sagte er.

Spinelli bekam seinen Husten unter Kontrolle. »Und da war wirklich etwas. Staatsanwaltschaft Kreis Nassau. Vor etwa sieben

Jahren. Thorpe und seine Frau Carol auf Bootsfahrt im Long Island Sound. Sie ging auf See verloren. Es gab dazu eine Meldung der Küstenwache.«

»Und die Schlußfolgerung?«

»Was hätten die schon folgern sollen? Unfall. Bootsunfälle sind beinahe immer perfekte Morde. Irgendwo habe ich gelesen, die CIA hätte in der Chesapeake Bay auf diesem Weg mindestens drei unerwünschte Leute beseitigt. Himmel, die haben Patent, Warenzeichen und Copyright auf diese Methode!«

»Hätte trotzdem ein Unfall sein können.«

»Durchaus. Einzig Peter und Carol kennen die Wahrheit. Peter sagte vor der Küstenwache aus. Carol wurde nie gefunden. Es fand ein Gottesdienst auf See für sie statt. Der Ehemann war sichtlich mitgenommen. Keine Anklage.«

»Allzu oft kann man diese Methode nicht anwenden«, sagte Abrams nach längerem Schweigen.

»Nein, zulässig ist höchstens ein Fall in sieben Jahren. Eine Ehefrau, ein Geschäftspartner, ein Schwager. Durchschnittswerte. Ich ließ nachforschen auf etwa zwanzig Jahre zurück. Und siehe da, Maryland hatte das Gesuchte. Eine Nebenbucht der Chesapeake Bay, 1971. Mann über Bord. Kapitän Peter am Steuer. Er wendet, um den Unglücklichen zu retten und ... o nein, er fährt dem Kerl geradewegs über den Schädel. Aber noch ist nicht alles verloren. Der Mann lebt noch. Kapitän Peter legt den Rückwärtsgang ein und mäht den Armen versehentlich nieder – Rasur, Haarschnitt und Gehirnoperation in einem. Dieser Unglücksfall sieht sehr nach einer Aktion der großen Firma aus. Juristische Schritte wurden nicht eingeleitet.« Spinelli unterbrach seinen Redefluß. »Dieser Mann ist ein kaltblütiger Killer«, sagte er dann.

»Ziehen Sie keine voreiligen Schlüsse.«

»Schon gut. Aber wie paßt James Allerton ins Bild? Das scheint alle so nervös zu machen. Es ist doch *der* James Allerton, oder?«

»Genau. Allerton ist Thorpes Adoptivvater.«

»Kein Witz?«

»Kein Witz. Allerton ist außerdem ein Freund des vermißten Colonel Carbury. Haben Sie schon eine Spur von ihm?«

»Nein, aber ich weiß, wie er verschwunden ist. Tatsächlich mit Hilfe eines Doubles.«

»Sie haben den Doppelgänger gefunden?«

»Natürlich.«

»Wer hat ihm den Auftrag gegeben?«

»Ich habe ihn danach gefragt, aber er antwortete nicht.«

»Tot?«

»Volltreffer. Ein Schlepper fand ihn im Wasser, untere Hafenausfahrt. Kam als Selbstmord durch, aber ich bin ja ein schlaues Bürschchen, Abrams. Alle nicht identifizierten Toten laufen über meinen Schreibtisch. Eine lange Geschichte, jedenfalls waren seine Fingerabdrücke im Zusammenhang mit einer Kabarettlizenz in unseren Akten. Ich fragte bei der Schauspielergewerkschaft nach, und ein Bekannter von ihm nahm die Identifizierung vor. Der Bursche hieß Larson.«

»Wie haben Sie ihn mit Carbury in Verbindung gebracht?«

»Nun, zum einen ist er Schauspieler. Zum anderen bekamen wir über Funk aus England Foto und Beschreibung von Carburys – Größe, Gewicht, Alter. Dieser Larson könnte hinhauen, dachte ich mir. Allerdings trug er nicht Carburys Kleidung. Der Leichenbeschauer meint, daß Larson nach dem Tod noch angekleidet wurde. Vermutlich wurde er in eine Badwanne oder mit dem Kopf in einen Eimer Wasser gedrückt, ausgezogen, in seine eigenen Kleider gesteckt und in den Fluß geworfen. Wir haben es hier mit raffinierten Leuten zu tun. Ernst zu nehmende Leute.«

»Genau.« Doch trotz aller Raffinesse, überlegte Abrams, scheiterte alles an der gewissenhaften Arbeit einer Mordkommission der Stadtpolizei. »Gute Arbeit, Spinelli.«

»Oh, vielen Dank, Mr. Abrams. Vielleicht liegt hier der Grund, warum ich Captain bin und Sie noch immer die Schulbank drücken.«

»Mag sein. Ach, haben Sie noch einmal mit dem Barmann gesprochen? Mit Donald?«

»Wir waren heute früh um neun verabredet, aber Donald kam

schon sehr zeitig. Gegen ein Uhr morgens. Er liegt neben dem Schauspieler aufgebahrt! Überfall in der Bronx. Eispickel von oben in den Schädel ...«

»Himmel Herrgott!«

»Genau. Und wie passend, das mit dem Eispickel, nicht wahr? Barmann ... Eispickel ... verstehen Sie? Und wieso sind Sie noch am Leben? Wie werden wir Sie auffinden, Abrams? Zerschmettert unter einem Haufen Gerichtsvorladungen?« Spinelli lachte laut.

Abrams ging mit dem Telefon zum Eisschrank und schenkte sich Orangensaft nach. »Und Nicholas West?« fragte er, nachdem er einen großen Schluck getrunken hatte. »Beobachten Sie ihn?«

»Ja, jeder beobachtet diesen Burschen. Was ist denn das für einer?«

»Ein Mann, der sehr viele Antworten weiß.«

»Also, wir dürfen nicht mal mit ihm reden. Jedenfalls ist er im Princeton Club bestens untergebracht.«

»Schön, und wie steht es mit ...«

»Halt, halt! Jetzt sind Sie an der Reihe, Abrams. Erzählen Sie mir, was Sie wissen. Zum Beispiel, was ist mit dieser O'Brien-Firma los? Warum passiert die ganze Scheiße ausgerechnet in meinem Revier? Warum nicht in Newark oder Berlin oder sonstwo?«

»Die Leitung wird vielleicht abgehört.«

»Ach, hören Sie mit dem Unsinn auf!«

Abrams erkannte, daß er Spinelli nichts über O'Brien und die OSS-Veteranen verraten würde – und das überraschte ihn, aber nur ein wenig. Er hörte, wie die Dusche abgestellt wurde. »Ich muß jetzt los.«

»Wir beobachten Ihre Wohnung. Ebenso die 36. Straße.«

»Ich weiß. Ordnen Sie dasselbe für Carmine Street 39 an. Vielen Dank.«

»Ich pfeife auf Ihren Dank. Sobald Sie nach Haus kommen, um sich frische Socken zu holen, sind Sie dran. Ich habe hier einen Haftbefehl für Sie. Im Bau sind Sie ohnehin sicherer.«

Abrams trank seinen Orangensaft aus. »Hören Sie, lassen Sie

das mit dem Haftbefehl; ich bin morgen früh um neun Uhr in Ihrem Büro.«

»Ich war *heute* um neun mit dem Barmann verabredet. Ihr Leute neigt dazu, euch zu früh einzufinden, und zwar im Leichenschauhaus.«

»Ich muß dringend was erledigen. Morgen weiß ich mehr.«

Spinelli ließ ein langes Schweigen eintreten, ehe er antwortete. »Na schön. Morgen früh um neun Uhr.« Er zögerte »He ... Tony ... passen Sie gut auf sich auf, ja?«

»Okay.« Abrams legte auf. Im Schlafzimmer summte Katherines Fön. Das Summen hörte auf, und sie kam in einem Kimono zur Tür. »Wollen Sie duschen? Ich trockne unterdessen mein Haar. Sie finden dort, was Sie brauchen.«

Abrams hängte sich den Halfter über die Schulter und ging ins Badezimmer. In ordentlicher Reihe erwarteten ihn Wegwerfrasierer, Zahnbürste, eine Dose Rasierschaum und eine kleine Flasche Aftershave mit einem Polospieler darauf. Abrams hob die Flasche an die Nase. Eindeutig Thorpes Duft.

Er rasierte sich, duschte und trocknete sich ab. Auf das Aftershave verzichtete er und wickelte sich in das Badetuch. Die Unterhose in einer Hand, Waffe und Halfter in der anderen, öffnete er die Tür und betrat das Schlafzimmer.

Katherine stand vor dem Ankleidetisch und trug nur eine kurze Sporthose. Sie war im Begriff, sich ein T-Shirt über den Kopf zu streifen. Ihre Blicke begegneten sich. Abrams wandte sich ab, ging ins Wohnzimmer und zog sich an.

Nach einer Weile trat Katherine in ihrer Jogging-Ausrüstung ins Wohnzimmer. »Wir können uns nicht ewig hier verstecken«, sagte sie.

»Nein, aber es ist sicherer, wenn man nicht allein ist. Mein Vorschlag wäre folgender: Wer heute abend noch am Leben ist, sollte im Haus an der 36. Straße Zuflucht suchen. Das wird von der Polizei bewacht.«

Sie nickte. »Vernünftig wär's. Claudia wird sich über Gesellschaft freuen.«

Abrams antwortete nicht.

Sie stand auf, reckte sich und machte eine Rumpfbeuge. »Ich hoffe auf einen schönen Lauf. Wir treffen uns dann in etwa einer Stunde bei Ihnen.«

»Schön.« Er stand auf und zog das Jackett an. »Treffen sich mehrere Läufer bei der City Hall?«

»Ja. Zwischen sieben und acht Uhr laufen die Leute dort in Gruppen los. Es kann mir nichts passieren.«

Abrams entriegelte die Tür und schaute in den schmalen Flur hinaus, dann wandte er sich zu ihr. »Fahren Sie im Taxi zur City Hall.«

»Natürlich.« Sie stand auf. »Tony ... wissen Sie, allmählich habe ich Gewissensbisse, daß ich Sie in die Sache hineingezogen habe.«

Er lächelte. »Ich hatte für das lange Wochenende sowieso nichts anderes vor.«

Sie antwortete nicht.

Abrams musterte sie. »Was meinen Sie – wo könnten wir auf Peter Thorpe treffen?«

»Überall unterwegs.«

»Na, wir werden die Augen offenhalten.«

Katherine nickte.

Abrams zog die Tür hinter sich zu, griff nach seinem Revolver und ging die schmale Treppe hinab.

31

Peter Thorpe ging durch den langen, schwach beleuchteten Bodenraum und blieb dann neben der Krankenhausliege stehen. Er betrachtete Nicholas West, der im grellen Licht nackt vor ihm lag. Schwarze Gurte lagen über Beinen und Brust.

Thorpe setzte eine gut schützende Sonnenbrille auf. Sein Kopf warf einen Schatten auf West, der zum ersten Mal seit Stunden die Augen zu öffnen vermochte. Er starrte in das Gesicht, das über ihm hing, und kramte in seiner berauschten Erinnerung nach dem Namen des Tiers. »Maulwurf ...« murmelte er dann.

»Sie sind ein Maulwurf ...«

Thorpe lachte. »Als ich noch klein war, folgte ich den sichtbaren Maulwurfstunneln über den Rasen. Manchmal gab's am Ende des Tunnels eine Bewegung. Dann schnappte ich mir einen Spaten, rammte ihn in den Boden und spaltete den kleinen Kerl in zwei Teile.«

West schwieg.

Thorpe lächelte. »Das Bild des dummen, hilflosen Maulwurfs, der sich in seinem lächerlichen Tunnel für sicher hält und doch deutliche Spuren hinterläßt, ist mir immer gegenwärtig, Nick. Ich fragte mich, welche Eindrücke das winzige Gehirn gewann, als der Spaten niedersauste. Warum hatte die Natur so schlecht für sein Überleben vorgesorgt? Schwebt auch über meinem Kopf ein Spaten? Wir werden noch darüber sprechen.«

Thorpe hob den Arm und schaltete den Strahler aus. West öffnete die Augen, und die beiden Männer starrten sich an. »Armer Nick«, sagte Thorpe schließlich. »Aber Sie haben wohl immer gewußt, nicht wahr, daß es Ihnen bestimmt sein würde, eines Tages nackt auf einem solchen Tisch zu liegen.«

West nickte. »... wußte es ...«

Thorpe beugte sich vor. »Haben Sie sich je mit der Möglichkeit befaßt, daß es mein Tisch sein könnte?«

West öffnete den Mund und sprach langsam und mühselig: »Peter ... tun ... Sie ... mir ... das ... nicht an ...«

Thorpe versetzte seinem Opfer einen Rippenstoß. »Passen Sie auf. Überlegen Sie sich gut, was Sie antworten. Kennt außer Ihnen noch jemand den Inhalt der Talbot-Akte?«

West blinzelte und schüttelte den Kopf; dann fiel ihm ein, daß ja eine Antwort verlangt wurde. »Nein ... nur Ann ... Sie kennt die Talbot-Akte ... Sonst niemand ...«

Thorpe behielt die beiden Lügendetektoren im Auge und nickte. »Sehr gut, Nick. Vielen Dank.«

Er lockerte Wests Brustgurt, und West atmete tief ein. Dann drückte Thorpe auf einen Knopf an der Konsole, und die sanften Klänge von Beethovens ›Mondscheinsonate‹ füllten den Raum. »Ihr Musikgeschmack ist wirklich zuckersüß, Nick.«

West räusperte sich. »Sie Ungeheuer ...«

Thorpe lächelte. »Ach, Mr. West, es gehört zu meinen Methoden, sich von Gefangenen beschimpfen zu lassen. In der guten alten Zeit hätte Ihnen das ein gebrochenes Jochbein eingebracht. Solange die Geräte zeigen, daß Sie Ihre Worte wirklich glauben, will ich Ihnen keine Schmerzen bereiten.«

Thorpe beugte sich wieder vor. »Also gut, Professor, machen wir weiter. Warum waren Sie der Ansicht, O'Brien komme als Talbot nicht in Frage?«

»Ihm wurde eine Falle gestellt ...« sagte West beinahe verträumt. »Es gab keine echten Beweise ... er wurde in kompromittierende Situationen laviert ... durch Talbot.«

»Woher wissen Sie das so genau?«

»Man versuchte O'Brien umzubringen ... nach dem Krieg ... ein schlimmes Attentat ... Jagdunfall in Utah ... Kugel im Bauch ... beinahe gestorben wäre er ...«

»Das wußte ich ja gar nicht.«

»Geheim ... in den Akten ...«

»Warum können Sie aber nicht ableiten, wer O'Brien während des Krieges hereinzulegen versuchte? Warum wissen Sie nicht, wer Talbot ist?«

»Vermute ... vermute ... drei Leute ... nicht einer ... Dreifaltigkeit ... wußten wahrscheinlich nichts voneinander ...«

Thorpe rieb sich das Kinn und beugte sich zu West hinab. »Könnte mein Vater einer dieser Leute sein?«

West nickte. »Ja ... ja ... möglich ist es ...«

»Wie dicht war O'Brien an die Wahrheit herangekommen?«

»Er glaubte der Lösung sehr nahe zu sein.«

Thorpe blickte auf seine Geräte.

»Das war eine spitzfindige Antwort, Nick. Daß Sie mir nicht den Raffinierten spielen!«

Thorpe zog einen Stuhl heran und setzte sich neben die Liege. »Na schön, Professor, zu meinen Methoden gehört es auch, die Betroffenen Fragen stellen zu lassen. Heraus damit.«

West starrte Thorpe eine Zeitlang an. »Für wen arbeiten Sie?« fragte er dann.

»Natürlich für den KGB.« Er lächelte. »Ich bin dort Major. Die Russen lieben Rangunterschiede. Sie finden, es sei eine Ehre für mich, Major zu sein. Sie sind noch rangbewußter als die Nazis.«

»Wenn Sie KGB-Offizier sind, warum wissen Sie dann nicht, wer Talbot ist?«

»Das verrät man mir nicht. Man möchte feststellen, ob ich es herausfinden kann. Wenn *ich* es schaffe, wäre das wohl auch der CIA oder Ihnen oder O'Brien möglich.«

»Wen haben Sie im Verdacht?«

Thorpe lächelte. »Nun ja, zunächst meinen Vater. Ich meine aber, O'Brien ist ... war einem anderen auf der Spur, der ebenfalls Talbot sein könnte, so verworren sich das anhören mag.«

»O'Brien ...«

»Ist tot, Nick. Nächste Frage.«

West schwieg eine Zeitlang. »Und Carbury?« fragte er dann.

»Den muß ich auf meine Kappe nehmen.« Thorpe zündete sich eine Zigarette an. »Nachdem ich Kates Privatdetektive mit einem Double in die Irre geführt hatte, war er verwundbar. Ich verschaffte mir Zutritt zu seinem Zimmer und schlug ihm mit einem Spazierstock den Kopf ein, als er zum Umziehen heraufkam. Ich stopfte ihn mitsamt Stock und Smoking in einen Plastiksack und warf ihn durch das Fenster in die Seitengasse hinunter. Später holten ihn Freunde von mir ab. Zum Glück hatte er seine Aktentasche bei sich. Ich zeige Ihnen später, was darin war. Leider übersah ich den Blutfleck an meiner Manschette. Mr. Abrams hingegen übersah ihn nicht und wird dafür mit seinem eigenen Blut bezahlen. Nächste Frage.«

»Sie ... Wahnsinniger ...«

»Eine Frage!«

West fuhr sich mit der Zunge über die Lippen. »Warum ist Talbot so wichtig ... warum ordnet Moskau Mordtaten auf amerikanischem und britischem Boden an, um ihn zu schützen ... warum schafft man ihn nicht einfach außer Landes?«

»Offenbar braucht man ihn *im* Land, Nick.«

»Aber wozu?«

Thorpe zuckte die Schulternn. »Das weiß ich nicht genau. Aber ich weiß, daß die Tage der USA gezählt sind. Das Ende wird wahrscheinlich am Wochenende des 4. Juli eintreten. Soviel mußte man mir mitteilen, damit ich mich vorbereiten ... und absichern konnte.«

»Ein Erstschlag?«

»Nein.« Thorpe ließ die Zigarette auf den Boden fallen. »Vielleicht wissen Sie aber mehr darüber?«

»Nein.«

Thorpe drückte auf einen Knopf und setzte West auf das schmerzhafteste unter Strom.

West brüllte, so laut er konnte, und sein Körper stemmte sich gegen die Gurte. Er biß sich auf die Zunge, bis es blutete. »Oh ... oh ... nein ...« Tränen quollen ihm aus den Augen, und Thorpe wischte sie mit einem Taschentuch fort.

»Na, na ... warum zwingen Sie mich, Sie so zu behandeln?«

West begann zu schluchzen. »Peter ... bitte ... versuchen Sie zu ... verstehen ... ich bin doch so trainiert ... geben Sie mir eine zweite Chance, ehe Sie so etwas tun ...«

Thorpe schüttelte den Kopf. »Ich stelle Ihr Training um, Nick. In allen Büchern über Kinderpsychologie oder Tierverhalten heißt es übereinstimmend, daß man Lohn und Strafe nach festen Regeln vergeben soll. Das *Handbuch des Folterers* – ja, so etwas gibt es; ich habe an der Neufassung mitgewirkt – ist ebenfalls dieser Auffassung. Verstehen Sie, was ich sage?«

»Ja, ja.«

»Und ich verspreche Ihnen, ich halte mich an das Buch. Ich werde nie die Geduld verlieren, nie aus persönlichen Motiven handeln, weder im guten noch im bösen. Sie sind nicht der erste Freund auf diesem Tisch.«

»Mein Gott ...«

»Also, was wissen Sie über den sowjetischen Plan?«

West atmete tief durch. »Ich glaube ... Peter, hören Sie ... man wird Sie umbringen ... man wird Sie niemals am Leben lassen, wenn Sie ... das wissen ...«

Thorpe starrte auf seine Geräte und sagte leise: »Davon sind Sie wirklich überzeugt, wie?« Er blickte auf die Uhr. »Im Moment habe ich keine Zeit mehr. Wichtige Dinge soll man zuerst erledigen – das ist einer von Katherines Lieblingssprüchen. Und für mich ist jetzt das wichtigste, meine Vorbereitungen abzuschließen, die sie in meine Gewalt bringen sollen.«

West hob mühsam den Kopf. »Wen?«

»Katherine. Und während ich sie entführe, werde ich auch gleich mit Abrams aufräumen.«

»Tony Abrams? Warum denn?«

»Er gefällt mir nicht. Aber auch praktisch gesehen, könnte er zum Problem werden. Jedenfalls werden Sie bald Gesellschaft haben. Heute abend liegt Kate neben Ihnen. Was für ein hübscher Chor das sein wird! Stereo!«

»Sie sind krank. Jeder weiß das. Ann weiß es, ich weiß es ...«

Thorpe griff nach dem Schaltknopf, hielt sich dann aber mit einem tiefen Atemzug zurück. »Du lockst mich nicht aus der Reserve, du kleiner Scheißer.«

»Selbstbeherrschung ...«

Thorpe beugte sich tief über West, bis die beiden Gesichter nur noch wenige Zentimeter voneinander entfernt waren. »Ich will Ihnen mal was verraten über Ihre geliebte Ann ...«

»Ann ...«

»Ist tot.«

»Nein. Nein!«

»Doch ... und Sie werde ich ebenfalls umbringen. Mir ist egal, ob Sie das wissen oder nicht, denn Ihre Kenntnis von Anns Tod und von Ihrem eigenen nahen Ende wird das Ergebnis unserer Verhöre nicht im geringsten beeinflussen.«

»Sie ... haben doch nicht ... konnten doch nicht ... Sie ist *nicht* tot!«

»O doch.« Thorpe legte West einen Finger auf die Stirn und drückte zu. »Dort wird meine Kugel Sie treffen. Glauben Sie mir das?«

»J-j-ja.«

Thorpe überprüfte den Polygraphen und den Stimmenanalysator. »Das ist eine der wenigen Fragen, die eine unklare Reaktion anzeigen.« Er klopfte West auf die Stirn. »Glauben Sie daran!

Genau hier. Und das ist noch rücksichtsvoll gehandelt, weil ich gegen Sie persönlich nichts habe. Bei Leuten, die mir gegen den Strich gehen, dauert das Sterben zwei Wochen!«

West starrte Thorpe an und sagte: »Wie könnten Sie ... Katherine ...?«

Thorpe richtete sich auf und trat von der Liege fort. »Beruflich gesehen besitzt sie Informationen, die ich gern hätte. Persönlich gesagt, möchte ich die arrogante Schnepfe gern hier gefesselt auf dem Tisch liegen haben, wo sie sich die Seele aus dem Leib schreien kann. Einen prächtigen Film würde das abgeben.«

»Peter ... wenn Sie überhaupt noch eine Seele ... ein Herz haben ... Katherine weiß nichts, das ich nicht auch wüßte.«

»Das werden wir herausfinden. Spätestens heute abend werden Sie sich beide gegenseitig überschreien, damit ich nur ja recht gut zuhöre.«

»Ann ist *nicht* tot!«

»Hören Sie auf, sich wegen der Kimberly-Mädchen Sorgen zu machen. Sie können nichts mehr für sie tun. Oder für sonst jemanden, Sie selbst eingeschlossen.«

Thorpe ging zur Tür, kehrte aber noch einmal zurück. »Es dauert dann nur wenige Stunden, bis die ersten bearbeiteten Videobänder von Ihnen und Katherine in Glen Cove eintreffen. Meine russischen Freunde werden sie nicht nur amüsant, sondern auch lehrreich finden. Sie wollten Sie persönlich haben, doch wie bei den meisten Dingen, die sie in die Hand nehmen, verstehen sie sich auch nicht aufs Foltern.«

Wests Stimme hatte eine überraschende Festigkeit und Lautstärke: »Man wird Sie *umbringen*, Sie Dummkopf!«

»Nicht, solange ich Sie habe. Nicht, solange man mich braucht. Und ich werde dafür sorgen, daß man mich braucht, bis zum ...«

»Bis zum Ende. Dann aber werden Sie liquidiert. Für Sie ist in den Plänen der Russen kein Platz.«

»Ein Mann wie ich findet immer ein Plätzchen, Nicko.« Nach kurzem Schweigen fuhr Thorpe fort: »Innerhalb weniger Wochen, je nachdem, was Sie und Katherine mir offenbaren, werden wir genau wissen, ob und wie wir die nächsten Schritte einleiten können. Wir werden wissen, ob Amerika lebt oder stirbt. Aber Sie beide, Sie sind schon so gut wie tot. Bis später, Kumpel.«

32

Katherine Kimberly erreichte den Fußsteig über die Brooklyn-Brücke und lief die Schräge empor. Der Morgen war klar und kühl, und die Brücke bot einen herrlichen Ausblick. Die Planken unter ihren Füßen federten angenehm. Sie erreichte den höchsten Punkt der Brücke und wurde bergab wieder schneller.

In beiden Richtungen herrschte kaum Verkehr. Dennoch schaute sie mehr auf die Autos als auf das Panorama. Ein brauner Lieferwagen näherte sich von hinten und blieb auf gleicher Höhe mit ihr. Sie lief schneller. Der Wagen beschleunigte ebenfalls. Katherine setzte zu einem Sprint an und erreichte eine kleine Gruppe anderer Jogger.

Ein Mann blickte aus dem offenen Beifahrerfenster. »He, können wir Sie mitnehmen?«

Katherine blickte kurz zu ihm hinüber. Instinkt und Erfahrung verrieten ihr, daß er harmlos war. Sie beachtete ihn nicht weiter. Der Lieferwagen fuhr wieder schneller und verschwand.

Katherine blieb bei der Gruppe, lief die Brückenrampe hinunter und dann in der Henry Street nach Süden. Hier und dort schauten Frühaufsteher aus den Fenstern.

Die anderen Läufer bogen in die Cranberry Street ab, während Katherine weiter der Henry Street folgte und dabei viel zu schnell lief und alle paar Sekunden über die Schulter blickte. Sie war verschwitzt und atmete heftiger als es eigentlich hätte der Fall sein dürfen.

Schließlich entdeckte sie das Haus, in dem Abrams wohnte, ein teures Hochhaus inmitten von Sandsteinbauten. Sie beschleunigte das Tempo noch mehr, lief quer über den Vorrasen und hastete durch die Glastür. Schwer atmend lehnte sie sich an die Wand der Vorhalle und blickte auf die Uhr. 7,34 Kilometer in neununddreißig Minuten. Nicht schlecht.

Katherine drückte gegen die innere Glastür, die aber verschlossen war. Sie wollte sich schon auf die Suche nach Abrams' Klingel machen, als die Tür von innen geöffnet wurde. Ein Mann stand vor ihr. Nach kurzem Zögern huschte sie an ihm vorbei und durchquerte mit schnellen Schritten das Foyer. Sie drückte auf den Liftknopf und wartete. Der Mann stand in der Mitte der Vorhalle und starrte sie an. Der Lift kam, und sie fuhr in den sechsten Stock.

Katherine läutete an der Wohnung 6C. Der Spion wurde geöffnet, dann ging die Tür auf. »Kommen Sie rein.«

Sie atmete auf und betrat einen kleinen Flur.

»Ist man Ihnen gefolgt?« fragte Abrams.

»Ich glaube nicht. Aber unten im Foyer steht ein Mann. Brauner Anzug, groß ...«

»Ein Bulle. Stimmt was nicht?«

Sie rang sich ein Lächeln ab. »Bin nur ein bißchen außer Puste.« Sie erkannte, daß sie froh war, hier zu sein. In seiner Gegenwart fühlte sie sich sicher. Ihr Blick fiel auf seinen zerrissenen alten Trainingsanzug, auf dem sich Farbflecken breitmachten. Das T-Shirt wies die Aufschrift *N.Y.P.D-Sport* auf. »Trägt so etwas die Schickeria von Brooklyn?«

»Genau. Damit gebe ich den Straßenräubern zu verstehen, daß ich arm, aber bewaffnet bin.« Abrams führte Katherine ins Wohnzimmer. Sie blickte sich um. So etwas hatte sie nicht erwartet.

Er folgte ihrem Blick, sagte aber nichts.

Sie fragte: »Sind Sie denn wirklich bewaffnet?«

»Ja. Und Sie auch. Hoch mit dem T-Shirt.«

Sie zögerte, dann kam sie der Aufforderung nach. Abrams nahm einen Waffengurt aus Nylon vom Couchtisch, wickelte ihn ihr um die Taille und drückte den Klettverschluß zusammen. »Wie fühlt sich das an?«

Sie atmete tief ein. »Gut.«

Er brachte einen Halfter zum Vorschein und hakte ihn ihr auf dem Rücken in den Gurt. Dann reichte er ihr eine kleine Automatik. »Eine .25er Beretta, ungeladen. Machen Sie sich mal damit vertraut.«

Sie bediente den Schlitten, überprüfte die Sicherung und die Spannung des Abzugs. »Sehr leicht«, stellte sie fest.

»Eine Joggerwaffe. Kein Problem für den Läufer.«

»Hoffentlich aber eins für den, den ich aufs Korn nehme.«

Abrams lächelte. »Die Durchschlagskraft ist nicht berühmt, die Treffsicherheit auch nicht, aber ansonsten ist das Ding zuverlässig.« Er reichte ihr zwei Magazine mit je sieben Schuß. »Zielen Sie auf die Körpermitte, ziehen Sie immer wieder durch. Das Ding lädt schnell nach.«

Katherine ließ ein Magazin in den Griff der Pistole rasten und steckte das andere in die Hosentasche. Sie griff hinter sich, steckte die Waffe in den Halfter, zog sie wieder, verstaute sie erneut auf dem Rücken, um sich damit vertraut zu machen.

»Ich weiß«, sagte Abrams, »daß Sie an Ihre eigene Waffe gewöhnt sind, aber etwas Besseres war auf die Schnelle nicht zu beschaffen.«

»Gut so. Ehrlich!«

»Wer hat Ihnen beigebracht, mit Waffen umzugehen?«

»Peter.« Sie führte die Anwort nicht weiter aus. »Wie sind Sie bewaffnet?« fragte sie statt dessen.

Abrams klopfte sich an die Brust. »Eine .38er im Schulterhalfter. Setzen Sie sich doch ein Weilchen.«

Sie nahm auf dem Sofa Platz und ließ erneut den Blick durch das Zimmer wandern.

Abrams setzte sich in einen braunen Ledersessel. »Als ich noch bei der Polizei war, hatte ich mehrmals Glück mit meinen Geldanlagen.«

Sie schien verlegen zu sein. »Tut mir leid, wenn ich überrascht ausgesehen habe.«

»Nun ja, die interne Untersuchungskommission der Polizei sah noch überraschter aus, als sie mir hier einen unerwarteten Besuch abstattete. Die Männer haben mir auf der Suche nach Bestechungsgeldern praktisch die ganze Wohnung auseinandergenommen.«

Wieder schien sie sich unbehaglich zu fühlen. »Aber Sie konnten alles erklären?«

Abrams lehnte sich zurück. »Marcys Vater war Börsenmakler. Sie hatte keine Ahnung, daß ich mit ihm Geschäfte machte. Die Leute von der Steuer waren jedenfalls zufrieden; trotzdem wurde ich von Geheimeinsätzen entbunden, wieder in Uniform gesteckt und nach Staten Island geschickt, wo ich Daumen drehen sollte. Mir ging auf, daß es mit der Karriere wohl aus war, und etwa um die gleiche Zeit bot mir O'Brien an, voll in die Firma einzusteigen. Da machte ich Schluß bei der Polizei.«

»Ja, ich erinnere mich daran.«

»Ach? Nun ja, das Angebot hätte zu keinem günstigeren Zeitpunkt kommen können.«

Es trat ein langes Schweigen ein. »Sie wollen doch nicht etwa unterstellen«, sagte sie, »daß Mr. O'Brien damit zu tun hatte?«

»Ich unterstelle, daß Mr. O'Brien den Papst wegen Ketzerei belangen könnte, wenn es ihm in den Kram passen würde.«

»Nun ja ...« Sie mußte an die Mißgeschicke denken, die ihrem Ex-Mann widerfahren waren. »Also ... boshaft ist er nicht. Ich meine, es gibt immer einen Grund ...«

»Davon bin ich überzeugt. Aber entschuldigen läßt es sich nicht. Ich meine, in das Leben anderer einzugreifen. Nun ja, es gibt keine Beweise, oder? Und böse bin ich ihm eigentlich auch nicht.«

Katherine wechselte das Thema. »Ihre Einrichtung zeugt von viel Geschmack.« Sie stand auf. »Wir sollten jetzt lieber laufen.«

Er blieb sitzen. »Wollte Peter nicht hierherkommen?«

»Ich glaube nicht. Er taucht sicher später auf.«

»Moment noch.« Abrams verschwand in der Küche und kehrte mit zwei Gläsern zurück, in denen sich eine braune Flüssigkeit befand. »Nach eigenem Rezept gemixt.«

Katherine hob das Glas und starrte es mißtauisch an. »Was ist das?«

»Äpfel, Bananen, Cornflakes und ... ach, ich weiß nicht mehr. Was immer ich zur Hand habe, wandert in den Mixer.«

»Tolles Rezept.« Sie kostete. »Gar nicht übel.«

Abrams leerte das Glas. »Schön. Ach, die Toilette ist unten am Gang.«

Sie nickte. »Bin gleich zurück.«

Er blickte ihr nach. Sie war sichtlich durcheinander. Ihr Liebhaber war vielleicht ein Verräter und Mörder. Menschen aus ihrer Umgebung starben reihenweise; wahrscheinlich war sie selbst in Gefahr. Außerdem glaubte sie ernsthaft, die Welt werde untergehen. Und wahrscheinlich ahnte sie bereits, daß er gern mit ihr ins Bett gegangen wäre. Sicher kein guter Zeitpunkt, die Sprache darauf zu bringen, aber er konnte nicht anders.

Sie erschien in der Tür. »Fertig.«

»Katherine ...«

Sie schaute ihm direkt in die Augen und sagte: »Nein, Tony, eins nach dem anderen.«

»Ich wollte auch nur eins.«

»Also dann: einen Mann nach dem anderen. Okay?«

»Klingt vernünftig.«

Langsam erschien ein Lächeln auf ihrem Gesicht. »Das hört sich aber nicht sehr überzeugt an.«

»Bei Ihnen aber auch nicht.« Er deutete auf die Tür.

Sie ging darauf zu und machte plötzlich kehrt.

Er nahm sie in die Arme und küßte sie.

Nach einer Weile löste sie sich sanft von ihm. »Wir haben zu tun ... wichtige Dinge zuerst.«

»Der Dritte Weltkrieg, oder was immer sich da vorbereitet, kann warten!«

»Nein ... komm ...« Wieder lächelte sie. »Wir wollen uns den Frust ein bißchen abstrampeln.«

Abrams folgte ihr zur Tür. Sein größter Frust hieß im Augenblick Thorpe – und es hätte ihm großen Spaß gemacht, den ein bißchen strampeln zu sehen.

33

Nicholas West spürte, daß jemand in seiner Nähe war, und öffnete die Augen. Im grellen Licht gewahrte er Thorpes Umrisse über sich.

»Na, wie geht es Ihnen, Kumpel?« fragte Thorpe.

West schüttelte den Kopf. »Ich leide.«

»Das ist alles relativ. Na, fangen wir an.« Thorpe zog sich einen Stuhl heran und nahm Platz.

West drehte den Kopf hin und her. »Katherine?«

Thorpe lächelte. »Noch nicht. Aber sie kommt, sie kommt bestimmt.« West fuhr sich mit der Zunge über die gesprungenen Lippen. »Wasser ...«

Thorpe glitt von seinem Sitz, ging zum Eisschrank und kehrte mit einem Pappbecher voller Eisstücke zurück. Einige ließ er in Wests offenen Mund fallen. »Was hat ... hatte Ann für eine Aufgabe bei der National Security Agency?«

West murmelte etwas, und Thorpe beugte sich vor. »Was?«

West spuckte ihm ins Gesicht.

Thorpe fuhr zurück. »Du Hurensohn!« fauchte er und wischte sich mit einem Taschentuch ab.

»Lüge gleich Schmerz, Wahrheit gleich Vergnügen.«

Thorpe lief rot an, begann dann aber zu lächeln. »Na schön, Sie Wurm, Sie winden sich noch! Sehe ich das richtig, Nick?«

»Ihre Methoden sind mies«, sagte West. »Ich hasse Sie, ich lehne Sie ab, ich werde Widerstand leisten.«

Thorpe blickte auf die Geräte. »Stimmt. Aber noch stehen wir am Anfang. Ihr Heldenmut wird lange vorhalten. Und jetzt möchte ich alles über Ann erfahren.«

»Sie hat mit dem Knacken von Kodes zu tun.«

Thorpe nickte. »Dabei geht es um russische Kodes. Genau gesagt, sie hört den Funkverkehr zwischen Moskau und den diplomatischen Stellen der Sowjetunion in New York, Washington und Glen Cove ab. Richtig?«

»Richtig.«

»Vor etwa sechs Wochen unterrichtete Ann Kimberlys Abteilung die CIA und andere Sicherheitsbeamte in Washington über einen interessanten Vorfall. Am Abend des 12. April dieses Jahres wurde der Funkverkehr zwischen Moskau und Glen Cove etwa sechs Sekunden lang unterbrochen und dann wieder aufgenommen.«

Thorpe musterte sein Opfer eingehend und fuhr fort: »Wie Sie vermutlich wissen, wird der Kodekontakt zwischen wichtigen Standorten beständig aufrechterhalten, auch wenn im Grunde nichts übermittelt wird. Eine Sicherheitsmaßnahme, damit etwaige Lauscher aus einem Zu- oder Abnehmen des Funkverkehrs keine Rückschlüsse ziehen können. Die sechssekündige Unterbrechung war also bemerkenswert, wenn auch nicht sensationell. Nach der Routinemeldung der NSA meldete das FBI zurück, es habe an diesem Abend ein heftiges Gewitter über Long Island gegeben, und das russische Haus, das auf dem höchsten Punkt der betroffenen Gegend stehe, sei vom Blitz getroffen worden. Ende des Rätsels.«

West benetzte seine Lippen, sagte aber nichts.

»Aber halt!« fuhr Thorpe fort. »Die NSA und andere, die sich mit hochentwickelter Elektronik auskannten, fanden an der Sache einiges nicht geheuer. Es wurden weitere Nachforschungen angestellt. Und siehe da, man fand einen Mann, der zur Zeit des Gewitters in seinem Boot unterwegs gewesen war und verzweifelt den Hafen zu erreichen versucht hatte. Und dieser Mann hat tatsächlich den Blitz gesehen, der das russische Anwesen traf.«

Thorpe beugte sich vor und stemmte die Ellenbogen auf den Rand der Liege. »Nur hat der Blitz nicht das Haus getroffen, Nick, sondern eine Antenne, die ein gutes Stück vom Gebäude entfernt aufgestellt war. Der Mann hat dies genau gesehen. Er kennt diese Antenne als Landmarke sehr gut und schwört, sie sei an jenem Abend um ein gutes Stück länger gewesen, eine Verlängerung, die er weder vorher noch nachher beobachten konnte. Was schließen Sie daraus, Nick?«

»Blitzableiter.«

»Genau. Man versuchte einen Blitz anzulocken! Richtig?«

»Richtig.«

»Warum ist dann aber bei den Russen der Strom ausgefallen? Der Ableiter hätte geerdet sein müssen, und auf keinen Fall hätte es eine Verbindung zu den elektrischen Schaltungen des Hauses geben dürfen. Selbst die dämlichen Russen wissen, wie ein Blitzableiter funktioniert.«

West schwieg.

»Nun ja«, fuhr Thorpe fort, »ich teilte meinen russischen Freunden mit, daß der Vorfall nicht unbemerkt geblieben war, und schon herrschte größte Aufregung. Sie baten mich, der Sache nachzugehen. Mit höchster Dringlichkeit. Das Erstaunliche aber war, daß, nachdem man diesen gewaltigen elektrischen Schlag angelockt hatte, Beleuchtung, Funkgeräte und offenbar auch alle anderen Einrichtungen völlig intakt waren – daß anscheinend nach sechs Sekunden alles wieder funktionierte. Schlußfolgerung? Man experimentierte mit der Elektrizität. Aber wozu, Nick?«

»Die NSA ... zog einen ganz eigenen ... Schluß«, antwortete West stockend. »Sie forderte alle anderen befaßten Dienste auf, die Sache zu vergessen. Die Folgerung der NSA wurde zum Staatsgeheimnis erklärt ...«

»Das weiß ich auch, verdammt. Ich habe den Bericht nie gesehen. Sie aber vielleicht. Oder Ann. Sie haben sich am 29. April ganz kurz in Washington mit ihr getroffen. In den Pausen zwischen Ihren leidenschaftlichen Umarmungen hat sie bestimmt erzählt, worauf die NSA gestoßen war. Heraus damit!«

West schwieg.

Thorpe griff nach der Transformatorenschaltung. »Verzögerung ist gleich Lüge. Drei, zwei, eins ...«

»Warten Sie! Warten Sie! Sie sagte ... man habe Überspannungsableiter getestet ... so etwas wie Leistungsschalter, um die elektrischen und elektronischen Systeme vor Gewittern abzusichern. Damit es keine längeren Unterbrechungen des Funkverkehrs geben konnte.«

Thorpe studierte die Anzeigen seiner Analysegeräte. »Nun, offenbar sprechen Sie die Wahrheit. Aber es steckt bestimmt mehr dahinter, nicht wahr? Sonst wären meine Freunde in Glen Cove bestimmt nicht so nervös. Was hat Ann noch gesagt?«

»Nichts.«

Thorpe drehte den Knopf.

Wests Körper krümmte sich empor. Sein Mund klaffte auf, aber kein Laut war zu hören. Zuckend sank er zurück, alle Muskeln waren verkrampft, die Haut bleich und trocken, die

Augäpfel weiß.

»Ich bin ziemlich sicher«, sagte Thorpe, »daß das Experiment in Glen Cove irgendwie mit dem *Schlag* zu tun hat – so nennen die Sowjets den Plan, mit dem sie Amerika vernichten, oder, wie sie es ausdrücken, der Welt den ewigen Frieden geben wollen.«

West nickte langsam.

»Schön. Kann unser kleines Gespräch weitergehen?«

West schüttelte den Kopf. »Sie hätten ... mich beinahe ... umgebracht ...«

Thorpe setzte sich wieder neben die Liege. »Na schön, dann werde *ich* jetzt ein bißchen reden, und Sie hören zu. Denken Sie gut über meine Worte nach. Erstens macht sich Moskau Sorgen, der Plan könnte zum Teil schon bekanntgeworden sein. Zum Beispiel durch die elektronische Spionage der NSA. Sie werden mir also genau sagen, was Ann Ihnen erzählt hat.«

»Ann ... ist nicht ... tot ... sie hätten ... sie ... entführen ...«

»Versucht haben wir's. Aber sie starb dabei. Genaugenommen, Selbstmord. Verkorkster Einsatz. Zwei neue Kandidaten für Sibirien.« Er lachte.

»Sie ... nach Sibirien ...«

»Halten Sie den Mund! Nun ja, eine zweite Gefahrenquelle für den großen Plan wäre die CIA, die solche bösen Vorhaben systematisch ausforscht. Mit der Hilfe Ihres sehr exklusiven Zugangskodes ist mein Computer in diesem Augenblick beschäftigt, Langleys Computer nach Schlüsselworten und Namen abzusuchen, die mir Aufschluß geben, ob man schon von Moskaus ›Unternehmen Schlag‹ weiß.« Thorpe blickte auf die Kurven, die der Polygraph zeichnete, und erkannte, daß West in höchster Erregung war. »Wird sich dabei etwas ergeben?« fragte er.

West hatte seine Zunge nicht ganz unter Kontrolle. »Jede ... Menge ... drin über ... Sie ...«

Thorpe nickte. »Sie können ganz beruhigt sein: Danach lasse ich natürlich auch suchen, mein Freund. Vielleicht muß ich schon in Kürze einen längeren Urlaub antreten.«

»Sie ... sind wie ich ... Sie wissen zuviel. Sie haben keine Freunde ... Kein sicheres Versteck.«

»Im Notfall bleibt mir immer China.« Thorpe lachte. »Aber bleiben wir bei unserer Aufzählung: Eine weitere Quelle von Problemen ist O'Briens Kreis von alten Kumpeln. Die sind tatsächlich auf eine Spur gestoßen. Aber man läßt sie in die Irre laufen, indem man ihnen vorgaukelt, eine arabische Terroristengruppe wolle in der Wall Street eine kleine Atombombe zünden. Keine schlechte Idee, aber auch kein Allheilmittel.«

Thorpe reckte sich. »Aus lauter Mitgefühl tun auch mir die Muskeln weh.« Er lachte und fuhr fort: »Wenn ich ehrlich bin, Nick, dann glaube ich nicht, daß O'Brien und Genossen die List geschluckt haben. Ebensowenig wie meine Leute in der CIA. Wissen Sie, Nick, meiner Erfahrung nach haben die Russen einen kleinen Tick in bezug auf das Symbol der Troika, des dreispännigen Schlittens. Die Dreifaltigkeit fasziniert sie – drei, die wie einer handeln.«

West starrte Thorpe an und versuchte einen klaren Gedanken zu fassen. Der Mann war da etwas auf der Spur. Ähnlich wie Thorpe ihm wegen seiner physischen Schwäche stets verächtlich begegnet war, hatte umgekehrt West bei Thorpe, wegen dessen physischer Überlegenheit, nie solche Logik, Intuition und Weitsicht vermutet.

Thorpe ließ seine Handgelenke knacken. »Deshalb«, fuhr er fort, »wurden in Moskau *drei* unabhängige Pläne ausgearbeitet, die USA lahmzulegen oder zu vernichten. Der erste ist die atomare Zerstörung des Finanzzentrums. Der zweite, den man mir auftischte, ist das freie Vordringen in alle zivilen und militärischen US-Computer und die gleichzeitige Löschung, Änderung oder Entwendung sämtlicher Speicherinhalte.«

Nachdenklich rieb sich Thorpe das Kinn. »Und jetzt, mein lieber Nick, sind wir beide auf diesen dritten Plan gestoßen, den ich für den halte, der in Kürze verwirklicht wird. Die anderen beiden kamen jenen, die darüber stolperten, durchaus real vor, weil sie konkrete Möglichkeiten darstellten und dies vielleicht immer noch tun. Nichts lügt so wie die Wahrheit. Und so mobilisierte man denn alle Kapazitäten der westlichen Sicherheitsdienste – Sie und ich eingeschlossen, ebenso wie private

Berater vom Schlage O'Briens und Genossen –, um hinter die Details dieser Pläne zu kommen. Irgendwann aber fiel O'Brien etwas auf. Er erkannte, daß es einen dritten Plan geben mußte, und begann diese Möglichkeit einzuplanen. Er erhielt Informationen, wonach die Russen im Westen gewisse exotische Technologiekäufe tätigten. Mit diesen Feststellungen alarmierte er die Regierung. Die Warnung sickerte zu den Russen durch. Wir alle steckten also in der Klemme. Die Sowjets wollten herausfinden, wieviel die USA wissen und wie gut ihre Abwehrmöglichkeiten sind. Die USA versuchen herauszufinden, ob der Schlag das Gesicht, den Magen oder den Unterleib treffen soll – oder vielleicht überhaupt danebengeht. Und fragen sich, ob sie nicht vielleicht zuerst zuschlagen sollten.«

Thorpe musterte West. »Wenn wir beide miteinander fertig sind, Nick, werden wir wissen, wer, wie und wo. Das Wann ist bereits bekannt – der 4. Juli. Das Warum ebenfalls – denn als Folge einer Art von politischem Darwinismus ist die heutige Welt auf zwei dominante Spezies reduziert. Nur eine der beiden kann überleben.«

West atmete tief ein. »Sie sind ja verrückt ... warum haben Sie den Drang zu herrschen?«

»Warum verspüren Sie den Drang, es nicht zu tun? Jedenfalls ist für Moskau das letzte Problem die Sache mit Talbot.«

Thorpe beugte sich zur Seite und hob eine lederne Aktentasche hoch. »Dies hatte Colonel Carbury bei sich.« Er kippte den Inhalt der Tasche auf Wests Bauch. »Ein Tagebuch und persönliche Briefe der verstorbenen Ann Kimberly an den verstorbenen Major Henry Kimberly. Der verstorbene Mr. O'Brien und seine Leute hätten dieses Tagebuch bei ihrer Suche nach Talbot, der immerhin einer der Ihren war, sehr nützlich gefunden.«

Thorpe nahm das Tagebuch von Wests Körper. »Oder sollte ich sagen: drei der Ihren? Ja, Henry Kimberly folgerte wie Sie, daß es vielleicht sogar drei hochstehende Verräter gegeben habe. Wir werden dieses Tagebuch zusammen lesen und zu ermitteln versuchen, was Major Kimberly für Schlüsse gezogen hat.« Thorpe tippte mit dem Buch an Wests Stirn. »Passen Sie gut auf.«

»Zum Teufel mit Ihnen!«

»Kimberly schien zu wissen, wer die Verräter waren, aber er schrieb nie die Namen aus, sondern benutzte nur die Bezeichnungen Talbot Eins, Zwei und Drei.« Thorpe öffnete das Tagebuch und las eine Eintragung vor: »›Ich habe meine Liste auf die Namen dreier OSS-Offiziere begrenzt, die für den Verrat an die Russen in Frage kommen. Einer ist ein enger Berater Donovans und mir bekannt. Der andere, ein hoher Offizier in der OSS-Spionageabwehr, ist ein enger Freund von mir. Der dritte ein OSS-Offizier in der politischen Sektion, ein Mann, dem nach dem Krieg bestimmt eine politische Karriere winkt. Welcher ist Talbot? Vielleicht sie alle.‹«

Thorpe legte das Tagebuch fort. »Wissen Sie, Nick, wenn dieses Tagebuch O'Brien oder der CIA in die Hände gefallen wäre, hätte es eine umfassende Ermittlung auslösen können, die vielleicht die Identität Talbots aufgedeckt hätte. Aber wieder einmal stand Gott auf der Seite der Atheisten; diese Botschaft aus dem Grab wird ihr Ziel nicht erreichen.«

Thorpe fixierte seine Instrumente. »Der enge Freund – könnte damit mein Adoptivvater James Allerton gemeint sein?«

»Ja.«

»Haben Sie Mutmaßungen in bezug auf die anderen beiden? Ist es möglich, daß einer oder beide noch am Leben sind?«

»Sicher der Mann, der als hoher Offizier in der OSS-Spionageabwehr bezeichnet wurde.«

»Und der potentielle Politiker?«

»Keine Ahnung ... über den habe ich keine Informationen.«

»Wie heißt der hohe Offizier?«

»Ich ... ich bin nicht sicher ...«

Thorpe sammelte den Inhalt der Kuriertasche wieder ein und schaltete den Polygraphen ab. »Ich muß jetzt leider fort. Vergnügen Sie sich. Ich bin bald zurück.« Er schaltete den Strom ab. »Und dann werden Sie mir mehr erzählen über Talbot und Ann Kimberly, über O'Brien und seine Freunde, einschließlich Katherine Kimberly, George Van Dorn und die anderen arroganten Scheißkerle. Und über die Russen in Glen Cove. Ihre Antworten entscheiden möglicherweise darüber, ob in diesem Jahr Feuerwerk, Picknicks und Reden zum 4. Juli zum allerletzten Mal stattfinden.«

34

Abrams beobachtete Katherine, die mit langen, geschmeidigen Schritten vor ihm lief: ein erfreulicher Anblick.

Er schaute in die Runde. Niemand schien zu folgen, weder zu Fuß noch mit dem Wagen. Nachdem sie ein gutes Stück mit der U-Bahn zurückgelegt hatten, befanden sie sich jetzt am südlichen Ende der Vierten Avenue. Katherines Route, die sie auch Thorpe angegeben hatte, beinhaltete eine Reihe von Parkrunden, verbunden durch die U-Bahn, so daß sie kaum durch Straßen zu laufen brauchten. Es kam ihm beinahe so vor, als hätte Katherine sich absichtlich gefährliches Gelände ausgesucht. Was ja auch stimmte.

Doch hatte keiner der beiden bisher davon gesprochen, daß dieser Lauf, der am Sonnabend als Freizeitbeschäftigung verabredet worden war, inzwischen eine Art Köderfunktion hatte.

Sie bogen in die 67. Straße ein und folgten einem Grasstreifen zum Owl's Head Park, dem ersten denkbaren Rendezvous mit Peter Thorpe.

Abrams hob den Kopf. Katherine war ihm gut hundert Meter voraus. »Nicht so schnell!« rief er.

Als sie den Park erreichten, folgte er ihr quer über eine Rasenfläche den großen Hügel hinauf, der den Park beherrschte. Katherine erreichte die Kuppe lange vor ihm und zeichnete sich als Silhouette vor dem klaren Himmel ab. Möwen kreisten über ihr, und im Hintergrund bemerkte er einen grauen Hubschrauber.

Abrams sprintete die letzten zwanzig Meter und erreichte den Gipfel. Sich vorbeugend, atmete er tief ein, dann sah er sich auf dem sanften Hügel um, auf dem sich in großen Abständen Bäume und Büsche erhoben. »Wir scheinen allein zu sein«, stellte er fest.

Sie nickte wortlos und suchte ringsum die Hänge ab. »Ist noch früh ... wir machen zehn Minuten Rast ...«

»In Ordnung.« Abrams betrachtete im Norden das Panorama des Hafens, der Freiheitsstatue und der sonnenbestrahlten Wolkenkratzer des südlichen Manhattan, die direkt im Wasser zu stehen schienen.

Nach einiger Zeit setzte sich Katherine wieder in Bewegung. »Der nächste mögliche Treffpunkt mit Peter wäre unter der Verrazano-Brücke«, sagte sie. Abrams folgte ihr langsam auf einem schmalen Asphaltweg. Eine steife Brise wehte über die Bucht und ließ auf den Wellen Schaumkronen entstehen. »Weißt du«, sagte Katherine plötzlich, als setze sie ein unterbrochenes Gespräch fort, »wir haben keine konkreten Beweise gegen Peter, und was wir zu haben glauben, könnte sich damit erklären lassen, daß er der CIA angehört.« Sie stockte und fuhr fort: »Deine Wahrnehmungen sind vielleicht aus persönlichen Gründen verzerrt.«

Abrams antwortete nicht sofort. »Meine Wahrnehmungen sind beeinflußt durch meine fünfzehn Jahre als Kriminalbeamter«, sagte er schließlich. »Eure Gruppe hat mich beauftragt, den Mörder oder Entführer Randolph Carburys zu finden. Und ich meine, daß ich das getan habe. Jetzt versuche ich nur noch am Leben zu bleiben.«

Sie schwieg.

Abrams blickte auf die Bucht hinaus. Etliche Privatboote glitten nahe der Küste entlang. Am Himmel drehte der Hubschrauber eine weitere Runde. Andere Jogger und Spaziergänger mit Hunden begannen den Park zu bevölkern. Stumm liefen sie weiter.

»Kennst du Donald, einen Barmann aus dem University Club?« fragte Abrams schließlich.

»Da ich dort nur in den Salon für Damen darf, steht dieser Klub nicht auf meiner Liste.«

»Nun ja, jedenfalls wurde Donald heute früh überfallen und ermordet.«

Sie antwortete nicht.

»Außerdem wurde bei der unteren Hafenausfahrt ein Mann gefunden, von dem man annimmt, daß er Carburys Double war.« Abrams deutete zu den Narrows hinüber. »Etwa dort unten muß es gewesen sein; dort werden die meisten Leichen gefunden. Liegt wohl an der Strömung.«

Anstelle einer Antwort begann sie wieder zu laufen. Abrams folgte ihr und stellte fest, daß seine Beine und Lunge besser mithielten als erwartet.

Sie folgten der Küste, die sich nach Südosten krümmte. Weiter vorn erhob sich majestätisch die Verrazano-Brücke und überspannte die Narrows von Fort Hamilton in Brooklyn nach Fort Wadsworth auf Staten Island. Abrams' Gedanken beschäftigten sich mit der nationalen Sicherheit, die noch vor wenigen Jahren relativ leicht zu schützen gewesen war. Heute begann die Verteidigung bereits im Weltraum und endete in gewaltigen Raketensilos. Und die Systeme waren so komplex, daß sämtliche Erwachsenengehirne und -hände des Landes nicht ausreichen würden, sie zu lenken. »Computer«, sagte er abrupt.

Im Laufen wandte sie den Kopf. »Was?«

»Vielleicht hat O'Brien das gemeint. Die Sowjets haben vielleicht einen Weg gefunden, alle Computer zu zerstören oder auszuschalten – beim Militär, in der Finanzwelt, bei der Industrie ... Wäre das möglich?«

Sie verlangsamte das Tempo. »Möglich wäre es«, sagte sie nach längerem Schweigen. »Ich habe davon reden hören ... Die NSA – wo Ann arbeitet – hat angeblich ein geheimes Verzeichnis nationaler Zugriff-Kodes ... in Wirklichkeit kein Buch, sondern ein pulsmoduliertes Band ...« Sie blickte ihn an. »Das ist sehr geheim ...«

»Dann sprich nicht darüber.«

Sie redete weiter, als hätte sie seinen Einwand nicht gehört. »Die NSA legt den Sicherheitsstandard für militärische und zivile Computer fest. Diese Behörde besitzt also Insiderkenntnisse darüber und könnte theoretisch jeden Computerkode im Land knacken. Obwohl das natürlich illegal wäre ...«

»Und deshalb tut man es nicht.«

»Nun ja, es wird immer wieder darüber geredet, alle Computer auf einen zentralen Kommandoposten zu schalten, sollte einmal der nationale Notstand eintreten – etwa bei Krieg oder einem Börsenzusammenbruch. Der Präsident könnte dann besser befehlen und lenken. Du begreifst, was das bedeutet?«

»Ja. Klingt riskant.«

»Nun ja, das wäre es, wenn man an alle Computer gleichzeitig herankäme und sämtliche Computersprachen auf eine umsetzen könnte. Dann wäre es zumindest theoretisch möglich, daß ein einzelner in böser Absicht ... das totale Chaos anrichtet.« Sie wandte den Kopf. »Wie kommst du nur auf Computer?«

Abrams zuckte die Schultern. »Weiß nicht. Geht wohl auf irgendeine Bemerkung zurück, die ich mal gehört habe. Jedenfalls paßt das zu O'Briens Lagebeurteilung, die den atomaren oder chemischen Krieg ausschloß.«

Aus dem Schatten der Brücke lösten sich zwei Reiter. »Weitergehen«, sagte Abrams gepreßt.

Die Reiter kamen näher; es waren keine berittenen Polizisten. Keiner der beiden war Peter Thorpe. Abrams war davon ausgegangen, daß Thorpe persönlich in Erscheinung treten würde, fragte sich aber inzwischen, ob sie mit dem Lauf kein zu großes Risiko eingegangen waren. »Verdammt!« sagte er zu Katherine. »Zieh deine Waffe, aber versteck sie.«

Im Gehen zog Katherine die kleine Pistole und hakte die Hand in den Hosenbund.

Abrams hielt sich ein wenig hinter ihr und zog seinen schweren Revolver, den er seitlich ans Bein drückte. Er sah sich um. Weiter unten am Wasser liefen einige Jogger. Spaziergänger saßen auf Bänken, ein junges Paar führte eine Dogge an der Leine.

35

Die Wirkung der Droge schien nachgelassen zu haben, und Nicholas West rührte sich nicht. Zum ersten Mal seit vielen Stunden konnte er klar denken.

»Eine Kilowattstunde für Ihre Gedanken, Nicko.«

Hastig blickte West zur Seite, wo Thorpe wieder seine beiden Analysegeräte einstellte.

»Schön, Nicko, worüber reden wir jetzt? Talbot? Nein ... das hat Zeit, bis Kate hier ist. Ich habe unterdessen mit meinen Freunden in Glen Cove gesprochen. Sie interessieren sich für die Tatsache, daß Sie über ihr kleines elektrisches Experiment Bescheid wissen. Warum reden wir also nicht darüber?«

»Peter, wenn ich Ihnen alles sage, was ich weiß – was nicht viel ist –, und wenn Sie das zusammenlegen mit den Dingen, die Sie noch entdecken, dann wissen Sie vielleicht, was die Sowjets im Schilde führen.«

»Und? Darum geht es doch. Sie wollen erfahren, was die CIA weiß.«

»Aber sobald Sie Bescheid wissen, kann man Sie nicht am Leben lassen. Wahrscheinlich gibt es in der ganzen Sowjetunion keine zehn Leute, die in die Planungen eingeweiht sind. Es ist das größte Geheimnis der Welt – der Plan, die USA ein für allemal zu vernichten. Sie dürfen dieses Geheimnis nicht kennen.«

»Ah, geht es nun plötzlich wieder darum, mir Angst einzujagen? Wissen Sie, Nick, dieselben Gedanken sind auch mir durch den Kopf gegangen. Ich glaube, daß James Allerton Talbot ist. Aber ich bin sicher, er würde es nicht zulassen, daß man seinen einzigen Sohn umbringt.«

Nun mußte West sogar lächeln. »Wie können Sie nur so naiv sein? Was bedeuten Sie ihm denn? Ein Mann, der über ein halbes Jahrhundert hinweg seine Freunde und sein Land verraten konnte, muß herzlos sein. Wie viele Menschen hat James Allerton getötet oder töten lassen? Im Vergleich zu ihm sind Sie ein krasser Amateur!«

Nachdenklich schüttelte Thorpe den Kopf. »Vielleicht haben Sie recht. Durchaus denkbar, daß die Russen mich bis zum 4. Juli aus dem Verkehr ziehen wollen, aber ich bin zu wertvoll für sie, als daß sie mich ganz beseitigen könnten. Ich glaube, ich muß ein bißchen den Kopf einziehen. Nach dem Großen Schlag aber werde ich eine Machtposition erhalten.«

»Als was? Als Kommissar für die Irrenanstalten?«

Thorpe griff nach den elektrischen Kontrollen. »Mir scheint«, sagte er, »Sie müssen noch ein bißchen weichgeklopft werden. Aber ich warne Sie: Ihr Körper ist kein Überspannungsableiter.« Er lachte. »Ach, davon können Sie mir noch ein bißchen erzählen.«

Wests Gesicht war bleich geworden, aber der befürchtete Stromstoß blieb aus. »Überspannungsableiter«, sagte er heiser, »das ist eine Art Sicherung. Sie wird aktiviert, wenn es einen abrupten Anstieg der Stromspannung gibt ... sie schützt elektrische Bestandteile. Wenn der Stromstoß vorbei ist ... wird alles wieder eingeschaltet ...«

»Und die Russen haben ihr Haus in Glen Cove damit ausgestattet?«

»Anscheinend.«

»Warum? Jetzt sagen Sie nicht, als Schutz vor Blitzen.«

West schluckte. »Wasser ...«

»Reden Sie!« Thorpe griff nach dem Transformator.

»EMP«, sagte West hastig. »Ein Blitz hat ungefähr die Wirkung eines EMP ... Mit einem Blitz kann man EMP-Schutzvorrichtungen testen ...«

»Moment. Was, zum Teufel, ist EMP?«

»Ein elektromagnetischer Impuls. Der Compton-Effekt ... Ähnlich wie ein Gewitter ... Dadurch würde jeder Computer im Land zerstört werden ... jeder einzelne Mikrochip würde verschmoren. Sämtliche Telefonleitungen wären unterbrochen ... Radios und Fernseher wären ausgebrannt ... die elektrischen Steueranlagen in Flugzeugen, Autos, Booten, Raketen ... die Instrumente in Laboratorien, die elektronischen Anlagen in Fabriken und Krankenhäusern ... das gesamte Energienetz würde zusammenbrechen ... die Radarsteuerung der Flugzeuge ... nichts bliebe verschont ... alles wäre durcheinander ... jeder einzelne Stromkreis im Land durchgebrannt ... das Ende der Technologie ... eine lahmgelegte Wirtschaft ... eine lahmgelegte Verteidigung.«

»Aber wie erzeugen die Russen den EMP, West?« fragte Thorpe nach längerem Schweigen.

»Kein Problem ... allerdings riskant für sie ... könnte dazu führen, daß wir den Atom-Gegenschlag auslösen ... hätten keine andere Wahl ... wenn es dem Präsidenten gelänge, den Befehl dazu durchzubekommen ... der EMP ist die größte Gefahr für unsere nationale Sicherheit ... O'Brien hatte einen Verdacht ... weil die Russen sich EMP-Schutztechnologie zulegten ... Fiberoptik ... Überspannungsableiter ... Faraday-Abschirmungen ... EMP-Filter und Vorschaltgeräte ... Systeme zur Festigung ihrer elektrischen und elektronischen Anlagen ...«

»Hören Sie mal, West. Wie können die Russen gleichzeitig überall im Land ein elektromagnetisches Unwetter entfachen?«

»Kein Problem ...« Wests Stimme brach, und er begann zu husten. »Um Gottes willen, Peter ... geben Sie mir zu trinken ...«

Thorpe griff nach der Schnabeltasse und hielt sie West an die Lippen.

West trank langsam und blickte zu Thorpe empor. »Ich kann nicht mehr. Kann keinen klaren Gedanken fassen. Meine Muskeln verkrampfen sich ... bin auf dem Rücken und am Hintern wund ... tut weh ...«

Wortlos löste Thorpe den Brustgurt, die Beinfessel ließ er an Ort und Stelle.

West versuchte sich zu bewegen, mußte aber mehrmals Anlauf nehmen, ehe er sich in sitzende Stellung aufrichten konnte.

»Also«, setzte Thorpe nach, »wie läßt sich ein EMP-Sturm entfesseln, der das ganze Land erfaßt?«

»Mit einem geringstrahlenden Atomsprengkörper ... etwa fünfhundert Kilometer über Omaha zur Explosion gebracht. Auf dem Boden gäbe es keine Strahlung und keine Zerstörung ... man sähe nur ein grelles Aufblitzen, aber innerhalb von Millisekunden würden elektromagnetische Impulse jedes elektronische Gerät vernichten – jedes einzelne von Küste zu Küste!«

»Ist das Theorie oder Realität?«

»Realität.«

»Aber ich wüßte nicht, wie die Russen einen noch so kleinen Atomsprengkopf über Omaha in Position bringen könnten, ohne daß der Präsident auf den Auslöseknopf drückt.«

West rieb sich die Stirn. »Sie müssen einen Weg gefunden haben...«

»Ich kann es mir nicht vorstellen...« Thorpe fuhr zu West herum. »*Sie* aber wissen Bescheid. Und Sie werden es mir sagen! Sie werden mir alles sagen!« Thorpes Hand näherte sich den Transformatorkontrollen.

»Peter!« rief West. »Sie sind ein blutiger Amateur! Sie sind nicht so klug, wie Sie sich einbilden...«

Thorpe wandte sich um. In Wests Stimme lag ein Unterton, der ihm nicht gefiel. »Was meinen Sie?«

»Man wird Sie umbringen, weil Sie mich haben sterben lassen.«

»Sie werden aber nicht sterben. Noch nicht.«

»O doch. Und zwar jetzt.« West riß sich eine Haarlocke aus und stopfte sie in den Mund.

Thorpe stürzte vor und schob West zwei Finger in den Mund. West biß zu, und Thorpe zog aufschreiend die blutende Hand zurück.

West kaute auf dem Haarbüschel herum und stieß ein gedehntes Seufzen aus. Sein Körper begann zu zucken. Schließlich erstarrte er, die Zunge ragte aus dem Mund, die Augen waren weit geöffnet. Bittermandelgeruch wehte aus Mund und Nase: Zyanid.

Vorsichtig beugte sich Thorpe über West und betrachtete die kleine kahle Stelle auf dem Kopf, wo sich die Implantation befunden hatte. »Verdammt noch mal! Was wollen die Kerle noch erfinden? Na, dich werde ich nicht noch einmal unterschätzen, Nick.«

Thorpe umfaßte Wests Handgelenk: kein Pulsschlag mehr. Er ging zu einer dicken Stahltür und öffnete sie. Dahinter lag ein Kühlraum. An einem Haken hing der frostblaue Körper Randolph Carburys. »Wird langsam eng hier«, brummte Thorpe vor sich hin, zerrte West von der Liege und deponierte ihn im Kühlraum auf dem Boden.

Er knallte die Tür zu, schaute sich in dem schwach erleuchteten Dachraum um und blickte auf die Uhr. Zeit für den Joggingausflug.

36

Die beiden Reiter waren keine fünfzig Meter entfernt und kamen auf dem schmalen Weg schnell näher. »Wir müssen uns trennen«, sagte Abrams. »Große Distanz.«

Abrams schwenkte nach links ab und folgte der Erhebung, die den Shore Parkway säumte. Katherine lief nach rechts fast bis zum Wasser hinab. So mußten sich die beiden Reiter entweder trennen und ihr Vorhaben vorzeitig zu erkennen geben oder geradeaus weiterreiten, was ihnen im Zweifel das schlechtere Schußfeld gab.

Abrams sah, daß die beiden Reiter Anfang dreißig waren und Jeans und Anoraks trugen. Sie hielten die Zügel mit beiden Händen, und er wartete auf eine plötzliche Bewegung, die ihm anzeigte, daß sie zur Waffe greifen oder die Tiere zügeln wollten.

Im vollen Galopp kamen die Reiter bis auf zehn Meter heran. Abrams blieb stehen und ging auf ein Knie nieder. Katherine folgte seinem Beispiel.

Abrams warf einen kurzen Blick auf die Leute in der Nähe. Entweder waren sie unschuldig oder spielten ihre Rolle sehr gut. Er hielt die .38er zwischen den Knien, beide Hände um den Griff gelegt. Der erste Reiter war nun auf gleicher Höhe mit ihm, ließ die Zügel mit einer Hand los und hob den Arm.

Abrams brachte den Revolver in Anschlag. Der Reiter, der ihm hatte zuwinken wollen, riß Mund und Augen auf. Dann brüllte er etwas, und beide Männer gaben ihren Tieren die Sporen.

Abrams atmete tief durch, erhob sich und steckte die Waffe ein. Er kehrte auf den schmalen Weg zurück und legte Katherine einen Arm um die zitternden Schultern. »Am besten fahren wir jetzt mit dem Taxi nach Haus.« Er führte sie den Hang hinauf zur Schnellstraße.

Sie löste sich aus seinem Griff. »Nein, wir machen weiter. Vielleicht wartet Peter auf uns.«

»Weißt du«, sagte Abrams, »ich finde unsere Idee mit dem Laufen nicht mehr so gut. Zu riskant. Zu viele Leute überall.«

Sie musterte ihn mit kühlem Blick. »Es steht viel auf dem Spiel. Wir sind bewaffnet, wir sind zusammen, wir sind auf alles gefaßt. Ich möchte nicht eines Abends von einem Wagen überfahren werden ... ich möchte mich der Sache offen stellen. Du nicht?«

Er nickte. »Schön ... aber ich wüßte gern, wo und unter welchen Umständen ich mein Treffen mit dem Schicksal habe.«

»Weiter.« Sie machte kehrt und lief los. Er folgte ihr unter der Verrazano-Brücke hindurch. In den nächsten fünfundvierzig Minuten legten sie eine Entfernung von fünf Kilometern zurück. Den Bensonhurst Park durchquerten sie im Schrittempo.

Abrams blickte sich um und atmete mehrmals tief ein. Im Norden erstreckte sich eine sehr verflachte Manhattan-Skyline, im Westen Staten Island und im Süden und Osten eine riesige Asphaltwiese, aus der ein am Wasser gelegenes Einkaufszentrum aufragte.

Er wandte sich Katherine zu. »Bleiben wir ein Weilchen hier?«

Sie nickte. »Wieder ein Treffpunkt, den ich Peter angegeben habe.«

Eine Zeitlang gingen sie stumm nebeneinander her. »Normalerweise gehe ich ins Einkaufszentrum und benutze dort die Toilette«, sagte Katherine schließlich.

Über den vollen Parkplatz näherten sie sich den Bauten. »Gestern habe ich mit meiner Schwester telefoniert«, sagte Katherine. »Wir haben da in Mr. O'Briens Büro eine sichere Leitung mit Zerhacker.«

»Was hat sie gesagt?«

»Ann meint, in dieser Sache habe es einen Kodenamen Odysseus oder Ulysses niemals gegeben. Es gab mal einen gewissen Homer, einen Engländer, der sich als sowjetischer Spion entpuppte; liegt aber längst unter der Erde. Ann versuchte sich deswegen mit Nick in Verbindung zu setzen, konnte ihn aber nicht erwischen. Beide haben ohnehin dieselben Informationsquellen. Ich glaube, bei dieser Frage stecken wir in der Sackgasse.«

»Ich hatte gehofft, daß einer dieser Namen für Eingeweihte eine esoterische Bedeutung haben könnte.«

»Ich habe am Sonntag auch Pat O'Brien danach gefragt. Er antwortete etwa dasselbe.« Nach kurzem Zögern fügte sie hinzu: »Ich mußte mich dazu durchringen, ihm zu trauen. Hinterher aber ... da schien er mir sehr, sehr still zu sein. Ich glaube, er weiß etwas.«

Abrams nickte. »Ich habe darüber nachgedacht ... Wenn die Namen nichts bedeuten, dann muß es der Inhalt der Sage sein.«

»Also ein Krieger, der nach dem Krieg viele Jahre herumwandert und dann nach Haus zurückkehrt, wo man ihn für tot gehalten hat?«

»Genau.«

Katherine nickte. »Arnold wollte uns einen Hinweis auf seinen oder seine Mörder liefern. Oder auf Talbot selbst.«

»Ja. Haben wir denn einen Krieger – oder Anführer oder Offizier –, der von den Toten zurückgekehrt ist? Jemand, den man im weitesten Sinne als Odysseus bezeichnen könnte?«

Sie nickte. »Es hat im OSS etliche Leute gegeben, die vermißt waren und nach dem Krieg wohlbehalten wieder auftauchten. Ann hat sie alle unter die Lupe genommen und festgestellt, daß die meisten längst tot sind. Die übrigen haben nichts mehr mit dem Geheimdienst oder der Regierung zu tun. Nur vier blieben auf der Liste, aber die sind als Kandidaten sehr unwahrscheinlich.«

Abrams schwieg vielsagend. »Nun ja ... und was meinst du zu einem Mann, der noch gar nicht von den Toten zurückgekehrt ist?«

Sie starrte ihn an. »Wer bis heute nicht von den Toten zurückgekehrt ist, ist tot.«

»Natürlich«, sagte er. »Ich meinte einen Mann, der als vermißt gemeldet ist, dessen Leiche aber nie gefunden oder identifiziert wurde. Der vielleicht unter rätselhaften Umständen verschwunden ist.«

»Weißt du«, sagte sie nach kurzem Schweigen, »in der *Odyssee* gibt es eine Szene, in der Odysseus die Unterwelt durchwandert und den Geist des Jägers Orion erblickt, der auf ewig die Geister jener Tiere verfolgt, die er als Lebendiger jagte. Und Odysseus sagt über Orion: ›Selbst ein Schatten, jagt er Schatten.‹« Sie begegnete Abrams' Blick und fuhr fort: »So stelle ich mir manchmal Arnold vor. Und meinen Vater. Schatten, die ewig hinter Schatten her sind.«

Abrams hielt es für besser, das Thema nicht weiter zu verfolgen.

Sie betraten das belebte Einkaufszentrum. Abrams blickte sich um. »Ich möchte Mr. Thorpe nicht verpassen. Wie sieht denn unser Zeitplan aus?«

»Ich habe ihm gesagt, wir würden gegen halb zwölf den Prospect Park erreichen«, antwortete sie. »Wir nehmen die U-Bahn dorthin.«

»Na, ich hoffe, Thorpe kann dort zu uns stoßen.«

»Ja, das wäre der letzte mögliche Treffpunkt. Er ist schon ein paarmal mit mir durch den Park gelaufen und kennt den Weg.«

»In Ordnung, wir halten Ausschau nach ihm.«

Sie verließen das Einkaufszentrum und liefen im Gleichschritt nebeneinander her. »Natürlich besteht immer die winzige einprozentige Chance, daß er doch einzig und allein die Interessen der US-Regierung vertritt«, sagte Abrams.

»Das sehe ich eher fünfzig zu fünfzig«, antwortete sie leise.

»Du bist sehr großzügig. Unter dem Strich ist es aber dasselbe – solange ich nicht hundertprozentig sicher sein kann, werde ich ihn nicht aus dem Weg räumen.«

Sie fuhr zu ihm herum. »Das wirst du unter keinen Umständen tun!«

»Warum nicht?«

»Weil du keine Beweise hast. Und kein Recht ... Peter Thorpe ist offensichtlich nicht Talbot ... höchstens ein Komplize ... Jedenfalls werden Leute wie Peter, wenn man sie umgedreht hat, nicht erschossen, sondern verhört.«

»Da bin ich nicht gleicher Meinung. Thorpe ist auf einer niedrigeren Ebene zu sehen. Außerdem spottet sein Verhalten allem, was wir über menschliche Abnormität wissen. Denn er ist nicht ...«

»Nicht was?«

»Nicht abnorm. Ich kenne den Typ. Stell dir einen Psychiater vor, der versuchen will, einen Löwen von der unangenehmen Angewohnheit abzubringen, seine Opfer bei lebendigem Leib zu zerfetzen. Der Löwe ist verwirrt. Er verhält sich seinem Instinkt gemäß. Der Löwe hält sich nicht für verrückt. Und das ist er auch nicht. Er ist ein Löwe, und er benimmt sich so. Und wäre er in einem Penthouse an der Park Avenue großgeworden, würde das nichts ändern. Löwen sind keine Mörder, ebensowenig wie Menschen mit ausgeprägtem Tötungsinstinkt. Dennoch ist es richtig, gefährliche Tiere mit einem Schuß in die Brust unschädlich zu machen. Die Person, die diese Kugel abfeuert, dürfte deswegen auch keine schlaflosen Nächte erleben.«

»Glaubst du wirklich, was du da sagst?« fragte Katherine.

»Ich glaube schon. Aber ich habe nie danach gehandelt.«

»Dann laß es auch sein. Es sei denn, dein Leben ist in Gefahr.«

»Das ist es. Und genau darum geht es.«

»Ich meinte die unmittelbare Gefahr, die direkte Bedrohung, wie wir in der Rechtssprache sagen.«

Sie erreichten die U-Bahn-Station und gingen die Treppe hinab.

37

Abrams und Katherine erreichten den fünfhundert Morgen großen Prospect Park am South Lake Drive. Abrams genoß die kühlere, saubere Luft der dicht bewaldeten Anlage. Er kannte jeden Quadratzentimeter des Parks und wußte, wo er mit Überraschungen rechnen mußte.

Am East Lake Drive wandten sie sich nach Norden, liefen am Bootshaus vorbei den Breeze Hill hinauf und kamen zum Zoo, der von weiträumigen Gartenanlagen umgeben war. Am steilen Hang des Battle Pass Hill wurden sie langsamer und hielten schließlich auf der Kuppe inne.

»Eine gute Stelle für eine Rast«, sagte Katherine. »Man kann nach allen Seiten sehen.«

Abrams nickte. »Ein guter Treffpunkt. Von hier lassen sich die kriminellen Elemente im Auge behalten.«

Sie blickte sich lächelnd um. »Ich sehe aber keine Räubertypen ... dafür hordenweise Ausflügler.«

»Stimmt, und ich glaube, Thorpe mag keine Horden.« Abrams blickte zum Himmel auf. »Den Hubschrauber kenne ich doch«, stellte er fest.

Katherine folgte seinem Blick und beobachtete einen kleinen grauen Hubschrauber, der nach Norden verschwand. »Gehen wir«, sagte sie nervös.

Langsam wanderten sie hangabwärts. »Vielleicht war's eine Polizeimaschine«, sagte sie.

»Möglich. Aber ich kenne das Modell nicht. Die Polizei fliegt Maschinen vom Typ Bell. Der Helikopter da hinten war ein anderes Fabrikat.«

Katherine musterte ihn von der Seite. »Hast du denn wirklich Unterstützung durch die Polizei?«

»Ich bin kein Polizist.« Stumm gingen sie nebeneinander her, dann fuhr er fort: »Ist dir klar, daß er dich jederzeit in seine Gewalt bringen könnte? Zum Beispiel auf dem Boot nach Glen Cover. Oder er könnte dir im Bett ein Kissen aufs Gesicht drücken.«

»Worauf willst du hinaus?«

»Ich glaube eigentlich nicht, daß er dich umbringen will. Eher geht es ihm um ein gründliches Verhör.«

Sie mußte an das Bodengeschoß über der Wohnung denken. »Aber dazu hätte er mich doch nur auf einen Drink ins Lombardy einladen können.«

Abrams schüttelte den Kopf. »Meine Theorie läuft darauf hinaus, daß Thorpe dich benutzt, um an mich heranzukommen. Um zwei Fliegen mit einer Klappe zu schlagen. Allmählich läuft ihm die Zeit davon. Ich soll übrigens umgebracht werden, weil ich ein Verhör nicht wert bin.«

»Das scheint mir ein ziemlich weit hergeholter Schluß zu sein«, sagte sie mit leisem Spott.

Abrams lächelte. »Er ist schlau, aber man kann sich in sein Denken hineinversetzen.«

»Daraus ergibt sich ... Peter hat mich als Köder benutzt, um dich aus der Deckung zu locken, und für dich bin ich der Köder, ihn aus der Reserve zu holen.«

»So ungefähr.«

»Wenigstens bist du ehrlich!« Sie erreichten den Memorial Arch auf der Grand Army Plaza, und Katherine fuhr fort: »Ich habe Peter gesagt, wenn er bis hier nicht aufgetaucht ist, würde ich mit der U-Bahn nach Haus fahren. Hast du Lust, mit mir zu kommen?«

Er blickte sie an und wußte, was sie meinte. »Ja.«

Sie nickte. »Wir warten fünf Minuten.«

Stumm ließen sie die Sekunden verstreichen, und Abrams schaute viel zu häufig auf die Uhr. Wieder einmal blickte er in die Richtung, aus der sie gekommen waren. »Ah, da ist ja unser großer Meister!«

Katherine drehte sich um und sah Thorpe den Hang herauflaufen. Er trug einen braun-blauen Jogging-Anzug.

»Wenn ihr euch normalerweise zur Begrüßung küßt, tut's auch jetzt.«

»Ich bin keine gute Schauspielerin.«

Thorpe trabte herbei. »Ah, der Marathon-Mann und die Langstrecken-Lady. Ihr seht erschossen aus. War's ein guter Lauf bisher?«

Katherine gab ihm einen Kuß auf die Wange. »Ja. Was ist denn mit deiner Nase passiert?«

Thorpe hob die Finger an das Pflaster. »Hab' sie mal wieder in Dinge gesteckt, die mich nichts angingen.« Er kratzte sich am Kopf. »Wie wär's mit dem Greenwood-Friedhof? Hab' ich vor kurzem mal gemacht. Vierhundert Morgen Leichen.«

»Auf Friedhöfen darf man nicht joggen«, sagte Abrams.

Thorpe lächelte. »Ich bitte Sie, Tony. Ich wette, Sie sind schon öfter auf Friedhöfen gelaufen. Da ist man echt unter sich.«

»Heute ist Memorial Day. Da dürfte ziemlich viel Betrieb herrschen«, bemerkte Katherine.

»Der Friedhof ist alt«, erwiderte Abrams. »Die letzte Beerdigung hat vor etwa sechzig Jahren stattgefunden. Da kommen nicht mehr viel Anverwandte.«

Thorpe klatschte in die Hände und begann auf der Stelle zu laufen. »Also gut, Leute, folgt mir.«

Abrams und Katherine liefen hinter Thorpe her. Zwanzig Querstraßen weit liefen sie am Park entlang, bis sie den hohen schmiedeeisernen Zaun des Greenwood-Friedhofs erreichten.

Thorpe blickte in beide Richtungen. »Die Luft ist rein. Kommt.« Er kletterte am Zaun hoch und wälzte sich hinüber.

Abrams half Katherine hoch, umfaßte ihre Beine, schob schließlich mit der Hand nach. »Na, na, Tony«, sagte Thorpe mahnend. Als Katherine auf der anderen Seite hinunterstieg, griff Thorpe helfend zu, und Abrams erkannte, daß er nach ihrer Waffe tastete und sie auch entdeckte.

Abrams stieg ebenfalls auf den Zaun und sprang auf der anderen Seite hinunter. Er entwand sich Thorpes Griff, der ihn bei der Landung abstützen wollte.

Im Dauerlauf folgten sie der Straße, die von einsamen Mausoleen gesäumt war. Sie schienen die einzigen Besucher des Friedhofs zu sein.

An einer Gabelung des Weges rief Thorpe: »Nach links!«

Zu beiden Seiten erhoben sich unzählige schwarze und weiße Marmorgrabsteine. Auf den nächsten tausend Metern bestimmte Thorpe das Tempo und lief vor Katherine einen Vorsprung heraus, während Abrams zurückfiel.

»Peter ... zu schnell!« rief Katherine. »Wir sind schon ziemlich geschafft.«

»Ach was, Kate!« rief Thorpe über die Schulter. »Du bist in Ordnung. Tony aber muß sich noch ein bißchen anstrengen.«

Schließlich wurde Thorpe aber doch langsamer, und Katherine und Abrams holten schweratmend auf.

Stumm gingen sie nebeneinander her. Abrams versuchte zu horchen, ob sich etwas Ungewöhnliches tat, aber das Blut rauschte ihm in den Ohren. Er war völlig ausgepumpt und fühlte sich sehr verwundbar angesichts der vielen möglichen Hinterhalte ringsum.

Ein kleines Stück links vom Weg tauchte plötzlich ein frisch ausgehobenes Grab auf, daneben ein Erdhaufen. Zwei Schaufeln steckten in der lockeren Erde. Thorpe lief über das Gras darauf zu. »Seht euch das an. Der Grabstein ist mehr als hundert Jahre alt, das Grab hat man aber gerade erst geschaufelt.« Er kniete nieder und schaute in das tiefe Loch.

»Leer ...«, sagte er. »Ich glaube, man kann die Knochen nach einer bestimmten Zeit herausholen und die Grabstätte an jemand anders verkaufen. Also doch nicht die letzte Ruhestätte.«

»Laufen wir weiter«, sagte Katherine.

»Es muß heute eine Beerdigung vorgesehen sein«, sagte Thorpe.

»Dann stünde der alte Grabstein nicht mehr hier«, sagte Abrams.

»Stimmt«, sagte Thorpe.

Abrams blickte sich um. Aus verschiedenen Richtungen näherten sich drei Männer zwischen den Grabsteinen. Sie trugen die grünen Overalls von Friedhofsarbeitern.

»Peter, was sind das für Männer?« fragte Katherine atemlos.

Thorpe zuckte die Schultern. »Woher soll ich das wissen, Kate? Sie scheinen hier zu arbeiten.«

»Gehen wir.« Katherine wandte sich zum Weg zurück und sah dort drei weitere Männer stehen.

»Wir scheinen mitten in eine Beerdigung geraten zu sein«, sagte Thorpe.

Die drei Männer, die eben noch in Bewegung gewesen waren, blieben stehen; sie bildeten eine Art Halbkreis um das offene Grab. Die drei Männer am Weg formierten sich ebenfalls zu einer Art Kette. Thorpe zog sich hinter den Stein des offenen Grabes zurück. Alle waren in Position. Abrams sah keinen Ausweg aus der Falle.

38

Abrams rührte keinen Muskel. Seltsamerweise hatte das Rauschen in seinen Ohren aufgehört, der Herzschlag beruhigte sich, sein Atem ging wieder normal. Die lähmende Erschöpfung des langen Laufes verflog, seine Sinne schärften sich. Er roch die frisch ausgehobene Erde und die verschwitzten Körper neben sich und nahm auch einen schwachen Blumenduft war. Ungemein klar sah er die starren Gesichter der sechs Männer ringsum und die undurchdringliche Miene Peter Thorpes, der sich nun räusperte.

»Das sieht wirklich ein bißchen verdächtig aus«, sagte er leise. »Wenn ich paranoid wäre, würde ich sagen, die Männer führen nichts Gutes im Schilde.«

»Und ich würde dir antworten, daß du recht hast«, sagte Katherine.

Als hätten sie ein Signal empfangen, setzten sich die sechs Männer gleichzeitig in Bewegung. Sie zogen den Kreis um das Grab enger und blieben wenige Meter vor Abrams, Katherine und Thorpe stehen. Sie sagten nichts, verhielten sich auch nicht offen drohend.

Abrams blickte zu Katherine hinüber. Sie war totenbleich, aber dennoch bewundernswert gefaßt angesichts der Gefahr. Thorpe schien in Gedanken versunken zu sein. Der Grund für diese groteske Vorstellung war bestimmt sein Wunsch, sich alle Möglichkeiten offenzuhalten. Er wollte sein wahres Gesicht erst zeigen, wenn er sicher sein konnte, daß er selbst nicht in eine Falle geraten war.

Thorpe blickte rasch zwischen Abrams und Katherine hin und her. »Also, Tony?«

Abrams verstand die Frage richtig. Er nahm Katherine am Arm. »Ja, es wartet ein Wagen auf uns«, sagte er zu Thorpe.

»Ich sehe keinen. Ich glaube, man hat Sie vergessen.«

»Ich glaube nicht.« Abrams klopfte sich auf die Hosentasche.

»Ein Positionssender.« Er fügte hinzu: »Der Hubschrauber ist ganz in der Nähe.«

Thorpe blickte zum Himmel auf. »Ich sehe auch keinen Hubschrauber.«

Abrams wandte sich an die sechs Männer. »Meine Herren, ich gehe jetzt. Mein Vorschlag wäre, daß Sie dasselbe tun.«

Einer der sechs, der das Kommando zu führen schien, schaute gebannt auf Abrams' N.Y.P.D.-Shirt, dann auf Thorpe.

Abrams zog Katherine mit sich zum Weg.

»Haben wir wirklich Unterstützung?« fragte sie leise.

»Ich glaube schon. Wahrscheinlich wartet Spinelli darauf, daß Thorpe in Aktion tritt.«

»Kommen wir hier hinaus?«

»Du mußt jedenfalls so tun. Weitergehen.«

»Halt!« Thorpe holte die beiden ein. »Wir haben hier sechs Männer«, sagte er. »Ich glaube, wir sollten auf ihre Wünsche eingehen, zumindest bis die rettende Kavallerie eintrifft.« Abrupt wandte er sich an Abrams. »Kann ich mal den Sender sehen?«

»Nein«, erwiderte Abrams lachend.

Thorpe lief rot an. »Ich glaube nicht, daß Sie einen bei sich haben. Ich glaube, Sie sind allein.«

Abrams spürte, daß Thorpe hin und her gerissen war zwischen Vorsicht und Tatendrang. Ihm war klar, daß die Scharade nicht mehr lange so weitergehen konnte, ohne daß jemand Farbe bekennen mußte – und Thorpe schien im Begriff zu stehen, aus der Deckung zu kommen. »Im Zweifel sollte man auf Nummer Sicher gehen«, sagte Abrams. »Es kommen bestimmt noch bessere Gelegenheiten, Peter.«

Thorpe rieb sich über das Gesicht und nickte, als akzeptierte er das Argument. »Na schön ...« Er zog ein großes Tuch aus der Tasche, und Abrams erhaschte einen kurzen Blick auf die flache Automatik, die darin eingewickelt war.

Thorpe war auf Abrams' kräftigen Hieb nicht gefaßt; der Kinnhaken ließ ihn gegen einen Baum torkeln und zu Boden gehen.

Schon hatte sich Katherine hinter einen Grabstein geworfen.

Abrams hörte die knallerbsenähnlichen Schüsse der .25er, deren Magazin in schneller Folge geleert wurde.

Abrams warf sich kaum zwei Meter von Katherine entfernt ins Gras und schoß zweimal. Die Schüsse hallten über den weiten Friedhof und fanden ein vielfaches Echo zwischen den Grabsteinen. Es hörte sich an, als sei ein Gefecht im Gange.

Energisch drückte Katherine das Ersatzmagazin in den Kolben ihrer Waffe, doch ehe sie schießen konnte, rief Abrams: »Moment noch!«

Katherine und Abrams schauten vorsichtig zwischen den Reihen der Grabsteine und Hecken hindurch. Niemand war zu sehen, und soweit Abrams das beurteilen konnte, hatte auch niemand das Feuer erwidert. Abrams stemmte sich auf ein Knie hoch und umklammerte den Revolver mit beiden Händen.

»Ich glaube, sie sind weg«, sagte Katherine.

»Möglich.« Abrams erhob sich in geduckte Stellung und blickte zu Thorpe hinüber, der mit dem Gesicht nach oben bewußtlos am Wegrand lag. Er lief hinüber und zögerte. Dann hielt er Thorpe den Lauf zwischen die Augen und spannte den Hahn.

»Nicht.«

Abrams drehte den Kopf und rechnete damit, einen von Thorpes Männern vor sich zu haben. Statt dessen blickte er in zwei kalte Augen, die vom gleichen Blaugrau waren wie der Lauf der Ouzi-MP, die auf ihn gerichtet war.

Hinter einem Mausoleum kamen zwei weitere Männer hervor; sie waren ebenfalls mit automatischen Waffen ausgerüstet. Auf sämtlichen Waffen saßen unförmige Schalldämpfer. Die Männer waren jung und wirkten ausgesprochen rauh und selbstbewußt.

»Aufstehen!«

Abrams und Katherine kamen dem Befehl nach. Die Männer trugen knöchelhohe Basketballschuhe und ganz normal aussehende Freizeitkleidung, die allerdings ein wenig dunkel wirkte. Eine leicht ins Paramilitärische gehende Aufmachung; Stadtguerillas, die in jeder Menschenmenge untertauchen konnten.

»Her damit.«

Abrams glaubte den Akzent zu erkennen. Mit dem Kolben voran lieferte er seinen Revolver ab.

Der Mann machte einc Bewegung mit dem Lauf seiner Ouzi. Abrams und Katherine gingen auf das Grab zu und entdeckten drei weitere, ähnlich gekleidete Männer, die ebenfalls schallgedämpfte Automatikwaffen hielten und um das offene Grab standen. Einer winkte Abrams mit gekrümmtem Finger zu sich.

Abrams kam der Aufforderung nach und blickte in das Loch. Thorpes Männer lagen übereinander in der Grube, sie waren von ganzen Garben aus automatischen Waffen zerrissen worden.

Katherine trat einen Schritt vor, blickte in das Loch, legte die Hand an den Mund und wandte sich ab.

»Ich hielt es für angebracht, Ihnen das zu zeigen«, sagte einer der Männer, »damit Ihnen klar wird, daß hier kein Spiel im Gange ist.«

Abrams erkannte den Akzent als englisch; gleichzeitig fuhr Katherine zu dem Sprechenden herum. »Marc!« rief sie und wandte sich an Abrams. »Das ... das ... ist ein Bekannter von mir ... Marc Pembroke.«

Pembroke beachtete sie nicht weiter, sondern bedeutete seinen Männern mit einer Handbewegung, das Grab zuzuschaufeln.

Abrams fand das Verhalten des Mannes abgebrüht.

»Wissen Sie«, sagte Pembroke, »Sie hätten die Sache beinahe in den Sand gesetzt. Ein Glück, daß Pat O'Brien mich beauftragt hat, Sie im Auge zu behalten, mit dem Hinweis, Sie könnten Initiativen entwickeln.«

»Wir sind nur gelaufen«, sagte Abrams.

Pembroke konzentrierte sich auf Katherine. »Sie hätten es besser wissen müssen.«

»Halten Sie mir keine Vorträge. Ich weiß nicht einmal, welche Rolle Sie in diesem Stück spielen. Ich werde Mr. O'Brien danach fragen.«

Pembroke setzte zu einer Antwort an, hielt sich dann aber zurück. »Sie haben heute nachmittag eine wichtige Aufgabe vor sich, Mr. Abrams. Sie hatten nicht das Recht, Ihr Leben für diese idiotische Sache aufs Spiel zu setzen.«

»Nun bin ich ja frei, mein Leben für die idiotische Sache von heute nachmittag zu riskieren.«

Katherine musterte ihn fragend.

Pembroke schaute zu, wie das Grab aufgefüllt wurde. »Warum verschwinden Sie nicht?« bemerkte er, ohne sich umzudrehen. »Wir räumen hier auf.«

»Und Peter?« fragte Katherine zögernd.

Pembroke warf ihr einen gereizten Blick zu. »Peter Thorpe darf nichts passieren. Wir haben ihm ein Schlafmittel gegeben ...« Nach einem Blick auf Abrams fuhr er fort: »Wenn er wieder zu sich kommt, wird er in einem Mausoleum liegen. Dieses Grab wird dann wieder mit Rasen abgedeckt sein, und wir sind spurlos verschwunden. Wenn wir Glück haben, wird Mr. Thorpe so verwirrt und erschrocken sein, daß er den Vorfall seinen Lenkoffizieren verschweigt. Es ist sehr wichtig, daß Peter Thorpe seine sowjetischen Kontakte aufrechterhält, bis *wir* bereit sind. Auf Wiedersehen.« Er wandte sich ab.

Abrams faßte Katherine am Arm. Einer von Pembrokes Männern gab ihnen die Waffen zurück; dann gingen sie den baumgesäumten Weg entlang und verließen den Friedhof durch das Haupttor an der 25. Straße.

»Was ist aus deiner Polizeiunterstützung geworden?« fragte Katherine plötzlich.

Abrams erwachte aus seinen Gedanken. »Was? Oh ... ich nehme an, dein britischer Freund hat sich darum gekümmert.«

»Ich dachte schon, du hättest geblufft.«

»Ich auch.« Er zögerte. »Dir ist sicher klar, daß dieser Pembroke uns hätte sterben lassen, wären die Dinge ein wenig anders gelaufen.«

Sie nickte. »Was ist das für eine wichtige Aufgabe heute nachmittag?«

»Du wärst die letzte, der ich davon erzählen würde.«

Sie lächelte. »Nun ja, willkommen in der Gruppe, Mr. Abrams.«

Dann lachte sie, warf ihm die Arme um den Hals und barg das Gesicht an seiner Brust. Er spürte, wie sie zu schluchzen begann. Es dauerte eine Weile, bis sie wieder sprechen konnte. »Heute war einer der schlimmsten Tage meines Lebens ... und einer der schönsten. Sieh dich vor heute nachmittag. Worum es auch geht, sei auf der Hut.«

39

Tony Abrams mischte sich unter die Feiertagshorden und fuhr um 15.20 Uhr mit dem Zug in Richtung Garden City ab. Es war eine kurze Fahrt; trotzdem blieb ihm Zeit, die Ereignisse des Morgens zu überdenken: Carmine Street, der Lauf durch Brooklyn, Thorpe, der Friedhof. Seine Gedanken verweilten bei Marc Pembroke, den Katherine gekannt hatte: ein neues Mitglied im Kreis der rätselhaften Gestalten, ein Mann mit einem Büro im Rockefeller Center und einer Tür, die stets verschlossen war.

Abrams und Katherine waren mit dem Taxi in seine Wohnung gefahren und hatten einige Dinge geholt, einschließlich des Anzugs, den er jetzt trug, und seiner Ausweise. Anschließend hatten sie dasselbe in der Carmine Street mit ihren Sachen gemacht und waren zum Stadthaus in der 36. Straße gefahren. Und unterwegs hatte sich jene seltsam gespannte Atmosphäre eingestellt, wie sie zwischen einem Mann und einer Frau herrscht, die genau wissen, daß sie bald miteinander ins Bett gehen werden.

Das Stadthaus stand unter Beobachtung, und ein Beamter in Zivil wollte wissen, wie sie hießen und was sie vorhätten.

»Abrams«, antwortete er. »Und ich habe keine Pläne.«

Der Beamte lächelte. »Spinelli erzählt überall herum, daß Sie tot sind.«

»Ich fühle mich ausgezeichnet.«

Er führte Katherine in das rote Backsteinhaus, in dem niemand anzutreffen war. Abrams fand Claudias Abwesenheit nicht ungewöhnlich. Nach Van Dorns Party würde sie aber ins Stadthaus zurückkehren, und dann gedachte Abrams ein ausführliches Gespräch mit ihr zu führen. Sie war das schwächste Glied in der eisernen Kette, und er wollte sie brechen, ehe der morgige Tag anbrach.

Katherine war in dem Zimmer verschwunden, in dem sie als Kind gelebt hatte. Abrams stellte seine Sachen in ein freies Schlafzimmer auf der anderen Flurseite und half ihr beim Auspakken. Sie sagte nachdenklich: »Es ist immer wieder seltsam, an einen Ort zurückzukehren, den man aus der Kindheit kennt.«

»Bittersüße Erinnerung – so nennt man das wohl.«

Sie kam durch das Zimmer auf ihn zu, und Abrams fragte sich, wie er sie jemals als Eiskönigin hatte bezeichnen können.

Sie liebten sich in dem breiten Bett, und Abrams war froh, daß er dort nicht mit Claudia geschlafen hatte. Und es war, wie man es sich beim erstenmal nicht schöner wünschen konnte – leidenschaftlich, entdeckungsreich, erfüllend. Abrams fand die Wirklichkeit viel schöner als die langgehegte Phantasievorstellung. »Das hatte ich seit sechs Monaten nicht mehr«, sagte sie.

»Sechs Monate?« fragte er.

»Vielleicht sieben. Und du?«

Er hatte gezögert, dann aber doch geradeheraus geantwortet: »Seit ich dich zum ersten Mal sah.«

Er war gegangen, während sie noch auf dem Bett lag. Sie hatte ihm Glück gewünscht. Für den Fall, daß es einer der beiden nicht vor dem Morgengrauen schaffte, ins Stadthaus zurückzukehren, waren sie vor der Bürozeit am nächsten Morgen in der Brasserie verabredet.

Abrams' Gedanken kehrten in die Gegenwart zurück, als der Zug in Glen Cove einfuhr. Durch den beinahe leeren Bahnhof begab er sich zur nahe gelegenen Kanzlei von Edwards & Styler, die in einem georgianisch wirkenden Haus untergebracht war.

Im Foyer befand sich niemand. Abrams schaute im Verzeichnis nach und begab sich über eine breite, geschwungene Treppe ins Obergeschoß. Vor einer schweren Eichentür mit der Aufschrift ›Edwards & Styler‹ zog er seinen Revolver und lauschte. Dann klopfte er energisch und trat zur Seite.

Die Tür öffnete sich einen Spalt und wurde dann ganz aufgemacht. Ein Mann, der etwa in Abrams' Alter war, lächelte und streckte die Hand aus. »Mr. Abrams? Ich bin Mike Tanner.«

Abrams nahm die Waffe in die linke Hand und ließ sich mit der anderen auf ein Händeschütteln ein. Tanner warf einen verwirrten Blick auf die Waffe und führte den Besucher in einen hinteren Raum, der mit Eiche verkleidet war und rote Ledersessel enthielt.

Ein älterer Mann erhob sich. »Ich bin Huntington Styler. Bitte setzen Sie sich.«

Abrams kam der Aufforderung nach und musterte sein Gegenüber. Kein Zweifel, Styler hatte zum OSS gehört. Diese Leute hatten irgend etwas an sich, das sie vereinte – als wären sie alle auf dieselben Schulen gegangen, hätten denselben Klubs angehört und benutzten denselben Schneider.

Huntington Styler musterte Abrams seinerseits, ehe er zu einem Barschrank ging. »Scotch und Soda, stimmt's?«

»Ja.«

»Sie haben die Zusammenfassung über den Fall gelesen?« fragte Mike Tanner.

»Jawohl. Ich finde, die sowjetische Mission hat gute Aussichten gegen George Van Dorn.«

»Das meinen wir auch«, schaltete sich Styler ein und reichte Abrams einen Drink. »Es ist nicht gerade angenehm, die Sowjets in einem Verfahren gegen einen bekannten Patrioten zu vertreten. Wir haben deswegen schon einen Mandanten verloren.«

»Jemand muß aber der Gerechtigkeit zum Sieg verhelfen«, sagte Abrams.

»Genau.« Styler schien seinen Gedanken nachzuhängen. Dann sagte er: »Ich weiß es zu schätzen, daß Sie sich uns anschließen angesichts der Tatsache, daß Sie bisher für die Firma gearbeitet haben, an der Mr. Van Dorn Anteile besitzt. Sie waren dort aber nur halbtags als Prozeßzusteller tätig, und das schafft keine ethischen Probleme. Wir messen dem Umstand eine so geringe Bedeutung bei, daß wir unseren russischen Mandanten nichts davon gesagt haben.«

Abrams sagte sich, daß die Unterschlagung seiner bisherigen Tätigkeit für O'Brien, Kimberly & Rose sicher weniger mit Interessenkonflikten zu tun hatte als damit, daß die Russen den wahren Hintergrund von O'Brien & Co. kannten.

»Ich habe zuletzt am Freitag mit Mr. Androw gesprochen«, sagte Mike Tanner. »Er schien sich ein wenig über Ihre Vorgeschichte als Polizist aufzuregen, aber ich versicherte ihm, daß Sie nur Verkehrspolizist waren. Ich gehe davon aus, daß Ihre Personalakten bei der Polizei unzugänglich sind.«

»Das hat man mir wenigstens versichert.« Abrams fragte sich, ob ihm der KGB jemals auf die Spur gekommen war, als er noch bei der Roten Truppe arbeitete. Je mehr er über seine Tarngeschichte nachdachte, die sich eng an die Wahrheit hielt, desto problematischer kam sie ihm vor. Er hatte für die Russen einen langen Besucherfragebogen ausfüllen müssen; dabei waren ihm zwei überraschende Fragen vor Augen gekommen: »Sind oder waren Sie Mitglied der Kommunistischen Partei? Haben Sie Verwandte oder Freunde, die Mitglieder sind oder waren?«

»Hat Androw von der Mitgliedschaft meiner Eltern in der Kommunistischen Partei gesprochen?«

»Ja. Er fragte sich, ob wir ihm um den Bart zu gehen versuchten. Dann lamentierte er über Leute, die die Wahrheit erkannt hätten, die gewissermaßen hineingeboren worden und dann doch vom rechten Pfad wieder abgekommen seien. Er wollte wissen, ob Sie Russisch sprächen, und ich verwies ihn auf den Fragebogen, auf dem Sie diese Frage verneint hatten.« Tanner biß sich auf die Unterlippe. »Vermutlich war das von seiner Seite ein Schuß ins Dunkle.«

»Außer bei der Polizei habe ich nirgendwo Russisch als Fremdsprache angegeben.«

Abrams sollte unter seinem eigenen Namen zu den Russen gehen, er existierte überall dort, wo die Russen nachfragen mochten; er war geboren worden, zur Schule gegangen, besaß einen Führerschein und so weiter. Die wesentliche Änderung aller öffentlichen und privaten Unterlagen betraf allein seine Beschäftigung bei O'Brien, die gelöscht worden war, und die Vordatierung seiner Einstellung bei Styler, um die Lücke in seinem Lebenslauf wieder zu schließen. Ansonsten war seine Tarnung wasserdicht, weil sie eben die Wahrheit wiedergab. Und doch würde vielleicht ausgerechnet die Wahrheit ihn zu Fall bringen, besonders die eine große Wahrheit, die er erst heute entdeckt hatte, nämlich daß sein Kumpel Peter Thorpe Agent des KGB war.

Abrams zündete sich eine Zigarette an und beschäftigte sich in Gedanken mit dieser Entwicklung. Hatte Thorpe den Russen einen Bericht übermittelt, in dem Abrams namentlich erwähnt wurde? »Haben Sie nach Freitag noch mit Androw gesprochen?« fragte er Tanner.

»Nein.« Er blickte auf die Uhr. »Aber ich soll ihn anrufen und das Treffen bestätigen.« Er griff nach dem Telefon und wurde nach einiger Zeit mit Viktor Androw verbunden. »Jawohl, Sir. Mr. Styler und Mr. Abrams werden zugegen sein.« Er lauschte und wiederholte: »Ja, beide sind bereits hier ... ja, das tue ich.«

Tanner legte auf und blickte Abrams an. »Ich soll Ihnen ausrichten, er freue sich darauf, den Sohn berühmter Freiheitskämpfer kennenzulernen.«

»Wie schmeichelhaft für mich«, sagte Abrams und wandte sich an Styler. »Ich habe Sie Freitag abend gar nicht beim OSS-Bankett gesehen.«

Styler lächelte zurückhaltend. »Daran nehme ich nie teil. Ich bin aus der Sache heraus.«

»Aber Sie sind mit Mr. O'Brien bekannt.«

Styler antwortete nicht sofort. »Ich weiß nicht, wie Sie persönlich zu Pat O'Brien stehen«, sagte er leise. »Vermutlich haben Sie weiterreichende Gründe für Ihr Handeln ... und wenn ich wirklich schlau wäre, würde ich Ihnen nicht gerade jetzt davon erzählen ...«

Abrams stellte seinen Drink ab und beugte sich vor.

Styler deutete den Ausdruck in Abrams' Gesicht und nickte. »Pat O'Brien ist gestern abend in Tom's River, New Jersey, gestartet, um mit dem Fallschirm abzuspringen. Das Flugzeug stürzte in den Bergen von Pennsylvania ab. An Bord wurde nur die Leiche des Piloten gefunden. Die Behörden vermuten, daß Mr. O'Brien vorher abgesprungen ist. Es sind Suchtrupps unterwegs. Aber die Pine Barrens sind ein großes Gebiet ...«

Abrams nickte.

Styler ging zur Tür. »Wir treffen uns dann draußen vor dem Haus. Brauner Lincoln.« Er verließ den Raum.

Tanner stand auf. »Bitte folgen Sie mir.«

Abrams nahm sein Glas und folgte Tanner durch eine Verbindungstür in einen Bürotrakt mit sechs abgeteilten kleinen Räumen. »Hier ist Ihr Reich«, erklärte Tanner. »In Kürze wird sich ein Mr. Evans bei Ihnen melden. Er kennt Sie als Smith. Bis später dann.« Er verschwand ebenfalls.

Abrams betrat die kleine Bürowabe, die mit seinem Namen gekennzeichnet war, und fand einen schlichten grauen Stahltisch vor, auf dem sein Namensschild stand. Er setzte sich in den Drehstuhl und durchsuchte systematisch die Schubladen, die angefüllt waren mit ähnlichem Kram, wie er ihn auch bei O'Brien, Kimberly & Rose vorgefunden hatte.

Auf dem Fußboden stand ein Aktenkoffer mit seinen Initialen. Er öffnete ihn und fand eine dicke Akte mit der Aufschrift: ›Sowjetische Mission bei den Vereinten Nationen gg. George Van Dorn.‹

Abrams lehnte sich zurück und trank einen Schluck aus seinem Glas. Offensichtlich waren die etwa zwölf Angestellten dieser Sozietät über seine Deckgeschichte genau informiert; dennoch lag hier eine gewisse Gefahrenquelle.

Seine Gedanken kehrten zu O'Brien zurück. War er tot? Entführt? Und wenn entführt, würde er Abrams verraten? Abrams hoffte um ihrer beider willen, daß er am Leben war oder tot – aber nichts dazwischen.

40

Ein großer, hagerer Mann, der die mittleren Jahre hinter sich hatte, erschien mit schlaksigem Schritt in der Öffnung des kleinen Büros. Eine Hand steckte in der Tasche, mit der anderen hielt er einen Aktenkoffer. Auf Abrams wirkte der Mann wie ein bedrückter Handelsreisender, der schon eine Woche zu lange unterwegs war.

Der Mann baute sich vor Abrams' Schreibtisch auf. »Sind Sie Smith?«

»Ja.«

Der Mann nahm die Hand aus der Tasche und reichte sie über den Tisch. »Evans.«

Abrams ließ seinen Revolver los, stand auf und gab Evans die Hand.

Evans ließ sich in den Besucherstuhl sinken und sagte: »Unser Gespräch wird eine Stunde dauern. Ich werde Ihnen die Baupläne des russischen Sitzes zeigen und Ihnen das Spitzeln beibringen.«

»Schön. Und werden Sie mir auch sagen, was ich da drüben herausfinden soll?«

»Nein. Das würden Sie sowieso nicht begreifen. Ich kapiere es auch nicht. Alles elektronisch. Aber Sie sollen erfahren, wonach Sie Ausschau halten müssen. Nach Radios und Fernsehern. Außerdem nach Automatikunterbrechern.«

»Schön. Das müßte sich ja leicht herausfinden lassen.«

Evans lächelte. »Es handelt sich um elektrische Sicherungen, wie man sie in neuen Badezimmern und Küchen sieht, Smith. Die reagieren auf einen Stromstoß oder etwas Ähnliches sofort; dann springt ein Knopf heraus, und man vermeidet einen Kurzschluß oder einen tödlichen Stromschlag. Sie müssen darauf achten, ob es bei den Russen solche Sicherungen anstelle der normalen Anschlüsse auch in anderen Zimmern gibt.«

»Okay.«

»Suchen Sie an Türen und Fenstern nach lückenlos schließenden Wetterüberzügen aus Metall. Die Beschichtung müßte aus einem nicht korrodierenden, hochleitenden Metall bestehen – Zinn, Silber, Gold oder Platin. Kratzen Sie mit dem Messer ein Stück ab. Sie haben doch bestimmt ein harmloses kleines Messer, das man Ihnen nicht abnehmen wird?«

»Nein.«

Evans warf ein Taschenmesser auf den Tisch. »Ferner müssen Sie sich die Antennen der Russen genau ansehen. Die meisten stehen auf dem Dach, die große aber auf dem Rasen im Norden. Am Fuß der Antenne könnte sich ein Überspannungsableiter mit elektrischem Filter befinden. Wenn das Ding nicht unterirdisch untergebracht ist. Vor einigen Monaten ist ein Baumdoktor der Antenne zu nahe gekommen – dem hätte man beinahe den Kopf abgerissen. Anzunehmen, daß sich das gesuchte Gerät über der Erde befindet, aber zwischen Büschen verborgen ist.«

»Wie sieht so etwas denn aus?«

Evans zog einen Plan aus der Jackentasche und warf ihn auf den Tisch.

Abrams entfaltete das Papier und starrte auf eine schlecht ausgeführte Strichzeichnung. »Hier scheint ein Schüler am Werk gewesen zu sein.«

»Komisch, daß Sie das sagen. Das Ding stammt von einem Sechzehnjährigen und wurde in Hypnose gezeichnet.«

Abrams blickte zu Evans auf.

»Und unter dem Einfluß von Erinnerungsdrogen, wenn Sie es genau wissen wollen. Irgend so ein freches Bürschchen aus dem Ort, das sich einen Spaß daraus macht, auf dem Besitz der Russen herumzuschleichen. Er hat sich einmal im Gebüsch unten bei der Antenne versteckt. Mehr brauchen Sie nicht zu wissen. Außer daß wir eine Bestätigung für die Beobachtungen des Jungen brauchen.«

Abrams lehnte sich zurück. Wenn er den Anforderungen, die hier an ihn gestellt wurden, gerecht werden wollte, mußte er Gefahren auf sich nehmen. Die Firma Styler & Edwards hielt sich klugerweise aus dem Gespräch heraus; allerdings war es nicht ohne Risiko, ihn überhaupt bei den Russen einzuschleusen.

»Dieses Haus«, sagte Evans, »ist elektronisch ausgeforscht, aus großer und geringer Höhe fotografiert und von den angrenzenden Grundstücken aus beobachtet worden – mehr als jeder andere Punkt im Land, einschließlich der sowjetischen Gebäude in Manhattan und in der Bronx, gar nicht zu reden von der Botschaft in Washington oder der Handelsniederlassung in San Francisco. Aber wir haben noch nie einen Profi einschleusen können.«

»Ich bin allerdings auch keiner, Evans, und ich bin noch nicht drin.«

»Das werden Sie aber sein. Und Sie sind mehr Profi als der Baumdoktor, der Schuljunge oder der blöde Mann vom Partyservice oder etwa ...«

»Wer?«

»Na, der Mann vom Partyservice.«

»Heißt der zufällig Karl Roth?«

»Möglich. Anzunehmen. Hab' ich vergessen.«

Abrams nickte.

Evans starrte ihn einige Sekunden lang an und setzte seinen Vortrag fort. »Wie dem auch sei, die Russen kennen etwa dreißig Methoden, Tricks auf die Spur zu kommen. Ich schicke Sie also sauber hinein. Sie sind doch sauber, oder?«

»Bis auf eine kleine Smith & Wesson.«

»Die lassen Sie lieber hier. Außerdem ist es gut, daß Sie unter Ihrem richtigen Namen arbeiten – das ist immer das geringste Risiko. Schön.« Evans hob seinen Aktenkoffer auf den Tisch und öffnete ihn so, daß Abrams ins Innere schauen konnte. »Wissen Sie, was das ist?«

Abrams schaute sich die elektrischen Geräte an, die in den Koffer eingebaut waren. »Nein.«

»Das ist ein SBA, ein Stimmenbelastungsanalysator.«

»Hab' schon davon gehört.«

»Gut. Die Russen benutzen so etwas im Gespräch mit ihren Gästen. Mit Apparaten, die in den USA gebaut wurden, wie der hier.«

Evans griff um den Kofferdeckel herum und schaltete das Gerät ein. »Es muß gar nicht mit der kontrollierten Person in Kontakt sein. Man beobachtet beim Reden diese Digitalanzeige.«

»Und sieht, daß ich Unsinn rede.«

»Genau. Schauen Sie, wir ermitteln jetzt eine Grundziffer für meine normale Stimme. Wenn ich zu lügen anfange, macht die Maschine unhörbare Mikro-Erschütterungen aus, die vom Streß und von den Täuschungsbemühungen ausgelöst werden. Zeigen die Digitalziffern eine Zahl von fünfzig Prozent oder mehr über dem normalen Stimmenbereich an, der hier als fünfundvierzig angegeben ist, dann hören Sie Quatsch. Beobachten Sie mal die Zahlen.« Scheinbar im gleichen Ton sprach Evans weiter: »Smith, ich glaube ehrlich, Sie haben eine gute Chance, durchzukommen.«

Abrams sah die Fließziffernzahlen auf hundertsechs steigen. »Quatsch!«

»Ganz recht«, sagte Evans vielsagend. »Jetzt reden Sie mal, damit wir die Basiszahl für Ihre Stimme ermitteln können.«

Abrams trank einen Schluck Scotch und sagte: »Na schön, Meister, ich geb's auf. Wie soll ich mich *davor* schützen?«

Evans drehte den Koffer zu sich herum und bediente einen Einstellungsknopf. »In erster Linie halten Sie den Mund«, sagte er. »Aber was Sie da gerade machen, ist auch ganz gut.«

»Was denn?«

»Alkohol.« Evans griff in die Tasche und nahm eine kleine Flasche heraus. »Hustenmedizin. Darin sind Alkohol und andere Zusätze enthalten, die die Stimmbänder ein wenig lähmen. Damit läßt sich die Maschine verwirren.« Er zog einen weiteren Gegenstand aus der Tasche und ließ ihn über den Tisch rollen. »Bronchialspray. Mit Helium angereichert. Sie dürfen nicht zuviel davon einatmen, sonst reden Sie, als hätten Sie sich in einer Drehtür die Eier eingeklemmt. Das Zeug nehmen Sie am besten nur, wenn die ganz direkten Fragen kommen.«

Abrams nickte.

Evans lehnte sich zurück, schlug die Beine übereinander und legte die Hände auf den Bauch. »Na schön, ich spiele mal einen Russen. Ich habe schon mit den Papieren in meiner Aktentasche herumgefummelt, dabei in Wirklichkeit aber den Grundwert für Ihre Stimme ermittelt, indem ich mich mit Ihnen über das Wetter und den schönen Anzug und solche Sachen unterhielt. Jetzt werde ich Ihnen eine heikle Frage stellen.«

»Und was soll ich dabei tun?«

»Sie werden ein bißchen schwer kapieren, husten, niesen, sich die Nase putzen, räuspern, einen Schluck Hustenmedizin nehmen oder Helium einatmen.«

»Das wird sich nach einer gewissen Zeit ziemlich burlesk ausmachen.«

»Sie werden's schon hinkriegen, wenn es ernst wird.«

»Und wissen die Russen nicht, was es mit der Hustenmedizin und dem Spray auf sich hat?«

»Nur, wenn Sie übertreiben. Aber das ist immer noch besser, als genau zu wissen, wann Sie lügen und wann Sie die Wahrheit sagen. Also schön, alles bereit?«

»Ja.«

Evans sprach mit falschem russischem Akzent. »Also, Mr. Smith, möchten Sie sich unser schönes Haus mal ansehen?«

Abrams nickte.

Evans lachte. »Spielen Sie nicht den Idioten, antworten Sie auf die Frage.«

»Ja, gern.«

Evans schaute sich die Anzeige an. »Eine ganz schöne Belastung – die sich aber doppelt auslegen läßt. Entweder lügen Sie, und Sie wollen das blöde Haus gar nicht sehen, oder Sie sind so scharf darauf, daß sich die Mikro-Erschütterungen deswegen ergeben. Keine Maschine ist vollkommen.«

Evans räusperte sich und fuhr fort: »Also, Mr. Smith, was halten Sie von unserem Prozeß gegen Van Dorn?«

Abrams antwortete ausführlich.

Evans nickte und fragte: »Was haben Sie früher bei der Polizei gemacht?«

Abrams setzte zu einer Antwort an, begann sich dann zu räuspern, hob den Sprayverteiler an die Nase und betätigte ihn. Er atmete schwer und sagte: »Ich war Verkehrspolizist.« Die Stimme klang ein wenig schrill, aber nicht unnatürlich.

Evans schaute auf seine Anzeige, sagte aber nichts.

»Nun?«

»Nun, Mr. Smith, wie lange sind Sie denn schon bei Edwards & Styler?«

»Etwa zweieinhalb Stunden«, antwortete Abrams.

Evans lachte und linste über den Deckel seines Aktenkoffers. »Keine Belastung. Die Wahrheit kann Sie aber auch in Schwierigkeiten bringen.«

»Das ist sogar meistens so.«

In der nächsten halben Stunde arbeiteten Evans und Abrams konzentriert mit dem Stimmenanalysator. Abrupt schaltete Evans das Gerät aus und schloß den Aktenkoffer. »Okay, machen wir Schluß mit dieser Unterweisung, damit Sie zu Ihrer Verabredung hinter dem Eisernen Vorhang nicht zu spät kommen.«

Weitere zwanzig Minuten hörte Abrams konzentriert zu. Er stellte ein paar Fragen und erhielt auch einige Antworten. Evans zeigte ihm die Baupläne des ehemaligen Killenworth-Anwesens.

Abrams konnte seine Neugier schließlich nicht bezwingen: »Für wen arbeiten Sie eigentlich?«

»Keine Ahnung. Meine Kontakte laufen über mehrere Zwischenstellen. Ich war früher bei der CIA und führe jetzt eine private Beratungsfirma mit dem Namen Informations-Service.«

»Der Name sagt alles und nichts.«

»Stimmt genau.« Evans reichte Abrams seine Karte. »Wir sind eine Gruppe von Leuten, die früher mal bei den Sicherheitsdiensten gearbeitet haben. Unsere Kundschaft sind vorwiegend multinationale Firmen, die wissen wollen, wann mal wieder ein entlegenes Land eine Revolution erlebt, damit sie ihre Angestellten, Geld- und Produktionsmittel rechtzeitig in Sicherheit bringen können.«

»Aber wer ist in diesem Fall Ihr Kunde?«

»Wie ich schon sagte: Ich weiß es nicht. Könnte die Firma sein. Die darf im Inland nicht tätig werden und wendet sich nicht immer gern an den FBI. Da es aber keine Vorschrift gibt, die ausdrücklich verbietet, daß sie sich auf dem Privatmarkt behilft, ist das eine mögliche Lösung.«

Abrams nickte. »Ich habe von einer Gruppe alter Freunde gehört, die ihre Dienste nicht anderweitig anbieten, sondern nur für sich selbst arbeiten.«

»Das ist unmöglich, Smith«, sagte Evans abweisend. »Wer würde so etwas finanzieren? Was würden die Leute mit den Ergebnissen ihrer Arbeit anfangen?«

Abrams stand auf. »Vielleicht hab' ich da was falsch verstanden.«

»Allerdings.« Evans wandte sich zum Gehen.

»Kennen Sie einen gewissen Peter Thorpe?«

»Warum?«

»Er sagte, er hätte vielleicht eine Karrierechance für mich.«

Evans nickte. »Das ist eine andere Art von Arrangement. Er leitet eine Art Zivilistengruppe für die Firma. Keine Bezahlung. Nur Ärger.«

»Wenn ich den Kontakt mit ihm verlöre, könnten Sie mich jederzeit mit ihm in Verbindung bringen?«

»Möglich. Vielleicht.«

»Und ein Mann namens Marc Pembroke?«

Auf Evans' starrem Gesicht erschien ein Ausdruck des Unbehagens. »Von dem Schweinehund sollten Sie sich fernhalten.«

»Warum?«

Evans starrte eine Weile ins Leere. »Pembroke ist Spezialist«, sagte er schließlich. »Sein Produkt sind Leichen. Ich habe genug gesagt. *Adios*, Smith.«

Abrams kam um den Tisch herum. »Vielen Dank.«

»Das sagt man am besten erst, wenn man heil zurück ist. Ich melde mich morgen bei Ihnen.« An der Tür blieb Evans stehen. »Noch etwas.«

Abrams ahnte, daß ihn etwas Unangenehmes erwartete.

»Sie haben schon mal von der Abraham-Lincoln-Brigade gehört?«

»Ja. Das waren doch Amerikaner, die in den dreißiger Jahren in Spanien gegen die Faschisten kämpften. Typ Hemingway.«

»Stimmt. Die meisten waren rosa oder rot angehaucht. Die Russen hatten am 1. Mai etwa zwanzig dieser alten Veteranen zum Tee mit Borschtsch nach Glen Cove eingeladen. Einer davon, ein Mann namens Sam Hammond, hatte vor Jahren die Seiten gewechselt. Er arbeitete stets für uns. Er hatte denselben Auftrag wie Sie. Ich wies ihn ein.« Evans starrte Abrams an. »Ich hoffe, es geht Sam Hammond gut.«

»Sam Hammond verließ in jener Nacht das russische Grundstück und fuhr mit dem regulären Zug nach Manhattan zurück. Sam Hammond traf aber nie zu Haus ein.«

Abrams schwieg.

»Entweder machte Hammond einen Fehler oder wurde von jemandem verraten, ehe er überhaupt dort eintraf. Ich glaube nicht, daß er die Sache selbst versiebt hat, ich hatte ihn gut vorbereitet. Er war sehr umsichtig. Ich glaube, es lag an einer undichten Stelle.«

»Ich möchte lieber annehmen, daß Ihre Unterweisung schlecht war und Hammond sich ungeschickt angestellt hat. An die undichte Stelle wage ich nicht zu denken.«

»In Ihrem Interesse hoffe ich, daß Sie recht haben.« Evans überlegte einen Moment und fuhr fort: »Sind Sie als Polizist jemals in einen gefährlichen Einsatz gegangen, mit Partnern, die Sie verraten konnten, ohne Funkunterstützung, ohne einen zweiten Mann, der Ihnen helfen konnte oder sich zumindest für Ihre Sicherheit verantwortlich fühlte?«

»Nein.«

»Nun ja, willkommen in der großen weiten Welt der Spionage, Kumpel.« Evans machte kehrt und ging.

41

Die lange Lincoln-Limousine fuhr langsam in nördlicher Richtung auf der Dosoris Lane. Es war fast schon dunkel, und die meisten Wagen hatten die Scheinwerfer eingeschaltet. Weiter vorn entdeckte Abrams den Widerschein von Blaulichtern zwischen den Bäumen. »Ist das an jedem Feiertag so?« fragte er.

»In der Regel«, antwortete Huntington Styler, der auf dem Rücksitz saß. »Van Dorn versucht den Anschein zu erwecken, als hätten seine Anti-Partys einen Anlaß – so wie seine Maifeier mit der der Russen zusammenfiel.«

»Und natürlich läßt er keinen amerikanischen Feiertag aus«, bemerkte Mike Tanner, der hinter dem Steuer saß.

»Solange er weiter so vorsichtig und konsequent vorgeht«, sagte Styler, »steht unser Fall auf schwachen Beinen.«

Abrams blätterte die Akte durch, die er auf dem Schoß liegen hatte. »Hier steht, daß er am letzten 7. November, dem Jahrestag der bolschewistischen Revolution, den ... Nationalen Notarfeiertag beging.«

Tanner lachte. »Mit dem Bus ließ er etwa fünfzig Notare anfahren, obwohl es mitten in der Woche war, stellte seine Lautsprecher an und veranstaltete ein Feuerwerk. Die Notare waren verwirrt, aber geschmeichelt.«

»Am 4. Juli ist vermutlich am meisten los«, sagte Abrams nachdenklich.

Tanner nickte. »Sie hätten letztes Jahr dabeisein sollen! Etwa zweihundert Gäste und sechs Vorderlader, die von Männern in historischen Uniformen bedient wurden. Bis etwa zwei Uhr früh wurden die Kracher auf die Russen losgelassen. Natürlich nur mit Pulver geladen.«

Styler beugte sich vor. »Einige Tage später begannen sich die Russen nach einem Anwalt umzusehen. So kamen wir schließlich an die Sache.«

Abrams schaute in die Akte. Genaugenommen war Huntington Styler zu dem Mandat gekommen, indem er in der *Times* einen Leserbrief veröffentlichte, in dem er Van Dorn wegen seiner Anti-Partys verurteilte. Zweifellos ein bewußter Schachzug. »Gibt's an diesem 4. Juli wieder ein volles Haus?«

»Nun ja«, antwortete Tanner mit einem Seitenblick. »Ich habe dem Rechtsberater der Russen, einem gewissen Alexei Kalin, den Sie kennenlernen werden, geraten, alle russischen Diplomaten und ihre Angehörigen sowie das Personal sollten sich am 4. Juli etwas anderes vornehmen ...«

»Um damit zu zeigen«, warf Abrams ein, »wie unangenehm ihnen die Belästigung durch Van Dorn ist.«

»Ja. Wenn über hundert Männer, Frauen und Kinder ihre Pläne wegen Van Dorn ändern müssen, dann haben wir ein wirklich gutes Argument auf unserer Seite.«

»Und was hat Kalin dazu gesagt?«

»Nach Rückfrage hat er bestätigt, daß man darauf eingehen will.« Tanner blickte in den Rückspiegel.

Von hinten sagte Styler: »Uns liegen aber Informationen vor, daß die Russen am 4. Juli trotz ihrer Zusage in Glen Cove sein wollen.«

Abrams drehte sich in seinem Sitz um. »Was für Informationen?«

»Also«, sagte Styler, »Sie wissen sicher, daß Pat O'Brien gewisse Möglichkeiten hat... hatte, solche Dinge ausfindig zu machen. Sie wissen schon – Gespräche mit Diplomaten oder ihren Frauen, Bemerkungen gegenüber anderen Diplomaten oder Lieferanten, Kinder, die mit ihren amerikanischen Freunden sprechen. Solche Sachen. Jedenfalls deuten allerlei Anzeichen darauf hin, daß alle Russen davon ausgehen, am Feiertagswochenende in Glen Cove zu sein.«

Der Wagen näherte sich der russischen Einfahrt, und Tanner gab Blinkzeichen. Ein Verkehrspolizist näherte sich, und Tanner drehte das Fenster hinunter. »Wohin?«

Tanner hielt dem Beamten einen offiziellen Brief der Sowjets hin.

Abrams blickte nach vorn. Das Tor war von etwa hundert Demonstranten belagert, und er fühlte sich sehr an die Szenen aus den Abendnachrichten des 1. Mai erinnert, kurz nach seinem schicksalhaften Gespräch mit O'Brien auf dem Dach des RCA-Gebäudes.

Der Polizist gab Tanner den Brief zurück und gab einem Kollegen ein Zeichen, damit er den Gegenverkehr aufhielt. Tanner bog ab und fuhr auf das Tor zu, das inzwischen geöffnet worden war.

Zwei stämmige Russen in braunen Uniformen mit roten Borten standen auf dem Kiesweg. Tanner stoppte erneut.

Ein dritter Mann in Zivil näherte sich und fragte in gutem Englisch: »Was möchten Sie, bitte?«

Tanner übergab einen zweiten amtlichen Brief, diesmal in Russisch. Der Zivilbeamte nahm den Brief und verschwand in einem nahe gelegenen Wachhäuschen. Abrams sah, wie er das Telefon abhob.

»Was für ein Unsinn! Die Leute wissen doch genau, daß wir kommen...«

»Ich würde gern hören, was er sagt«, unterbrach Abrams.

Sofort wurde es still im Wagen. Der Zivilist stand in der offenen Tür des Wachhäuschens und sprach laut in das Telefon, in der festen Gewißheit, daß niemand ihn verstehen konnte.

Gleich darauf kehrte er zum Wagen zurück und reichte Tanner den Brief. »Fahren Sie weiter, nicht schneller als zehn Stundenkilometer. Sie sehen dann einen Parkplatz. Passieren Sie ihn und halten Sie am Haupteingang.«

Tanner murmelte etwas und fuhr an. »Konnten Sie etwas verstehen?« fragte er Abrams.

»Er hat nichts Besonderes gesagt, nur: ›Styler, Tanner und der Jude sind da.‹«

Schweigen herrschte in dem Wagen, der nun die S-förmig geschwungene Auffahrt hochfuhr. Weiter vorn wurde das beleuchtete Haus sichtbar, ein langer, von Dachgiebeln gekrönter grauer Steinbau, der sich gut in die Landschaft einfügte. Äste hingen tief über den Weg und verdunkelten ihn; links und rechts standen gedrungene japanische Laternen.

Langsam bewältigte der Wagen die Anhöhe und fuhr an der Nordseite des Hauses entlang über den Parkplatz. Schließlich bog Tanner in einen großen Vorhof ein, der bestens ausgeleuchtet war. Abrams betrachtete die mächtige Ostfassade des Hauses. Sie wies drei Vorsprünge auf, die von langen Fenstern durchbrochen waren. Der rechte Vorsprung bezeichnete die Lage des Speisezimmers, über dem sich ein großes Schlafzimmer befand. Der linke Vorsprung war das frühere Arbeitszimmer, in dem heute der Sicherheitsoffizier residierte. Darüber lag ein weiteres Schlafzimmer. Der breite Vorsprung in der Mitte enthielt den Eingang. Das zweite Obergeschoß, das unter dem pittoresken Dach lag, war nach Aussage eines sowjetischen Überläufers vollgestopft mit elektronischen Spionageeinrichtungen.

Tanner hielt vor dem Eingang und stellte den Motor ab. Das Zirpen von Grillen tönte durch die warme Nacht, und der Motor des vornehmen Wagens knackte beim Abkühlen.

Abrams nahm seinen Schulterhalfter samt Waffe aus der Aktentasche und verstaute sie im Handschuhfach.

»Das hätten Sie nicht mitbringen dürfen«, sagte Tanner. »Die

Sicherheitsbeamten werden die Waffe finden.«

»Na und?« Abrams öffnete die Wagentür und stieg aus.

Tanner und Styler folgten seinem Beispiel. Abrams ging zu der großen Holztür und drückte auf einen Summer. Im Haus bellte ein Hund; gleich darauf schlugen hinter dem Haus noch mehr Hunde an.

Abrupt öffnete sich die Tür, und ein rundlicher Mann stand vor ihnen. »Willkommen, meine Herren. Willkommen in unserer Datscha!« Er lachte.

Abrams kannte den Mann aus seiner Zeit bei der Roten Truppe: Viktor Androw.

42

Abrams blickte sich in der schlecht erleuchteten Vorhalle um, die größer war als so manches Wohnzimmer. Weiter hinten befand sich eine breite Marmortreppe.

»Mr. Styler, nett, Sie wiederzusehen«, sagte Androw zuvorkommend. »Und natürlich Mr. Tanner.«

Irgendwie paßte dieser dicke kleine Mann nicht so recht zu dem vornehmen Haus, in dem er hofhielt: Er trug weite Hosen, ein offenes, geblümtes Hemd und Sandalen.

»Und Sie müssen Mr. Abrams sein«, fuhr Androw fort und reichte ihm die Hand. Dann deutete er nach hinten; die Gruppe erstieg die halbe Treppe und erreichte ein weiteres Foyer. Androw fühlte sich bemüßigt, die Stille im Haus zu erklären. »Die meisten von uns sind nach Manhattan zurückgekehrt. Die wenigen Leute, die hier ständig residieren, haben nach dem langen Wochenende den Abend freibekommen. Ich fürchte aber, daß wir kaum Ruhe haben werden, wenn dieser Verrückte von nebenan uns wieder ... wieder ...«

»Belästigt«, warf Styler ein.

»Ja. Ich bin überrascht, daß er mit seinen ... Streichen noch nicht begonnen hat. Sie hätten am Maifeiertag hier sein sollen!«

»Wir standen zur Verfügung«, sagte Styler betont.

»Ja, ja. Aber es ließ sich nicht einrichten.«

Die Wände des Foyers waren mit braunem Marmor ausgekleidet, der sehr anheimelnd wirkte. Die Stuckdecke wies tiefe Risse auf. Drei Torbogen führten vom Foyer ab. Geradeaus ging es in eine lange, eichenholzgetäfelte Galerie mit niedriger Decke. Links und rechts begannen lange Korridore. Androw führte seine Besucher nach links. »Sie kommen spät«, bemerkte er. »Aber ich glaube den Grund zu kennen.«

Styler lächelte. »Ja, wir hätten uns auf den Verkehr einstellen sollen.«

Androw nickte hastig. »Ich bin froh, daß Sie mal selbst gesehen haben, was wir hier aushalten müssen.«

Auf Abrams wirkte Androw wie ein Schauspieler, der aus dem Stegreif spielen muß.

Sie erreichten einen Vorhang, der den Korridor versperrte. Androw zog an einer Schnur, und der Stoff gab einen Durchgang frei, wie er auf Flughäfen zum Aufspüren von Metallgegenständen verwendet wurde.

Eine hübsche Frau in modischen Jeans, Polohemd und Leinenschuhen lächelte gezwungen.

»Meine Herren«, sagte Androw. »Ich muß Sie bitten, diesen Durchgang zu passieren. Vorschrift«, fügte er achselzuckend hinzu, als habe er damit nichts zu tun. Dann wandte er sich ab.

Die Frau hielt ein Plastiktablett hoch. »Alle Metallgegenstände, bitte.«

Die drei Männer legten die gewünschten Dinge in separate Fächer auf dem Tablett. Beiläufig warf Abrams das Taschenmesser zu den Schlüsseln, Kugelschreibern, Feuerzeugen und Münzen.

Styler stellte seinen Aktenkoffer auf das Transportband, und die Frau betätigte den Startknopf. Der Koffer lief durch das Fluoroskop, und die Frau starrte auf den Schirm. Styler trat durch den Detektorbogen. Tanner und Abrams machten es ihm nach.

Die Frau begab sich ans Ende des Förderbandes und öffnete Tanners Aktenkoffer. Abrams, Styler und Tanner sahen sich an.

Die Frau nahm einen goldenen Füllfederhalter aus dem Koffer

und legte ihn auf das Tablett. Dann blickte sie die drei Männer an. »Sie erhalten alles in Kürze zurück. Die Aktenkoffer können Sie mitnehmen.«

Abrams' Blick fiel auf die Zuleitung des Metalldetektors und verfolgte sie bis zur Steckdose. Dort entdeckte er die erste automatische Sicherung.

Die Frau brachte das Tablett zu einer Tür, von der Abrams wußte, daß sie in das frühere Arbeitszimmer führte, in dem jetzt der Geheimdienst seine Dienststelle hatte. Jeder Gegenstand würde gründlich untersucht und elektrisch abgetastet werden. Man würde die Fingerabdrücke nehmen. Mit Hilfe von Tanners Schlüsseln würde man den Lincoln in eine Werkstatt an der Südseite des Hauses fahren. Abrams fragte sich, ob er sein Taschenmesser wiedersehen würde.

»Wir müssen ein Zimmer aufsuchen, das nach Norden hinausgeht«, sagte Androw. »Sie wollen ja sehen und hören, mit was Mr. Dorn uns zu schaffen macht. Die Galerie müßte sich dazu eignen. Folgen Sie mir.«

Er führte die Besucher wieder ins obere Foyer und von dort in die Galerie. Der Weg durch das angrenzende Musikzimmer wäre kürzer gewesen, sagte sich Abrams, aber offensichtlich war der jetzt als Aufenthaltsraum genutzte Bereich tabu.

Abrams sah sich in der Galerie um, die früher die Jagdtrophäen George Pratts enthalten hatte. Eichentäfelung und die schweren Deckenbalken verbreiteten nach wie vor Jagdhüttenatmosphäre, doch waren die Tierköpfe und Geweihe durch naturalistisch-sozialistische Gemälde ersetzt worden.

Androw ging zu einem nach Norden weisenden Schiebefenster. »Von hier können Sie das Haus des Verrückten sehen«, sagte er und schaute auf die Uhr. »Warum hat er bloß mit seinem Unsinn noch nicht angefangen?«

Weil er damit noch wartet, dachte Abrams, damit ich hier im Haus mindestens eine Stunde Zeit habe. Er trat an ein anderes Fenster und schaute über die baumbestandene Senke zum nächsten Hügel hinüber, auf dem sich ein schimmerndes weißes Holzhaus erhob. Jedes Fenster war erleuchtet, wie immer in großen Häusern, wenn eine Party stattfindet, und bunte Gartenlichter gaben der Landschaft einen märchenhaften Anstrich.

Abrams vermochte auf Rasen und Terrasse Leute auszumachen. Er mußte an Katherine denken und fragte sich, was sie von seinem Ausflug zu den Russen halten würde.

Hinter den Hügeln erstreckte sich im Westen und Norden die mondhelle Fläche des Long Island Sound. Die blinkenden Navigationslichter von Booten und Schiffen bewegten sich im ruhigen Wasser, was ihn daran erinnerte, daß sich Peter Thorpe noch irgendwo dort draußen herumtrieb. Durchaus möglich, daß er im Laufe des Abends hier aufkreuzte.

Androw wandte sich an die drei Männer, die jeder ein Fenster für sich gewählt hatten. »Nun also, nehmen wir Platz und unterhalten wir uns. Wir werden schon merken, wenn es losgeht.«

Abrams untersuchte das kupferverkleidete Schiebefenster, das gegen innen durch einen Gazeschirm geschützt war; das Fenster wurde über eine Kurbel bedient. Es war fest geschlossen, und er konnte die Außenbeschichtung nicht ausmachen. Er blickte auf die Terrasse hinab. »Was ist denn das?« fragte er.

Androw trat neben ihn. »Ach, eine Besonderheit. Ihre Augen täuschen Sie nicht. Ein Hakenkreuz, das man in das Terrassenpflaster eingelassen hat.«

Abrams beschirmte die Augen. »Darf ich mal aufmachen?«

»Natürlich«, antwortete Androw nach kurzem Zögern.

Abrams kurbelte, und das Fenster ging auf.

»Man hat mir gesagt, daß die Terrasse etwa 1914 angelegt wurde, ehe es die Nazis überhaupt gab. Im Orient und bei den Indianern gilt es als Glückssymbol. Niemand aber haßt dieses Zeichen mehr als die Juden, die Russen vielleicht ausgenommen. Bitte fühlen Sie sich nicht betroffen.«

»Ich war nur überrascht.« Abrams suchte Fensterbrett und Fensterrahmen ab. Die Außenseiten waren mit einem hellen Metall überzogen, bei dem es sich um Platin oder Weißgold handeln konnte. Aber selbst wenn er sein Taschenmesser gehabt hätte, wäre es ihm unmöglich gewesen, etwas davon abzukratzen, denn der Gazeschirm und Androw verhinderten jedes Handeln.

»Wollen wir es offenlassen, damit wir Van Dorns Attacke auch mitbekommen?«

»Das ist nicht erforderlich.« Schon drehte Androw das Fenster wieder zu.

Abrams blickte über den hellerleuchteten Rasen und schaute sich die mächtige Antenne an, die von Haltedrähten gestützt wurde. Am Fuß der Antenne erstreckte sich das dichte Gebüsch, von dem Evans gesprochen hatte. Näher bei Haus und Terrasse ragte der Flaggenmast auf, der von einer runden Hecke umgeben war. Abrams entdeckte das Abflußgitter der Entwässerungsanlage, dessen Position er bestätigen sollte.

Im Hintergrund machte er zwei Männer mit Hund aus. Einer sprach in ein Gerät, bei dem es sich um ein Walkie-Talkie handeln mußte; der andere trug offensichtlich ein Gewehr über der Schulter.

»Kommen Sie, setzen wir uns«, sagte Androw ein wenig ungeduldig, führte seine Besucher zu einer Sitzgruppe und wies jedem seinen Platz zu. Androw selbst wählte für sich einen schweren Lehnsessel, der mit dem Rücken zum Fenster stand.

Nach allem, was über Androw bekannt war, war er der Oberste Rechtsrat der russischen Mission, wie es in der Geheimdienstsprache hieß. Die Rote Truppe nannte ihn kurz den Chef des KGB in New York, der sich hinter einem Diplomatenposten versteckte. Das war kein großes Geheimnis. Viel rätselhafter war die Frage, warum er sich mit dieser Angelegenheit befaßte. Er vermutete offensichtlich ein Problem. Und: Was immer die Sowjets im Schilde führten, es war so wichtig, daß der KGB-Oberboß einige Zeit darauf verwendete.

Androw ergriff das Wort. »Ich habe Mr. Kalin, unseren Rechtsberater, gebeten, zu uns zu kommen. Ich selbst befasse mich mit den Beziehungen nach außen, da werden Sie also auch weiter mit mir zu tun haben.«

Androw reichte russische Zigaretten herum, und Abrams griff zu. Gleich mit dem ersten Zug bekam er etliche Tabakkrümel in den Mund. Er fand es erstaunlich, daß ein Land, das keine vernünftigen Zigaretten herstellen konnte, womöglich einen Weg gefunden hatte, den technisch fortschrittlichsten Staat der Welt zu vernichten.

Androw blickte auf die Uhr. »Mr. Kalin belegt in Fordham Kurse in amerikanischem Recht.« Er lachte leise. »Dabei nimmt er alle schlechten Eigenschaften amerikanischer Anwälte an. Zum Beispiel die Unpünktlichkeit.«

Styler lächelte gezwungen und griff nach seinem Aktenkoffer. »Wenn wir gegen Van Dorn für diesen 4. Juli keine Unterlassungsverfügung durchbekommen, dann sollten Sie eben nicht hier herauskommen. Das haben wir Ihrem Mr. Kalin vorgeschlagen.«

»Mr. Tanner wurde von uns bereits vor einigen Wochen unterrichtet, daß wir an dem verlängerten Wochenende nicht nach Glen Cove kommen werden, wenn Sie das wünschen.«

Abrams musterte Androw. Zwischen Androws Worten und O'Briens Entdeckungen klaffte eine Lücke. Juristisch war es ratsam, dem Haus fernzubleiben. Wenn die Sowjets sich Van Dorns Bombardement dennoch aussetzen wollten, mußte es dafür einen guten Grund geben. Schlußfolgerung: Sie *mußten* aus Manhattan heraus. Sie *mußten* sich auf dem Besitz aufhalten, weil er irgendwie sicher war. Das bedeutete, daß an jenem Wochenende kein anderer Ort sicher war.

Tanner blätterte Papiere durch. »Wir denken an eine Schadenersatzforderung in der Größenordnung von fünfhunderttausend Dollar, zuzüglich Ihrer Kosten.«

Androw schien voll auf Abrams konzentriert zu sein. »Was? Ach, das hat Zeit, bis Mr. Kalin hier ist.« Androw stand auf und ging langsam durch das Zimmer. Er zog an einer Klingelschnur und blieb daneben stehen.

Nach kurzer Zeit erschien ein Mann in weißer Tunika und schob einen Servierwagen herein. »Bitte greifen Sie zu«, forderte Androw und bediente sich als erster mit einem Glas Tee und einem Teller voller billig aussehender Süßigkeiten.

Abrams beobachtete ihn. Androw wirkte irgendwie geistesabwesend, als sei ihm plötzlich etwas Dringendes eingefallen. Leise sagte er zu dem Dienstboten auf russisch: »Sagen Sie Kalin, er soll kommen.«

Styler, Tanner und Abrams standen auf und gingen zu dem Servierwagen. Neben dem Samowar stand das Tablett mit den Metallutensilien; Abrams fiel auf, daß Tanners Wagenschlüssel fehlten. Die Männer nahmen ihre Sachen an sich und bedienten sich dann mit Tee und Kuchen.

Als alle wieder saßen, kam nur zögernd ein Gespräch in Gang.

»Fahren Sie heute abend nach Manhattan zurück?« fragte Abrams.

»Ja, warum fragen Sie?«

»Vielleicht können Sie mich mitnehmen.«

»Sie wohnen doch aber in Brooklyn.«

»Heute abend übernachte ich in Manhattan.«

»Ach?« Androw schien nicht gleich zu wissen, was er sagen sollte. »Tut mir leid«, brachte er schließlich hervor, »aber unterwegs wird bestimmt über geheime Dinge gesprochen.«

»Dann nehme ich den Zug.«

In diesem Moment öffnete sich die Tür zum Musikzimmer, und ein sehr großer und dünner blonder Mann trat ein, der beinahe wie ein Skandinavier aussah. Er trug einen Aktenkoffer.

»Meine Herren«, sagte Androw, »das ist Mr. Kalin.«

Kalin nickte kurz in die Runde und schob sich einen Lehnsessel zurecht. Abrams fiel auf, daß er zwischen Androw und ihm Platz nahm, aber etwas außerhalb des Gesprächskreises blieb.

Androw nickte Abrams zu. »Habe ich Ihnen schon gesagt, Alexei, daß die Eltern von Mr. Abrams berühmte amerikanische Kommunisten waren?«

»Ja.«

Abrams beobachtete den Neuankömmling. Kalin wirkte durchtrieben und hatte ein Gesicht, das man nicht so leicht vergaß. Abrams war ihm in der Abendschule Fordham schon mehr als einmal begegnet und hatte damals wie jetzt den Eindruck, daß der Mann bewaffnet war.

Kalin stellte sich den Aktenkoffer auf die Knie und öffnete ihn. Er blätterte Papiere durch und verkündete: »Wir können anfangen.«

Styler und Tanner öffneten bereits die Koffer und brachten die typischen gelben Juristenschreibblöcke zum Vorschein. Abrams verwendete ein kleines Notizbuch, wie er es aus dem Polizeidienst gewöhnt war. »Mr. Abrams«, fuhr Androw fort, »ist außerdem ein Klassenkamerad von Ihnen, Alexei.«

Kalin hob kurz den Kopf. »Ja, ich habe ihn schon mal gesehen.«

Androw wandte sich Abrams zu. »Ja? Nein?«

»Ja, ich erkenne Mr. Kalin wieder«, sagte Abrams.

»Mr. Abrams war früher bei der New Yorker Polizei«, fuhr Androw kauend fort. »Was hatten Sie dort gleich für Aufgaben?«

»Mein Dienst war sehr vielseitig«, antwortete Abrams.

Kalin saß reglos da und starrte in seinen Aktenkoffer. Er nahm einen Stift und begann etwas aufzuschreiben, doch Abrams war überzeugt, daß er seinen Stimmenbelastungsanalysator einstellte, der mit Einkerbungen versehen war, so daß er mit einer Kugelschreiberspitze bedient werden konnte.

Wieder wandte sich Androw an Abrams. »Schade, daß die Einwanderer ihren Kindern nicht die Muttersprache beibrachten. Sprechen Sie gar kein Russisch, Mr. Abrams?«

Abrams antwortete indirekt, wie man es ihm beigebracht hatte: »Wie viele andere Einwanderer wollten meine Eltern ihre Kinder amerikanisieren. Sie benutzten die Muttersprache, wenn es den Kindern etwas zu verheimlichen galt.«

Androw lachte.

»Vielleicht sollten wir auf den Fall zu sprechen kommen«, schaltete sich Styler ein.

»Mr. Abrams interessiert uns nun mal. Aber gut ...« Androw schlug sich auf das Knie. »Führen Sie uns vor, was Sie auf Ihrer Schule gelernt haben, Alexei.«

»Mr. Styler, was gedenken Sie wegen des Vorfalls vom 1. Mai zu unternehmen?« fragte Kalin unfreundlich.

»Sie meinen Ihre Anschuldigung, Van Dorn habe auf vier Angehörige Ihres Personals mit der Pistole geschossen?«

»Ja, ja. Und anschließend hat er den Jungen beschützt, der sich auf unser Gelände geschlichen hatte, um zu stehlen.«

Styler räusperte sich. »Van Dorn schildert die Sache ganz

anders. Ich schlage vor, das behandeln wir separat, als strafrechtliche Frage.«

»Aber der Junge muß unbedingt verhört werden!« beharrte Kalin ungeduldig. »Wir müssen ihm eine Vorladung zustellen. Haben Sie Namen und Anschrift schon ermittelt?«

»Ja«, antwortete Tanner.

»Na?« forderte Kalin scharf.

Tanner zog ein Blatt Papier aus seinen Unterlagen. »Kuchik. Stanley Kuchik. Schüler der High-School. Wohnt an der Woodbury Lane.« Androw gab das Papier nach kurzem Blick an Kalin weiter.

Abrams fand es nicht gut, den Sowjets den Namen und die Anschrift des Jungen zu geben, aber es ging wohl nicht anders, wenn man sich das Vertrauen der Leute erhalten wollte. Abrams begann sich zu fragen, ob der Junge nicht soeben zum Köder in einer riesigen Falle geworden war.

»Wie würden Sie denn gegen diesen jungen Frechdachs vorgehen?« stellte Androw wieder eine direkte Frage an Abrams.

Dieser blickte von seinen Notizen auf. »Da ich die Rechtsanwaltsprüfung noch nicht bestanden habe, möchte ich meine Rechtsauffassung lieber für mich behalten.«

»Aber Sie kennen sich doch aus, oder? Wie lange arbeiten Sie schon für Mr. Styler?«

Abrams fand die Frage ungeschickt eingeleitet. Er setzte zu einer Antwort an, nieste in sein Taschentuch, benutzte das Bronchialspray, räusperte sich und antwortete mit brüchiger Stimme: »Zwei Jahre.«

Kalin hob den Blick aus seinem Aktenkoffer.

»Sind Sie erkältet?« fragte Androw.

»Nein, allergisch.«

»Ah, gegen irgend etwas in diesem Zimmer?«

»Anzunehmen.«

»Dann muß es sich um Mr. Kalin handeln.« Androw lachte. Abrams lächelte und wandte sich an Kalin: »Wie stehen Sie zu dem Schadenersatzvorschlag?«

Ohne den Blick zu heben, antwortete Kalin: »Im Vergleich zu

dem, was man so in den Zeitungen liest, mutet die Summe gering an.«

Was Abrams ausgesprochen interessant fand, denn Kalin war nicht im Zimmer gewesen, als Tanner die fünfhunderttausend Dollar erwähnte.

Kalin erkannte seinen Fehler und schaute zu Abrams auf; Androws Blick wich er aus.

»Ich finde, wir müssen Mr. Kalin weiter auf die Schule schikken«, bemerkte Androw.

Die Besprechung dauerte noch zehn Minuten. In dieser Zeit wandte sich Androw immer wieder mit direkten Fragen an Abrams, der ausweichend antwortete oder sich vorher mit seinen Heilmitteln behalf. Abrams konnte nicht erkennen, ob Kalin mit den Werten seines Analysators zufrieden war oder nicht und ob die beiden ihm überhaupt ein Wort glaubten. Jedenfalls wurde Androw immer unruhiger.

Schließlich unterbrach er Tanner sogar mitten im Satz. »Was hält diesen Verrückten nur von seinen Streichen ab?« Er blickte auf die Uhr, stemmte seinen schweren Körper aus dem Sessel und marschierte zum Fenster. Nachdenklich starrte er einige Sekunden in die Ferne und drehte sich dann um. »Er muß erfahren haben, daß Sie hier sind. Er wird mit seinen Belästigungen also erst beginnen, wenn die Polizei ihm meldet, daß Ihr Wagen abgefahren ist.« Er trat einige Schritte vor. »Sie können also genausogut wieder gehen. Parken Sie bei der High-School, und warten Sie dort auf die Raketen und die Lautsprecherbelästigungen; das dürfte genügen. Vielen Dank, daß Sie an Ihrem Feiertag gekommen sind, meine Herren. Guten Abend.«

Abrams stand auf. »Ich möchte das aber lieber aus Ihrer Perspektive erleben.«

Androw starrte ihn an. »Ich habe noch viel zu tun heute abend.«

»Wir können hier allein warten.«

»Das wäre gegen die Vorschriften.«

Kalin schloß den Aktenkoffer und stand auf. »Es gibt nichts weiter zu besprechen oder zu besichtigen.«

»Ich glaube, wir haben wirklich genug …«, setzte Tanner nervös an.

»Es war ein gewisser Aufwand, heute hier zu erscheinen«, unterbrach Styler. »Wir würden gern persönlich in Augenschein nehmen, was es mit Van Dorns Belästigungen auf sich hat.«

Abrams unterdrückte ein Lächeln. Styler hatte Mut. Aber es würde noch mindestens eine Viertelstunde dauern, bis Van Dorn mit seinem Zirkus begann.

Androws Stimme klang nicht nur frostig-abweisend, sondern sogar ziemlich aufgeregt. »Meine Herren, sprechen wir doch ganz offen. Sie befinden sich hier in einer sehr geheimen Zone, und ich habe einfach nicht genug Personal, das Ihnen heute abend Gesellschaft leisten könnte.« Er machte eine ausholende Bewegung zur Tür. »Guten Abend.«

Kalin ging voraus. Styler, Tanner und Abrams folgten, dann drehte sich Abrams um. »Ich muß noch auf die Toilette.«

Androw schien sich etwas beruhigt zu haben. »Ja, natürlich«, sagte er und deutete auf eine Tür am anderen Ende der Galerie. »Dort hindurch. Sie finden eine entsprechend gekennzeichnete Tür. Bitte gehen Sie nicht verloren.«

Kalin schien Abrams begleiten zu wollen, aber schon verwikkelte Styler ihn in ein Gespräch. Abrams ließ seinen Aktenkoffer auf dem Stuhl stehen und ging auf die Tür zu.

Er erreichte einen breiten, von Wandlampen unzureichend beleuchteten Gang und schaute hastig auf die Uhr. Er hatte bestenfalls fünf Minuten, ehe man ihm jemanden auf den Hals schicken würde. Er blickte zur Decke auf und entdeckte eine Fernsehkamera im Winkel über der Tür, durch die er gerade gekommen war. Der Apparat folgte ihm aber nicht.

Abrams öffnete die Tür zur Toilette, schaltete das Licht ein und schaute sich in dem kleinen fensterlosen Raum um, in dem sich eine Toilette, ein Waschbecken, ein Spiegel und ein Stuhl befanden. Einen Luftschacht schien es nicht zu geben. Abrams kehrte auf den Korridor zurück.

Er hatte den Bauplan einigermaßen im Kopf und wußte, daß sich gegenüber der Toilette eine kleine Nebentreppe befand, die zu den Schlafräumen emporführte. Unter der Treppe gab es eine schmale Tür in den Keller.

Weiter unten am Gang waren zwei Doppeltüren, die einander genau gegenüberlagen. Sie besaßen Glaseinsätze und waren mit Gardinen behängt. Die Tür nach rechts führte in den Südteil des Wohnzimmers. Nach links ging es wieder in das Musikzimmer. Das Ende des Ganges bildete eine große Verandatür, die auf die Südterrasse hinausführte.

Eilig begab sich Abrams zu dieser Tür, entriegelte sie und öffnete beide Flügel. Er hörte keinen Alarm losgehen, was nicht bedeutete, daß im Sicherheitsbüro nicht bereits ein lautloses Signal übermittelt wurde. Aber noch hatte er kein Schwerverbrechen begangen. Er trat in die klare, mondhelle Nacht hinaus. Die abgestufte Terrasse führte zu einem Teich hinab, und nach links erstreckte sich der von Mauern eingefaßte Dienstbotenhof, der als Parkplatz diente. Abrams vermochte nicht über die Mauer zu schauen, doch war zu erkennen, daß der Hof hell erleuchtet war. Vermutlich hatte man hier den Lincoln gründlich untersucht.

Abrams machte kehrt und blickte an dem mächtigen Haus empor. Im Obergeschoß waren sämtliche Fenster dunkel, doch als er genauer hinschaute, sah er, daß überall schwere Vorhänge vorgezogen waren. Er kehrte zu der Verandatür zurück, kniete nieder und untersuchte die Außenbeschichtung. Mit dem Taschenmesser kratzte er an der Unterkante der Tür und ließ die hellen Metallspäne in sein Taschentuch fallen, das er zusammengefaltet in die Tasche steckte. Hastig verriegelte er die Verandatür wieder und wartete mit klopfendem Herzen ab, doch nichts geschah.

Abrams schaute auf die Uhr. Zwei Minuten waren vergangen. Er ging zur Tür des Musikzimmers und stellte sich daneben. Er lauschte kurz und glaubte einen Fernseher zu hören. Durch einen Vorhangspalt schauend, entdeckte er die junge Kontrolleurin, die mit dem Rücken zu ihm saß und eine Zigarette rauchte. Neben ihr stand ein Drink. Ihr Blick war auf einen Riesenbildschirm gerichtet, irgendein dämliches Quizprogramm. Abrams reagierte erleichtert, daß nicht *er* auf dem Bildschirm zu sehen war. Vielleicht kam er doch mit einem blauen Auge davon.

Der Aufenthaltsraum war schmutziggrün gestrichen und einfach eingerichtet. Links machte Abrams die Tür auf, die zur Galerie führte. In der entgegengesetzten Ecke entdeckte er ein weiteres Fernsehgerät in einem blinkenden Mahagonischrank.

Durch die grobmaschigen Gardinen nahm er allmählich den gesamten Raum in sich auf. Alle Wandsteckdosen schienen die neumodischen Sicherungen zu enthalten. Neben dem Kamin ganz rechts stand eine alte Radiokonsole, groß wie eine Musikbox. Aha, überlegte er, da hätten wir ja Radio und Fernsehgerät, wie gewünscht.

Wieder konzentrierte er sich auf die junge Frau, die in diesem Moment aufstand, zum Fernseher ging und auf Video umstellte. Auf dem großen Bildschirm erschien eine *Giselle*-Aufzeichnung des Bolschoi-Balletts. Abrams wollte sich schon abwenden, da fiel ihm das Gesicht der Frau auf, die zu ihrem Platz zurückkehrte. Sie schien ungemein traurig zu sein, Tränen liefen ihr über das Gesicht. Sie leerte krampfhaft ihr Glas, wischte sich die Augen und ließ sich in ihren Stuhl sinken, das Gesicht in den Händen verborgen.

Abrams machte kehrt und wandte sich der gegenüberliegenden Wohnzimmertür zu. Er lauschte, doch es war nichts zu hören. Er schob sich dicht an die Tür heran und blickte durch die Glasscheibe und die dünne Gardine, wobei er die Augen gegen die Beleuchtung des Korridors abschirmte. Eben wollte er nach dem Türknopf greifen, als er erstarrte und den Atem anhielt. Vorsichtig schob er die Hand in die Tasche, in der er sein Messer verwahrte, und blickte gebannt auf die schmale Treppe. Die Gestalt, die nun die Treppe herabkam, starrte ihn verblüfft an.

Nachdem er sein Erstaunen überwunden hatte, näherte sich Abrams der Treppe. *»Sdrawstwui«*, sagte er leise.

Das etwa sechsjährige Mädchen drückte die Stoffpuppe an sich und antwortete mit ängstlicher Stimme: »Bitte verraten Sie es niemand.«

Abrams lächelte beruhigend. »Was denn?«

»Daß ich nach oben gekommen bin«, flüsterte es.

»Nein, ich behalt's für mich.«

Das Mädchen lächelte unsicher. »Sie reden so komisch.«

»Ich bin nicht aus demselben Teil Rußlands wie du.« Abrams deutete auf die Puppe. »Wie hübsch. Wie heißt sie denn?«

Zögernd zeigte ihm das Mädchen die Puppe. »Katja.«

»Und wie heißt du?«

»Katerina.« Das Mädchen kicherte.

»Wohin willst du denn?«

»In den Keller.«

»In den Keller? Spielst du dort?«

»Nein. *Alle* sind dort unten.«

Abrams fragte mit ruhiger Stimme: »Was meinst du damit – *alle*?«

»Na, ich bin nach oben gegangen, um Katja zu holen. Eigentlich sollen alle unten im Keller bleiben.«

»Warum denn das?«

»Weiß nicht.«

»Sind deine Eltern auch da unten?«

»Ich sag's doch – alle sind da.«

»Fahrt ihr heute abend noch in eure Wohnung in New York zurück?«

»Nein, heute müssen wir alle hier schlafen.« Sie lächelte. »Morgen fällt die Schule aus.«

»Ich sage niemandem, daß ich dich gesehen habe. Geh jetzt nach unten.«

Das Mädchen drückte die Puppe an sich und hüpfte die letzten Treppenstufen hinab. Sie lief an ihm vorbei, öffnete die kleine Kellertür und verschwand.

Abrams starrte in das schwach beleuchtete Treppenhaus und schloß leise die Tür hinter ihr. Irgend etwas stimmte hier nicht.

Abrams zögerte, blickte auf die Uhr, kehrte hastig zur Wohnzimmertür zurück und öffnete sie langsam. Heller Mondschein fiel in den weiten Raum, und die massigen Möbel warfen Schatten auf den geblümten Teppich.

Nach dem ersten Schritt über die Schwelle erstarrte er. Keine drei Meter von ihm entfernt entdeckte er das Profil eines Mannes, der in einem Lehnsessel saß.

Er rührte sich nicht und hatte die Hände im Schoß. Abrams glaubte im ersten Moment, er schliefe, dann aber bemerkte er das Aufblitzen eines offenen Auges. In einem Aschenbecher brannte eine Zigarette.

Abrams atmete lautlos ein und nahm nun den beißenden Geruch des russischen Tabaks wahr. Es kam ihm unwahrscheinlich vor, daß der Mann ihn nicht gehört hatte, doch als sich Abrams' Augen allmählich an das schwache Licht gewöhnten, bemerkte er den Kopfhörer. Der Mann hörte sich etwas an und machte dabei Notizen, und Abrams wußte instinktiv, daß er das Gespräch in der Galerie belauschte.

Endlich schien der Mann die Anwesenheit eines Fremden zu spüren und wandte das Gesicht in Abrams' Richtung, wobei er den Kopfhörer abnahm. Die beiden Männer starrten sich stumm an, und Abrams erkannte, daß der Mann sehr alt war. »Wer sind Sie?« fragte der Greis in seltsam betontem Russisch.

»Ich habe mich verlaufen«, antwortete Abrams auf englisch. »Entschuldigen Sie.«

»Wen suchen Sie?«

»Ich muß falsch abgebogen sein. Gute Nacht.«

Der Mann antwortete nicht, sondern schaltete die Leselampe ein, deren Schirm ein grünliches Licht verbreitete.

Abrams konnte sich nicht rühren, konnte den Blick nicht von dem Gesicht abwenden. Obwohl vierzig Jahre vergangen waren, war das Gesicht wiederzuerkennen: Er hatte es an ihrer Bürowand gesehen. Aber selbst wenn er das Foto nie gesehen hätte, wären ihm die großen, wäßrig-blauen Augen bekannt vorgekommen, denn es waren ihre Augen.

Abrams erfaßte, daß er in das Gesicht des Kriegers starrte, der von den Toten zurückgekehrt war, in das Gesicht Henry Kimberlys, in das Gesicht Talbots.

43

Marc Pembroke stand mit nacktem Oberkörper am Fenster und hatte das Fernglas auf den sowjetischen Besitz gerichtet. »Ist zwar eine ziemlich primitive Methode der Informationsbeschaffung, aber man erfährt so mancherlei, wenn man aus dem Fenster schaut.«

Joan Grenville, die auf dem Bett lag, reckte sich gähnend. »Ich sollte lieber nach unten gehen, ehe man mich vermißt.«

»O ja«, gab Pembroke zurück. »Eine Stunde ist ein bißchen lange fürs Nasenpudern.« Er kniete vor dem offenen Fenster nieder und stemmte die Ellenbogen auf den Sims. »Oben in einem Dachvorbau lauert ein Bursche. Er hat ein Fernrohr auf einem Stativ und schaut zu uns herüber.«

»Kann ich Licht machen, um mich anzuziehen?«

»Auf keinen Fall.« Pembroke drehte sich ein wenig zur Seite. »Den vorderen Hof kann ich deutlich sehen, aber noch sind die Scheinwerfer des Lincoln nicht aufgetaucht. Ich nehme an, die fahren ein bißchen später.«

Joan Grenville saß auf der Bettkante. »Wer fährt später?«

»Abrams. Jedenfalls hoffe ich, daß er wieder abfährt. Wenn es Ärger gibt, wird der Wagen mehrmals aufblenden.«

Joan Grenville stellte sich neben ihn. »Was für Ärger? Was hat Tony Abrams da drüben zu suchen?«

»Eine juristische Sache.«

»Ach, Quatsch! Wie oft habe ich das von Tom und seinen idiotischen Freunden gehört!«

Pembroke lächelte. »Der Iwan traut seinen Augen nicht – eine wunderschöne nackte Frau im Mondlicht! Er reibt sich die Augen.«

»Kann er mich denn sehen?«

»Klar! Hier, halt mal. Achte auf das Aufblitzen von Autoscheinwerfern.«

Während sie die Wache übernahm, zog sich Pembroke fertig an und ging zur Tür.

»Der Russe winkt mir zu!« rief sie kichernd.

»Achte auf die verdammten Scheinwerfer, sonst stürze ich dich aus dem Fenster.«

Sie nickte hastig. Seine Stimme ließ erkennen, daß er nicht scherzte. »Wohin willst du?« fragte sie, ohne sich umzudrehen.

»Mal eben austreten«, antwortete er.

Joan Grenville zuckte die Schultern. Austreten! Wahrscheinlich brauchte er ein Telefon dringender als die Toilette. Leute seines Schlages logen ja schon, wenn es ums Wetter ging!

Karl Roth stand in der weiträumigen Küche an einem langen Tisch und inspizierte die mit Zellophanpapier abgedeckten Tabletts. »Für jeden Geschmack etwas«, sagte er.

Maggie Roth, die am Waschbecken stand, betrachtete die Platten voller Fleisch, Aufschnitt, Käse, Obst, Gemüse, Nüsse und Gebäck. Kleine Etiketten wiesen auf Diätspeisen und koscheres Fleisch hin. »Du hast dir wirklich Mühe gegeben, Karl. Und sogar zwei zusätzliche Kellnerinnen eingestellt. Bei dieser Party kommen wir nicht auf unsere Kosten.«

»Van Dorn ist ein guter Kunde. Manchmal muß man eben aus sich herausgehen. Zu Werbezwecken.«

Sie lachte. »Du bist der beste kommunistische Kapitalist, den ich kenne.«

Karl Roth sah sich nervös um. »Hüte deine Zunge, Maggie!«

Sie schaute auf die Wanduhr. »Wir müssen bald auftragen.« Sie ging zum Tisch und begann das Schutzpapier zu entfernen.

Karl Roth hob die Hände. »Nein. Noch nicht.« Wie ein aufgeregtes Huhn trippelte er um den Tisch, als wollte er die Platten schützen.

»Karl, was bist du denn heute so nervös?«

Anstelle einer Antwort blickte er auf die Wanduhr.

»Es ist schon über die Zeit«, sagte sie. »Hol die Mädchen, sie sollen das Zellophan abmachen und servieren.«

»Nein.« Er begann sich die Hände zu reiben, und Maggie sah, daß er sehr aufgeregt war.

In diesem Augenblick öffnete sich die Pendeltür. Claudia Lepescu betrat die belebte Küche, einen Drink in der Hand. In ihrem engen schwarzen Jerseykleid sah sie sehr attraktiv aus. »Sind Sie der Mann vom Partyservice?«

Roth starrte sie stumm an und nickte.

Maggie musterte die Frau abweisend. Es erstaunte sie, mit welcher Unterwürfigkeit Karl Roth auf ihr Erscheinen reagierte.

»Bitte geben Sie mir Ihre Visitenkarte«, fuhr Claudia fort. »Vielleicht brauche ich mal Ihre Dienste.«

Wieder nickte Roth, ohne etwas zu sagen.

Claudia ging zum Tisch, entfernte die Schutzhülle von einer Platte mit Appetithappen und bediente sich. »Sehr gut. Sie sollten die Sachen schnell auftragen, ehe sie trocken werden.«

Roth nickte energisch und entfernte das Zellophan von allen Platten, während Claudia ziellos in der Küche herumging. Dann kniete er nieder, holte unter dem Tisch aus einem leeren Karton ein kleines Paket hervor und riß den Klebestreifen ab. Der Inhalt bestand aus einer Plastik-Sprühdose. Er schüttelte sie und besprühte die Speisen mit einer dünnen Mischung aus Öl und Wasser.

Maggie blickte ihm über die Schulter. »Das ist doch nicht nötig, Karl. Es ist alles frisch.«

»So sieht es noch besser aus ...« antwortete Roth geistesabwesend. »Du solltest mal ein Fachblatt lesen anstelle deiner dummen Filmstarmagazine!«

Maggie bemerkte, daß die Hand mit der Spraydose zitterte.

Roth beendete sein Werk, ging zum Ausguß und leerte die Flasche. Dann spülte er sie aus und warf sie in den Abfall. Zuletzt wusch er sich ausgiebig die Hände.

Maggie ging zum Tisch, ergriff ein Stück Räucherlachs und hob es an den Mund.

Roth zögerte, eilte herbei und hielt ihr die Hand fest. Maggie starrte ihn an, und er erwiderte ihren Blick. »O Karl ... du Dummkopf ...«

Claudia beobachtete die Szene aus einiger Entfernung, dann näherte sie sich Maggie Roth.

Katherine Kimberly erreichte den langen Korridor der ersten Etage und sah vor sich Marc Pembroke, der von der Dienstbotentreppe zu kommen schien. »Ich suche Sie«, sagte Katherine. »Kann ich mal kurz mit Ihnen sprechen?« Sie deutete auf die Tür seines Zimmers, die er eben öffnen wollte.

»Im Augenblick geht es leider nicht.«

Sie blickte auf die geschlossene Tür. »Wir können auch in ein leeres Zimmer gehen.«

Er zögerte und folgte ihr in einen Lagerraum, der mit Kisten und Schachteln gefüllt war. Sie schaltete die Deckenbeleuchtung ein. »Ist Joan Grenville bei Ihnen im Zimmer?« fragte sie.

»Ein Herr antwortet auf so etwas nicht, eine Dame sollte nicht so fragen.«

»Ich frage, weil ihr Mann in meiner Firma einen wichtigen Posten bekleidet.«

»Verstehe. Nun ja, ich gebe zu, ich habe mich ihr mit mehr als einer Absicht genähert. Was Informationen betrifft, da ist sie unergiebig. Tom erzählt ihr nicht viel.«

»Für wen arbeiten Sie eigentlich?« fragte Katherine gelassen.

»Ach, für die verschiedensten Leute«, antwortete Pembroke ein wenig ungeduldig. »Im Moment für Sie. Für O'Brien, um es ganz genau zu sagen.«

»Und was machen Sie für uns, Marc?«

»Nun, mit dem Analysieren von Geheimnissen habe ich nichts zu tun, solche raffinierten Dinge liegen mir nicht. Ich bringe Leute um.«

Sie starrte ihn wortlos an.

»Ehrlich. Aber ich töte nur Bösewichte. Und um Ihrer Frage zuvorzukommen, *ich* entscheide, wer die Bösewichte sind.«

Sie atmete tief durch und fragte: »Was wissen Sie von den vielen Todesfällen der letzten Zeit?

»Nur, daß ich sie nicht auf dem Kerbholz habe. Mit Ausnahme der Freunde Ihres Verlobten von heute früh.«

»Ja, ich wollte Ihnen noch danken ...«

Er hob abwehrend die Hand. »Dafür bekommt Ihre Firma meine Rechnung. Sie sorgen dafür, daß sie bezahlt wird, ja?«

Katherine ging nicht auf die Frage ein. »Und Sie hatten nichts mit Arnold Brins Tod zu tun?«

»Auf eine gewisse Weise schon. Ich hätte ihn schützen sollen. Ich wünschte, ich hätte gewußt, daß Sie ihm einen Auftrag gegeben hatten ...«

»Wollen Sie die Sache mir in die Schuhe schieben?«

»Nein, nein, es war nicht meine Absicht ...«

»Und wenn Sie die Aufgabe hatten, ihn zu beschützen, warum haben Sie es nicht getan?«

»Oh, es war nicht meine konkrete Aufgabe. Ich meine, nicht mein *Auftrag*! Sondern einfach nur so. Er war mein Vater.«

Katherine stockte der Atem. »Was? Arnold Brin ...?«

»Brin war in Wahrheit nur sein Deckname aus dem Krieg, den er aber beibehielt. Der richtige Name ist auch nicht Pembroke, aber das ist unerheblich.«

Sie musterte ihn eingehend in dem schlecht beleuchteten Zimmer und konzentrierte sich zuerst auf seine Augen, dann auf seinen Mund. »Ja ... ja, Sie sind sein Sohn.«

»Wie ich schon sagte. Archivarbeit ist schrecklich langweilig und unergiebig. Aber man findet dabei stichhaltige Hinweise auf die wahren Schurken. Zu Beginn meiner Karriere erledigte ich alte Nazis für die Israelis. Als die mir ausgingen, schaltete ich auf Ziele aus dem Ostblock um.«

»Arbeiten Sie jetzt für Mr. O'Brien? Oder wollen Sie den Tod Ihres Vaters rächen?«

»Mit Rache läßt sich kein Geld verdienen. In diesem Fall aber passen die Anforderungen Mr. O'Briens zu meinen Wünschen. Trotzdem bin ich Profi, und ich habe Ihren Verlobten nicht umgebracht, obwohl er den Tod meines Vaters ursächlich ausgelöst hat. Mir geht es um seine Chefs.« Er blickte auf die Uhr. »Also, ich muß weiter. Wir setzen das Gespräch ein andermal fort.«

Katherine trat ihm in den Weg. »Moment. Was wissen Sie über Tony Abrams' Auftrag? Wo ist er?«

»Wenn Sie es genau wissen wollen – ganz in der Nähe.«

»Nebenan?«

Pembroke nickte.

»Was macht er da?«

Pembroke antwortete nicht.

»Ist er in Gefahr?«

»Ich nehme es an. Aber wenn Sie mich durchlassen, kann ich mal nachfragen.«

»Werden Sie ... können Sie etwas für ihn tun?«

»Nein. Der Eiserne Vorhang beginnt an der Grundstücksgrenze.«

»Aber ...«

»Bitte geben Sie den Weg frei.«

Katherine drehte sich um und öffnete ihm die Tür. Auf der Schwelle blieb Pembroke stehen. »Wissen Sie, ich stelle ja grundsätzlich keine Fragen. Nach den größeren Zusammenhängen, meine ich. Aber stimmt es, Kate, daß wir möglicherweise auf das Ende zusteuern?«

»Das scheinen etliche Leute anzunehmen«, antwortete sie vorsichtig.

Er nickte. »In der Tat. Auf O'Brien traf das zumindest zu.«

»Ja, er ... wieso *traf*?«

»Ach, das hat nichts zu bedeuten. Soweit ich weiß, geht es ihm bestens.« Er machte kehrt und ging.

Katherine blickte ihm nach. Ein guter Lügner war Marc Pembroke nicht. Er wußte etwas über Pat O'Brien, und sie ahnte, daß es nichts Gutes war. Sie war nicht einmal sonderlich entsetzt. Sie hatte damit gerechnet. Und es paßte ins Bild, daß eine solche Nachricht so lange wie möglich zurückgehalten wurde – sollte wirklich etwas mit O'Brien sein.

Sie begann zu zittern und lehnte sich an den Türrahmen.

Nein, es war kein Zufall, daß die Vergangenheit zurückgekehrt war oder daß es so viele zufällige Querverbindungen gab, zum Teil auch verwandtschaftlicher Art. O'Briens Manipulationen und seine Anwerbung von Mitarbeitern ging weiter, als sie geahnt hatte.

44

Mike Tanner stoppte den Lincoln auf dem Parkplatz des Bahnhofs von Glen Cove. Auf Anweisung von Evans hatte man sich im Gespräch auf juristische Fragen beschränkt, um möglichen Abhörwanzen ein Schnippchen zu schlagen.

Abrams stieg aus. »Vielen Dank fürs Mitnehmen. Wir sehen uns dann morgen im Büro.« Er nahm seinen Aktenkoffer und schloß die Tür.

Styler stieg ebenfalls aus. »Ich gehe ein Stück mit Ihnen.« Er nahm Abrams am Arm und entfernte sich einige Meter vom Wagen. »Was ist da drinnen geschehen?«

»Ich habe ein Gespenst gesehen.«

»So sahen Sie auch aus. Mein Gott, Sie sind immer noch ganz bleich.« Leise fuhr er fort: »Sie sind noch nicht in Sicherheit. Haben Sie Schutz?«

Im Gehen wandte sich Abrams dem älteren Mann zu und musterte ihn eingehend. Styler hatte zum ersten Mal die Tatsache ausgesprochen, daß die Situation lebensgefährlich sein konnte. »Ich glaube schon«, sagte er.

»Ich hoffe, man hat das Blinken des Wagens gesehen«, bemerkte Styler.

»Wenn man aufgepaßt hat.«

Styler blickte auf die Uhr. »Noch etwa zehn Minuten, bis der Zug kommt.« Er deutete auf eine Treppe, die nach unten führte.

Abrams blickte über die Schienen auf das kleine, altmodisch wirkende Bahnhofsgebäude, das bereits geschlossen war. Auf dem Bahnsteig davor standen vier Leute unter einer Laterne: ein junges Paar und zwei Jünglinge, die auf den Zug nach Manhattan warteten. Der vordere Bahnsteig, an dem die Züge nach Osten hielten, war leer. Abrams ging erst jetzt auf, daß er sich auf der falschen Seite der Schienen befand und durch einen Tunnel gehen mußte, um auf den gewünschten Bahnsteig zu gelangen.

»Wir warten, bis Sie auf der anderen Seite heraufkommen«, sagte Styler.

»Nein. Fahren Sie nur weiter. Man hat Sie angewiesen zu verschwinden.« Abrams ging auf die Treppe zu.

Styler nickte. »Ich weiß, man soll seine Befehle nicht in Zweifel ziehen, aber wir können Sie nach Garden City mitnehmen, dann können Sie von dort den Zug nehmen.«

»Nein, ich habe Anweisung, hier in den Zug zu steigen, und wenn ich jetzt Haken schlage, verliere ich womöglich meinen Schutz.« Außerdem war es vielleicht interessant zu sehen, was Androw mit ihm vorhatte.

Abrams reichte Styler die Hand. »Ich hoffe, ich konnte Ihnen bei dem Fall von Nutzen sein«, sagte Abrams.

Styler lächelte. »Ich glaube, Sie haben dafür gesorgt, daß wir diesen Mandanten verlieren.« Sein Lächeln wurde von einem besorgten Ausdruck abgelöst. »Viel Glück.« Er kehrte zum Wagen zurück.

Abrams ging die Treppe hinab. Aus der Ferne hörte er den Lincoln knirschend davonfahren. Abgestandene, feuchte Luft umgab ihn. Er erreichte die letzte Stufe und starrte in den Durchgang, der etwa fünfzig Meter lang war. Von den sechs oder sieben Deckenleuchten funktionierte nur noch eine, die mittlere. Er wartete darauf, daß sich seine Augen an das Dämmerlicht gewöhnten. Zerbrochene Bier- und Weinflaschen lagen herum, die Graffiti an den Wänden waren von besonderer Obszönität. Irgendwo in der Nähe zirpte eine Grille.

Abrams marschierte mit normalem Tempo durch den langen Betontunnel. Er hatte etwa die Hälfte der Strecke zurückgelegt, als er von vorn Schritte vernahm. Aus der Dunkelheit tauchten zwei Gestalten auf. Zwei Männer in Straßenanzügen. Er blieb stehen. Hinter ihm erklangen die leisen Schritte von jemand, der nicht gehört werden wollte, dann gesellte sich auch auf dieser Seite eine zweite Person dazu. Schließlich gaben die beiden die Verstellung auf und kamen langsam näher.

Abrams drehte sich um und sah zwei Männer. Ihre Freizeitkleidung sah trotz der Entfernung recht unmodern aus, was auf Russen schließen ließ.

Abrams setzte seinen geplanten Weg fort. Die beiden Männer

vor ihm erreichten nun die hellere Zone in der Nähe der funktionierenden Lampe, und Abrams sah, daß der vordere groß und blond war. Zuerst nahm er an, es sei Pembroke. Aber dann erkannte er Kalin.

Kalin blieb stehen. »Ah, da sind Sie ja, Abrams!« Seine Stimme hallte durch den engen Tunnel. »Ich hatte auf der anderen Seite nach Ihnen gesucht. Androw sagte mir, daß Sie vielleicht mit uns nach Manhattan fahren.«

Abrams antwortete nicht, ging aber langsamer.

»Bitte beeilen Sie sich«, fuhr Kalin fort. »Der Wagen wartet oben.«

Die Schritte hinter Abrams waren lauter geworden. Kalins Begleiter blieb ein Stück zurück. »Kommen Sie, Abrams«, drängte Kalin und ließ seine Hände in die Taschen gleiten. »So geht es schneller.«

»Ganz bestimmt«, sagte Abrams und zog im Gehen seinen Revolver.

Kalin hob in gespielter Überraschung die Augenbrauen, dann breitete sich ein unangenehmes Lächeln auf seinem Gesicht aus, und er griff ebenfalls nach der Waffe.

Abrams hatte seine Waffe im Wagen untersucht und äußerlich keine Veränderung festgestellt. Jetzt aber war er sicher, daß es eine Ladehemmung oder einen Schuß nach hinten geben würde, wenn er den Abzug betätigte. Er stieß einen blutrünstigen Schrei aus und stürmte vor.

Kalin brauchte einige Sekunden, um sich zu fassen, und hob die Waffe. »Halt!«

Abrams erstarrte direkt unter der Deckenlampe.

»Hände hoch!«

Abrams ließ die Hände hochfahren und stieß dabei den Lauf seines Revolvers durch das dicke Lampenglas. Mit leisem Knall platzte die Glühbirne. Abrams stürmte zur Wand und stellte sich flach dagegen.

Im schwarzen Tunnel war es totenstill. Abrams bezwang seinen Atem und rührte sich nicht. Er packte seine Waffe beim Lauf, stellte leise den Aktenkoffer ab und zog sein Taschenmesser.

Dann wartete er ab.

Vermutlich hatten die Russen keine Taschenlampen, sonst hätten sie sie längst benutzt. Aber bestimmt waren sie mit Totschlägern und Messern bewaffnet.

Vorsichtig streifte Abrams die Schuhe ab und glitt an der Wand entlang: Sein Ziel war nach wir vor der Westbahnsteig. Die Dunkelheit war der große Gleichmacher, mehr noch als jede Schußwaffe. Von den Russen war nichts zu hören, keine Bewegung, kein Atemzug.

Abrams linker Fuß traf eine Glasscherbe, die sich schmerzlich in seine Sohle bohrte. Er atmete heftig durch die Nase ein und erstarrte. Vorsichtig hob er den Fuß und zog das Glas heraus, wobei er spürte, wie das warme Blut seine Socken benetzte. Er schleuderte das Glas zum östlichen Ausgang hinüber und hörte es zu Boden klirren. Eine Reaktion blieb aus. Die Männer waren vorzüglich ausgebildet. Aber was hatte er erwartet?

Am liebsten wäre Abrams durchgebrochen – aber wenn die Gegenseite keine Taschenlampen hatte, kam er vielleicht auch mit Geduld zum Ziel. Grundsätzlich war die Zeit auf seiner Seite. Die Russen konnten ihm nicht ewig in einem Fußgängertunnel der Long-Island-Eisenbahn auflauern. Er aber hatte Zeit.

Kalin mußte zum gleichen Schluß gekommen sein. Leise rief er seinen Männern Befehle zu, die Abrams verstehen konnte: Die beiden Männer auf der Ostseite – Felix und Wassilij – sollten im Tunnel niederknien, der nur etwa zweieinhalb Meter breit war, sich die Hand geben und links und rechts die Wand berühren. Von der anderen Seite her wollten sich Kalin und sein Partner Boris an der Wand entlang auf sie zu bewegen – der Raum zwischen ihnen sollte durch Boris' Jacke geschlossen werden, die beide halten würden, wobei der untere Saum über den Boden schleifte. Hammer und Amboß – eine raffinierte Methode.

Abrams war nun ziemlich sicher, daß Kalin von seinen Russischkenntnissen nichts wußte. Andererseits mußte der Mann irgendwie seine Befehle loswerden – und damit Abrams warnen.

Er hörte Kalins und Boris' Schritte näher kommen und schätzte, daß sie noch drei Meter entfernt waren. Er hörte ihr

Atmen, hörte das leise Scharren des Jackenstoffes auf dem Boden. Er nahm Schweißgeruch wahr und einen betörenden Lavendelduft. Langsam zog sich Abrams zurück und kam somit Felix und Wassilij immer näher.

»Wie dicht sind wir dran?« fragte Kalin.

Abrams vermutete, daß die Frage nicht ihm galt.

»Klingt nahe«, antwortete einer der beiden Männer. »Ich würde schätzen, fünf Meter.«

»Er ist hier zwischen uns. Vorsichtig!« Kalin wechselte ins Englische: »Abrams, hören Sie! Wir wollen Ihnen nichts tun. Wir wollen mit Ihnen sprechen.«

Abrams erkannte, daß er etwas unternehmen mußte, ehe der Spielraum zwischen Hammer und Amboß zu gering wurde. Seine Augen hatten sich inzwischen an die Dunkelheit gewöhnt und machten etwas aus, das ihm bisher entgangen war: Über die Treppe drang ein schwacher Lichtschein herein. Sollte es ihm gelingen, die Russen zu überlaufen und bis zum Ende des Tunnels vorzudringen, würde er vor dem Lichtschein eine klare Silhouette bilden – wie in einer Schießbude.

Er mußte also kämpfen. Und zwar hier und jetzt, auf kurze Distanz, wo die anderen es nicht wagen würden, mit Pistolen, Messern oder Totschlägern zu arbeiten. Sein Vorteil war, daß er sich in der Dunkelheit um Freunde keine Sorgen zu machen brauchte.

Abrams machte einen großen Schritt in die Mitte des Tunnels. Er schwenkte den Aktenkoffer und schleuderte ihn zur Treppe des ostwärtigen Bahnsteigs. Gleichzeitig drehte er sich Kalin und Boris zu und ging auf ein Knie nieder, als der Koffer mit lautem Knall landete und über den Boden rutschte.

Boris gab über die Köpfe von Abrams, Felix und Wassilij einen Schuß in Richtung Koffer ab. Abrams sah das orangerote Mündungsfeuer, hörte das leise Ächzen des Schalldämpfers. Das Geschoß fegte über ihn hinweg und schlug mit lautem Knall in die Treppe ein. Der Gestank nach verbranntem Kordit hing in der reglos-feuchten Luft.

Abrams richtete sein Taschenmesser auf eine Stelle unterhalb des Mündungsfeuers und sprang vor. Er spürte, wie die kleine Klinge ihr Ziel fand: vermutlich Boris' Unterleib. Noch ehe das überraschte Stöhnen erklang, war er geduckt zurückgesprungen.

»Ich bin getroffen!« rief Boris mit zitternder Stimme. »Blut! Oh ... ein Dolchstich! Blut!«

»Halt den Mund, Boris!« Das war Kalins Stimme. »Nimm dein Ende des Jacketts hoch!«

Abrams erkannte, daß die Falle eine Lücke aufwies, und schlich geduckt zwischen Boris und Kalin hindurch.

Kalin aber hatte damit gerechnet und war zurückgetreten. So stand er nun in der Mitte des Tunnels und huschte mit ausgestreckten Armen hin und her. In einer Hand hielt er einen Totschläger, in der anderen eine Pistole.

Mit der Stirn stieß Abrams gegen den kalten Stahl der Waffe, worauf Kalin sofort reagierte. Energisch führte er seinen Totschläger. Abrams spürte einen Hieb auf der rechten Schulter und schnappte unwillkürlich nach Luft. Gleichzeitig fiel ihm sein Taschenmesse aus der Hand. Im Zurückstürzen wurde er von einem Tritt am Schenkel getroffen. »Halt, ich bin's doch«, flüsterte er auf russisch.

Kalin zögerte. Abrams richtete sich hastig auf und ließ den Kolben seiner Waffe in Schulterhöhe herumschwingen. Er spürte, wie er auf Widerstand traf. Im nächten Moment stieß Kalin einen spitzen Schrei aus.

Abrams ließ sich gegen die Wand fallen und versuchte des brennenden Schmerzes in seiner rechten Schulter Herr zu werden. Er mußte an eine der russischen Waffen denken, doch schon hörte er Kalins Stimme: »Steckt die Waffen weg. Nur Messer und Totschläger. Vorrücken!«

Nach seiner Stimme zu urteilen, hatte Kalin Schmerzen, doch es war ein kaum feststellbarer Unterton. Der Mann war gut.

Abrams lauschte und hörte das unregelmäßige Atmen von Boris, der irgendwo in der Nähe am Boden lag. Seine Waffe war bestimmt noch verfügbar. Abrams ging auf Finger- und Fußspitzen nieder und begann sich anzuschleichen. Plötzlich berührte er eine warme Feuchtigkeit, die sich auf dem kalten Boden ausgebreitet hatte. Er mußte Boris' Darmbeinarterie getroffen haben.

Abrams berührte das Bein des Liegenden und tastete ihn hastig ab, ohne die Waffe zu finden. Kalin und die beiden anderen waren näher gekommen, angelockt durch die Geräusche, die Abrams bei seiner verzweifelten Suche erzeugte.

Schließlich stemmte er sich auf ein Knie hoch, umfaßte Boris' schlaffen Körper an den Schultern und stemmte ihn in eine stehende Position. Dann schob er den Sterbenden mit einem energischen Ruck auf Felix und Wassilij zu. Gleich darauf war der Zusammenstoß mehrerer Körper zu hören, gefolgt von Geschrei, dem dumpfen Aufprall von Totschlägern und dem Knirschen von Messerklingen auf Knochen. Abrams stürzte sich in das Durcheinander, ließ seine Waffe schwingen und schlug immer wieder mit dem Kolben zu, immer wieder, bis seine Welt nichts anderes mehr enthielt als das Auf und Ab seines Arms, das dumpfe Auftreffen des holzverkleideten Kolbens und die verwirrten Rufe von drei Männern, von denen schließlich nur noch einer übrigblieb. Abrams wich zurück und lehnte sich mit dem Rücken an die Wand. Er zog die Bilanz seiner Verletzungen und entdeckte einen oberflächlichen Schnitt am Hals und unzählige Stellen, die vom Totschläger getroffen worden waren. Übergangslos wurde ihm schwindlig.

»Meldung!« klang Kalins Stimme aus der Dunkelheit.

»Wassilij«, sagte nach einigen Sekunden eine schmerzerfüllte Stimme.

»Und die anderen?« Auch Kalins Stimme hatte an Festigkeit verloren. »Was ist mit dem Juden?«

»Keine Ahnung«, antwortete Wassilij. »Ich kann nichts sehen.«

In diesem Moment meldete sich ein anderer Mann – es mußte Felix sein – mit schluchzender Stimme: »Ich sterbe!«

»Kalin, wir müssen hier weg!« rief Wassilij. »Helfen Sie mir beim Abtransport.«

Abrams wollte aufstehen, doch verlor er das Gleichgewicht und ging zu Boden.

»Wassilij, hier!« brüllte Kalin, der das Geräusch mitbekommen hatte.

Abrams hörte Schritte näher kommen. Dann ertönte Kalins Stimme: »Er liegt an der Wand. Nicht die Schußwaffe nehmen – ein Querschläger könnte gefährlich werden.«

Abrams hatte das Gefühl, als bewege sich die Welt im Kreis. Er hatte bald keine Tricks, Waffen und Ideen mehr. Einen Sekundenbruchteil spielte er mit dem Gedanken, sich zu ergeben. Offensichtlich wollte man ihn noch nicht umbringen. So würde sich später bestimmt eine Fluchtchance ergeben. Dann aber fiel ihm der Keller voller Russen ein, die auf irgend etwas warteten, und ihm kamen Zweifel, ob es ein Später überhaupt geben würde. Er mußte hier raus – und zwar sofort.

Das Schwindelgefühl ließ nach, aber er wußte nicht recht, ob er aufstehen sollte. Am Handrücken spürte er plötzlich die Bügelfalte einer Hose – aber der Mann schien nichts zu merken. Abrams ertastete eine Glasscherbe in der Nähe. Die Scherbe war auf allen Seiten scharf; er griff zu, fuhr dem Mann damit energisch quer über das Schienbein und spürte, wie sich die primitive Waffe ins Fleisch bohrte und am Knochen entlangkratzte.

Der Mann – Wassilij – brüllte los, tänzelte auf einem Fuß, verlor das Gleichgewicht und fiel um, ohne das Brüllen und Fluchen zu unterbrechen.

»Was ist los?« fragte Kalin.

»Er hat mich geschnitten!«

Abrams war bereits zur gegenüberliegenden Wand gehuscht und bewegte sich mit schnellen, leisen Schritten auf den Aufgang zum westlichen Bahnsteig zu.

»Abrams!« brüllte Kalin. »Antworten Sie, sonst schieße ich!«

Ein Unterton von Angst und Resignation lag in seiner Stimme. Abrams beneidete Kalin nicht um das nächste Gespräch mit Androw. Er nahm seinen Gürtel ab und schleuderte ihn den beiden Russen entgegen. Beim Aufprall stieß Wassilij einen erschrockenen Ruf aus.

An der Treppe blieb Abrams stehen. Der bläuliche Schimmer der Parkplatzbeleuchtung badete die Stufen in ein schwaches Licht. Unten im Tunnel begann Kalin zu schießen; und zwar auf beide Seiten der Unterführung. Er wußte also nicht, in welche Richtung sein Gegner geflohen war. Abrams war sich im klaren, daß die Treppe ein großes Risiko darstellte, da er einer Kugel nicht davonlaufen konnte. Trotzdem mußte er Meldung machen, und zwar bald, falls seine Ahnung zutraf.

Da kam ihm ein unangenehmer Gedanke: Vielleicht hatte Kalin auf den Parkplätzen zu beiden Seiten der Schienen weitere Leute postiert. Noch war er nicht in Sicherheit. Ganz und gar nicht. Er wartete ab.

45

Karl Roth hielt die Handgelenke seiner Frau fest, lächelte gezwungen und wandte sich an das Personal in der Küche. »Bitte tragen Sie die Sachen jetzt auf. Unser Streit geht Sie nichts an.« Die Serviermädchen nahmen die Platten und brachten sie hinaus.

Maggie Roth drehte verzweifelt den Kopf. »Karl ... Karl ... hilf mir, das Zeug wegzuwerfen! Karl, es darf nicht serviert werden ...«

Er nickte beruhigend und wartete, bis die Serviermädchen gegangen waren. Maggie riß sich los und griff nach dem Küchenmesser. Aber schon war Claudia Lepescu von hinten herangetreten, nahm die Frau fachgerecht in den Schwitzkasten und hieb mit der freien Handkante gekonnt einige Male gegen Maggies Handgelenk, woraufhin das Messer zu Boden polterte. Maggie stieß einen durchdringenden Schrei aus. Claudia legte ihr die Hand auf den Mund. Maggie nahm einen seltsamen Duft wahr und erschlaffte.

Karl Roth stürzte herbei und schaffte seine Frau mit Claudias Hilfe in die kleine Butlerküche nebenan, wo er sie auf den Boden sinken ließ.

»Ist dir auch nichts passiert?«

Claudia wusch sich das Chloroform von den Händen. »Sie wird sich auf jeden Fall besser fühlen als Mr. Van Dorns Gäste.« Sie lächelte.

Roth zitterte so heftig, daß er sich auf einen Stuhl setzen mußte. Er barg das Gesicht in den Händen. »Schrecklich ist das ... ganz schrecklich ...«

Claudia versetzte ihm einen energischen Kopfstüber. »Hoch mit Ihnen! Wir müssen sie fortschaffen!«

Roth faßte seine Frau an den Achselhöhlen, während Claudia die Fußgelenke nahm. So trugen sie sie durch den Hinterausgang in einen kleinen Flur und über die Dienstbotentreppe in das zweite Obergeschoß. In einem Hausmädchenzimmer legten sie die Bewußtlose auf das Bett.

»Was jetzt?« fragte Roth und atmete tief durch.

»Ich werde mich auf der Party vergnügen. Sie sorgen dafür, daß alle genug zu essen haben.«

Roth sah sich nervös in dem kleinen Zimmer um. »Wieviel Zeit haben wir?« fragte er leise.

Claudia blickte auf ihre Armbanduhr. »Etwa vier Stunden. Vorher wird sich keine Wirkung zeigen.«

»Was haben Sie in die Flasche getan? Die Leute sollen schlafen geschickt werden?«

»Sie wissen genau, daß es Gift war.«

Er begann den Kopf zu schütteln – und nickte dann bedrückt. »Was ist, wenn sie etwas schmecken? Oder riechen? Habe ich genug aufgesprüht?«

»Das Gift heißt Rizin und wird meines Wissens aus Rizinussamen gewonnen. Deshalb ließ es sich so gut mit dem Speiseöl vermengen. Doch im Gegensatz zum Rizinusöl gibt es hier keinen Geruch und keinen Geschmack – das Mittel ist so tödlich, daß ein dünner Sprühfilm genügt. Das Blut beginnt sich zu zersetzen. Das Opfer erstickt, und was immer Androw Ihnen auch erzählt haben mag, es ist ein sehr schmerzhafter Tod. Der KGB ist mit Giften sehr auf der Höhe. Überlebende wird es nicht geben.«

Roth sank neben seiner bewußtlosen Frau auf die Bettkante. »Aber ... aber ... was wird aus mir?«

»Sie Dummkopf!« fauchte Claudia. »Das Ende ist da, begreifen Sie denn nicht? Etwa um die Zeit, da sich das Blut dieser

Leute zersetzt, beginnt sich das ganze *Land* zu zersetzen. Da wird sich niemand um Sie kümmern. Nehmen Sie Ihre ahnungslose Frau und gehen Sie nach nebenan. Aber vorher müssen Sie hier saubermachen. Man darf Ihnen nichts anmerken. Ich werde aufpassen.«

Roth versuchte aufzustehen, sank aber wieder zurück. »Aber ... was ist, wenn ... wenn die Sache heute abend gar nicht eintritt?«

Claudia lachte. »Nun ja, dann stecken wir alle ein bißchen in der Klemme. Sie hätten im Morgengrauen zweihundert aufgedunsene Leichen herumliegen, und die Polizei würde sich mit Ihnen unterhalten wollen.«

Claudia ging zum Fenster und blickte auf die rückwärtige Terrasse und den angrenzenden Rasen. Mehr als zweihundert Leute wanderten herum oder saßen in dem blau-weiß gestreiften Zelt. Bedienstete gingen mit kleinen Tabletts herum oder stellten größere auf Tischen zurecht. »Man greift gehörig zu«, sagte Claudia. »Diese Schweine, die uns all die Jahre soviel Ärger gemacht haben – um Mitternacht sind sie tot!«

Roth stellte sich neben sie und blickte hinab. »Aber es sind Kinder dabei.«

»Die sind am glücklichsten dran, Herr Roth. Wenn Sie später miterleben, was mit dem Rest des Landes geschieht, werden sie Ihnen nicht mehr leidtun.«

Roth deutete mit einer Kopfbewegung hinaus. »Einige dieser Leute sind Freunde von Ihnen gewesen – die Van Dorns, die Grenvilles, Katherine Kimberly ... empfinden Sie denn gar nichts?«

»Nein. Und was würde es auch für einen Unterschied machen? Es gibt kein Zurück mehr. Was geschehen wird, geschieht. Die meisten dieser Leute gehören ohnehin zur Gegenseite und müßten später sterben. Androw möchte sie gleich aus dem Weg haben, damit sie ihm im entscheidenden Moment nicht gefährlich werden können. Außerdem vermute ich, daß er bei einigen durchaus persönliche Gründe hat.«

»Aber sind *wir* denn in Sicherheit?«

Sie musterte ihn verächtlich von der Seite. »Haben Sie keine anderen Sorgen? Man hat mir gesagt, Sie seien ein Held, ein Widerstandskämpfer, der in den Berliner Ruinen Nazis jagte, noch während die Bomben fielen.«

»Man wird eben alt.«

»Ist doch paradox, oder? Die jungen Leute, die noch viele Jahre zu leben haben, handeln tollkühn, die Alten aber sorgen sich um die wenigen Jahre oder Monate, die ihnen noch bleiben.« Sie machte kehrt und ging zur Tür. »Ob uns nichts passieren kann? Das weiß niemand. Wer ist denn schon sicher, wenn die Lichter ausgehen? Morgen jedenfalls erhebt sich die Sonne über einer neuen Welt. Der Kampf ist dann vorbei, und Sie können sich ausruhen. Sie müssen nur die nächsten vierundzwanzig Stunden überleben.«

Roth warf einen Blick auf seine bewußtlose Frau. Als wäre es gestern gewesen, erinnerte er sich an die letzte Nachricht, die er in Berlin von Henry Kimberly erhalten hatte; sie entsprach haargenau den Worten, die Claudia soeben geflüstert hatte.

George Van Dorn war an das Fenster seines im Erdgeschoß gelegenen Arbeitszimmers getreten und starrte in den Garten hinaus. »Ich sollte langsam mit dem Angriff auf die feindlichen Stellungen beginnen.«

»Angriff? Ach, das Feuerwerk.« Tom Grenville war hinter ihm eingetreten und verharrte vor einer Wand voller Aufmarschkarten aus dem Zweiten Weltkrieg.

»Setzen Sie sich, Tom. Ich möchte mal unter vier Augen mit Ihnen sprechen.«

Grenville setzte sich unbehaglich auf einen harten Holzstuhl.

Van Dorn blieb stehen. »Ihr Vater war ein Mann, den ich sehr respektiert habe«, sagte er nach längerem Schweigen. »Es war sehr schlimm für mich, daß er die grausame Behandlung im japanischen Kriegsgefangenenlager nicht überlebte. Wohl noch schlimmer, als wenn er im Feld gefallen wäre.«

Grenville nickte zurückhaltend.

»Wegen meines Respekts vor ihm möchte ich heute als Onkel

zu Ihnen sprechen. Über Ihre Frau.«

Auf Grenvilles Gesicht zeigte sich beinahe so etwas wie Enttäuschung, als hätte er erwartet, Van Dorn werde ihm eine wichtige Geschäftsangelegenheit anvertrauen. »Oh ...«

»Ich möchte taktvoll bleiben, mich aber auch ganz offen äußern.« Van Dorn zündete sich eine Zigarette an. »Sie bumst so gut wie mit jedem herum. Was gedenken Sie dagegen zu tun?«

»Oh ...« Grenville fuhr sich mit der Hand durch das Haar. Sein häusliches Problem war soeben zu einem Karriereproblem geworden. Er hob den Blick. »Ich werde mich scheiden lassen.«

»Normalerweise würde ich dem zustimmen«, bemerkte Van Dorn. »Aber ich habe eine bessere Idee. Physisch ist Joan bestens in Form – das sieht jeder. Wissen Sie, Tom, während des Krieges hat das OSS alle möglichen Typen in seine Reihen aufgenommen – zum Großteil auch aus der Not heraus. Hatte jemand eine spezifische Fähigkeit oder Eigenschaft, die wir brauchten, wurde sie vorübergehend eingesetzt, gewöhnlich nur für eine einzige Mission ...«

»George, wenn Sie damit meinen, ich solle meiner Frau erlauben, ihre ... ihre ... Attraktivität bei einer Aktion einzusetzen ...«

Van Dorn unterbrach ihn mit einer Armbewegung. »Nein. Tom. *Femmes fatales* finde ich jederzeit. Ihr Körper interessiert mich schon, doch nur am Rande. Mir geht es um einen Auftrag für jemanden, der durchtrainiert, aber schmal gebaut ist. Trotz aller Vorzüge Joans hat sie im Grunde die Figur eines Jungen.«

Grenville räusperte sich. »Ich glaube, Joan würde diese Vorstellung weit von sich weisen ...«

»Ich habe eine Akte über sie, die so dick ist, daß Sie ohne Leiter eine Glühbirne auswechseln könnten. Joan wäre die ärmste Geschiedene in Scarsdale, wenn sie nicht mitmacht. Sie müssen aber wissen, daß die Sache ziemlich gefährlich ...«

In diesem Augenblick ging die Tür auf, und Van Dorn fuhr herum, wobei eine Hand in seinem Jackett verschwand.

Kitty Van Dorn trat mit einem Tablett in der Hand ein. »Da seid ihr ja. Was macht ihr denn hier allein in diesem verqualmten

Zimmer?«

»Tom und ich haben ein homosexuelles Verhältnis, Kitty.«

»Ach, George!« Sie hielt Grenville das Tablett hin. »Versuchen Sie mal die Pastete.«

Tom Grenville gehorchte.

Kitty hielt das Tablett auch ihrem Mann hin. »Karl hat sich diesmal wirklich selbst übertroffen. Sein Angebot war noch nie so vielfältig!«

Van Dorn nahm ein dreieckiges Toaststück, auf dem sich ein Klacks rosa Lachsmus befand, das man in die Form einer Rosenblüte gebracht hatte. Er bemerkte eine perlige Ölschicht, zögerte und steckte das Stück schließlich doch in den Mund. »Kinkerlitzchen«, sagte er. »Nächstesmal rösten wir Ochsen und Wildschweine.«

Kitty stellte das Tablett auf den Tisch. »George, alle warten auf das Feuerwerk.« Sie runzelte die Stirn, als fiele ihr plötzlich etwas ein. »Ach, wer sind übrigens deine Feuerwerker? Die kenne ich ja überhaupt nicht. Was ist aus den Grinaldis geworden, die uns immer so gut bedient haben?«

Van Dorn ging nicht auf ihre Frage ein. »Hast du Pembroke gesehen?«

Sie überlegte. »Pembroke ...«

»Der große Engländer!«

»Ach ... ja ... dem war nicht wohl, da ist er auf sein Zimmer gegangen.«

»Laß ihn holen.«

Kitty hielt es für besser, ihrem Mann nicht zu widersprechen. Sie machte kehrt und verließ das Zimmer.

»Ich sollte auch lieber gehen«, bemerkte Grenville unbehaglich.

»Besser nicht.«

Eine Glocke läutete, und Van Dorn verschwand hinter einer spanischen Wand, die eine Nische verdeckte. Als er zurückkam, hielt er einen Streifen Telexpapier in der Hand und begab sich zu einem Safe hinter einem Gemälde. Er öffnete ihn, holte ein kleines Kodebuch heraus und reichte es Grenville zusammen mit dem Telex. »Entschlüsseln Sie mir das; dann führen wir unser Gespräch über Ihre Frau zu Ende.«

Grenville nahm das Fernschreiben und setzte sich an Van Dorns Schreibtisch.

George Van Dorn ging zur Verandatür und öffnete sie. Vor ihm lag ein kleiner umfriedeter Garten, der von dem Treiben auf dem großen Rasen abgeschirmt war. Van Dorn trat hinaus und setzte sich in einen alten Holzstuhl.

Während er dem Lärm seiner Party lauschte und zum Mond emporschaute, dachte er an Pat O'Brien und machte sich klar, daß ihm wohl bald eine Führungsrolle zufallen würde, obwohl weder er noch sonst jemand zu wissen schien, wie solche Dinge entschieden wurden.

Er dachte auch an Styler, Tanner und Abrams und fragte sich, wie es ihnen erging. Van Dorns Einstellung zu Abrams hatte sich gewandelt: Aus bloßer Duldung war widerstrebender Respekt geworden, nachdem er von den jüngsten Aktionen des Mannes erfahren hatte. O'Brien war ein guter Menschenkenner.

Andererseits mußte es einen Mann gegeben haben, dem O'Brien fälschlicherweise traute – und der sich dann als sein Killer entpuppte.

Van Dorn betrachtete den klaren Sternenhimmel. Seltsam, überlegte er, daß das Ende, wenn es eintrat, vom Himmel herunterbrechen würde, so wie es in beinahe allen apokalyptischen Voraussagen geschrieben stand.

Und das Ende stand bevor. Soviel hatten sie herausgefunden. Auch wenn niemand genau wußte, wann und wie es eintreten würde. Van Dorn wußte allerdings genug, um wenigstens den Versuch zu unternehmen, die Entwicklung aufzuhalten. Aber die Zeit würde knapp werden ...

Marc Pembroke kehrte in sein Zimmer zurück. »Hast du die Scheinwerfer gesehen?«

»Ja.« Joan Grenville wagte es nicht, sich umzudrehen, und starrte immer weiter aus dem Fenster. »Vor etwa zwei Minuten.«

»Hast du den Wagen gesehen?«

»Ja, als er die Auffahrt entlangkam. Lang und eckig und mit Seitenlichtern, wie bei einem Lincoln.«

Pembroke nahm ihr das Fernglas ab und richtete es auf den russischen Besitz. »Und das Aufblitzen des Fernlichts hast du nicht gesehen?«

»Nun ja ... Ich glaube schon. Zweimal. Ich hab' gesehen, wie es hinter den Bäumen heller wurde.«

Pembroke warf das Glas auf das Bett und eilte zur Tür.

»Marc!« rief Joan. »Ich sollte dir etwas sagen.«

Er drehte sich um. »Was?« fragte er ungeduldig.

»Tony Abrams ... Freitag abend war er bei mir im Stadthaus ...«

»Wen interessiert das?«

»Nein, nein, das wird kein Geständnis, ich meine, es ist nichts passiert. Aber er sagte mir etwas, das ich ... das ich Katherine Kimberly ausrichten solle, wenn ihm etwas zustieße.« Sie blickte Pembroke an. »Ist ihm denn was zugestoßen?«

»Es wäre zu früh, seinen Tod zu vermelden, andererseits würde ich auf sein Leben keine Versicherungspolice mehr ausstellen. Was sollst du Katherine ausrichten?«

»Du kannst es Katherine weitersagen, wenn du willst. Tony Abrams sagte: ›Ich habe auf dem Dach herausgefunden, daß Claudia auf Talbots Seite steht.‹« Joan Grenville zuckte die Schultern. »Das ist alles. Weißt du, was es bedeutet?«

»Warum hat er sich dir anvertraut?«

Joan lächelte. »Er meinte, ich sei die Person, von der man wohl am wenigsten erwarte, in Intrigen verstrickt zu sein, bei denen es nicht um das Bett ging.«

Pembroke nickte. Er hatte etwa dieselbe Ansicht über Joan Grenville. Abrams kannte sich aus. Pembroke wandte sich wieder der Tür zu. »Zieh dich an und mach' wieder bei der Party mit. Wenn ich innerhalb einer Stunde nicht wieder da bin, verständigst du Katherine von Abrams' Worten.«

»Was ist denn los?«

»Was Juristisches.« Er riß die Tür auf.

Vor ihm stand Kitty Van Dorn, die wichtige Dinge lieber selbst erledigte. Sie hatte bereits die Hand erhoben, um anzuklopfen. »Ach Marc«, sagte sie, »George hätte Sie gern gesprochen, wenn es Ihnen wieder besser ...« In diesem Moment entdeckte sie Joan Grenville, die nackt im Zimmer stand, und stieß einen kleinen Seufzer aus, in dem sich auf seltsame Weise Enttäuschung und Verzweiflung mischten, als sei ihr ein für allemal die Party verdorben. »Oh ...«

Pembroke empfahl sich höflich und eilte an ihr vorbei in den Flur.

»Oh, Kitty ...«, sagte Joan Grenville nervös lächelnd.

Kitty Van Dorn hob die Hand an die Stirn, machte kehrt und torkelte den Flur entlang.

Stanley Kuchik saß im Schneidersitz in einer Ecke des leeren Schwimmbeckens, vor sich eine Platte mit Leckereien, neben sich drei Flaschen Bier.

»He!« rief ein Mann vom tiefen Ende des Beckens. »Sollst du nicht mithelfen?«

»Ich mache Pause!« rief Stanley.

»Ach was! Komm her und greif zu – sonst kannst du hier verschwinden!«

»Scheiße!« Stanley stellte die Platte fort, nahm sich eine Flasche Bier und ging mürrisch zum tieferen Ende hinüber. Hier waren die Kacheln vollgestellt mit Kisten, Drähten und Bündeln kleiner Raketenwerfer, die offenbar schußbereit waren.

»Ich bin Don«, sagte der Mann, der ihn gerufen hatte, in versöhnlichem Ton. »Und das sind Wally und Lou. Wie heißt du?«

»Kuchick, Stanley.«

»Ah, ein Polacke.«

»Nein, Slowake.«

»Ist doch derselbe Unterschied.«

Stanley musterte die drei. Sie waren alt, schon Mitte dreißig. Sie trugen dunkle Jeans und khakifarbene T-Shirts. Alle schwitzten.

»Wir sind Feuerwerker«, erklärte Don. »Du weißt, was das

bedeutet?«

Stanley sah sich um. »Vermutlich, daß Sie Raketen abschießen.«

»Schlaues Bürschchen. Siehst du die Fässer dort? Wenn wir loslegen, nimmst du die Verpackungen, Pappkästen und alle anderen Reste und stopfst sie in die Fässer. Wenn du's gut machst, darfst du auch mal 'ne Salve zünden.«

Stanley war hin- und hergerissen zwischen Neugier und Faulheit. »Na schön. Aber ich kann nicht ewig bleiben.«

»Gut, dann fang gleich an. Die leeren Kartons zerdrücken. Aber sonst faßt du nichts an und drückst auch auf keine Knöpfe. Rauchen verboten.«

»Okay.« Stanley begann Pappkartons flachzulegen und in die großen Holzfässer zu stopfen.

Zwischendurch schlenderte er in die Mitte des Schwimmbekkens, wo eine alte Armee-Tarndecke etwas verhüllte, das wie ein Stapel Kisten aussah. Eine Ecke schaute hervor, und Stanley machte schwarze, mit Schablone aufgetragene Buchstaben aus: 81 mm HEAT.

Unauffällig blickte er sich um und hob die Plane ein wenig hoch. Dutzende von Kisten bildeten einen Block. Stanley duckte sich und linste in das zeltähnliche Innere. Auf dem Betonboden des Schwimmbeckens stand eine lange Metallröhre, die in einem Winkel von fünfundvierzig Grad nach oben zeigte. Diese Röhre ruhte auf einer runden Bodenplatte und wurde von einem Zweibein gehalten. Stanley erkannte in dem Ding einen 81-mm-Mörser, der auf das russische Anwesen gerichtet war.

46

Abrams stand mit dem Rücken zur Wand. Die Situation hatte sich nicht entscheidend verbessert, aber auch nicht dramatisch verschlechtert. Der Zug war noch nicht durch; vermutlich hatte er Verspätung. Zeit und Raum schienen erstarrt an diesem schwarzen, stillen Ort, und das einzige Anzeichen von Bewegung oder Leben waren sein Atem und sein Herzschlag.

Abrams kam zu dem Schluß, daß er Hilfe brauchte. Da niemand in Reichweite zu sein schien, würde er sich eben einen Freund erfinden, und zwar einen gefährlichen. Er duckte sich. »Pembroke? Sind Sie das?« rief er. Niemand schoß auf ihn. »Ja, die Kerle sind hier unten. Können Sie den anderen Ausgang dichtmachen?« Nach kurzer Pause setzte er hinzu: »Ja, ich bleibe, wo ich bin.«

Abrams lauschte und hörte klar, wie Kalin und Wassilij sich hastig absetzten und ihre Verwundeten mitnahmen.

Und da gab Abrams einem kindlichen Impuls nach. In beinahe akzentfreiem Russisch rief er in den Tunnel: »Kalin, sagen Sie Androw, der Jude läßt grüßen.« Nach kurzem Zögern raffte er sich auf und rannte die Treppe hinauf, bis er wußte, daß er vom Tunnel aus nicht mehr gesehen werden konnte. Vor dem obersten Ende der Treppe hielt er inne und blickte über den Parkplatz.

Weiter vorn stand ein schwarzer Ford mit diplomatischem Kennzeichen: vermutlich das Fahrzeug, das ihn fortgebracht hätte, wenn er friedlich mitgekommen wäre. Er schob den Kopf ein wenig höher und suchte die Hecken ab, die die Gleise und Bahnsteige säumten, sah aber niemanden mehr. Ein Geräusch ließ ihn erstarren. Der Manhattan-Zug näherte sich ratternd.

Abrams erstieg die letzten Stufen und erreichte die kurze Plattform. Die beiden Russen im Wagen hatten ihn entdeckt, einer hielt sich etwas vor das Gesicht – ein Funkmikrofon. Langsam ging Abrams auf das dunkle Bahnhofsgebäude zu, das etwa fünfzig Meter entfernt war. Inzwischen warteten zehn Leute auf dem Bahnsteig. Hinter ihm stieß der Zug zwei schrille Pfiffe aus.

Auf der anderen Seite der Schienen entdeckte er einen zweiten schwarzen Ford, der sich auf gleicher Höhe mit ihm über den Parkplatz bewegte. Im Beifahrerfenster machte er ein Gesicht aus, das zu ihm herüberstarrte: Kalin?

Einige Meter vor den anderen Fahrgästen blieb Abrams stehen. Sie sahen echt aus. Kalin hatte nicht damit gerechnet, daß er so weit kommen würde. Etliche Leute musterten ihn aus den Augenwinkeln. Ihm fiel ein, daß er Blut im Gesicht und an den Händen hatte und außerdem keine Schuhe trug. Hoffentlich raffte sich ein braver Bürger dazu auf, die Polizei anzurufen.

Abrams zog Bilanz: Er hatte den Aktenkoffer verloren, der allerdings nur die Akte über den Fall der Russen gegen Van Dorn enthielt. Er hatte seinen Revolver nicht mehr – das konnte ihm rechtliche Probleme bringen, falls sich nach dem Bombardement – oder was immer geschehen würde – überhaupt noch jemand dafür interessierte. Jedenfalls war er noch am Leben, und das war entschieden ein Vorteil.

Er fragte sich, ob Sam Hammond im Tunnel, im Zug oder bei der Ankunft in Manhattan erledigt worden war. Außerdem wunderte er sich, wo seine Schutzpatrone steckten. Hatte man ihn ganz im Regen stehenlassen? Nein, bestimmt wollte man seinen Besuch bei den Russen auswerten, und dazu brauchte man ihn lebend. Und ein besonders großes Empfangskomitee wäre fällig gewesen, hätten die Burschen geahnt, daß er Henry Kimberly begegnet war.

Wieder gellte die Pfeife des Zuges, und die Scheinwerfer strahlten an den Schienen entlang. Mit kreischenden Luftdruckbremsen hielt der Zug.

Abrams schlenderte zwischen den aus- und einsteigenden Passagieren hindurch und trat schließlich auf das Verbindungsstück zwischen den beiden letzten Wagen. Mit zwei kurzen Pfiffen setzte sich der Zug wieder in Bewegung. Abrams wartete, bis er auf gleicher Höhe mit dem Bahnhofsgebäude war, das den Russen vom Parkplatz die Sicht versperrte, sprang vom anfahrenden Zug zurück auf den Bahnsteig, ließ sich über die Schulter abrollen und richtete sich in eine geduckte Stellung auf. So huschte er zur anderen Seite des alten Gebäudes hinüber und fand dort am Taxistand einen Wagen. Ein junger Schwarzer schlief am Steuer. Aus der geduckten Haltung heraus öffnete Abrams die hintere Tür und klopfte dem Fahrer auf die Schulter. »Los!«

Der Mann fuhr hoch. »Was? Wo?« Automatisch ließ er den Motor an. »Wohin?«

»Zu Van Dorn. Großer Laden an der Dosoris Lane.« Der Farbige legte den Gang ein und fuhr langsam an. »Alles okay mit Ihnen, Mann?«

»Ich hab' nur meine Zahnbürste fallen lassen. Schneller!«

Das Taxi näherte sich der Ausfahrt des Parkplatzes. »Soll ich das Innenlicht anmachen?«

»Nein, fahren Sie endlich los!«

»Vor wem rücken Sie aus, Mann?«

»Vor der Geheimpolizei der Russen.«

Der Fahrer pfiff durch die Zähne und lenkte den Wagen nach Norden.

»Zu Van Dorn?« fragte der Fahrer. »Das macht keine Mühe, braucht man bloß dem Feuerwerk nachzufahren.«

Abrams blickte zum Fenster auf und sah am nördlichen Himmel Lichtkugeln platzen. »Werden wir verfolgt?« fragte er.

Der Fahrer schaute in den Rückspiegel. »Scheinwerfer gibt's da, aber keine Ahnung, ob die nur folgen oder uns *ver*folgen ...«

»Na, nehmen Sie mal das Schlimmste an, treten Sie aufs Gas.«

Das Taxi beschleunigte ruckhaft und bog in die Dosoris Lane ein.

Abrams spielte mit dem Gedanken, der Fahrer könnte zur Gegenseite gehören, kam aber zu dem Schluß, daß er wohl doch zu viele miese Spionagefilme gesehen hatte. »Wie heißen Sie?«

»Wilfried.«

Abrams hielt seinen Ausweis über die Sitzkante. »New Yorker Polizei, Wilfried. Kümmern Sie sich nicht um Vorfahrt oder Ampeln.«

Der Fahrer warf einen kurzen Blick auf den Ausweis. »Na schön, Mann, aber wir sind hier im Landkreis Nassau.«

»Na und? Wir sind alle Amerikaner.«

Der Fahrer beschleunigte, bremste vor einer Ampel kurz ab und fuhr dann bei Rot durch. Nach einem Blick in den Rückspiegel meldete er: »Sie *ver*folgen uns!«

»Was für ein Wagen?«

Wieder blickte Wilfried in den Rückspiegel. »Sieht nach einem schwarzen Ford aus. Vier Mann.«

Plötzlich stoppte das Taxi. »Was ist los, Wilfried?« fragte Abrams.

»Stau. Wie immer, wenn das Feuerwerk im Gang ist.«

»Sind die Scherzbolde noch immer hinter uns?«

»Paßt kein Blatt Papier mehr zwischen.«

»Und vor uns ist Polizei?«

»Ziemlich weit vorn.«

Abrams richtete sich auf und blickte vorsichtig durch das Rückfenster. Ein schwarzer Wagen war dicht aufgefahren, vier Männer bildeten Silhouetten. In der anderen Richtung, etwa hundert Meter entfernt, standen einige Streifenwagen. Abrams gab dem Fahrer eine 20-Dollar-Note. »Vielen Dank, Wilfried. Sie sehen wirklich nicht wie ein Russe aus. Ich hätte nie an Ihnen zweifeln dürfen.«

Hastig stieg er zum Straßenrand hin aus und wanderte an der Reihe der stehenden Fahrzeuge entlang nach vorn. Hinter ihm knallte eine Wagentür zu, dann hörte er schnelle Schritte im Kies. Ein Mann sagte: »Da haben wir Sie ja endlich.«

Abrams blieb nicht stehen. »Wenn Sie die Kavallerie sein sollen, kommen Sie ein bißchen spät.«

Pembroke tauchte neben ihm auf. »Tut mir leid, alter Knabe. Sie sind bei Iwan ein bißchen früher aufgebrochen als erwartet. Und zum Bahnhof war kein Durchkommen. Feiertagsverkehr. Ist allerdings keine Entschuldigung.«

Abrams schwieg.

»Ich hatte aber auch im Zug einen Mann postiert, der auf Sie aufpassen sollte; der war schon einige Stationen vorher eingestiegen.«

»Sehr rücksichtsvoll. Hätten Sie 'ne Zigarette?«

Pembroke kam der Bitte nach. »Sie sehen ein bißchen gebeutelt aus. Hat man Sie im Tunnel aufs Korn genommen? Ich dachte eigentlich, man würde erst im Zug zuschlagen, oder in Manhattan.«

»Nun, das war falsch gedacht.«

»Aber warum wollen Sie jetzt zu Van Dorn?«

»Weil ich mich kurzfristig gegen den Zug entschieden habe.«

Pembroke nickte vor sich hin. »Ich glaube eher, Sie wollten den Zug von vornherein nicht nehmen, habe ich recht? Sie haben etwas Wichtiges festgestellt. Deshalb haben Sie auch bei der Abfahrt geblinkt. Sie nahmen an, wir würden am Bahnhof warten und Sie zu Van Dorn bringen?«

»Möglich.«

Wieder nickte Pembroke. »Nun ja, das geht mich nichts an, solange ich keine anderslautenden Befehle habe. Aber ich beschaffe Ihnen eine Audienz bei George.«

»Mehr will ich gar nicht.«

Das Tor der sowjetischen Residenz kam in Sicht. Demonstranten waren nicht zu sehen; am Straßenrand parkten lediglich einige Streifenwagen.

»Die Polizei wird sich über Ihr Aussehen wundern«, stellte Pembroke fest.

Abrams zog sein Jackett aus, warf es in ein Gebüsch und rollte die Hemdsärmel hoch. Dann zog er die blutigen Socken aus und wischte sich mit Pembrokes Taschentuch Gesicht und Hände ab. »Na, sehe ich jetzt bürgerlich genug aus?«

»Nun ja ... für die Dunkelheit reicht's.«

Schließlich kam George Van Dorns Einfahrt in Sicht.

»Eine flotte Party«, sagte Pembroke. »Wenn die Auswertung Ihres Einsatzes abgeschlossen ist, sollten Sie bleiben und sich ein paar vergnügte Stunden machen. Ich besorge Ihnen etwas anzuziehen.«

»Ist Claudia da?«

Pembroke zog an seiner Zigarette. »Ja«, antwortete er nach kurzem Seitenblick auf Abrams. »Aber Katherine ist auch unter den Gästen. Nehmen Sie sich in acht, alter Knabe. Nach allem, was Sie schon mitgemacht haben, wollen Sie bestimmt nicht noch von einer Eifersüchtigen erdolcht werden.« Er lachte.

Abrams hob einen Fuß und entfernte einen kleinen Stein, der sich in die Wunde gebohrt hatte. »Und Thorpe, ist der da?«

»Nein.«

»Wo steckt er?«

»Keine Ahnung. Wissen Sie, Abrams, ich beginne mich zu fragen, ob wir ihn nicht gleich hätten umbringen sollen, als wir die Gelegenheit dazu hatten.«

Abrams wischte sich den Schweiß von der Stirn. Der Marsch begann ihn anzustrengen.

»Joan Grenville hat mir wegen Claudia Bescheid gegeben«, fuhr Pembroke fort. »Ich wünschte, ich hätte das früher gewußt.«

»Das geht allen so«, gab Abrams zurück. »Was wollen Sie wegen Claudia unternehmen? Oder ist sie schon abgehakt?«

»Sie lebt noch. Die Entscheidung, was mit ihr geschehen soll, liegt weder bei ihr noch bei Ihnen.«

»Bei mir hatte ich sie auch nie gesehen.«

Pembroke nickte. »Ich bin nur überrascht, daß O'Brien und Co. sich überhaupt mit ihr abgeben. Meine Erfahrungen mit Leuten aus dem Osten waren bisher nur negativ. Aber vielleicht ist sie umgedreht worden oder war seit jeher eine Doppelagentin.«

»Nun ja, als sie mich Freitag nacht aufs Dach lockte, arbeitete sie noch für die Sowjets.«

»Ah, *sie* war das also – dachte ich's mir doch. Ihre Geschichte hatte da ein paar Lücken. Ich hatte aber eher an Joan oder auch Katherine gedacht.«

»Nein, es war Claudia.«

»Interessant ... trotzdem ist die Möglichkeit nicht auszuschließen, daß sie Sie in die Falle lockte, um sich bei Thorpe und/oder den Russen ins rechte Licht zu setzen. Manchmal muß man im Einsatz einen anderen Agenten opfern, um seine Glaubwürdigkeit zu beweisen.«

»Ein mieses Geschäft.«

»Was Sie nicht sagen! Deshalb halte ich mich aus diesen Dingen heraus, Abrams. Leute umzulegen, ist viel weniger verwirrend. Mein Vater liebte die Intrige. Mir schmeckt die Moral dahinter nicht.«

»Hat Ihr Vater im Geheimdienst gearbeitet?«

»Bis er sich vor kurzem zur Ruhe setzte.«

»Ach«, fragte Abrams plötzlich, »ist eigentlich auch James Allerton bei Van Dorn?«

Pembroke musterte ihn von der Seite. »Nein. Der ist nach Washington zurückgefahren. Warum fragen Sie?«

»Ist er dieses Wochenende beim Präsidenten?«

Pembroke überlegte. »Ich weiß nicht genau. In den Zeitungen steht, der Präsident halte sich in Camp David auf. Aber warum die Frage?«

»Vielleicht ist es erforderlich, sich mit dem Präsidenten in Verbindung zu setzen. Wenn Allerton bei ihm wäre, käme man vielleicht schneller durch ...«

»Ist es dringend?«

»Ich glaube schon. Aber für solche Dinge interessieren Sie sich ja nicht. Ich spreche mit Van Dorn.«

Die beiden Männer überquerten die Straße und näherten sich dem Tor zu Van Dorns Grundstück. Ein uniformierter Wächter, der in einem Wagen saß, erkannte Pembroke und winkte sie durch.

Gleich darauf tauchte hinter einer Wegbiegung das große, hell erleuchtete Haus auf. Über dem Dach stieg eine neue Salve Feuerwerksraketen in den klaren, windstillen Nachthimmel und explodierte in roten, weißen und blauen Lichtbündeln.

»Kann ich Van Dorn vertrauen?« fragte Abrams leise.

»Mein Gott, das hoffe ich doch!« antwortete Pembroke und fügte hinzu: »Ich glaube, er hat jetzt die Zügel in der Hand.«

»Warum sollte ich nicht zum FBI gehen?«

»Von mir aus. Oder auch zur CIA. Beide sind ganz in der Nähe. Ich bringe Sie gern mit dem Wagen um die Ecke ... ich meine, ich fahre Sie rüber.« Er lachte.

Abrams verstand den Wink. »Reden wir mit Van Dorn.«

47

Viktor Androw drehte den drei anderen Männern den Rücken zu und verfolgte durch ein Dachgiebelfenster Van Dorns buntes Feuerwerk. Die Explosionen erschienen ihm als eine Miniaturausgabe jenes gewaltigen Lichtes, das in Kürze den größten Teil des nordamerikanischen Kontinents einige schicksalhafte Sekunden lang erhellen würde.

»Wenigstens verschont er uns heute mit seiner Musik. Nun ja, ab morgen wird er uns keine Sorgen mehr machen.«

Androw wandte sich vom Fenster ab und blickte Alexei Kalin an, der auf der anderen Seite des großen Dachraums Haltung angenommen hatte. »Nun, mein Freund, wo liegt der Fehler? Sie hatten drei ausgebildete Leute bei sich, dazu zwei Wagen mit je zwei Mann ... das macht zusammen acht, ausnahmslos Agenten des KGB, des gefürchtetsten Geheimdienstes der Welt. Und Sie hatten den Auftrag, einen Juden zum Verhör hierherzubringen, stimmt's?«

Kalin nickte starr. »Stimmt.«

»Es ... es war also kein besonders schwieriger Auftrag, nicht wahr, Alexei?«

»Nein.«

»Aber anstatt mir einen Juden zu liefern, kehren Sie mit einem Toten zurück, dessen arme Frau unten im Keller darauf wartet, daß Sie ihr sagen, was aus ihrem Mann geworden ist. Außerdem bringen Sie den armen Felix mit, der anscheinend von seinen Gefährten geschlagen und mit dem Messer verletzt wurde, und Wassilij, der mir einen ziemlich verwirrten Eindruck macht, und dann *Sie*. Sie sehen völlig verdreckt aus.«

Kalin starrte ins Leere.

»Vielleicht können Sie mir erklären, wie der Jude das geschafft hat.«

»Ich habe keine Erklärung.«

»Ach?« fragte Androw sarkastisch. »Es gibt keine logische Erklärung für dieses unbeschreibliche Versagen?«

Kalins Gesicht zeigte keine Regung; anders durfte man auf eine solche Kritik nicht reagieren. Was immer Androw schließlich nach Moskau melden würde – er und Androw würden ungeschoren davonkommen, ganz im Gegensatz zu Felix und Wassilij. Als Folge stand Kalin dann natürlich in Androws Schuld, bis das Konto ausgeglichen war oder sich die Situation umkehrte. So funktionierte nun mal das System.

Androw beruhigte sich. »Es tut mir nur leid, daß unser hoher Gast das miterleben mußte.«

Heny Kimberly saß in einem Drehstuhl. Er hatte die Beine übereinandergeschlagen und die Fingerspitzen zusammengelegt. »Bitte sehen Sie in mir nicht mehr als ein loyales Parteimitglied«, sagte er auf russisch.

»Aber Sie sind viel mehr!« protestierte Androw. »Bis Ende der Woche werden Sie der berühmteste Mann in den USA sein. Vielleicht sogar in der ganzen Welt.«

Henry Kimberly schwieg.

Androw wandte sich wieder Kalin zu. »Nun ja, Alexei, setzen Sie sich. Wir haben einen weiteren Versager zu erwarten. Ihren Freund Thorpe.« Dann fragte er Kimberly: »Sind Sie begierig, den Liebhaber Ihrer Tochter kennenzulernen?«

»Nicht besonders.«

Androw setzte sich schwerfällig in einen anderen Drehstuhl. »Wenn Sie wollen, Henry, können wir sie noch heute abend zu uns holen lassen.«

Henry Kimberly rührte sich nicht. Er dachte an Katherine, wie er sie zuletzt gesehen hatte, als Zweijährige. Und an seine ältere Tochter Ann und an die Briefe, die sie gewechselt hatten. Solche Erinnerungsstücke hatte er bei seiner Abreise nach Berlin in Brompton Hall zurücklassen müssen – und Eleanor.

Natürlich hatte er eine gewisse Vorsorge getroffen, wie jeder, der eine gefährliche Mission antritt. Aber er hatte nichts getan, das darauf hinweisen konnte, daß er nicht zurückkehren würde. Er hatte sich vor dem Aufbruch sogar noch hundert Dollar von George Van Dorn geliehen – mit Zinsen schuldete er ihm jetzt etwa viertausend Dollar.

Androw hüstelte. »Die Entscheidung wegen Ihrer Tochter liegt natürlich bei Ihnen, Henry. Aber Sie sollten wissen, daß Karl Roth inzwischen alle Teilnehmer der Party vergiftet hat.«

Diese Nachricht schien Kimberly nicht zu beeindrucken.

»Wir haben dafür eine sehr seltene Substanz ausgesucht«, fuhr Androw fort, »für die im Westen kein Gegenmittel bekannt ist. Wir hingegen können Ihre Tochter retten, wenn sie innerhalb von vier Stunden hier behandelt wird.«

»Was meint ihr Verlobter dazu?« fragte Kimberly.

Androws Gesicht verzog sich zu einem Lächeln. »Ah, die jungen Männer sind sehr wankelmütig. Er liebt sie nicht mehr, hätte aber nichts dagegen, wenn sie es miterlebte, wie die Wogen der Zukunft ihre kleinen Sandburgen davonschwemmen. Ich glaube, am liebsten würde er sie als Dienstmädchen bei sich behalten. Ein unangenehmer junger Mann.«

Kimberly nickte. »Wenn Sie sie retten können, ohne das Unternehmen zu gefährden oder –«, er deutete auf Kalin, »weitere Männer, dann können Sie es tun. Sehen möchte ich sie aber nicht. Sollte sie hierhergebracht werden, haltet sie mir fern.«

»Ja«, sagte Androw, »es könnte aufwühlend sein, sie wiederzusehen. Und Sie haben wichtigere Aufgaben ...«

»Bitte machen Sie sich über meine psychologischen Reaktionen keine Gedanken!«

»Verzeihung.« Androw musterte Kimberly stumm. Obwohl sie nun schon einen Monat unter einem Dach lebten, hatte Androw noch keinerlei Vorstellung von Kimberlys Motiven, Wünschen, Bedürfnissen, Ängsten oder Sehnsüchten. Darin glich er den meisten Überläufern aus dem Westen, die er in Moskau kennengelernt hatte: Fremde in einem fremden Land, auf ewig der Vergangenheit verbunden.

Kimberly wandte sich an Alexei Kalin. »Wie gut kennen Sie diesen Peter Thorpe?«

Kalin fuhr auf. »Ich bin sein Lenkungsoffizier.«

»Gefällt er Ihnen? Oder ist er, wie Viktor unterstellt, ein unangenehmer junger Mann?«

»Er ist einigermaßen ... seltsam«, antwortete Kalin diplomatisch. »Frauen gegenüber kann er sehr charmant sein.«

»Darin schlägt er nach seinem wirklichen Vater«, sagte Kimberly nickend. »James Allerton kam mit Frauen nicht zurecht. Ist Thorpe ein Typ, wie ich ihn mir als Adjutanten wünschen würde?« fragte er Kalin.

Kalin schaute zu Androw hinüber, der das Antworten übernahm. »Er ist eigentlich ein Typ, den man liquidieren sollte. Aber das werden Sie natürlich selbst entscheiden wollen. Holen wir ihn herauf. Ich habe auch einige andere kommen lassen, die Sie bisher nur kurz kennengelernt haben.« Er drückte auf einen Knopf. »Schicken Sie ihn herauf.«

Androw blickte den langen Dachboden entlang, der sich über dem Hauptgebäude erstreckte. An den schrägen Wänden reihten sich elektronische Konsolen, deren Lichter die einzige Beleuchtung bildeten. Am Ende des Dachbodens, beinahe dreißig Meter entfernt, saß der diensthabende Kommunikationsoffizier am Funkgerät, das in ständigem Kontakt mit dem Kreml stand. »Meine Herren«, sagte Androw. »Ich kenne den genauen Zeitpunkt des vorgesehenen Schlages nicht, aber ich glaube, er wird vor Einsetzen der Morgendämmerung stattfinden.«

Er hob den Arm. »Sehen Sie die beiden grünen Lampen dort – die eine blinkt, die andere leuchtet ununterbrochen. Das ist der höchste Alarm-Status, den uns Moskau jemals durchgegeben hat. Wenn beide Lampen kontinuierlich leuchten, steht der Schlag unmittelbar bevor. Eine dritte Lampe beginnt zu blinken, wenn der abschließende Countdown einsetzt. Wenn alle drei Lampen gleichmäßig leuchten, sind es nur noch wenige Minuten bis zum Schlag.«

48

Die schwere Metalltür öffnete sich. Ein großer Mann in Uniform trat ein, gefolgt von einem zweiten Russen in einem dunkelbraunen Straßenanzug; dieser trug eine Sonnenbrille und hatte das schwarze Haar zurückgekämmt. Peter Thorpe bildete die Nachhut.

Androw stand auf. »Generalmajor Henry Kimberly, ich möchte Ihnen Major Peter Thorpe vorstellen.«

Kimberly erhob sich ebenfalls und hielt Thorpe die Hand hin. »Guten Tag.«

Thorpe konnte seine Überraschung nicht verhehlen, einem Mann gegenüberzutreten, den er für tot gehalten hatte. Er faßte sich und blickte in Kimberlys klare blaue Augen. »Freut mich, Sie kennenzulernen.«

»Könnte Ihre letzte Freude sein, die Sie in diesem Leben haben, Thorpe«, bemerkte Androw gelassen.

Thorpes Augen verrieten eine Mischung von Zorn und Angst, doch er sagte nichts.

Androw wandte sich an Kimberly. »An die beiden anderen Herren erinnern Sie sich vielleicht, Henry. Dies ist Oberst Michail Karpenko vom 8. Direktorat des KGB, zuständig für Satellitenkommunikation, Verschlüsselungen und diplomatische Nachrichtenwege, wie Sie wissen. Dieser Raum ist sein Reich.«

Karpenko, ein großer, ausgemergelt wirkender Mann mit einem kahlen Schädel, auf dem sich die Adern abzeichneten, verbeugte sich steif.

»Und dies«, fuhr Androw fort, »ist Valentin Metkow von der Abteilung 5 des 1. Direktorats, inoffiziell als Abteilung für *Mokrie Dela* bekannt – für feuchte Einsätze. Mord.«

Metkow schürzte die Lippen und nickte vor sich hin, als höre er die Worte zum ersten Mal.

Androw deutete auf Sitzgelegenheiten, und Karpenko, Metkow und Thorpe nahmen Platz. Dabei blickten die beiden Russen verstohlen auf die grünen Lampen an der fernen Konsole. »Ja«, sagte Androw, »es ist bald soweit.«

Thorpe empfand einen Anflug von Angst. Kalins mitgenommenes Äußeres verhieß nichts Gutes. Diese Leute waren zu allem fähig.

Und schon lehnte sich Androw in seinem Sessel zurück und blickte Thorpe stirnrunzelnd an. »Nun, Peter«, sagte er, »man hatte Ihnen aufgetragen, sich hier niemals blicken zu lassen – aber da sind Sie nun. Normalerweise wäre ein solches Mißachten der Vorschriften unverzeihlich. Aber zufällig ist heute die Nacht des großen Schlages, und ich könnte nachsichtig sein, wenn Sie mich überzeugen, daß Sie kein Dummkopf sind.«

Thorpe lief rot an. Bei den bisherigen Zusammenkünften mit den Russen war stets er der barsche, herablassende, arrogante Wortführer gewesen. Jetzt aber befand er sich am kürzeren Hebel – und anscheinend war es mit seiner Nützlichkeit vorbei.

»Für einen Mann, der soviel zu sagen hat, sind Sie sehr schweigsam«, fuhr Androw fort. »Vielleicht sind Sie wirklich ein Dummkopf!«

Thorpe wußte, daß er vorsichtig sein mußte, ohne sich aber zu unterwürfig zu geben, was ohnehin nicht in seiner Natur lag. »Ich möchte wissen, warum der Zeitplan vorverlegt wurde, ohne daß man mich informiert hat«, sagte er mit einem Anflug von Gereiztheit, »und was Sie zu unternehmen gedachten, um mich zu schützen.«

»Der Zeitplan ist aufgrund jüngster Ereignisse geändert worden«, antwortete Androw, »zu denen auch Ihre Berichte über Wests Aussagen gehören. Wären Sie, wie angewiesen, nebenan bei der Party erschienen, hätte sich Claudia mit Ihnen in Verbindung gesetzt und Überlebenshinweise gegeben. Finden Sie diese Erklärung zufriedenstellend?«

Thorpe nickte.

»Ich darf vermuten«, sagte Androw, »daß Sie nicht zu uns gekommen wären, wenn Sie keinen dringenden Grund hätten. Heraus damit.«

Thorpe schlug die Beine übereinander. »Nicholas West ist tot«, sagte er. »Sein Herz ...«

Androws Blick streifte Kimberly und kehrte zu Thorpe zurück. »Das ist bedauerlich, aber nicht länger von Bedeutung. Sagen Sie mir lieber, wo Sie diesen Nachmittag verbracht haben.«

Thorpe fuhr sich mit der Zunge über die Lippen. »Nun ... das ist die andere Sache. Nach Wests Tod ging mir auf, daß ich seinen Enthüllungen nachgehen mußte, und ich beschloß ... Katherine Kimberly ... zu entführen.« Er blickte Henry Kimberly an, der aber keine Regung zeigte. »Sie war mit Tony Abrams zusammen«, fuhr Thorpe fort, »und so geriet er in das Ganze hinein ...«

»Sie haben ein einzigartiges Talent, die Wahrheit abzuwandeln, ohne die Tatsachen zu verändern«, stellte Androw fest. »Aber das ist im Augenblick nicht wichtig. Ich darf annehmen, daß der Entführungsversuch fehlgeschlagen ist, da Mr. Abrams heute abend bei uns zu Besuch war und Miß Kimberly sich nebenan aufhält.«

Peter Thorpe begann zu schwitzen, obwohl der Raum eine Klimaanlage besaß. Er räusperte sich und richtete seine nächsten Worte an Henry Kimberly: »Ich hatte natürlich keine Ahnung, daß Sie ...«

»Es gibt sehr viel, von dem Sie keine Ahnung hatten, Mr. Thorpe«, sagte Androw gereizt. »Wissen Sie, Peter, Sie sind dem Sozialismus weder politisch noch persönlich verbunden. Sie sind im Grunde Ihres Herzens nur ein Individualist. Sie sind zugleich ein Riesendummkopf, denn Sie halfen bei der Vernichtung des Systems, das Sie hervorgebracht hat, des einzigen Systems, in dem Sie überleben könnten. In der Welt, bei deren Erschaffung Sie mitgewirkt haben, werden Sie es nicht weit bringen.«

Androw lehnte sich zurück und legte die Hände auf den Bauch. »Allerdings haben Sie Patrick O'Brien umgebracht. Das war die beste Tat, die Sie für uns vollbracht haben. Wenn uns etwas einfällt, wozu wir Sie gebrauchen könnten, lassen wir Sie vielleicht doch am Leben.«

Thorpe ging nicht auf die Drohung ein. »Ist James Allerton der zweite Talbot?«

Androw lächelte. »Ja. Und es ist Ihr Glück, daß er Sie mag, obwohl Sie nicht gerade der ideale Sohn für ihn sind.«

Thorpe merkte, daß Androw mit ihm spielte und er nicht unmittelbar in Lebensgefahr schwebte. »Wo ist mein Vater?« fragte er.

»Zum Wochenende in Camp David. Noch vor dem Morgengrauen wird er dem Präsidenten interessante Nachrichten überbringen können.« Androw griff in ein Fach unter der Konsole und nahm eine lederne Kuriertasche heraus. »Beschäftigen wir uns lieber mit dem nächsten Punkt im Programm. Mr. Kimberly, nach Mr. Thorpes Angaben müßte diese Tasche Ihnen gehören.«

Kimberly betrachtete die zerkratzte alte Mappe, sagte aber nichts.

Androw griff hinein und zog einen Stapel Papiere heraus, die er Kimberly reichte.

Henry Kimberly untersuchte die angegrauten dünnen Blätter, wie sie im Krieg für Privatkorrespondenz vorgeschrieben gewesen waren. Die Anschriften stammten von einem Erwachsenen, die Texte aber zeigten Anns kindliches Gekritzel, dazu Zeichnungen, Herzen, Blumen, Strichmännchen und viele X-Zeichen, die Küsse darstellen sollten. »Woher haben Sie das?« fragte Kimberly.

Androw reichte Kimberly drei Fotokopien. »Hier ist die Erklärung.«

Kimberly blickte auf die Kopien und sah den Briefkopf: Lady Eleanor Wingate, Brompton Hall. Darunter las er: »Liebe Miß Kimberly, es ist ein seltsames und vielleicht schicksalhaftes Ereignis eingetreten, das mich veranlaßt, Ihnen zu schreiben.«

Kimberly setzte die Lektüre nicht fort, sondern schaute ins Leere. »Kurz nach meiner Ankunft in Moskau hat man mir geraten, mich nie nach Menschen aus der Vergangenheit zu erkundigen«, sagte er leise. »Es sei einfacher so ... und sie müßten für mich genauso tot sein wie ich für sie.« Er lächelte schwach. »Allerdings erhielt ich einen kurzen jährlichen Bericht über meine Töchter, aber auch daran erlahmte mein Interesse mit der Zeit ... Tote interessieren sich eben nicht mehr für die Angelegenheiten der Lebenden.« Kimberly wandte sich an Androw. »Im letzten Jahr sind viele Erinnerungen wiedererwacht. Allerdings wußte ich nicht, daß Eleanor noch lebte.«

»Nicht mehr«, antwortete Androw direkt. »Sie kam bei einem Brand in Brompton Hall ums Leben.«

Kimberly sah sich im Kreis der Russen um, deren Augen ebensowenig verrieten wie die seinen. Er beugte sich über den Brief und las. Schließlich faltete er ihn wieder zusammen und gab ihn Androw zurück. »Wo ist das Tagebuch?« fragte er.

»Hier, in dieser Mappe.«

»Darf ich es sehen?«

»Natürlich. Aber zuerst möchte ich Ihnen eine Frage stellen. Erinnern Sie sich an diesen englischen Offizier, diesen Carbury?«

»Ja. Randolph Carbury arbeitete in der sowjetischen Abteilung für Gegenspionage. Er hatte mit O'Briens Unternehmen Wolfsbrut zu tun. Genaugenommen suchte er mich.«

Androw lächelte. »Nun ja, Henry, weder Carbury noch O'Brien haben diese Suche jemals aufgegeben. Und diese Beharrlichkeit bescherte beiden dasselbe Schicksal – und von derselben Hand.« Mit einer Kopfbewegung deutete er auf Thorpe.

»Natürlich bin ich erleichtert zu erfahren, daß diese Männer tot sind«, sagte Kimberly. »Aber ich finde es seltsam, wie sehr sich die Regeln gewandelt haben: Heute darf sogar ein Bauer Könige schlagen.« Er blickte Thorpe offen an.

»Ja, es gibt Momente, da wundert mich das auch.« Androw zog das Tagebuch aus der Mappe und reichte es Kimberly.

Henry Kimberly untersuchte den Umschlag, öffnete das Buch und blätterte die gelblichen Seiten durch. Ein Lächeln erschien auf seinen Lippen.

»Eine raffinierte Fälschung«, sagte Androw.

Kimberly schloß das Tagebuch. »Wessen Arbeit?« fragte er.

Androw zuckte die Schultern. »Ich vermute einen OSS-Mann dahinter – eine neuere Produktion, riecht nach O'Brien. Haben Sie wirklich Tagebuch geführt?«

»Ja, und tatsächlich im Archivzimmer von Brompton Hall. Aber dies ist es nicht.«

Androw lächelte. »Pech für O'Brien, daß er sich als Urheber für das Tagebuch ausgerechnet Talbot selbst ausgesucht hat.«

»Er hat mir vertraut«, sagte Kimberly. »Das war einer der wenigen Fehler, die er je gemacht hat. Manchmal glaubte ich schon, er habe einen sechsten Sinn, aber er war letztlich auch nur ein Mensch.«

»Ein sterblicher Mensch«, fügte Androw hinzu. »Und was hat er schließlich erreicht? Er hat sich für sein Tagebuch den Falschen ausgesucht. Er mußte viele Verluste hinnehmen und verlor dabei das eigene Leben, während wir die Identität der drei Talbots geheimhalten konnten. Gewiß, er zwang uns, den Zeitplan für den Schlag zu beschleunigen, aber das ist für uns jetzt nur von Vorteil. Ja, die alten Herren vom OSS haben die letzte und entscheidende Runde an den KGB verloren!«

49

Tony Abrams wanderte in George Van Dorns Arbeitszimmer herum und betrachtete die gerahmten Fotografien an den Wänden. Hier ein Gruppenbild: etwa ein Dutzend Mann in Sommeruniformen. Er erkannte Van Dorns massige Gestalt, die sich über die anderen erhob. Rechts stand Patrick O'Brien, der sehr jungenhaft wirkte und Henry Kimberly einen Arm um die Schulter gelegt hatte. Dort James Allerton, der schon damals ziemlich über den Dingen zu stehen schien, neben ihm wieder Kimberly und ein dritter Mann, der Abrams vertraut erschien. Der Mann war bestimmt überall im Land bekannt; er konnte das Gesicht aber nicht unterbringen. Abrams entdeckte Tom Grenvilles Vater mit Ho Tschi Min. Links davon eine Aufnahme, die handkoloriert aussah: ein kleiner, dunkelhäutiger Mann mit tiefliegenden schwarzen Augen in einer bunten Nationaltracht: Graf Ilij Lepescu. Abrams konnte keine Familienähnlichkeit feststellen, ehe ihm einfiel, daß Claudia ja die Enkelin dieses Mannes sein mußte.

Eine weitere Gruppe von Aufnahmen zeigte signierte Porträts von führenden Persönlichkeiten jener Zeit: Eisenhower, Allen Dulles und General Donovan. Darunter das etwas verschwommene Bild eines Mannes in einem Jeep, mit der Unterschrift: ›OSS-Captain John Birch‹, der später einer rechten Organisation seinen Namen lieh. Abgerundet wurde die Galerie durch Aufnahmen zerlumpt aussehender Widerstandseinheiten aus den verschiedensten Ländern.

Marc Pembroke hatte sich in einen Ledersessel gesetzt und beobachtete Abrams bei seinem Rundgang. »In einem weißen Tropenanzug sehen Sie wirklich schick aus. Kommen Sie mit der Bandage und den Sandalen zurecht?« Marc Pembroke hatte fachmännisch den Schnitt an Abrams' Fuß gereinigt und verbunden.

»Bestens.« Abrams' Blick blieb in einer Gruppe Uniformierter an einem Gesicht hängen. Es gehörte Arnold Brin, der weitaus besser aussah, als Abrams ihn beim letztenmal erlebt hatte. Wie schon vermutet, trug Brin die Uniform eines Offiziers.

Abrams suchte nach einem Foto Carburys, konnte es aber nicht finden. Dafür entdeckte er die Panoramaaufnahme eines vornehmen Landhauses mit der Unterschrift ›Brompton Hall‹. Links davon hing das Foto einer hübschen jungen Frau mit dunklem Haar und verträumten Augen. »Ist dies Eleanor Wingate?«

Pembroke schaute von der Zeitschrift auf, in die er sich vertieft hatte. »Ich glaube schon. Ja, neben der Aufnahme von Brompton Hall. Schönes Haus. Wirklich schade.«

»Ja.« Abrams rückte weiter nach rechts und betrachtete eine breite, silbern gerahmte Aufnahme. Sie zeigte ein Bankett, das auf den ersten Blick an das Letzte Abendmahl erinnerte. Bei näherem Hinschauen erkannte er sowjetische Uniformen zwischen amerikanischen. Es mußte sich um eine Siegesfeier handeln. Zu den Teilnehmern gehörte George Van Dorn, dem ein lachender russischer Offizier auf die Schultern klopfte. Van Dorn zog ein eher säuerliches Gesicht. Seltsam, wie ein Bild eine vergangene Realität wiedergeben und gleichzeitig schon einen Eindruck künftiger Entwicklungen vermitteln konnte.

Pembroke senkte seine Zeitschrift. »Sind Sie schon bei den Eltern unseres Schweinehunds? Da drüben, in Augenhöhe. In passendem schwarzem Rahmen.«

Abrams entdeckte ein leicht überbelichtetes Foto mit dem Leitwerk eines großen Flugzeugs; davor kniete eine Gruppe Fallschirmspringer. Zu den eingetragenen Namen gehörten Jeanne Broulé und Peter Thorpe.

Abrams interessierte sich besonders für Thorpes Mutter, eine attraktive Blondine, deren Figur trotz des Fallschirms gut zur Geltung kam. Thorpes Vater, der ebenfalls blondes Haar hatte, war recht gutaussehend, blickte aber ein wenig herablassend in die Kamera. »Ja«, sagte er, »ja, ein hübsches Paar.«

»Das der Welt viel Kummer erspart hätte, wenn es nicht zusammen ins Bett gestiegen wäre.«

»Amen.« Den Rest der Bilder betrachtete Abrams mehr im Vorbeigehen und sah dabei vage vertraute Gesichter – er kannte sie aus dem Büro oder vom Bankett des OSS oder hatte sie vor wenigen Minuten draußen auf der Party gesehen, verändert, älter geworden.

»Wie sind Sie in diesen Haufen geraten?« unterbrach Pembroke seine Gedanken.

»Durch eine Anzeige in der *Times*.« Abrams wandte sich ab, ging zum Schreibtisch, wo er seinen puren Scotch abgestellt hatte, trank einen Schluck, nahm sich einen Appetithappen von einer Platte und aß hungrig.

Pembroke blickte auf die Uhr. »Nun ja, ich habe Sie heil wieder abgeliefert. Ich muß los.« Er gab dem anderen die Hand.

»Bleiben Sie heute abend hier?« fragte Abrams.

»Sollte ich?«

»Vielleicht. Aber ich treffe hier nicht die Entscheidungen.«

»Ich bleibe in der Nähe. Und achten Sie auf den Fuß, damit er sich nicht noch entzündet.«

In diesem Moment ging die Tür auf, und Katherine Kimberly trat ein. Sie lächelte Pembroke an, der den Raum verließ. Katherine kam zögernd näher. Abrams stellte seinen Drink ab. Sie stürzte sich in seine Arme. »Alles in Ordnung mit dir?« fragte sie überhastet. »George hat mir eben gesagt, daß du hier ...«

Jetzt erst bemerkte sie seinen Zustand und fuhr ihm vorsichtig über einen Schnitt an der Wange. »Was ist denn drüben passiert?«

Er schwieg und fragte: »Wenn ich George Van Dorn berichte, wirst du dabeisein?«

Sie nickte. »Möchtest du lieber solange warten? Er muß gleich kommen. Ich habe Zeit.«

Er machte ihr einen Scotch mit Wasser, stellte das Glas auf den Couchtisch und setzte sich auf die Sofalehne. Dann ergriff er ihre Hand und zog sie neben sich hinab.

Sie blickte ihn fragend an. »Was ist los? Was stimmt nicht, Tony? Geht es um Pat O'Brien? Er ist tot, nicht wahr? Du kannst es mir ruhig sagen. Ich bin kein Kind mehr.«

Tränen bildeten sich in ihren Augenwinkeln. Er wußte wirklich nicht, welche Nachricht die schlimmere war: daß Patrick O'Brien vermißt wurde oder daß ihr Vater aufgetaucht war. »Sonntag abend ist O'Briens Flugzeug abgestürzt. Seine Leiche wurde bisher nicht gefunden. Wir müssen annehmen, daß er tot ist oder entführt wurde.«

Sie nickte langsam, doch ehe sie etwas sagen konnte, fuhr Abrams fort: »Während meines Aufenthalts bei den Russen konnte ich mich von den anderen lösen und stieß dabei auf Henry Kimberly.«

Katherine war damit beschäftigt, sich mit einem Taschentuch die Augen zu wischen, wobei sie ihn unverwandt ansah. Sie hatte seine Worte nicht verstanden. »Ich bin deinem Vater begegnet«, sagte er. »Er lebt.«

Noch immer schien sie nicht zu erfassen, was er ihr da sagte. Aber dann schüttelte sie plötzlich den Kopf und stand auf. Er folgte ihrem Beispiel und umfaßte ihre Schultern. Die beiden schauten sich lange eindringlich an – dann nickte sie.

»Du hast mich verstanden?«

Wieder nickte sie hastig, sagte aber nichts. Sie war sehr bleich geworden. Er drückte sie auf das Sofa zurück und schob ihr das Glas Whisky in die Hand. Sie trank einen großen Schluck und atmete tief durch. *»Odysseus.«*

»Ja, der Krieger ist zurückgekehrt.« Abrams legte ihr die Hand an die Wange. »Alles in Ordnung?«

»Ja, ja.« Katherine blickte zu ihm auf. »Du wußtest es, ja? Du wolltest es mir sagen, und ich ahnte wohl, was du meintest ... es ist also kein totaler Schock.«

»Bisher vermutete ich es nur. Jetzt weiß ich Bescheid.«

Sie umfaßte seine Hand. »Du hast ihn erkannt?«

Er nickte und rang sich ein Lächeln ab. »Die Kimberly-Augen.«

Sie erwiderte das Lächeln und überlegte einen Moment. »O Gott ... oh, mein Gott ... Tony ... was hat das zu bedeuten?«

Abrams schüttelte den Kopf. »Keine Ahnung, aber es sieht nicht gut aus, wie?«

Sie umklammerte seine Hand. »Nein. Nein, es ist seltsam und schicksalhaft.«

Abrams nickte. Henry Kimberlys Anwesenheit in Amerika mußte als Zeichen dafür genommen werden, daß der Countdown begonnen hatte.

Und wenn der Keller drüben wirklich voller Menschen steckte, dann stand das Rätselhafte unmittelbar bevor.

50

Es war still in dem langen Bodenraum. Peter Thorpe vernahm das leise Summen der elektronischen Konsolen und spürte das Vibrieren der Maschinen in den Bodenbrettern. Vor ihm lag das berüchtigte sowjetische Spionagezentrum Nordamerikas, Thema zahlreicher Zeitungskommentare, Kongreßdebatten und Fernsehfilme. Thorpe schaute auf die Uhr. Die vier Russen waren gegangen, um weiteres Personal zur Bedienung der Geräte einzuteilen; sie waren noch nicht zurück. Henry Kimberly saß in der Nähe und las eine russische Zeitung.

Thorpe fand den Mann irgendwie seltsam. Er wußte, daß seine eigenen Besonderheiten angeboren waren; Kimberlys Art aber wirkte irgendwie angenommen. Der alte Begriff *Gehirnwäsche* ging ihm durch den Kopf. Aber es war mehr als das. Vierzig Jahre waren vergangen, überlegte er. Nicht nur das Gehirn war ausgewaschen, sondern auch Herz und Seele.

Thorpe betrachtete Kimberly und fragte sich, wie die Sowjets der amerikanischen Öffentlichkeit diesen temperamentlosen Mann als neuen Anführer verkaufen wollten. Sicher wurde Kimberly vom KGB über die Entwicklungen in den USA auf dem laufenden gehalten – das konnte aber nur ein schwacher Ersatz für die Realität sein.

Kimberly schien zu spüren, daß Thorpe ihn anstarrte, und hob den Kopf. Nach kurzem Zögern fragte Thorpe: »Wer war es, der meine Eltern in den Tod geschickt hat? Sie, James oder jemand anderer?«

Die Frage schien Kimberly weder zu überraschen noch zu ärgern. »Ich«, antwortete er. »Einer der Agenten bei dem Absprung war Kommunist. Gehörte zu meinen Leuten. Nach der Landung gab er der Gestapo anonym einen Tip. Die zwölf

Beteiligten wurden nacheinander verhaftet und erschossen. Wieso ist Ihnen das heute noch wichtig?«

»Ich weiß nicht.«

»Sie sind wohl kaum in der Lage, ein moralisches Urteil über mich zu fällen – sich überhaupt ein Urteil zu erlauben.«

»Ich fälle keine Urteile. Ich wollte es nur wissen. Jedenfalls erzählen James und andere nur Gutes über Sie.«

Kimberly zuckte die Schultern. »Toten soll man eben nichts Schlechtes nachsagen. Aber wenn Sie unbedingt die Wahrheit wissen wollen: Ihre Mutter war eine französische Hure und Ihr Vater ein aufgeblasener, verdorbener Dilettant.«

»Das klingt aber nicht nach Leuten, die sich freiwillig zu einem Fallschirmeinsatz in Feindgebiet melden.«

»Ihre Motive waren so wirr wie die Ihren. Muß in der Familie liegen.«

Thorpe unterdrückte eine Antwort.

Kimberly ließ das Schweigen eine Weile andauern. »Wie ist sie so?« fragte er schließlich. »Spricht sie überhaupt von mir?«

Thorpe erkannte in diesen Fragen einen Rettungsanker. »Wenn man's genau nimmt, ist sie ein ziemlicher Besen. Darin scheint sie ihrer Mutter nachzuschlagen. Und ja, von Zeit zu Zeit spricht sie von ihrem heldenhaften Vater.« Er fügte hinzu: »Was immer Sie auch Gegenteiliges gehört haben, bis vor kurzem war mein Verhältnis zu Katherine gut.«

Kimberly lächelte, sagte aber nichts.

»Über Ann kann ich Sie auch informieren. Ich kenne sie. Und ich kann Ihnen andere allgemeine Fragen beantworten, die Ihnen in den nächsten Monaten vielleicht auf der Seele liegen.«

Wieder lächelte Kimberly. »Jemand hat einmal geschrieben, ein Genie wäre stets der, der für sich einen Posten zu erfinden vermag. Nun ja, Thorpe, ich glaube schon, daß Sie einen ganz ordentlichen Präsidentenberater abgeben würden. Oder einen Hofnarren im Weißen Haus.«

Thorpes Lider zuckten, doch er beherrschte sich.

Kimberly lehnte sich zurück. »Ehe Sie zu uns stießen, sprachen wir über Katherines Schicksal. Sie ist nebenan.«

»Ich weiß.«

»Wußten Sie auch, daß die Leute drüben vergiftet worden sind und in den nächsten Stunden sterben werden?«

Thorpe riß die Augen auf.

»Es gibt allerdings die Möglichkeit, Katherine zu retten. Wollen Sie sie haben?«

Wieder hatte Thorpe das Gefühl, sich in einem Minenfeld zu bewegen. »Ist es Ihr Wunsch?«

»Es gibt Augenblicke, da ich mir die Wiedervereinigung mit Familie und Freunden wünsche«, sagte Kimberly versonnen. »Dann wieder möchte ich die Vergangenheit völlig auslöschen.« Er wandte den Kopf in Thorpes Richtung. »Wußten Sie, daß ich drüben ein russisches Mädchen geheiratet habe? Natürlich ist sie drüben geblieben, keine sehr attraktive First Lady. Ich habe zwei Söhne ... einer ist Oberst im KGB. Halten Sie es für eine gute Idee, die amerikanische Kimberly-Familie auszulöschen? Das würde dem russischen Zweig Auftrieb geben.«

Ehe Thorpe antworten konnte, ging die Tür auf, und Michail Karpenko eilte herein, gefolgt von Androw und Valentin Metkow. Karpenko nahm dem Kommunikationsoffizier ein Blatt Papier ab und kehrte mit schnellen Schritten zur Gruppe zurück. Den Text der Meldung las er vor: »Kulturattaché Gordik eintrifft Kennedy-Flughafen 20.48 Ihre Zeit. Per Mietwagen nach Glen Cove. Begrüßung auf üblicher Basis.«

Androw nickte. »Das ist der direkte Kurier. Offensichtlich will Moskau nicht Gefahr laufen, daß die National Security Agency etwas dechiffriert.« Androw blickte auf die Uhr. »Gordik müßte bald hier sein. Er wird uns die letzten direkten Befehle aus der Sowjetunion übermitteln, ehe der Schlag stattfindet.« Androw machte kehrt und näherte sich dem anderen Ende des Dachbodens. »Folgen Sie mir bitte.« Metkow, Karpenko, Kimberly und Thorpe kamen der Aufforderung nach.

Androw bog um eine Ecke und erreichte den Dachbereich eines Seitenflügels. Er schaltete die Lampen ein, die eine kleine Zone in grelles Licht tauchten. Ein elegantes Arbeitszimmer war hier aufgebaut: Nußbaumschreibtisch, Bücherregale, Marmorkamin und eine Art Kirchenfenster in einem spitz zulaufenden Dachvorsprung. Über dem Kamin hing eine große amerikanische Flagge.

Als Thorpes Augen sich an das Licht gewöhnt hatten, bemerkte er Fernsehkameras und Mikrofone. Das Büro war ein Fernsehstudio.

»Von hier werden Ihre Stimme und Ihr Bild in die Welt hinausgehen – über Satellit und alle Radio- und Fernsehfrequenzen.« Androw bedeutete Kimberly, in dem Ledersessel am Tisch Platz zu nehmen. »Bitte machen Sie es sich bequem.«

Kimberly ging um den Tisch herum und setzte sich. »Diese Umgebung paßt wirklich zur Stimme der Macht.«

Androw nickte. »Die Kulisse wurde in Moskau von der 4. Spezialabteilung entworfen. Sie soll eine Atmosphäre der Würde, Gelassenheit, Macht und Beherrschung vermitteln.«

Kimberlys Blick fiel auf eine durchsichtige Plastiktüte an der Wand. »Und das soll ich wohl tragen?«

»Ja, ebenfalls eine Idee von der 4. Spezialabteilung. Man hat sich dort für einen blaugrauen Dreiteiler entschieden. Sie werden darin wie ein typischer Behördenmensch aussehen.«

»Was meinen Sie, Peter?« wandte sich Kimberly an Thorpe.

»Die Amerikaner glauben alles, was sie auf dem Bildschirm sehen«, erwiderte Thorpe.

»So etwas hatte man mir schon erzählt«, sagte Kimberly lachend und wandte sich Karpenko zu. »Wie viele Prozent der Bevölkerung werde ich erreichen?« Karpenko wischte sich mit dem Taschentuch über die Glatze. »Wir schätzen, daß etwa achtzig Prozent Zugang zu funktionsfähigen Radios oder Fernsehgeräten haben. Sie müssen wissen, General, nur die Geräte, die im Augenblick des Schlages in Betrieb sind, wirken als Ableiter für den elektromagnetischen Impuls und werden vernichtet.«

Kimberly nickte.

»Aber es werden keine anderen Radio- oder Fernsehstationen mehr auf Sendung sein. Das Umschalten auf Notstrom wird niemandem etwas nützen, weil hier keine einfache Stromunterbrechung eingetreten ist, sondern ein katastrophaler Strom*stoß*, als hätten zehn Millionen Blitze auf einmal eingeschlagen. Die einzige Station, die in den USA, Südkanada und Nordmexiko in Betrieb ist, wird die unsere sein. Hier aus diesem Zimmer. Die einzige Stimme, die zu hören ist, ist die von Generalmajor Henry Kimberly.«

»Beginne ich sofort nach dem Sturm zu senden?«

»Sobald wir den Himmel hell werden sehen«, antwortete Karpenko. »In den ersten Stunden werden Sie sich lediglich von Zeit zu Zeit als General Henry Kimberly identifizieren und die Öffentlichkeit auffordern, sich ruhig zu verhalten. Es schert uns nicht, was man daraus für Schlüsse zieht, bis Sie dann offiziell verkünden, daß Sie der neue Anführer sind. Haben Sie irgendwelche Fragen ...?«

»Entschuldigen Sie«, schaltete sich Thorpe ein. »Aber hat einer von Ihnen schon mal den Begriff ›thermonuklearer Krieg‹ gehört?«

»Lassen Sie mich auf Ihren Sarkasmus eingehen, Thorpe«, meldete sich Androw zu Wort. »Die US-Regierung wird gar nicht wissen, was geschehen ist, und selbst wenn sie dann begreift, daß es sich um einen EMP-Sturm gehandelt hat, kann sie nicht sicher sein, daß die Sowjetunion dahintersteckt. Jedenfalls ist der größte Teil des E-31 in diesem Land – die Netze für Befehlsübermittlung, Kontrolle, Kommunikation und Geheimdienste – noch nicht EMP-sicher. Die USA werden taub, stumm und blind sein.«

»Selbst ein tauber, stummer und blinder Mann kann noch den Abschußknopf drücken«, sagte Thorpe.

»Gewiß«, erwiderte Androw. »Aber bedenken Sie bitte drei andere wichtige Punkte. Erstens: Der Präsident wird sich mit Ihrem Vater in Camp David aufhalten. Zweitens: Der kleine schwarze Befehlskasten des Präsidenten wird unbrauchbar sein. Und drittens: Die USA haben keine EMP-sicheren Raketen, Bomber, Kriegsschiffe oder Kampfflugzeuge. Ein automatisch ausgelöster amerikanischer Atomschlag würde garantiert sehr schwach ausfallen. Unsere Verluste wären akzeptabel.«

»Moskau hat sich auf jede Möglichkeit eingerichtet«, warf

Henry Kimberly ein. »Reden wir also nicht vom Krieg, sondern von unserem Sieg ohne Kampf.«

»Sehr viel hängt von James Allerton ab«, fuhr Androw fort. »Wenn er den Präsidenten und seine Berater darüber informiert, wie hilflos sie sind, und formell die Kapitulation der Vereinigten Staaten fordert, mag es in Camp David zu hysterischen Ausbrüchen kommen. Vielleicht wird er auf der Stelle erschossen. Allerdings ist er ein erfahrener Diplomat, für den es die Krönung seiner Karriere wäre, wenn er eine nüchterne Beurteilung der Lage durchsetzen könnte. Mit etwas Glück und überzeugenden wie auch drohenden Worten wird er dem Präsidenten begreiflich machen, daß die Kapitulation der einzige Weg ist, die atomare Vernichtung zu verhindern.«

»Es wird die letzte Aufgabe des Präsidenten sein«, sagte Metkow, »eine kurze vorbereitete Erklärung an das amerikanische Volk zu verlesen. Darin wird ein ›Friedensvertrag‹ zwischen der Sowjetunion und den Vereinigten Staaten angekündigt. Gleichzeitig tritt er von seinem Amt zurück. Danach wird man nichts mehr von ihm hören.«

Androw betrat die Studiokulisse, ging an Kimberlys Tisch vorbei und blieb vor dem Kamin stehen. Er blickte zur amerikanischen Flagge auf, ergriff eine Ecke und rieb den Stoff wie ein Teppichhändler zwischen den Fingern. Nach längerem Schweigen sagte er: »Militärisch hätten wir sie nie besiegen können. Aber das Schicksal wollte es, daß der komplexe Schutzpanzer eine winzige Lücke aufwies. Beide Seiten entdeckten sie. Die USA beeilten sich, sie zu schließen. Uns ging es darum, sie zu nützen. Wir waren schneller. Auf dem Weg zum Weltraumkrieg mit Protonen und Neutronen, Laserstrahlen und Killersatelliten hätten wir nie mit den USA Schritt halten können. Aber auf dem Weg zu den Sternen vergaß man ein kleines, winziges Fenster zu schließen, das die USA verwundbar machte. Und wir nutzten die Gelegenheit.«

51

Katherine saß mit untergeschlagenen Beinen auf dem Sofa und starrte zur Decke. Abrams wanderte ungeduldig hin und her und blickte sie von Zeit zu Zeit an. Er fragte sich, warum Van Dorn so lange auf sich warten ließ.

Das Telefon auf dem Tisch summte. Hastig griff Abrams nach dem Hörer. »Abrams.«

»Hallo.«

»Spinelli? Haben Sie meine Nachricht bekommen?«

»Nein, ich hab' nur einfach irgendeine Nummer gewählt.«

»Wo stecken Sie?«

»Dort, wohin Sie mich geschickt haben, im Einsatzzentrum der Roten Truppe. Ich muß verrückt sein, an meinem freien Tag aus Jersey in die Stadt zu fahren, um Sie von *diesem* Apparat anzurufen. Also, warum bin ich hier?«

»Darauf komme ich gleich. Hören Sie, was sehen Sie, wenn Sie aus dem Fenster schauen?«

»Moment.«

Abrams hörte das Klappern einer Jalousie. Dann kehrte Spinelli an den Apparat zurück. »Also, das ist ja wirklich ein Ding! Ich wußte gar nicht, daß die sowjetische UNO-Mission direkt gegenüber dem 19. Revier liegt.«

Abrams überhörte den gereizten Ton. »Stehen Busse unten?«

»Nur der große graue.«

»Und die Mini-Busse?«

»Sind entweder in der Garage oder aus Glen Cove noch nicht eingetroffen.«

Abrams stellte sich das zwölfstöckige Gebäude an der 67. Straße Ost vor, in dem die UNO-Mission der UdSSR wie auch die Wohnungen sämtlicher Bediensteter untergebracht waren. »Kommt Ihnen irgend etwas nicht in Ordnung vor?« fragte er.

»Hören Sie, Abrams, das Russenbespitzeln ist Ihre Sache!«

»Na, tun Sie mal, als wären Sie so clever wie ich. Was sehen Sie?«

Spinelli starrte aus dem Fenster des im ersten Stock gelegenen Einsatzraums. »Na schön – Straße ziemlich ruhig. Einige Fußgänger. Das Polizeihäuschen ist besetzt. Drei Streifenwagen halb auf dem Bürgersteig. Routine. Friedliche Szene.«

Abrams sah das Bild vor seinem inneren Auge – das Gebäude der Russen mit dem hohen Zaun und den beiden großen Fernsehkameras. Abrams kannte jeden Quadratzentimeter zwischen der Dritten Avenue und der Lexington Avenue. »Wie sieht das Gebäude aus?« fragte er.

»Garagentor geschlossen«, antwortete Spinelli. »Haupteingang ebenfalls. Die Wohnetagen ziemlich gut erleuchtet, Jalousien sind unten, aber ich sehe hier und dort Schatten in Bewegung. Die Wohnung des Botschafters ganz oben auch erleuchtet. Was ist los, Junge? Soll ich die Bombenentschärfer holen?«

»Wo stecken die Jungs vom FBI heute?«

»Hier nicht. Vielleicht sind sie nebenan in der Feuerwache. Da gibt's wohl besseren Kaffee.«

»Hören Sie, mein Freund, können Sie mich mit der FBI-Wache verbinden? Oder der CIA?« Er wußte, daß beide Dienste in benachbarten Häusern Wohnungen unterhielten und die Sowjets durch die Wände belauschten. Außerdem wurde das ganze Gebiet ständig per Video überwacht, Tag und Nacht.

»Nein, ich möchte bei diesen Burschen nicht in der Schuld stehen.«

»Dann verbinden Sie mich mit dem Polizeihäuschen. Sie können gern mithören.«

»Ach ja?« murrte Spinelli. Abrams hörte es mehrmals in der Leitung klicken, dann meldete sich eine weibliche Stimme. »Hier Police Officer Linder!« Spinelli stellte sich vor und sagte: »Na schön, Abrams, legen Sie los.«

Abrams stellte sich kurz vor. »Machen Sie diesen Dienst regelmäßig, Officer?«

»Ja, Sir, seit etwa sechs Monaten.«

»Na schön, erste Frage. Haben Sie verfolgt, wie der graue Bus entladen wurde?«

»Jawohl, Sir. Meistens Gepäck, wie üblich. Einige Männer aus dem Bus halfen den Trägern dabei. Vor mehr als einer Stunde.«

Abrams überlegte kurz. »Wieviel Gepäck?«

»Etwa die übliche Menge.«

Abrams wollte seine Zeugin nicht beeinflussen; Officer Linder sollte melden, was sie gesehen hatte, nicht was Abrams gern hören wollte. »Ist Ihnen heute abend irgend etwas ungewöhnlich vorgekommen? Etwas, das nicht dem sonstigen Abschluß eines Wochenendes entsprach?«

»Nun ja ...« Officer Linder zögerte. »Nein ... nein, Sir. Könnten Sie Ihre Frage genauer stellen?«

»Warum schildern Sie mir nicht einfach sämtliche Ereignisse seit Ihrem Dienstantritt? 16 Uhr, habe ich recht?«

»Jawohl, Sir.« Nach kurzer Pause fuhr sie fort: »Also, heute nachmittag war es ziemlich still. Vor etwa einer Stunde traf der schwarze Ford Fairlane ein, mit dem Botschafter, seiner Frau, drei Kindern und einem Fahrer.«

»Wie sahen sie aus?«

»Die Frau und die Kinder ganz normal. Die Frau lächelte und nickte den Beamten zu, wie immer. Er aber wirkte irgendwie ... ich weiß nicht recht ... nicht wie sonst.«

»Okay, verstanden. Sonst noch Personenwagen?«

»Nein, Sir. Heute abend nicht. Aber das ist nichts Ungewöhnliches.«

»Schön. Und die Mini-Busse?«

»Ja, die sind gekommen. Fuhren in die Garage.«

»Wie viele? In welchen Abständen?«

»In zwei Gruppen, wie üblich«, antwortete Linder. »Die erste Gruppe kam vor etwa einer Dreiviertelstunde an. Sechs oder sieben Wagen. Das war die größere Gruppe, vermutlich also die Kinder.«

Abrams nickte vor sich hin. Wenn sich der Ablauf nicht grundlegend geändert hatte, waren die Busse aus dem Jugend-Wochenendlager an der Oyster-Bucht über Glen Cove gefahren, wo man vermutlich erwachsene Beobachter aufnahm oder eine kurze Zählung vornahm. Jedenfalls hielten die Busse in Glen Cove stets in dem umschlossenen Hof, der nicht eingesehen werden konnte.

Wenn sich der heutige Abend von anderen Wochenenden unterschied, dann mochten die Kinder in Glen Cove die Busse verlassen haben und in den Keller geführt worden sein. »Und die Busse mit den Erwachsenen?«

»Die kamen etwa eine Viertelstunde später. Vier Fahrzeuge. Ebenfalls direkt in die Garage.«

»Waren die Busse voll?«

»Die Wagen haben spiegelndes Glas; man kann nicht hineinsehen.«

»Ich weiß. Hören Sie, Officer Linder, Sie haben diese Busse seit längerer Zeit abfahren und ankommen sehen. Überlegen Sie mal gründlich. Waren sie *voll*?«

»Nein«, antwortete Linder beinahe sofort. »Nein, sie waren *nicht* voll.« Sie fügte hinzu: »Ich glaube, sie waren so gut wie leer.«

Abrams ließ sie weitersprechen.

»Bei der Ankunft kam mir etwas seltsam vor«, sagte sie mit wachsender Sicherheit. »Wo Sie jetzt danach fragen – als die Busse über den Bürgersteig fuhren, zur Garageneinfahrt ...«

»Ja?«

»Nun ja, die Busse hüpften, als wären sie ziemlich leicht. Sie verstehen, was ich meine?«

»Ja.«

»Und als sie in der Garage verschwanden, war zwischen Busdach und Türöffnung nur sehr wenig Platz.«

Abrams schwieg.

»Sonst noch ... etwas, Sir?«

»Nein, nein«, sagte Abrams leise. »Alles in Ordnung. Danke.«

»Bitte sehr.« Die Leitung wurde klickend unterbrochen.

»Na?« meldete sich Spinelli.

»Sie haben's selbst gehört.«

»Okay, okay, vielleicht versteckt sich der größte Teil der Bolschies draußen in Glen Cove. Und alle sollen denken, sie wären hier. Also: Wann fällt die Bombe, Abrams?«

»Bin ich denn paranoid?« fragte Abrams.

»Nein«, sagte Spinelli leise. »Die Sache stinkt. Ich gebe einen kurzen mündlichen Bericht. Sonst noch etwas außer dem nächsten Weltkrieg?«

»Nein, das wär's zunächst. Ruhiger Abend. Was gibt's bei Ihnen Neues, mein Feund?«

»Also, ich hätte noch ein paar Kleinigkeiten für Sie ... ich weiß aber nicht, wie wichtig die noch sind.«

Abrams entdeckte einen Anflug von Angst in Spinellis Stimme. »Nun reden Sie schon.«

Spinelli räusperte sich. »Also, dieser Nicholas West ist spurlos verschwunden. Zwei Dutzend Spezialisten bewachten ihn; trotzdem ist er weg. O'Brien wird noch immer vermißt. Die Autopsie des Piloten hat ergeben, daß ihm der Hinterkopf eingeschlagen wurde, vermutlich mit einem Gummiknüppel. Was sonst noch ...? Ach, Arnold Brins Fall. Der Gerichtsmediziner plädiert nun doch auf Mord. Und Sie leben immer noch.«

»Allerdings.« Abrams zögerte. »Es ist nicht so schlimm, wie es sich anhört, mein Freund. Vielen Dank.« Er legte auf und wandte sich langsam zu Katherine um.

»Sie sind alle nebenan«, sagte sie.

»Die meisten jedenfalls. Einige haben sich geopfert und sind nach Manhattan zurückgefahren.«

»Mein Gott.« Sie stand auf und legte ihm die Hände auf die Schultern. »Ich wünschte, Pat O'Brien wäre hier.«

»Ich glaube, O'Brien wäre der erste, der dir bestätigen würde, daß wir alles getan haben, was in unserer Macht stand.«

»Ja, ich glaube auch, daß die Zeit des Planens und Informationssammelns vorbei ist. Ob wir nun bereit sind oder nicht, das Unternehmen tritt in die Aktionsphase. Es dürfte Zeit sein, Marc Pembroke loszuschicken. Wir müssen unseren Nachbarn mal einen Besuch abstatten.«

52

An einem Feiertagsabend am Kennedy-Flughafen ein Taxi zu finden, das in diesen Teil von Long Island fahren wollte, war schon schwierig genug. Ein noch unglaublicherer Zufall aber war es, dieses Taxi dann mit einem Russen zu teilen, der ebenfalls die Dosoris Lane als Ziel nannte, wenn auch eine etwas unzugänglichere Anschrift.

Ann Kimberly schlug die Beine übereinander und musterte den jungen Russen auf der anderen Wagenseite. Mit seinem braunen Kräuselhaar, den langen Lidern, haselnußbraunen Augen und dem rundlichen Mund sah er recht gut aus.

Er war ihr schon auf dem Lufthansaflug von Frankfurt aufgefallen und nach der Ankunft dann bei der Sonder-Paßkontrolle, der beiden das Warten auf Gepäck und die Zollkontrolle ersparte.

Er war als erster am Taxistand gewesen, hatte aber keinen Fahrer gefunden, der sein Ziel annehmen wollte. Schließlich war er sogar an einen sowjetischen Juden geraten, der seinen Emigrantenzorn an ihm auslassen wollte. Ann war dazwischengetreten, und aus dem folgenden Gespräch hatte sich ergeben, daß sie dasselbe Ziel hatten. Endlich war es ihr gelungen, einen Wagen zu finden, und sie hatte den Zögernden mit seinem kleinen Aktenkoffer und seiner Reisetasche vor sich einsteigen lassen.

Nach einigen stockenden Bemerkungen, die sich vorwiegend um die Notwendigkeit drehten, ein Taxi teilen zu müssen, hatte er ein abwehrendes Schweigen eintreten lassen.

»Waren Sie schon einmal in Glen Cove?« fragte Ann schließlich in recht gutem Russisch.

Er blickte sie an, lächelte nervös und nickte.

»Bleiben Sie lange in Amerika?«

Er schien die Antwort sorgfältig abzuwägen. »Ich werde hier arbeiten«, antwortete er in gestelztem Englisch.

»Ich arbeite in München.«

»Ah.«

Sie wunderte sich, daß man ihn nicht abgeholt hatte. Aber vielleicht war es so unauffälliger, denn die Wagen der Russen wurden routinemäßig verfolgt. Natürlich hatte der Paßbeamte am Flughafen längst das FBI verständigt, bisher aber war Ann noch kein Verfolgerwagen aufgefallen.

Sie betrachtete den Aktenkoffer auf seinem Schoß. Zweifellos enthielt er hochwichtige Unterlagen. Sie faßte es als persönlichen Sieg auf, daß die Russen nicht mehr alles per Funk zu übermitteln wagten. Sie hatten gute Kodes, aber unüberwindlich waren sie nicht.

Die Zurückhaltung des jungen Russen ging sicher nur zum Teil auf das angeborene russische Mißtrauen und seine bürokratische Vorsicht zurück – sie hatte es hier auch mit einem jungen Mann zu tun, der sich beinahe gegen seinen Willen in der Gesellschaft einer älteren und erfahreneren Frau sieht.

»Ich war schon mal in Moskau«, sagte sie. »Zweimal in Leningrad. Woher kommen Sie?«

Der junge Mann schien über die Fragen gar nicht glücklich zu sein. Natürlich mußte ihm der Gedanke gekommen sein, daß man sie auf ihn angesetzt hatte. Aber das stimmte nicht.

»Aus Soratow«, antwortete der Russe.

Sie nickte. »An der Wolga.«

Sie bemerkte, daß seine Augen sich unmerklich weiteten, ehe er sich zum Fenster wandte. Sie konnte den Blick nicht von seinem Aktenkoffer wenden.

Der Verkehr verdichtete sich. Weiter vorn stiegen Feuerwerksraketen in den Himmel. Sie hob die Hand und klopfte dem Russen auf die Schulter. Der Mann fuhr herum und legte eine Hand automatisch auf den Aktenkoffer. Sie deutete durch die Windschutzscheibe nach vorn. Das russische Wort für Feuerwerk fiel ihr nicht ein. »Eine Feier. Ein Tag zur Ehre der Toten aller Kriege. Wie der 9. Mai bei Ihnen.«

Ihre Sprach- und Landeskenntnisse schienen ihn mehr zu bestürzen als zu erfreuen. Er lächelte gepreßt. »Ja. Heute Feiertag.«

»Ich heiße Ann Kimberly. Und Sie?«

»Nikolai Wassiljewitsch.« Damit hatte er ihr den Vor- und Mittelnamen genannt, nicht aber den Nachnamen.

»Mein Verlobter heißt auch Nikolai – auf Englisch ist das Nicholas.«

An weiteren Zufällen dieser Art schien er nicht interessiert zu sein. »Ja?«

Ann starrte ihn an, bis er den Blick abwandte. Sie fragte sich, warum er nach Glen Cove fuhr und nicht in die Mission an der 67. Straße. »Sie sind bei den Vereinten Nationen?« fragte sie.

Ihre Fragen überraschten ihn nicht mehr. »Ja.« Diesmal wandte er den Blick nicht ab, sondern betrachtete sie ausgiebig und lächelte zögernd. »Bleiben Sie lange?« fragte er.

»Vielleicht«, antwortete sie. Es gab kaum etwas, das Ann Kimberly über die sowjetische Delegation bei der UNO nicht wußte. Sie bestand etwa zur Hälfte aus Diplomaten und ihren Angehörigen, zu einem Viertel aus Angehörigen des diplomatischen Dienstes, die vom KGB angeworben worden waren, und zu einem Viertel aus hartgesottenen KGB-Agenten, dazu kamen eine Handvoll Angehörige des GRU, des sowjetischen Militärgeheimdienstes.

Ann lehnte in ihrer Ecke und suchte erneut den Blickkontakt mit dem jungen Mann. Ihm fehlte die Arroganz des KGB-Agenten, ebenso das *savoir faire* eines Diplomaten. Vielleicht gehörte er zur GRU und war Militärkurier, stark, diszipliniert, vorsichtig, intelligent; er hatte genausoviel im Kopf, wie er in seinem Koffer mit sich herumtrug, vielleicht sogar mehr. Das Papier im Koffer würde in Sekundenschnelle verbrennen, wenn man es nicht richtig behandelte, das Zeug in seinem Kopf ließ sich ebenso schnell mit der Zyanidpille zerstören, die er bei sich hatte. Sicher war er auch bewaffnet, aber wohl nicht mit einer normalen Pistole, sondern mit irgendeinem Apparat aus der 14. Abteilung. Wieder blickte sie auf seinen Aktenkoffer und dachte: Was immer er da bei sich hat, er ist bereit, es mit seinem Leben zu verteidigen.

Das Taxi hielt, und der Fahrer drehte den Kopf. »Ich glaube, das Feuerwerk hat eine Menschenmenge angelockt.«

»Ich gehe zu Fuß weiter«, sagte Ann und wandte sich an den Russen. »Sie sollten das auch tun. Es sind nur noch fünf Minuten zum Besitz der sowjetischen Delegation. Das ist doch Ihr Ziel, oder?«

Er nickte, rührte sich aber nicht von der Stelle.

Sie lächelte und legte ihm achselzuckend eine 20-Dollar-Note auf den Koffer.

Ann nahm ihr Gepäck und öffnete die Tür. Einem Impuls folgend drehte sie sich noch einmal um: »Sie sehen sehr gut aus, Nikolai Wassiljewitsch. Sie sollten zu uns überlaufen. Die Amerikanerinnen würden Ihretwegen scharenweise in Ohnmacht fallen.« Dann fügte sie hinzu: »Grüßen Sie Viktor Androw von mir.« Ann blinzelte dem jungen Mann zu, der den Mund aufgerissen hatte, und stieg aus.

Tief einatmend, näherte sie sich dem Tor zu Van Dorns Anwesen.

Eine Vielzahl von Gründen hatte sie zu ihrer plötzlichen Reise veranlaßt. Nick, Katherines Anrufe, eine fernschriftliche Anfrage O'Briens nach einer sehr geheimen Information. Aber auch eine gewisse Intuition war im Spiel. Im NSA-Stützpunkt München hatte sie die Aufgabe, Botschaften aus dem Äther aufzufangen und zu entschlüsseln. Im Laufe der Jahre hatte diese rein mechanische Tätigkeit eine beinahe telepathische Dimension hinzugewonnen. Sie wußte, daß auch jetzt etwas in der Luft lag, das entschlüsselt werden mußte – und es war keine Routinemeldung.

53

Die Verandatür zum Seitengarten öffnete sich, und George Van Dorn betrat das Arbeitszimmer. Sein Blick fiel auf Abrams; dabei schienen ihn der weiße Leinenanzug und die Sandalen mehr zu überraschen als der bandagierte Fuß, die Abschürfungen im Gesicht oder die Tatsache, daß er überhaupt noch lebte.

Er setzte sich hinter seinen Tisch. »Schön, wie wollen Sie anfangen?«

»Mit der Frage, ob nicht noch jemand anderer hier sein sollte.«

»Allerdings, aber er ist nicht verfügbar.«

»Ich weiß Bescheid über Pat O'Brien«, sagte Katherine.

Van Dorn warf ihr einen Blick zu, blieb aber stumm.

»Was ich festgestellt habe, ist sehr wichtig. Ich möchte sichergehen, daß mein Bericht amtliche Stellen erreicht.«

»Sie können sicher sein, daß er nur dorthin gelangt, wenn ich es so will.«

»Woher soll ich wissen, daß Sie nicht zur Gegenseite gehören?«

»Das wissen Sie eben nicht. Ich passe ins Talbot-Profil. Ihr Verdacht ist also durchaus gerechtfertigt.«

Abrams überlegte kurz. »Ich habe nicht behauptet, daß Sie Talbot sein könnten. Ich bin Talbot bereits begegnet.«

Van Dorn lächelte. »Ach?«

»Ja.«

»Tony, ich glaube, du kannst ganz offen sprechen.«

»Na schön, ich habe ja kaum eine andere Wahl.«

Van Dorn schien es nichts auszumachen, daß er eines Fürsprechers bedurfte. »Pembroke hat mir berichtet, was am Bahnhof los war«, sagte er zu Abrams. »Die Russen müssen ja ziemlich verzweifelt sein.«

Abrams zog sein zusammengefaltetes Taschentuch und öffnete es auf dem Schreibtisch.

Van Dorn hob einen der Metallspäne hoch. »Gute Arbeit. Fenster oder Tür?«

»Verandatür.«

Van Dorn nickte. »Was haben Sie sonst noch festgestellt?«

»Nun ja, ich hatte Auftrag, nach Steckdosen zu schauen, wie auch nach Radios, Fernsehgeräten und der Freiland-Antenne.«

Van Dorn stellte Fragen und machte sich Notizen, dann hob er den Blick. »Gut gemacht, Abrams. Aber das ist nicht der Grund, warum man Sie am Bahnhof ermorden wollte. Was haben Sie sonst noch getan oder gesehen, das die Russen in mörderische Stimmung versetzte?«

Abrams ging zur Wand, nahm ein Bild vom Haken und legte es auf Van Dorns Tisch. Er deutete auf Henry Kimberly und ließ dabei Van Dorn nicht aus den Augen.

Der Mann erbleichte sichtlich, und es dauerte eine Weile, ehe sein Gesicht wieder normal aussah. »Und mehr«, sagte Abrams. »Aber ich berichte erst weiter, wenn ich einige Antworten bekomme. Ich habe nämlich etwas festgestellt, das unmittelbar von Belang ist. Aber zuerst sollen Sie mir sagen, warum ich mein

Leben riskieren mußte.«

Van Dorn zögerte.

»Und bitte schnell«, fuhr Abrams nachdrücklich fort. »Ich glaube, wir haben nicht mehr viel Zeit.«

Van Dorn blickte ihn an. »Ich weiß«, sagte er. »Es sind nur noch Tage oder Wochen...«

»Nein. Stunden. Haben Sie einen Kontaktmann in der Regierung oder beim Militär, den Sie anrufen können!«

Van Dorn nickte langsam. »Sie müssen verstehen, Abrams, ich kann nicht einfach so Alarm schreien. So eine Sache kostet zig Millionen Dollar... ich will mich nicht zum Narren machen. Ich brauche etwas Konkreteres als die Tatsache, daß Sie Henry Kimberly gesehen haben. Ich benötige einen Beweis für den letzten Countdown.«

»Okay, ich will Ihnen sagen, was sich wie ein letzter Countdown anhört: Der Keller Ihres Nachbarn ist voller Russen, und die sind nicht gekommen, um eine neue Sicherung einzuschrauben.«

Van Dorn blickte zu Katherine. »Sind Sie sicher? Abrams, haben Sie sie gesehen?«

Abrams schüttelte den Kopf. »Nein, gesehen habe ich sie nicht. Ein kleines Mädchen hat mir von ihnen erzählt. Und von einem großen Mädchen kam die Bestätigung.« Er schilderte seine Ermittlungen.

Als Abrams fertig war, saß Van Dorn mit gesenktem Kopf hinter seinem Tisch. Er schien bestürzt zu sein. Gleich darauf griff er nach dem Telefon und wählte eine Nummer.

»Hier George Van Dorn. Erkennungssatz: ›Wir gingen durch Feuer und Wasser.‹ Geben Sie mir bitte Pegasus.« Van Dorn wartete und sagte dann: »Na, suchen Sie ihn, er soll mich zu Hause anrufen. Status Omega. Ja.« Er legte auf und blickte auf die Uhr. »Pegasus ist nie mehr als zehn Minuten von einem Telefon entfernt.«

Abrams fragte sich, wer und wo Pegasus war, wußte aber, daß es sinnlos gewesen wäre, Fragen zu stellen. Statt dessen sagte er: »O'Brien deutete mir gegenüber einmal an, die Gefahr liefe nicht auf einen Atomkrieg hinaus, auch nicht auf einen chemischen oder biologischen Angriff. Damit kämen die drei modernen Reiter der Apokalypse nicht in Frage.«

Van Dorn nickte. »Es gibt da einen vierten Reiter.« Er nahm sich eine Zigarre und biß die Spitze ab. »Haben Sie schon einmal den Begriff EMP gehört - elektromagnetischer Impuls?«

Abrams nickte zögernd. »Manche Journalisten nennen ihn den Weltuntergangsstoß.«

»Der EMP muß mit einer Atomexplosion im All zusammenhängen«, warf Katherine ein.

»Ja«, meinte Van Dorn. »Die eigentliche Gefahr ist aber nicht nuklearer Art. Die Leute drüben im Keller verstecken sich nicht vor dem Atomschlag, sondern vor uns. Die Explosion, wenn sie denn eintritt, *falls* sie eintritt, wird irgendwo über Omaha stattfinden, in einer Höhe von etwa 650 Kilometern. Keine Pilzwolke, keine Schockwellen, keine Hitze oder Strahlung, nichts von der Zerstörungskraft einer thermonuklearen Explosion. Es wird am Himmel lediglich einen gewaltigen Blitz geben – und in ganz Nordamerika werden die Lichter ausgehen. Und ich glaube nicht, daß wir sie zu unseren Lebzeiten wieder angehen sehen.«

Ein längeres Schweigen trat ein. »Geht es um eine Art elektrisches Phänomen? Wie ein Gewitter?«

Van Dorn nickte. »Ja. Eine ungemein komplizierte Sache, eine Art technologische Alchimie, auf die man Anfang der sechziger Jahre bei den letzten atmosphärischen Atomversuchen stieß. Leider kamen die Russen etwa um die gleiche Zeit darauf. Soweit ich weiß, passiert folgendes: Wird hoch über der Atmosphäre eine Atomexplosion ausgelöst, stoßen die erdwärts gerichteten Gammastrahlen der Explosion auf Luftmoleküle und lassen etwas entstehen, das Compton-Elektronen genannt wird. Diese Elektronen stehen in einer Drehbewegung um die Magnetfeldlinien der Erde und strahlen einen elektromagnetischen Impuls ab. Jedes elektrische und elektronische Gerät im Land, einschließlich der Digitaluhr, die Sie da am Arm haben, Abrams, wird zum Ableiter für diesen Impuls. Es wird praktisch nichts mehr funktionieren – dazu gehören Atomkraftwerke, Düsenflugzeuge, Autos und Lkws, Dieselmotoren und Ölheizungen.«

»Vermutlich gibt es einen Schutz dagegen?« fragte Abrams leise.

»Unsere Freunde von nebenan haben ihren EMP-Schutz offenbar mit Hilfe von Blitzen getestet«, sagte Van Dorn. »Sie glauben sich ziemlich gut geschützt. Aber niemand kann das genau wissen, solange es so einen EMP-Sturm noch nicht gegeben hat.«

»Und das Militär?« fragte Katherine.

»Dort hat man die Gefahr zu spät erkannt«, antwortete Van Dorn, »die Gegenmaßnahmen sind noch nicht umfassend genug. Zum Beispiel ist nur eine der fliegenden Kommandozentralen des Präsidenten EMP-sicher.«

Van Dorns Finger drehten und wendeten die Metallspäne auf seinem Tisch. »Dies leitet den EMP ab und verhindert, daß er die Fenster und Türen durchdringt.«

»Und Vakuumröhren!« sagte Abrams.

»Das ist eine andere Ironie«, stellte Van Dorn fest. »Die altmodischen Vakuumröhren sind etwa zehnmillionenmal so widerstandsfähig gegenüber dem EMP wie die empfindlichen Festkörperschaltungen, die wir heute benutzen. Die Sowjets haben vom EMP nicht früher erfahren als wir, aber sie haben sich eher mit seiner Abwehr beschäftigt. Erinnern Sie sich an die sowjetische MiG-25, die 1976 von einem russischen Überläufer nach Japan geflogen wurde? Man hielt die Maschine damals für den fortschrittlichsten Kampfjäger überhaupt. Amerikanische Techniker nahmen die Maschine auseinander und fanden, daß der größte Teil der Anlagen dem technischen Standard entsprach. Die der Außenhülle am nächsten liegenden elektronischen Geräte aber waren mit Vakuumröhren ausgerüstet. Die US-Techniker staunten zunächst über diese Primitivität, aber als sie dann tiefer in die Maschine vordrangen, erkannten sie, daß auch die Russen die Festkörpertechnik beherrschten. Warum also die Vakuumröhren? Heute kennen wir die Antwort. Es war der erste konkrete Hinweis, daß die Gegenseite den EMP ernst nahm. Die Israelis haben ähnliche Entdeckungen gemacht, so daß wir davon ausgehen müssen, daß das sowjetische Waffenarsenal weitgehend gegen den EMP immun ist.«

»Anscheinend ist das Haus nebenan ähnlich abgesichert«, sagte Abrams. »Vermutlich soll es später als Kommando- und Leitzentrale dienen.«

Van Dorn nickte.

»Und dieses Haus ...?« fragte Katherine.

Van Dorn schüttelte den Kopf. »Nein, und ich habe auch keinen Atombunker. Ich richte mich nicht auf Katastrophen ein, ich verhindere sie.«

Abrams überlegte. »Ihre unmittelbare Nähe dürfte die Russen einigermaßen nervös machen. Wäre es denkbar, daß sie etwas Besonderes im Schilde führen, was Sie betrifft?«

»Davon bin ich überzeugt«, sagte Van Dorn. »Aber ich habe auch etwas Besonderes für die Russen parat – und heute nicht die gewohnte Licht- und Lärm-Party. Vielmehr ein wenig nachbarschaftliches Über-den-Zaun-Kommen.« Sein Lächeln war ebenso boshaft wie unheimlich. »Neben den kleinkarierten Streitereien unter Nachbarn«, fuhr Van Dorn fort, »verblassen die entscheidenden Fragen der Weltpolitik. Wenn mein Leben auf diesem Planeten beendet sein soll, so will ich wenigstens jede Menge von diesen miesen Kerlen mit in den Abgrund reißen.«

54

Es war so still in dem Arbeitszimmer, daß man das Ticken der Uhr auf dem Kaminsims hören konnte. Von draußen drang das leise »Oh!« und »Ah!« der Partygäste herein, die die Darbietungen der Feuerwerker bewunderten.

»Ich würde meinen«, unterbrach Abrams das Schweigen, »daß die Ereignisse der letzten Tage oder Wochen, die von Ihnen und Ihren Freunden ausgelöst wurden, die Russen zur Eile getrieben haben. Vielleicht hätten sie sonst noch nicht losgeschlagen.«

Van Dorn betrachtete seine brennende Zigarre. »Darin läge die feinste Ironie. Wir haben sie in Panik versetzt und dadurch zum Handeln gezwungen. Vielleicht ehe sie wirklich dazu bereit waren.«

»Wir scheinen aber auch nicht gerade bestens gerüstet zu sein«, stellte Abrams fest.

»Na ... immerhin sind wir gewarnt.«

»Wäre es nicht denkbar, George, daß drüben nur eine Übung stattfindet?« fragte Katherine. »Ein Test, um festzustellen, ob man sich in Glen Cove verstecken kann, ohne bemerkt zu werden?«

Van Dorn schüttelte den Kopf. »Im Gegenteil. Normalerweise brauchte man niemanden zu verstecken. Sie müßten den EMP-Angriff lediglich mit dem gewohnten Wochenende in Glen Cove verbinden. Ein Angriff an einem Feiertag bringt ohnhehin eine langsamere Reaktion. Zum Beispiel hat sich Pegasus noch nicht wieder gemeldet, und es sind inzwischen –«, er blickte auf die Uhr, »zwölf Minuten vergangen.«

»Ich begreife nur nicht, warum die Russen sich soviel Mühe gegeben haben, ihr Haus gegen den EMP abzusichern«, bemerkte Abrams. »Warum legen sie wenige Minuten vor dem EMP-Schlag nicht einfach den Hauptschalter um und ziehen alle Stecker?«

»Niemand weiß genau, ob ein vorheriges Abschalten die elektrischen Geräte *völlig* schützt«, antwortete Van Dorn. »Aber selbst wenn das so wäre, würden die Russen niemals den Hauptschalter betätigen, weil der FBI ständig den Stromverbrauch überwacht und sich innerhalb von Sekunden beim Präsidenten melden würde, wenn es einen Abfall gäbe.«

Abrams' Blick wanderte im Zimmer herum, als versuche er sämtliche elektrischen Einrichtungen zu erfassen.

Van Dorn schien seine Gedanken zu erraten. »Ja, das Leben wäre völlig anders. Im Dunkel würden wir erfrieren. Selbst mein Taschenrechner würde seinen Geist aufgeben.«

»Wir scheinen kein Gegenmittel zu haben«, sagte Abrams. »Aber können wir nicht wenigstens einen Gegenschlag landen?«

Van Dorn setzte zu einer Antwort an, wurde aber durch das Telefon unterbrochen. »Van Dorn. Ja.« Er wiederholte den Erkennungssatz, lauschte kurz und fuhr fort: »Na, wo steckt er denn, zum Teufel? Nein, ich gebe Ihnen die Information nicht. Ist

Einhorn zur Stelle? Zentaur? Ich wiederhole, wir sind im Status Omega!« Beim Zuhören nickte Van Dorn mehrmals. »Schön. Gut. Ich bleibe hier. Einer der Leute soll mich anrufen.« Er legte auf und blickte Abrams und Katherine an. »Pegasus ist unerklärlicherweise nicht zu erreichen. Einhorn oder Zentaur werden bald zurückrufen. Unterdessen hat man meine Analyse der Lage als Omega-Alarm akzeptiert, die Dinge sind in Bewegung. Mehr kann ich im Moment kaum tun. Also, eben ging es um den Gegenschlag, und das ist eine sehr komplizierte Frage. Wären wir dazu in der Lage? Würden wir es tun? Sollten wir?«

»Was soll das heißen – *sollten* wir?« fragte Katherine.

»Es ist eine moralische Frage«, gab Van Dorn zurück. »Der Präsident muß davon überzeugt werden, daß die Russen den EMP-Sturm ausgelöst haben. Und er wird sich darüber klar werden müssen, ob ein eingeschränkter Atom-Gegenschlag einem anderen Zweck dienen kann, als einen massiven sowjetischen Gegen-Gegenschlag auszulösen.«

»Wie wird überhaupt die Atombombe, die den EMP-Schlag auslöst, an Ort und Stelle gebracht?« erkundigte sich Abrams. »Ich darf vermuten, daß der Kurs einer in der Sowjetunion abgeschossenen Rakete sofort aufgespürt wird.«

Van Dorn drückte seine Zigarre aus. »Das ist die Frage. Wir wissen es nicht. Allerdings ist uns bekannt, daß ein sowjetisches U-Boot, das vor der kalifornischen Küste steht, ein Geschoß abfeuern könnte, das hoch über den USA explodiert, und zwar in der Höhe, die für einen EMP-Sturm erforderlich ist. Die Flugzeit betrüge drei bis vier Minuten. Ehe der Abschuß überhaupt bestätigt ist, wäre es für eine Reaktion zu spät. Das Kommando-, Kontroll- und Kommunikationsnetz – der Leim, der unser gesamtes atomares Potential zusammenhält – wäre zusammengebrochen. Und dann ist alles aus. Wie ein General der Luftwaffe es einmal ausdrückte – die Seite mit den beiden letzten funktionierenden Funkgeräten wird aus dem nächsten Krieg als Sieger hervorgehen.«

Abrams ging zu dem großen Verandafenster und blickte auf den dicht bevölkerten Rasen hinaus. Aus der Tiefe des leeren

Schwimmbeckens stieg eine Rakete empor und zog einen grellen Feuerschweif hinter sich her, ehe sie strahlend vor dem dunklen Himmel zerplatzte. Er wandte sich um. »Wenn man es genau besieht, macht uns die fortschrittliche Technologie verwundbar – all die Mikrochips, Computer und Transistoren. Würden wir unsererseits über der Sowjetunion einen elektromagnetischen Sturm entfesseln, wären die Auswirkungen drüben bei weitem nicht so katastrophal.«

Van Dorn griff nach seinem Taschenrechner und betrachtete ihn nachdenklich. »Jede Zivilisation hat ihre Achillesferse«, sagte er. »Wenn wir in China eine Reiskrankheit ausstreuten, die die Ernte vernichtete, würde es eine schlimme Hungersnot geben. Täten die Chinesen bei uns dasselbe, würde man es kaum bemerken. Verstehen Sie? Begreifen Sie, warum wir unmittelbar vor der Vernichtung stehen?«

Abrams nickte.

Van Dorns Blick streifte Katherine. »Wenn es um Leben und Tod geht, sucht man nicht nur nach der Achillesferse, man braucht auch die richtige Waffe für den Todesstreich.« Van Dorn trat hinter seinen Tisch. »Manchmal ist EMP die richtige Waffe. Manchmal eine Reisseuche.« Er öffnete die oberste Schublade. »Aber wenn man einen Werwolf sucht ...« Er legte etwas auf die Schreibtischplatte und nahm die Hand fort. »Dann braucht man eine silberne Kugel.«

Katherine und Abrams starrten auf das funkelnde Geschoß Kaliber .45, das wie eine winzige Rakete aufrecht stand. »Nein, die gehört nicht O'Brien«, sagte Van Dorn. »Ich habe meine eigene Kugel. Und es gibt noch eine. Denn es gab drei Talbots.«

Katherines Blick wanderte von der Patrone zu Van Dorns Gesicht. »Drei ...?«

»Ja. Und Ihr Vater hat das dritte Geschoß.«

Katherine antwortete nicht.

»Aber ich glaube, dies ist die Kugel, die seinen Namen trägt, Kate«, fuhr Van Dorn fort. »Hätten Sie etwas dagegen, wenn ich sie benutzte?«

Katherine zögerte kaum, dann schüttelte sie den Kopf.

Van Dorn nickte, nahm die Patrone an sich und steckte sie in die Hosentasche. »Was immer heute abend eintritt – sei es die nationale Katastrophe oder das wundersame Überleben –, Henry Kimberly wird sterben.«

Abrams betrachtete Van Dorns Profil und bemerkte zum ersten Mal die harten Linien, die von vorn nicht so deutlich sichtbar wurden. Der Mann mochte wie ein alter Bassethund aussehen, überlegte er, hatte aber im Kern doch mehr von einem Raubtier an sich.

Das Telefon unterbrach die nun eintretende Stille. Erneut ging Van Dorn die Erkennungsroutine durch, lauschte, nickte, machte sich Notizen. »Sie müssen sich klarmachen, daß einer der Männer, die sich an diesem Wochenende beim Präsidenten aufhalten, aller Wahrscheinlichkeit nach ein sowjetischer Agent ist. Und zwar James Allerton. Ja, *der* James Allerton, verdammt! In Ordnung. Trotzdem muß ich einen der drei dringend sprechen.« Er lauschte und wiederholte: »In Ordnung. Ich habe Beweise vorliegen, die auf einen EMP-Angriff hindeuten, und zwar heute nacht noch! Setzen Sie die Maschinerie in Gang, Colonel. Ja. Gut.« Er legte auf und wischte sich mit einem Taschentuch die Stirn. »Also, jetzt wissen Sie über Allerton Bescheid, wenn Sie es nicht schon geahnt haben.«

Katherine schüttelte hilflos den Kopf.

»Wer ist der dritte?« fragte Abrams.

Van Dorn zuckte die Schultern und schüttelte den Kopf. »Ich weiß nicht einmal, ob er noch lebt. Aber sobald die Russen im Weißen Haus sitzen, werden wir es wohl erfahren.«

»George«, sagte Katherine stockend, »was wird hinterher passieren? Nach dem EMP-Angriff? Ich meine ... wenn es nicht zum Atomangriff kommt ... was dann? Kapitulation? Besetzung? Was?«

Anstelle einer Antwort ging Van Dorn zu seinem Wandsafe und nahm einen großen Umschlag heraus. Er reichte Abrams einen Stapel Papier. »Können Sie das lesen?«

Abrams studierte die kyrillische Schreibmaschinenschrift. »›Bericht zur Staatsübernahme und Verwaltung der Kleidungsindustrie New York‹«, las er.

»Als Lektüre nicht sehr interessant«, bemerkte Van Dorn. »Interessant ist vielmehr, daß es einen solchen Bericht überhaupt gibt.«

Katherine blätterte die dicke Akte durch. »Woher haben Sie das?«

Van Dorn ließ sich zu einem Lächeln herab. »Von einem Jugendstraftäter hier aus dem Ort.« Er schilderte Stanley Kuchiks Erlebnisse und fügte hinzu: »Der Junge sagte, es gebe dort Dutzende von Aktenschränken voller Papiere. Wenn er Russisch gekonnt hätte, hätten wir jetzt vielleicht Interessanteres zu lesen, etwa die Pläne für das Gerichtswesen ... aber darauf kommt es ja nicht an.«

Van Dorn zog Fotos aus dem Umschlag und legte sie den anderen vor. »Der Junge hat außerdem Aufnahmen gemacht. Dies sind die Schalttafeln im Keller. Im Grunde keine große Überraschung. Doch fand es die CIA faszinierend, daß wir beim Iwan im Keller aus und ein gehen.« Van Dorn lachte leise. »Natürlich hab' ich nicht verraten, daß hier der reine Zufall im Spiel war.« Er schob Abrams ein weiteres Foto hin. »Erkennen Sie den Dicken dort?«

»Androw«, sagte Abrams sofort. »Ein sogenannter Kulturattaché.«

»Ja, und der Mann neben ihm wurde als Valentin Metkow von der 5. Abteilung des KGB identifiziert. Die Mord-GmbH. Dabei ist Metkow selbst kein Killer, sondern ein hoher Offizier, der Massenliquidationen leitet. Er hat schon in Polen, Afghanistan und der Sowjetrepublik Litauen gearbeitet – überall, wo der KGB mit den Feinden des Sowjetstaates freie Hand hat. Ich hätte nie damit gerechnet, ihn in Amerika zu sehen. Er ist ein Todesbote.«

»Wer ist ein Todesbote?« Alle wandten sich der Tür zu, die Ann Kimberly eben hinter sich schloß. »Wer ist ein Todesbote, George? Doch hoffentlich nicht ich?«

55

Ann Kimberly saß auf dem Rand des Couchtischs und hielt einen Bourbon in der Hand. »Rede ich wie eine mißtrauische Verlobte? Ich komme mir ein bißchen töricht vor, seinetwegen den ganzen Weg von Europa hergeflogen zu sein ...«

Van Dorn fehlte das Einfühlungsvermögen für solche Überlegungen. Nicholas West gehörte zu den am besten geschützten Männern im Land. »Wegen der Ereignisse hat die Firma ihn wahrscheinlich zu seinem eigenen Schutz von der Bildfläche genommen. Sie werden bald davon erfahren.«

Am liebsten hätte Ann ihn darauf hingewiesen, daß sie kein hysterisches junges Mädchen war, daß sie zur Branche gehörte und die Liste der Kontaktpersonen für Nicholas West anführte. Statt dessen fragte sie: »Was ist eigentlich hier los?«

Van Dorn wechselte einen kurzen Blick mit Katherine, die sich sofort ihrer Schwester zuwandte. »Dazu muß ich dir als erstes eröffnen, daß unser Vater noch lebt.«

Ann schien nicht zu reagieren, doch sah Abrams, der neben ihr stand, wie das Glas durch ihre Finger zu gleiten begann, ehe sie wieder fester zufaßte.

»Er ist nebenan bei den Russen«, fuhr Katherine fort. »Ein Überläufer. Verräter.«

»Talbot«, sagte Ann.

»Er ist Talbot«, bestätigte Katherine.

Ann nickte nachdenklich, als sei sie im Begriff, die Information für den künftigen Gebrauch zu verstauen. »Wißt ihr, es gibt noch zwei andere Talbots«, sagte sie und blickte Van Dorn an. »Haben Sie vor einigen Stunden ein Fernschreiben aus England erhalten?«

Van Dorn nickte. »Von unserem Kontaktmann bei MI-5.« Er öffnete ein Seitenfach des Schreibtischs, nahm die entschlüsselte Nachricht heraus und las vor: »›Auf Ihre Anfrage: Anruf aus New York, über hiesige Vermittlung Tongate nach Brompton Hall, 19.00 Uhr Ihre Zeit, Dauer acht Minuten. Telefonat Brompton Hall nach New York 19.43 Ihre Zeit. Beide Gespräche New

Yorker Teilnehmer im UNO-Plaza-Hotel. Weitere Ermittlungen?‹« Van Dorn hob den Kopf. »Etwa eine Viertelstunde nachdem der Anruf von Brompton Hall aus geführt wurde, meldeten Nachbarn das Feuer. Ich glaube, ich weiß, was geschehen ist, aber vielleicht könnten Sie die Sache rekonstruieren, Abrams. Ich hätte gern die Ansicht eines Polizisten dazu.«

»Die Person im UNO-Plaza-Hotel war James Allerton«, sagte Abrams. »Es wäre ihm lieber gewesen, die Anrufe unaufspürbar zu machen, aber die Zeit drängte, und er war nervös. Also verließ er sich darauf, daß niemand der Sache nachgehen würde. Die Zeit seines Anrufs in Brompton Hall entspricht etwa der New Yorker Zeit, da er von dem Tagebuch und dem Wingate-Brief erstmals erfahren haben kann. Wahrscheinlich von Thorpe, der sein Wissen von Katherine hatte.«

»Wir sind nicht sicher, daß Allerton und Thorpe in diesem Zusammenhang miteinander in Berührung kamen«, warf Van Dorn ein. »Aber als Folge von Thorpes Gespräch mit Katherine gelangte die Information irgendwie an Allerton, und die zeitliche Abfolge stimmt. Weiter.«

»Allerton sprach acht Minuten lang mit Lady Wingate oder ihrem Neffen. Wahrscheinlich wollte er feststellen, ob sein Name in negativer Hinsicht im Tagebuch auftauchte. Dies setzt voraus, daß Allerton das Tagebuch für echt hielt, obwohl man mir eröffnet hat, daß es eine Fälschung ist. Allerton wußte also nicht, daß er und Kimberly auf derselben Seite standen – was bei solchen Arrangements durchaus üblich ist. Jedenfalls dürfte er Eleanor Wingate überzeugt haben, daß er zu Carbury, O'Brien und Katherine gehörte und man sich Sorgen mache um ihre Sicherheit. Dabei ging es Allerton natürlich um die Fotokopie des Tagebuchs. Er schickte einen Mann nach Brompton Hall – ebenso wie O'Brien. Zeitlich fiel das alles ziemlich zusammen, und niemand weiß, wer zuerst eintraf. Eleanor Wingate ließ beide herein.«

Van Dorn nickte und setzte die Darlegung fort: »Allertons Mann ermordete Eleanor Wingate, ihren Neffen und O'Briens Abgesandten. Vielleicht hat er sie vorher noch ... verhört und die Ablichtung des Tagebuchs sichergestellt. Dann rief er Allerton an und machte Meldung. Eine Viertelstunde nach diesem Telefonat ging das Haus in Flammen auf.« Er schaute Abrams an. »Beruhigend, daß Sie dieselben Schlüsse gezogen haben.«

»Und James Allerton ist in diesem Augenblick beim Präsidenten in Camp David?« fragte Abrams.

Van Dorn lachte freudlos. »Leider ja. Als ob wir nicht schon genug Sorgen hätten.«

»Was *haben* wir denn für Sorgen, George?« fragte Ann.

»Viele und große Sorgen. Zum Beispiel der dritte Talbot. Aber ich habe keinerlei Beweis, daß er überhaupt noch lebt.«

»Ich glaube, er lebt«, antwortete Ann. »Aber dazu möchte ich im Moment lieber nichts sagen. Ehe Sie mir Ihre weiteren Sorgen schildern, möchte ich erwähnen, daß es zwischen Moskau und Washington, Manhattan oder Glen Cove bisher keinen ungewöhnlichen Funkverkehr gegeben hat. Ausschließlich banaler Verwaltungskram. Übrigens hatte ich heute abend Glück und durfte mit dem attraktivsten Russen das Taxi teilen, den ich je gesehen habe.« In knappen Worten erklärte sie die Situation und fügte hinzu: »Wenn ich einen offensichtlich wichtigen Kurier sehe, der sich in einem Taxi herumtreibt und eine *nicht* angekettete Tasche trägt, um möglichst unscheinbar auszusehen – dann ist mein Mißtrauen geweckt.«

Im gleichen Moment meldete sich erneut das Telefon. Nach einem kurzen Frage-und-Antwort-Spiel legte Van Dorn wieder auf. »Also«, berichtete er, »über eine offene Leitung wollte man mir nicht allzuviel sagen, aber ich weiß jetzt immerhin, daß die Alarmstufe erhöht und der Präsident informiert worden ist.« Sein Blick fiel auf die spanische Wand vor der Nische. »Einzelheiten kommen später in einem verschlüsselten Fernschreiben.«

Abrams beobachtete Ann Kimberly, während sie von Van Dorn mit der Lage bekannt gemacht wurde. Sie stellte Fragen und machte knappe Anmerkungen. Offensichtlich war sie verständig, intelligent und erfahren. Außerdem sah sie gut aus. Im Teint ähnelte sie ihrer Schwester, nur ihre Figur war etwas rundlicher. Sie war fünf Jahre älter als Katherine.

Die Aussicht auf einen baldigen Angriff durch die Sowjetunion schien sie nicht sonderlich aufzuregen, auch wenn sie Van Dorn offensichtlich glaubte. Allmählich brachte sie immer mehr von ihren Kenntnissen in das Gespräch ein, das auch nicht dadurch unterbrochen wurde, daß sie sich immer wieder hungrig von der Platte mit Partyhäppchen neben sich bediente.

»Dann kann der Präsident einen Atomschlag also gar nicht anordnen?« fragte Van Dorn.

»Genau, George. Der Präsident wäre gar nicht in der Lage, den sogenannten Notbefehl auszugeben, nicht nachdem wir elektrisch kastriert worden sind. Dazu aber eine Information, die als höchstes Staatsgeheimnis gilt. Das Militär hat das EMP-Problem vorausgesehen und den Präsidenten dazu gebracht, schon den absoluten Ausfall an Kommunikation als Auslöser anzusehen, sollte es wirklich zum Blackout kommen. Das nennt sich ARM – Automatischer Rückschlag-Modus. Um es poetischer auszudrücken, die stummen Funkgeräte wären ironischerweise der letzte Ruf zu den Waffen.«

»Die Russen wissen das vermutlich«, sagte Van Dorn.

»Ja, man hat es ihnen gesagt«, erwiderte Ann. »Wie sollte es sie sonst vom Losschlagen abhalten? Aber entweder glauben sie nicht daran oder wollen es einfach mal ausprobieren. Unsere atomare Antwort auf einen EMP-Blackout würde zwar schwächer ausfallen als normal, aber *so* schwach nun auch wieder nicht. Wir haben schließlich noch die U-Boote und die Raketen in Europa.«

Van Dorn atmete tief durch. »Ich vermute, der Präsident spricht bereits mit dem sowjetischen Präsidiumsvorsitzenden. Wenn er klar zum Ausdruck bringt, daß wir den Plan durchschaut haben, wird die Sache vielleicht abgeblasen. Beim ersten Anzeichen eines sowjetischen Raketenstarts können unsere Streitkräfte den totalen Schlag auslösen – das ist die Drohung.«

Ann schüttelte den Kopf. »Einen Abschuß wird man nicht orten können – weder aus der Sowjetunion noch von einem U-Boot, noch von einem sonstigen Ort.«

»Was soll das heißen?« fragte Van Dorn. »Wie wird denn der Atomsprengkopf über den USA zur Explosion gebracht?«

»Mit einem Satelliten natürlich. Ganz einfach. Im schwarzen Weltall sind bereits viele tausend Satelliten jeder Art und Beschaffenheit unterwegs und scheren sich einen Dreck um Grenzen. Ein sowjetischer Satellitentyp trägt den Namen Molnija, was passenderweise Blitz bedeutet. Täglich fliegen Dutzende solcher unauffälliger Molnija-Kommunikationssatelliten kreuz und quer über die USA. Einer dieser Molnijas ist für meine Kollegen bei der NSA von besonderem Interesse. Molnija 36. Vor etwa einem Jahr in Plesetsk gestartet, besitzt er eine extrem elliptische Bahn mit einem Aphel von etwa 40000 Kilometern – was ganz weit draußen ist – und einem Perihel von nur 650 Kilometern. Der vorgeschobene Grund dafür ist der Wunsch, die Kommunikationsperioden zu verlängern, was zum Teil auch stimmt. Bei einer solchen Bahn ist der Satellit aber auch stets hübsch lange außer Reichweite unserer Ortungs- und Killersatelliten. Der weiteste Punkt der Bahn liegt etwa über dem Baikal-See in Zentral-Sibirien. Der Punkt der größten Annäherung über den USA – genau gesagt über Nebraska.«

Stumm sahen die anderen zu, wie Ann die beinahe leere Partyplatte zur Hand nahm. »Meine NSA-Kollegen haben auf elektronischem Weg ermittelt, daß Molnija 36 nicht das normale Quantum Kommunikationsgeräte trägt. Schlußfolgerung: Die Ladung besteht aus etwas anderem. Beispielsweise aus einigen Kilo angereichertem Plutonium.« Sie steckte ein Stück geräucherten Lachs in den Mund. »Molnija ist aller Wahrscheinlichkeit nach eine SOB – eine Satelliten-Orbital-Bombe. Nach einem UNO-Gesetz von 1966 sind SOBs verboten, aber vermutlich hat Iwan den Gesetzestext verlegt.«

»Wie lange braucht dieser Molnija für eine Umkreisung?« fragte Abrams. Er sprach den Namen mit richtiger russischer Betonung aus, und Ann warf ihm einen Seitenblick zu. »Das ist immerhin etwas Positives. Die Umlaufzeit ist lang – 12 Stunden und 17 Minuten. Das Negative daran ist, daß ich mich nicht erinnern kann, wann der Bursche wieder über Nebraska fällig ist.«

»Aber das müßten wir doch herausfinden können«, meinte

Van Dorn.

»Natürlich. Kein Problem. Ich glaube, ich komme nach Fort Meade durch.« Sie griff nach dem Telefon, klemmte sich den Hörer zwischen Schulter und Wange und drückte die Knöpfe.

Abrams sah zu. Er hatte noch nie eine einundzwanzigstellige Telefonnummer gesehen. Ann begann mit einer ausgedehnten Identifikationsroutine und bekam schließlich jemanden in die Leitung, den sie offensichtlich kannte. »Hallo, Bob, hier Ann Kimberly. Ich bin in New York und brauche eine Information. Nein, die Leitung ist nicht sicher, aber was ich brauche, ist von geringer Geheimhaltungsstufe. Okay?« Sie nickte den anderen im Zimmer zu und sagte: »Gib mal die Molnija-Serie ein.« Sie wartete und fuhr fort. »Schön, ich brauche Molnija 36. Hast du ihn? Und jetzt brauche ich die dazugehörige Perihel-Zeit und -Ort.« Sie lauschte. »Okay ... vielen Dank, Bob.« Sie legte auf und warf einen Blick auf die Uhr, was Abrams als schlechtes Vorzeichen nahm. Er fragte sich, ob sie sich für die Minutenzeiger interessierte oder sogar schon die Sekunden zählte.

»Molnija 36«, sagte sie schließlich, »bewegt sich in südwestlicher Richtung und befindet sich vom Aphel im Anflug zur Erde. Die Perihel-Zeit über Blair, Nebraska, einer kleinen Stadt nördlich von Omaha, ist 00.06 Uhr, Eastern Standard Time, somit also in sechsundneunzig Minuten.«

»Vielleicht warten sie die nächste Umkreisung ab ...«, sagte Katherine.

»Damit können wir nicht rechnen«, gab Van Dorn zurück. »Wenn morgen die UNO-Botschaft nicht öffnet und die Delegation sich nicht blicken läßt, wäre das sehr verdächtig. Nein, es passiert heute nacht. Bei *dieser* Umkreisung.«

Er griff nach dem Telefon und wählte. »Suchen Sie Marc Pembroke. Er soll sofort zu mir ins Arbeitszimmer kommen.«

Dann blickte Van Dorn seine Gäste an. »Egal, ob wir den Countdown anhalten können oder nicht – es gibt wahrlich keinen Grund, warum wir unserer persönlichen Rache nicht nachgehen sollen.« Er legte den Kopf schief. »Für die Leute da drüben soll heute auch Schluß sein.«

Das Telefon klingelte, und er griff ruckhaft nach dem Hörer. »Ja, der ist hier«, sagte er und winkte Abrams zu sich. »Für Sie. Captain Spinelli.«

Abrams zog ein überraschtes Gesicht und wandte sich von den anderen ab, während er den Hörer an das Ohr hob. »Was ist, Meister?«

»Ich bin dem Hinweis nachgegangen, den Sie meinem Posten vor dem Stadthaus in der 36. Straße gegeben haben.«

»Ach ja, es geht um das Lombardy«, erwiderte Abrams. »Das war nur so eine Vermutung. Ich dachte eigentlich nicht, daß Thorpe Spuren hinterlassen würde. Die Wohnung ist eine CIA-Station und dient allen möglichen Leuten als Unterkunft ...«

»Die CIA hat damit nichts zu tun, und außer Thorpe treibt dort niemand sein Unwesen. Thorpe verbreitete das CIA-Märchen, um sich zu schützen.«

»Und was haben Sie gefunden – Funkgeräte, Kodelisten, russischen Tee und ein signiertes Exemplar von *Das Kapital*?«

»Nun ja, immerhin Funkgeräte. Hören Sie, da ich keinen Durchsuchungsbefehl kriegen konnte, habe ich Henley angerufen, meinen hiesigen CIA-Kontaktmann, und er ließ sich breitschlagen. Wir sind dann im Lombardy gewaltsam eingedrungen. Ein riesiger Dachraum – eine Kreuzung zwischen der Kommandozentrale im Raumschiff Enterprise und dem Erholungsraum des Marquis de Sade. Ein großer Gefrierraum, wie in einer Schlachterei. Halten Sie sich fest, Tony. Dort fanden wir den vermißten Randolph Carbury. Er hatte Bekanntschaft gemacht mit dem altbekannten stumpfen Gegenstand. Außerdem Nicholas West, offensichtlich gefoltert, Todesursache noch unbekannt. Sind Sie noch da?«

Abrams nickte mehrmals und mußte sich räuspern. »Ja ... ja ...«

»Jetzt sind wir auf der Suche nach Mr. Peter Thorpe. Hätten Sie dazu eine Anregung?«

»Nein ... ja, vielleicht doch. Er könnte sich hier nebenan aufhalten.«

Spinelli pfiff leise vor sich hin. »Na, damit kann sich die New

Yorker Polizei dann verabschieden. Ich glaube, die CIA wird sich einschalten wollen.«

»Hören Sie, mein Freund ... Sie haben gut gearbeitet. Vielen Dank für den Anruf.«

Abrams legte auf und drehte sich um.

»Irgend etwas für uns?« wollte Van Dorn sofort wissen.

»Die Polizei und die CIA haben soeben Peter Thorpes Wohnung durchsucht«, sagte Abrams nach kurzem Zögern. »Dabei fanden sie oben auf dem Boden Colonel Carburys Leiche in einer Tiefkühltruhe.«

Katherine preßte die Hand auf den Mund und sank auf einen Stuhl.

»Und weiter?« fragte Ann. »Was hatte Ihr Freund von der Polizei noch zu berichten?« Einige Sekunden lang hielt sie Abrams' Blick stand, dann begriff sie und wandte sich ab.

»Natürlich fahnden Polizei und CIA nach Thorpe. Ich habe gesagt, sie sollen es mal nebenan versuchen.«

Van Dorn schnaubte verächtlich durch die Nase. »Wenn Thorpe dort ist, kann ihm nichts passieren. Um so mehr Grund für uns, dem Laden einen Besuch abzustatten.«

»Aus praktischen und beruflichen Gründen«, bemerkte Ann heiser, »würde ich mir gern die Kommunikationsanlagen ansehen. Das ist vielleicht der Schlüssel zur Störung der russischen Pläne.« Sie wandte sich an Van Dorn. »Keine Artillerie, George. Wir gehen im Direkteinsatz vor.«

Van Dorn nickte. »Wie sind Sie bewaffnet, Katherine?«

Mit einer Kopfbewegung deutete sie auf ihre Handtasche. »Browning Automatik Kaliber .45.«

Van Dorn griff in die Tasche und nahm die versilberte .45er-Patrone heraus. »Ich weiß, es ist melodramatisch ... aber wir waren damals jung und liebten es, große Gesten zu machen. Das Geschoß ist jedenfalls echt.«

Katherine nahm es wortlos und hielt es krampfhaft fest.

»Also, George«, sagte Ann, »sollten wir nicht zurück sein, wenn die Lichter ausgehen, dann zögern Sie hoffentlich nicht, Ihre geheime Artillerie zum Einsatz zu bringen.«

»Ob nun der EMP-Angriff kommt oder nicht – wenn Sie bis Mitternacht nicht zurück sind oder sich nicht sonstwie gemeldet haben, lege ich mit dem Mörser los. In Ordnung?«

Die drei nickten.

Im gleichen Moment ging die Tür auf, und Marc Pembroke trat ein. Ann lächelte ihn an. »Sie sehen fit aus, Marc. Bereit für einen Einsatz?«

»Oh ... hallo, Ann. Lange nicht gesehen.« Er wandte sich an Van Dorn. »Heute nacht geht es los?«

»Ja.« Mit einem Seitenblick auf Abrams fuhr Van Dorn fort: »Im Keller sitzen Kinder und Frauen aus dem diplomatischen Dienst. Urteilen Sie vernünftig.«

Pembroke nickte. »Das ist eine Komplikation, aber kein Problem. Abmarsch wann?«

»Können Sie in dreißig Minuten fertig sein?«

»Nein, aber wir werden es schaffen.«

»Dann holen Sie Ihre und meine Leute zusammen. Und noch etwas – es wird Zeit, einige alte Rechnungen zu begleichen. Hier im Haus. Wie besprochen.«

Pembroke nickte knapp und ging.

Van Dorn trat hinter den Schreibtisch und nahm den Telefonhörer ab. Er schaute seine drei Besucher an, während er wählte. »Im letzten Krieg verschaffte einem das Radar eine Stunde Vorwarnung. Heutzutage ist man schon mit einer Viertelstunde zufrieden. Ich habe unserer Regierung mehrere Stunden Zeit verschafft. Hoffentlich hat sie die Frist konstruktiv genützt.« Seine Verbindung kam zustande. »Hallo, hier Van Dorn. Wir sind durch Feuer und Wasser gegangen.« Und er begann mit der Person am anderen Ende der Leitung zu sprechen.

56

Claudia Lepescu eilte den schmalen Weg entlang, der an der Klippenwand in die Tiefe führte. Von oben, von Van Dorns weitem Rasen, erklang ein Ruf. Offenbar ein Brite aus Marc

Pembrokes Gruppe. Sie hörte zwei Verfolger.

Claudia, die ihre hochhackigen Schuhe fortgeworfen hatte, erreichte den Boden der Senke und eilte den mit Lorbeerbüschen bestandenen Hang hinab. Einmal stolperte sie und stürzte; ihr Aufschrei gab den Männern die Richtung an. Hastig rappelte sie sich auf und lief zum Palisadenzaun, der die Grundstücksgrenze bildete.

Schweratmend legte Claudia die Hände an den Zaun und blickte an den angespitzten Pfählen empor. Hastig sah sie sich um. Im Nordosten erhellte ein Blitz den Himmel. Die Umrisse zweier Männer, die in einiger Entfernung stehengeblieben waren, zeichneten sich deutlich ab.

»Claudia!« rief einer. »Wir wollen Ihnen nichts tun!« Ein Donnerschlag ließ den Boden erbeben.

Unschlüssig ging sie an der Holzwand entlang, doch es schien keinen Durchlaß zu geben. Man hatte ihr gesagt, sie könne mit Hilfe der Querstreben den Zaun von dieser Seite erklimmen – aber die Balken lagen unerreichbar hoch. Nach längerem Lauf blieb sie wieder stehen, um zu Atem zu kommen. Sie hatte sich an mehreren Stellen die Füße aufgeschnitten. Das schwarze Strickkleid war eingerissen, Arme und Gesicht waren von Kratzern bedeckt. Warmer Schweiß lief über ihren Körper.

Plötzlich stachen zwei Taschenlampenkegel durch die dunkle Nacht.

Hastig duckte sich Claudia hinter einen Busch. Als die Männer vorbei waren, stand sie wieder auf, nahm Anlauf und rannte gegen den Zaun. Krabbelnd versuchte sie mit Händen und Füßen Halt zu finden, aber die beiden Querstreben lagen zu hoch.

»Da sind Sie ja!« Die Schritte näherten sich wieder.

Claudia spürte, wie ihr die Tränen kamen. »Ich habe eine Waffe!« rief sie.

Die Schritte verstummten, die Lampen gingen aus. »Vorsicht!« rief einer der Männer dem anderen zu. »Geh auf die andere Seite!«

Claudia wandte sich wieder dem Zaun zu, der sie an die Palisaden aus Westernfilmen erinnerte. Hastig zog sie die

Strumpfhose aus und tastete am Boden herum, bis sie einen ziemlich großen Stein fand. Sie ließ ihn in ein Bein der Hose fallen, legte einen Knoten davor, stand auf und wirbelte das Gebilde wie ein Lasso über dem Kopf, um es schließlich am Zaun emporzuwerfen. Beim zweiten Versuch fiel das Material zwischen zwei Holzspitzen. Claudia zog, bis sich der Stein in der Kerbe fest verklemmt hatte, dann begann sie sich an dem so geschaffenen Nylonseil emporzuziehen, die nackten Füße gegen den Zaun gestemmt.

Wieder flammten die Lampen auf und fanden sie. »Halt, oder wir schießen!« rief ein Mann. Sie hörte das schreckliche Klicken, das ihr anzeigte, daß eine Waffe entsichert worden war.

Sie nahm ihre Kräfte zusammen und zerrte sich auf die Spitzen hoch, die sich schmerzhaft in ihre Haut preßten.

Aus zwei Richtungen tönte das unangenehme Zischen schallgedämpfter Waffen, gefolgt von dröhnenden Einschlägen im Holz unter ihr. Der Zaun schwankte. Sie stieß einen Entsetzensschrei aus, schloß die Augen und ließ sich auf die andere Seite rollen. Ehe sich überhaupt ein Gefühl des Stürzens einstellen konnte, kam der unangenehme Aufprall auf die Erde, der ihr den Atem nahm.

Einige Sekunden lang rührte sie sich nicht, dann atmete sie tief durch. Sie hörte Geräusche am Zaun und erkannte, daß sie die Strumpfhose nicht mit herübergenommen hatte: Die Männer zogen sich daran hoch!

Sie sprang auf und lief los. Auf der anderen Seite des kaum passierbaren Feldweges erhellte Mondlicht den niedrigen Umriß der Steinmauer, die den russischen Besitz eingrenzte. Wieder hatte sie Pembrokes Verfolger hinter sich.

Die beiden Männer holten auf, doch benutzten sie ihre Waffen und Taschenlampen nicht mehr und blieben still; so dicht bei den Russen war etwas anderes auch kaum zu erwarten. Claudia erreichte die Steinbarriere, griff nach der Mauerkrone und hechtete förmlich hinüber.

Ohne innezuhalten stürmte sie durch das Unterholz auf der anderen Seite. Erst als sie erkannte, daß die Schritte der Verfolger an der Mauer verstummt waren, verlangsamte sie das Tempo.

Plötzlich blitzten auf allen Seiten Lichter auf. »Halt!« rief eine Stimme in gebrochenem Englisch. »Halt, oder wir schießen!«

Claudia Lepescu erstarrte.

»Hände auf den Kopf!«

Claudia gehorchte.

Pembrokes Männer, Cameron und Davis, wandten sich von der Steinmauer ab und kehrten durch das Niemandsland zum Palisadenzaun zurück. Etwa fünf Meter vor dem Zaun umkreisten sie ein dichtes Gebüsch und knieten neben Tony Abrams nieder.

»Sind Wanzen festzustellen?« fragte Cameron.

Abrams warf einen Blick auf den Mikrofonorter neben sich. »Nichts.«

»Was ist passiert?« flüsterte Katherine, die neben Abrams kniete.

Cameron zuckte die Schultern. »Man hat sie geschnappt.«

»Ich konnte nicht ausmachen, wie sie empfangen wurde«, fügte Davis hinzu.

»Ich hoffe nicht, man hat gemerkt, daß wir die Verfolgung dazu benutzt haben, in Stellung zu gehen«, bemerkte Abrams.

»Es waren mindestens fünf Mann«, bemerkte Davis. »Wenn zwei sie zum Haus zurückbegleiten, stehen unsere Chancen etwas besser.«

Abrams fand drei Russen immer noch genug.

Cameron zog eine Signalpistole und gab einen Schuß ab. Hoch am Himmel blühte ein grelles blauweißes Licht auf. »Das ist das Signal, daß Claudia drüben ist«, erklärte Cameron. »Van Dorns Feuerwerker müßten jetzt zur Deckung weitere Signalfackeln abschießen.« Und schon explodierte eine Salve ähnlicher Raketen über dem Niemandsland.

Abrams musterte Cameron und Davis, die mit ihren dunklen Tarnanzügen für einen solchen Nachtangriff bestens ausgerüstet waren. Pembroke heuerte angeblich nur ehemalige britische Soldaten an; diese beiden, so hatte er erklärt, waren Veteranen des Falkland-Krieges. Davis stammte aus England, Cameron aus

Schottland.

»Im Gänsemarsch«, sagte Cameron durch den Lärm. »Abstand drei Meter. Augen auf. Wir gehen rein.«

Solche Befehle hatte Abrams bisher nur in englischen Kriegsfilmen gehört. Sein Blick wanderte zu Katherine. Sie kniff ein Auge zu, reckte den Daumen hoch und zog sich die Maske über das Gesicht.

Der Trupp setzte sich in Bewegung. Das Ziel: der Kommunikationsraum im Dachgeschoß des russischen Hauses. Die Entfernung betrug etwa eine halbe Meile, doch Abrams sagte sich, daß besonders die letzten Meter auf der Bodentreppe – wenn sie überhaupt so weit kamen – ›ein bißchen kitzlig‹ werden würden, wie Cameron es ausgedrückt hätte.

57

Karl Roth fuhr ein kurzes Stück in südlicher Richtung die Dosoris Lane entlang und gab dann durch Blinkzeichen zu erkennen, daß er in die russische Auffahrt einbiegen wollte.

Der Verkehrspolizist erkannte Roths Partyservice-Wagen und winkte ihn durch. Roth fuhr über den Bürgersteig zwischen den Polizeibarrieren hindurch und näherte sich dem kleinen erleuchteten Wächterhaus, das etwa dreißig Meter innerhalb der Auffahrt stand. Mit zitternden Händen und Beinen stoppte er den Wagen auf Höhe des Eingangs.

Zwei russische Wächter, die mit Handfeuerwaffen ausgerüstet waren, blockierten weiter oben die Durchfahrt. Roth schaltete die Scheinwerfer aus und rollte sein Fenster herab. In der Tür des Wachhauses erschien ein Mann in Zivil. Roth räusperte sich. »Wie geht es Ihnen, Bunin?« fragte er auf Englisch.

Bunin antwortete in derselben Sprache. »Was wollen Sie? Man hat mir gesagt, Sie kommen erst später.«

Roth steckte den Kopf aus dem Fenster. »Ich mußte jetzt kommen.«

Bunin beugte sich vor, stemmte die Hände auf den Fensterrahmen und schaute ins Führerhaus. »Wo ist Ihre Frau? Sie sollte doch mitkommen.«

»Noch bei Van Dorn.«

»Übrigens hat man uns in höchste Alarmbereitschaft versetzt«, fuhr Bunin leise fort. »Wissen Sie etwas darüber?«

Roth zuckte die Schultern. »Glauben Sie wirklich, daß man mir etwas anvertraut?«

Bunin schnaubte verächtlich durch die Nase. »Was haben Sie für uns?«

Roth fuhr sich mit der Zunge über die Lippen und blickte zum Wachhaus. Durch das Fenster war ein junger Mann in Uniform sichtbar, der an einem Schreibtisch saß. Die zwei Wächter in der Auffahrt waren mehrere Meter vom Wagen entfernt. Mit einem Blick in den Rückspiegel vergewisserte er sich, daß das Tor und die Straße hinter der Krümmung der Auffahrt nicht mehr zu sehen waren.

»Roth!«

Roth zuckte zusammen. »Ja ... ja, ich habe Kanapees, Kaviar und sauren Quark. Hinten.«

Bunin gab den beiden Wächtern ein Zeichen, die mit schnellen Schritten zur Hinterseite des Wagens gingen.

Marc Pembroke hockte hinter der linken Türhälfte, die fest verriegelt war. Seine Waffe war auf Roths Hinterkopf gerichtet. In der Mitte der Ladefläche bedeckte eine Plane etliche Kisten, zwischen denen zwei Männer Pembrokes lagen, Sutter und Llewelyn. In einem großen eingebauten Stauraum an der Seite war Ann Kimberly versteckt.

Die unverriegelte rechte Türhälfte klappte auf, und die beiden Wächter griffen nach den Essensbehältern.

Hastig blickte Pembroke nach rechts. Ein Arm des Mannes war nur wenige Zentimeter von seinem Fuß entfernt. Sein Blick kehrte zu Roth zurück, der im Rückspiegel die russischen Wächter und Pembroke beobachtete. Wenn Roth sie verraten wollte, dann jetzt. Aber der Mann schien wie gelähmt vor Entsetzen.

Die rückwärtige Tür wurde zugeknallt, und Pembroke hörte, wie sich die Schritte entfernten.

»Warten Sie hier«, sagte Bunin zu Roth. »Ich muß im Haus anrufen und fragen, ob Sie schon so früh hinauf dürfen.«

»Jetzt«, flüsterte Pembroke.

Llewelyn und Sutter warfen die Plane zur Seite; gleichzeitig hob Ann Kimberly den Deckel ihres Verstecks. Pembroke stieß beide Hintertüren auf, und die vier schwarzgekleideten Gestalten sprangen ins Freie und stürmten in das kleine Wachhaus.

Die beiden Russen, die noch die Essensbehälter trugen, blickten erstaunt über die Schultern zurück. Der junge Uniformierte hinter dem Tisch sprang auf und machte große Augen. Bunin, der bereits nach dem Wandtelefon gegriffen hatte, erstarrte. »Keine Bewegung!« rief Ann auf Russisch.

Bunins rechte Hand zuckte unter das Jackett.

Aus seiner schallgedämpften M-16 gab Pembroke einen kurzen Feuerstoß ab. Bunin prallte getroffen gegen die Wand, machte einen Schritt vorwärts und stürzte zu Boden. Die beiden Wächter hatten die Essensbehälter fallen lassen; die Speisen ergossen sich in einer unappetitlichen Masse über den Boden.

Ann gab knappe Befehle. Innerhalb weniger Sekunden lagen die drei lebenden Russen geknebelt und gefesselt in einem Hinterzimmer. Sutter stand draußen neben dem Lieferwagen und behielt Roth und die Auffahrt im Auge. Der tote Bunin wurde hinter den Schreibtisch gesetzt, um für etwa durchfahrende Dienstwagen den Schein zu wahren.

In einer Schublade fand Pembroke das Wachregister und nahm es mit. Hastig stiegen die vier wieder in den Wagen. »Sehr gut gespielt, Karl«, sagte Pembroke zu Roth. »Scheinwerfer an und los!«

Mit zitternden Händen kam Roth dem Befehl nach.

Ann kniete neben Pembroke und richtete eine Kugelschreiberleuchte auf das Logbuch. »Alle dreißig bis vierzig Minuten wird ein Situationsbericht gegeben. Der letzte liegt zehn Minuten zurück, da haben wir noch ein bißchen Zeit.«

Pembroke nickte.

Niemand sagte etwas, während der Lieferwagen langsam den gewundenen Kiesweg entlangfuhr. Sutter blickte aus dem Rückfenster, Llewelyn hielt Ausschau nach vorn. Ann blätterte weiter zurück. »Peter Thorpe ist vor etwa zwei Stunden eingetroffen. Muß noch im Haus sein.«

Wieder nickte Pembroke.

»Hier steht Androws Befehl, Karl und Maggie Roth bei ihrer Ankunft zu verhaften«, fuhr Ann fort und wandte sich an Roth. »Haben Sie das gehört?«

Roth nickte, sagte aber nichts.

»Oh ... hier ist noch etwas ... der Offizier der Wache kommt in unregelmäßigen Abständen auf Inspektion und zeichnet das Wachbuch ab. Sein letzter Besuch liegt ... beinahe eine Stunde zurück. Da müssen wir jederzeit damit rechnen ...«

Roth stieß einen gepreßten Laut aus, und alle schauten nach vorn. Ein Scheinwerfer erhellte die Bäume hinter einer Wegkurve. »Weiterfahren!« bellte Pembroke. »In drei Metern Abstand halten.« Pembroke und die anderen duckten sich hinter die Vordersitze. Der Scheinwerfer des entgegenkommenden Fahrzeugs erleuchtete das Innere des Wagens.

Pembroke preßte Roth den Lauf seiner Waffe in den Nacken. »Was ist es?«

»Der Wachoffizier«, antwortete Roth mit bebender Stimme. »Er fährt in einer offenen Lambretta ... mit Fahrer ...«

»Lenken Sie so, daß er nicht vorbei kann«, befahl Pembroke.

Gehorsam fuhr Roth den Wagen in die Mitte des schmalen Weges und hielt. Die Lambretta wurde ebenfalls abgebremst. Der Fahrer rief etwas auf Russisch.

»Er will wissen, was Roth hier treibt!« flüsterte Ann.

»In Ordnung, Karl«, sagte Pembroke. »Fahren Sie langsam zurück. Und zwar so, daß er rechts an uns vorbei kann.«

Roth ließ den Wagen langsam zurückrollen. Der russische Fahrer setzte sein kleines dreirädriges Gefährt in Bewegung und steuerte die Lücke zwischen der rechten Seite des Wagens und der Steinbegrenzung des Weges an.

Pembroke öffnete die rechte Schiebetür und sah das kleine Fahrzeug mit dem Sonnendach auftauchen. Der Fahrer nahm den Vordersitz ein und hielt das Lenkrad, der Wachoffizier saß auf der breiten Hinterbank. Beide Männen hörten und sahen das Öffnen der Tür. Auf gleicher Höhe mit der aufrollenden Tür starrten sie plötzlich in die Mündung zweier automatischer Gewehre, die kaum einen Meter entfernt waren. Der Fahrer schrie erschrocken auf. Die Waffen spien keuchend Feuer. Der Fahrer wurde aus dem offenen Fahrzeug geworfen; da er das Lenkrad nicht losließ, warf er das ganze Fahrzeug um. Der Wachoffizier krabbelte unter dem umgestürzten Gefährt hervor und richtete sich auf, wobei er sich die Brust hielt. Er torkelte auf die Bäume zu und stürzte nieder.

Pembroke und Llewelyn sprangen ins Freie und zerrten die beiden Russen zwischen die Bäume. Sutter half beim Aufrichten der Lambretta, die ebenfalls zwischen den Stämmen verschwand. Und schon sprangen die Männer wieder in den Lieferwagen.

»Weiter.«

Der Wagen kam aus der letzten Biegung und befand sich nun in Sicht des weitläufigen Gebäudes. Im Erdgeschoß und ersten Stockwerk waren nur wenige Fenster erleuchtet, dafür strahlten sämtliche Dachfenster in ungewohnter Helligkeit.

Der Lieferwagen erreichte den vorderen Hof und näherte sich dem Haus.

Tom Grenville hielt sich für einen loyalen Angestellten und wußte, daß im undurchschaubaren Netz der firmeninternen Kommunikation Vorschläge von Vorgesetzten einem Befehl gleichkamen. Als George Van Dorn einmal andeutete, daß er von Golf nichts halte, hatte Tom Grenville prompt auf den Sport verzichtet. Aber Van Dorn hatte eine konstruktive Alternative zu bieten: Nicht Golfschläger machten sich gut in der Hand eines Mannes, erklärte er, sondern Waffen. So hatte sich Grenville dem Schießsport und der Jagd zu widmen begonnen. Und vor etwa einem Jahr war Grenville von O'Brien und Van Dorn bei einem Mittagessen gefragt worden, ob er je mit dem Gedanken gespielt habe, das Fallschirmspringen zu betreiben. Diese Vorstellung war Grenville bisher ebenso fremd gewesen wie die Idee, in einem Faß die Niagarafälle zu befahren, aber natürlich hatte er die Frage begeistert bejaht.

Als der Augenblick der Wahrheit kam, hatte sich Grenvilles Begeisterung verständlicherweise abgekühlt. Ihm war aber klar, daß beinahe sämtliche früheren OSS-Angehörigen Fallschirmerfahrung hatten und viele, zum Beispiel O'Brien, diesem Sport noch immer nachgingen. Einem jungen Mann, der in dieser Sache mithielt, konnten sich manche Türen öffnen, die bisher verschlossen gewesen waren.

Van Dorn hatte sich erfreut gezeigt, ebenso O'Brien und die anderen Seniorpartner der Firma. Heute endlich erkannte Grenville den Grund.

Er sah sich in der schummrigen Kabine des großen Sikorsky-Rettungshubschraubers um, der für Amphibienlandungen eingerichtet war. Sprungleiter Barney Farber war ein alter Freund von O'Brien und Van Dorn und war über seine Firma, die elektronische Bauteile für Verteidigungszwecke herstellte, Eigentümer des Hubschraubers.

Ihm gegenüber saßen zwei weitere ehemalige OSS-Kollegen: Edgar Johnson, ein erst vor kurzem in den Ruhestand getretener General der Fallschirmtruppen, und Roy Hallis, ein CIA-Agent, der noch nicht ganz im Ruhestand lebte. Beide waren Veteranen des Zweiten Weltkrieges, sahen aber nicht so aus, als wären sie schon sechzig. Für sie war dies vermutlich der letzte Einsatz, der letzte Sprung. Vielleicht geschah es überhaupt zum letzten Mal, daß OSS-Angehörige direkt an einem Einsatz teilnahmen. Da wollten sie es sich nicht nehmen lassen, bei dieser Aktion dabeizusein, die offenbar von vorn bis hinten von Ex-OSS geplant und gelenkt wurde. Psychologisch schienen sie für den Kampf gerüstet, was mehr war, als Grenville von sich behaupten konnte.

Ihm war ausgesprochen unwohl. Die Sikorsky-Maschine hockte auf ihren Pontons mitten im Long Island Sound und schwankte heftig.

Neben Grenville saßen zwei von Pembrokes Leuten: Collins und Stewart.

»Sind Sie schon mal nachts gesprungen, Junge?« fragte Stewart, der neben ihm saß.

Auf O'Briens Geheiß war Grenville bereits bei Dunkelheit gesprungen, und er antwortete entsprechend.

»Aus einem stationären Hubschrauber ist es einfacher«, bemerkte Stewart, »außer bei solchem Wetter. Da liegt ein normales Flugzeug ruhiger. Ein Hubschrauber gerät leicht ins Rollen und Pendeln.«

Grenville nickte bedrückt.

»Es ist, als versuchte man aus einem schwankenen Boot zu springen. Sie müssen darauf achten, daß Sie nicht mit dem Ponton zusammenstoßen. Dann warten Sie bis zur letzten Sekunde, geben sicherheitshalber noch ein paar Sekunden drauf, sagen ein schnelles ›Ave Maria‹ und ziehen die Leine.« Er lachte.

Der Sprungleiter legte die Hände über den Kopfhörer, lauschte und sagte ins Mikrofon: »Roger.« Dann stand er auf, nickte, steckte den Kopf ins Cockpit, hielt dem Piloten den hochgereckten Daumen hin. Mit ohrenbetäubendem Brüllen beschleunigte die Maschine.

Das hektische Schwanken hörte auf, als die Pontons das bewegte Wasser verließen; abgelöst wurde es durch ein nicht minder unangenehmes Ruckeln im Wind. Grenville drehte den Kopf und blickte durch das große Fenster hinter sich. Die Maschine war bereits dreißig Meter hoch und stieg weiter.

Grenville senkte den Kopf. Er hatte nicht die geringste Lust, an diesem Kommandounternehmen teilzunehmen. Er wollte Seniorpartner der Firma werden und dafür hart arbeiten. Manchmal verlangten Van Dorn und O'Brien wirklich zuviel. Ein Nachtabsprung über einer bewaffneten feindlichen Stellung war einfach zuviel.

Joan Grenville wanderte ungeduldig in dem kleinen Kellerraum hin und her, der im Schein zahlreicher Neonröhren erstrahlte. Darüber lag eine Tennishalle, die früher zu Killenworth gehört hatte, inzwischen aber dem hiesigen Christlichen Verein für Junge Männer überschrieben worden war. Ein hoher Maschendrahtzaun, nach oben hin mit Stacheldraht bewehrt, trennte die

Christen von den Atheisten.

Joan erinnerte sich an eine Bemerkung Toms, wonach sich angeblich das FBI im Hauptgebäude des CVJM einquartiert hatte, doch außer den OSS-Angehörigen hatte sie hier noch niemanden gesehen.

Stanley Kuchick, der auf einer großen Kiste hockte, folgte ihr mit den Blicken. »Haben Sie Angst, Mrs. Grenville?«

»Verdammt, zum zehnten Mal sag' ich Ihnen, Sie sollen mich Joan nennen, und zum fünften Mal: Ja ich hab' Angst!«

Nie zuvor hatte Stanley eine ältere Frau so fluchen hören. Überhaupt interessierte ihn Joan Grenville sehr. Er musterte sie aus den Augenwinkeln. Der schwarze Stretchanzug paßte ihr wie eine zweite Haut. »He«, sagte er, »wenn Sie wollen, können Sie auch hierbleiben. Ich schaff' das schon allein.«

Joan knirschte mit den Zähnen. »Stanley ... hören Sie auf, mich wie eine Ihrer Mitschülerinnen zu behandeln. Ich bin erwachsen. Was Sie können, kann ich auch – und besser.«

»Klar doch, Mrs. ... äh ... Joan«, antwortete Stanley. »Ach, sind Sie einer von Van Dorns Geheimagenten?«

Sie setzte sich auf eine Bank. »Seit kurzem.« Sie stemmte den Kopf in die Hände und dachte an Van Dorns erpresserische Drohungen. Und Tom, dieser Idiot, hatte einfach nur danebengesessen.

Aber dann war Van Dorn vor sie hingetreten und hatte ihr die Hände auf die Schultern gelegt. »Joan, wir wissen beide, daß Sie nicht wegen der Drohungen mitmachen werden. Ihr Land ist in Gefahr. Sie werden gebraucht.«

»Also, ich bin zum Spaß dabei«, sagte Stanley. »Heute ist mein zehnter Einsatz.«

Joan musterte ihn zweifelnd und hätte am liebsten »Unsinn!« gesagt. Aber ihr fiel noch rechtzeitig ein, daß sie vielleicht noch heute nacht auf diesen gierig blickenden Jüngling angewiesen war. So warf sie ihm nur einen staunenden Blick zu und sagte: »Das ist ja unglaublich!«

Stanley errötete. »Halten Sie sich an mich, dann krieg ich Sie auch durch.«

Stanley betastete den engsitzenden Plastikanzug, den man ihm verpaßt hatte. Seine Hände legten sich um die Pistole, die sich in einem elastischen Hüftbeutel befand. »Haben Sie schon mal auf einen Menschen geschossen?« fragte er.

Joan schreckte aus ihren Gedanken hoch. »Was ...? Nein.« Sie fügte hinzu: »Aber fähig wäre ich dazu.« Am liebsten hätte sie Tom, George und Marc aufs Korn genommen – nicht unbedingt in dieser Reihenfolge.

Oben an der Treppe öffnete sich eine Tür; ein Mann und eine Frau erschienen. Beide waren nicht mehr jung, machten aber noch einen munteren, aufgeweckten Eindruck. Sie trugen teure Trainingsanzüge.

Claire Goodwin ging auf Joan zu und reichte ihr die Hand. »Wie geht es Ihnen, Joan?«

Joan stand auf. »Bestens, Claire.«

»Ich habe Sie bei George kaum gesehen.«

»Ich hatte mich oben hingelegt.«

»Sie Ärmste. Kennen Sie Gus Bergen?«

Joan ergriff die Hand des Mannes. »Ja, wir sind uns begegnet.« Bergen hatte mit Toms Vater an der verunglückten Hanoi-Mission teilgenommen.

»Was macht denn Tom diese Tage?« wollte Bergen wissen.

»Er beschäftigt sich neuerdings mit Fallschirmspringen.«

Bergen lächelte und wandte sich Stanley zu. »Hallo, junger Mann. Von Ihnen hat man ja schon allerhand Gutes gehört.«

Stanley murmelte etwas vor sich hin und begrüßte die Neuankömmlinge.

Joan hatte auch über Claire allerlei Gutes gehört – zum Beispiel, daß sie während des Krieges mit der Hälfte des deutschen Diplomatenkorps geschlafen hatte. Ein solcher Auftrag wäre Joan in diesem Augenblick auch lieber gewesen.

Bergen blickte auf die Uhr. »Es wird Zeit. Sie beide wissen, was Sie drüben machen müssen. Jetzt zeige ich Ihnen, wie Sie hinüberkommen.«

Bergen trat vor die gegenüberliegende Wand und deutete auf ein rundes Loch dicht über einem Betonfundament. »Dies ist ein alter Service-Tunnel, der zum Haupthaus führt. Darin befanden sich früher die Zuführung vom Dampfhaus des Landsitzes, Wasserrohre, elektrische Leitungen und so weiter. Seitdem das Anwesen aufgeteilt wurde, wird dieses Gebäude natürlich vom CVJM versorgt.«

Stanley starrte auf die Öffnung, die ihm bis jetzt nicht aufgefallen war. Kaum größer als eine große Pizza.

»Es liegen keine Röhren mehr darin«, erläuterte Claire. »Gus mußte dazu Kleinwüchsige einsetzen. Gus gehört zum Verwaltungsausschuß des hiesigen CVJM.«

Während Stanley anerkennend nickte, betrachtete Joan die Öffnung. »Da kommen aber noch Drähte heraus.«

»Das sind Zugkabel«, erwiderte Bergen. »Wissen Sie, bis zum Keller des Haupthauses sind es mehrere hundert Meter, und die ganze Strecke führt bergauf. Im Kriechgang beinahe unmöglich zu bewältigen. Deswegen habe ich einen elektrischen Transportzug eingebaut.«

Stanley lächelte. Diese alten Knaben hatten es drauf!

Bergen und Claire erklärten die Anlage im einzelnen. »Noch Fragen?« fragte Bergen schließlich.

Stanley schüttelte den Kopf.

»Woher wissen wir, daß der Tunnel in einem unbenutzten Raum endet?« wollte Joan wissen.

Bergen wandte sich Stanley zu. »Sie waren doch im Kesselraum, nicht wahr, mein Sohn?«

Stanley nickte. »Und niemand war dort.«

Joan zuckte mürrisch die Schultern.

»Niemand zwingt Sie«, sagte Bergen zu ihr.

Joan Grenville musterte Stanley aus den Augenwinkeln. Er hatte ebenfalls Angst, aber sein aufblühendes männliches Selbstgefühl würde ihn in das schwarze Loch treiben, mit ihr oder ohne sie, als hätte man ihm die Pistole an die Schläfe gesetzt. »Es geht nicht mehr anders«, sagte sie. »Also los.«

Bergen rollte eine Art Gerüst vor das Fundament. »Stanley.«

Stanley Kuchik zog sich die schwarze Maske über das Gesicht und erstieg das Gerüst, wo zwei flexible Fahrtplattformen standen. Er linste in den schwarzen Tunnel, legte sich auf den Rücken und schob das Wägelchen unter sein Hinterteil. Er hob die Hände und umfaßte das Zugkabel mit den behandschuhten Händen. »In Ordnung.«

Der Motor summte, und das Kabel setzte sich in Bewegung und zerrte ihn mitsamt dem Wagen auf die runde Öffnung zu. Wie ein Torpedo, dachte Stanley, der in seine Abschußkammer gerollt wird.

»Sie müssen ganz schön verzweifelt oder abgestumpft sein«, sagte Joan Grenville zu Bergen, »wenn Sie den Jungen in einen solchen Einsatz schicken.«

»Er ist siebzehn«, antwortete Bergen abweisend. »Ich kenne Männer, die mit siebzehn schon an der Front waren.«

»Nun ja«, sagte Joan achselzuckend, »Frauen und Kinder zuerst.« Sie erstieg das Gerüst und rief in die schmale Öffnung: »Ist noch Platz für einen?«

»Aber ja!« hallte Stanleys Stimme.

Joan Grenville atmete tief durch, legte sich auf das Wägelchen und griff nach dem Kabel. »Fertig.«

Wieder summte der Motor, und das Kabel zog sie in die schwarze Röhre. Sie lauschte auf das Knirschen der kleinen Gummiräder auf dem Ton der Röhre, auf das verklingende Summen des Motors, das Knacken des Wägelchens und das scharrende Geräusch, das ihre Schultern in der Röhre erzeugten.

Sie räusperte sich und rief leise: »Stanley?«

»Ja?«

»Wie geht's?«

»Gut.«

Joan wußte, sie konnte jederzeit das Kabel loslassen, dann würde der Wagen mit ihr in den Keller der Tennishalle zurückrollen. Aber sie wußte auch, daß sie das nicht tun würde.

58

George Van Dorn stand an seinem breiten Verandafenster und beobachtete das Feuerwerk. Er griff nach einem der drei neu installierten Feldtelefone auf dem breiten Fensterbrett und drehte die Kurbel. Sal LaRosa, der Leiter der Feuerwerker, meldete sich aus dem Schwimmbecken.

»Wie sieht's aus mit unserer Raketenmunition, Mr. LaRosa?« fragte Van Dorn.

»Noch etwa dreihundert Schuß, Mr. Van Dorn.«

»Schön, zielen Sie jetzt tief. Das Terrain darf nicht zu hell beleuchtet werden, aber es muß viel schützenden Lärm geben. Ist der Mörser bereit?«

»Wann immer Sie wollen.«

»Richten Sie sich auf Mitternacht ein. Ich brauche sechzig bis achtzig Sekunden Dauerfeuer – mindestens zwanzig Schuß Hochexplosivmunition. Sobald das Ziel zu Feuerholz verarbeitet ist, noch fünf Schuß Willy Peter, um den Rest zu erledigen.«

Sal LaRosa wiederholte den Feuerbefehl.

»Ein amphibischer Hubschrauber steht bereit, Sie, Ihre Leute und die Kanone im Handumdrehen von hier fortzubringen. Vorgesehene Landung am Pier Atlantic City. Alles ist vorbereitet. Bis später.« Er legte auf.

»Was ist denn Willy Peter, George?« fragte Kitty.

»Ein Soldatenausdruck. Es geht um Weiß-Phosphorgeschosse. Brandsätze.«

»Ach, das ist ja schrecklich. Ein so schönes Haus!«

»Der Krieg ist nun mal höllisch, Kitty.«

»George, willst du die schrecklichen Leute nebenan wirklich beschießen?«

»Nur wenn mein Infanterieangriff nicht klappt. Hast du mit Dr. Frank und Dr. Poulos alle Vorbereitungen getroffen?«

»Ja, sie sind im Keller und richten das Lazarett ein. Jane Atkins und Mildred Fletcher helfen ihnen. Sie haben früher als Krankenschwestern gearbeitet.«

»Und die Arzneimittelvorräte sind zufriedenstellend?«

»Ich glaube schon. Dr. Frank schien ziemlich beeindruckt zu sein.«

Van Dorn nickte geistesabwesend. Er versuchte sich darüber klar zu werden, ob er etwas vergessen hatte. Sein Blick fiel auf einen der beiden Besucher in seinem Arbeitszimmer, Colonel William Osterman, der als junger Leutnant im Londoner OSS-Stab gearbeitet hatte. »Die erste Phase müßte abgeschlossen sein«, sagte er.

Osterman hob den Blick von den Bauplänen und Luftaufnahmen des russischen Anwesens. »Ich nehme es auch an«, sagte er. »Bei Ihrem Plan, George, ergibt sich das Problem, daß die zeitliche Abfolge ohne Funkabstimmung klappen muß. Gerät eine Gruppe in die Klemme, sind auch die anderen geliefert.«

»Pembroke und seine Leute sind bestens gerüstet, Bill«, antwortete Van Dorn. »Sie kennen sich aus mit Einsätzen ohne Funkkontakt. Manchmal habe ich das Gefühl, sie arbeiten mit Telepathie.«

»Wallis Baker, ein Seniorpartner der Sozietät, kam aus der abgeteilten Fernschreibernische und hielt einen Streifen Papier. »Eine ziemlich lange Nachricht vom Generalstab, George.«

Van Dorn winkte ihn zum Tisch. »Sofort entschlüsseln.«

Schon saß Baker am Tisch und hatte das Kodebuch zur Hand genommen.

Das Telefon klingelte. Da es der reguläre Anschluß war, achtete Van Dorn zuerst nicht darauf, als dann aber niemand sonst an den Apparat ging, hob er ab. »Hier bei Van Dorn.«

»Oh«, sagte die Stimme. »Mr. Van Dorn.«

Van Dorn blickte die beiden anderen Männer und Kitty an. »Mister Androw.«

»Ja. Ich finde es schmeichelhaft, daß Sie meine Stimme erkannt haben.«

»Ich kenne nicht viele Leute mit russischem Akzent. Warum rufen Sie mich ausgerechnet jetzt an, Androw? Es ist nicht höflich, so spät noch zu telefonieren.«

»Als jemand, der gern schlafen würde, sind mir Ihre Musik

oder Ihr Feuerwerk unangenehm«, sagte Androw mit einer gewissen Schärfe. »Wissen Sie, daß Ihre Raketen jetzt gefährlich dicht über unserem Haus explodieren?«

»Wie dicht wäre denn das?«

»Mister Van Dorn«, sagte Androw bekümmert, »als Public-Relations-Offizier unserer Delegation habe ich versucht, mit meinen Nachbarn gute Beziehungen zu unterhalten ...«

»O nein, Androw. Man hat mir zuverlässig berichtet, daß Ihre Leute niemals die Tennisbälle zurückwerfen, die über den Zaun gehen.«

Androw stieß einen gereizten Laut aus. »Ach, was soll das noch?«

Van Dorn lächelte. Androws Anruf amüsierte ihn. Darüber hinaus war es ein ziemlich sicheres Zeichen, daß weder Pembrokes Team noch die Gruppe um Abrams bisher entdeckt worden waren. Androw hatte dafür die Gewißheit, daß Van Dorn sich zu Haus aufhielt – soviel konnte ein einfaches Telefonat immerhin verraten. »Mister Androw, wir begehen heute unseren Nationalfeiertag. Das diplomatische Protokoll schreibt doch sicher den Traditionen eines gastgebenden Landes gegenüber eine gewisse Rücksicht vor, Sir.«

»Ja, ja. Aber diese Musik! Ich muß Sie mit allem Respekt bitten, damit aufzuhören ...«

»Ich empfinde diese Forderung als unangebracht.«

»Mein Personal hier ist ziemlich aufgeregt, meine Hunde sind äußerst nervös ... Wann kann ich damit rechnen, daß Musik und Feuerwerk beendet werden?«

»Um Mitternacht. Ich verspreche Ihnen, nach Mitternacht werden Sie nichts mehr hören.«

»Vielen Dank, Mr. Van Dorn. Einen angenehmen Abend noch.«

»Ihnen auch, Mr. Androw.« Van Dorn legte auf und sah sich um. »Was für eine Frechheit, sich hier über meine Party zu beschweren, wo er doch sowieso aufbleiben muß, um auf eine Atomexplosion zu warten!«

Osterman und Baker lächelten.

59

Die ehemalige Kapelle, die Viktor Androw als Büro diente, wurde von einer einzelnen Lampe nur schwach erleuchtet. Henry Kimberly saß in dem grünen Besuchersessel.

Androw erhob sich hinter seinem Schreibtisch, trat an das Fenster und öffnete es. Der Nordwind blies herein und brachte die Papiere auf dem Tisch in Bewegung. Aus der Ferne gellten Van Dorns Lautsprecher herüber, und Androw mußte die Stimme erheben. »Ich habe angeordnet, jeden zu erschießen, der nach 23.30 Uhr ein Fenster öffnet.« Nach kurzer Unterbrechung fuhr er fort: »Eine seltsame Erscheinung, dieser EMP. Wie ein übernatürlicher Nebel kann er durch Schlüssellöcher und Ritzen eindringen, durch die Freiräume rings um Türen und Fenster. Schon die geringste EMP-Einwirkung kann große Schäden anrichten.« In vertraulichem Ton setzte er hinzu: »Dieses Haus ist hundertmal inspiziert worden. Es ist dicht wie ein U-Boot. Es könnte schwimmen.« Er lachte.

Kimberly schwieg.

Androw blickte in den nördlichen Himmel empor. »Molnija rast aus der Schwärze des Alls herbei.«

»Molnija?«

»Der Satellit, der die Atomexplosion verursachen wird. Der Kurier hat mich informiert. Sehr raffiniert.«

Kimberly nickte anerkennend. »Und wann passiert es?«

Androw starrte aus dem Fenster. »Wenige Minuten nach Mitternacht wird der Satellit seine tiefste Stelle erreichen – irgendwo über Nebraska.«

Kimberly erhob sich ebenfalls und kam zum Fenster. Ein Widerschein der Van Dornschen Beleuchtung ließ die fernen Wipfel vor dem dunklen Himmel hervortreten. »Wissen Sie, Viktor«, sagte Kimberly, »George Van Dorn und ich sind auf dieselben Armeeschulen gegangen. Die US-Armee ist nicht defensiv eingestellt, sondern offensiv. Man hat dort viel übrig für ablenkende Angriffe, Präventivattacken und Kommandounternehmen – wie die Briten.« Er musterte Androw aus den Augenwinkeln. »Sie sollten Van Dorn auf die Hörner nehmen, ehe er die Initiative ergreift.«

Androw schloß sorgfältig das Fenster und kehrte an seinen Schreibtisch zurück. Er drücke einen Knopf, und aus dem Lautsprecher tönte George Van Dorns Stimme.

Kimberly lauschte stumm.

»Eine Aufzeichnung von George Van Dorns Anruf im Pentagon«, erklärte Androw. »Da er die Warnung vor unseren Plänen losgeworden ist und annehmen muß, daß die Lage unter Kontrolle ist, wird er wohl nicht selbst noch gegen uns vorgehen.« Mit einem weiteren Knopfdruck ließ Androw eine Frauenstimme ertönen. »Das ist Ihre Tochter Ann.«

Kimberly schwieg.

»Sie spricht mit der National Security Agency. Über Molnija.«

Kimberly hörte sich die Aufnahme einige Minuten lang an, ging dann zum Tisch und drückte den Stoppknopf. »Wie hat man das herausgefunden?«

Androw zuckte die Schultern. »Ich nehme an, man ging davon aus, wir wollten die USA vernichten – und arbeitete sich dann rückwärts weiter. Wie viele Lösungen für ein Problem gibt es? Und so kam man schließlich auf den Weg, den wir tatsächlich beschreiten werden. Sie sehen, Henry, ich habe Van Dorn und seine Organisation nicht unterschätzt. Er hat den Dolch vor langer Zeit fortgesteckt und trägt lediglich noch den Tarnmantel. Jetzt aber erfuhr er etwas und rief seine Freunde beim Militär zu Hilfe. Er selbst wird nicht um sich ballernd hier auftauchen.«

Kimberly antwortete nicht sofort. »Aber er *hat* seine Leute gewarnt, Androw«, sagte er schließlich. »Für gewisse Situationen gibt es bei den Amerikanern ein automatisches Gegenschlagsystem ...«

Androw hob die Hand. »Weiß ich. Aber lassen Sie mich bitte weitersprechen. Sie müssen wissen, daß in diesem Land beinahe jedes Ferngespräch über Kurzwelle läuft. Was für uns sehr angenehm ist, denn dieses Haus sitzt mitten in der sogenannten ›Kurzwellengasse‹. Wir fangen Anrufe ab und belauschen die

Diplomaten in New York wie auch die Rüstungsfirmen auf Long Island. Jeder Anruf, der bei einer Regierungsstelle in Washington eingeht, wird hier überwacht. Van Dorn traf dagegen natürlich Vorsorge. Er installierte einen Anschluß, der über Glasfaserkabel läuft und von unterirdischen Hauptleitungen abzweigt. Sein Telefon, so glaubt er, ist praktisch nicht abzuhören, und das ist der Grund, warum er sich so frei äußert. Nun kann aber die Telefongesellschaft, weil es so wenige sichere Leitungen gibt, einen Anruf dennoch auf Kurzwelle schalten. Würde man zum Beispiel in der Hauptschaltstelle einem Techniker eine gewisse Summe zukommen lassen, so könnte man Van Dorns Anrufe auf Kurzwelle umleiten lassen, ohne daß er darüber informiert würde. So konnten wir mithören ...«

»Das nützt Ihnen aber auch nicht viel«, warf Kimberly ein. »Das Pentagon ist alarmiert.«

Androw lächelte. »Es wäre auch möglich, die Anrufe an einen anderen Ort als das Pentagon zu lenken, Henry. Zum Beispiel zu uns. Wenn Sie es genau wissen wollen, hat Ihr Freund gar nicht mit dem Pentagon gesprochen, sondern mit Nikita Tulow hier unter dem Dach, der in seinem jungen Leben schon viel Schweiß und Mühe darauf verwendet hat, wie ein Stabsoffizier des Pentagons zu denken und zu reden.«

Kimberly begann zu lachen. »Eins zu null für Sie, Viktor.«

Androw neigte dankend den Kopf. »Den Anruf Ihrer Tochter mußten wir durchlassen, weil wir nicht darauf vorbereitet waren, Mitarbeiter der NSA nachzuahmen. Doch wenigstens konnten wir zuhören.« Er fügte hinzu: »Auch in Van Dorns unangenehmen Fernschreiber haben wir uns eingeschaltet. Übrigens ist Ihre Tochter mindestens ebenso unangenehm für mich. Ich möchte ja nicht darauf herumhacken, aber wo sie jetzt in den USA ist, muß ich Sie fragen ...«

Kimberly machte eine abwehrende Handbewegung. »Ach, tun Sie doch, was Sie wollen, Viktor. Belästigen Sie mich nicht mit diesen Dingen. Wenn Sie einen persönlichen Groll gegen sie hegen, handeln Sie entsprechend. Wenn nicht, dann soll sich der Staat mit ihr befassen, als stünde sie auf der langen Liste unserer

Staatsfeinde.« Kimberly ging zur Tür. »Wir sehen uns dann oben.«

»Noch etwas, Henry!« rief Androw.

Kimberly drehte sich um. »Ja?«

»Der Kurier. Er hat mir etwas gemeldet, das Sie interessieren dürfte. Talbot Drei wird heute abend bei uns sein.«

Kimberly nickte. »Ich hatte mir gleich gedacht, wenn Talbot Drei noch lebte und sich in diesem Land aufhielte, würde er – oder sie – Zuflucht vor dem Schlag suchen.«

»Haben Sie eine Vorstellung, um wen es sich dabei handeln könnte?«

Kimberly schüttelte den Kopf. »Wer immer es ist – ich habe ihn damals gekannt.«

»Ja, davon bin ich überzeugt. Es muß einer Ihrer blaublütigen, konservativ-vornehmen Freunde sein. Im Weißen Haus werden sich alle wiedersehen. Präsident Kimberly, Außenminister Allerton und als Geheimdienstchef ... der Unbekannte.«

»Eine interessante Vorstellung«, sagte Kimberly und verließ den Raum.

Die Wächter, die sehr rücksichtslos mit ihr umgegangen waren, stießen Claudia Lepescu in die kahle Zelle: ein kleiner, unbeleuchteter Raum, der eine Liege und einen Abfalleimer enthielt. Die Tür wurde zugeknallt, und sie hörte, wie sich der Schlüssel im Schloß drehte.

Reglos stand sie da und lauschte auf ihren beschleunigten Atem. Langsam wischte sie sich mit dem Saum ihres Kleides den Schweiß aus dem Gesicht. Dann zog sie die Liege vor das hohe Fenster und stellte sich darauf. Sie vermochte in den kaum erleuchteten Dienstbotenhof zu blicken. Das Fenster war vergittert und ließ sich nicht öffnen. Es war bedrückend warm in der Zelle, die Luft war abgestanden. Sie sprang von der Koje, ging zur Tür und tastete nach einem Lichtschalter, aber offenbar ließ sich der Raum nur von außen beleuchten. Mit Gefängniszellen kannte sie sich aus.

Claudia ließ sich auf die Bettstatt sinken. Das Warten und die

Ungewißheit unterhöhlten mit der Zeit alles Denken und Wollen. Die Verhöre und Erniedrigungen waren schließlich eine willkommene Abwechslung, wenn die Schmerzschwelle nicht zu sehr überschritten wurde. Während dieser Sitzungen wußte man wenigstens, woran man war. Es wurden Fragen gestellt und Antworten gegeben. Konkrete Beschuldigungen wurden geäußert, die man von sich wies oder zu entschuldigen suchte. Schließlich kam man frei oder wurde zu Gefängnis verurteilt oder erschossen. Manchmal aber gab es eine weitere Möglichkeit: Man bot dem Verurteilten einen Posten an. In ihrem Fall hatte man sie aufgefordert, die Rolle der Gräfin Claudia Lepescu zu übernehmen, die gleichzeitig mit ihr verhaftet worden war. Sie hatte eingewilligt und ein Jahr lang zusammen mit der früheren Gräfin in derselben Zelle gelebt, bis der KGB sicher war, daß Magda Creanga, wie sie wirklich hieß, in beinahe jeder Beziehung zur Gräfin Lepescu geworden war. Die Gräfin hatte man fortgeschafft; vermutlich war sie erschossen worden, um das Geheimnis zu schützen.

Nach einer gewissen Zeit durfte die neue Claudia Lepescu in die USA auswandern, mit der Unterstützung Patrick O'Briens und seiner Freunde, die sich für ihr Visum eingesetzt hatten.

Und sie hatte ihre Pflicht getan gegenüber den sowjetischen Herren und sich in die Kreise O'Briens und seiner Freunde eingeschlichen. Sie hatte sogar den armen Tony Abrams auf das Dach gelockt. Angeblich sollte er entführt werden – aber sie hatte es besser gewußt. Die Russen waren heimtückisch. Und nun konnte sie als Spionin nicht mehr von Nutzen sein.

Einen Hoffnungsschimmer gab es allerdings noch. Sie war nicht nur als falsche Gräfin und Spionin ausgebildet worden, sondern auch als Verführerin: Sie war eine talentierte und erfahrene Liebesdienerin. Kalin und Androw, die beide mit ihr geschlafen hatten, würden sie vielleicht aus diesem Grund gnädig behandeln.

Sie kniete neben der Liege nieder. Das Wasser im Abfalleimer war klar, und sie wusch sich, so gut es ging. Dann kämmte sie sich mit den Fingern das Haar und zog ihr Kleid glatt. Russen waren sexuell am leichtesten zu erobern. Über die kleinen Besonderheiten im Bett wußten sie weniger als mancher fünfzehnjährige amerikanische Schuljunge. Und ihre Frauen noch weniger.

Schritte hallten im Flur auf. Ein Schlüssel wurde umgedreht, in der Türöffnung erschien ein Mann in Zivil. Er hob die Hand und schaltete von außen eine Lampe an.

»Alexei!« Sie lief zu ihm.

Kalin streckte die Hand aus und schob sie fort; gleichzeitig zog er die Tür hinter sich zu. »Warum bist du so gekommen? Wir hatten am Tor mit dir gerechnet!«

Sie dachte: Ich bin so gekommen, weil Van Dorn es mir befohlen hat, damit seine Männer in Stellung gehen konnten. Sie sagte: »Man war mir auf die Schliche gekommen. Irgendwie hat man herausgefunden ...«

»Das Gift?«

Sie nickte hastig. »Ja. Aber damit ist alles in Ordnung. Roth hat seine Befehle ausgeführt. Und ich auch.« Diesmal leistete Kalin keinen Widerstand, als sie die Arme um ihn legte. »Was soll aus mir werden, Alexei?«

»Du kannst mit dem Gewehr umgehen«, sagte er kühl. »Vielleicht brauchen wir dich noch.«

Ein langfristiges Versprechen war das gerade nicht. Im matten Schein der Lampe betrachtete sie sein Gesicht. »Was ist mit dir passiert?«

»Dein Freund Abrams und ich hatten eine Auseinandersetzung. Wo steckt der miese Kerl jetzt?«

Sie zuckte die Schultern. »Bei Van Dorn habe ich ihn nicht gesehen.« Sie legte den Kopf an seine Brust, während ihre Finger unter seiner Jacke verschwanden und ihm das Hemd aus der Hose zu ziehen begannen.

Er hielt ihre Arme fest und blickte auf die Uhr. »Na schön. Aber die Zeit ist knapp.«

Mit schnellen Bewegungen zog sie sich aus und erwartete ihn schließlich nackt, in der Mitte der Zelle stehend, umgeben von ihrer Kleidung. Sie lächelte. »Ich will dich besitzen, Alexei.«

Kalin entkleidete sich ebenfalls und legte die Sachen auf den

Boden. Den Schulterhalfter hängte er über den Türknauf. »Wir haben keine Zeit für dein volles Repertoire. Fang gleich mit dem Finale an.«

Sie kam zu ihm und kniete vor ihm nieder, wobei sie seine Waden und Oberschenkel massierte.

Kalin lehnte sich an die Tür. »Eine Frau wie du kann während einer langen Belagerung sehr nützlich sein ... und ich glaube nicht, daß Androw dich zu den Waffen ruft. Nein, du hast andere Talente ...« Er schloß die Augen und ließ den Kopf nach hinten rollen.

Claudias Hände umfaßten sein Gesäß. Sie spürte das glatte Leder des Waffengurts am Unterarm.

60

Davis bildete die Spitze, Cameron hielt einen Abstand von etwa fünf Metern, dann folgte Abrams, unmittelbar vor Katherine.

Abrams hielt sein Gewehr am Pistolengriff, die Schlinge vor der Brust, wie man es ihm auf der Polizeiakademie beigebracht hatte. Er kannte das M-16 recht gut, hatte aber seit einigen Jahren keinen Schuß mehr daraus abgegeben. Da Cameron den Gewehrlauf mehr nach rechts schwingen ließ, sicherte Abrams mit der Waffe vorwiegend nach links. Davis hatte sich das M-16 unter den Arm geklemmt und hielt den Lauf nach vorn.

So verhielt die Gruppe einen Augenblick dicht hinter der Grenzmauer. Am Himmel rasten Raketen im Tiefflug dahin und explodierten dicht über dem Horizont. Ihr Licht erhellte die weiter vorn liegende Baumgrenze. Der Trupp setzte sich in Bewegung und folgte den fauchenden Geschossen.

Ein Geräusch ließ Abrams zusammenfahren. Cameron hatte die Hand gehoben und klickte mit einer Blechgrille. Sofort hielt Abrams inne und sicherte nach links, Katherine folgte seinem Beispiel und hielt nach hinten Ausschau. Cameron und Davis gingen aufeinander zu und unterhielten sich kurz, dann kam Cameron nach hinten und kniete neben Abrams nieder. »Davis hat Fußspuren und aufgewühlten Boden ausgemacht«, flüsterte er. »Wahrscheinlich die Stelle, wo man Claudia aufgegriffen hat. Ich hätte gern die Patrouille aus dem Weg, ehe wir weiter vordringen.« Und er gab Abrams knappe Anweisungen.

Abrams winkte Katherine zu sich und gab ihr die Befehle flüsternd weiter.

Schon war Davis in einen großen Ahornbaum gestiegen und suchte das Gelände mit seinem Nachtglas ab. Cameron, der Claudias Strumpfhose mitgenommen hatte, zog sie auf dem schmalen, überwachsenen Weg hinter sich her, der offensichtlich von den Russen benutzt wurde.

Abrams griff in seinen Feldsack und zog ein kleines elektronisches Gerät heraus, das eine Serie kurzer Ultraschall-Laute abstrahlte, unhörbar für menschliche Ohren. Sofort begann in der Nähe ein Hund zu bellen.

Cameron lief am Weg zurück, bis er eine kleine moosbedeckte Lichtung erreichte. Dort legte er die Strumpfhose über den Ast einer Zeder.

Davis ließ seine Grille ertönen – zweimal kurz, dreimal lang, viermal kurz. Feind in Sicht, drei auszumachen, vierzig Meter Entfernung.

Abrams und Katherine knieten dicht nebeneinander nieder und orientierten sich zur vorgesehenen Aktionszone unter der Zeder, die keine sechs Meter entfernt war. Davis kehrte in die unteren Bereiche des Ahorns zurück und legte sich beinahe direkt über der kleinen Lichtung flach auf eine große Astgabel. Die Falle war aufgestellt.

Abrams hörte Männer auf dem schmalen Wildpfad näher kommen. Ein Funkgerät knisterte, gedämpfte Stimmen erklangen, ein Hund bellte ununterbrochen. Unwillkürlich hielt Abrams den Atem an.

Plötzlich sprang das Tier, ein großer Schäferhund, auf die Lichtung und zog an der Leine einen Uniformierten hinter sich her, der über der Schulter ein Gewehr trug. Hastig stellte Abrams das Ultraschallgerät ab, der Hund beruhigte sich und begann leise jaulend den Boden zu beschnuppern. Unter der Zeder blieb das Tier stehen.

Ein zweiter Russe erschien, das Gewehr unter dem Arm. Er sprach in ein Handfunkgerät. Der dritte Russe schlenderte langsam auf die Lichtung. Er hatte kein Gewehr, sondern hielt eine Pistole in der Hand. Abrams vermutete, daß er das Kommando führte.

Der Schäferhund war auf die Hinterbeine gestiegen und zerrte knurrend an der Leine. Der Hundeführer zog ihn zurück, und der Befehlshaber kam näher, entdeckte die Strumpfhose und nahm sie herab. Der Hundeführer hob die Hose an die Nase und machte eine obszöne Bemerkung. Alle drei lachten.

Der Hundeführer kniete nieder und ließ den Hund an der Hose schnüffeln; noch immer lachend, band er sie dann dem Mann mit dem Funkgerät um den Hals. Nur der Schäferhund schien noch beunruhigt zu sein; jaulend schnüffelte er herum und zerrte an der Leine.

Der Mann mit dem Walkie-Talkie setzte eine Meldung ab. Abrams hörte angestrengt zu und wandte sich schließlich an Cameron, der ihn beobachtete. Abrams nickte: Damit bestätigte er Camerons Vermutung, daß der Russe einen falschen Alarm durchgegeben hatte. Cameron gab Abrams und Katherine ein Handzeichen, erhob sich hinter seinen Büschen, hob das schallgedämpfte M-16 an die Schulter und zielte.

Abrams stand ebenfalls auf und bemerkte aus den Augenwinkeln, daß Katherine seinem Beispiel folgte. Plötzlich schienen die Sekunden sehr langsam zu vergehen.

Die drei Russen wandten sich dem Weg zu. Wieder begann der Hund zu bellen und zog seinen Führer herum. Der Mann starrte in die Dunkelheit und stieß, als er Cameron entdeckte, einen erstaunten Ruf aus.

Die Mündung von Camerons Gewehr glühte rot, das Klicken der Mechanik war über dem leisen Prusten des abgeschirmten Schusses deutlich zu hören. Der Hundeführer schien einen Satz nach hinten zu machen und stürzte zu Boden. Der Mann mit dem Funkgerät begriff nicht sofort, was da geschah, dann ließ er das Walkie-Talkie fallen und griff nach seinem Gewehr. Davis'

Feuerstoß ließ den Russen zu Boden gehen. Der Patrouillenführer hatte sich nach den ersten Schüssen zu Boden geworfen und kroch auf allen vieren den Weg entlang. Katherine und Abrams schossen gleichzeitig und entfesselten einen tödlichen Stahlhagel. Der Russe brach zusammen.

Etliche Sekunden lang rührte sich niemand. Es war still im Wald. Dann begann der Hund zu jaulen. Er hatte offenbar einen Schuß in den Hinterlauf erhalten und versuchte zu seinem Herrn zu kriechen. Cameron sprang hastig vor und erledigte das Tier mit einem Kopfschuß.

Katherine wandte sich ab. »Rücken Sie dreißig Meter auf dem Weg vor und passen Sie auf«, flüsterte Cameron ihr zu.

Ohne hinzuschauen ging Katherine um die Leichen herum. Davis war oben im Baum geblieben und signalisierte mit seiner Blechgrille, daß kein Feind in Sicht sei. Dann kam er herab und schaute sich die drei toten Russen an. »Sehen Sie da die drei grünen Streifen an den Uniformen?« fragte er. »Die Burschen gehören zum Obersten Grenzschutz-Direktorat.«

Cameron nickte. »Eine Elite-Einheit des KGB«, erklärte er Abrams. »Etwa mit den Marinesoldaten zu vergleichen. Jedenfalls keine einfachen Botschafts-Wächter. Solchen Typen möchte ich nicht noch einmal über den Weg laufen. Also weiter!«

Abrams holte Katherine, die Patrouille formierte sich neu und setzte ihren Vorstoß fort. Durch den dünner werdenden Wald kam sie gut voran und erreichte schließlich den Rand des weiten Nordrasens.

Abrams blickte über die freie Fläche, die zu dem etwa hundert Meter entfernten Haus anstieg. Flutlichter erhellten jeden Quadratzentimeter, zusätzliche Scheinwerfer suchten den Waldrand ab. Ein Lichtkegel zuckte plötzlich herbei und richtete sich auf eine wenige Meter entfernte Stelle.

»Ganz ruhig!« sagte Cameron. »Die Scheinwerfer sind nicht bemannt, sondern werden automatisch bewegt – in unterschiedlichen Abständen und Richtungen.« Und schon zuckte das Licht zehn Meter weiter nach rechts, dann nach links, wobei es kurz die Gruppe streifte.

Abrams machte drei Gestalten mit Gewehren aus, die auf der Terrasse des Hauses hin und her marschierten.

Katherine blickte auf die Uhr. »Wir sind einige Minuten zu spät dran.«

Cameron nickte. »Macht nichts, wenn die anderen ihr Ziel nicht erreicht haben. Ohne Hilfe kommen wir ohnehin nicht über den Rasen.«

Davis hob das Fernglas und blickte zum Haus hinüber. »Ich sehe die Wände und Bepflanzungen des Vorhofs ... außerdem die japanischen Lampen der Auffahrt in der Einmündung zum Hof.« Seine Stimme belebte sich. »Da ist der Lieferwagen! Pembroke ist am Wachhaus vorbei! Der Wagen fährt zum Haupteingang.« Er setzte das Fernglas ab und blickte die anderen an. »Gut gemacht!«

»Die haben auch noch einen weiten Weg vor sich«, stellte Cameron fest. »Wie wir. Der Lauf über den Rasen dauert fünfzehn Sekunden. Am besten sucht man sich ein Gebet oder Gedicht aus, das fünfzehn Sekunden dauert. Ich nehme immer das Vaterunser ... Wenn ich es aufgesagt habe und beim ›Amen‹ bin, möchte ich auf der Terrasse sein. Hat bisher immer geklappt.«

Das mußte ja wohl auch so sein, dachte Abrams, sonst wäre Cameron nicht hier neben ihm.

»Also los«, befahl Cameron. »Bajonette aufsetzen!«

61

Langsam fuhr Roths Lieferwagen durch den hübsch gestalteten Vorhof, der taghell erleuchtet war. Etwa alle zehn Meter standen schwerbewaffnete Wächter. Pembroke linste vorsichtig über die Sitzlehne. »Sieht nicht gerade gut aus«, sagte er zu Ann.

Der Wagen fuhr nach links und hielt vor der Haupttür. Pembroke und Ann schlichen nach hinten, wo Llewelyn und Sutter bereits von innen die Türgriffe festhielten, bereit, ins Freie zu springen.

Ein russischer Wächter näherte sich Roths Tür. »Was machen

Sie hier, Roth?« fragte er auf Englisch. »Ich habe vom Tor keine Meldung bekommen.«

Roth öffnete den Mund, brachte aber kein Wort heraus.

»Sie stinken nach Whisky!« fauchte der Wächter. »Bleiben Sie, wo Sie sind.« Und er verschwand.

Behutsam entsicherte Pembroke sein M-16, Ann und die beiden Männer folgten seinem Beispiel. Vorsichtig blickte Pembroke nach vorn durch die Windschutzscheibe und sah vier Uniformierte vorbeigehen.

Der erste Wächter kehrte zurück. »Das Tor antwortet nicht. Was wollen Sie?«

Roth atmete tief durch. »Noch mehr Speisen. Für Androw.«

Der Wächter schwieg.

»Ich habe auch etwas für Sie«, sagte Roth heiser. Er wandte sich zur Seite und betastete eine Einkaufstasche, die neben ihm auf dem Sitz lag.

»Wodka und Scotch. Sechs Flaschen.« Er reichte die Tasche durch das Fenster.

Der Wächter sah sich um und nahm die Gabe hastig an sich. »Fahren Sie, Roth!«

Roth nickte hastig und legte den Gang ein. Sein Fuß zitterte so heftig, daß das Fahrzeug ruckhaft anfuhr. Wieder ging es nach links, am Südrand des Hofes entlang, dann nach rechts auf einen schmalen Weg, der zur Südseite des Hauses herumführte.

Pembroke richtete sich hinter Roth auf. »Sehr gut, noch ein Kontrollpunkt. Wenn Sie uns durchbekommen, haben Sie sich die Begnadigung verdient. Ganz ruhig. Alles läuft bestens.«

Der Wagen hielt vor dem Eisentor des umbauten Dienstbotenhofes, und ein Wächter legte die Hände vor die Augen, um von den Scheinwerfern nicht geblendet zu werden. Er nickte, als er Roth erkannte, und öffnete das Tor. Roth fuhr halb durch und stoppte. Pembroke ließ sich hinter dem Fahrersitz zusammensinken. Der Wächter legte die Hände auf den Fensterrahmen. »Haben Sie mal wieder eine Kleinigkeit extra, Roth?«

Roth nickte und nahm eine Tüte zur Hand, die vor dem Beifahrersitz auf dem Boden gestanden hatte. Der Russe schaute hinein. »Was ist das für Zeug?«

»Likör. Süß. Für die Damen. Sehr teuer.«

Der Wächter brummte verächtlich.

»Das Ausladen kann ein bißchen dauern«, sagte Roth. »Ich muß ein Büfett aufbauen. Etwa eine Stunde.«

»Fahren Sie rückwärts an den Liefereingang heran. Aber versperren Sie niemandem den Weg.«

Roth nickte und fuhr über den vollen Parkplatz; vorsichtig steuerte er dann rückwärts an den Lieferanteneingang heran. Schließlich stellte er den Motor ab, machte das Licht aus, stand auf, ging auf unsicheren Beinen nach hinten und öffnete die Ladetür des Wagens.

»Schnell, machen Sie die Tür auf«, sagte Pembroke.

Roth sprang aus dem Wagen und öffnete die breite Doppeltür, deren Flügel sich mit den Wagentüren überdeckten und zwischen Wagen und Haus eine abgeschirmte Zone bildeten. Pembroke blickte durch die Türöffnung in einen großen Lagerraum. Am anderen Ende befand sich eine einfache Tür, die geschlossen war.

Pembroke sprang ins Freie und schob Roth ins Haus. Sutter, Ann und Llewelyn schnappten sich Kisten mit Speisen und trugen sie ins Innere, wo sie sie an einer Wand abstellten. Sutter kehrte nach draußen zurück, schloß die Wagentür und zog dann auch die Doppeltür hinter sich zu.

»Halt!« Schritte eilten herbei.

Pembroke schob Roth zur Tür. Die anderen preßten sich flach gegen die Wand.

Der Wächter erschien vor der Türöffnung. »Roth, ich hab' vergessen, Ihnen was zu sagen. Die Tür darf nicht offen bleiben. Sollte sie nach 23.30 Uhr noch offen sein, läßt Androw Sie erschießen.«

Roth nickte hastig. »Ich wollte sie eben zumachen.«

»Und lassen Sie sie zu.«

»Ja, ja.«

Der Wächter musterte den anderen. »Was ist denn mit Ihnen, Roth? Warum zittern Sie so? Was ...?«

Pembroke stemmte sich von der Wand fort und schob Roth

zur Seite. Der Mann riß den Mund auf, als die schwarzgekleidete, maskierte Gestalt vor ihm erschien. Pembroke packte den Russen am Waffengurt, zerrte ihn kraftvoll durch die Tür herein und knallte ihn gegen die Wand. Sutter versetzte ihm einen Hieb in den Unterleib, und als er nach vorn klappte, setzte Llewelyn mit einem Karatehieb in den Nacken nach. Der Russe sank zu Boden und rührte sich nicht mehr.

Sutter und Llewelyn schnappten sich den Bewußtlosen an den Armen und zerrten ihn hinter Pembroke und Roth her durch den Lagerraum. Ann verriegelte den Lieferanteneingang und folgte der Gruppe mit schnellen Schritten. Langsam öffnete Pembroke die große Tür am anderen Ende und blickte in einen Bereich, der angefüllt war mit Röhren und Leitungen. Links befand sich ein Frachtfahrstuhl. Darunter lag der Kesselraum. Gefolgt von den anderen, durchquerte er den engen Raum und kam durch eine andere Tür in einen langen Korridor, an dem die früheren Dienstbotenquartiere lagen. An der ersten Tür, die er erreichte, hielt Pembroke lauschend inne und drückte auf die altmodische Klinke. Die Tür ging auf, und er betrat den dunklen Raum. Auf sein Zeichen folgten ihm die anderen, die den Russen mitschleppten. Ann schloß die Tür und kniete sich vor das Schlüsselloch, während Pembroke eine Lampe anzündete.

Der Raum enthielt ein Bett, eine Kommode, einen Schrank, einige Stühle und einen Ankleidetisch. Offenbar wohnte hier eine Frau. Pembroke öffnete die Schranktür und sah darin Kleider, Röcke und Oberteile. »Hinein mit Ihnen!« flüsterte er Roth zu.

Hastig stieg Roth in den Schrank.

»Roth, Sie sind seit vierzig Jahren ein Verräter«, sagte Pembroke, »aber durch Ihre Mitwirkung haben Sie alles wiedergutgemacht. Sie bleiben am Leben. Drehen Sie sich um.«

Roth drehte sich zur Wand. Llewelyn fesselte ihm die Hände auf den Rücken und wollte ihm einen Klebestreifen vor den Mund legen.

»Moment noch«, sagte Pembroke. »Roth, möchten Sie uns sonst noch etwas mitteilen? Irgend etwas, das wir wissen müssen, um den Einsatz erfolgreich abzuschließen? Überlegen Sie gut.«

Roth schwieg einen Moment lang und sagte: »Nein ... nein, nichts.«

Pembroke nickte Llewelyn zu, der das Klebeband anbrachte. Im gleichen Moment tratt Sutter vor, legte Roth ein Stück Klavierdraht um den Hals und zog ihn mit einer Wendung der behandschuhten Hand zusammen. Roth ging zuckend zu Boden.

Ann verfolgte die Szene mit geweiteten Augen von der Tür her.

»In meinem Land«, sagte Pembroke zu ihr, »wird Verrat mit dem Tod durch Erhängen bestraft. Besser konnten wir das unter den gegebenen Umständen nicht machen.« Er blickte auf den Russen, der am Boden lag. »Nehmt ihm die Uniform ab und legt ihn schlafen.«

Sutter und Llewelyn zogen dem Mann Uniform, Stiefel und Waffengurt aus. Sutter nahm eine kleine Injektionspistole zur Hand und preßte sie dem Russen an den Arm; schließlich landete der Mann im Schrank auf dem toten Roth.

»Llewelyn, du hast etwa die Größe des Kerls. Und dein Gesicht ist slawisch-finster, wie es sich gehört.« Er lächelte.

Während Llewelyn sich fertigmachte, blickte Pembroke auf die Uhr. »Also, Leute, drin wären wir.«

Im gleichen Moment schnipste Ann mit den Fingern. Sie schaute durch das Schlüsselloch. Im Gang waren Schritte zu hören. Ann hob drei Finger und deutete mit der anderen Hand eine Pistole an: drei bewaffnete Wächter. Die Schritte verstummten, und eine Stimme sagte etwas auf Russisch. Eine andere antwortete, dann klang Gelächter auf. Die Schritte entfernten sich im Gang.

»Es hatte irgendwie mit der Rumänin zu tun – mit Claudia«, flüsterte Ann. »Und mit einem Mann namens Kalin. Die beiden müssen in einem dieser Räume sein. Verwahrungszelle. Können wir ihr helfen?«

»Nein, sie muß allein durchkommen«, erwiderte Pembroke. »Sie hat sich freiwillig gemeldet, und dabei kann sie uns mehr nützen. Außerdem traue ich ihr nicht ganz.«

Als er sicher war, daß die Russen fort waren, öffnete Pembroke vorsichtig die Tür. Llewelyn betrat den Gang als erster, schaute nach links und rechts und nickte. Mit schnellen Schritten begab sich die Gruppe zum Frachtfahrstuhl und betrat die große hölzerne Kabine. Sutter schloß die Türen mit der Hand, und Llewelyn bediente den Hebel, der den ächzenden Lift in Bewegung setzte. »Nächste Station ist das erste Obergeschoß – von dort ist es dann nur noch eine Treppe bis zum Boden.«

Der Fahrstuhl hielt. Sutter lauschte an der Tür. Pembroke und Ann hoben die automatischen Gewehre. Llewelyn umfaßte den Griff und schob die Tür auf. Ein kleiner Vorraum wurde sichtbar.

Die vier warteten eine ganze Minute lang, ehe sie die Kabine verließen. Vom Vorraum ging es in einen langen Flur, der sich etwa dreißig Meter weit von Norden nach Süden erstreckte. Links und rechts gingen in unregelmäßigen Abständen schwere Eichentüren ab. Hastig begab sich Llewelyn zur dritten Tür rechts, stellte sich mit dem Rücken dagegen und tat, als sei er ein Wachtposten. Er lauschte, hielt die Augen offen und wartete, dann schob er die Hand hinter sich und drehte den Knauf. Verriegelt. Er zog einen Dietrich aus der Tasche, überlistete das alte Einsteckschloß und öffnete die Tür. Pembroke, Ann und Sutter huschten an ihm vorbei und erreichten den kleinen Vorraum am Fuß der Bodentreppe.

Llewelyn wollte schon folgen, hielt aber plötzlich inne. Auf der anderen Flurseite öffnete sich eine Tür, und zwei Russen in Zivil erschienen.

Llewelyn schloß die Tür und setzte seine Rolle als Wachtposten fort. Aus den Augenwinkeln sah er die beiden Männer näherkommen. Der eine war ein dünner, glatzköpfiger älterer Mann, der andere ein kräftiger Mann Mitte zwanzig.

Pembroke, Ann und Sutter warteten lauschend hinter der Tür.

Der alte Mann sagte etwas.

Llewelyn kannte zwei Worte Russisch: *da* und *njet*. Starr geradeaus blickend, antwortete er: »*Da*!«

Die beiden Russen sahen sich fragend an.

Ann flüsterte: »Er hat gefragt, wer ihn vor der Bodentür postiert hat und warum. Die Antwort dürfte ihn nicht zufriedenstellen.«

Die beiden Russen machten einen Schritt auf Llewelyn zu, und wieder ergriff der Glatzköpfige das Wort.

»Ach, Scheiß auf euer *da* und *njet*!« brummte Llewelyn gereizt. »Ich hab' die Nase voll!« Er setzte dem älteren Mann die mächtige Faust mitten ins Gesicht, so daß er rücklings zu Boden ging. Der junge Russe, der bisher kein Wort gesagt hatte, stieß einen erschrockenen Schrei aus und starrte auf den Bewußtlosen. Als er sich wieder zu Llewelyn umdrehte, starrte er bereits in die Mündung eines Revolvers.

Die Tür hinter Llewelyn ging auf, und Ann erschien. »Hallo, Nikolai Wassiljewitsch«, sagte sie, nahm die Maske ab und schüttelte ihr Haar aus. »Treten Sie bitte ein. Ich möchte Sie mal kurz sprechen.«

Der junge Mann riß den Mund auf. Llewelyn gab ihm einen Stoß, zerrte den Bewußtlosen in den Raum. Sutter schloß die Tür.

Pembroke starrte auf den Mann am Boden, dessen Gesicht kaum noch zu erkennen war. »Ich glaube, es ist Karpenko, der leitende Kommunikationsoffizier hier.« Er wandte sich dem jungen Russen zu und fragte: »Karpenko?«

Der Mann nickte zögernd, und sein Blick kehrte zu Ann zurück.

»Sie brauchen keine Angst zu haben«, sagte Ann. »Wir tun Ihnen nichts. Und jetzt werden Sie uns Wort für Wort die Meldung wiederholen, die Sie Viktor Androw aus Moskau überbracht haben.«

Nikolai Wassiljewitsch richtete sich auf und schüttelte entschlossen den Kopf. »Nein. Sie können mich deswegen ruhig erschießen.«

Ann übersetzte die Antwort.

Pembroke richtete die Waffe auf den jungen Mann und sagte: »Tod allen Schweinen vom KGB!«

Hastig schüttelte Nikolai Wassiljewitsch den Kopf. »Nein«, sagte er auf Englisch. »Ich gehöre nicht zum KGB. Ich bin Soldat. GRU, Militär-Geheimdienst.«

Ann legte ihm die Hand auf die Schulter und sagte auf Russisch: »Sie sind zu jung zum Sterben, Nikolai. Ich schwör's

Ihnen, wenn Sie mitmachen, geschieht Ihnen nichts.« Sie starrte dem Mann in die braunen Augen.

»Wort für Wort«, sagte sie noch einmal. »Ich merke bestimmt, wenn Sie sich nicht mehr an den vorgeschriebenen Text halten. Los.«

Nikolai Wassiljewitsch stand vor ihr, den Blick starr ins Leere gerichtet, und sagte mit monotoner Stimme die Botschaft auf, die er schon Viktor Androw übermittelt hatte. Im Anschluß gab Ann eine Zusammenfassung auf Englisch. »Es handelt sich wirklich um Molnija, und die Sache steigt heute nacht. Das wußten wir aber schon. Was wir nicht wußten, ist, daß Talbot Drei heute hier sein wird – oder bereits zur Stelle ist.«

Pembroke nickte und starrte den Russen an, der zu schwitzen begonnen hatte. »Es ist zwar nicht mehr Mode, den Überbringer schlechter Nachrichten umzubringen ...«

»Nein, Marc«, sagte Ann und legte die Hand auf seine Pistole. »Ich hab's ihm versprochen.«

Pembroke erwiderte kurz ihren Blick und wandte sich dann an Sutter: »Unter die Treppe mit ihm.«

Sutter nahm ein Injektionsgerät aus der Tasche und betäubte den Russen, der anschließend in dem engen Raum verstaut wurde.

Unterdessen blickte Pembroke die schmale, dunkle Treppe hinauf, die an einem oberen Absatz endete. Dahinter war eine Stahltür zu erkennen, von der er wußte, daß sie zum Südende des großen Dachbodens führte. Es gab drei andere Bodentreppen, jeweils mit Stahltüren, die auf der Innenseite mit Querstreben gesichert waren. »Hinter der Tür dort liegt der Heilige Gral«, sagte er leise zu Ann.

»Den können Sie gern behalten«, antwortete sie lächelnd. »Mich interessieren nur die Funkgeräte. Noch vor Mitternacht muß ich mit Washington und Moskau sprechen.«

Pembroke blickte auf die Uhr. »Wir werden uns größte Mühe geben.«

Llewelyn war bereits oben an der Treppe und befestigte weichen Plastiksprengstoff am stählernen Türrahmen.

»Bitte möglichst wenig schießen«, sagte Ann. »Die elektronischen Geräte sind lebenswichtig.«

»Verstanden.«

»Wenn wir hier Erfolg haben, möchte ich kein Massaker erleben, Marc. Sondern nur raus hier.«

»Und wenn wir es nicht schaffen?«

Sie blickte ihm offen in die Augen. »Dann richten wir uns nach Georges Losung und nehmen so viele mit in den Tod, wie wir erwischen können. Dann besteht für uns kein Grund mehr, das Haus wieder zu verlassen.«

Pembroke nickte. »Und wie hätten Sie gern Ihren Vater? Tot oder lebendig?«

Sie antwortete ohne zu zögern: »Er soll wieder in sein Grab. Dorthin gehört er.«

»Und Thorpe?«

»Den möchte ich lebendig.«

»Sonst noch Anweisungen?«

»Ja, wenn Talbot Drei wirklich hier ist, muß er gefunden werden.«

Pembroke nickte. »Keine Sorge, wenn wir hier fertig sind, gibt es in diesem Haus keine Geheimnisse mehr.«

62

Der schwere Hubschrauber näherte sich auf südlichem Kurs der Küste von Long Island. »Ziel fünf Kilometer Süd voraus!« rief Sprungleiter Farber. »Nord-Windböen bis vierzehn Kilometer die Stunde auf Bodenhöhe. Teils geschlossene Wolkendecke, dahinter ein dreiviertelvoller Mond. Regenfront im Anmarsch. Ziel gut beleuchtet und leicht zu identifizieren. Landet nicht versehentlich bei George, der würde euch erschießen!« Er lachte. »Fertigmachen!«

Grenville stand auf und näherte sich der Schiebetür. Hinter ihm stellten sich Pembrokes Söldner an, Stewart und Collins. dahinter kamen die alten Recken Johnson und Hallis. Grenville kannte sich im taktischen Fallschirmspringen gut genug aus, um zu wissen, daß das Prinzip Freundschaft eine große Rolle spielte. So schienen Stewart und Collins zusammenzugehören und vermutlich auch Johnson und Hallis. Nur Tom Grenville mußte allein zurechtkommen.

Plötzlich ging die Kabinenbeleuchtung aus, und die Lichter im Cockpit wurden gedämpft. Die Piloten zogen Sichtblenden vor die Seitenfenster und schalteten die äußeren Positionsleuchten aus, was Grenville für gefährlich hielt. Farber schien seine Gedanken zu ahnen. »Keine Sorge, Jungs, niemand ist so verrückt, heute nacht in dieser Höhe zu fliegen.«

Der abgedunkelte Hubschrauber verharrte in der Luft, schräg in den Wind geneigt, der sich nachdrücklicher bemerkbar machte; die Kabine wurde hin und her geworfen. Die Männer klammerten sich an die Halteschlaufen. »Ziel ein Kilometer südlich voraus!« rief Farber.

Grenville überprüfte noch einmal seine Ausrüstung und rückte den Gurt des M-16 zurecht. Dann blickte er aus dem Türfenster.

»Höhe fünftausendfünfhundert Fuß. Ziel hundert Fuß über Meereshöhe, plus minus ein paar Schornsteine.«

Abrupt stieß Farber die Schiebetür auf, und kalte Luft wehte explosionsartig herein. Der Lärm des Rotors war ohrenbetäubend.

Farber hob den Daumen und ließ ein grünes Kugelschreiberlicht aufleuchten. Stewart hob die Hände und schob Grenville durch die offene Tür.

Tom Grenville schlug mehrere Purzelbäume in der Luft, dann vermochte er sich aufzurichten und die Arme auszubreiten. Der freie Fall war wie immer ein Genuß. Er schwebte über dem mondhellen Wasser des Long Island Sounds und ließ sich vom Wind auf die vor ihm liegende Küste zutreiben. Stewart, ich bin nicht mit dem verdammten Ponton zusammengestoßen! dachte er.

Er blickte zurück und sah Stewart und Collins über sich schweben. Im gleichen Moment stürzte auch Johnson aus der Kabine, gefolgt von Hallis.

Aus der dunklen Kabine blickte Farber dem letzten Springer nach und griff nach dem Türriegel.

In diesem Moment öffnete sich ein Luk in der Heckraumwand des Helikopters, und ein Mann trat heraus. Farber spürte die Bewegung und blickte dem Schatten entgegen. Der schwarzgekleidete Mann, der einen Fallschirm angelegt hatte, blieb vor Farber und der halb geöffneten Tür stehen. »Hallo, Barney«, sagte er.

Farber riß überrascht die Augen auf, als der Mann den Arm hob und Farber, der keinen Fallschirm trug, ins Nichts hinausstieß und dann selbst absprang.

Tom Grenville betrachtete die näher kommende Küstenlinie. Er hoffte, daß sie das russische Haus entdecken würden, wenn er auch nicht wußte, ob er es wirklich anfliegen würde. Er wäre nicht der erste Fallschirmspringer, der auf dem Weg nach unten zur Besinnung kam, sein Ziel verfehlte und hinterher erklärte, er habe sich eben geirrt.

Je tiefer er kam, desto wärmer wurde die Luft, und der Wind ließ nach. Weiter vorn erblickte er Glen Cove und das girlandengleiche Gewirr der erleuchteten Straßen. Am Rand der Wohnviertel erhoben sich hier und dort die großen Landhäuser, umgeben von dunklen Wald- und Wiesenflächen. Grenville entdeckte das Anwesen der Russen und erkannte, daß er nicht gut behaupten konnte, dieses Ziel verfehlt zu haben.

Er betrachtete das hell beleuchtete Terrain rings um das Gebäude. Er war schon dicht heran und konnte gar nicht mehr unbemerkt vorbei; sein Rendezvous mit dem Tod oder dem Leben war unvermeidlich.

Er betrachtete die sich schnell verändernden Ziffern an seinem Höhenmesser und begann das Haus anzusteuern.

Vorsichtig blickte er über die Schulter. Die vier anderen Fallschirme waren dicht hinter ihm; die Männer bewegten ebenfalls die Leinen und versuchten ihr Ziel zu treffen. Grenville blickte wieder nach vorn, dann ruckte sein Kopf nach hinten. *Eins, zwei, drei, vier… fünf!* Da stimmte etwas nicht! Wieder zählte er. War etwa Farber mit abgesprungen? Aber Farber hatte keinen Fallschirm getragen. Wer war der fünfte? Vielleicht ein Mann, der Grenvilles Partner sein sollte? Aber die anderen Männer hatten sich ebenfalls umgedreht und beobachteten den unbekannten Fallschirmspringer. Instinktiv wußte er, daß der sechste Mann nicht dazugehörte.

63

Es wurde steiler im Tunnel, und Stanley Kuchik verstärkte den Griff um das Kabel. Bald mußte er am Ende des Weges sein. »Sind Sie noch da?« rief er leise. »Lassen Sie bloß nicht los! Oder sagen Sie wenigstens vorher Bescheid!«

Joan glaubte zu spüren, daß der Junge Angst hatte. »Sie werden es als erster merken«, sagte sie.

Stumm ließ sich Stanley weiterziehen. Er spürte ein schwaches Hindernis am Helm und hörte ein leises Klirren – das Signal, daß er noch zehn Sekunden Zeit hatte, bis seine Finger die Umkehrrolle erreichten. Hastig nahm er eine Hand vom Kabel und tastete an der Oberkante der Röhre herum, bis er den ersten dort angebrachten Handgriff fand. Er gab das Kabel ganz frei und langte über dem Kopf nach dem nächsten Griff; auf diese Weise zog er sich, noch immer auf dem Wägelchen liegend, weiter voran.

Wieder ertönte das Windspiel, und er hörte, wie Joan nach dem ersten Griff tastete. Gleich darauf stieß sie mit dem Kopf gegen seine Füße. »Halt«, sagte er.

Stanley hörte das Kabel über seinem Gesicht um die Rolle surren. Er ertastete den nächsten Griff, zog sich ein Stück weiter und kam in Berührung mit dem Beton, den die Russen zur Blockierung in die Röhre gegossen hatten. Er atmete tief durch. Die Luft in dem engen Tunnel war schlecht, und ihm war schwindlig. »Ich bin an der Wand«, flüsterte er.

»Na, dann rammen Sie durch.«

Bergen hatte erklärt, daß seine Männer – die Liliputaner – die Betonsperre mit Salzsäure bearbeitet hatten, bis nur noch eine etwa fünf Zentimeter dicke Barriere übriggeblieben war.

Stanley begann sich mühsam zu drehen, bis er mit dem Gesicht nach unten auf dem Wägelchen lag. Vor sich fand er einen in eine Vertiefung gesetzten Handgriff, legte die geschützten Finger darum und zog. Der Wagen bewegte sich nach vorn und ließ den Helm gegen die Betonmauer prallen. Der von der Säure brüchig gewordene Beton zerbrach sofort und fiel polternd im Kesselraum zu Boden.

Licht strömte in den Tunnel. Stanley war im ersten Moment beinahe geblendet. Kühle Luft berührte sein verschwitztes Gesicht. Er zog die Pistole und zielte damit nach vorn.

Wenn sich jemand im Kesselraum aufhielt oder durch den Lärm alarmiert wurde, sollte er ›Rot!‹ brüllen, woraufhin sich dann beide abstoßen und auf den Wägelchen zurück in den Kellerraum der Tennishalle fahren würden.

»Grün oder rot?« flüsterte Joan von hinten.

Stanley starrte auf die geschlossene Tür des Kesselraums. »Gelb.« Er wartete noch eine Weile und rief plötzlich: »Grün! Grün!«

»Verstanden. Grün«, antwortete Joan und schien deswegen nicht gerade froh zu sein.

Stanley steckte die Waffe in seinen Brustbeutel, zog das Wägelchen unter sich hervor und ließ es über den Rand der Röhre rollen. Mit leisem Geräusch prallten die Gummiräder auf.

Stanley beseitigte einige Reste des Betons und zog sich dann mit Kopf und Körper aus der Röhre. Mist, die Öffnung lag mindestens anderthalb Meter über dem Boden!

Er wand sich hinaus, beugte sich in der Hüfte, kroch mit den Händen an der Wand nach unten, bis Gewicht und Schwerkraft ihn zu Boden zogen. Er traf mit den Händen auf und machte einen Purzelbaum fort von der Wand, was ihn sofort auf die Beine brachte. Hastig zog er die Waffe und stellte sich mit dem Rücken an die Wand. Dann ging er zur Tür des Kesselraums und lauschte. Er hörte Geräusche, die er aber nicht identifizieren konnte. Lautlos wanderte Stanley durch den großen, hell erleuchteten Raum. Er fand eine primitive Holzbank, stellte sie an die Wand, trat darauf und schaute in die Öffnung. Kaum einen Meter entfernt sah er Joans Kopf und Schultern – aus dieser Perspektive kam es ihm unglaublich vor, daß sie den Tunnel geschafft hatten. Auf diesem Wege rechneten die Russen bestimmt nicht mit einem Angriff.

»Okay«, rief er »Alles in Ordnung hier ...«

»Holen Sie mich hier raus. Ich kann mich nicht mehr lange halten.«

Stanley langte in den Tunnel, packte Joan unter den Achseln und zerrte so fest er konnte. Mit einiger Mühe bekam er sie heraus; haltlos sank sie ihm in die Arme. Mit aufgerissenen Augen starrten sie sich an, als das Surren ihres Wägelchens erklang, das immer schneller werdend durch die Röhre zurückfuhr ...

»Sie sollten das Ding mit einer Schnur festmachen ...«

»Hab' ich vergessen!« fauchte Joan. »Setzen Sie mich ab!«

»Ich hätte Sie erinnern müssen. Wie wollen Sie jetzt zurück?«

»Mit einem Taxi.« Sie sah sich um. »Als nächstes machen wir unsere Ankunft ungeschehen. Richtig?«

Joan und Stanley sammelten die Betonbrocken vom Boden auf und versteckten sie hinter einem Kessel. Stanleys Wägelchen wanderte in das gleiche Versteck. Stanley griff in seinen Beutel und zog ein rundes Tuch heraus, das auf der Rückseite selbstklebend war. Er stellte sich auf die Bank, entfaltete das Tuch und spannte es über die Tunnelöffnung.

Joan inspizierte sein Werk von der anderen Seite des Raums. Der Stoff war wie Beton gestaltet und hob sich auf den ersten Blick nicht von der übrigen Wand ab. Stanley brachte die Bank dorthin zurück, wo er sie gefunden hatte, während Joan zwei der vier elektrischen Lampen lahmlegte, indem sie die Glühbirnen teilweise herausschraubte. Der hintere Teil des Raums mit dem Tunnelzugang lag nun im Dunkeln. »Viel besser so. Machen wir weiter.«

Stanley zog seine Waffe und öffnete nach kurzem Blick auf

Joan die Tür. Durch den Spalt sah er den großen Lagerraum, den er bei seinem letzten Besuch durchquert hatte. Stanley führte Joan durch die Konservenreihen; am anderen Ende war seine persönliche Erfahrung zu Ende; nun mußte er sich auf eine kleine Zeichnung verlassen. Es schloß sich ein Gewirr von Holzverschlägen an, mit zahlreichen Türen, die zum Teil in Russisch, zum Teil noch in Englisch beschriftet waren. Endlich erreichte er die Tür, die er suchte, und verglich die kyrillischen Buchstaben mit seiner Karte. Langsam öffnete er sie und betrat zögernd einen schmalen, dunklen Durchgang. Joan folgte ihm dichtauf. Sie näherten sich dem Westende des Hauses.

Der Gang endete in einem weiten Bereich. Drei Meter vor ihm befand sich eine ziemlich neue Betonwand, etwa fünfzehn Meter lang. Stanley näherte sich der einzelnen massiven Tür, die mit Blei bedeckt war. Vor ihm lag der Luftschutzkeller.

Drinnen, so hatte man ihm gesagt, befanden sich mehr als hundert Russen: Männer, Frauen und Kinder. Er und Joan mußten dafür sorgen, daß sie dort blieben.

Stanley und Joan öffneten Gefäße mit Epoxyd-Kleber und spritzten die schnell trocknende Masse in den Türrand. Damit war den Russen die Möglichkeit verbaut, die Tür zu öffnen.

Wieder blickte Stanley auf seinen Plan. Man hatte ihn unterrichtet, daß es hier eine Treppe geben müßte, die im Erdgeschoß zu einem Flur zwischen Wohnzimmer und Trophäenraum führte. Joan öffnete einige Türen vor der Betonwand, fand aber den Zugang zur Treppe nicht. »Der Aufgang muß drinnen im Luftschutzkeller enden«, flüsterte sie.

Stanley nickte.

»Vergessen wir das andere nicht«, fuhr Joan fort. »Hier drüben.« Sie führte Stanley zum Südfundament des Hauses. Drei große Stahlkästen standen hier, etwa so groß wie Tiefkühltruhen. Es handelte sich um die Klimageräte und Luftfilter für die Bombenschutzräume. Zuleitungen kamen aus der Hauswand und führten zu den Geräten; sie hatten ihren Ursprung irgendwo in den Pflanzenanlagen an der Südterrasse. Andere Leitungen führten von den Maschinen zur Decke hoch und in den Luftschutzkeller.

Die Geräte liefen gerade nicht, und Stanley betastete sie, bis er das Aggregat fand, das noch warm war. »Dieser Bursche hier.«

Er entfernte eine Seitenklappe, blickte hinein und machte Kohle- und Fiberglasfilter aus. Er zog eine Einheit heraus und warf sie hinter die Maschine. Joan reichte ihm einen vakuumverschlossenen Plastikbeutel. Er riß ihn auf, warf den Inhalt hastig in die entstandene Öffnung zwischen den Filtern und sprang zurück, denn er wußte, daß sich die durchsichtigen Kristalle sofort zu einem unsichtbaren und geruchlosen Gas auflösten. Er legte die Verkleidung wieder vor und wandte sich von der Maschine ab. »Bald werden sie einschlafen...« sagte er. »Warten wir noch, bis das Aggregat anspringt...« Aber als er sich umsah, verschwand Joan bereits wieder im Gang. Nervös lief er hinter ihr her.

Es ging nach rechts, in die Richtung, aus der sie gekommen waren, nun aber vorbei am Kesselraum bis zur Tür des Elektrizitätsraums. Stanley machte auf und betrat die schmale, lange Energiezentrale. Drei Meter vor ihm stand ein Mann im Arbeitsoverall. In einer Hand hielt er ein Klemmbrett, in der anderen einen Bleistift.

Joan stieß einen Schrei aus. Der Mann reagierte ebenso. Instinktiv hob Stanley die Pistole und gab drei Schüsse ab, und der Schalldämpfer erzeugte ein Geräusch wie ein angestochener Luftballon.

Der Mann zog ein überraschtes Gesicht und begann zu torkeln; er legte die Hände an Unterleib und Brust, als wäre er unbekleidet erwischt worden.

Stanley wußte nicht, was er tun sollte. Die Leute hatten gefälligst umzufallen, wenn er auf sie schoß! Er versuchte ein weiteres Mal zu feuern, aber seine Hand zitterte zu sehr.

Endlich fiel der Mann zu Boden. Zögernd trat Stanley näher. Der Mann blutete aus Wunden an der Schulter und am Unterleib. Er atmete heftig und starrte Stanley anklagend an.

Stanley wandte sich ab. Ihm war übel, und er erbrach sich.

Joan legte ihm von hinten die Hand auf die Schulter. »Oh...

o Gott … Stanley …«

Stanley atmete mehrmals tief durch und bekam sich wieder in die Gewalt. »Wir müssen … ihn erledigen …«

Joan schwieg.

Stanley drehte sich um und starrte auf den Mann. Aber seine Hoffnung erfüllte sich nicht: Der Mann war nicht tot. Am liebsten hätte er ihn leben lassen, aber er hatte seine Befehle: keine Zeugen. So zielte er auf den Kopf des Mannes, schloß die Augen und schoß.

Joan und Stanley rührten sich einige Sekunden nicht, dann sagte Joan gezwungen: »Helfen Sie mir, ihn zu verstecken.« Sie zerrten den Toten in eine Ecke, wo Holzskier standen. Sie stellten einen Schlitten über ihn. Joan machte einen Schrubber ausfindig und Stanley einen Wassereimer. Sie wischten das Blut auf und versteckten den Schrubber unter dem großen Generator.

Eine Sekunde lang starrten sich Joan und Stanley an in dem Bewußtsein, daß sie hier an etwas teilgenommen hatten, das sie nie vergessen würden. Joan löste schließlich den Blick und schaute auf die Uhr. »Mein Gott, wir sind beinahe vier Minuten hinter der Zeit!«

Hastig zog Stanley ein Foto aus seinem Brustbeutel und verglich es mit der großen Schalttafel. Das Foto war eine Vergrößerung der Aufnahme, die er vor einem Monat gemacht hatte. Die entscheidenden Leistungsschalter waren mit Fettstift gekennzeichnet. Der eine sollte geschlossen, der andere, der bisher ausgeschaltet war, mußte geöffnet werden. Van Dorn hatte erklärt, die Russen würden meinen, der eine Schalter habe sich wegen Überlastung selbst geschlossen. Der andere würde vermutlich gar nicht sofort bemerkt werden. Stanley hielt sein Foto neben die Schalter, hob die Hand und nahm die nötigen Schaltungen vor.

Die weiteren Anweisungen sahen vor, daß sie so schnell wie möglich wieder verschwinden sollten, denn mit Sicherheit würden sofort die Russen in den Elektrizitätsraum kommen. Stanley gab Joan ein Zeichen und rannte los. Schon waren auf einer Treppe polternde Schritte zu hören. Er lief schneller, fand zwischen den vielen Holzverschlägen aber nicht sofort den richtigen Weg.

»Ich glaube, wir sind schon dran vorbei!« rief Joan atemlos.

Plötzlich sprang rechts eine Tür auf. Stanley duckte sich instinktiv und erstarrte. Joan folgte seinem Beispiel.

Zwei bewaffnete Wächter und zwei Männer in Arbeitskleidung eilten durch die Tür, die keine fünf Meter entfernt war. Sie wandten sich nach links und eilten in den Gang, aus dem Stanley und Joan eben gekommen waren.

Stanley veränderte seine Stellung nicht; er zitterte am ganzen Körper, und kalter Schweiß erschien ihm auf der Stirn. Mit zitternden Knien erhob sich Joan und zog Stanley hoch. »Raus hier!« flüsterte sie.

Sie bewegten sich langsam weiter und stießen bald auf das Vorratslager vor dem Kesselraum. Drinnen verschwendete Stanley keine Zeit. Er schnappte sich die Bank, stellte sie unter der Röhre auf und holte sein Wägelchen hinter dem Kessel hervor. Er riß den Stoff von der Öffnung und hob seinen Wagen – dann hielt er inne.

Eigentlich hätte das Fahrzeug jetzt mit Hilfe des zweiten Wagens gesichert werden müssen; der aber war fort. Warum hatten Bergen und Claire das Gefährt nicht mit Hilfe des Kabels zurückgeschickt? Stanley griff nach seiner Taschenlampe und richtete sie in den Schacht. »Himmel Herrgott ...!« In etwa fünfzig Metern Entfernung ließ der Lichtstrahl die Umrisse des Wägelchens sichtbar werden; anscheinend steckte es an einer kleinen Unebenheit der Röhre fest.

»Was ist?« fragte Joan. »Warum steigen Sie nicht ein?«

»Ihr Wagen steckt fest. Man weiß unten gar nicht, daß Sie ihn haben abfahren lassen.«

Joan erfaßte die Situation und nickte. »Da hab' ich ja schön was angerichtet. Na, dann mal los, Stanley. Ich helfe Ihnen hinein.«

»Nein. Sie fahren. Ich warte hier. Sie geben unten Bescheid und schicken einen Wagen hoch. Solange halte ich hier durch ...«

Joan versetzte ihm eine schallende Ohrfeige. »Steig in das

beschissene Loch, sonst prügele ich dich windelweich!«

Er hob eine Hand ans Gesicht und starrte sie an.

Sie nahm ihm den Wagen aus der Hand, preßte ihm die gerundete Oberfläche gegen die Brust, die Räder nach außen gerichtet. »Festhalten.« Dann wickelte sie sich ein Stück Nylonschnur von der Hüfte los – damit hätte sie ihren Wagen festbinden sollen –, führte die Schnur unter seinen Armen hindurch und band das Wägelchen an seiner Brust fest. »Also, Kleiner, los geht's.« Sie blickte ihn an, beugte sich vor und gab ihm einen Kuß auf die Lippen.

Stanley errötete und riß die Augen auf.

Joan kniete nieder und hielt ihm die verschränkten Hände als Fußstütze hin. »Los, mach schon!«

Stanley stellte den Fuß in ihre Hände und spürte, wie er zum Loch emporgehoben wurde. Joan stemmte ihn hoch, wobei sie ihm einen Schlag auf den Hintern verpaßte, und er wand sich in die Öffnung, die Hände ausgestreckt. Schließlich drückte Joan gegen seine Fußsohlen, und schon begann das Wägelchen zu rollen und wurde auf seinem langen Weg nach Haus immer schneller.

Die ausgestreckten Hände berührten Joans festsitzendes Wägelchen und ließen es frei vor ihm rollen. Stanley schloß die Augen und öffnete sie nach einiger Zeit, die ihm sehr lang vorkam – und sah ein Licht am Ende des langen schwarzen Tunnels ...

Joan Grenville zog ihre Waffe und kehrte langsam zur Tür des Kesselraums zurück. Bald würde es hier unten sehr ungemütlich werden, und sie wußte nicht recht, ob dann der Kesselraum der beste Aufenthaltsort sein würde.

Irgendwo da oben waren Tom und die anderen. Sie hatte gerade eine sehr schwierige Aufgabe abgeschlossen und konnte von hier verschwinden. Für die anderen gab es keinen Rückzug. Aber Van Dorn hatte sicher recht, wenn er sagte, daß es auf der Welt überhaupt keinen sicheren Ort mehr gab. Vielleicht konnte man oben noch einen Mitstreiter gebrauchen. Ohne recht zu wissen, was sie wollte, öffnete sie die Kesselraumtür und wanderte durch die kaum erleuchteten Kellergänge, auf der Suche nach einer Treppe, die nach oben führte. Ihr Platz, so fand sie, war wohl doch an Toms Seite.

64

Langsam löste Claudia Lepescu die kleinkalibrige Automatik aus dem Waffengurt, der an der Tür hing. In seiner Erregung bemerkte Alexei Kalin nichts. Sie zog die Pistole, spannte den Hahn, schob den kalten Stahl tief zwischen seine Beine und schoß.

Kalin sprang in die Luft und prallte gegen die Tür. Ein dumpfes Ächzen kam über seine Lippen, und er stand vor der Tür und starrte sie verwirrt an. Dann spürte er, wie ihm das Blut entströmte, und seine Hände zuckten hinab und versuchten die Wunde zu schließen.

Claudia, die sich zurückgeworfen hatte, stand auf und ging auf Distanz. »Claudia ...«, sagte er stockend, dann knickten ihm die Knie ein, und er fiel nach vorn, ohne sich abzustützen.

Hastig zog sich Claudia an, verließ die Zelle und wanderte los, Kalins Waffe an die Hüfte gepreßt. Sie kannte das Haus nicht, aber sie hatte in Van Dorns Arbeitszimmer die Baupläne gesehen und nahm an, daß sie Androws Büro finden konnte. Sie hatte eine Rechnung zu begleichen, denn sie war eine stolze Frau, die sich entgegen dem äußeren Anschein nicht in ihr Schicksal gefügt hatte.

Sie trat durch die Tür, erstieg eine halbe Treppe und betrat den Hauptteil des Anwesens. Claudia glaubte an das übernatürlich Böse im Menschen und folgte dem Aberglauben ihres Volkes. So spürte sie Androws böse Ausstrahlung ganz in der Nähe und marschierte zielstrebig darauf zu.

Abrupt verlöschten sämtliche Flutlichter auf der Nordseite des Hauses – eine breite dunkle Bahn führte über den nördlichen

Rasen.

»Attacke!« rief Cameron und sprang auf.

Abrams, Katherine, Davis und Cameron stürmten aus der Deckung der Bäume und rasten über den hundert Meter breiten Rasen. Vermutlich brauchte Cameron sein Vaterunser nicht bis zu Ende zu beten, so schnell erreichten sie die Terrassentreppe. Vor ihnen ragte die Hauswand auf, durchsetzt von Fenstern und Verandatüren, die von einer entfernten Lichtquelle leicht erglühten. An der Hausecke machte Abrams einen Wächter aus und ging zum Angriff über.

Der Russe hörte die hastigen Schritte und starrte in die Dunkelheit. Zögernd hob er sein Gewehr. Abrams erkannte sofort, daß er an den Mann nicht mehr herankam, und gab einen Schuß ab. Der Mann klappte zusammen.

Cameron attackierte zwei Russen, die sich lebhaft unterhielten. Sie drehten sich im letzten Augenblick um, und während sich Camerons Bajonett in den Unterleib des einen bohrte, erledigte Davis den anderen mit einem Stich in die Brust.

Katherine war an der Verandatreppe stehengeblieben und behielt mit erhobenem Gewehr die Fenster und Glastüren im Auge. Aber niemand schien etwas gehört zu haben.

Die drei Männer kehrten zu ihr zurück. »Verschwinden wir von hier, ehe die Strahler wieder angehen.«

Die vier liefen in westlicher Richtung zur Rückseite des Haues und erreichten eine große Veranda. Davis stürmte durch die Fliegengittertür, wandte sich nach rechts und stieß die Tür auf, die den Zugang zum Wohnzimmer bildete. Die vier hasteten hinein und suchten hinter den massiven Möbeln Deckung.

Abrams rechnete halb damit, Henry Kimberly im Sessel neben der grünen Lampe sitzen zu sehen, aber jetzt war der Sitz leer. Die Lampe bildete die einzige Lichtquelle.

Cameron hob den Kopf und sah sich um. »Alles klar«, flüsterte er. »Weiter.«

Die Gewehre in die Hüften gestemmt, machte sich das Kommando daran, systematisch das Erdgeschoß durchzukämmen.

Tom Grenville blickte zwischen seinen Beinen hinab und entdeckte unmittelbar unter sich George Van Dorns Haus. Der Rest des Teams rückte allmählich näher. Landen wollte man auf dem Dach des russischen Anwesens, was entscheidend vom Einsatz des sogenannten ›Pfadfinderteams‹, abhing. Das Dach der Russen war zwar beinahe einen Morgen groß, aber zumeist auch schräg und glatt und an den ebenen Stellen mit Antennen und einer Parabolantenne gespickt. Unmöglich war die Landung aber nicht, wenn die Pfadfinder rechtzeitig die Arbeitsbeleuchtung auf dem Dach einschalten konnten. Dieses Team bestand aus Joan und einem pickelgesichtigen Jüngling – da war die Chance gering, daß die Lichter angingen, was ihm eine gewisse Befriedigung verschaffte.

Die Männer glitten direkt auf das Haus zu; die Fallgeschwindigkeit hatte sich wegen der Aufwinde verringert, dafür steigerte sich das Tempo über Grund. Stewart mußte in den nächsten Sekunden entscheiden, ob sie auf dem Dach landen oder über das Haus gleiten und eine Waldlichtung anpeilen wollten. Grenville blickte zu Stewart hinüber, der sein Blinksignal in Gang setzte: das Dach! Grenville reagierte verblüfft, dann aber fiel sein Blick auf das Haus.

Die Beleuchtung auf der Nordseite war verlöscht, dafür brannten die Dachlampen. »Ach, Scheiße! Joan ... was tust du mir an!« Unerklärlicherweise regte sich aber auch Stolz in ihm – und Erleichterung darüber, daß seine Frau den Einsatz bis jetzt überlebt hatte.

Das hellstrahlende Dach lag etwa sechzig Meter voraus und dreißig Meter tiefer, aber es war noch nicht abzuschätzen, ob er es auf seiner Flugbahn berühren würde. Hastig schaute Grenville zu dem geheimnisvollen sechsten Mann zurück, der seinen Fallschirm auf den erleuchteten Vorderhof zusteuerte.

Collins behielt den geheimnisvollen Fremden ebenfalls im Auge – der Mann gehörte eindeutig nicht dazu. Er hob das Gewehr, stellte es auf automatisches Feuer und schoß. Es waren zwar nur fünfzig Meter bis zum Ziel, aber die beiden Fallschirmspringer waren dermaßen in Bewegung, daß er keinen Bezugspunkt fand.

Der sechste Mann sah das Mündungsfeuer und schoß zurück. Er schoß mit Leuchtspurmunition und konnte sich anhand der glühenden roten Kette auf sein Ziel einschießen.

Collins zuckte zusammen und erschlaffte unter seinem Fallschirm. Sein Gewehr fiel zu Boden, und er segelte ziellos mit dem Wind nach Süden auf die ferne Baumlinie zu.

Tom Grenville beobachtete ungläubig den Schußwechsel. Dieser lautlose Tod hoch über der Erde hatte etwas Gespentisches. Er erhaschte einen letzten Blick auf den sechsten Mann, der weiter links hinter einem Dachfirst verschwand und sich dem vorderen Hof näherte. Russische Wächter liefen auf die Stelle zu.

Nach unten blickend, sah Grenville das flache graue Dach knapp zehn Meter unter sich. Er löste sich aus der Erstarrung des Schocks und konzentrierte sich auf die Landung zwischen den Antennen.

Joan Grenville wanderte im dunklen Keller herum, in einer Hand die Pistole, in der anderen eine Grundrißzeichnung. Trotzdem wußte sie nicht, wo sie sich befand. Offenbar hatte sie einen Bereich erreicht, der von Überläufern oder Spionen bisher noch nicht gesehen worden war, denn auf ihrer Karte stand die Bemerkung: ›Unbekannt. Nur für KGB-Personal.‹

Sie hatte bereits einen seltsamen Raum mit Sandgrube erforscht, der ihr beinahe wie ein Hinrichtungsplatz vorgekommen war, und stand nun vor einer soliden Eichentür in einer Betonwand; vielleicht kam sie hier weiter.

Sie legte das Ohr an die Tür, hörte aber nichts. Vorsichtig schob sie den außen liegenden Riegel zurück und drückte die Tür auf. Grelles Licht empfing sie.

Vor ihr lag ein etwa sechs Meter im Quadrat messender Raum, der mit weißen Kacheln ausgekleidet war. Sie bemerkte eine Dusche und Waschbecken und ein Toilettenbecken. In der Ecke stand eine Krankenhausliege, an der rechten Wand hingen Ledergurte. Ein Operationssaal, überlegte sie, berichtigte sich aber sofort wieder. Die Gurte, vielleicht aber auch der rote Fleck am

Boden rings um den Abfluß überzeugten sie, daß sie sich hier in einer modernen Folterkammer befand.

»Hallo, Joan.«

Ihr Mund wurde trocken, und beinahe hätte sie die Kontrolle über ihre Blase verloren. Sie fuhr nach rechts herum und starrte in die Ecke.

»Gott sei Dank sind Sie es«, sagte Peter Thorpe.

Sie versuchte etwas zu sagen, brachte aber kein Wort heraus. Ihr Blick konzentrierte sich auf ihn, wie er da nackt am Boden saß, die Arme um die Knie gelegt. Das Gesicht war stellenweise bläulich angelaufen, ein Auge zugeschwollen. Joans Hand krampfte sich um den Pistolengriff.

Langsam erhob sich Thorpe, ohne sich um seine Nacktheit zu kümmern. Auch am Körper wies er zahlreiche wunde Stellen auf.

»Hübscher Anzug, Joan, wird Ihnen gerecht«, sagte Thorpe. »Sie haben angegriffen, nicht wahr? Ich wußte es gleich.«

Joan nickte. Nach allem, was sie heute schon erlebt hatte, gab es für sie keine Überraschung mehr. »Wie sind Sie hierhergeraten?« fragte sie.

Thorpe ging nicht auf die Frage ein. »Wer gewinnt den Krieg da oben?«

»Wir«, antwortete Joan vorsichtig.

»Sind die anderen in der Nähe?«

»Ja.«

»Gut. Na dann gehen wir.« Er kam näher.

»Halt!« Sie hob die Waffe und blieb in der offenen Tür stehen.

Thorpe erstarrte. »Kommen Sie rein und machen Sie die Tür zu, ehe jemand vorbeikommt. Wir müssen reden.«

Nach kurzem Zögern ließ Joan die Tür hinter sich zufallen.

»Warum zeigen Sie mit dem Ding auf mich? Ein nackter Mann macht Sie doch nicht nervös!«

»Sie sind ein russischer Agent«, entfuhr es Joan. »Das hat man mir bei der Vorbereitung gesagt.«

Thorpe schüttelte lächelnd den Kopf. »Wäre ich hier in diesem Raum, wenn ich für die Gegenseite arbeitete? Van Dorn und seine Idioten glauben alles zu wissen – dabei sind sie nichts als

Amateure. Ich bin ein Dreifach-Agent, ein loyaler CIA-Außenagent.«

»Hören Sie auf mit diesem Doppel- und Dreifach-Scheiß, Peter. Davon bekomme ich nur Kopfschmerzen.«

»Wollen Sie mich hier in der Gewalt der Russen lassen?«

Sie musterte ihn. Auf den ersten Blick schienen seine Verwundungen nicht allzu schlimm zu sein. Entweder arbeitete er für die CIA oder die Russen. Vielleicht irrte sich Van Dorn tatsächlich. Ja, warum hatte man Thorpe gefoltert, wenn er doch für die Russen arbeitete? Und wenn er CIA-Agent war, durfte sie ihn hier nicht seinem Schicksal überlassen. »Hören Sie, Peter«, sagte sie schließlich, »ich kenne mich in diesen Sachen noch nicht so gut aus, aber selbst ein alter Profi wäre in dieser Lage unsicher.«

Thorpe atmete tief aus. »Na schön, aber Sie können mich nicht guten Gewissens hier zurücklassen, in der Gewalt der Russen.«

Joan traf eine Entscheidung. »Ich gehe, Peter, und mache die Tür hinter mir zu. Aber nur, um sofort Pembrokes Leute zu holen.«

Sie beobachtete ihn und glaubte in seinen Augen einen Anflug von Angst zu bemerken.

»Sie werden mich töten«, sagte er.

»Warum?«

»Sie wissen nicht, daß ich Dreifach-Agent bin.«

»Sagen Sie's ihnen!«

»Man wird mir nicht glauben.«

»Und Sie auch nicht umbringen. Man wird bei Ihren CIA-Vorgesetzten rückfragen.«

»Nein ... rufen Sie sie nicht. Gehen Sie einfach, lassen Sie die Tür offen!«

Joan bewegte sich rückwärts zur Tür und hielt Thorpe in Schach, der noch etwa drei Meter entfernt war. »Bis gleich, Peter.« Mit der freien Hand griff sie hinter sich nach dem Griff, zog die Tür auf und schob sich in die Öffnung. Hastig warf sie einen Blick über die Schulter in die Dunkelheit hinter sich – und darauf hatte Thorpe gewartet.

Er sprang los. Joan reagierte schnell, doch schon griff Thorpes Hand nach dem Arm mit der Pistole, seine andere fuhr ihr an die Kehle. Joan schoß, und die Kugel landete in einer Wand. Plötzlich lag die Waffe auf dem Boden, und sie erkannte Sekundenbruchteile später, daß die Kugel Thorpes Handfläche durchschlagen hatte. Seine andere Hand krampfte sich um ihre Kehle, und schon zerrte er sie wie ein Kind am Hals in den Raum und schleuderte sie zu Boden.

Thorpe machte zwei Schritte auf sie zu und trat ihr mit dem Hacken voran in den Unterleib. Joan schrie auf und zog die Knie an. Thorpe machte kehrt und bückte sich, um die Pistole aufzunehmen.

Sofort fuhr Joan hoch. Thorpe hatte zwei Fehler gemacht: Er hatte sie getreten, als wäre sie ein Mann, und ihr den Rücken zugedreht, als müsse er sich bei einer Frau nicht vorsehen. Sie zog das lange dünne Messer aus der elastischen Scheide an ihrem Schenkel und bohrte es Thorpe tief in den Rücken.

Thorpe fuhr hoch, machte zwei schnelle Schritte und drehte sich um, die Pistole in der Hand.

Joan schrie und brachte sich eben noch rechtzeitig hinter der Liege in Deckung. Die Kugel bohrte sich über ihr in eine Kachel.

Thorpe torkelte auf sie zu. Seine Lungen füllten sich mit Blut, und mit jedem Atemzug erschienen neue weiße Bläschen auf seinen Lippen. Er drehte sich wie ein seelenloser Automat um und stolzierte zur Tür.

Joan blickte ihm nach und konnte in ihrem panischen Entsetzen nur daran denken, daß der aus seinem Rücken ragende Messergriff wie ein Filmrequisit aussah.

Thorpe zog die Tür auf und zwängte sich durch den Spalt in den Korridor. Die Tür fiel hinter ihm zu, und Joan hörte ihn am Riegel hantieren. Sie sprang auf und lief zur Tür.

65

Tom Grenville wurde über das Dach getrieben und spürte die hohe Antenne an seinem Fuß.

»Loslassen!« brüllte Stewart und zog den Haken, der ihn vom Fallschirm befreite. Beinahe sechs Meter tief fiel er und prallte auf das Dach. Johnson und Hallis folgten hastig seinem Beispiel, und die drei Fallschirme wehten davon.

Grenville zögerte einen Sekundenbruchteil lang, bis ihm klar wurde, daß er sich lieber auf dem Dach den Hals brechen als unten auf dem Boden erschossen werden wollte. Er bediente den Lösungshaken und landete mit den Füßen voran auf dem harten Dach. Über die Schulter abrollend, mußte er sich festhalten, um nicht über die Kante zu rutschen und auf die Südterrasse zu stürzen. Vorsichtig schob er sich zurück und stand langsam auf. Stewart lag neben einer Parabolantenne und stemmte sich mühsam hoch. »Hab' mir das verdammte Bein gebrochen!«

Johnson kniete neben ihm nieder. »Hallis ist über die Südkante gerutscht und abgestürzt. Ich glaube, er lebt nicht mehr.«

Stewart biß die Zähne zusammen und blickte den alten General an. »Also, wer immer dieser andere Kerl war, er ist gerade dabei, uns zu verpfeifen. Da können wir genausogut auch weitermachen.« Im gleichen Moment verlöschte die Dachbeleuchtung, und die Flutlichtanlage nördlich des Hauses flammte wieder auf.

Grenville und Johnson schleppten Stewart an die Nordseite des Daches und nahmen ihre Positionen ein. Grenville vermochte über den niedrigen Randstein auf die Terrasse zu blicken, an die sich der Teich und das Teehaus anschlossen. Hallis' Körper lag auf den Fliesen – tot. Grenville sah vier russische Wächter über den Rasen auf die Terrasse zulaufen. Er blickte zu Johnson hinüber, der am Westende des Daches kniete und auf die Veranda starrte, während Stewart nach Norden sicherte. Ein Krüppel, ein Siebzigjähriger und ein nicht gerade auffassungsschneller Anwalt, dachte er. Dagegen etwa zwanzig bewaffnete Wächter, eine unbekannte Anzahl bewaffneter Zivilisten und eine Abteilung

KGB-Agenten von unbekannter Kampfstärke. Außer ihm schien das niemand für verrückt zu halten. Also war wohl er verrückt!

Grenville blickte auf die vier Russen hinab, die Hallis' Leiche erreicht hatten und aufgeregt zum Dach zeigten.

Grenville stellte sein Gewehr auf automatisches Feuer und leerte ein ganzes Magazin in die Gruppe. Hastig lud er nach, er brauchte nicht mehr nachzusetzen. Alle vier waren tot. Er wartete auf den Schock, den die Tat in ihm auslösen mußte, spürte aber nichts.

»Was ist los, Grenville?« rief Stewart leise.

»Ich hab' eben vier erledigt.«

»Wer hat Ihnen den Feuerbefehl gegeben, Mann? Ach, egal!«

Du kannst mich mal! dachte Grenville und mußte plötzlich an Joan denken, die inzwischen bestimmt in die CVJM-Tennishalle zurückgekehrt war. Er wandte sich zur Seite und erblickte Van Dorns erleuchtetes Haus. Die Feuerwerker schossen laute Lufttorpedos ab. Was immer hier noch geschehen würde, im Dorf mußte man annehmen, der verrückte George zeige es den Rußkies mal wieder.

Claudia Lepescu öffnete die Tür zu Viktor Androws Büro und trat ein. Die Pistole hielt sie auf dem Rücken verborgen.

Androw hatte telefoniert; im Lichtschein wirkte sein Gesicht sehr bleich. »Ich rufe zurück«, sagte er, legte auf und blickte sie an. »Was für eine Überraschung! Ist Kalin mit dir fertig?«

Sie schwieg. Die Beleuchtung beschränkte sich auf den Schreibtisch; der Rest des Zimmers lag im Dunkeln. Nur das Mosaikfenster hinter Androw wurde von außen erhellt.

»Ich habe jetzt keine Zeit für dich«, fuhr er fort.

»Es dauert nicht lange«, antwortete sie auf Russisch.

Er schürzte die Lippen. »Hast du Roth das Gift gegeben?«

»Nein, ganz normales Speiseöl.«

»Ich verstehe.« Androw nickte.

»Meinst du, ich bin ein Mörder wie du und deine Nazis?«

»Du bist überreizt. Hat Kalin dich durch die Mangel gedreht?«

»Kalin ist tot.«

Wieder nickte Androw, als wollte er damit sein Verständnis ausdrücken. »Was hast du da hinter dem Rücken? Eine Pistole?«

Sie hob die Waffe und richtete sie auf ihn.

Androw stand auf.

»Ich wünschte, ich hätte die Zeit, dich zu erniedrigen, wie du mich erniedrigt hast. Ich wünschte, ich hätte eine Peitsche und könnte dich in deiner Folterkammer ...«

»Claudia.«

Sie erstarrte. Die Stimme hatte aus einem dunklen Winkel des Zimmers gesprochen. Die Stimme sagte auf Englisch: »Claudia, nehmen Sie die Waffe herunter.«

Claudia senkte die Waffe nicht, doch ihre Hände begannen zu zittern. Nein, dachte sie, er kann es nicht sein. Er kann es unmöglich ... Aus dem Augenwinkel bemerkte sie ein Aufblitzen und spürte einen sengenden Schmerz in der Seite, gefolgt von einem zweiten Einschuß. Dann spürte sie überhaupt nichts mehr.

Der Mann in der Ecke löste sich nicht aus der Dunkelheit.

Androw richtete den Blick auf ihn. »Ich hätte nie geglaubt«, sagte er, »daß mir einmal ein OSS-Fallschirmspringer das Leben retten würde.«

Joan Grenville eilte zur Tür des Folterraums: Sie wollte nicht eingesperrt werden, hatte aber auch keine Lust auf eine neue Konfrontation mit Thorpe. Sie hörte, wie er draußen den Riegel zu bedienen versuchte, und bewegte ruckhaft den Griff. Die Tür öffnete sich einige Zentimeter, bis sie sie wieder zudrückte, um dann die Bewegung zu wiederholen, bis Thorpe begriff, daß er den Riegel nicht würde schließen können. Thorpe begann sich gegen die Tür zu stemmen, aber sie leistete Widerstand und staunte dabei, welchen Unterschied der Blutverlust doch machte. Sie hörte den Schalldämpfer pfeifen und sah die Tür splittern, aber die .25er-Kugel vermochte die Eiche nicht zu durchschlagen. Sie rüttelte heftig an der Tür und schrie: »Verschwinden Sie! Gehen Sie!«

Sie hörte ihn blubbernd husten, gefolgt von zögernden Schritten nackter Füße, die sich entfernten.

Joan wartete eine Minute lang und blickte dann durch den Türspalt. Eine Blutspur zog sich über den Boden des Korridors. Sie überlegte, ob sie der Spur folgen sollte, um vielleicht die Waffe zurückzuerobern, wenn er zusammenbrach, fand dann aber, daß sie heute schon genügend Dummheiten begangen hatte. Sie huschte durch den Spalt und eilte einen schmalen Gang entlang, der nach rechts führte.

Aber schon bald endete der Gang an einer Tür: Dabei war sie fest entschlossen, in diesem Keller keine Tür mehr zu öffnen. Aber schon war ihr der Rückweg versperrt: Vor ihr ertönte eine Stimme, die nicht Englisch sprach. Hastig öffnete sie den Durchgang und schob sich hindurch. In absoluter Dunkelheit ertastete sie einen altmodischen Druckschalter. Sie drückte darauf, und Licht flammte auf.

Joan Grenville starrte in den riesigen Raum und erkannte allmählich, daß sie sich in einer Küche befand. Es war eine unglaublich altmodische Küche, die ursprüngliche Kellerküche des Anwesens. Überall freiliegende Rohre und antike Herde, alles aus den vierziger Jahren stammend: vermutlich auch der Dreck und die Spinnweben.

Joan kannte den Angriffsplan und wußte, daß Abrams, Katherine und zwei von Marc Pembrokes Männern im Haus sein mußten, wenn alles gutgegangen war. Sie beschloß, an diesem Ort des Vergessens zu warten, bis sie von oben etwas hörte.

Ihr Blick wanderte über die schiefergedeckten Tische, die altmodischen Waschbecken, die Holzschränke. Sie suchte nach einer Sitzgelegenheit. Dann bemerkte sie an der Wand einen Servieraufzug. Neugierig trat sie näher und stellte fest, daß der Liftkorb noch vorhanden war und die Kabel nicht aus Hanf, sondern aus Stahl bestanden. Sie kehrte zum Lichtschalter zurück, ließ wieder Dunkelheit eintreten und tastete sich zum Aufzug. Vorsichtig zwängte sie sich in den staubigen Liftkorb. »Hier sucht man mich bestimmt zuletzt.« Behutsam zog sie an dem Kabel, und der Lift wurde einige Zentimeter angehoben. Sie arbeitete energischer, und der Lift stieg weiter. Die Szene erinnerte sie auf unangenehme Weise an das Zugkabel im Tunnel.

Vielleicht gibt's dort oben Leute, die mir helfen können, dachte sie. Jedenfalls konnte ihre Lage im Grunde gar nicht schlimmer werden. Wenigstens war sie noch am Leben und hier im Fahrstuhl einigermaßen sicher.

Der Aufzug bewegte sich erstaunlich schnell und leise, und nach kurzer Zeit tauchte ein Lichtspalt auf, der schließlich den Umriß der Lifttür im Erdgeschoß bildete. Sie hörte auf zu ziehen und lauschte, aber es war still.

Joan machte es sich so bequem wie möglich. Sie schloß die Augen und gähnte und fühlte sich zum ersten Mal seit Stunden wieder einigermaßen sicher.

Sie döste ein; greller Lichtschein weckte sie. Sie wandte den Kopf und stieß dabei mit der Nasenspitze gegen eine Gewehrmündung. »Oh!« Sie wollte nach einem Kabel greifen, doch eine Hand hielt sie fest. »Sie schnarchen«, sagte eine Stimme.

Sie blickte in das geschwärzte Gesicht eines gutaussehenden Mannes. »Ich weiß. Alle Welt sagt mir das. Sie sind Davis, nicht wahr?«

»Zu Ihren Diensten. Mit dem Jungen alles in Ordnung?«

»Ja, er ist zurückgefahren.«

»Und haben Sie die anderen Teile der Mission erledigt?«

»Ja. Betäubungsgas in den Luftschutzkeller, die Dachbeleuchtung eingeschaltet ...«

In diesem Augenblick eilte Cameron herbei. Er schien nicht sonderlich überrascht zu sein, Joan im Servieraufzug zu entdekken. »Draußen ist ein Fallschirmspringer gelandet«, sagte er zu Davis. »Man hat ihn durch die Haustür reingeführt.«

»Tom?« entfuhr es Joan. »Mein Mann?«

»Nein ... ein älterer Mann.« Cameron wandte sich Davis zu. »Und Johnson und Hallis waren es auch nicht ... aber irgendwie kam mir das Gesicht bekannt vor.«

»Hören Sie«, sagte Joan. »Kann ich hier raus? Ich bin Zivilistin.«

»Noch nicht«, antwortete Davis. »Fürs erste ist es hier am sichersten. Wir holen Sie später.«

Joan nickte. Als Davis und Cameron sich durch den Flur

entfernten, rief sie ihnen nach: »Peter ... Peter Thorpe. Gehört der zu den Guten oder den Bösen?«

»Zu den Bösen«, antworteten beide gleichzeitig.

»Gut«, antwortete sie. »Denn ich glaube, ich habe ihn umgebracht.«

Katherine und Abrams betraten den Flur. Rechts befand sich die Verandatür, von der Abrams die Metallspäne abgekratzt hatte. Von der anderen Seite des Flurs ging es in das Musikzimmer, während links die Toilette und die Kellertreppe lagen. Katherine ging auf ein Knie nieder und behielt die Durchgänge im Auge, während sich Abrams hastig zur Verandatür begab. Er blickte durch die Scheiben und bemerkte auf der Nordterrasse vier russische Wächter, die sich aufgeregt unterhielten: Sie umstanden einen schwarzgekleideten Mann am Boden. Während er noch hinschaute, hoben zwei Russen ihr Gewehr. Und im nächsten Augenblick fielen sie tödlichen Schüssen vom Dach zum Opfer.

Abrams schloß daraus, daß mindestens ein Fallschirmspringer plangemäß auf dem Haus gelandet war. Er eilte zurück und öffnete mit dem Gewehrlauf vorsichtig die Kellertür, die schon ein Stück geöffnet war.

Katherine unterdrückte einen Aufschrei. Zahlreiche Männer, Frauen und Kinder lagen übereinander auf den Stufen und dem Treppenabsatz. Einige hielten Pistolen in den Händen. »Die Treppe führt in den Luftschutzkeller«, sagte Abrams. »Vorsicht, das Gas wirkt noch immer ...«

Katherine nickte und spürte, daß ihr bereits schwindlig zu werden begann. »Verschwinden wir von hier ...«

Sie näherten sich der glasverkleideten Tür des Musikzimmers. Abrams schaute durch die Gardinen. Bis auf das Leuchten des russischen Fernsehgeräts war es dunkel. Der Schirm zeigte das verschwommene Bild eines Nachrichtensprechers. Langsam öffnete Abrams die Tür und hob das Gewehr.

Eine Bodendiele knackte. Über der Rückenlehne der Couch erschien ein Gesicht. Eine Frauenstimme fragte auf Russisch: »Wer ist da?«

»Ich«, antwortete Abrams auf Russisch. Er beugte sich über die Couch und zielte mit der Waffe. Wie vermutet war es die Frau, die die Durchleuchtung vorgenommen hatte. Im Widerschein des Bildschirms starrte sie ihn an. Sie schien weder überrascht noch verängstigt zu sein. »Was wollen Sie?«

»Sie sehen zuviel fern.«

Sie lächelte. »Das ist heute abend meine Aufgabe. Ich soll mir die Nachrichten anschauen. Ihr Russisch ist schlecht.«

»Und Sie sind betrunken. Wie heißen Sie?«

»Lara.« Ihr Blick erfaßte seinen Tarnanzug und das Gewehr. »Werden Sie mich töten?« fragte sie in klarem Englisch.

»Durchaus möglich. Das ist heute abend *meine* Aufgabe.«

Sie zuckte die Schultern und griff nach ihrem Glas. »Wir werden sowieso alle sterben. Die Idioten zetteln einen Atomkrieg an.« Sie trank einen großen Schluck. »Die anderen sind alle im Luftschutzkeller.«

Abrams mußte daran denken, wie er die Frau in diesem Zimmer schon einmal beobachtet hatte: Ihr Gesicht war so traurig gewesen, wie er es jetzt vor sich sah. »Dies ist Lara«, sagte er zu Katherine. »Sie ist soeben zu uns übergelaufen.«

Die Frau betrachtete Katherine ohne Neugier und zuckte erneut die Schultern.

Abrams führte die beiden Frauen in den Flur mit dem Metallprüfgerät. Auf der anderen Seite befanden sich zwei breite Eichentüren; die eine führte in das Büro der Sicherheitsabteilung, die andere zu Androws Büro. »Ist jemand da drinnen?« flüsterte Abrams Lara zu.

Sie deutete mit einem Kopfnicken auf das Sicherheitsbüro. »Jederzeit mindestens zwei Mann. Und das andere ist Androws Zimmer. Vor wenigen Minuten war er noch dort. Er hat einen Gefangenen, einen amerikanischen Fallschirmspringer.«

»Klopfen Sie an!« befahl Abrams.

Lara zögerte, ging zu Androws Tür und klopfte. Niemand antwortete. Sie klopfte erneut. »Viktor, kann ich Sie mal eben sprechen?«

Abrams machte eine Bewegung mit dem Gewehrlauf, und Lara

öffnete die Tür. Sie schrie auf.

Abrams und Katherine stürmten über die Schwelle. Das Büro war leer, aber im Aschenbecher glimmte noch eine Zigarette. Auf dem Boden lag Claudia Lepescu. Abrams schloß die Tür.

Nach einiger Zeit riß er den Blick von der Toten los und sah sich um. Dies ist also das Büro des KGB-Leiters in New York, des zweithöchsten KGB-Offiziers in den USA, dachte er. Eine ehemalige Kapelle im früheren Haus einer der führenden Familien des Landes. Wenn das kein Symbol war ...?

Katherine kniete neben Claudia und wies Abrams auf die Waffe hin, die sie in der Hand hielt.

»Ein russisches Fabrikat«, sagte er und registrierte die Einschüsse in der Seite. Sein Blick richtete sich auf den Lehnsessel in der Ecke.

Katherine stand auf und näherte sich der Sitzgelegenheit. Sie griff nach dem Aschenbecher auf der Seitenlehne. »US-Zigaretten. Camel. Und Dewar's Scotch.«

»Sieht ganz danach aus«, stellte Abrams fest, »als wäre dieser amerikanische Fallschirmspringer kein Gefangener, sondern ein Verbündeter.«

In diesem Augenblick begann durchdringend eine Alarmglocke zu schrillen. Katherine, Abrams und Lara eilten in den Flur.

Die Tür zum Sicherheitsbüro sprang auf, und ein uniformierter Offizier stürmte heraus, eine Pistole in der Hand. Abrams' M-16 spuckte Feuer, und der Mann wurde zurückgeworfen. Katherine schleuderte eine Stoßgranate in das Büro und warf die Tür zu, um die Wirkung zu verstärken. Die Ladung ging hoch, und die Tür wurde aus der Füllung gedrückt. Eine riesige Wolke Mörtelstaub wallte in den Flur.

Cameron und Davis eilten durch den Flur herbei, stellten sich in die Türöffnung und feuerten Salven in das Sicherheitsbüro. Sämtliche Lampen waren zerstört, aber die Fenster hatten keine Gardinen, und die Außenbeleuchtung offenbarte zwei Tote – einer an der Telefonvermittlung, der andere hinter einem Schreibtisch. Ein dritter Mann torkelte auf eine Geheimtür in der Eichenvertäfelung zu. Er eilte hinein und schloß den Durchgang schnappend hinter sich.

Abrams, Katherine und Lara stürmten in den Raum. Abrams und Davis liefen zu der Tür, schossen hindurch und brachen den zersplitteren Durchgang auf. Davis eilte über die Schwelle, doch schon hallte ein Schuß und ließ ihn rücklings ins Büro fallen. Er war genau in die Mitte der Stirn getroffen. Abrams duckte sich und schoß in die Dunkelheit. Ein Mann schrie auf, dann verklangen Schritte.

Gemeinsam mit Cameron stieß er vorsichtig in einen kleinen fensterlosen Raum vor, in dem eine Wandlampe brannte. Links führte eine schmale Dienstbotentreppe ins Obergeschoß. Ein Mann im Straßenanzug mühte sich die Stufen empor. Er blutete aus einer Wunde am Bein. Cameron eilte hinter ihm her; gleichzeitig drehte sich der Mann um. Cameron trat ihm die Waffe aus der Hand und starrte auf ihn nieder. Er erkannte den anderen sofort. »Valentin Metkow, Oberschwein, zuständig für Mord und Totschlag. Wer kann da noch behaupten, daß es in der Welt keine Gerechtigkeit gibt?«

»Bitte ... ich kann Ihnen helfen«, flehte Metkow und blickte zu Cameron auf.

»Wo ist Androw?«

»Oben!« entfuhr es Metkow. »Auf dem Dachboden!«

Cameron gab einen einzelnen Schuß ab, und Metkow brach zusammen.

Unablässig läutete der Alarm, und das Haus schien wie aus unnatürlichem Schlaf zu erwachen. Oben und in den umliegenden Zimmern und Fluren waren Schritte zu hören.

Im Sicherheitsbüro wurde geschossen. Abrams hastete zur Geheimtür. Katherine schoß auf die offene Flurtür und wich langsam zurück. Abrams beugte sich über Laras kugeldurchsiebten Körper neben der Tür.

»Los, los!« brüllte Cameron.

Abrams beschaffte sich eine Handgranate aus Davis' Gürtel, zog die Nadel und schleuderte das Geschoß zur Flurtür, während er sich in dem kleinen fensterlosen Raum in Sicherheit brachte.

Die Granate explodierte.

Cameron und Katherine waren bereits auf dem ersten Absatz der schmalen Dienstbotentreppe, und Abrams hastete hinter ihnen her. Hastig stürmten sie im schmalen Treppenhaus aufwärts. Ihr Ziel war der Dachboden.

66

Marc Pembroke hörte die Schüsse von unten. Im Flur vor dem Foyer der Bodentreppe läutete eine Alarmglocke, und Leute liefen hin und her. »Das ganze Haus ist auf den Beinen. Na ja, da macht eine weitere Explosion auch keinen Unterschied mehr.« Er nickte Sutter zu.

Sutter riß ein Streichholz an und setzte damit die sechs miteinander verflochtenen Zündschnüre in Brand, die auf den Treppenstufen lagen. Die Schnüre brannten knisternd, und die Flamme verschwand nach oben, teilte sich in sechs Bahnen und zündete den Plastiksprengstoff, der an der Stahltür angebracht war.

Das Haus erbebte, und Putz fiel von der Decke und den Wänden des Treppenhauses. Pembroke jagte die schmalen Stufen hinauf und stürmte über die Schulter abrollend in den Raum, gefolgt von Llewelyn, Ann und Sutter. Die Angreifer gaben gezielte Feuerstöße in den schwach erleuchteten Boden ab. »Feuer halt!« rief Pembroke.

Sutter und Ann gingen hinter einer Reihe metallener Aktenschränke in Deckung und schauten zum Südende des Bodenraums. Pembroke und Llewelyn verschwanden in einer Fensternische des Daches. »Sehr weitläufig«, stellte Pembroke fest und schaute um die Ecke. »Die Hälfte dieser Gebäudeseite. Leer. Der Kommunikationsraum muß dort hinter der Backsteinmauer liegen. Also los.«

Sie standen auf. Plötzlich gab es auf der Treppe ein Geräusch, und Pembroke fuhr herum. Ein Schuß erklang, Pembroke torkelte und ging zu Boden.

Llewelyn sah Kopf und Schultern eines uniformierten Russen

auf der Treppe, schickte den Mann mit einem Feuerstoß in die Tiefe und warf eine Sprenggranate hinterher. Die ohrenbetäubende Explosion ließ die Treppe einstürzen.

Llewelyn, der sich zu Boden geworfen hatte, rückte ein Stück vor und linste über die Kante in die Tiefe. Qualm und Staub füllten das schwarze Loch, weiter unten züngelten Flammen. Von dieser Seite kann uns nichts mehr passieren, dachte er. Aber gleichzeitig ist uns der Rückweg abgeschnitten.

Pembroke lag am Boden und hatte die Hand unter die kugelsichere Weste geschoben. »Rippe gebrochen«, stellte er fest.

»Rühr dich nicht.« Llewelyn musterte ihn und sah den Blutfaden, der aus dem Mundwinkel rann. »Lunge angeknackst. Bis später.«

Ann und Sutter folgten Llewelyn zu der Trennwand in der Mitte. Ann bemerkte mehrere Säcke und Holzkisten mit der englischen und französischen Aufschrift: ›Diplomatengepäck – Sowjetische UNO-Mission – nicht gestellungspflichtig bei US-Zoll!‹

Unterdessen hatte sich Llewelyn die Backsteinwand angesehen: Ein Schornstein teilte sie in der Mitte, links befand sich eine Schiebetür aus Stahl. »Hübsch befestigt, diese alten Häuser«, sagte er. »Die Tür dürfen wir den Russen zu verdanken haben. Naja, ein bißchen Plastiksprengstoff ist noch übrig.«

Sutter untersuchte die Tür, deren Rollschiene sich auf der anderen Seite befand. Der Durchgang mochte zusätzlich mit Stahlbändern abgesichert sein. »Vielleicht haben wir hier mehr Tür als Sprengstoff.«

Ann trat vor, und die beiden Männer verfolgten mit geweiteten Augen, wie sie mit dem Gewehrkolben gegen die Tür schlug. »Androw! Ich will mit Androw sprechen!«

Sutter und Llewelyn schwiegen.

Wieder hieb Ann gegen die Tür. Nachdem eine volle Minute vergangen war, meldete sich eine Stimme auf Englisch: »Wer sind Sie?«

»Ann Kimberly, Tochter von Henry Kimberly. Sind Sie Androw?«

»Ja.«

»Hören Sie gut zu. Ich weiß, daß mein Vater hier irgendwo im Haus ist. Ich weiß über Molnija Bescheid – das gilt auch für meine Regierung. Sie ist bereit, einen Atomschlag gegen Ihr Land zu starten. Van Dorn hat seine Mörser auf Sie gerichtet. Verstehen Sie, was ich sage?«

»Was wollen Sie?« gab Androw zurück.

»Sie sollen die ganze Aktion abblasen.« Ann blickte auf die Uhr. »Bis zur Explosion von Molnija haben Sie noch achtzehn Minuten. Machen Sie die Tür auf, und lassen Sie mich über Ihr Funkgerät eine Botschaft abstrahlen.«

»Ich setze mich mit Moskau in Verbindung und melde mich in einigen Minuten wieder.«

»Sie lügen!« schrie Ann. »Sie haben gar nicht die Vollmacht, die Aktion über Funk zu erwähnen. Erzählen Sie mir keinen Unsinn! Machen Sie die Tür auf. Sofort!«

Androw antwortete nicht.

»Ihre Lage ist aussichtslos, Sie Dummkopf!«

Keine Antwort.

»Mit denen kann man nicht reden, Miß«, sagte Sutter. »Die sind es einfach gewöhnt, daß sie mit allem durchkommen.«

Llewelyn hatte den Rest des Sprengstoffs in die Ecke gepreßt, wo die Backsteinmauer den Schornsteinschacht berührte. »Es ist eine tragende Wand«, sagte er zu Sutter und deutete mit einer Kopfbewegung zu den Dachspanten empor. »Wenn wir das Ding ein bißchen in Bewegung bringen, bricht es vielleicht unter dem Gewicht des Daches zusammen.« Sein Blick richtete sich auf Ann. »Aber Sie sind am Drücker.«

Wieder blickte Ann auf die Uhr. »Warum nicht?« bemerkte sie. »Wir haben nichts mehr zu verlieren.«

Abrams, Katherine und Cameron erreichten das Ende der engen Wendeltreppe. Sie befanden sich in einem kleinen fensterlosen Raum, der kaum größer war als ein Einbauschrank. Eine steile Holzstiege führte zu einer Luke in der Decke.

»Zurück«, sagte Cameron. Er löste eine kleine Pappröhre von

seinem Rücken, verlängerte die Startröhre, die eine 60-mm-Rakete enthielt, und legte sie sich in Feuerstellung auf die Schulter. Dann kniete er nieder. »Augen zuhalten und Mund auf.« Er drückte den elektrischen Startknopf, und hinten aus der Röhre schossen Flammen und schwärzten den Boden, während die Rakete zur Decke raste. Fauchend durchschlug sie die Holzluke, ohne zu explodieren; erst als sie gegen die darüber liegenden Dachziegel prallte, gab es eine Explosion, die ihre Splitter über einen Radius von fünfzehn Metern in alle Richtungen jagte.

Schon war Abrams auf der Stiege. Er schob die zerstörte Luke zur Seite, warf eine Lärmgranate durch die Öffnung und ließ die Luke wieder zufallen. Putz fiel von der Decke und verbreitete einen alles durchdringenden weißen Staub. Wieder warf Abrams die Luke auf und rollte sich durch die Öffnung. Cameron und Katherine folgten.

Der Explosionsdruck hatte sämtliche Lampen zerstört, und Abrams sah ein kleines Stück Nachthimmel durch das Loch im Dach. Heiße Granatsplitter bedeckten den Boden. Als der Nachhall der Explosion verklang, hörte er leises Stöhnen.

Cameron stemmte sich auf ein Knie hoch, schaltete die Taschenlampe ein und ließ sie über den Boden rollen. Als niemand darauf schoß, standen alle auf.

Sie durchsuchten den großen Bodenraum und fanden drei Männer und Frauen, von Splittern verwundet, von der Detonation geschockt.

Cameron machte sich mit seiner schallgedämpften Pistole ans Werk, ohne sich mit Abrams und Katherine abzustimmen.

»Schaut mal hier!« rief Katherine leise. »Ein Fernsehstudio!«

Cameron und Abrams folgten ihr. Abrams betrat die erhobene Plattform und ließ den Lichtkegel seiner Tachenlampe über den Tisch und den Kamin wandern und entdeckte schließlich die amerikanische Flagge. Katherine bückte sich, sammelte einige Blätter Papier auf, die zu Boden geweht waren, und studierte kurz den Text. »Die Rede meines Vaters an das amerikanische Volk ... Er sollte der nächste Präsident werden.«

Abrams schaute sich eine der Seiten an. »Ich wußte nicht mal, daß er kandidierte.«

Cameron richtete seine Lampe auf die Backsteinwand mit dem Schornstein und der Stahltür. »Wenn Pembroke auf der anderen Seite ist«, sagte er, »dann haben wir beide Seitenteile des T eingenommen. Der Stiel ist noch in russischer Hand, aber auf dem Flachdach darüber müßte sich bereits Stewart befinden. Wir haben sie in der Zange.«

»Aber wir sind ausgesperrt«, antwortete Katherine und blickte auf die Uhr. »Noch sechzehn Minuten bis zur EMP-Detonation – und vorher wird George mit seinen Mörsern dieses Dach anvisieren. Wir müssen da hinein und die Funkgeräte in unsere Gewalt bringen.«

Cameron deutete mit einem Kopfnicken auf die Stahltür. »Die können wir sprengen«, sagte er.

67

George Van Dorn betrachtete das teilweise entschlüsselte Fernschreiben, dann musterte er die beiden Männer, die ihm Gesellschaft leisteten, Colonel William Osterman und Wallis Baker. »Da muß jemand den falschen Kode erwischt haben. Der Text ist völlig unverständlich.«

»Ich habe eine Wiederholung erbeten, aber bisher ist nichts durchgekommen«, sagte Baker.

Van Dorn blickte auf die Kaminuhr. »Keine sechzehn Minuten mehr.«

Kurzentschlossen griff er nach dem Telefon und rief im Pentagon an. Nachdem die Identifizierung abgewickelt war, fragte er: »Ist Colonel Lewin noch auf Urlaub? Ich möchte mit ihm sprechen.«

»Ja, noch im Urlaub«, antwortete die Stimme.

»Warum kann ich nur Sie erreichen?«

»Weil ich der diensthabende Offizier bin.«

»Geben Sie mir Ihren Sergeant.«

»Der ist nicht verfügbar.«

»Geben Sie mir irgend jemanden. Egal wen.«

Es trat eine kurze Pause ein, dann fragte die Stimme: »Gibt es ein Problem, Sir?«

Ja, dachte Van Dorn, ein verdammt schlimmes Problem. Ein kalter Schauder lief ihm über den Rücken. »In wenigen Minuten können Sie tot sein.«

»Sir?«

»Sagen Sie Androw, ich werde meine letzten Feuerwerkskörper abschießen. Zwanzig Explosionsgeschosse. In sein verdammtes Dach!«

»Ich verstehe nicht ...«

Van Dorn legte auf und begegnete den Blicken Ostermans und Bakers. »Damit dürfte ich die Russen gewarnt haben.«

Niemand sagte etwas. »Mein Fehler«, fuhr Van Dorn fort. »Ich neige eigentlich nicht dazu, meine Gegner zu unterschätzen, aber manchmal überschätze ich unsere Technologie und die Loyalität der Leute, die sich darum kümmern.«

»Androw muß wissen, daß sein Spiel aus ist, selbst wenn wir das Pentagon nicht erreicht haben«, sagte Osterman. »Er weiß jetzt außerdem, daß er und seine Leute in unmittelbarer Gefahr sind. Vielleicht rufen sie in Moskau an und brechen das Unternehmen ab.«

Van Dorn schüttelte den Kopf. »Die Russen bewegen sich wie Wolgabarken. Langsam, gleichmäßig und unaufhaltsam. So schnell ändern sie den Kurs nicht.«

»Nun, wir haben unsere Karten ausgespielt, und Sie die Ihren.«

Van Dorn starrte durch das große Fenster auf die Partygäste im Garten. Nach Pembrokes Attacke würden die Russen ihm oder seinen Gästen keine Gnade erweisen. Durchaus möglich, daß eine Streitmacht überlebender Russen einen Gegenangriff startete. Er ging zu seinem Tisch zurück, nahm einen Schlüsselring aus der Schublade und reichte ihn Osterman. »Die Schlüssel zu meinem Waffenzimmer. Sie beide gehen jetzt und holen die Schwachen, Gebrechlichen, Betrunkenen und Feiglinge in den Keller – die anderen sollen sich rüsten.«

Die beiden Männer nickten ernst und gingen zur Tür. Van

Dorn wandte sich dem Couchtisch zu und nahm sich einen Appetithappen von der Platte. »So, Sie wollten meine Kanapees vergiften, Viktor? Saukerl!« Schwungvoll steckte er sich das Stück Pastete in den Mund.

Dann wandte er sich der Wand zu und starrte auf das Bild, das ihn, O'Brien, Allerton und Kimberly zeigte, aufgenommen wenige Wochen vor Kriegsende. Bei der letzten Gelegenheit, da alle vier Musketiere zusammen gewesen waren. Mein Gott, dachte er, wie wenig man doch über die Seele und das Herz eines anderen weiß.

68

Abrams setzte die Zündschnur in Brand, die durch den dunklen Bodenraum flammte. Der Plastiksprengstofff explodierte, und die schwere Stahltür sprang aus den Angeln und stürzte krachend um.

Der zentrale Bodenbereich, in dem die Kommunikationsanlagen der Sowjets untergebracht waren, lag drei oder vier Stufen tiefer, und Abrams vermochte den weiten Raum zu überblicken, der etwa die Größe eines halben Fußballfeldes hatte und lediglich durch niedrige Zwischenwände unterteilt wurde. Die Beleuchtung schien beinahe ausschließlich von den elektronischen Konsolen auszugehen. Mehrere Männer und Frauen in braunen Overalls flohen vor der Explosion.

Abrams, Katherine und Cameron knieten nieder und begannen gezielte Einzelschüsse abzugeben, um die elektronischen Geräte zu schonen.

Llewelyn, Sutter und Ann hörten und spürten die Explosion auf der anderen Seite des Dachgeschosses. »Na bitte, sie haben es geschafft«, sagte Sutter. »Nun sind wir dran.« Er hielt Feuer an die Zündschnur und ging mit den anderen in Deckung.

Der Sprengstoff detonierte, und die Backsteinmauer und der Schornstein schienen einige Zentimeter in die Luft zu springen und die Dachbalken in die Höhe zu heben. Im Zurückprallen drückte das Dach auf die Mauer und ließ sie aufbrechen, sich wölben und einstürzen. Eine große V-förmige Öffnung entstand.

Ann starrte durch den Zementstaub in den dahinterliegenden Kommunikationsraum. Ihr geübtes Auge entdeckte sofort eine Reihe hochmoderner technischer Geräte.

Sutter und Llewelyn waren hinter den Aktenschränken aufgestanden und feuerten über den Köpfen der Russen laute Einzelschüsse ab, um sie nicht zur Ruhe kommen zu lassen. Es gab kaum Gegenwehr. Den harten Kern des KGB haben wir ausgeschaltet, dachte Ann, und erreichen nun das empfindliche Nervengewebe. »Vorsichtig mit den Apparaten!« rief sie.

»Die wissen doch genau, was wir wollen!« rief Llewelyn. »Wenn wir sie nicht in Atem halten, werden die KGB-Leute alles zerstören, was sie in die Finger bekommen.« Er gab drei schnelle Schüsse auf einen Mann ab, der mit einer Brechstange auf etwas einschlagen wollte, das wie ein Entschlüsselungsgerät aussah. Er stürzte zu Boden, aber die Maschine wurde getroffen und sprühte Funken. »Tut mir leid. Nur noch Schrott.«

Ann blickte auf die Uhr. Fast Mitternacht. Molnija raste seinen niedrigsten Bahnkoordinaten entgegen und würde in einem atomaren Feuerball untergehen. Eine halbe Stunde lang würde der Satellit den Kontinent erhellen und der Weltgeschichte eine neue, schreckliche Wendung geben.

Tom Grenville und Johnson standen neben der großen Dachluke. Stewart lag in der Nähe und hatte sich auf einen Ellenbogen gestemmt. Nieselregen hüllte das Dach ein, doch schien sich das angekündigte Unwetter eher über dem Meer auszutoben. Am nordöstlichen Horizont erschienen sogar Sterne, und Grenville betrachtete sie, als wäre es das letztemal in seinem Leben.

Am Rand der Dachluke waren zwölf CS-Gaskanister aufgebaut. Die Männer hörten und spürten die beiden Explosionen unter sich, und Grenville riß sich von den Sternen los. »Offenbar wird es Zeit, die Kanister runterzuwerfen«, sagte er.

»Ja«, antwortete Stewart. »Und Sie springen hinterher.« Mit

einer Kopfbewegung deutete er auf zwei Kletterseile aus Nylon, die an Antennen festgemacht waren. »Alles bereit! Los!«

Grenville öffnete die schwere Luke und hörte den Kampflärm im Dachgeschoß plötzlich viel deutlicher. Johnson und Stewart begannen Stifte aus den Kanistern zu ziehen und sie in verschiedenen Richtungen durch die Öffnung zu werfen. Die Behälter knallten dumpf und verbreiteten riesige Wolken weißen Tränengases, das außerdem Übelkeit erzeugte. Als er die letzten beiden Kanister auf den Weg gebracht hatte, warf Grenville die Luke wieder zu. »Jetzt warten wir fünf Minuten, bis es gewirkt hat.«

Stewart starrte ihn abweisend an. »Wir warten genau sechzig Sekunden.« Er blickte auf die Uhr und fuhr fort: »Wenn Sie's richtig anfangen, sind Sie in weniger als fünf Minuten unten. Keine Panik, sonst bleiben Sie am Seil kleben und werden wie auf dem Schießstand abgeknallt. Loslassen dürfen Sie aber auch nicht, denn dann brechen Sie sich alle Knochen.« Er tätschelte Grenville die Schulter. »Es wird schon werden. Und der General wird sich um Sie kümmern. Fertig!«

»Fertig! Gasmasken auf.«

Johnson und Grenville legten die Gasmasken an und rückten sie zurecht. Dann zogen sie Handschuhe an, öffneten das Luk und warfen die Kletterleinen durch die Öffnung, in der das Gas stand wie eine dicke weiße Decke.

Abrams und Cameron setzten die Gasmasken auf und näherten sich vorsichtig der gasgefüllten Türöffnung.

Katherine blieb im Studio zurück, um die Bodentür im Auge zu behalten, deren Stiege inzwischen gesprengt worden war.

Aus dem großen Raum war lautes Würgen und Husten zu hören. Abrams stürmte als erster vor, gefolgt von Cameron. Hastig suchten sie im Dunst nach dem Hauptsender. Und nach Androw und Henry Kimberly – und nach dem dritten Mann, wer immer er sein mochte.

Sutter sah in den dichten Gasschwaden ein junges Mädchen in braunem Overall durch die Wandöffnung steigen und zusammenbrechen. Er zerrte die Bewußtlose aus dem Wirkungsbereich des Gases. Ihr Gesicht wies rote Flecken und Spuren von Erbrochenem auf.

Ann kniete sich neben sie und versetzte ihr einige Ohrfeigen. »Atme, atme!« forderte sie auf Russisch.

Das Mädchen machte einen tiefen Atemzug.

»Wo ist das Sprechfunkgerät für den Verkehr mit Moskau?«

Das Mädchen blinzelte Ann aus triefenden Augen an.

Ann wiederholte die Frage. »Du hast fünf Sekunden Zeit, mir zu antworten, sonst bringen wir dich um.«

Das Mädchen schnappte nach Luft und sagte: »Funkgerät – SM-35 ... an der Nordwand ...«

Ann stellte einige knappe Fragen über Frequenzen, Zerhacker und Energiezufuhr, dann setzte sie die Maske auf und eilte zum Mauerspalt. Llewelyn und Sutter folgten ihr.

Mehrere Russen waren auf die Konsolen gestiegen, um dem am Boden wallenden Gas zu entgehen. Zu ihnen gehörte auch Wassilij Churnik, ein Überlebender des Kampfes in der Eisenbahnunterführung; er stand auf einem Computer und sah die beiden Männer und die Frau hereinkommen.

Tom Grenvilles ledergeschützte Hände scheuerten am Seil abwärts. Er spürte, wie er mit den Füßen auf den Boden prallte, federte ab und rollte in eine kniende Position, das Gewehr an die Schulter gehoben. Er starrte in das dichte Gas, vermochte aber keine zwei Meter weit zu sehen. Die Lämpchen der elektronischen Konsolen schimmerten unheimlich durch den Dunst.

Im nächsten Augenblick hockte Johnson mit dem Rücken zu ihm und sicherte in die andere Richtung: eine unzulängliche Verteidigungsstellung.

Dann entdeckte Grenville in den wallenden Gasschwaden drei schwarzgekleidete Gestalten, zwei Männer und eine Frau. Er wußte nicht, ob es sich um Pembrokes Team handelte, das mit Ann von Norden vorstoßen sollte, oder um Camerons Männer, die mit Katherine von Süden anrückten. Jedenfalls waren es keine Russen.

Wassilij Churnik sah die Amerikaner vorbeigehen. Die anderen Russen, vorwiegend Techniker, hatten die Niederlage längst akzeptiert und konzentrierten sich aufs Luftschnappen. Churnik aber war nach Temperament und Ausbildung nicht dafür geeignet, einen angreifbaren Gegner passieren zu lassen. Schon gar nicht nach der Erniedrigung, die er im Eisenbahntunnel hatte einstecken müssen. Er zog seinen .38er-Revolver und feuerte die Trommel leer.

Grenville sah und hörte den Mann von der grauen Konsole schießen. Er gab einen einzigen Schuß ab, und der Russe stürzte zu Boden.

Lautes Geschrei ertönte, und Abrams brüllte: »Runter! Runter!« Er schraubte den Schalldämpfer ab und schoß in die Wände, um seinen Worten Nachdruck zu verleihen. Männer und Frauen warfen sich zu Boden.

Cameron eilte zu den drei Gestalten, die am Boden lagen. Llewelyn war in den Hinterkopf getroffen und lebte nicht mehr. Sutter hatte einen Schock erlitten, war von seiner kugelsicheren Weste aber vor Schlimmerem bewahrt worden. Ann blutete am Hals.

Cameron untersuchte die Wunde, einen Streifschuß am Nakken. »Na 'Mädchen, so schlimm, wie es aussieht, ist es nicht. Blutet nur stark. Stehen Sie ruhig auf. Wir müssen das Funkgerät finden.«

Die russischen Techniker näherten sich vorsichtig den beiden Ausgängen, die in die kurzen Querstreben des T führten. Als sie erkannten, daß niemand sie zurückhalten wollte, rannten sie los.

Katherine saß auf dem Schreibtisch des Fernsehstudios und verfolgte stumm, wie ein halbes Dutzend Gestalten in der Dunkelheit an ihr vorbeiliefen. Am offenen Ausgang mußten die Russen allerdings feststellen, daß es die Stiege nicht mehr gab. Von unten ertönten Männerstimmen.

Durch die Öffnung begannen die Russen in das darunterliegende Stockwerk zu springen. Entsetzt bemerkte Katherine, daß sich eine der Gestalten von den anderen gelöst hatte und auf sie zukam.

Sie umklammerte ihre Pistole und suchte unter dem Tisch Zuflucht.

Der Mann war groß und gut gekleidet und wirkte sehr würdevoll. Er trat dicht an den Tisch heran, aber die Beleuchtung war so schlecht, daß er Katherine bestimmt nicht sehen konnte.

Er öffnete die oberste Schublade und nahm einige Gegenstände heraus, zu denen auch eine Pistole gehörte. Er machte kehrt und wollte sich entfernen.

Da richtete sich Katherine auf.

Der Mann hörte das Geräusch und fuhr herum.

»Hallo«, sagte Katherine.

Draußen hatte es aufgeklart, und der Mond schimmerte bläulich durch das Dachfenster neben dem Kamin. Staubflocken wirbelten durch die bleichen Mondstrahlen und ließen die Szene gespenstisch erscheinen, als fände die Begegnung in einem Traum statt. Langsam erschien ein Lächeln auf Henry Kimberlys Gesicht. »Du mußt Kate sein.«

»Ja.«

Er nickte.

»Fallen lassen«, forderte sie.

Er hatte die Hand in die rechte Jackentasche gesteckt. »Das werde ich nicht tun.«

»Dann müßte ich dich bei der geringsten Bewegung erschießen.«

»Ich will versuchen, stillzuhalten.«

Katherine betrachtete ihren Vater im fahlen Licht. »Irgendwie hatte ich mich nie mit deinem Tod abgefunden«, sagte sie. »Als Carbury in meinem Büro erschien, hatte ich das verrückte Gefühl, er wollte mir ankündigen, du wartest unten im Foyer.«

Kimberly antwortete nicht.

»Ich habe mir tausendmal ausgemalt, wie wir uns schließlich begegnen, aber ich hätte mir nie träumen lassen, daß ich dabei mit einer Waffe auf dich zielen könnte.«

Er lächelte gezwungen. »Nun ja, Kate, auch ich habe mir die

Szene vorgestellt – mit der Gewißheit, daß ich eines Tages zurückkehren würde.«

Sie warf einen Blick auf den Schreibtisch. »Ja, du solltest Präsident werden.«

Er nickte. »Die verbleibenden Jahre wollte ich nutzen, dich und Ann näher kennenzulernen.«

»Ach wirklich! Wie kommst du darauf, daß Ann oder ich mit einem Verräter zu tun haben wollten?«

»Das ist ein subjektiver Begriff. Ich bin meinem Gewissen gefolgt. Ich ließ meine Freunde, meine Familie und mein Vermögen im Stich, um mich für etwas einzusetzen, an das ich glaubte. So haben damals viele Männer und Frauen gehandelt.«

Sie lachte verächtlich. »Und jetzt willst du mir einreden, daß du den Glauben daran verloren hast? Daß du wiedergutmachen willst, was du deiner Familie und deinem Land angetan hast?«

Er zuckte die Schultern. »Das wäre gelogen. Ich kann nichts wiedergutmachen und habe auch nicht die Absicht.« Er sprach leiser, als befände er sich in einem anderen Zimmer. »Du mußt verstehen – wenn man soviel in eine Sache gesteckt hat, fällt es schwer einzugestehen – auch vor sich selbst –, daß man sich vielleicht geirrt hat. Und ist man erst einmal in Moskau gelandet, kommt eine Heimkehr kaum noch in Frage. Man läßt sich mit dem Teufel ein, weil er den kurzen Weg zur Macht kennt. Und lebt man dann in Moskau, beginnt man die Macht und alle ihre Begleiterscheinungen zu schätzen.« Er atmete tief durch und musterte sie. »Ich erwarte nicht, daß du das begreifst. Ein Mann meines Alters, der die damalige Zeit miterlebt hat, hätte sicher mehr Verständnis.«

»Ich kenne viele Männer von damals. Die haben kein Verständnis.« Katherine ließ ein längeres Schweigen eintreten, ehe sie fortfuhr: »Manche verpflichten sich einer Sache und kündigen ihre Absicht an. Wenn du nur ein windiger Hund oder Überläufer wärst, könnte ich das verstehen. Aber du hast gelogen und betrogen, du hast jeden verraten, der sich vertrauensvoll an dich wandte. Du hast Freunde in den Tod geschickt und deine Kinder ohne Vater aufwachsen lassen. Du mußt ein eiskalter, herzloser

Mann sein, Henry Kimberly. Du hast keine Seele und kein Gewissen. Und jetzt willst du mir einreden, du wärst nichts anderes als ein Opfer der Umstände. Ich finde, für dich hat einzig der Akt des Verrats gezählt. Ich finde ...« Tränen liefen ihr über das Gesicht, und ihre Stimme klang belegt. »Ich frage mich ... warum? In Gottes Namen, warum hast du ... *mir* das angetan?«

»Manchmal sage ich mir«, flüsterte Kimberly, »daß der letzte wirklich freudenvolle Tag meines Lebens in meinem letzten Urlaub lag, als ich dich und Ann im Central Park spazieren führte ... Dich hatte ich auf dem Arm, und Ann legte ihre kleine Hand in die meine, und wir lachten über die Affen im Zoo.«

»Hör auf! Hör auf!«

»Kann ich jetzt gehen?« fragte Kimberly nach längerem Schweigen.

»Gehen ... wohin?« Katherine wischte sich die Augen.

»Ist das noch wichtig? Nicht zurück nach Moskau, das versichere ich dir. Ich möchte nur gehen ... durch das Dorf gehen ... mein Land sehen ... Frieden finden ... ich bin nicht mehr wichtig. Niemand will mich haben, weder als Held noch als Bösewicht. Ich bin keine Gefahr mehr ... nur noch ein alter Mann.«

Katherine räusperte sich. »Wer ist der dritte Talbot?« fragte sie abweisend.

Henry Kimberly hob die Augenbrauen. »Es gibt keinen dritten Talbot ... es gab ihn mal, aber er ist längst gestorben.«

Sie musterte ihn eingehend. »Du lügst.«

Er zuckte die Schultern. »Ich muß jetzt gehen, Kate. Und du wirst nicht auf mich schießen, so wie ich auch nicht auf dich schießen würde.« Und mit einem Ton, der erkennen ließ, daß er das Thema für beendet hielt, fügte er hinzu: »Ich bin froh, daß wir uns begegnet sind. Vielleicht gibt es ein Wiedersehen.« Er begann sich abzuwenden.

»Nein!« rief Katherine. »Nein, du gehst nicht!«

Henry Kimberly blickte sie über die Schulter an. Er lächelte und kniff ein Auge zu. »*Au revoir*, kleine Kate.« In der Dunkelheit des Dachbodens näherte er sich der offenen Luke.

Katherine blickte ihm nach, und die Mündung ihrer Waffe

blieb auf seinen Rücken gerichtet. Ihre Hände begannen zu zittern, ihr Blick trübte sich. Wirre Gedanken gingen ihr durch den Kopf und konzentrierten sich plötzlich auf Patrick O'Brien. Er war all die Jahre ihr eigentlicher Vater gewesen – und war ermordet worden von Henry Kimberly, einem ihr unbekannten Mann, und seinen Freunden. O'Brien hätte Kimberly das nicht durchgehen lassen, er würde es auch nicht billigen, wenn sie es täte. Henry mußte den Preis für sein Tun bezahlen. »Halt!« wollte sie rufen, wußte aber nicht genau, ob sie das Wort wirklich über die Lippen brachte. Er ging weiter. Sie schoß.

Das Dröhnen des Schusses, mit dem das Silbergeschoß abgefeuert wurde, beendete die Stille ringsum und verhallte nur langsam. Henry Kimberly hatte sich an der offenen Luke umgedreht und starrte sie an. Er schien nicht überrascht zu sein, daß sie gefeuert hatte, auch nicht darüber, daß der Schuß danebengegangen war. Beide verstanden, daß diese Tat eine Art Läuterung war, eine symbolische Geste. Kimberly trat in die Öffnung und verschwand.

Katherine mußte feststellen, daß ihre Beine sie nicht mehr trugen. Sie sank in den Stuhl hinter dem Schreibtisch: sein Stuhl, sein Schreibtisch. Seine Rede lag verstreut vor ihr.

Katherine legte den Kopf auf die Tischplatte und begann zu weinen.

Marc Pembroke saß in der dunklen Dachnische. Hastige Schritte näherten sich. Im Zwielicht sah er etwa ein Dutzend Männer und Frauen mit tränenfeuchten Augen und bleichen Gesichtern vorbeieilen. Ihr Ziel war die Treppe, die ihm gegenüber geendet hatte. Obwohl das Atmen ihm immer schwerer fiel, konnte er noch klar denken.

Die Russen waren keine drei Meter von ihm entfernt; einige trugen Waffen. Die ersten starrten hilflos in den zerstörten Treppenschacht. Von unten tönten Stimmen herauf.

Pembroke sah die Holme einer Leiter über dem Rand der Öffnung erscheinen. Es gab eine hitzige Diskussion darüber, wer sie zuerst benutzen sollte – die Wächter, die herauf wollten, oder die Techniker, die nach unten drängten.

Ein Mann im Straßenanzug trat vor und regelte die Frage. Er war bleich und angeschlagen, hatte von seiner Arroganz aber nur wenig eingebüßt: Viktor Androw drängte die anderen zur Seite und stellte seinen korpulenten Körper auf die oberste Leitersprosse.

Pembroke schraubte den Schalldämpfer ab und rief: »Androw! Keine Bewegung!« Er gab einen Schuß in die Decke ab, und die Umstehenden warfen sich zu Boden. Er und Androw starrten sich an; Androw ragte mit Kopf und Schultern aus der Türöffnung, und Pembroke lehnte ihm gegenüber in der Dachnische.

»Wußten Sie, daß Arnold Brin mein Vater war?« fragte Pembroke.

Androw öffnete den Mund, doch ehe er etwas sagen konnte, schoß Pembroke. Der Einschuß erblühte wie ein plötzlicher Akneausbruch in Androws rundem weißen Gesicht. Er wedelte mit den Armen und stürzte krachend in die Tiefe.

Pembroke hustete und spürte einen stechenden Schmerz in der Brust. Sein Blick galt den Leuten an der Treppenöffnung. Nacheinander hasteten sie die Leiter hinab, doch er brachte kein Interesse für sie auf, und sie interessierten sich auch nicht für ihn.

Ein Gesicht nach dem anderen drehte sich in seine Richtung und verschwand unterhalb der Schwelle. Pembrokes Blick trübte sich, und ringsum schien es noch dunkler zu werden, als es ohnehin schon war. Eines der Gesichter, das auf der Leiter verschwand, zeigte sich aber in aller Klarheit, und es war das Gesicht eines Mannes, der nicht hier sein durfte. Litt er etwa schon an Halluzinationen?

69

Ann Kimberly drückte sich das Gazekissen an den Hals, während sie sich die vorhandenen Geräte anschaute: Funkgeräte jeder Bauart, Verschlüsselungs- und Entschlüsselungsgeräte, Ultrakurzwellen- und Satellitensender/-empfänger, wie auch Abhör- und

Störvorrichtungen.

Sie setzte sich an das große SM-35-Funkgerät und inspizierte hastig die Instrumente. Das Aggregat schien nicht beschädigt zu sein, es stand unter Strom. Ein Computerband übermittelte fortlaufend verschlüsselte Nachrichten an Moskau, vorwiegend sinnlose Worte, die die eigentlichen Botschaften überdeckten und der National Security Agency Kopfschmerzen bereiten sollten. Sie fand den Bandschalter und betätigte ihn. Dies mußte sofort die NSA alarmieren.

Hastig studierte sie das russische Handbuch, das auf der Konsole lag. »Die verdammte Sprache ist schon gesprochen schwer genug, aber diese Buchstaben ...! Was ist das für ein Wort, Abrams?«

»Verwirrer.«

»Bedeutet wohl Zerhacker.« Sie schaltete den Stimmenzerhakker aus, so daß jeder, der die Frequenz einstellte, ihr Stimme unverfälscht hören konnte. Sie blätterte weiter.

Sutter hatte den Schalter für die großen Dachventilatoren gefunden, und die Luft wurde allmählich besser. Die Gasmasken waren überflüssig geworden, was nichts daran änderte, daß das Gas bei allen Beteiligten für tränende Augen und brennende Hautstellen gesorgt hatte.

Cameron sprach über Telefon mit George Van Dorn. »Ja, hier Cameron, Mr. Van Dorn. Halten Sie bitte Ihre Mörser zurück. Wir haben hier alles ziemlich im Griff. Ann Kimberly wird gleich zu senden beginnen. Jawohl, Sir. Nein, niemand bedroht mich mit einer Waffe. Vielmehr umgekehrt: Wir haben den Iwan in der Gewalt. Alles in Ordnung. Ja, ich bleibe in der Leitung und gebe Ihnen laufend durch, was sich tut.«

Ann drehte einen Knopf und beugte sich vor. »Da, ich glaube, das wär's.« Sie rückte das Mikrofon zurecht und warf einen Blick auf die Digitaluhr am Funkgerät. Zehn Minuten vor Mitternacht hier, zehn Minuten vor acht Uhr früh in Moskau. »Sie bleiben bei mir und helfen mir mit meinem Russisch.«

Abrams nickte und sah sich in dem weiten Dachboden um. Sutter hockte auf der höchsten Konsole und konnte den ganzen

Raum im Auge behalten. Grenville und Johnson durchsuchten sämtliche Winkel und schlugen Dachfensterscheiben ein, um die Luftzirkulation zu verbessern.

»An alle Stationen, die mir zuhören«, sagte Ann auf Russisch. »Hier spricht Ann Kimberly, amerikanische Staatsbürgerin. Ich melde mich aus der russischen UNO-Mission in Glen Cove, New York. Bitte bestätigen Sie, Moskau.«

Sie wandte sich an Abrams. »Man wird nichts bestätigen, obwohl man genau weiß, woher diese Sendung kommt. Dafür ist jetzt jeder, der diese Frequenz laufend überwacht, alarmiert – die National Security Agency, die Defense Intelligence Agency und die CIA. Unverzüglich werden auch das Weiße Haus, das Pentagon und Camp David einbezogen. Ich warte noch einen Moment, ehe ich meine schweren Geschütze auffahre. Wie war mein Russisch?«

»Nicht schlecht ... mit der Aussprache hapert es ein bißchen.«

Sie zuckte die Schultern. »Ich muß mir viel Russisch anhören, habe aber kaum Gelegenheit, es selbst zu sprechen.« Sie zögerte und fuhr fort: »Hier, nehmen Sie das Mikrofon. Sie sollten ja im Notfall sowieso für mich einspringen.«

Abrams zögerte ebenfalls und bog sich dann das Mikrofon zurecht.

»Also, mag sein, daß wir hier die wichtigste Funkbotschaft absetzen, die es in der menschlichen Geschichte jemals gegeben hat. Ich gebe Ihnen Stichworte. Sie sind drauf. Melden Sie sich.« Ann drückte auf den Sendeknopf.

»Hier spricht Tony Abrams«, begann er, »amerikanischer Staatsbürger.« Er wiederholte Anns Ortsbezeichnung, holte tief Luft und begann: »Dies ist eine direkte Botschaft an die führenden Leute im Kreml, im Weißen Haus, im Pentagon und alle anderen, die in der Lage sind, Atomwaffen zu starten.« Im weiteren Verlauf seiner Rede richtete sich Abrams' Blick immer wieder auf die Digitaluhr, bis er sich dazu zwang, nicht mehr hinzuschauen. Seine Aufmerksamkeit galt den benachbarten elektrischen Anzeigen, die aus drei gleichmäßig leuchtenden grünen Lampen bestanden.

»Wenn der Atomsprengsatz an Bord des Molnija-Satelliten zur Zündung gebracht wird, bleibt den Vereinigten Staaten nichts anderes übrig, als mit Atomwaffen zurückzuschlagen.« Er wußte nicht, ob er hier Verteidigungspolitik machte, ob er den Leuten in Washington Ideen eingab oder Moskau zu der Annahme zu bringen versuchte, er spreche für die Regierung. Eine volle Minute lang legte er sein Anliegen dar und betätigte dann den Mikrofonschalter. »Mehr sage ich nicht«, bemerkte er zu Ann.

Ann musterte ihn kurz und nickte. »Ich mache ein bißchen auf Englisch weiter. Sicher hat man in Moskau inzwischen Leute am Gerät, die Englisch verstehen. Außerdem möchte ich Washington und die NSA und Fort Meade direkt ansprechen.«

Abrams wischte sich den Schweiß von der Stirn. »Ich mache mal einen kleinen Spaziergang. Viel Glück.« Er wandte sich ab.

»Hier ist wieder Ann Kimberly«, sagte sie ins Mikrofon, »und ich wende mich an meine Kollegen in der National Security Agency. Bitte melden.«

Es trat ein längeres Schweigen ein, und Ann mußte den Ruf wiederholen, ehe sich eine männliche Stimme meldete: »Ann, hier Chet Forbes aus Fort Meade. Ich höre Sie.«

»Ich Sie auch, Chet. Geben Sie mir einen Zustandsbericht.«

Die Stimme klang noch immer zögernd, beinahe ungläubig – aber Forbes' Geräte logen nicht; er wußte, daß er mit Glen Cove sprach und konnte an ihrem Stimmenbild ablesen, daß sie wirklich Ann Kimberly war, eine Angehörige der NSA. »NORAD ist im Alarmzustand DEFCON 5, letzte Stufe vor dem Abschuß. Die Polaris-Flotte, SAC und die europäischen Atomstellungen sind im roten Alarmzustand. Der Präsident ist in Camp David und steht in Verbindung mit allen Kommandostellen, die über Atomwaffen gebieten.«

»Moskau, haben Sie Fort Meade verstanden?« fragte Ann auf Russisch.

Moskau antwortete nicht.

Ann atmete tief ein und zündete sich eine Zigarette an. »Chet«, fragte sie, »können Sie den Präsidenten dazu bringen, sich direkt an die Scherzbolde zu wenden?«

»Der Präsident versucht, sich mit dem sowjetischen Präsidiumsvorsitzenden in Verbindung zu setzen«, antwortete Forbes.

»Geben Sie nach Camp David durch, daß der Präsidentenberater James Allerton ein sowjetischer Agent ist«, sagte Ann.

Forbes schwieg längere Zeit, ehe er ans Mikrofon zurückkehrte. »Verstanden. Soll geschehen.« Nach kurzer Pause fuhr er fort: »Wir haben keinen blassen Schimmer, wie Sie zu den Russen vorgedrungen sind, aber wenn das stimmt, was Sie nach Moskau abgestrahlt haben, sind wir sehr froh darüber.«

»Ich kann nur hoffen, daß die andere Seite auch zuhört. Unterdessen sollten Sie alle NATO-Verbündeten und Angehörigen des Warschauer Pakts über folgendes unterrichten: Wenn es zum Dritten Weltkrieg kommt, so hat er in Moskau begonnen.« Nach kurzer Pause fragte sie auf Russisch: »Haben Sie gehört, Herr Vorsitzender?«

Aber Moskau schwieg noch immer.

Hastig begab sich Tony Abrams in den Nordflügel des Dachbodens und kniete neben Marc Pembroke nieder, der ungewöhnlich bleich aussah. »Wie geht es Ihnen?«

»In welcher Beziehung?«

Abrams lächelte. »Hören sie, Van Dorn schickt den Sikorsky-Hubschrauber, um uns hier alle herauszuholen. Sie sind bald im Krankenhaus.«

»Gut. Dorthin gehöre ich auch. Wie läuft der Einsatz?«

»Die Schlacht haben wir gewonnen, der Krieg steht noch auf des Messers Schneide. Ann hat ihre Sendung abgesetzt. Jetzt liegt es bei den Russen.«

»Bedauerlich – die sind nämlich unberechenbar. Wie spät?«

»Gleich Mitternacht. Wenigstens müssen wir nicht mehr lange warten.«

»Nein ... und wir haben unser Ziel erreicht, nicht wahr?«

»Ja.«

Pembroke blickte zur offenen Treppenhaustür. »Ein paar Russen sind dort entwischt. Nur Techniker. Ich hab' sie durchgelassen ...«

»Natürlich. Beruhigen Sie sich ...«

»Hören Sie, Abrams ... Androw war dabei ...« Pembroke hustete einen blutigen Schleimbrocken aus, Abrams legte ihm den Arm um die Schultern.

Pembroke schien sich an etwas erinnern zu wollen. »Ich hab' den Schweinehund erschossen. Bitte überzeugen Sie sich, daß er tot ist. Aber Vorsicht, alter Junge ... da unten lauern Bewaffnete ...«

Vorsichtig ging Abrams zur Tür und schaute hinab. Die offene Flurtür erleuchtete das untere kleine Foyer und offenbarte die eingestürzte Treppe. Eine Leiter stand in den Trümmern. Es war niemand zu sehen, keine Lebenden, keine Toten. »Die Wächter haben die Stellung geräumt und etwaige Opfer mitgenommen«, sagte Abrams.

Pembroke nickte. »Sie haben von uns die Nase voll. Wo sie wohl sind ...?« Er überlegte. »Aber ich bin sicher, ich hab' den Kerl in den Kopf getroffen ... Ach, und ja ... Joan ... Joan Grenville ist da unten im Servieraufzug ... nehmen Sie ein paar von meinen Leuten ...«

»Ja, wir holen sie heraus.« Abrams wollte Pembroke nicht sagen müssen, daß von seinen Männern nur noch wenige am Leben waren. »Hören Sie auf, sich deswegen Sorgen zu machen. Wir sind ohne Sie nicht völlig hilflos.« Abrams blickte auf die Uhr. »Ich muß wieder los.«

»Moment ... Moment noch. Hören Sie, ich habe etwas gesehen ... also ich dachte schon, ich spinne ... aber mein Kopf ist völlig klar ...«

»Was haben Sie gesehen?«

»Patrick O'Brien.«

Abrams stand reglos vor dem anderen und erwiderte Pembrokes starren Blick. »Wo?« fragte er schließlich.

Pembroke bewegte den Kopf. »Dort.«

Abrams schüttelte den Kopf.

»Doch. Er trug einen schwarzen Kampfanzug ...«

Nach langem Schweigen begann Abrams langsam zu nicken. »Ja, Sie haben recht.«

»Nun tun Sie nicht so, als ob Sie mir glaubten.«

»Nein, ich glaube Ihnen.«

»Was wollen Sie tun?« fragte Pembroke nach längerer Zeit.

Abrams atmete tief durch, blickte auf das zerstörte Treppenhaus und schaute auf die Uhr. »Dort hinab ist er?«

»Ja. Sehen Sie in Androws Büro nach. Dort dürfte einiges an Beweisen zu finden sein; die will er bestimmt vernichten, ehe auch er seine Odyssee in die Unterwelt antritt.«

Abrams ging zur Treppe.

70

Hastig ging Henry Kimberly durch den langen, verlassenen Flur des Erdgeschosses. Ein scharfer Korditgeruch hing in der verqualmten Luft. Vor der zerschossenen Tür zu Androws Büro blieb er stehen. Vielleicht war der KGB-Offizier damit beschäftigt, Geheimakten zu vernichten.

Kimberly öffnete die Tür und betrat das kaum erleuchtete Büro. Als er dicht neben sich das Klicken einer Waffe hörte, erstarrte er.

»Henry Kimberly, nehme ich an«, sagte eine Stimme an seinem Ohr.

Kimberly nickte knapp. Er drehte den Kopf und erblickte einen Mann in einem schwarzen Kampfanzug. Die beiden starrten sich an. »Patrick ...«, sagte Kimberly kaum vernehmbar.

O'Brien nickte.

»Du müßtest doch tot sein«, sagte Kimberly.

O'Brien lächelte. »Und du auch.«

Kimberlys Blick fiel auf die Waffe. »Wenn du mich umbringen willst, tu's gleich und erspar mir ein weiteres tränenseliges Wiedersehen.«

O'Brien senkte die Pistole. »Ich hab' dich vorhin schon auf dem Boden kurz gesehen. Anscheinend war Androw zu sehr damit beschäftigt, nicht getroffen zu werden, um dir Bescheid zu sagen.«

»Worüber?«

»Daß ich einer von euch bin.«

Kimberly starrte ihn an. »Mein Gott... nein...«, sagte er leise. »Das kann doch nicht sein...«

»Warum nicht? Ich stand schon mal während des Krieges unter Verdacht, und das aus gutem Grund. Mit dir allerdings hatte die große Werwolf-Jagd niemals zu tun. *Ich* hätte derjenige sein müssen, der damals untertauchte und nach Moskau ging, Henry. Und du hättest nach Haus kommen und die Firma leiten sollen! Du hattest Familie und mehr Prestige und auch bessere Kontakte... aber die Leute in Moskau fällen manchmal seltsame Entscheidungen, findest du nicht auch?«

»Ja.«

»Und wir zweifeln niemals einen Befehl an, nicht wahr?«

»Nein.«

Kimberlys Blick wanderte im Büro herum und blieb schließlich an der toten Claudia Lepescu hängen. »Wo ist Androw?« fragte er.

»Ich wollte auf ihn warten«, sagte O'Brien achselzuckend. »Hast du ihn gesehen?«

»Vielleicht ist er mit den anderen im Keller. Gehen wir.« Er wandte sich zur Tür.«

O'Brien folgte ihm nicht. »Wir warten hier auf ihn«, sagte er.

»Warum?«

»Weil außer ihm und dir niemand in Amerika weiß, daß ich noch lebe oder wer ich wirklich bin. Ich glaube, diese Runde haben wir verloren, und ich möchte nicht, daß Androw unseren ehemaligen Landsleuten in die Hände fällt.«

Kimberly musterte ihn und nickte langsam. »Ja... ich verstehe... ich glaube, das wäre ganz im Sinne Moskaus.«

»Oh, bestimmt«, sagte O'Brien lächelnd. »Du solltest also der nächste Präsident werden.«

»Vielleicht klappt's ja doch noch.« Sein Blick richtete sich auf das zerbrochene Mosaikfenster. »Vielleicht erleben wir den großen Blitz noch.«

»Vielleicht. Nur Moskau weiß, was Moskau tun wird.«

O'Brien gab Kimberly ein Handzeichen. »Warten wir hier auf Androw. Er ging zum Fenster und setzte sich auf den Sims; Kimberly kam einige Schritte näher und blieb stehen. »Weißt du, Henry«, sagte O'Brien leise, »das Leben in Moskau mag dir zwar manchmal schwergefallen sein, aber wenigstens blieb dir der tägliche Alptraum eines Daseins als Doppelagent erspart. Ich habe das gefährlichste und schwierigste Spiel hinter mir, das man überhaupt spielen kann. Ich leitete eine Gruppe ungemein kluger Leute – unsere alten Freunde –, während ich gleichzeitig den Interessen unserer Moskauer Freunde diente.«

»Und wie hast du das geschafft?« wollte Kimberly wissen.

O'Brien lächelte. »Mit Spiegeltricks. Ich bin Zauberer, Illusionist, zugleich Akrobat und Jongleur. Eine anstrengende Schau, mein Freund. So mußte ich zum Beispiel im letzten Jahr das OSS in dem Glauben wiegen, ich arbeite an einer äußerst wichtigen Sache, während ich gleichzeitig Moskaus ›Unternehmen Schlag‹ schützen mußte, über das ich wenig wußte.«

Kimberly nickte anerkennend.

»Aber leider hatten sich Van Dorn, Arnold Brin und etliche andere auf gewisse Aspekte des Schlags eingeschossen«, fuhr O'Brien fort, »und bedrängten mich, mehr herauszufinden. Ich legte einige falsche Fährten – zum Beispiel Hinweise auf eine Atomexplosion an der Wall Street und eine Verschwörung, alle amerikanischen Computer zu löschen –, aber die Fragen kehrten immer wieder zum Kern des EMP zurück. Die alten Kumpel kennen sich wirklich aus, Henry.«

»In der Tat. Und das Tagebuch?«

O'Brien nickte strahlend. »Das war ein Geniestreich und eine Verzweiflungstat zugleich. Ich war schon ganz unruhig. Da spielte ich den Leuten das Tagebuch zu, in der Hoffnung, die alte Suche nach Talbot würde alle physischen und psychischen Energien aufbrauchen, wie es schon vor vier Jahrzehnten geschehen war. Ich wußte, wer Talbot war. Ich selbst. Daß du es auch warst, davon hatte ich keine Ahnung.«

Kimberly lächelte gepreßt. »Mit dem Tagebuch hast du eine Kettenreaktion ausgelöst, nicht wahr?«

O'Brien erwiderte das Lächeln. »Ja. Zuerst hätte mich dieser idiotische Thorpe beinahe umgebracht. Dann erwies sich Tony Abrams, der mir von deiner Tochter aufgedrängt wurde, als schlauer, als ich dachte. Anstatt ihn weiter herumschnüffeln zu lassen, wollte ich ihn beseitigen. Dazu benutzte ich Claudia.« Mit einer Kopfbewegung deutete er auf die Tote. »Sie glaubte für Moskau zu arbeiten. Abrams nahm an, Thorpe habe ihn umbringen lassen wollen. In dieser Welt der Spiegel sind die Dinge wahrlich nicht so, wie sie erscheinen. Immer wieder habe ich diese Weisheit geäußert, und alle haben vielsagend genickt, doch niemand schien zu begreifen, daß ich von mir selbst sprach.« Er lachte.

»Wie kommst du hierher?« fragte Kimberly.

»Per Fallschirm aus einem Sikorsky-Hubschrauber.«

»Wirklich mutig, Patrick. Aber das warst du ja schon immer.«

»Ja, so habe ich überleben können, wo andere sterben mußten. Ich bin auch skrupellos.« Sein Blick suchte Kimberlys Gesicht. »Und schamlos machthungrig. Ich will der Größte sein.«

Kimberly erwiderte den Blick. »Ich bin der vorgesehene Thronfolger.«

»Das hat mir Androw überraschend eröffnet.« Achselzuckend blickte O'Brien aus dem Fenster. »Weißt du, Henry, wenn Unternehmen Schlag erfolgreich ist, wenn Molnija explodiert und seine elektromagnetische Vernichtungswoge über das Land strahlt, dann werden wir beide ungeachtet der Ereignisse hier im Haus die mächtigsten Männer in den USA sein.«

»Es gibt da noch einen weiteren Landsmann«, erwiderte Kimberly, »der mit Macht zu bezahlen ist. James Allerton. Hat dir Androw davon erzählt?«

O'Brien schnaubte verächtlich durch die Nase. »O ja, aber ich wußte lange vorher Bescheid. Allerton ist schwach, so gut wie senil. Ohne seinen guten Ruf im Land hätte Moskau ihn schon vor Jahren abserviert.«

»Aber er ist noch dabei. Und er soll unserer Troika angehören.«

O'Brien kniff die Augen zusammen und schüttelte den Kopf. »Ich habe in Camp David einen Mann vom Secret Service plaziert, der dafür sorgen wird, daß James Allerton dort nicht mehr lebendig wegkommt, was immer auch geschehen mag.«

Kimberly betrachtete die Pistole in O'Briens Hand. »Damit gäbe es nur noch dich und mich«, sagte er gelassen. »Und das ist einer zuviel, nicht wahr?«

O'Brien nickte geistesabwesend, als habe er nicht verstanden, was der andere damit sagen wollte. »Weißt du, Henry, wenn die Amerikaner diese Runde gewinnen, kann ich in meine alte Rolle zurückschlüpfen, als Held, der dem Tod knapp entronnen ist. Aber das geht nur, wenn den Amerikanern zwei Männer nicht in die Hände fallen: du und Androw.«

»Mein Pech, daß ich vorhin diese Tür geöffnet habe.«

»Glück oder Pech hat wenig damit zu tun. Ich hatte stets vermutet, daß es einen dritten Mann gab, und mich darauf eingestellt, ihn bei der erstbesten Gelegenheit zu beseitigen. Die Tatsache, daß du der Mann bist, mein alter Freund, erschwert mir die Sache, ändert aber nichts an ihrer Notwendigkeit.«

»Mit anderen Worten, wenn Moskau heute nacht siegt, möchtest du Präsident werden. Wenn Moskau unterliegt, möchtest du bei den alten Kameraden deine Führungsrolle weiterspielen, bis Moskau schließlich doch den Durchbruch schafft.«

»Du hast es erfaßt. Und wie man die Sache auch dreht und wendet – du bist für mich ein Hindernis, Henry.«

»Wir können zusammen fliehen«, sagte Kimberly. »Nach Moskau gehen.«

»Ich will nicht nach Moskau. Morgen möchte ich entweder wieder in meinem Büro bei O'Brien, Kimberly & Rose sitzen – oder als Präsident im Oval Office. Ein führender Geheimdienstoffizier, der dieses Ranges würdig war, sollte niemals fliehen müssen. Für ihn muß stets ein neues Büro bereitstehen, damit er seine Arbeit fortsetzen kann. Das ist der angemessene Lohn für ein Leben, wie wir es führen müssen.«

»Dich wird Moskau nicht belohnen«, sagte Kimberly. »Man wird herausfinden, daß du mich und ... Androw umgebracht hast.«

O'Brien deutete auf Claudias Leiche. »Die Spuren eines Kampfes überdecken so manchen Mord. Das weißt du selbst am besten.« Wieder richteten sich Kimberlys Augen auf die Waffe. »Patrick ... das ist nicht ... es ist unloyal ... Man will mich lebendig haben ... Moskau will ...«

»Was schert mich der Wille Moskaus? Dort erschafft man sich seine Verräter und erwartet Loyalität von ihnen. Für mich ist Moskau nur ein Mittel zum Zweck. Der schnellste, ja, der einzige Weg nach Washington – so wie er es für dich über Moskau war. So wie die letzten römischen Herrscher von den Barbaren auf den Thron gehoben und gestürzt wurden, so werden die Barbaren in Moskau mich zum Herrscher von Amerika machen.«

»Und dich nach Belieben auch wieder absetzen«, erwiderte Kimberly scharf. »Es könnte sicherer für dich sein, die Macht mit mir zu teilen.«

»Vielleicht ... wenn es Macht zu teilen gäbe. Aber dazu kommt es vielleicht nicht. Vielleicht werde ich morgen zur Verblüffung und Erleichterung meines Personals wieder im Rockefeller Center auftauchen. Ich muß alle Möglichkeiten einplanen, Henry. Nichts für ungut, alter Soldat.«

»Nein ...« Kimberly griff nach der Pistole in seiner Jacke. O'Briens schallgedämpfte Waffe spie Feuer, die Kugel traf Henry Kimberly ins Herz und ließ ihn wie einen gefällten Baum zu Boden gehen.

O'Brien blickte auf seinen früheren Sozietätspartner und Waffengefährten nieder. »Da war es nur noch einer.«

71

Tony Abrams ging langsam die Treppe zum Erdgeschoß hinab und stellte dabei fest, daß die Leiche Valentin Metkows verschwunden war. Vorsichtig schob er sich durch die zersplitterte Geheimtür in das zerstörte Sicherheitsbüro. Davis lag noch zwischen den Trümmern, dafür war Lara von den Wächtern fortgeschafft worden.

Abrams hatte das Gefühl, einer Fährte des Todes zu folgen,

die ihn dorthin zurückführte, wo er vor langer Zeit begonnen hatte – in Patrick O'Briens Büro. Schon damals hatte er sich nicht vorstellen können, warum O'Brien ihn überhaupt engagiert hatte – und wußte heute noch weniger, wie diese Gründe aussahen.

Er blickte in den großen Flur. Es war niemand zu sehen, doch hörte er leise Geräusche. Hastig schlich er vor Androws Tür und sah, daß das Schloß zerschossen war. Er hob das Gewehr und öffnete die Tür mit energischem Schulterschwung.

Patrick O'Brien hockte auf den Knien und durchwühlte Androws Tisch. Er hob hastig den Kopf und griff nach der Pistole auf dem Schreibtisch.

Abrams senkte das Gewehr, und O'Brien zog die Hand zurück. »Ich hatte nicht gedacht, daß von euch jemand so schnell herunterkommt.«

Stumm starrte Abrams den anderen an.

Langsam erhob sich O'Brien. »Womit habe ich mich verraten?«

»Ich bin allein hinter die Sache gekommen.«

O'Brien setzte ein Lächeln auf, das beinahe freundlich war. »O nein, Tony, da muß ich Ihnen widersprechen. Lassen Sie mir wenigstens die Befriedigung der Überzeugung, daß ich der schlaueste Doppelagent war, den dieses Land je erlebt hat.«

»Das waren Sie durchaus«, sagte Abrams. »Aber nicht mehr.«

»Wie kommen Sie sich vor? Verraten? Töricht? Sind Sie wütend?«

»Ja, Sie waren sehr überzeugend.«

»Es kommt darauf an zu glauben, was man tut und sagt, während man es tut und sagt. Während meiner Tätigkeit für die alten Recken gab ich mein Bestes. Wenn ich für die Russen arbeitete – ebenso. Nehmen Sie es nicht schwer. Nahezu vierzig Jahre lang habe ich so gut wie alle sogenannten Geheimdienstgrößen dieses Landes und Großbritanniens zum Narren gehalten.«

»Und der Grund?«

O'Brien zuckte die Schultern. »Zuerst war es wohl der Idealismus der Jugend. Dann wollte ich aus der Sache heraus, aber man versuchte mich umzubringen; während eines Jagdausfluges in

Utah wurde auf mich geschossen. Natürlich habe ich überlebt, aber im Krankenhaus ging mir auf, daß die Gegenseite keine Skrupel kannte und daß wir zwar früher auch gegen die Nazis hart durchgegriffen hatten, im Grunde aber schon sehr verweichlicht waren. Das war der damals gebräuchlichste Ausdruck, wissen Sie noch? Amerika war verweichlicht. Und das stimmte auch. Die Russen ... die Kommunisten ... erreichten damals überall auf der Welt, was sie wollten. 1948 schien es nur noch eine Sache der Zeit zu sein, bis sie die Weltherrschaft übernahmen. Ich schlug mich auf die skrupellose Seite.« Er lächelte. »Das Schicksal entschied dann allerdings anders, aber ich war inzwischen glücklich, zumindest hatte ich mich mit meinem Doppelleben abgefunden. Ich habe keine Frau und keine Kinder und widmete mich ganz dem großen Spiel. Nachdem ich beinahe das Opfer eines Anschlags geworden war, kam ich nie wieder unter Verdacht wie während des Krieges.«

Abrams' Blick richtete sich auf die tote Claudia, dabei entdeckte er Henry Kimberly, der halb verdeckt hinter dem Schreibtisch lag. »Ihr Werk?«

»Ja.«

Abrams starrte O'Brien an. »Das Töten scheint Ihnen nichts auszumachen.«

»Wenn man in der Mantel- und Degenwelt der Spionage alle Opfer seit dem letzten Krieg zusammenzählt, so kommen bei weitem nicht so viele heraus, wie bei jedem kleinen Scharmützel fallen. Wenn die Nationen damit zufrieden wären, nur die Spione gegeneinander kämpfen zu lassen, wären wir alle besser dran. Das ist das Opfer, das wir dem Gott des Krieges bringen, damit er nicht mehr von uns tötet. Hätten wir heute abend gesiegt, hätte auf der Welt nie wieder die Gefahr eines Krieges bestanden. Dank Ihnen, Van Dorn und Ihren Freunden stehen wir nun aber wieder am atomaren Abgrund.«

»Ich glaube, ich möchte lieber am Abgrund wohnen als in der Tiefe.«

»Das läßt sich so einfach hinsagen. Aber wiederholen Sie mir Ihre Worte in fünf Jahren, wenn die nächste Krise kommt.«

»Sie werden schon in fünf Minuten nicht mehr existieren.«

O'Brien musterte den anderen eindringlich. »Wollen Sie mich umbringen?«

»Warum nicht?«

»Weil die amerikanischen Geheimdienste mich haben wollen. Jeder Spion singt, wenn er in den Käfig gesperrt wird. Ich könnte zehn Jahre lang singen, ohne eine Strophe zu wiederholen.«

Abrams nickte. O'Brien hatte recht. Je wichtiger der Verbrecher oder Verräter war, desto größer die Chance, daß man einen Tauschhandel mit ihm abschloß.

O'Brien schien sich zu entspannen und kehrte zum gelassenen Tonfall zurück. »Mein einziger echter Fehler der letzten Jahre war, daß ich Van Dorn nicht beseitigt habe. Aber ich dachte, er würde sich totsaufen.«

O'Brien lachte und drehte sich zum Fenster um, dann sagte er: »Vielleicht bekommen wir den Blitz am Himmel doch noch zu sehen.«

»Vielleicht. Sagen Sie, warum hielten Sie es für erforderlich, Ihren Tod vorzutäuschen? Am Ort des Geschehens hätten Sie sich bestimmt nützlicher machen können.«

O'Brien lachte. »Ich wollte meinen Tod gar nicht vortäuschen. Thorpe, dieser Idiot, hätte mich beinahe umgebracht. Was ich ihm vortäuschte, war ein Herzanfall, ehe ich meinen Fallschirm öffnete. Die meisten Todesfälle wegen nicht geöffnetem Fallschirm gehen nämlich auf Herzinfarkte zurück.«

»Und was wollen Sie sich diesmal ausdenken?«

»Nichts ... Ich bin bereit, Sie zu begleiten. Die CIA wird Sie wie einen Gott behandeln, Tony. Ihnen wird es an nichts fehlen, solange Sie leben.« O'Brien kam hinter dem Tisch hervor. »Hier ... es gibt hier hinter der Täfelung einen Gang, der ins Wachbüro führt; wir brauchen also nicht mehr in den Flur hinaus.«

Abrams machte eine Bewegung mit dem Gewehr, und O'Brien trat an die Wand neben dem Kamin. Er zog an einer Wandlampe und öffnete damit eine Geheimtür. »Wissen Sie«, sagte er zu Abrams, »ich habe mir oft ausgemalt, wie es einmal enden würde.

Auf so etwas bin ich aber nicht gekommen. Wissen Sie, wie mir zumute ist? Ich bin peinlich berührt. Es ist wirklich kein angenehmer Gedanke, Kate oder Van Dorn oder den anderen gegenüberzutreten.«

»Los!« sagte Abrams.

O'Brien ging als erster durch die Geheimtür. Die beiden Männer gelangten ins Wachbüro, passierten den toten Davis und traten durch die zweite Wandtür in das kleine Foyer am Fuß der Treppe. »Vielleicht macht es ja doch einen Unterschied – aber ich mochte Sie.«

Das ist nun wirklich das einzige, was ich nicht hören will, dachte Abrams und lauschte. Es war still. »Ich habe beschlossen, Ihnen die peinliche Begegnung zu ersparen«, sagte er. »Ich will das alles nicht in die Länge ziehen und Sie leiden lassen, obwohl Sie es wirklich verdient hätten.«

O'Brien öffnete den Mund und wollte etwas sagen.

Abrams hob das Gewehr und schoß. Patrick O'Brien zog ein erstauntes Gesicht und stürzte rücklings auf die Treppe.

Eine lange Zeit starrte Abrams dem anderen an; dann wandte er sich ab, um Joan Grenville zu suchen. Ich wußte es, dachte er. Ich wußte die ganze Zeit, daß er es war – doch wer glaubt schon ernsthaft, daß Papa ein Lügner ist oder Gott eine Vorspiegelung oder der Priester ein Atheist? Das war seine Stärke. Er mußte uns nicht täuschen, wir haben uns selbst hinters Licht geführt.

72

Cameron und Sutter hatten zwei Flaschen Wodka gefunden, und Tom Grenville war auf einen beweglichen hydraulischen Aufzug gestoßen, mit dem Handwerker sich und ihr Material auf das flache Dach hievten. So saßen sie nun im Freien bei Stewart und General Johnson, ließen die Flasche kreisen und schauten abwartend in den klaren Nachthimmel. Pembroke war noch unten, weil er nur mit Vorsicht transportiert werden durfte; Katherine kümmerte sich um ihn. Ann saß wie zuvor am Funkgerät, unterstützt von Abrams.

Der hydraulische Aufzug jaulte, und Joan Grenville erschien in der Luke wie eine Erscheinung aus einer griechischen Tragödie. Sie trat von der Plattform des Lifts. »Hallo, Tom«

Er hob den Blick und nahm die Flasche an den Mund. »Hallo, Joan. Was machst du denn hier?«

»Ich hatte mein Wägelchen zurückfahren lassen. Darf ich auch einen Schluck?«

Er reichte ihr den Alkohol, und sie bediente sich ausgiebig und gab die Flasche weiter. »Schreckliches Zeug!«

»Echter russischer Wodka. Kriegsbeute.«

»Du bist ja betrunken.«

»Sie sind wunderschön«, sagte Stewart. »Und ich bin betrunken.«

Joan musterte ihn abschätzend, dann wandte sie sich an Tom. »Ich hab' dir gleich gesagt, wir hätten lieber zu Hause bleiben sollen.«

»Geschäft ist Geschäft. Wie oft muß ich dir noch erklären, woher wir unser Geld beziehen?«

»Worauf wartet ihr?« fragte sie und setzte sich.

»Auf den Rückzug im Hubschrauber«, antwortete Sutter. »Außerdem auf das Ende der Welt. Schauen Sie nach Westen, junge Dame!«

»Wo ist Westen?« erkundigte sich Joan.

Sutter wies ihr die Richtung.

Joan blickte zum westlichen Horizont. »Ich kann von hier Manhattan sehen«, verkündete sie. »Ich hab' die Uhr verloren. Wie spät ist es eigentlich?«

»Null, null, null fünf«, antwortete Johnson.

Grenville verzog angewidert das Gesicht. »Was ist das in richtiger Zeit?«

Sutter lehnte sich zurück. »Fünf nach zwölf, Tom.«

»Und wann sollte die Welt untergehen?« fragte Joan.

»In einer Minute«, antwortete Stewart, »plus-minus eine Unendlichkeit.«

Joan Grenville wandte sich ihrem Mann zu. »Ich liebe dich«, sagte sie.

Grenville errötete. »Bitte!«

Sie ließen die Flasche kreisen und warteten.

Ann schob das Mikrofon fort und legte den Sendeschalter um. »Mehr kann ich nicht tun«, sagte sie. »Nun liegt alles in den Händen der Götter.«

Tony Abrams ging zu einem Dachfenster und starrte durch die zerbrochenen Scheiben. »Sie haben wirklich mit Engelszungen geredet. Wäre ich der russische Vorsitzende, würde ich alles abblasen.«

»Ach wirklich? Ich meine, kennen Sie diese Leute? Ich kenne nur ihre Stimmen und ihre verschlüsselten Botschaften. Bis heute hatte ich keinen Russen von Angesicht gesehen. Ich weiß zwar, was sie sagen, nicht aber, was sie denken. Ich kenne ihre Seele nicht.«

»Das tut niemand. Sie selbst am wenigsten.« Er kehrte dem Fenster den Rücken zu. »Sie haben nicht einmal geantwortet.«

Sie schüttelte den Kopf. »Nein ... denn das wäre einem Eingeständnis gleichgekommen – und zugeben wollen sie nichts.«

»Was zeigt die Digitaluhr?«

»Zwölf null fünf und zwanzig Sekunden. Molnija hat gleich seinen Tiefpunkt erreicht.«

Katherine eilte in den Raum. Ihr Gesicht war angespannt und fahl, und Ann warf ihr einen besorgten Blick zu.

»Pembroke?« fragte Abrams.

»Tot.«

Er nickte. Noch war der richtige Augenblick nicht gekommen, den Frauen von O'Brien zu erzählen.

»Also?« fragte Katherine.

Ann deutete auf die Uhr. »12:06 Uhr.«

»Seht!« rief Ann und hob den Arm.

Abrams und Katherine blickten auf die drei grünen Lichter der elektronischen Anzeige, die nacheinander verlöschten.

Die Digitaluhr sprang auf 12:07, dann auf 12:08. »Das wär's«, stellte Ann fest. »Molnija geht schon wieder auf Distanz.«

Katherine eilte zu Abrams ans Fenster. »Es wird doch noch eine schöne Nacht.«

»Ja.«

»Hättest du Lust auf ein Frühstück bei mir?«

»Natürlich.«

Abrams blickte nach Norden. Eine Salve Feuerwerkskörper explodierte golden über Van Dorns Haus, und in der Ferne tauchten die grünen und roten Positionslichter eines Hubschraubers auf.

»Ich fühle mich ausgezeichnet!« sagte Abrams.

»Es ist ein schönes Gefühl, am Leben zu sein, nicht wahr?« fragte Ann und rieb sich die Stirn. »Leider haben wir etliche gute Freunde verloren, zum Beispiel Nick.« Ihr Blick streifte Katherine und Abrams. »Ihr gebt ein hübsches Team ab. Treten Sie in die Firma ein, Tony?«

Er zögerte. »Ja«, sagte er schließlich. »Ja, ich trete in die Firma ein. Es gibt viel zu tun.«

Abrams nahm Katherines Hand und wandte sich wieder dem Fenster zu. »Das Unwetter ist vorbei.«

»Ja«, antwortete Katherine. »Und wir haben es überstanden. Aber der nächste Sturm kommt bestimmt. Die gewonnene Zeit sollten wir gut nutzen.«

Expolizist John Corey, ebenso bekannt für flapsige Sprüche wie für kriminalistisches Können, will es noch einmal wissen: Er lässt sich von einer FBI-Sondereinheit engagieren, die gegen Terroristen aus dem Nahen Osten vorgeht. Als er mit seinen neuen Kollegen am New Yorker Flughafen eine Boeing mit Assad Khalil, genannt »Der Löwe«, an Bord erwartet, ist er auf einen Überläufer vorbereitet. Doch dann bricht der Funkkontakt zu der Maschine ab ...

»Von DeMilles Bestsellern der bisher großartigste.«
Kirkus Reviews

Nelson DeMille

Das Spiel des Löwen
Roman

Econ | ULLSTEIN | List